● 建党百年 奋进通城 ●

情系潮川

新闻文学作品精选

刘建平◎著

新华出版社

图书在版编目（CIP）数据

隽秀潮 / 刘建平著 . — 北京 : 新华出版社， 2021.1
ISBN 978-7-5166-5642-6

Ⅰ. ①隽… Ⅱ. ①刘… Ⅲ. ①新闻报道—作品集—中国—当代
Ⅳ. ① I253

中国版本图书馆 CIP 数据核字 (2021) 第 026162 号

隽 秀 潮

作　　者：刘建平

选题策划：黄丰文

责任编辑：祝玉婷　　　　　　　　　封面设计：嘉海文化

出版发行：新华出版社

地　　址：北京石景山区京原路 8 号　　邮　　编：100040

网　　址：http://www.xinhuapub.com　http://press.xinhuanet.com

经　　销：新华书店

购书热线：010-63077122　　　　　中国新闻书店购书热线：010-63072012

照　　排：嘉海文化

印　　刷：廊坊市新景彩印制版有限公司

成品尺寸：170mm × 240mm

印　　张：35　　　　　　　　　　　字　　数：560 千字

版　　次：2021 年 1 月第一版　　　印　　次：2021 年 1 月第 1 次

书　　号：ISBN 978-7-5166-5642-6

定　　价：98.00 元

目 录

消　　息

通 讯 ································341

文　学 ·················473

序

为奋进中的通城激情放歌

对于刘建平来说,新闻永远在路上。

他走遍通城的山山水水、田间地头、工厂车间,用灵敏的嗅觉和独到的眼光发现有价值的新闻,用笔和镜头记录了通城经济社会发展的过程,他的名字随着他的作品时常出现在中央省市级媒体上,他的报道特别引人注目,他始终坚持以佳作记录时代,影响社会,成风化人,他获得近百次各类新闻作品奖项,成为央媒国社签约摄影师。

三十多年如一日,他一直奋斗在新闻一线,无数汗水的结晶,终于凝成手上这部新闻文学作品集《隽秀潮》。

捧着她,我感到沉甸甸的分量,触摸到一位新闻人与时代的脉动。

打开它,一股生活气息和时代气息扑面而来。

从书中,看得出刘建平的人生过得多么艰辛和充实,这艰辛充实来自他对新闻宣传工作职责的坚守,来自他对生活的不倦积累,也来自他内心永不满足的追求。

从通讯到消息,再到文学,数百篇,几十万字,不同体裁的大部头著作,满满当当地把他三十年的记者生涯和多年来的文学梦全盘托出,展示的是一个记者眼中、作家心中平凡的世界。

不管是通讯、消息,还是报告文学、评论,他的笔触除了新闻的真实与客观,还倾注了细腻的感情和深刻的洞察,那么优雅、闲适。因为这一切都来源于现实生活,来源于社会的最前沿,来源于时代席卷的大潮深处。

让读者无比震撼的是,2020年庚子春,他冒着生命危险深入防疫一线采访、拍摄,发表稿件数百篇,鼓舞了士气,为抗疫夺取胜利做出了贡献。

他在2011年"6·10"特大洪灾中，和各级新闻媒体记者奋战在灾区一线，第一时间采访发布新闻，全方位反映全县人民抗洪救灾、奋力生产自救等，用镜头和笔描绘了通城万众一心、众志成城的生动画面，气势恢宏，情景动人，演绎了一部通城干群抗灾自救的奋斗史诗。

在上海进博会，在黄袍山全国自行车户外挑战赛，在通城改革创新前沿等重大活动与事件中，他主动突击，把握节点，与国内媒体联系，一篇篇报道见诸各大媒体，推介了通城，展示了通城，一次次让全国乃至全世界的目光聚焦通城，让世界了解通城，让通城走向世界，极大提高了通城的知名度、美誉度和影响力，有力地促进了通城对外交往与合作。

县域经济、乡村振兴、脱贫攻坚、疫情防控……刘建平的身影与脚步也从不缺位。他总是全身投入新闻一线，认真采访，深入调研，及时报道，把老百姓关注的热点一一呈现出来，尊重事实，客观反映，以新闻的公信力为党和政府的方针政策深入人心起到了提神鼓劲的作用。

可以说，作为新闻工作者的刘建平真正是通城发展的见证者、记录者、瞭望者。仅从这本作品集，足以让全县人民对他的新闻工作给出满意的评分。

今天以及未来的通城更需要我们一大批刘建平这样的新闻工作者积极鼓与呼，也希望全县广大新闻工作者自觉承担起新形势下宣传思想工作使命任务，不断增强脚力、眼力、脑力、笔力，不断提高新闻舆论传播力、引导力、影响力、公信力，不断讲好通城故事，传播好通城声音，为奋进中的通城激情放歌，挥毫奋笔，写出无愧于时代的华章。

以此序寄予全县广大新闻宣传工作者共勉！

2020年秋

（熊亚平：咸宁市人大常委会副主任、中共通城县委书记）

纪

实

三次赴东方之约　结五洲缘淘四海金

——内陆小县通城进博之旅

现场签约 5 批次 19 个项目成交额 63 亿，与尼泊尔、俄罗斯签订框架合作协议。2020 年 11 月 7 日下午，湖北省通城县在上海温德姆酒店采取线上＋线下方式，举行中国中部·湖北通城国际招商洽谈暨"游美丽乡村，购世界品牌"新闻发布会。

这是通城县创下历届进博会签约之最，至此，该县连续三届签约 30 多个项目，引资 138 亿，与德国、乌克兰、土耳其等 30 余国客商签订了商品采购合同，成为湖北省唯一、全国为数不多的县级专场。

鄂南山城通城，何以三次赴东方之约，与世界客商频繁握手，国际市场淘金，屡获大单。

搭乘"进博快车"　山城共享"全球产品"

俄罗斯的巧克力、越南的腰果、印度尼西亚的燕窝……来自"一带一路"十余个国家和地区的 1 千多种进口商品，通城·万雅国际商贸城，交易活跃，买卖兴隆。

"国际商贸城目前有意大利、韩国、日本、印度尼西亚、欧洲、非洲、东南亚、义乌全球购等 20 多个进口商品馆营业，开启了通城购全球时代。"万雅集团董事长朱挺高兴地说。用卡

"这是前两届进博会全球招商采购的成果。"看着国际商城在山城日益红火，咸宁市人大常委会副主任、通城县委书记熊亚平表示，只有破除内陆意识，才能找到开放新出路。通城要发展外向型经济，打造内陆地区开放新高地，思想理念就得与国际接轨，站上"进博会"舞台，向世界客商握手。

三赴东方之约，三进"进博会"，国际商贸城成为招商利器。对此，万雅集团董事长朱挺感受最深："前年，我是被招商对象；去年与今年，我以招商者的身份与外商再次签约，开展多方合作，这一切，都得益于通城县委县政府坚定不移的支持。"

2018 年 11 月 7 日，在首届进博会招商推介会上，通城县人民政府与浙江客商签订了中国中部·湖北通城万雅国际商贸城项目，引资 40 亿元，整个项目占地 550 亩，总建筑面积 100 万平方米。国际商贸中心一期 15 万平方米进口商品街已正式营业，成为辐射湘、鄂、赣三省毗邻地区 200 公里商圈的大型商贸中心。配套海关、商检、税务等国际贸易服务机构，形成以欧、亚、美国际风尚为主题，年交易额达数百亿元的贸易产业集群。

7 日，朱挺又接连同摩尔多瓦酒厂、挪威、格鲁吉等外商企业签订了 1.2 亿进口商品采购合同，充实货源，进一步满足人们对美好幸福生活的需要。

来自尼泊尔的客商毕需努·普拉萨德介绍，去年这个时候，他们通过推介会认识了通城，看到了商机，这次带着项目有备而来："我们不远万里来到中国推销产品，与通城的万雅国际商贸中心签约，是尼泊尔商贸长远发展的战略安排，也是抢滩中国中部市场的第一步。"

为打造永不闭馆的"进博会"，决策者凭通城获得国家级电子商务进农村综合示范县这一金字招牌，打造云上国际商贸城。

10 月 28 日，通城县电子商务公共服务中心、幕阜山电商村、"集客魔方"网红直播基地同时启动运营。

"集客魔方"网红直播基地在万雅国际商贸城已建成 1000 平方米直播中心，入驻企业 50 多家，百名网红主播齐聚，开启跨境电商新时代。

幕阜山电商村总投资 2.8 亿元，占地面积 107 亩，有 128 间门店。第一期签约入驻客户 30 家，到明年底，电商村将入驻电子商务企业 100 家以上，实现网络零售额年均增长 25% 以上。

"网红直播基地启动，旨在打造以通城为中心的湘、鄂、赣毗邻地区电子商务经济产业带，扩大电子商务对经济发展带来的驱动力和聚集效应，形成国内、国际双循环发展格局。"县委副书记杨修伟介绍，依托万雅国际商贸中心，打造永不谢幕的通城"进博会"。

化边缘为前沿　　内陆外向型经济红火

一个边缘山城小县，为何外来投资者扎堆，外向型经济红火。

通城决策者认为——中国开放大门只会越开越大，主动服务国家开放战略，顺应市场消费热点，谋划亮出以产品带产业、旅游＋商贸等一套套组合拳，发展内陆外向型经济，着力打造内陆开放新高地。

通城地处湖北南大门，湘·鄂·赣三省交界的"金三角"，是国家重点生态功能区，不靠海，没铁路，深居内陆山区，决策者主动摒弃山城意识，主动出击，以开放的胸怀和眼界，连续两年组团参加进博会，首届引资40亿元打造的万雅通城国际商贸城，已于今年1月1日开门迎客。

通城距湖南城陵矶新港70公里，距岳阳三荷机场50公里。通城借船出海，借机起飞，借势发展，把湖南的资源转化为通城的发展优势，为通城打通国际市场、扩大进出口提供便利搭上快车道。

该县通过加强跨省合作，依托便捷的长江黄金水道和空运通道，可辐射长江流域华西、华东、华中等地区，直联"一带一路"沿线国家地区。

通城化边缘为前沿，给外向型经济发展插上了腾飞的翅膀，全县已形成电子机电、涂附磨具、食品药品、陶瓷建材等高新技术企业22家。1~10月份，在全球经济疲软的形势下进出口贸易逆势上扬。

优惠政策和地域优势吸引了国内外更多的有识之士来通城投资兴业。9月中旬，与广东沿海10多家电子线材企业签约，引资6亿元，打造百亿级电子机电产业。

巡国际展馆　结五洲缘淘四海金

展品精华荟萃，展商热情高涨，展会孕育无限商机。6日，通城交易分团从浙江义乌考察电商赶来，一下车直奔展馆觅商机、找信息、谈业务……为加快构建内陆地区对外开放新高地开拓空间、引进动能。

县委书记熊亚平带着团队逛市场，每到一处送宣传单、收集资料，主动邀请客商参加新闻发布会，到通城投资兴业。

"我县去年在进博会上采购了十台德国清扫机"，县长刘明灯又对清扫机器人感兴趣。

进博会的盛况，深深地吸引着通城一生产医疗器材总经理胡泳清，从广东跑业务赶来的他一下飞机，迫不及待地走进7.1医疗器械展区。"我是带着商机，带着学技来的。"他掩饰不住内心的喜悦，"我这是第三次逛进博展，前年，我在进博会上看到日本一公司生产的护理床，一直盯了两年，反复对比，学人家先进的技术。"站在日本护理床展区前，他自豪地说，我公司研发的多功能电动智能护理床，应用了丹麦一公司的技术，荣获多项国家专利，为重症、瘫痪患者带来了福音，年生产10万台，有望明年在进博展馆上与国外新产品一同展出，这次来寻求合作伙伴，对接国际市场。

展上很多新产品、新技术发布，让参观者感叹科技发展速度如此之快，逼着不断科研和创新。大家一致认为，通过这个平台进一步了解世界最先进技术，触摸到世界科技发展最前沿和最高端的产品。

在美国家用机器人展前，一个小小拖把，有一百多项国际领先技术和发明专利，无线电动拖地机行业领冠。对标通城丽尔家也生产胶棉拖把，产品远销日本、欧洲等20多个国家和地区。今天公司黎总眼界大开，"进博会是我们近距离学习行业领先企业的最好机会，能快速了解行业内的世界领先技术，同时与自己的产品进行比较，找准不足，精准改进，为企业的长远发展，开拓国际市场打下基础。"

平安电工材料公司的营销经理邓炳南参观不忘推销自家产品，递名片，送中英文资料，忙得连轴转。

平安电工是湖北省唯一一家生产云母绝缘材料高新技术企业，产品出口美国、欧洲、东南亚、日本、韩国等40多个国家和地区。今年公司在国际、国内新增10多家新能源汽车公司订单。这次，他想开拓更广阔国际市场，并准备新引进一批全自动化机械设备，在山区打造一个智能化工厂。

通城电子产业迅速崛起，大部分产品出口，为同国际接轨，这些公司进博会上寻找到了一款款最先进国外制造设备。

据悉，通城有近3万名创业人士在沿海办厂，从事先进制造业，有的成为出口企业。这次通城县组织近百家企业，通城在全国各地商会等近200名代表到进博会上寻商机、找信息，现场对接采购国内外先进设备和精优产品。

"这里不仅是商品的海洋，更是商机的海洋。"万雅国际商贸中心采购代表顾倩说，"每一年的进博会对于我们都是一个循环上升的过程，品牌的升级换代更新，都是在这个期间完成的。"

"我们采购的不仅是商品，更是最前沿的先进技术，带回的是科技观念创新和开放创新，也带回了生产力。"县长刘明灯认为，进博会成果落地更加激发了山城创新动力。近两年，通城县借助进口贸易，积极引进国外先进设备和技术，电子机电、涂附磨具、陶瓷建材等产业加快迈向绿色化、品牌化、高端化，培育高新技术企业等20多家，成功引进铱伦科技公司等外资企业。

游美丽乡村　购世界品牌再次叫响国际市场

"游美丽乡村，购世界品牌"，通城已连续三届在进博会上，向全球亮出了名片。

为让这颗鄂南明珠亮眼东方明珠，闪耀世界，通城一直在"撸起袖子加油干"。

该县深入挖掘自身在生态涵养、休闲观光、文化体验、健康养老、田园采摘等方面的多重功能和价值，从 2018 年开始，着力打造美丽乡村全域旅游，先后建成了一批省内外知名的特色旅游景区，打造了具有"瑶药"文化特色的"中华古瑶第一村"、四季如花的冷塅月季庄园、上善若水"孝"文化的左港善源谷、留得住乡愁的北港醉美横冲、如诗如画的隽水锦绣油坊……18 个美丽乡村都各有亮色，一村一景，串点连线，成为乡村旅游的精品线路，全域旅游正发力，5 年时间内建成 180 个美丽乡村示范村。

通城县还全面升级改造城区公路、园区公路和乡村公路，72 个交通项目同步建设，城市生态公园——秀水公园开放，雁塔休闲广场重现"雁塔穿云"雄姿，滨河公园建成开园，城区河道生态治理等城建项目统筹推进……隽秀山城亮出新颜值，游客感受了"楚风瑶韵、隽秀通城"的魅力。

随着商贸旅游产业联动发展、迅速崛起，也为通城产业转型、城市发展、民生消费等注入了新动力，达到"一个产业带动一座城"的整体效果。

面对一批又一批游客，一拨又一拨购买者，熊亚平豪情满怀，"我们做好进口贸易信心越来越足，通过进口带动出口，推动出口商品在我们当地加工、贸易，我相信只要沿着这条路走下去，在内陆地区山区县，一样可以做全球贸易的集散中心。"

现代商业体与乡村旅游相辅相成，给发展外向型经济，县域转型发展、特色发展、高质量发展注入了新活力。

（原载《人民日报》《光明日报》《经济日报》，2020 年 11 月 8 日电）

建国际商贸城　　采购全球产品

——湖北通城刮起进博旋风

黄浦江水奔流不息，开放大潮滚滚向前；隽水河奔向长江汇入东海，通城发展外向型经济风劲好扬帆。

11月6日至8日，位居湘、鄂、赣交界核心区的湖北省通城县，在第二届中国国际进口博览会这个国际大舞台上，亮出项目签约与进口商品采购并重两大招，魅力十足。

近年来，通城县主动对接"一带一路"倡议，与湖南城陵矶新港区、岳阳三荷机场签订开放型经济战略合作协议，成功引进中国中部·湖北通城万雅国际商贸城项目，走出了一条借港出海、借机起飞、借梯登高的高质量发展之路。

此次通城这座内陆山区城市作为全省乃至全国唯一县级组团，再次派出招商采购队伍参加第二届中国国际进口博览会，又一次向全球亮出通城新名片。通城借助中国国际进口博览会这个大舞台，招天下客商，实现进口与扩大内需相结合，通过通城·万雅国际商贸城等一批大型项目的实施，吸引国内外更多的有识之士来通城投资兴业，打造内陆地区对外开放新高地，建成内陆地区进口贸易创新示范区，建设外向型经济强县，实现外向型经济崛起。

登国际舞台　采全球产品

11月8日下午，湖北省通城县在上海进博会国展中心举办中国中部·湖北通城国际商贸中心招商推介会，现场签约6个招商项目，与十多家外商签约14个订单进口商品采购项目。

这是通城县继去年在首届进博会上与十余国客商签约16项商品采购合同后，又捧回一大笔订单，山城通城再次刮起了进博旋风，市民将在家门口尝鲜全球产品，买到世界品牌。

"我是去年11月在此签约落户通城的国际商贸城项目，今天又以招商者的身份与外商签约，开展多方合作。"采购方代表万雅集团董事长朱挺今天嗓门儿特别亮，他高兴地向大家宣布，通城·万雅国际商贸城项目一期已建成15万平方米万国商业街，吸引德国、法国、澳大利亚、意大利、新西兰等11个进口商品馆进驻商业街。

8日，通城县在上海国家会展中心举办中国中部·湖北通城国际商贸中心招商推介会，这是湖北省在进博会上唯一一场县级专场招商推介会。

会上，通城县人民政府代表分别与上海、浙江等客商签订了通城县体育会展中心、义乌进口商会战略合作、中国太平洋保险战略合作、通城县锡山公园、通城县建筑产业园等6个项目，总投资30多亿元。在进口商品采购签约仪式上，通城万雅集团与十多个国家的外商签订了进口商品采购14个订单。

商务部、省商务厅、咸宁市政府有关领导到会祝贺，俄罗斯、美国、法国、澳洲、智利、北欧五国等外商，通城本土规模企业的采购商及相关人员近300人参加了招商推介会。

"我们不远万里来到中国推销产品，与中国中部湖北通城·万雅国际商贸中心签约，是我们公司长远发展的战略安排，也是抢滩中国中部市场的第一步。"白俄罗斯KC海外贸易有限公司总经理艾利克斯·萨沙说。

湖北省通城县作为一个内陆县级城市，大力发展外向型经济，成功引进培育了通城·万雅国际商贸中心等一批外向型经济重点项目，展现了该县敢于破除内陆意识，勇于借船出海、借机起飞的魄力和活力。商务部有关领导在致辞中相信，通城借助中国国际进口博览会这个大舞台，通过通城万雅国际商贸中心等一批大型项目的实施，吸引国内外更多的有识之士到通城投资兴业。

"通城借进博会这个国际化大平台，买全球，推动更多'通城元素'走出全国，迈向全球。"湖北省商务厅在场有关领导感受通城招商推介会热潮后，高兴地称赞，通城已经走在了内陆地区新一轮对外开放的前列。

远在中部内陆地区的通城县，为什么再次在第二届中国国际进口博览会这个国际大舞台上，与世界客商签约？

通城县县长刘明灯在主题招商推介中介绍，通城县位于湘、鄂、赣三省交界，是湖北的南大门。近年来，通城县主动对接"一带一路"倡议，与湖南城陵矶新港区、岳阳三荷机场签订开放型经济战略合作协议，借船出海、借机起飞，大手笔培育了中国·通城万雅国际商贸中心等开放发展新载体，以商贸、旅游产业为着力点，积极创建内陆地区进口贸易创新示范区，打造内陆地区对外开放新高地。

总投资40亿元的通城·万雅国际商贸城占地面积550亩，总建筑面积100万平方米，依托通城独特区位优势和交通优势，打造鄂、湘、赣两小时经济圈，辐射周边区域数千万人口。

"通城·万雅国际商贸城项目一期，总投资约6亿元，建筑面积约15万平方米，已建成以万国商业街为主要业态的进出口商品贸易中心，年底投入运营，部分商家正在入驻。我们将进一步加大进口商品采购力度，全力做好国际商贸中心的采购工作。"万雅集团董事长朱挺信心满满，项目二期将建成以电商大厦，进口商品展示馆为主要业态的电子商务中心，打造进出口电商与实体结合的新零售、批发平台。

"我们诚邀天下客商到通城看看，游美丽乡村，投资兴业，我们将全心全意营造最佳的投资环境，让客商在通城投资放心、生活舒心、发展安心！"通城县县委书记熊亚平面对满厅国内外客商发出邀请和承诺。

据了解，本场推介会也是湖北省唯一、全国最大规模的县级专场招商推介会。

巡展馆觅商机　　国际市场淘金

递名片、发宣传单、送邀请函……11 月 8 日上午，湖北省通城县参加进博会的近百名采购商一大早来到上海国家会展中心展馆内觅商机。

"我们通城·万雅国际商贸中心 12 月底要开业了，邀请你们去参展。"在 5.1 科技生活展馆，通城县委书记熊亚平向经营韩国智能生活产品的代理商边递上名片边自我介绍，"通城欢迎你们，我们正在打造内陆地区对外开放示范区，在内陆通城给国内外客商打造永不谢幕的'进博会'。"

"你好！你们的这些产品也可以到我们通城去展销。"通城县县长刘明灯握着 NUC 智能原汁机代理商的手说，"我们投资 40 亿元打造的通城·万雅国际商贸中心，可以为你们的产品提供销售市场。"

来自湖北三赢兴科技有限公司的董事长刘传禄久久站在 4.1 设备馆全自动化机器人面前，反复向代理商咨询有关价格，准备新引进一批全自动化机器人设备，将在山区打造一个智能化工厂。

三赢兴科技有限公司是通城县最大回归创业企业之一，是一家国内专业研发和生产高端高清摄像模组的国家高新技术企业，其产品广泛应用于手机、电脑、汽车、医疗、精密工业、航空航天等领域，年产值十多亿元，大部分产品出口，为同国际接轨，该公司进博会上寻找到了德国一款最先进制造设备。

"不来不知道，一看吓一跳。这些全自动化机械设备，逼着我们对产企业改造升级。"来自广东制造之都——东莞，通城商会会长胡幼平观摩机器人切焊、喷漆、包装，感慨地说，"虽说我们在广东沿海，接触的也是先进技术，但到进博会一看，这些世界顶级高精尖的产品真是亮了眼。"他一边拍照，一边手机录资料，同法国客商着手采购这些高精尖加工设备。

像胡幼平一样，这次通城县组织县内近百家企业，通城在全国异地商会等 300 余名代表到进博会上找信息、觅商机，现场对接采购国内外设备和精品产品。据不完全统计，当日这些企业和商会代表在进博会上收集信息近千条，达成意向小宗采购 300 多宗。

"我们采购的不是商品，而是最前沿的先进技术，带回的是科技观念创新。"县委书记熊亚平看到代表们忙着采购的身影高兴地说，让内陆通城人在家门口买全球，惠全球。

借进博东风　掘金 7.5 个亿

11 月 6 日，通城县在中国（湖北）自由贸易试验区推介暨湖北省企业采购需求对接签约会上，签约两个项目，签约金额达 7.5 亿元。

此次推介签约活动是湖北代表团在上海进博会期间举办的重要活动之一。地处湘、鄂、赣三省交界的通城，充分发挥三省的窗口桥梁以及作为武汉城市圈、长株潭城市群重要支点的作用，谋划发展外向型经济，积极创建内陆地区进口贸易创新示范区，打造内陆地区对外开放新高地。在这样的背景下，通城县作为县级代表团受邀参加进博会。

6 日，在上海签约的两个项目，一是通城县人民政府和中国绿地博大绿泽集团有限公司签订的通城体育公园项目，项目总投资约 6 亿元，主要建设一座体育场、一座室内综合体育馆、一座室内游泳馆、一座乒乓球馆及多片室外多功能运动场；二是万雅集团和 KC 海外有限公司签订的进口商品采购合同，主要涉及总额 1.5 亿元的韩国化妆品。

沪上叙乡情　政商谋发展

"每回通城，看到家乡发生了翻天覆地的变化，作为一名外出经商多年的'游子'，我倍感振奋，我将全力以赴为家乡的人才引进、项目对接、平台建设牵好线、搭好桥、铺好路、服好务。"上海通城商会会长黎杰当着在座参加进博的家乡代表和客商感激地说。

11 月 7 日，上海—通城进出口贸易招商座谈会在上海虹桥金古源豪生大酒店二楼会议厅举行。

通城县领导与上海通城籍企业家及全国各地通城商会代表欢聚一堂，向各位企业老总播放、推介通城专题片，介绍家乡的发展和变化，就如何大力发展外向型经济，推动通城经济社会发展实现新跨越进行研讨，共谋通城发展。

通城位于鄂、湘、赣三省交界处，历来是商贸重镇。伴随着改革开放步伐，通城人也开始走出家门，闯荡世界，艰苦创业，搏击市场，每年在外务工创业的人数达 12 万以上。经过多年的打拼和发展，成就很多创业精英和企业家。通城县依托亲情、乡情招商，引进大企业、大集团投资兴业，掀起一股回乡创业潮，"回归工程"成为引领全县经济发展的新动能。至目前，通城返乡创业人员已逾 1000 余人，回归创业资金达 180 亿元以上，兴办的各类实体企业遍布涂附磨具、电子信息、现代陶瓷、绿色农产品加工、生物医药 5 大产业，吸纳从业人员 3 万余人。今天他们欢聚一堂，畅叙乡情，资源共享，共谋回报家乡。

座谈会上，在外创业精英、企业家代表踊跃发言。大家敞开心扉、坦诚交流，纷纷表达了希望家乡越来越好的愿望，他们既为家乡的巨大变化感到震撼，也指出了家乡经济社会发展中存在的问题与不足，并就企业人才引进、优化营商环境、中医药产业发展、企业产品多样化等方面积极献言献策，共提出意见和建议近 100 条，提供招商信息 30 多条。

"我们要借参加第二届进博会这一重大机遇，谋划通城的发展。当前，家乡的发展机遇叠加，家乡的建设急蹄步稳，家乡的企业加快发展，希望各位企业家有时间多回家乡看看、多回家乡走走，积极融入通城外向型经济发展战略，实现共赢。"县委书记熊亚平向各位发出邀请。

通过座谈，企业家们对通城外向型经济发展战略有了新的认识。大家纷纷表示，将充分发挥自身优势，继续为家乡发展、为家乡建设贡献自己的力量。

会上，还举行了通城驻上海人才工作联络站授牌仪式，并为工作站颁发了聘书，希望工作站通过建立人才工作联系网络，收集和掌握通城籍在外人才信息，引导各类人才回乡创业，为通城经济社会发展服务。

据了解，11 月 6 日至 7 日，通城县委、县政府领导先后拜访了申港证券股份有限公司、中国太平洋财产保险有限公司、上海陆家嘴集团、上海陆家嘴金融发展有限公司、中国金融信息中心等企业，为通城外向型经济发展助力。

（原载《人民日报·客户端》、《农村新报》，获"全国农民报好新闻"二等奖，2019 年 11 月 9 日）

鄂南山城与世界客商再次牵手

通城向全球采购 14 个项目

6 个招商项目、14 个采购项目。继去年与十余国客商签约 16 项商品采购合同之后，今年通城又斩获大单。11 月 8 日，中国中部·湖北通城国际商贸中心招商推介会在进博会展馆举行。据悉，本场推介会是湖北省唯一、全国为数不多的县级专场招商推介会。

会上，通城县人民政府代表分别与上海、浙江等客商签订了 6 个项目，包括建设通城县体育会展中心、义乌进口商会战略合作、中国太平洋保险战略合作等；在进口商品采购签约仪式上，通城万雅集团与十多个国家的外商签订了 14 个进口商品采购订单。

通城为何能与世界客商再次牵手？

通城县委书记熊亚平介绍，位于湘、鄂、赣三省交界的通城县，近年来主动对接"一带一路"倡议，与湖南城陵矶新港区、岳阳三荷机场签订开放型经济战略合作协议，借船出海、借机起飞，培育了通城国际商贸中心等开放发展新载体，以商贸、旅游产业为着力点，创建内陆地区进口贸易创新示范区，打造内陆地区对外开放新高地。

据介绍，通城国际商贸中心占地面积 550 亩，总投资 40 亿元，规划建设通城·万雅国际商贸城，定位为辐射湘、鄂、赣三省 200 公里商圈的区域性超大型商旅综合体，布局进出口商品贸易中心、电商大厦、特色主题文化商业街区、义乌小商品城及服装城、城市综合体等业态。通城·万雅国际商贸城一期预计今年底投入运营，二期将打造进出口电商与实体结合的新零售、批发平台。

一年时间，从引进方变为采购方，万雅集团董事长朱挺签约后兴奋地说："去年 11 月，我在进博会上签约落户通城国际商贸中心项目，今天以招商者的身份与外商签约，开展多方合作。"

与万雅集团签约后，白俄罗斯KC海外贸易有限公司总经理艾利克斯·萨沙表示，不远万里到通城推销产品，是公司长远发展的战略安排，也是抢滩中国中部市场的第一步。

"我们将全心全意营造最佳的投资环境，诚邀天下客商到通城游美丽乡村，放心投资兴业！"熊亚平向国内外客商发出邀请和承诺。

抢占开放高地　　笑迎天下客来

通城，鄂南山城，地处中部之中。11月8日，中央电视台、上海东方卫视等权威媒体纷纷聚焦采访。为何？

凭借第二届进博会开放大舞台，通城二度牵手东方明珠，在国家会展中心（上海）举办"中国中部·湖北通城国际商贸中心招商推介会"，让大山深处小县城的"自我介绍"响彻全球。

"只有破除内陆意识，才能找到开放新出路。"通城县委书记熊亚平认为，通城要发展外向型经济，打造内陆地区的开放高地，思想理念就得与国际接轨，勇敢站上进博会舞台，向世界鼓与呼。

有魄力——通城版"进博会"年底开业

递名片、发宣传单、送邀请函……11月8日，通城县及异地商会参加进博会的300余名采购商，早早来到国家会展中心展馆觅商机。

"我们通城·万雅国际商贸中心12月底要开业了，邀请你们去参展。"在科技生活展馆，通城县委书记熊亚平西装革履，微笑着给韩国智能生活产品代理商递上名片。"我们正在打造内陆对外开放示范区，永不谢幕的通城版'进博会'欢迎你们光临。"熊亚平说。

"你好！你们这些产品可以搬到通城去展销。"通城县长刘明灯握着韩国NUC智能原汁机代理商的手说，"通城将为你们的产品打开中部市场。"

"不来不知道，一看吓一跳。这些全自动化机械设备，逼着我们企业改造升级。"东莞通城商会会长胡幼平仔细观摩机器人切焊、喷漆、包装新技术，他一边拍照，一边同法国设备商谈采购合同。

据不完全统计，当日通城的企业和商会代表在进博会上收集信息近千条，达成意向小宗采购300多宗。

看到通城企业家们忙着采购的身影，熊亚平高兴地说："我们既采购了商品又带回了创新理念，以后要鼓励更多人来上海。"

使巧劲——乡情招商开启"回归工程"

除了在进博会"内场"办招商推介会，通城在"外场"也做足了功夫。

11月7日，在离国家会展中心不远的上海虹桥金古源豪生大酒店，上海—通城进出口贸易招商座谈会如期开幕。

"每次回通城，家乡的变化都不小，作为在外经商多年的游子，我倍感振奋，一定要为家乡建设牵好线、搭好桥、铺好路、服好务。"上海通城商会会长黎杰激动地说。

通城位于鄂、湘、赣三省交界处，历来是商贸重镇。伴随着改革开放步伐，通城人走出家门，闯荡世界，艰苦创业，搏击市场，每年在外务工创业的人数达12万以上，经过多年的打拼和发展，成就了很多创业精英和企业家。

熊亚平表示，通城县依托亲情、乡情招商，引进大企业、大集团投资兴业，掀起一股回乡创业潮，"回归工程"正在成为引领全县经济发展的新动能。

截至目前，通城县返乡创业人员逾1000人，回归创业资金超过180亿元，兴办的各类实体企业涉及涂附磨具、电子信息、现代陶瓷、绿色农产品、生物医药五大产业，吸纳从业人员3万余人。

进博会期间，通城县委、县政府还拜访了申港证券股份有限公司、中国太平洋财产保险有限公司、上海陆家嘴集团、上海陆家嘴金融发展有限公司、中国金融信息中心等企业。

今天，沪上老乡欢聚一堂；明天，资源共享回报家乡。

用妙招——发挥商贸与旅游叠加效应

通城·万雅国际商贸中心年底开业后，如何吸引更多人到通城采购和经商？

"发展旅游，让美丽乡村留住人。"熊亚平说，在首届中国国际进口博览会上，通城县不仅成功引进万雅集团，还向全球亮出了"游美丽乡村，购世界品牌"新名片。

一年来，通城县全面升级改造城区公路、园区公路和乡村公路，72个交通项目同步建设；首个城市生态公园"秀水公园"建成开放；雁塔休闲广场重现"雁塔穿云"雄姿；城区河道生态治理统筹推进……隽秀山城亮出新颜值。

同时，通城县把建设美丽乡村与乡村旅游、发展休闲农业有机结合，规划建设 15 个美丽乡村示范点。目前，马港镇界上村东山屋场、麦市镇冷塅村月季庄园、塘湖镇红色小镇、四庄乡清水村"山水四庄·十里莲香"等建成开园，大坪乡内冲瑶族风情村、五里镇左港村美丽乡村建设竣工……村庄集镇更靓丽、道路更顺畅、农村环境更优美。

2018 年 11 月，通城·万雅国际商贸城被列为湖北省重点建设项目，一期用地面积约 80 亩，总建筑面积约 15 万平方米，总投资约 6 亿元，已建成以万国商业街为主要业态的进出口商品贸易中心。项目二期，将建成以电商大厦、进口商品展示馆为主要业态的电子商务中心，打造进出口电商与实体结合的新零售、批发平台。

"这些商业体将与乡村旅游相辅相成，为方圆 200 公里范围内城乡居民提供休闲旅游购物场所，满足游客购世界品牌的需求。"熊亚平说。

（原载《湖北日报》2019 年 11 月 9 日）

党建引领　通城书写基层治理新答卷

一条条绿色产业带连村串寨，一名名基层党员干部带领群众脱贫致富，一个个贫困村脱贫摘帽，和谐文明乡风荡漾在青山绿水间……

近年来，湖北省通城县以党建为引领，以产业发展为支撑，打造 5 条党建示范带，一条示范带辐射一个区域，由点及面，覆盖全域，推动县域经济社会跨越发展，实现党建与发展深度融合。

强基固本　提升百姓幸福感

一条条公路绕山转，一根根自来水管润农家，一栋栋青瓦白墙的楼房林立……五里镇左港这个昔日穷山村，华丽变身为美丽乡村的示范，秘诀在于——党建引领为基层治理注入红色力量。

2019年7月，通城县县委书记熊亚平深入基层调研发现，该县存在少数基层党组织弱化软化、农村基础条件相对落后、农村思想文化宣传薄弱等问题。县委研究决定，以双大线、G353通城段、五保线、G106通城段、通四线沿线村（社区）为重点，高标准打造党建引领基层治理5条示范带建设。

群众伴着悠扬的提琴声，跳着拍打舞；孩童三五成群，嬉闹在文化广场上。入夜，走进大坪乡水口村党员群众服务中心，仿佛走进了城市公园。

"新建的党员群众服务中心是三层钢筋混凝土结构，文化广场已被纳入全省100个综合文化示范广场。"村支书吐露家底。

该县从阵地建设抓起，以"减少行政化，增强服务性"为原则，整合完善卫生室、养老服务中心、村邮站、电商中心功能，把党员群众服务中心变成宣传中心、文化中心、服务中心。去年至今，全县改扩建村级阵地17个，新建党员群众服务中心45个。

双大线示范带覆盖大坪乡3条交通干道及沿线水口村、方仕村、来苏村、南山村、花墩村等13个村（社区）。示范带创建以来，沿线村（社区）党员群众服务中心功能更加完善，基层服务得到提升，基础设施明显优化，人居环境明显改善。

通过一年的努力，五里大道、106国道绕城公路、柳堤滨河公园、雁归桥等一批民生重点项目建成；河道水系治理、灌区节水改造、农村安全饮水、农村电网改造、高标准农田建设等项目全面实施。

建强堡垒　领跑乡村振兴"加速度"

走进麦市镇井堂村，葡萄基地硕果累累，前来休闲采摘的游人笑语盈盈。

"从土地流转到销售，村里热心当好店小二，我一心一意种葡萄。"井堂村鸡笼山葡萄种植专业合作社王小平，从当初百多亩的葡萄园到带动周边村庄种植400多亩，带动了200多名贫困群众实现了脱贫致富。

"红色党建引领，绿色产业蓬勃发展，新建的水果基地，种植了火龙果、百香果和西瓜，集体经济年收入过5万元。"井堂村支部书记葛先富笑得合不拢嘴。

在井堂村水果基地旁边，还有一块中南财经政法大学扶持开发的红石村蔬菜基地。

"红石村耕地少，是典型的山区，一部分村民搬迁到麦市集镇附近居住，在井堂村租赁了 20 亩基地种植蔬菜。中南财经政法大学负责收购,带动 20 多户贫困户就业脱贫。"中南财经政法大学驻村工作队队长笪宁介绍。

红石村是山区和软弱涣散村。2018 年村委会换届选举,通城县大力实施"红色头雁"工程,结合此次村"两委"换届,在选育环节用足力气、下足功夫,选好了主心骨,建强了战斗堡垒。

当兵转业的何江龙当选村书记,有着 8 年兵龄的何争胜当选为副书记。何江龙 25 岁,何争胜 26 岁,是该县最年轻的一批村级"带头人"。

"当时村里欠债 60 多万元,我们一点儿也没有退缩畏难!"有着军人铁性的何江龙敢闯敢做。村里成立了中药材、油茶产业合作社,吸引党员、贫困群众参与其中,帮助村民户平增收 2000 元;把支部建在产业上,通过党员干部带头经营中南财经政法大学扶贫超市,销售村里的农副产品,一年收益 20 多万元;新建光伏发电、村里大理石厂以及蔬菜基地带来的收益,一年有 11 万元的村集体收益。

"我们大力整顿软弱涣散党组织,对村(社区)'两委'班子进行联审把关,让年富力强的村干部大展身手。"县委常委、组织部长熊斌介绍,全县 221 名村(社区)"两委"班子成员,其中 37 名是致富能手、返乡创业人员,占比达到 17%。

环境整治　乡村更美更宜居

马港镇九岭村位于通城县南端,106 国道由此入湖南,以前乱建、乱围现象比较严重。

如今,公路沿线村前屋后变了样:公路景观树生长正茂,腾出的地方成了绿村环绕的步道。

"污水处理让河道更整洁,还用上了跟城里人一样的水冲厕所。村庄美得像一幅画,大家心气十足,都想着怎么把日子过得更甜!"何婆桥村村民徐素说。整治农村人居环境是建设美丽乡村的一个重要载体和抓手。

该县以党建引领,把提升城乡人居环境作为全县的重点工作来抓,以高速公路、国省道和县级主干道沿线,河流水库沿线,乡镇集镇、高速公路出口、旅游景点沿线及村庄沿线为重点,扎实开展清、拆、改、种、建"五大百日攻坚行动",推动一批中小村提标升级,实现"以点为主"向"以点带面"的历史性转变,让人民群众切实感受到变化,切实增强人民群众的幸福感和获得感。

乡贤自治　　文明乡风树起来

一直以来，通城人追求"生前赡养父母恩，老后不必花钱论！"的厚养薄葬丧葬理念。随着村民经济收入的逐渐提高，盲目攀比、铺张浪费之风在农村盛行。

"成立红白理事会，由当地德高望重的乡贤担任会长，积极发挥乡贤、模范带头作用，引导群众自觉抵制乡村陋习，彻底改变当前村里婚丧嫁娶大操大办、吃喝浪费等严重问题。"县委副书记、县长刘明灯开出治理药方。

入选"全国乡村治理示范村"的北港镇横冲村在这方面先行一步，已经形成以党建为核心，村民自治、社会协同共治的运行机制，多次召开屋场会，群策群力完善农村综合治理。

"由乡贤带头，建成活动场所，成立文明理事会，通过言传身教、以身说法，推动形成知荣辱、树正气、促和谐的良好风尚，完善我村人居环境整治和综合治理。"横冲村支部书记袁明单自豪地说。

目前，该县以 G353 通城段、五保线、通四线、双大线、G106 交通主干道为主脉络，建设党建示范带，连接覆盖全县 11 个乡镇、185 个基层党组织，在全县构建起"横向到边，纵向到底，各具特色，覆盖全县"的基层党建综合展示平台。

以乡风文明为保障，以治理有效为基础，加强农村基层党组织建设，建立健全现代乡村治理体系，通城走出了一条乡村善治之路。

（原载《农民日报》、《中国农网》、《湖北日报》，2020 年 7 月 22 日）

隽水河上竞风流

——看第一届龙舟赛展通城精神

编者按：6 月 25 日，通城县首届"平安电工杯"龙舟赛暨消费扶贫产品赶集活动成功举办。比赛不仅吸引了本土市民及周边县市 5 万余人到场观看，还受到中央电视台新闻频道、新华社现场云、《光明日报》、《湖北日报》、长江云、湖北垄上频道、《咸宁日报》等国家、省、市主流媒体的关注。

这次活动充分发挥全媒体融合宣传传播优势，联合央视新闻、新华社现场云、长江云、湖北垄上频道等多家主流媒体和抖音、斗鱼、一直播等网络平台进行全网多层次、全方位直播。此外，中央电视台《新闻直播间》栏目还对赛事情况进行了直播连线，连线中，央视记者在龙舟赛现场向全国人民介绍了通城人民端午节的民俗活动和近年来生态治理取得的显著成效，充分展现了通城县传统文化的独特魅力，以及生态宜居的城市风貌。

水清岸绿赛龙舟，提振脱贫精气神。活动当天还举行了消费扶贫赶集会，吸引众多游客和市民前来消费体验。拥有百万粉丝的湖北网红喜子也来到赶集现场，依靠云上、垄上直播平台，向广大网友推介通城的名优特产和风土人情，收到众多观众和粉丝的点赞喝彩。

弘扬传统文化　　隽水河上龙舟竞

"两岸衔来烟柳绿，一河飞过玉舟轻。" 6 月 25 日的通城，天蓝地绿，艾粽飘香。波澜水阔的隽水河上鼓声震天，龙舟竞发。河两岸万人空巷，加油声与擂鼓、挥桨声融入一体，将龙舟赛活动推向高潮。

为弘扬民族文化，提振通城精神，助力精准扶贫，通城县在隽水河上举办 2020 年首届"平安电工杯"端午龙舟赛暨消费扶贫产品赶集活动。

"第一次在家门口看龙舟比赛，心里很激动，我做梦都没有想到家乡的隽水河竟然这样美。"在广东务工回家过端午节的汤先生正拿着手机拍摄比赛现场，他抑制不住激动地说。

通城，古称隽，地处三省交界。境内的幕阜山余脉黄龙山是汨罗河的主要源头之一，通城县的母亲河隽水河也从黄龙山北面马港镇高峰村汩汩流入陆水，注入长江。

赛龙舟是一项历史悠久的运动，是为了纪念爱国诗人屈原而兴起的端午传统习俗，是传承、弘扬中华民族传统文化的重要举措。受水域条件及其他原因影响，通城县一直没有举办龙舟比赛活动。随着近年通城县生态环境治理日益深入，人居环境整治持续改进，隽水河花红柳绿、水碧河阔。

为弘扬端午传统文化，展示通城县疫后上下团结一心、奋力拼搏、快速发展的精神面貌和良好态势，鼓舞全县人民提振精神，大力发展生产，助力精准扶贫，为建设美好通城共同拼搏，县委、县政府决定举办首届龙舟赛活动。

此次活动由县委宣传部主办，县文化和旅游局、隽水镇人民政府承办，湖北平安电工材料有限公司冠名，主题为"迎端午佳节，看百舸争流，展通城精神"。

"通城县首届龙舟节，让大家领略到了隽水的魅力，为隽水河文化传承增添了活力，进一步彰显和弘扬通城历史文化底蕴，增强全体市民的文化自信。"主办方负责人介绍。

"举办龙舟赛，弘扬屈原的家国情怀，让端午节'记得住乡愁'，既合传统又合时宜。"带着全家观看龙舟赛的塘湖镇刘先生笑容满面。

近年来，通城县大力弘扬民族文化，深入落实文化振兴，施行文旅融合，先后建成了黄袍山罗荣桓元帅广场，药姑山"中华古瑶第一村"，围绕隽水河建成了景观绿化带、红色文化展、古代名人展示区、创业文化展示区、医药文化展示区，以及滨河若干景观文化景点。

"通过赛龙舟活动，在全县营造浓浓的节日氛围，有力弘扬民族文化，提振通城精神，助力扶贫消费，极大增强全社会战胜疫情的信心。"分管副县长表示。

提振通城精神　　复工复业百事兴

通城的母亲河为隽水河，千百年来，浩浩荡荡的隽水河滋养着通城儿女崇德尚信、创新奋进、敢为人先的创业精神。

此次活动一共有14支参赛队伍，县内组织14支队伍参加比赛。获得等级奖第一名的是四庄队，他们队有三对父子，其中已脱贫贫困户16人，年纪最大的58岁，得知龙舟竞赛的消息后，全村村民积极响应和支持，捐物捐钱达4万元，他们日夜在大溪水库训练。第二名是青创队，第三名是隽水队。

为了更好地展示大坪瑶乡的精神风貌，"瑶乡大坪"队充分发挥了大坪瑶乡吃苦耐劳、勇争第一的"蛮"精神。8名队员手上血泡磨破了一个又一个，硬是顶着高温"蛮"练。凭着一股"蛮"劲儿，"瑶乡大坪"队赢得了游客的阵阵呐喊声和鼓掌声。

"能够直观地展现通城新青年积极奋进的精神面貌和团结协作的合作精神。"谈及参加此次活动的初衷，"青年创业者"队长皮敏兴擦了一把额头的汗水。

作为疫情常态化防控工作开展以来，通城县举办的首个大型赛事，本次首届龙舟赛既是全体市民迎接传统端午节的一项重要活动，也寄托了大家对于平安健康生活的良好愿望，同时对提振通城精神、鼓舞士气、复工复产具有非常积极的意义。

"举办这次活动，既是对中华民俗文化的传承，也弘扬了团结协作、不畏艰险的通城精神，不但鼓舞斗志、凝聚人心，还让传统文化与现代团队建设相益增辉，创造了通城县传统文化与旅游相结合的新发展模式。"文旅局负责人介绍。

助力消费扶贫　滨河公园赶集忙

"楠竹仙酒秉承瑶族特色，酒藏竹中，清香扑鼻。"隽水河畔旭红路雁塔桥至九眼桥段公路沿线内侧的药姑山生态产品有限公司展位前，销售员手端着楠竹仙酒，正在进行现场直播售卖。

为了复工复业，助力精准扶贫，由县商务局、县扶贫办、县农业和农村局负责的消费扶贫产品赶集会，邀请县内工业、农业、企业、个体户、手工业者、小商贩进行现场售卖。

"今天一上午，就卖出去了 3000 多块钱的产品。"看着展位上的产品销售一空，卡非食品公司的负责人金辉笑开了花。

县里许多贫困户也受益于这样的销售模式，打开了自家农副产品的销路。来自关刀八燕村的农民郑富民，养殖了 500 只鸡，平时产出的鸡蛋以散卖为主。此次借助消费扶贫专场活动平台，他带来的 1000 枚鸡蛋，通过单位提前订货和现场售卖，很快就销售一空。

举目望去，消费扶贫现场人声鼎沸，买卖、欢笑声不绝。排列整齐的长长展位上商品琳琅满目，令人目不暇接。不仅有集体组织的产品参展，更有一大批富有通城特色的优质农产品参展。黄袍山"本草天香"、"百丈潭茶业"、新三汇"通城两头乌"猪肉系列制品，不仅可以看到，还可以尝到、买到。现场自然少不了县龙头企业丽尔家日用品公司、皇赐天然矿泉水公司等企业的展销活动。量大质优的商品、实惠到家的价格，带给大家绝妙的消费体验。

据了解，活动现场设立展位 120 多个，设展的企业和合作社 60 家，贫困户 60 户，共计百多种农产品，受益贫困人员达千余人次，当天销售额 300 多万元。

"这样的活动很有意义，不仅能买到物美价廉的东西，还能帮农户增收。"来自五里镇的吴江汉喜笑颜开，手里提着刚买的两只活鸭，又来到其他摊位细心地选购农副产品。

实施城乡消费扶贫行动，积极引导城乡居民就近购买通城县产品和农副产品，加大对贫困地区扶贫产品的采购力度，不仅拓宽了销售和增收的渠道，还为通城县的产业发展打下了良好基础，进一步助推通城县脱贫攻坚更上台阶。

"最主要是通过购买贫困户的农副产品，帮助他们解决销路问题，增加收入，助力脱贫攻坚。"县扶贫办负责人边参观边介绍。

目前，消费扶贫正在通城县遍地开花。不少企业、单位、个人在同等条件下优先采购贫困地区产品，消费扶贫已经成为"绿色、放心、安全"的代名词。

"今后将实行消费扶贫产品赶集常态化，助力精准扶贫，推进美丽乡村建设、全域旅游发展，推动乡村实现全面振兴。"市人大常委会副主任、县委书记熊亚平说。

民富隽水阔，满河舟桨声，让通城精神得以传扬。

（原载《湖北日报》2020 年 6 月 29 日）

一河碧水育隽城

——践行"两山"理论，打造山水通城纪实

通城，简称隽，穿城而过的隽水河是通城的母亲河、生命河，系长江中游右岸一级支流。近年来，湖北省通城县展开城区河道水生态环境整治，启动了蓝天碧水保卫战，让"两山"理论在通城熠熠生辉，随着城区河道生态治理 PPP 项目，柳堤滨河公园建设项目的不断推进，隽水河岸生态持续改善，文旅日益兴旺，县域经济快速发展。

如今，碧波荡漾的河流成为维系通城生态系统的重要载体、提升了通城

市民生活质量的优美空间、展现山水通城形象的亮丽名片。

生态治理　　舒展山水通城新画卷

仲夏时节的隽水河，一泓绿水渺渺，两岸柳条依依，蓝天白云，虾戏鱼游，一条条龙舟飞快划过，当真是"舟行碧波上，人在画中游"。

"真没有想到，才一年时间，隽水河水更清了，柳更绿了，天更蓝了，景更美了！"住在隽水河岸的胡女士感慨道。

隽水河多年来由于种种原因，河道水流不畅、水质下降、水岸杂乱、水景不佳等问题日趋突出。通城县委、县政府审时度势，从彻底整治城区河道水生态环境，提升城市宜居水平的角度出发，创新发展模式，启动通城县城区河道生态治理 PPP 项目，主要建设河道治理工程、新建拦河建筑物工程、新建生态湿地公园工程、生态旅游公路景观配置工程 4 个子项目，建设城市景观型防涝减灾体系，创建生态型河湖水体，打造亲水型水岸空间。

隽水河两岸是市民要求改造最强烈的地方，也是拆迁最难的地方。2019年 4 月 12 日，柳堤滨河公园建设指挥部办公室组建并启动开展工作。

为保证 2020 年元旦柳堤滨河公园顺利开园，市人大常委会副主任、县委书记熊亚平亲自担任政委，建立了"日推进、周会商、月小结"工作机制。

一年来，县镇社区干部充当宣传员、谈判员，亲临施工现场，到访拆迁户家百余次，社区书记，为了做通居民的拆迁工作，27 天没有回家，直接把家搬到了工作室。

八十多岁的老党员吴楚知道要拆迁之后，主动带头响应，劝说 30 多户居民签订拆迁协议。他说，隽河两岸改造好了，我们休闲、娱乐的地方有了，没事就可以约老朋友喝喝茶、聊聊天了。

一病患者，妻子有十几年的糖尿病史，住在老旧的房子里，听说要拆迁后，他二话不说，主动要求拆迁。

"柳堤滨河公园既是县城的核心风景区，又是改善老交通局片区、老工商局片区、外贸棚户区等城区人居环境的重要工程，要抓住目前经济社会发展机遇，充分利用柳堤滨河公园建设将我县打造成基础设施完善的生态宜居城市，提高城市竞争力，提升城市品质和形象。"县委书记熊亚平给市民描绘了滨河公园蓝图。

县委书记亲自督办，工作人员恪尽职守，老百姓积极配合，柳堤滨河公园建设项目进行得有条不紊,如今的隽水河岸,廊环柳牵,一步一景,鸟语花香,人在画中,人在水中,一幅山水通城画卷徐徐舒展在通城人民眼前,一河碧水润育着市民。

"以前经过柳堤街,鸡鸭声入耳,臭气冲天,拆迁绿化后,碧水与蓝天一色,红花与绿柳相间。"散步的周先生一放下饭碗就到河边游玩,成了他心中胜地,也成了他最爱的游玩地。

文旅融合　　绿水青山成金山银山

夜幕时分的隽水河畔,水榭风来,更是游人如织。高耸的雁塔、横跨的雁归桥引得不少年青男女拍照、直播、发朋友圈。

"闲游隽溪映月,静听秀水回澜!"当地一刘姓诗人即兴吟道,隽水河文化底蕴深厚,沿河两岸的改造以文入景,文旅融合,不仅景观雅致,更展示当地文化,他常和诗友们在此散步。

据了解,柳堤滨河公园将形成"一带、四区、多点"的景观空间格局,即滨水景观绿化带、红色文化展、古代名人展示区,创业文化展示区,医药文化展示区,以及滨河若干景观文化节点。

"柳堤滨河公园的建成,串联通城县锡山公园、秀水公园、雁塔广场、银山广场等县内各个休闲娱乐景点,将隽水沿岸打造成一个集文化、生态、教育、休憩、娱乐等功能为一体的开放型现代化生态公园。"县长刘明灯介绍。

夏日的秀水公园水波荡漾,杨柳依依。

入夜,老市民李堂发走在林荫道上感叹,通城人的山水生态"福利"越来越好,政府为老百姓办了很多实事,从原来很小的老广场到大气的银山广场,再到现在更漂亮、更秀气的秀水公园,还有雁塔广场、柳堤滨河公园……

秀水公园东侧紧邻银山大道,南至秀水花园,全园采用"一廊串五区,一心引多点"布局,以提升城市品位为抓手,以改善群众生活质量为出发点,以提升通城旅游形象为落脚点,已成为一个集文化、生态、教育、休憩、娱乐等功能为一体的开放型现代化生态公园,吸引市民游赏。

隽水河两岸良好的生态环境引得县城上万居民前来散步,更是吸引了周边县市的旅游爱好者前来观景、休闲。

"晚上散步的人多,一晚上有五六百元的收益呢!"旭红小区的章老板将车库改成冷饮店,他笑迎宾客。文化与旅游的融合,带动了沿河两岸服务业快速发展，还吸纳周边居民近千人就业。

隽水河两岸的人居环境整治，提升了通城县的城市品位，也繁荣了隽水河两岸的经济，不断见证着"绿水青山就是金山银山"的生动实践。

着绿护河　让百姓畅享碧水蓝天

"望得见山、看得见水、记得住乡愁。"通城县把保护河流源头和农村人居环境整治、全域绿化同步推进。同时又把全域绿化作为涵养水源、净化水质、防治水土流失、保护美化河库堤岸的基础工程，共完成绿化面积2.6万亩，完成县乡管河流堤岸绿化113公里。城市集中式饮用水源地水质、地表水水质、跨界断面水质达标率实现"三个100%"，河畅、水清、岸绿、景美的目标正一步步变成现实。

通城县地处长江支流陆水河上游，境内184条小溪纵横交错，分别注入隽水河、秀水河、铁柱港、菖蒲港四河穿城而过，干流全长128.5公里。该县启动了蓝天碧水保卫战，率先建立河湖库长制工作联席会议制度，县、乡、村三级河库长制体系，县领导均担任河库长，乡镇村主要负责人担任本行政区内河段河长，由认河、巡河向管河、治河转变……河长制落地生花。县书记、县长率先垂范，县、镇、村干部齐上阵，群众、学生、四员积极参与，"千人巡河库，万户保家园"的水环境治理活动在全县展开。

通城县还依托良好的生态，大力推动绿色发展、循环发展、融合发展，构建"猪—沼—果"、"农—工—贸"等循环链条，推广"互联网＋"、"旅游＋"、"生态＋"等新模式，构筑"农业新业态"，让产区变景区、田园变公园、农耕变体验、空气变人气，走出了一条"生态好、群众富、可持续"的特色发展之路。

良好的生态环境是最普惠的民生福祉，也是全面建成小康社会的应有之义。当前，通城县正全力推进水生态治理，持续改善生态环境质量，让隽秀大地不断绿起来、美起来，让百姓畅享碧水蓝天、绿水青山。

（原载《人民周刊》2020年6月22日）

瑶媳妇摇出致富花

——从大坪乡"瑶媳妇"华丽转身看通城乡村振兴

昨夜的一场大雨，湖北省通城县大坪乡内冲瑶族村飞檐翘角、狗头牛角、小桥流水愈发灵动起来；石墙、石梯地、石板巷显得格外鲜明，瑶望千年广场两弯十二节牛角弯张有力，拥抱着游客的到来。

能让内冲村民吃上生态产业扶贫＋旅游致富饭的是产业扶贫。

两年前，这里还是一条山水沟，经美丽乡村建设如今成为4A级景区，头脑活络的村民嗅到商机，山上种药材，山腰植水果，山脚播蔬菜，堂屋改酒店，还同村里贫困劳力一起产业致富。

从卖木柴到卖风景

当地"首富"青年胡有志少时家贫，帮着父母砍柴卖，维持生活，徜徉青山绿水之间，听着瑶歌入睡的他，不明白为什么乡亲们端着金饭碗讨饭吃？

1999年，初中毕业的他外出务工，从一名学徒做起，25岁便创办了自己的企业。

900年的千家峒，300万瑶胞苦苦寻找的圣山。药姑山下的内冲瑶族村，自古为瑶汉杂居之中心，大量瑶族先民生活遗迹，赋予药姑山深厚的文化底蕴，也是极为难得的旅游资源，其开发价值和发展潜力都是难以估量的。

事业有成的胡有志一直心系桑梓，2003年家乡药姑山被认定为瑶族早期千家峒后，胡有志毅然辞掉了年薪30万的工作，决然选择在家挖掘"瑶文化"，这一干就是5年。

机遇总是留给有准备的人。2017年年底，咸宁市"中国古瑶文化之乡"的成功申报，胡有志的命运有了转机。

通城县依托内冲瑶族村优良的生态资源和独特的历史文化资源，立足药姑山旅游规划，以"瑶望千年，药韵楚天"为主题，为美丽瑶乡量身打造了"一轴两环三片"的总体规划并逐步实施。

如今走进内冲村，以民俗酒店、古民居、风情街、广场风雨廊等瑶族建筑为核心，以现有民居瑶族风格打造为主体，重点保留的垒石墙、石梯地、干打垒、石板巷道等具有岁月痕迹和历史意义的建筑残存，留住了乡愁，留住了乡村记忆，引来了投资商和游人，带来了商机和生机。

为融入全域旅游大格局，这个县还谋划建设了瑶乡大药谷景区，以瑶、药文化为主题，以溯溪、环山近3公里步道为主线，将瑶乡风情、山水田园、中医药文化创建融为一体，打造吃农家饭、住农家院、观自然景、赏民俗情、享田园乐的乡村旅游精品，展现了"中华古瑶第一村"的魅力，突出养身、养心特色，打造集休闲、度假、娱乐、健身、民宿、餐饮、会议等于一身的4A级景区。

胡有志第一个意识到古瑶文化必定撬动乡村振兴，他主动作为，立即将民房变民宿，形成吃、住一体的古瑶风格餐馆，注册"瑶媳妇"商标，"瑶媳妇"酒店、"瑶媳妇"时蔬采摘园、"瑶媳妇"土特产应运而生。

青山碧水绿道，涓流浅滩廊桥。"瑶媳妇"时蔬采摘园里，绿的辣椒、红的苋菜、紫的紫苏、黄的圣女果等分厢排列整齐，五彩斑斓如一幅画。

来自湖南省平江县的刘海兵摘了一把紫苏，他的儿子跟在后面摘下几个辣椒，摆了一个姿势，老婆忙着拍照，采摘园里不时传来笑声。

"干农家活，赏农家景，吃农家饭，住农家屋"，刘海兵觉得这趟邻县游超级值！

从种药材到卖健康

药姑山上百草全，只缺甘草与黄连。

"七片叶子的是七叶一枝花，像荷叶一样的是八角莲……""瑶媳妇"餐馆后面的山坡上，胡有志指着自己的中药材基地如数家珍。

药姑山上随便抓一把土，都有药材的香味，随便走进一处树林，都有"隽六味"的芳香。

胡有志口中的"隽六味"是钩藤、黄精、白芨、金刚藤、七叶一枝花、白术六味药材。

胡有志返乡后，盯着县里提出的实施"五药"（药材、药品、药市、药膳、药养）并举，着力打造中药材大县发展战略，成立了中药材种植合作社，采取合作社＋基地＋贫困户，助力扶贫攻坚，几年下来，贫困户尝到了甜头。

"只要药材种得好，黄精变'黄金'。"清晨，53岁的村民黎秋香山正在山林间的黄精地里拔杂草。

以前，黎秋香老是种2亩水稻和5亩红苕。胡有志劝他：种水稻难免使用农药化肥，种植道地中药材不会污染水源，市场供不应求，能赚更多钱。

黎秋香下决心全部改种黄精，年收入达到3万元。2018年，她成功摘掉穷帽。

"有了钱，改建了多年失修的老房子，宽敞又透亮。"黎秋香逢人就夸胡有志。

中药，不仅种在山头，储于仓库，还香沁舌尖。

"黄精位列'隽六味'中药材之首，在通城县野生分布广，人工种植多。它具有补脾、润肺、生津的功效，是自古服食之重要补药，在一千多年前孙思邈的《千金翼方》就有'蒸、晒'九制的记载。"说起药姑山的药膳，胡有志如数家珍。"紫苏煎蛋，藿香煮鱼，桔梗炖鸡，黄精泡酒，不仅味道鲜美，还可治未病，延年益寿呢！"

游客在"瑶媳妇"酒家能喝上滋阴补肾的黄精土鸡汤、壮阳补肾的黄精酒，就着紫苏煎小鱼仔、手剥竹笋和竹筒饭，足够你尝遍瑶乡美食。

今年五一黄金周，坐落于大坪乡内冲村的中华古瑶第一村，成为湘、鄂、赣毗邻地区最热的景区之一，每天入园游客4000多人次。他们中，很多是冲着药膳来的。

全乡药膳菜肴达到30多个品种，从大坪乡街道通往内冲瑶族村的风景路上，有12家药膳餐馆，用的是贫困户种植的瓜果蔬菜和药材，还为37位贫困户提供了就业。

"我们将进一步培育特色品牌，加大道地药材品种的保护、培育、申报力度，以药养打造药旅融合新引擎。"正在瑶乡调研的市人大常委会副主任、通城县委书记熊亚平信心满满。

从村姑到瑶乡形象大使

"这是药姑山的生态竹笋，这是药姑山的楠竹仙酒……"

"瑶媳妇"刘英正撑着竹筏在绿水间直播，白云青山，碧波荡漾，唯美的自然画面引得粉丝纷纷点赞、转发、下单。

"为推介内冲瑶族村，帮助贫困地区农产品销售，我们希望通过抖音、今日头条等平台，把我们贫困地区养在深闺人未识的优质农特产品展现出来，为贫困群众增收致富。""瑶媳妇"刘英一身瑶装，尽显瑶妹子气息。

刘英老家在四川，2007年嫁到内冲村过着日出而作、日落而息的日子，在外同丈夫胡有志闯荡几年后，又回到家乡中华古瑶第一村——内冲村挖掘"瑶文化"。

"内冲村是我的家乡，我有义务将自己家乡的风景、文化宣传出去。"2019年，内冲村举行最美药姑仙子的海选活动，刘英当仁不让。

从此，内冲村到处可见刘英拍摄、直播的身影，网红"喊泉"、网红"摇摆桥"、网红捉鱼更是通过她发的朋友圈、抖音，刷爆微信群。

"张打铁，李打铁，打到张家门前落大雪……"

循着热情奔放的歌声，遥望千年广场，一支支穿着瑶族盛装的队伍正在表演拍打舞，整齐的动作、铿锵的音响，一群群外地来客饶有兴致地拍照欣赏。

"瑶媳妇"刘英边走边介绍，这就是她组建的村民表演团，她们通过歌舞的形式将古瑶文化展示出来，吸引更多的游客到这里游玩。

跳得最带劲儿的村姑黄菊凤兴奋地说，"瑶媳妇"刘英每月给她们每人一千多块钱演出费不说，还从湖南聘请专业团队包装她们，丰富内涵，让她们更专业、更专注地推介瑶族。

"正月里，姐劝郎莫赌钱……"广场另一边，87岁的2组村民胡仁保正在用苍凉的声音唱着瑶歌《四季劝郎》，引来游人驻足围观。

"想不到我这八十多岁的老头子，临死前还能为瑶族村作点儿贡献。"胡仁保收集整理几十首山歌自编自唱，有时赢得游客叫打赏。

今天的内冲村，不仅是旅游村，更是网红打卡村。更让"瑶媳妇"刘英夫妻满是期待的是，希望更多的网红参与进来，将内冲村的风景和土特产宣传出去，把村里的山水、古瑶文化拍成电影"卖"出去，让内冲瑶族村走出大山，走向世界。

"瑶民出自武昌府，满目青山到处游，龙窖山上耕种好，老少乐业世无忧……"是的，大坪内冲瑶族村在这批有志青年的拼搏下将伴随着这歌声传向全省、全国，乃至全世界。

（原载《中国扶贫网》2020年3月16日）

山城无处不飞歌

——乡村振兴的通城实践

从全省农村人居环境整治示范县到全国村庄清洁先进县，再到上榜全国电子商务进农村示范县。去年至今，一个又一个国字号殊荣让湖北通城这座山区小县熠熠生辉。

地处湘、鄂、赣三省交界处的通城，以脱贫攻坚乡村振兴为统领，充分利用资源优势，聚焦产业兴旺，生态宜居，乡风文明，因地制宜推动农村高质量发展，一路高歌铿锵前行。

聚焦产业兴旺　　农民富起来

通城是幕阜山片区插花贫困县，全县70%以上的贫困户因缺劳力、缺资金、缺技术等而致贫。

"打造油茶产业大县，把贫困户融入到优势产业链中。"咸宁市人大常委会副主任、通城县委书记熊亚平对此胸有成竹。

四月，记者走进鄂南山区通城县，油茶产业园内运输油茶苗车辆穿梭，山岭上人们忙着管护，遍布山野的油茶林，郁郁葱葱，形成了一道独特风景。

"斗米山、斗米山，野猪常常来。五谷杂粮不能种，巴茅葛藤遍地开。"4年前，这里还是一片荒山野岭，如今却成了千亩的高冲油茶黄花套种基地。

"今年受疫情影响，儿子不便外出务工，将80亩闲置荒山全部种植油茶。"高冲村二组贫困户何名扬依靠油茶脱了贫，劲头更足了。

通城县积极破解油茶产业发展瓶颈，采取"公司＋基地＋合作社＋农户"管理模式，农户以荒山荒地入股，公司负责苗木、技术培训、生产资料配送等，农户受益，贫困农户优先务工。至目前，全县已种植油茶20多万亩，带动周边农户7600多户，其中贫困户2400多户，油茶，已成为通城农民的"脱贫树"和"摇钱树"。

药姑山上百草全，只缺甘草与黄连。通城被誉为"江南天然药库"。

2016年秋，该县紧抓国家大力发展中医药产业、建设健康中国的重大机遇，在党代会上提出"绿色崛起，中药振兴，万众创业，城乡融合"战略目标，举全县之力打造全国中医药产业大县，坚持药材、药品、药市、药膳、药养"五药"并举，集中药材种植养殖、中药制造、中药贸易流通、中医药技术研发、中医药文化传播和中医药健康旅游于一体，一、二、三产业融合发展的中医药全产业链条。

瑶乡御草药业中药材种苗培育基地，年供名贵中药材种苗2000万株，以"基地＋土地＋贫困户"的方式，常年安排35名贫困户就业，带动建档立卡贫困户120人精准脱贫。

全县初步形成以"隽六味"（黄精、重楼、白芨、白术、金刚藤和钩藤）种植为主，其他适宜种植品种（菊花、黄花、栀子花、金银花、木通果、金莲花、射干、芍药、桔梗、艾叶、紫苏）为辅的中药材种植格局。通城毫绿、通城勾藤荣获中国农产品地理标志产品称号。

该县产销对接，打造中药材产业链。2017年，该县充分利用丰富的艾叶资源，引进艾舒宝生活用品公司，安排百多贫困劳力就业。润康药姑山中药公司引进国内最先进的全自动生产线，全部订购本地道地药材。

至此，该县充分利用资源优势，因地制宜推动油茶、中药材、蔬菜、牲猪、茶叶、楠种六大产业高质量发展，扶贫产业融入全县经济，社会步入可持续发展的"快车道"。

聚焦生态宜居　　农村美起来

近日，记者来到北港镇横冲村，干净整洁的屋场、宽敞明亮的水泥路、阡陌纵横的产业田映入眼帘，一幅"村新、景美、业盛、人和"的美丽乡村新画卷徐徐展开。

北港镇横冲村只是通城县打造生态宜居村的一个典例。

五里镇左港村搭乘乡村振兴的东风，借助慈善企业家黄晖的力量，按照"不搞大拆大建，突出山水特色，打造美丽家园"的要求，以"善"文化为主题，延展水文化，打造上善若水的鄂南风貌山地水乡特色景观，实现"山美、水清、业兴、安居"的发展目标，让村民充分参与围绕农业增收，实现农村生产、生活、生态同步，三产融合，打造集循环农业、观光农业、生态养生于一体的美丽乡村。

近几年来，通城县紧紧围绕"生态立县，乡村兴县，产业强县，商贸富县，旅游活县"的发展思路和举措，加快推进乡村规划编制工作和加快推进美丽乡村示范建设，在 11 个乡镇选择 17 个村，连片打造 13 个美丽乡村示范点，加大投入加快农村人居环境整治，以"五线"为主战场，实施"清、拆、改、种、建"五治行动。

通城县完善农村公共基础设施，提档升级县乡村公路 43 条 165 公里；完成 7 个乡镇自来水厂管网延伸工程、13 个 23 处小型集中供水工程，巩固 23 个贫困出列村农村饮水提升工程；7 个乡镇污水处理厂投入运行。

这个县还做深农村一、二、三产业融合，大力发展农村电子商务产业，积极创建国家电子商务进农村综合示范县。探索农业＋旅游＋文化＋健康＋互联网融合发展模式，发展省、市级休闲农业示范点 6 个。

聚焦治理有效　　农村强起来

"火车跑得快，全靠车头带"，农村发展怎么样，全看基层党组织这个"火车头"跑得快不快，跑得好不好。

"村里道路狭窄坑洼，也没有照明路灯，村民出行不便。文化基础设备匮乏，农业田饮水灌溉难。"早在 2011 年以前，横冲村党组织软弱涣散，基础设施落后，村级发展定位不明确，乡村发展慢。

面对困境，新上任的横冲村书记袁明单把党建作为先手棋，凝心聚力，聚焦发展，让党建真正成为引领横冲扭转落后局面，实现赶超蜕变的核心动力。先后开展了"五大课堂"（议事课堂、标杆课堂、互动课堂、移动课堂、网络课堂）、"五大活动"（党员亮身份、党员政治生日、党员联系卡、合格党员大讨论、党员带富），让党员当带头员、协调员，让群众当监督员、信息员，实现了党组织引领、全民参与、共同谋划乡村发展这盘棋。

这个县筑牢乡村振兴堡垒。结合村"两委"换届"回头看"，重点抓好软弱涣散村整顿工作。从县直单位选派 13 名副科级以上干部到村任"第一书记"；招录"千人计划"132 人。整合资金新建村级党群服务中心 40 个、改扩建 10 个，实现面积低于 300 平方米的村党群服务中心"清零"目标。新建 5 个党建引领乡村振兴试验区和 11 个村（社区）为重点的党建引领基层治理示范带。

农民是乡村振兴的主体，是乡村振兴的受益者。

通城县完善村民民主机制，将 2018 年度 15 个重点贫困出列村确定为农村社区建设试点村，推动社区治理创新。

关刀镇八燕村八组罗堂屋，是一个有着 600 多年历史的村落。农村人居环境整治让罗堂屋焕发出前所未有的生机。

走进罗堂祖屋装修一新，墙上张贴人居环境整治明细清单，忠孝诚信祖训赫然在目，门前池塘砌上大理石，安装上喷泉，数十棵桂花树吐绿正香。

这一切得益于该县充分发挥农民在农村人居环境整治中的主体作用和首创精神，把涉及群众切身利益的事情全部交给群众自己议、自己定、自己干，使广大群众参与有渠道、管理有资格、诉求有回应、监督有保障，群众的意愿得到充分反映，投身人居环境治理的积极性空前高涨。

聚焦乡风文明　　塑造乡村精神

驱车进入五里镇左港村，一幅幅以"善"文化为题材的墙画十分惹眼，宣传忠孝礼义传统文化的宣传栏随处可见。

步行在善源谷，一座座小桥，一处处亭台，还有广场、池塘，或以"善"命名，或蕴含"善"意。画刻在亭台上的楹联，向村民和游客宣扬感恩向善的传统文化。

"上善若水，厚德载物"，善源谷中的善文化标识，早已刻录在左港人的心灵深处。

从左港村走出的瀛通通讯董事长黄晖，捐资改善家乡基础设施，建设美丽乡村；建村级小学，让山区孩子享受到城里孩子一样的教育；建设光伏发电站，增加村集体经济；从公司派骨干力量常驻左港，为村里项目建设出资出力。

黄晖以慈善推动移风易俗，聚焦乡风文明，塑造乡村精神。

近年来，通城县将乡风文明建设作为推进基层治理的重点及突破点，以全面提高农村群众的思想道德素质为根本任务，在自治、法治、德治方面狠下功夫，走出了一条特色鲜明的乡风文明建设之路，基层治理焕发新气象。

麦市镇陈塅村依托村民代表大会，成立乡风文明理事会，理事会成员由德高望重、热心公益的乡贤组成，下设红白喜事理事会、环境整治等多个自治组织，借助乡绅贤达的感染力和威信力，引导村民自我教育、自我管理、自我监督。

同时，以"支部主题党日"为载体，深入推进"治陋习，树新风"活动，党员干部带头禁鞭。据了解，自"八有八无"村规民约实施以来，全村无一整无事酒，以村庄、道路、庭院净化、亮化、美化为重点，实行垃圾分户收集、分区处理、由村集中转运的处理模式，集中治理垃圾乱倒、粪土乱堆、污水乱排等不良现象。同时，深入开展文明家庭、道德之星、党员示范户评选表彰活动，大力推介先进典型和道德先进，引导村民践行孝德文化，争创和谐文明家庭，营造和谐文明乡风。

山青了、水绿了，人富了、村美了，通城县立足资源优势，走出了一条"生态＋文化＋富强"的乡村振兴之路。

（原载《中国扶贫网》2020 年 5 月 6 日）

"三变"炼成致富良方

——聚焦通城县中医药产业发展

今年是脱贫攻坚收官之年，疫情影响下，如何巩固脱贫成果？如何实现老百姓长效稳定增收？这是摆在湖北通城县委政府面前的最大课题。

通城县在全面做好新冠肺炎疫情防控的同时，狠抓脱贫攻坚和社会经济发展，聚焦道地药材资源丰富和健全的全国药品销售网络优势，变"小产地"为"主产区"，变"各自为战"为"有序发展"，变"原药材"为"功能品"，全力打造药材种植、研发、加工、销售、文化、旅游全产业链，充实老百姓的"钱袋子"，让老百姓过上好日子。

种道地药材　变"小产地"为"主产区"

通城县地处湘、鄂、赣三省交界处，中药资源蕴藏丰富，天然野生中草药品种达 166 科、1313 种，盛产黄精、白芨、七叶一枝花、钩藤等名贵中药材，境内的药姑山被誉为"江南天然药库"。

2016 年秋，该县紧抓国家大力发展中医药产业、建设健康中国的重大机遇，明确提出"绿色崛起，中药振兴，万众创业，城乡融合"战略目标，举全县之力打造全国中医药产业大县，坚持药材、药品、药市、药膳、药养"五药"并举，集中药材种植养殖、中药制造、中药贸易流通、中医药技术研发、中医药文化传播和中医药健康旅游于一体，一、二、三产业融合发展的中医药全产业链条。

2017 年年初，通城县创业青年黄修成返乡投资 5000 万元，创办中药材种苗联合研发基地——瑶乡御草药业，流转山地 6000 亩，建起无菌育苗组培室 1 个、全自动温控直播室 1 个、驯化室 1 个，新发展白芨、七叶一枝花、铁皮石斛、黄精、金钱莲、萱草等药材。至目前，该公司已建成林下种植中药材示范基地 2000 亩，年供药材种苗 2000 万株。

四月的通城县马港镇金山上景色宜人。山间，一株株翠绿的七叶一枝花、三七、贝母、黄精迎风摇曳，药香溢人。

通城县马港镇何敏流转荒山 1600 亩种植药材，创办的裕丰生态农业开发公司走立体、循环发展之路，实行生态林与黄精、玉竹、贝母、七叶一枝花和白芨立体化种植，充分利用土地，让种植的中药材都有足够的资源转化空间，通过考虑喜阳的高层中草药与耐阴低层的中草药相混种；深根性的中草药与浅根性的中草药相混种；多年生的木本药材与短期生长的草本药材相混种；从而达到充分利用土地和立体空间获取较高中药材产量和效益。

"山上有林，林下有木，木下有草"的立体化种植模式，被湖北省农科院与湖北中医药大学定为实验试点基地。

"力争到 2021 年，全县中药材种植面积达到 30 万亩以上，中医药产业龙头企业达到 30 家以上，中医药产业人才达到 3 万名以上，中医药全产业链产值向 300 亿元进军。"正在内冲中药材基地调研的通城县县委书记熊亚平信心满满。

这个县按照"企业（合作社）＋基地＋农户"的模式已种植白芨、黄精、七叶一枝花、铁皮石斛等名贵药材 10 万亩，其中林下种植 5 万亩。初步形成以"隽六味"（黄精、重楼、白芨、白术、金刚藤和钩藤）种植为主，其他适宜种植品种（菊花、黄花、栀子花、金银花、木通果、金莲花、射干、芍药、桔梗、艾叶、紫苏）为辅的中药材种植格局。

从科技育苗到立体化种植，再到"隽六味"种植格局。通城中药材种植逐步从原来的"小产地"成为"主产区"。

建发展平台　变"各自为战"为"有序发展"

"福人人济公司去年一年的销售 2000 万左右,交税 200 万,疫情期间,公司转变销售模式,从线下转线上,40 天时间销售额达 900 多万,交税近百万,同比增长 130% 以上。"4 月 8 日,通城县大健康产业园医药总部经济秘书长胡振南介绍说,疫情期间,协会旗下企业如九楚膏滋、艾舒宝、润康、保鹤堂、顾医堂等企业或转型,或改革营销模式,中医药产业实现了逆势增长,一季度实现销售额 5.2 亿元,上交税收 5800 万元,同比分别增长 6.3%、4.5%。

在许多行业经济下滑的情况下,通城的中医药产业销售额却不降反升,得益于通城县 2017 年组建了通城县中医药行业协会与湖北保鹤堂医药有限公司,搭建总部平台,给全县 3 万名药商"安家"。

利用医药公司的影响力和业务实力吸引优秀人才和项目落户,通过凝聚各地通城商会及企业等多方面的力量,实现资源整合、抱团发展,使通城中医药品牌立足湘鄂赣、辐射全国、走向全球。

2018 年 3 月,由中药材种植企业、合作社、农场主、种植大户发起,成立了通城县中药材行业协会,结束了中药材种植的无序状态。两个协会的成立,充分发挥协调功能,统一规划产业发展,提升药材产品质量,建立价格保障机制,全面整合优势资源,深入促进交流合作,充分利用互联网、物联网、区块链和人工智能等技术,实现中药材生产、产地加工和流通设施现代化,打造中药材电子交易平台,推动通城中医药产业腾飞发展。

强科技合作　变"原药材"为"功能品"

2020 年 4 月 17 日,走进湖北艾舒宝生活用品有限公司,工人加班加点生产口罩。

湖北省通城县高新产业园区内的湖北艾舒宝生活用品有限公司是一家集科研、生产、销售为一体的医疗器械,医用卫生材料等产品企业。随着新冠肺炎疫情的全球蔓延,口罩等医疗物资严重短缺。该公司与新加坡一公司合作转型生产销售民用口罩,日产量达到 30 万片。

2017 年,该县充分利用丰富的艾叶资源,引进艾舒宝生活用品公司,投资 1.2 亿元,建成两栋生产车间,公司拥有 10 条护垫、卫生巾及纸尿裤生产线,年产量 2.3 亿片,产销额 2.5 亿元,安排 100 多贫困劳动力就业。

这是通城县变"原药材"为"功能品",带动当地中药材产业向市场化、规模化发展，改善当地贫困户生活质量，形成稳定脱贫、稳定增收的长效机制，打造中药材产业链一个成功事例。

"依托通城丰富的道地药材资源，探索开发药食同源产品、功能性食品及其他衍生产品等，延伸产业链，提升技术创新能力和核心竞争力，强化创新引领，突出集群成链，提升价值链，培育发展新动能。"通城县长刘明灯对中药材发展，有着独特远见。

2017年1月，通城县成功与康美药业股份有限公司达成全面战略合作协议，重点在道地药材种苗培育、示范基地建设、中药材交易市场建设、中药研发、药博园建设、中药材初制加工、医疗卫生服务、休闲康养等领域开展全面合作。

润康药姑山中药公司引进国内最先进的全自动生产线，全部订购本地道地药材，年生产规模8000吨以上。

通城紫苏与辣椒混合，被加工成"通城老干妈"——紫苏辣椒酱，年销量达500万瓶，产值过亿元。

福人药业的金刚藤胶囊、益心颗粒、健脾糖浆等30个拥有自主知识产权的中医专用药品获国家生产批文并大量投产。金诺药业已建成华中地区最大的膏药生产基地，华信制药已建成集中药生产、保健食品加工、医疗器械生产三大生产基地，泽中药业与中远物流建立战略合作关系，拥有仓储面积1.5万平方米，货运容量达5万吨。

规划总面积3平方公里的药姑山中医药健康科技产业园雏形渐显；福人药业、庞大药业等一批医药企业项目相继入园，入驻企业总数达到9户。

该县政府整合资金，相关部门根据自身实际，为中药材种植主体在基地选址、种苗供应、技术指导、烘干加工等方面提供全方位配套服务，逐步实现由"中药材种植"向"中药材产业"发展，由"天然药库"向"药材大县"跨越。

从"小产地"到中药材种植面积10万亩，从"各自为战"为"有序发展"，从"原药材"转"功能品"，中药材已成为当地农民治贫困、奔致富的好良方。

（原载《中国扶贫网》2020年4月21日）

战"疫"也战"贫"

——通城脱贫攻坚一线打响两场硬仗

一垄垄油菜花黄澄澄，一厢厢菜苗绿油油，一排排机械响声隆隆，一只只红袖章风风火火⋯⋯

阳春三月，走在湖北省通城县乡间地头，到处充满一手抓疫情防控、一手抓脱贫攻坚的硬核力量，民工返岗复工，扶贫车间的机器"唱"起来；农民田间地头忙起来，化肥、农资运进千家万户⋯⋯处处显现返工复产，决战贫困勃勃生机。

疫情就是命令　防控就是责任——扶贫工作队转为疫情防控工作队

1月26日，大年初二，年味儿正浓，李红光就出现在石南镇杨山村。

"李组长，你不是腊月二十九才走吗？咋又回来了？"村民黎钢纳闷儿地问道。

"疫情在各地扩散，我哪有心思待在家里过年。"李红光是县交通运输局副局长，驻石南镇杨山村工作组组长。

"不出门、不串门、不集聚⋯⋯"李红光第一时间倡议党员干部组建志愿者服务队，手持小喇叭，戴上红袖标和口罩，迅速投身到村级疫情防控第一线。

石南镇杨山村程家楼屋场今年六十多岁的左落保正月初二因病去世，按照习俗，亲朋好友要前去吊唁，一场丧礼下来有四五百人的聚会规模。疫情防控严峻，李红光同志及时到左落保家宣传劝解，劝其取消葬礼，节俭办丧，村民左落保上午病故，下午家人将其安葬。

通城是个打工大县，返乡人口多，疫情防控压力陡增，农村地区的疫情防控工作更为重要。

1月26日，该县组织部下发《关于精准扶贫驻村工作队（组）转为新型冠状病毒感染的肺炎防控工作队（组）》的通知。

"疫情就是命令，防控就是责任。"接到通知后，隽水镇油坊村第一书记张剑虹，不顾身体做了心脏造影安了两根支架，一直在罗家水库路口执勤点，每天工作超过 12 小时。

"我是党员，这是我的职责。"

该县 185 个扶贫工作队，按照县防指 26 日下发的《新型冠状病毒感染的肺炎疫情防控指挥部通告》的相关要求，"亮身份，践初心，比作为"，把疫情防控工作作为巩固拓展"不忘初心，牢记使命"主题教育成果的实践战场，协助驻点村对乡村道之间进行相互隔断，严禁人员流动接触，力争实现户与户相互隔断的目标，成为通城疫情前线的逆行者。

"群众疾苦，立马解决"——扶贫工作队员成了"代购员"、"销售员"

"谢谢刘书记！"东港村七组贫困户李根晚接过钞票时，感激地说。

李根晚一家 6 口人，儿子在黄冈读大二，家庭收入很大一部分来自田藕。早些天，他担心受新冠肺炎疫情影响，田藕卖不出去，收入受损而返贫。

李根晚口中的刘书记是县发改局驻东港村第一书记、工作组长刘永安。

疫情伊始，刘永安就带领村委和驻村工作组一班人全覆盖、无死角地推进外地返乡人员的摸排和监管工作，排查中发现李根晚的困境。

刘永安在微信群第一时间发出了李根晚的信息，得到了一部分成员响应。他立即登记成员购买数量，采取微信支付方式，用私家车送到各家门口。他还通过当地防疫食堂认购、网络渠道订购、村镇干部送货上门等方式，帮助李根晚销售价值近万元田藕和荠头。

抗疫期间，这个县为困难群众排忧解难，封城不封爱，演绎了一个个接力护送"救命药"的暖心故事。

"妈妈药断数日。"通城"小红帽"志愿者李金星的妈妈患有脑梗塞、心肌梗塞以及糖尿病（心脏病做过三次手术），需要坚持服用药物，但特殊时期，县内各地早已封村封路，李金星买到的药品均无法送到妈妈手中。

无奈之下，李金星向县委副书记杨修伟和县委政法委书记、公安局长田红强，发送求助短信。

"把药品备好，我们安排人来取……"短信发出后，该县通过"值勤站"将药品传递到黄龙村，由村干部专程送到了小李舅舅家中。

"压在我心里十几天的事终于解决了，我向大家保证'疫情不退，誓不回家'！"得知药品成功送到，李金星在朋友圈写了这样一段话。

党员勤跑腿，群众不跑路。

大坪乡来苏村 12 组贫困户胡必英患有尿毒症，疼痛难忍，亟需去县城购买药品。无职党员黎三龙得知情况，立即申请车辆通行证，开车前往县城，辗转 4 家药店，终于买到药品，第一时间送到胡必英床前。

关刀镇杨家村是典型的挂壁山区村，村民居住分散，村组之间很多地方不通车，县水利和湖泊局驻村工作组为村民家里配送蔬菜和代购物资，每天步行两万步以上。

在抗疫阻击战中，通城县扶贫工作队、疫情防控志愿者下沉一线，问需于民，确保群众办事不出门、不跑腿，亦能妥善解决医食行等问题，架起了党群一心抗击疫情的爱心桥。

复工复产　　就近就业——为贫困户注入防贫减贫活力

"想不到这么快就复工了，再也不用担心没有收入来源了。" 2 月 18 日，关刀镇云水村一早就坐上平安电工公司返工复产专车。

三赢兴科技公司制订各项疫情期间工作细则，按时实施消毒，餐具消毒管控、分散住宿，分批就餐等措施组织有序复工，就地就近安排 100 多名在外打工人员就业。

"批复工业企业复工复产及疫情防控方案，涉及疫情防控和国计民生的分阶段、分重点、分批次实施，目前有 3 家公司有限复工复产。"通城经济开发区主任续红林介绍。

县开发区正在筹备下一批企业复工复产，力争 3 月 10 日全县工业生产步入正常轨道，以保障完成今年的经济发展任务。

这个县抓脱贫攻坚工作不放松，围绕扶贫产业做文章，因地制宜，充分利用各种行之有效的手段，通过积极谋划产业布局、指导产业实施、就地就近就业、广纳市场资源等方式为贫困群众解难题、化民忧，切实做到"战疫"、"战贫"两不误。

人勤春来早。连续晴天，井堂村葡萄园葡萄枝条正在溢浆，不马上进行封浆，将直接影响今年的产量。

路边的葡萄园门口，葡萄园负责人葛小明逐个为村民测体温，进行消毒，提醒大家戴好口罩，保持 1 米以上的距离。

井堂村葡萄园占地 70 亩，投资约 200 多万元，为了提升产品竞争力，葛小明今年又引进了 3 种新品种，目前该葡萄园共有 8 类品种，预计今年产量可以达到 20 万斤，将吸纳当地劳动力超过 80 人。

塘湖镇阁壁村高山上，油茶长势喜人，种植大户金定武带领以土地入股的贫困户分散开来打凼、栽苗。

连日来，该县强调春季农业生产要下好"先手棋"，鼓励多流转荒山，让"荒山"变"金山"，让"油茶树"变成"摇钱树"。同时，组织农技专家开展春耕备耕生产指导、科技服务推广、惠农政策落实等工作，储备了水稻种子 15 万千克、农药 20 吨、化肥 750 万千克。

在塘湖镇狼荷村、大坪乡沙口村等地，上万亩油菜花竞相开放，农民们戴着口罩正在田间地头忙碌着，有的手持锄头清沟排渍，有的在施加肥料……

通城是油菜大县，每年种植面积达 13 万多亩，已成为增加农民收入和群众脱贫致富的有效途径。

该县对发展蔬菜生产的，按 100 元 / 亩的标准补贴；对发展油菜的，按 300 元 / 亩标准补贴种苗；对发展生猪 500 头以上的规模养殖场，给予贷款贴息补贴。

沉舟侧畔千帆过，病树前头万木春。面对突如其来的疫情，扶贫的脚步非因疫情而止步，通城县立足当前，放眼长远，将打赢疫情防控阻击战、脱贫攻坚战有机结合起来，两手抓两手都要硬，直面这次非同寻常的大考，在希望的田野上书写春天答卷。

（原载《中国扶贫网》2020 年 3 月 9 日）

"早"字当头的通城战"疫"

通城县早发动、早部署将疫情防控关口前移，做到了"早发现、早隔离、早治疗"，有效防止了疫情蔓延。

位于湘、鄂、赣三省交界处的湖北省通城县，距离武汉200公里，总人口52万，有近10万打工大军，春节期间，大量外出人员返乡，给疫情防控带来极大的压力。

通城县早发动、早部署将疫情防控关口前移，统筹配置流调力量，发起凌厉攻势，做到病情"早发现、早隔离、早治疗"，有效防止了疫情蔓延。至目前，通城县连续5天无新增病例，确诊病例在咸宁市排名靠后。

早发动：第一时间吹响抗疫号角

"同时间赛跑、与病魔较量，坚决遏制疫情蔓延势头，坚决打赢疫情防控阻击战。"咸宁市人大常委会副主任、县委书记熊亚平话掷地有声。1月20日晚12点，通城连夜召开工作会，专题研究疫情防控。

1月21日，该县成立疫情防控工作应急指挥部。

1月22日，召开县委常委扩大会，防控指挥机构再次升级，成立以县委书记、县长担任指挥长，常务副县长担任常务副指挥长的防控指挥部，抽调人员组成办公室、防控组等1办11组工作专班，构建起有效运转的战时防控工作体系。

1月23日，召开全县干部大会，印发《通城县新型冠状病毒感染的肺炎防控工作方案》，启动防疫信息日报告、零报告制度、定期会商机制，明确全面进入防疫战时状态。

县"四大家"领导带头包保封闭楼栋、小区。1901名医务工作者无私奉献，纷纷请战。近百名流调队员闻令而动，细致调查，密切跟踪，宁多调千人，不漏调一人。公安干警、乡镇村社区干部冒着风雨严寒，始终坚守隔断岗位，家家户户进行排查。

1月26日，县委下发《关于精准扶贫驻村工作队（组）转为新型冠状病毒感染的肺炎防控工作队（组）的通知》，全县151个扶贫工作组，288名驻村干部迅速到岗到位，就地转变为疫情防控工作队。

1月29日，县委发布《关于党员干部在新型冠状病毒感染的肺炎防控工作中亮身份，树旗帜，发挥先锋模范作用的通知》，动员全县广大无职党员参与疫情防控。至目前，全县报名参与防控新型冠状病毒感染肺炎疫情工作的党员志愿者共有500多名奋战在卡点监测、宣传劝导、日常巡查一线。

早发现：第一时间掌握第一手信息

2月21日，五里镇磨桥村：测量、登记、消毒……县流行病学调查及其密切接触者追踪工作队员杨新宇熟练忙碌着。

通城县以11个乡镇为单位，从县卫健局、县疾控中心、县市场监管局、各乡镇抽调95人组建了16支流调工作队，随时保持临战状态。

对疑似病例在第一时间启动流调工作，对发热病人还处在留观期内就启动流调工作，必须在10个小时之内完成流调任务，且做到"不落一户，不漏一人"。

各流调队在当天调查完毕后，及时将调查信息交由疫情分析组汇总分析。通过个案分析，撰写个案调查报告，尽快研判感染来源，为下步对密切接触者进一步筛查、追踪并采取隔离留观措施提供了一手信息。

通城县疾控中心专门成立了疫情资料组，明确专人负责每天收集上报疫情信息，统计各流调队调查资料，每周撰写一期全县疫情分析报告，定期分析研判疫情阶段特征和形势变化，为防止疫情蔓延争取了宝贵时间。

为切实提高流调队员的业务能力和水平，确保流调工作质量。由县卫健部门牵头，多次分批组织流调队员对调查内容、调查方法、工作流程、防护用品穿脱方法等方面进行了十分详细全面的培训。

同时，所有流调队员必须严格按要求做好个人防护和信息保密工作，必须集中在县城指定酒店住宿，每人单独一间客房，防止回家造成家庭感染。

早隔离： 第一时间实施"三级隔断"

1月23日开始，通城县实施县域封闭管理。

1月26日开始进行县、乡、村"三级隔断"。

2月3日，对确诊病例所在小组、小区、楼栋落实重点区域封闭管理，2月4日实行"村村封闭，户户隔离"十项措施。

2月16日开始，对所有自然村湾、居民小区全面实行24小时最严格封闭管理。所有参与防疫、物资配送、应急抢修等人员车辆凭证出行，所有经批准的营业场所一律只对物资配送人员开放，其他人员除就医、生产、丧葬及经批准离隽外，一律禁行。

该县东方名都小区居民黎明(化名)，于1月16日从武汉返回通城后与家人同吃同住，导致全家4人相继感染被确诊。

疫情发生后，该县通过第一时间开展流调工作，及时对其密切接触者13

人采取隔离措施，并对该小区实行封闭管理，有效控制了病毒在更大范围传播蔓延。

这个县坚决把住门，管住车，守住店，看住人。实行网格化管理，地毯式走访。前期主要排查武汉等地返乡人员，全县共排查总人数近 47 万人，锁定从武汉返回通城人数，全部实行有监督的自我隔离。对潜伏的隐性感染者、密切接触者进行反复的拉网式筛查甄别，确保不漏一户、不落一人。

该县设立万泉酒店等 8 处集中留观点，储备房间 447 间，明确专门车辆和人员，对排查出来的密切接触者第一时间转运、第一时间隔离，形成排查—转运—收治—治疗闭环，对疑似病例的密切接触者一律改为集中隔离。

早治疗：第一时间打响救治战

"我们全体医护人员发挥党员先锋作用，始终站在抗击新冠肺炎疫情的最前线，做冲锋陷阵的排头兵……" 1 月 27 日，通城县人民医院 80 余名医护人员集体宣誓。

一句句铿锵有力的誓言，道出了向病毒宣战的决心。早在这之前的 1 月 24 日，全县疫情阻击战发起的第一时间，该院 800 多名党员干部职工就已经全部放弃休假，签下请战书，申请到救治一线。1 月 28 日和 2 月 12 日，随着云南支援通城医疗队 2 批 44 人先后抵达，为通城疫情防控和救治工作注入了强劲战力。

"12：11，患者病情危急且有进行性加重趋势，有可能出现进一步加重，有死亡风险……"

"16：30，经专家组会诊讨论后，决定行气管插管术，插管成功后，接有创呼吸机辅助呼吸。心电监护显示血氧饱和度上升至 95%……"

这是 2 月 7 日，县人民医院 ICU 的医生黎海明的抢救记录，也是通城县人民医院首次采用气管插管救治乙类传染病危重患者。经过 10 个小时的抢救，患者病情稳定下来。

为了更快将新型冠状病毒传染的肺炎患者送诊，减少医院内患者交叉感染，通城县人民医院于 1 月 27 日晚将新内科楼进行整体搬迁腾空改造，用于新型冠状病毒感染的肺炎病人隔离救治。并在三天时间内，在原有 1 个感染性疾病科的基础上，改建了 7 个隔离病区、重症新冠 ICU 等 9 个专区。该县按照 "三区两通道" 要求，紧急改造隔离病区 7 个面积 1.3 万平方米，建成合规收治病房 270 间、病床 524 张，新采购多功能呼吸机 5 台、CT 设备 1 台。多渠道保障医疗物资，共到位防护服 57991 套，N95 口罩 1500 个，医用 (外科) 等口罩 220 多万个，护目镜和防护面罩 5000 个。共有 1886 名医务人员奋战在救治一线，保证应收尽收、应治尽治。

该县以最坚决的态度、最严厉的措施、最严明的纪律、最快速度，护航疫情防控阻击战，全县纪检监察机关共问责党组织 6 个、处理党员干部 73 人。

该县还着重激励关爱一线干部。坚持在防疫一线考察、识别、评价、使用党员干部，激发担当作为。6 名救治一线的同志火线入党；县交通运输局驻石南镇杨山村工作队队长李红光同志因在疫情防控工作表现突出，县委县政府通令嘉奖，并晋升为三级主任科员。

（原载《经济日报—中国经济网》2020 年 2 月 20 日）

银山党旗艳　　隽水抗疫潮

——通城党员干部战"疫"写真

"众志成城，抗击疫情"八个鲜红大字闪耀在湖北省通城县防控指挥部墙上。

疫情就是命令，防控就是责任。通城县委县政府领导始终把人民群众生命安全和身体健康放在首位，紧急安排，迅速行动，带头、带领全县党员、干部全面投身疫情防控阻击战，党员、干部冲锋在第一线、战斗在最前沿，让党旗在疫情防控一线高高飘扬。

党旗在抗疫一线高高飘扬

"同时间赛跑，与病魔较量，坚决遏制疫情蔓延势头，坚决打赢疫情防控阻击战"，1 月 21 日，在全县的疫情防控部署会议上，咸宁市人大常委会副主任、县委书记熊亚平话掷地有声。

全县动员、全民参与的疫情防控阻击战拉开了序幕。

抗疫，举全县之力；党旗，吹响抗疫号角。

通城县委迅速成立疫情指挥部，由县委书记、县长担任指挥长，县"四大家"领导全部下沉防控一线，各乡镇、县直各单位根据防疫工作需要组成相应防控工作专班，县指挥部设立防控、医疗、交通、保障等九组，集中办公，科学调度，形成全员齐上阵、层层抓防控的工作格局，聚大众之智慧，凝大众之力量，为抗疫快马加鞭，蹄急奋进。

通城是劳务输出大县，春节返乡人员多，疫情防控难度大，为防止疫情传播，全县共设立 174 个卡点，落实"三级隔断"，牢牢驻守"内防扩散，外防输入"的防线，各级党委政府和基层党支部进入"战备"状态，牢牢守住群众健康的门、平安的门。

县委在第一时间亮出了旗帜，将全县 151 个扶贫工作组、288 名驻村干部就地转变为疫情防控工作队，火线出击狙击"疫情"。统筹市委组织部下拨的党费，同步配套投入到了抗疫一线，183 个党支部和近万名"双报到"的党员干部在全县掀起"亮身份，践初心，比作为"的浪潮。

隽水镇为通城县城所在地，居民多，流动人口多。县委常委、组织部部长熊斌担起隽水镇分指挥部的"指挥长"，白天到各村、社区督办指导，晚上进行"一办六组"疫情防控会商。

1300 余名在隽水镇报到的党员干部，分身在卡点、宣传、巡逻、留观点等战线上。由 446 名党员和群众志愿者组成的疫情防控劝导志愿服务队，高举"强防护，讲卫生，勤洗手，戴口罩"、"严禁打牌赌博，严禁举办红白喜事"等宣传牌，深入隽水镇各社区、村组，开展疫情防控宣传，确保宣传不留死角，防控不漏一人。

在全县 115 个易地搬迁集中安置点上，由党员志愿者组成的服务队每天"打卡"报到，运送物资、清扫场地、宣传消杀、心理疏导，全面做好城乡封闭管理期间困难群众生活救助和生产帮扶工作，拨付困难群众生活救助资金，乡镇福利院也纳入重点防控，确保防护到边到角，不漏一人。

自疫情防控以来，党员干部冲锋在前，在全县进行了大排查，改造 7 个隔离病区面积达 1.3 万平方米，设立 8 处集中留观点，对排查出来的密切接触者第一时间转运、第一时间隔离，形成排查——转运——收治——治疗闭环，确保应隔尽隔。

在封锁线上,党员干部昼夜轮回战斗在防疫卡点上。1月23日开始实施县域封闭管理,接着开始进行县、乡、村"三级隔断";对确诊病例所在小组、小区、楼栋落实重点区域封闭管理;实行"村村封闭,户户隔离"十项措施。从2月16日开始,按照省政府通告"五个严管"要求,开始对所有自然村湾、居民小区全面实行24小时最严格封闭管理。2月19日零时起实施的全城禁行公告,违者一律予以治安处罚,违反公告规定的,一律纳入失信人员名单……

一条条禁令,一道道死守,宣布全县进入最后发起总攻的关键期,为坚决打赢这场疫情防控的人民战、总体战、阻击战加上了最后的砝码。

非常时期,非常对待,激励关爱一线干部和执纪问责双管齐下。对县人民医院集体、交通运输局驻石南镇杨山村工作队长李红光进行嘉奖,在疫情防控一线晋升为三级主任科员;落实医务人员临时性补助津贴,给一线医务人员及其家属送去慰问金和物资;对抗疫不力的6个党组织、73名党员干部给予了问责和处分,其中党纪政务处分45人。

从指挥调度,到层层加防,再到奖罚分明,通城县委用严密的部署,强有力的举措,忘生死的战将,为全县人民织牢抗疫防线。

党徽在抗疫岗位上闪闪发光

"我们全体医护人员发挥党员先锋作用,始终站在抗击新冠肺炎疫情的最前线,做冲锋陷阵的排头兵……"1月27日,通城县人民医院80余名医护人员集体宣誓。

一句句铿锵有力的誓言,道出了向病毒宣战的决心。早在这之前的1月24日,全县疫情阻击战发起的第一时间,该院800多名党员干部职工就已经全部放弃休假,签下请战书,申请到救治一线。1月28日和2月12日,随着云南支援通城医疗队2批44人先后抵达,为通城疫情防控和救治工作注入了强劲战力。

"12:11,患者病情危急且有进行性加重趋势,有可能出现进一步加重,有死亡风险……"

"16:30,经专家组会诊讨论后,决定行气管插管术,插管成功后,接有创呼吸机辅助呼吸。心电监护显示血氧饱和度上升至95%……"

这是2月7日,县人民医院ICU的医生黎海明的抢救记录,也是通城县人民医院首次采用气管插管救治乙类传染病危重患者。经过 10 个小时的抢救，患者病情稳定下来。

为了更快将新型冠状病毒传染的肺炎患者送诊，减少医院内患者交叉感染，通城县人民医院于 1 月 27 日晚将新内科楼进行整体搬迁腾空改造，用于新型冠状病毒感染的肺炎病人隔离救治。并在三天时间内，在原有 1 个感染性疾病科的基础上，改建了 7 个隔离病区、重症新冠 ICU 等 9 个专区。

在与医护同行的"逆行者"中，流调队冒着随时被感染的风险，进病房直接采集病毒检验样品，奔向疫点进行流调。

有时虽只有一个病人，采样送检人员却要排查数百位密切接触者，询问流行病学史，将病人的咽拭子、血液标本等带回实验室做病原检测，穿上防护服，几个小时不能上厕所、喝水。除采样送检，面对面数小时的流行性学调查不亚于一起案件的侦破，流调完后相关文档不能带出隔离区，调查人员只能隔着玻璃请其他队员帮忙手机拍照传送回去，回隔离住所后再对着手机一笔一笔地抄录下来和完善。

通城县疾控中心几十名党员干部毅然扛起抗疫的旗帜，组建 6 个工作专班，培训近百名各类专业技术人员。流调确诊病例和疑似病例及其密切接触者近千人，收集样品送市疾控中心做核酸检测 100 余份；重点场所消毒达 300 万平方米。共产党员周落平 80 多岁的老父亲无人照料，她却挑起了病房流调小组长重担；共产党员谢琦与病人面对面流调，十多天没回过家，两岁的女儿每天趴在窗口等妈妈；50 多岁的黄皓步履坚定，用瘦弱的身板背起 40 多斤重的消杀药桶……在玉立酒店、万泉酒店、格林豪泰等 5 个留观点上，疾控中心的近百名党员干部担起了消毒的重任，他们成天穿着防护服，背着几十斤的药桶，步行几里路，攀爬六七层楼梯，不放过任何一个消杀的盲点。

哪里有病例报告，党员干部就开赴哪里，不论昼夜，与疫情抗争，与时间赛跑，全县医护人员，对着病魔逆行而上，用血肉之躯筑起抗疫"护盾"，防护服上的"党员"二字在他们逆行的背后透出别样的风采。

"哪里有危险，哪里就有党员。" 以党支部为核心，通城县"小红帽"志愿者协会率先发起了志愿抗疫活动，30 多名党员和志愿者，从大年三十起，将医用物资第一时间投入医院、乡村；组织防疫后勤保障"先锋"队，赴医院食堂帮厨、送餐；组织人员到隽水河进行漂浮物清理、打捞和隔离区日夜值守；"三留守"得到知心妈妈们微信、视频"微爱"。

"留观点"上的 10 多位小红帽志愿者从大年三十开始，配餐送餐、清理垃圾、搬运货物，别在胸前的党徽熠熠生辉。

党员在抗疫一线发挥先锋模范作用

"我志愿加入中国共产党，拥护党的纲领……" 2月3日，在县人民医院会议室和隔离病区响起铮铮誓言，王林甫、徐勇穿着厚厚的防护服和白大褂，对着鲜红的党旗庄严宣誓。

王林甫在驻点包保村一线开展群防群控工作，接到筹建新的定点发热门诊任务，中午饭都来不及吃就赶回了县城，连夜调集人员、运送设备物资和防护用品，接连奋战两个昼夜，他提前完成了同仁医院发热门诊病区的改造。

从1月22日起，感染病一区的徐勇没有再出过科室大门，每天平均休息不到5个小时的他，被老党员身先士卒、不惧艰辛、勇于奉献的精神深深触动，坚定的理想信念和近30日的昼夜奋战，"火线入党"让他深感肩上的使命和担当。

疫情警报响起，广大党员干部引领在前、战斗在前、冲锋在前。

80后党员志愿者徐摇，2016年随丈夫转业安置在县城发集团，舍下家中需要照料的80多岁奶奶和年幼的孩子，主动请缨到隽水镇桃源村。近一个月来，因有限的洗漱条件，徐摇含泪削减留了12年的及腰长发，每天将两把长椅拼接当床，想法帮村民和贫困户代买代购蔬菜，每天帮一贫困户上小学的女儿开展线上教学，跑几公里路帮卧病在床的高血压，高血糖患者配齐了急需的药，每日帮村民代灌20多瓶煤气和代买其他生活物资并送货上门，还当起了20余人的疫情防控心理咨询师。

2月14日，塘湖镇大塅村村委会主任黄修平一直坚守在一线，因工作任务繁重，20多天连日作战，因疲劳过度而昏迷在抗疫一线。

14日，他来换夜班时发病了，手机掉在地上，捡了两三次也没捡到，休息几分钟，他身体一边动不了，走路也走不了了。

村干部果断发动车子，载着村卫生室医生和黄修平迅速赶往镇卫生院，后转送县人民医院，才未耽误最佳救治时间。

据村干部介绍，近些天来，黄修平一直奋战在守牢"第一道防线"的岗位上，重复监测体温，为全村1952人做防疫宣传，一遍又一遍地叮嘱村民戴口罩、勤洗手、讲卫生、少聚集……村民们没想到身体健壮的他，累倒在了工作岗位上。

　　在疫情防控初期，由于村里物资缺乏，家里的被褥、热水壶、帐篷等物资，都被黄修平拿上了防疫一线。从正月初二开始，大垅村排查在外返乡人员185人，黄修平充当疫情防控宣传员，将这些人员作为重点监测对象，每天上门进行疫情防控排查，开展公共卫生消毒，苦口婆心挨家挨户劝导他们居家隔离，不要外出。

　　在大垅村村委会和黄修平等同志的共同坚守下，至目前，大垅村尚未出现一例确诊病例（包括临床诊断病例）。

　　李红光是县交通运输局副局长，驻石南镇杨山村工作组组长。

　　大年初二带领驻村工作队员逆向而行，戴上红袖标和口罩，迅速投身到村级疫情防控第一线。

　　李红光带领工作组队员，手持小喇叭，走村串户开展宣传，从村民们开始的不理解，到现在自觉不出门、不聚集。石南镇杨山村程家楼屋场今年六十多岁的左落保正月初二因病去世，按照习俗，亲朋好友要前去吊唁，一场丧礼下来有四五百人的聚会规模。疫情防控严峻，李红光同志及时到左落保家宣传劝解，劝其取消葬礼，节俭办丧，村民左落保上午病故，下午家人将其安葬。

　　疫情严峻，李红光第一时间倡议党员干部带头组建志愿者服务队，连日来，驻村工作队员和志愿者们在疫情一线宣传和指导疫情的科学防控工作，组织村干部、党员、志愿者摸排防控对象，构筑起了群防群治的严密防线。在驻村工作组的参与下，杨山村排查走访1019户3800余人，通过宣传发动，做群众工作阻止了10场红白喜事聚餐、劝散牌桌29场次。

　　疫情无情，人间有情。各级党组织，党员纷纷捐款捐物，塘湖镇凉亭村经商党员王亮飞率先捐赠1000只医用口罩；随后，北京铁道工程机电技术研究所股份有限公司捐款30万元，湖北平安电工材料有限公司捐款10万元，湖北瀛通通讯捐款90万元，香城联农向我县疫情防控指挥部捐赠3500斤新鲜蔬菜……

　　爱心企业、爱心党员的慷慨解囊、捐款捐物，为通城打赢疫情防控攻坚战提供了有力的资金和物资保障。至2月20日全县共收到各界捐款2500多万元。

　　2月16日，县委副书记、县长刘明灯在全县新冠肺炎疫情防控总攻动员会上号召全县上下万众一心，众志成城，聚全县之力，向新冠肺炎疫情防控发起总攻，坚决打赢疫情防控的人民战争、总体战、阻击战。

一个党员一面旗帜。全县数千名党员干部奋战在一线发光发热。

（原载《经济日报—中国经济网》2020 年 2 月 23 日）

金融活水浇开扶贫花

——农发行通城县支行支农纪实

天气越热，瑶媳妇家的生意越好，刚端出一锅桐子粑被游客抢光。

一抬脚是瑶望千年广场，省电视台名主播喜子正领着十万江城人游通城的部分游客，跳起了拍打舞。

瑶媳妇也手舞足蹈起来，整个大坪乡内冲瑶族村都沉浸在喜滋滋、甜润润的日子里。

过上了好日子大家心里都清楚，村子的蜕变，全靠的是金融活水的浇灌，没有农发行通城支行的精准滴灌，也就没有内冲瑶族村今天幸福美好的家园。

在湖北省通城县精准扶贫、脱贫攻坚主战场上，农发行以时代的责任感和紧迫感深耕"三农"沃土，服务"三农"发展，持续加大信贷投入，在隽邑大地上构建着农业强、农村美、农民富的美好家园。

据农发行通城支行提供数据显示，至 7 月底，该行贷款余额 30.12 亿元，其中扶贫贷款余额 12.87 亿元，居全市农发行第一位。连续多年被上级行授予支行先进单位和优秀集体称号。

送"及时雨"　美丽乡村更富饶

"这个曾经缺乏合理规划、村民住房布局散乱的村庄，幸亏有了农发行的资金支持，经过改造，这里已经成为了宜业宜居的美丽乡村。"内冲瑶族村支书一脸喜悦向正在调研的通城农发行行长关怡宁道喜，他说这里曾是一条"穷、脏、乱"的山沟，如今，华丽转身成为全省美丽乡村示范和 4A 级景区，世代种田打柴的村民家门口吃上了旅游饭。

漫步在农发行支持的"内冲瑶族村"美丽乡村改造示范点上，游人如织。目之所及，白墙碧瓦的瑶族新居鳞次栉比，纵横交错的通村公路平坦笔直，田间菜畦错落有致，内冲河面碧波荡漾，一幅"水清天碧风拂面，居雅径洁香满园，田蔬硕果醉山林，人缘相亲溢乡间"的新农村壮美画卷徐徐展开！

2018 年 4 月，为实现通城 2020 年全面脱贫目标，县委、县政府决定进一步加大扶贫攻坚力度，对县内重点贫困村分批次进行村貌整治，首批建设内容包括对 15 个村庄的房屋立面、党群服务中心、公共厕所、文体广场的改造或新建。

为了项目尽快落地，农发行通城支行业务骨干，在一个月时间内，完成该地贫困村提升工程扶贫过桥中长期贷款项目的受理、调查、报审工作。最终，该行成功获批农发行全省首笔乡村振兴扶贫过桥贷款 2.8 亿元，为全县贫困村提升工程送去了"及时雨"。

带着强烈的使命感，为让全县贫困村加速实现"提升颜值换穷窝"的目标，2019 年 8 月，该行再次成功营销第二批"通城县乡村振兴农村环境整治工程 3 亿元贷款项目"，并完成首笔投放两亿元，项目为全县 12 个重点贫困村内改建农村景观小游园提供了支持，涉及施工建设面积达到 470 亩，完善了农村基本公共服务水平，直接帮助部分建档立卡贫困户改善了生产和居住条件。

2018 年至今，该行立足于农业政策性银行的资金、规模、支农方式等信贷政策优势，以改造贫困村村容村貌，支持美丽新农村建设为重点，累计投放贫困村提升工程项目贷款 7.4 亿元，为建设景美、人和、宜居、宜业的美丽乡村，源源不断地注入了金融"活血"。

引来活水　乘上致富快车道

初秋，车行通城乡下，乡村公路纵横交错，处处风光，处处美。

通城地处幕阜山脉，部分乡村交通不便，影响了农民种植农产品的积极性，村级公路给群众出行带来安全隐患。

要想富，先修路！路网建设是农村拔掉穷根，打开致富之门的钥匙。该行将农村公路建设作为优先支持领域，瞄准信贷扶持的切合点和关键处，开辟快捷的信贷支持"绿色通道"，对农村公路建设实行优先受理，优先调查评估，优先给予资金规模支持的"三优"政策。

2018年3月，该行拨款1.6亿元的"通城县公路安全生命防护工程"项目，及时为全县部分路网硬化、拓宽和安防建设提供了支持。

在大坪乡花墩村，笔直宽阔的道路穿村而过，车辆不时驶过。"以前我们这里都是泥巴路，赶路的时间比干活的时间还长，村上路通以后，外面收农产品的车更容易进来了，不仅出行方便，我们挣的钱也多了。"村民胡建明脸上洋溢着幸福的笑容。

该项目改善了区域路网结构和交通环境，带动了沿线乡镇产业发展和资源要素集聚，为区域经济发展打通了动脉。

2020年是脱贫攻坚决战决胜之年，也是通城县脱贫摘帽之年。今年5月，县里实施党建引领基层治理示范带建设项目，进一步巩固脱贫攻坚成果。然而，财政资金一时难以跟上，如何有效的融资，成了最大瓶颈。

农发行支行行长关怡宁了解相关情况后，克服疫情影响，第一时间向县委、县政府汇报农发行信贷政策，积极与农业、扶贫、水利、发改等部门沟通对接信贷产品，提出了运用"扶贫过桥贷款"破解瓶颈的工作建议，获得一致认可。

"我觉得我们的使命和担当，就是给老百姓多办点儿实事。所以好多贷款都等不得。"为了实现项目尽快落地，关行长带领专班专人跟进，每半天汇报工作进度，保证每一步办贷流程都跟踪到人。在他的带动下，该支行工作效率拉到满格，以最快速度完成2.7亿元贷款审批投放，为道路沿线建设党建引领基层示范带工程提供了强力支持。

至2020年7月底，该行已完成近5亿元农村路网建设贷款的投放，改造修建道路千多公里。

随着一笔笔农村及贫困地区路网建设贷款资金的注入，一条条致富坦途、希望之路正在不断建成，农民乘上致富快车道。

精准滴灌　油茶长成摇钱树

秋日的午后，在通城县塘湖镇阁壁村油茶基地里，公鸡在油茶林下扑打着翅膀，贫困户金高超边除草边开心地说，在黄袍山公司的帮扶下，尝试"油茶＋茶叶＋药材"种植新模式，期待着一个丰收年。

"脱贫攻坚，要从'输血'转向'造血'，产业扶贫是关键和核心。"基于此，该行除了支持农村硬件设施建设外，还把目光聚焦在涉农产业化龙头企业上，通过这些龙头企业带动贫困户增收，鼓起农民的"钱袋子"。

黄袍山绿色产品公司是省级农业产业化龙头企业，以从事农产品加工及茶油产业发展为主，该行按照支持涉农企业发展的金融政策，倾力支持其发展壮大。近五年来，该行向黄袍山公司放款7000万元，支持该公司通过"公司＋基地＋贫困户"模式，实施茶油产业扶贫。在这种模式下，贫困农户或贫困村组将山地流转给公司，以山地入股，公司负责基地所有投入，在有条件的贫困村开发集中连片高产油茶基地，并让贫困户负责建管，收益后山地所有者与公司按照比例分成。

前几年，村里找到金高超，通过"企业＋基地＋贫困户"的模式让他拿手头的山地入股，与黄袍山公司合股经营，共建茶油基地，金高超算了一笔账：他家有10亩地，每亩产值是3000~5000元，按照公司合同，农户与公司四六分成，每亩收益不少，他家每年可以分红。他还打算让外出务工的弟弟回来，到油茶基地做农工，一天可赚160元左右。至目前，该公司采取"公司＋合作社＋贫困户＋承包人"等方式建设高标准油茶示范基地6.12万亩，与全县11个乡镇78个行政村2410多户贫困户签约合作种植油茶，带动周边农户7600多户。

在农发行的支持下，黄袍山公司正在围绕重点贫困村加大油茶基地建设力度，在每个贫困村推广建设高产油茶基地500亩，扶持每个贫困户建管油茶基地50亩，让贫困户有了持续稳定的收益来源，达到助富一方百姓的目的。

数据显示，2015年以来，通城农发行累计投放贷款36.37亿元，投放扶贫贷款17.92亿元，惠及贫困人口近9万人。至目前，该行贷款余额30.12亿元，其中扶贫贷款余额12.87亿元，居全县金融机构第1位，比年初净增3.06亿元，居全市农发行第1位，居全县金融机构第1位。被县政府授予"金融支持地方经济发展突出贡献奖"。

大江流日夜，慷慨歌未央。农发行通城县支行将不忘初心，牢记使命，进一步发挥政策性金融职能，为通城打好脱贫攻坚收官战，展现"通江达城"美好愿望再做新贡献！

（原载中国农网《农民日报》2020年8月21日）

一池活水润农家

——通城县用活扶贫资金扶持产业发展略记

小雪节气，行走在湖北通城的乡村，但见油茶摘果，药材飘香，山货搭上电商"快车"，扶贫微工厂遍地开花……冬闲变冬忙。

陪同采访的县财政局工作人员介绍："我们县里巧用扶贫资金扶持产业发展，现在一年四季都忙得很呢！"

统筹资金　规范使用　一池活水润农家

通城县是幕阜山片区插花贫困县，如何如期实现脱贫摘帽？脱贫之后如何再振兴？

通城县委县政府认为，治贫之本，在于产业兴旺。"2019年，实施多个渠道进水，一个池子蓄水，一个龙头放水，统筹财政性资金44.82亿元，整合财政专项扶贫资金8500万元，全用来扶持产业发展，拓宽增收路。"

如何用好用活这一笔资金，通城县出台了一系列的规章制度。

强化组织领导，确保"事前"有人抓。制定《财政资金统筹整合实施精准扶贫工作方案》，成立了由县长刘明灯任组长、部门主要负责人为成员的县统筹整合领导小组，对每笔扶贫资金拨付或者每个扶贫项目开始操作之前，确保有专人负责且一"跟"到底。

强化检查预防，确保"事中"有人管。充分发挥纪检监察、审计和财政部门的监督职能，对扶贫资金进行监督检查，防止截留、挤占、挪用、套取、贪污等违纪违法行为发生，确保扶贫资金或项目在运作过程中，能够安全、合规、有效地使用。

强化责任追究，确保"事后"有人问。对扶贫资金主管部门在监督管理工作中存在失职、监督不到位、发现问题查处不力等行为，严格予以问责处理。

多法并举　　因地制宜　　产业花开幕阜山

源头活水，浇开产业致富花。

通城是全国油茶重点示范县之一。初冬时节，走进通城县油茶产业园内，但见山岭上人们忙着油茶采摘后的培护，乡村道路上运输油茶果的车辆往来穿梭，遍布山野的油茶林，郁郁葱葱，形成了一道独特的冬景。

在油茶产业发展中，扶贫资金怎么起作用？对发展油茶基地的，实行以奖代补。在有条件的贫困村推广建设高产油茶基地 500 亩，扶持有条件的贫困户建管油茶基地 10 亩以上。达产后，贫困村每年油茶毛收入 100 万元以上，贫困户年油茶毛收入两万元以上。在《通城县油茶产业十年规划》里，到 2020 年，全县要建成 40 万亩油茶基地，茶油年产量达到两万吨，产值 10 亿元。

塘湖镇阁壁村贫困户金铭，就受惠于奖补政策脱了贫："种了 30 多亩油茶，国家奖补政策 3000 元，油茶果今年还卖了 1 万多元。"

在通城县五里镇勘上村，贫困户杜玉凤有了增收新门路——房屋顶上熠熠生辉的光伏电板："光伏发电不光让我家免费用电，每年还有近 3000 元左右的电费收入"。

"全县投资 2200 万元，在 42 个重点贫困村建成 42 个光伏扶贫电站，这些贫困村成立了光伏发电公司，电费收入作为村集体经济收入，再由村委会与贫困户进行分红。"县财政局负责人介绍。

走进五里镇汉上村，在用居民楼改做的生产车间里，几十位村民有的在操作生产机器，有的在干手工活，不一会儿，一箱箱漆包线就生产好了——这是五里镇汉上村党员朱新亚开在村里的扶贫车间带给村民的新变化。

村民杜美珍说，村里的妇女现在都成了"上班族"，在家门口领着一个月两三千块钱的工资，上班种地两不误，在家里的地位一下子变高了。

"全县像这样的 51 家扶贫微工厂，共拨付奖补资金近千万元。"县扶贫办提供的数据表明。这些利用闲置学校、办公场所等集体所有房屋改造"扶贫微工厂"，涉及服装、农副产品加工、电子产品等 10 多个行业，解决 2000 多名留守老人、妇女就业，实现 670 名贫困户脱贫致富。

如今，全县已培育产业扶贫市场主体 1200 余家，初步形成油茶、中药材、茶叶等八大主导扶贫产业格局，建成产业扶贫基地 85 万亩，覆盖全县 100% 以上的村、97% 以上的贫困户。

电商助力　　山货变现　　扶贫产业下金蛋

产业基地建好了，打通顺畅的市场通道，产业才能充满活力。

互联网为扶贫产品走向山外安上金色的翅膀。《通城县电子商务进农村省级示范项目三年实施方案》出台，方案以建档立卡贫困村贫困户为主要支持对象，以线上线下销售农特产品和服务为主要手段，加大贫困地区产销对接。

新创建的电商扶贫基地，为28家电商企业入驻创业园打开绿灯，免除房租、用水供暖等创业开支，提供"零成本"免费入驻服务。以"县有领军人、乡有带头人、村有明白人"为目标，加强贫困户实用人才培训，贫困户新建一个农村电商网店奖补4000元。

"确实是个好东西！今年我家5000斤草莓滞销，通过电商销售，价格还比往常卖得高。"一说起农村物流配送中心和电商基地，左港村村民胡江波竖起了大拇指。据悉，他不仅销售自家的草莓，还通过网店代销周边贫困户家里的各种山货，生意十分红火。

黄袍山农夫正式上线后，就主推卡非食品公司生产的一款黄袍山农夫辣椒酱，上线半个月，销量突破3万瓶，销售额达到40多万元，消费者遍布全国。

依托阿里巴巴、供销e家等平台，通城县建成263家村级电商服务站，形成以农产品电商、旅游电商、本地生活服务类电商业态为主的农村电商发展格局，培育的"本草天香"茶油、黄袍山农夫辣椒酱、三毛姐紫苏酱、麦市干子等多个叫得响的区域品牌，经由一根网线走向山外，走向世界。

2018年，通城县被正式确定为阿里巴巴集团"千县万村"项目试点县，省级电子商务进农村综合示范县。据资料显示，去年至今，全县农产品网销近两亿元，带动2300户贫困户脱贫。

（原载《农村新报》2019年11月25日）

"三乡融合"绘就发展新画卷

——通城"扶贫微工厂"助力扶贫

市民下乡　　中药材加工成治贫良方

如何让贫困户搭上"脱贫快车"，让他们双手动起来，腰包鼓起来？

通城县的答案是：鼓励和引导市民租用农村空闲农房和农地资源，在农村建立"扶贫微工厂"，发展农产品加工，实现项目到村，产业到户。

思路一变天地宽。湖北庞大药业有限公司利用五里镇尖山村闲置的村委会建起扶贫微工厂，主要是做艾叶加工。

近日，笔者走进湖北庞大药业的艾叶加工车间，十几位工人正在忙碌着，他们有的在操作机器粉碎艾叶，有的将加工好的艾叶包装入盒，不一会儿，一件件精美的泡浴包、艾灸就生产好了。

今年65岁的王贵兵是村里的建档立卡贫困户，由于年纪偏大再加上身体不好，平常只能在家干些杂活，没有什么经济来源，日子过得紧巴巴的。自从村里建起了扶贫车间，他的生活发生了很大变化。

王贵兵告诉笔者，现在村里建了艾叶加工厂，他在这里务工每天可以挣七八十块钱，感觉还蛮好。

像王贵兵老人这样，因为扶贫车间的出现，生活发生改变的贫困户不在少数。他们每个月能拿到稳定的收入，而且家里地里的活都不耽误，这种转变让他们津津乐道。

"目前，扶贫车间吸纳了20多户贫困户在车间就业，平均工资在两千元左右。下一步，将扩大规模，解决更多贫困户的就业问题。"庞大药业老总刘潮告诉笔者。

为了保障庞大药业扶贫车间的稳定发展，尖山村从蕲春引进优良"蕲艾"品种，采取"贫困户＋基地＋合作社＋公司"的模式，成立了瑶乡艾叶专业合作社。同时，引导有劳动能力的贫困户"见缝插针"，利用田边地角种植艾叶，扩大艾叶种植面积，确保庞大药业有足够的艾叶来源，贫困户有稳定的工作岗位。目前，尖山村的艾叶种植规模已发展到了500亩，形成了艾产品一条龙产业链。

该县还按照"一村一品"的发展思路，因地制宜，重点扶持本地能人大户等新型经营主体返乡创业建"扶贫微工厂"。

通城县老左港豆制品专业合作社生产车间，浓浓的豆制品香气扑鼻而来。在豆腐、豆油皮制作区，工人们正忙着往模具里灌注豆浆，从锅中捞出豆油皮，将豆油皮进行晾晒，给产品贴商标，帮客户搬运产品……车间里忙而不乱、紧张有序。

创办这家豆制品专业合作社的人叫黎红波，是五里镇左港村村民。在这之前，他在村里当过十多年的"赤脚医生"，在上海、江苏等沿海城市做过砂带生意，这些经历让他积累了一定的经营经验。2012年，在亲人感召和故土乡情的召唤下，黎红波回到家乡开办豆制品加工厂，成立通城县老左港豆制品专业合作社，采取公司＋基地＋贫困户的模式，带动17户贫困户脱贫，黄豆变成致富的"金豆"。

能人回乡　　楠竹成为群众"富贵竹"

实现乡村振兴。该县以能人回乡为重要抓手，吸引和凝聚在外能人发挥学识所长、创业经验、社会资源返乡办厂创业，助力脱贫攻坚。

2013年，在外务工成功人士方霞回到家乡马港镇黄鹤村高票当选村妇联主任，在村党支部的带领下，利用依靠丰富的楠竹资源，走村党支部＋合作社＋贫困户的脱贫攻坚路，贫困户以楠竹入股，新建扶贫车间，安排12名有手工艺的贫困劳动力就业，以传帮带的形式，将一批贫困户培养成竹制品加工者，加工竹制品家庭用品，扶贫车间的建成，壮大了村级集体经济，还挂靠25户贫困户86人，产业分红，让滞销的楠竹，成为群众脱贫"富贵竹"。

黄鹤村三组贫困户熊建以13亩楠竹入股，平时在扶贫车间做工，年收入4万元，务工两年，摆脱了贫困，全家搬进了两层新房。

能人回乡拓展农村经济发展空间。

"为家乡出力，为乡亲致富是我的最大心愿。"大坪乡水口村刘益才早年在外办厂。看到家乡贫困面貌，毅然将工厂搬回家乡，带动48人就业致富。

关刀镇高冲村女青年夏河池利用在外学到的技术，回乡办起雅安娜服饰加工厂，采取订单作业，带动 21 户贫困户摆脱贫困。

在马港镇中塅村"扶贫微工厂"的生产车间内，数十名工人正在忙碌地工作。为帮助全村 107 户 348 人贫困群众在家门口实现就业，村委会于今年 7 月份，引进电器电线加工，在微工厂里上班的员工，大多数是四五十岁的妇女，杨世品是村里的贫困户，因车祸导致腿脚不便，家里还有两个小孩和一个婆婆，想就业，却找不到门路，生活难以为继，进了扶贫微工厂后改变了一家人的生活。

为拓宽贫困户的就业渠道，村委会还牵头成立了中塅种养殖专业合作社，种植近百亩苗木和中药材，其中洛神花基地，带动了贫困户 55 户 197 人就业务工，基地收益还给贫困户分红 40%。

企业兴乡　"扶贫微工厂"让贫困户家门口生财

执模、注蜡、抛光……经过 10 多道工序一件件金光闪闪的首饰出自山村贫困妇女之手。

这是马港镇易段村在广东创业青年孔鹏飞，返乡利用村空闲房创办的扶贫微工厂，安排村 20 多名贫困户就业。

该县鼓励企业到农村建设"扶贫微工厂"，对利用闲置学校、办公场所等集体所有房屋改造"扶贫微工厂"，按照"两有两无"（有业主承租、有带动贫困户务工，无环境污染、无安全隐患）标准进行改造的，经费由县据实予以奖补，最高可达 20 万元；鼓励企业、能人大户等新型经营主体自主投资建设"扶贫微工厂"。按照全县统一规划、统一设计、统一标准要求建设厂房且自愿接受"扶贫微工厂"管理的，新建厂房按照 200 元 / 平方米标准予以奖补的同时，享受县产业扶贫有关奖补政策。

该县还对企业、能人大户等新型经济主体根据产能实际，在农村租借私人闲置房屋开办"扶贫微工厂"，无安全隐患、达到环保要求并自愿接受该县"扶贫微工厂"管理的，每年按 10 元 / 平方米标准对租金进行补贴的同时，享受县产业扶贫有关奖补政策。

"坚持'因村制宜，宜建则建，宜改（扩）则改（扩），宜租则租'的原则，到 2020 年 6 月底，实现全县 42 个贫困村和 134 个重点非贫困村扶贫微工厂全覆盖"，通城县长刘明灯表示。

走进五里镇汉上村，在用居民楼改做的生产车间里，几十位村民有的在操作生产机器，有的在干手工活，不一会儿，一箱箱漆包线就生产好了。

五里镇汉上村党员朱新亚，致富不忘乡亲，把车间开回了村里。

村民杜美珍告诉笔者，村里的妇女接受手工技能培训不到一个星期，就已经掌握了漆包线所有的加工流程，大家都觉得易学易上手，而且车间就建在村子里，非常方便，现在她们也成了"上班族"，在家门口领着一个月两三千块钱的工资，家里地里的活两不误，这种转变让她们津津乐道，不仅有获得感，还觉得地位也高了。

朱新亚20多岁开始就在深圳打拼，经过多年的努力，开办了凌亚电子公司。上年5月，事业蒸蒸日上的他得知家乡脱贫攻坚正如火如荼时，顿时萌生了把深圳的电子厂搬回到村里的想法。

朱新亚说，汉上村凌亚电子厂有七八十位村民在这里上班，他们工资高的每月可以拿七千多，工资低的每月也可以拿近千元。

朱新亚将车间搬到村里的消息迅速在汉上村传遍开来，由于生产的漆包线大部分以手工为主，且易学易上手，村里六七十岁的老人也纷纷加入到了生产漆包线的队伍中来。

五里镇汉上村村民李小保告诉笔者，像他这样的老人，在家也没有事做，到村里的凌亚电子厂拿点儿线到家来做，一个月可以领到七八百元的工资。

朱新亚的凌亚电子厂搬到村里后，管理得当，生产的漆包线质量好，产品一直供不应求。他正着手把规模进一步扩大，让更多的父老乡亲在家门口就业，增加收入。

在脱贫攻坚和乡村振兴的道路上，需要有更多的能人回乡，带领群众脱贫致富，改变乡村面貌。

伴随着乡村车间轰鸣的机器声，这个秋天，在五里镇汉上村，希望正在村民家门口生长。

同样，在麦市镇创办起来不到3年的民营企业——洪宇鞋业积极承担社会责任，踊跃投身脱贫攻坚。

为方便贫困户就业，公司在麦市镇贫困户相对集中的4个村建成扶贫微工厂，让36户贫困户足不出村就业增收。

该县主动联系县内外工艺相对简单、用工需求较大的加工企业，与贫困村建立合作，从事产业代加工，探索出了一条以扶贫微工厂为载体、帮助贫困群众就地就近就业的"造血式"扶贫路子。

力星灯饰是一家专业出口欧美圣诞节灯饰生产企业，公司将一些操作简单的半成品分发全县 6 个扶贫微工厂 (外发点)，带动 323 名留守妇女、留守老人增收。

2017 年，四庄乡四庄村的扶贫微工厂建成，魏书莲老人找到了一条自力更生的谋生门路。早年老伴过世，儿子、儿媳都患有智力障碍，抚养年幼的孙子成了她的重担，一家人的生活极为困苦。"现在我们娘俩有了活干，日子越过越好。"老人的脸上逐渐有了笑容。

该县始终坚持把生态环境保护作为经济社会发展的底线、红线、高压线，做到"三高"企业和项目零审批、零引进，从源头控制环境污染与生态破坏。

"拨付资金近千万元，建成 51 家扶贫微工厂，涉及服装、农副产品、电子产品等 10 多个行业，解决 2000 多名留守老人、妇女就业，实现 670 名贫困户脱贫致富。"县扶贫办提供数据表明。

"扶贫微工厂这一模式彻底改变了通城农村贫困户单纯依靠土地获得收入的生产、生活方式，激发了贫困群众依靠辛勤劳动增收脱贫的内生动力，让他们不仅有获得感，还觉得地位也高了。"正在北港扶贫车间调研的县委书记熊亚平也有了感慨。

扶贫微工厂让贫困户在家门口就业，工作顾家两不误，忙时务农，闲时务工，逐渐成为通城农村脱贫致富一道新风景。

（原载《中国扶贫网》2019 年 10 月 24 日）

一个省重点深度贫困村的华丽转身

——美丽天门幸福来

三十六弯，弯弯藏风景，弯弯有故事。

季秋，笔者驱车来到湖北省通城县麦市镇天门山脚下，沿着硬化了的盘山公路，弯过三十六道拐，攀升到海拔五百多米高山上，眼前一亮，仿佛进入世外桃源。

村内柏油路畅通整洁，道路两旁花木茂盛，一栋栋黛瓦白墙错落有致，村民忙碌在金色的田园……天门村已经成为高山美丽乡村。

这一巨变，来自通城县"迁村腾地，整村推进"的决策，来自县委、县政府一班人"不忘初心，牢记使命"的政治担当，来自他们带领党员群众，艰辛探索、砥砺前行，推动"绿水青山就是金山银山"的生动实践。

精心谋划　深山崛起美丽乡村

"羊肠路，荒山头，一库碧水断往来；上学难，出行难，有女莫嫁天门山"。这是当地传诵的一首民谣。

天门村海拔 550 多米，偏居幕阜山一隅，是一个三省交界村落，全村共 12 个村民小组，374 户 1300 人，贫困人口占 95 户 290 人，属湖北省重点深度贫困村。

"一山三十六弯，弯弯有人家，多则三五户，少则一两家，餐餐红苕饭，户户小学生。"这些传唱几十年的歌谣，道尽了全村 1300 多人居自然条件之严酷、生存条件之恶劣。

出行难、上学难、就医难，迫使 70% 的村民被迫搬迁下山。

"一方水土养不起一方人。"通城县把易地扶贫搬迁作为顺应人民对美好生活向往的现实需求，打赢脱贫攻坚战的首要之举，在天门村首次打响"迁村腾地，整村推进"的战役。

县委副书记、县长刘明灯多次上天门村调研，现场指导，议定方案，扎实推进。县国土部门、发改等部门以及金融部门多次到天门村走访调查，现场解难，提出很多指导性意见和建议。

"迁村腾地，整村推进，将安置小区列入增减挂钩项目。"该县深挖国土资源政策红利，建设易地扶贫搬迁安置小区，推行宅基地复垦券制度，将旧房危房腾退，由全县统一进行拆除复垦，节余产生的建设用地指标在省内公开交易。

易地扶贫搬迁安置小区分布在天门村委会后面，地势平缓，生活便利。麦市镇党委、政府班子成员全员上阵，每人带一个工作专班，在一个星期内完成 329 户的拆迁协议，一个月内完成拆迁和复绿工作，新增农用地 191 亩。

通城县在建设易地扶贫搬迁安置小区时守住搬迁对象精准的"界线"，

建房面积的"标线",搬迁不举债的"底线"。充分尊重搬迁群众意愿,因地制宜、因户施策,本着合理规划选址,民居布局科学,方便村民生活的原则,66 户拆迁安置户以家庭人口数量,分别按照两层砖混结构三个标准进行统一设计,统一建设,统一搬迁。同时,在选址上做到"三避开"(避开地质灾害区、避开洪水威胁区、避开基本农田)。

"一步跨到小康社会!没有国家的好政策,我一辈子也很难挪出穷窝。"村贫困户罗时富的话说出了天门村 66 户扶贫搬迁贫困户对党和政府的感激之情。说起易地扶贫搬迁,他一脸的高兴和满足:"以前,我家 5 口人居住在 20 年代土筑的破房子,天一到下雨,家里 24 个天井,到处漏雨,提心吊胆怕倒塌,拆掉老房子,将宅基地复垦,不仅能分到钱,还能住上新楼房。"

产业帮扶　　山种摇钱树　　户有聚宝盆

对生存环境恶劣的贫困人口实施易地搬迁,解决"一方水土养活不了一方人"的脱贫短板,是打赢扶贫攻坚战的关键之举。

为防止搬迁户出现"住着新房子,过着苦日子",如何真正实现"搬得出,稳得住,能脱贫,能致富"的目标,天门村通过自己的实践,给出了答案。

昨日一大早,贫困户葛先荣夫妻俩早早来到地里,挖地、施肥、下种、覆膜……雄丰专业合作社专业种植高山蔬菜,以"合作社+基地+贫困户"的方式流转土地 100 亩,带动 20 户贫困户就业,葛先荣夫妻俩每天都有 100 元的务工收入。

蓝天白云下,翠绿群山间,传来牛羊叫唤声,贫困户葛招龙眯着双眼悠闲地哼着小曲。该村利用天门村山林草地资源丰富优势,鼓励引导村民发展种养业。目前,全村已发展牛、羊和生猪等养殖户 96 户,吸纳农户入社,户均增收 3000 元以上。葛招龙养殖的 30 多条牛,收入 5 万元以上,年过 40 岁的他,今年脱贫,又脱单。

为给贫困户提供更多的脱贫致富机会,天门村发展黄桃基地 100 亩,解决 12 人就业。新建 60 千伏光伏发电站,10 户贫困户年分红 3000 元以上。中药材基地 200 亩,主要种植葛根、香菇等,安置 15 人就业,年收入两万元。

该村还采取"公司+基地+农户"的模式,开发油茶基地 1000 多亩,贫困户以地入股,基地流转到黄袍山油茶公司。建成收益后,农户和公司按 4∶6 分成。见效益之前,每亩每年发放 150 元的看管劳务费。

目前，这个村正洽谈引进高山有机茶、民宿风情、户外采摘休闲为一体的田园综合体，带动更多贫困户就近务工，实现离土不离乡，就业增收。到目前为止，天门村已经发展了中药材、高山蔬菜、光伏发电、黄桃、牛羊养殖等8个扶贫产业，不仅能帮助贫困户入股分红增收，还保证了贫困户就近就业。

有了好产业，搬迁的贫困群众留了下来，一些外迁的村民又搬了回来。

"搬迁是手段，脱贫是目的，通过抓产业发展，抓就业创业，使得贫困群众通过易地扶贫搬迁，不仅住上了好房子，还过上了好日子，保证了贫困群众高质量脱贫。"正在现场调研的县委书记熊亚平说。

美化环境　群众生活在幸福花园中

"山区人民对美好生活的向往，就是我们这届政府的奋斗目标。"县长刘明灯驻点天门村后，一直用自己的行动兑现自己的承诺。

走进天门村：公路两旁金桂飘香，拆迁户宅基地处处泛绿，村河道护砌正酣。

该村大力实施美化工程，采取"四让四变"措施，让天门古老村落焕然一新，华丽转身。

——让屋场变菜园。大力开展复绿工作，调集菜籽460斤，对拆迁的239户宅基地全部进行复垦，昔日的老屋宅基处处泛绿。

——让村落变花园。对公路沿线、房前屋后、田边地角栽种桂花、金丝楠木、枫香、樱花、紫薇等绿化苗木两万多棵，沿途花香鸟语，清新宜人。

——让河道变公园。投资760万元护砌3.9公里河道，实现生态自净、水清岸绿，依势修建亭台桥榭，打造景观长廊，人在山里走，如在画中游。

——让山路变平坦。筹资460万元，将盘山公路6.4公里重新铺设并拓宽至4.5米，两旁加设护栏，让村组道路畅通，村民出行方便安全。

——该村占地面积两亩投资60多万元的污水处理池即将投入使用，污水注入净化池，再通过植物净化。

——全县第一家农村生态停车场，绿树环绕。投资170万元新建村级文化广场已竣工。

华灯初上，村文化广场，村民们载歌载舞，用自己的方式表达对新生活的热爱。

——听他们又唱出了新生活："沥青路，绿山头，一库碧水游客来；东弯有产业，西弯就业忙；黄桃香，牛羊壮，扶贫帮到心坎上，感恩共产党，天门生活大变样。"

这些新歌久久盘旋在天门村上空，越唱越红，越听越甜。

（原载《农民日报》2019年9月26日）

现代乡村变革之路

——解读美丽乡村建设之东山模式

多方发力　用活美丽乡村建设这把"金钥匙"

盛夏，记者走进地处湘、鄂交接处的湖北省通城县马港镇东山屋场，犹如走进一幅动人的山水画卷。连绵不绝的竹海，漫山遍野的树林，清澈的溪流，古朴的民居，村在林中，林在村中。

两年前，这里还是名不见经传的穷乡僻壤。如今，伴随着美丽乡村示范点的建设，这里已成为湘、鄂两省毗邻地区最具人气的乡村游景区之一。

去年以来，在县委、县政府的大力支持下，在县委办公室的对口帮扶下，按照建设"美丽乡村新典范、宜居宜业新农村、休闲旅游新景点"的要求，选址东山屋场建设美丽乡村示范点。从开工到完工仅用半年左右的时间。

健康是时代的主题。东山屋场紧临106国道，山清水秀，环境优美，人文资源独特，毗邻古瑶文化发祥地，传承于古楚文化圈。设计方案以"健康中国·美丽东山"为主题，融合传统中医药、农林、果蔬采种，围绕"一轴、三环、四片"的整体构架进行产业布局。设计还结合当地地形地貌特点，以朱雀、玄鸟、凤凰等主要图形为元素，设计了东山屋场主要形象标识，秉承了浓厚的荆楚文化血脉，彰显了荆楚文化特点，同时融入瑶文化元素。既保留了原生态的自然风光，又有着现代城市的时尚元素，融合传统中医药、农林、果蔬采种和旅游观光，带动村民就业创业，实现脱贫增收。

挖掘资源　　把牢文化振兴这颗"定盘星"

湘、鄂两省交界的马港，原名九岭。

这里，捡起一块砖就是一个故事，拾起一片瓦就有一个传说。

这里，诞生了通城第一位共产党员。

这里，曾是抗日战争时期长沙保卫战湘北前线。

据史料记载，1941年元月，日寇以一万五千余兵力，大举进犯九岭，以致九岭前线诸多战略要地失守。时任第五十八军副军长鲁道源奉命赴前线督战抗击，并收复失地，遂题词"立马九岭"以示纪念。

以文化人，以文惠民。近年来，东山屋场建设者通过深入挖掘与弘扬厚重的历史积淀，在传承中坚守，在创新中发扬，让红色文化、民族文化成风化人，大大提升了老百姓的获得感、幸福感。

"建筑为形，文化为魂。"文化是绵延千年的命脉。东山屋场围绕抗战历史，在入口山体上建成了"立马九岭"纪念园；围绕村口百年古樟建成了"古樟斜阳"观景平台；在右侧山体步道沿溪而上"信步观溪"；徜徉在左侧山腰的竹林步道，可感受"竹海清风"；人工湖种植湘莲，构成"青荷落照"景观；围绕屋场中轴线，修缮"医博生香"博物馆；加固改造"月字塘"，形成了"东山映月"景观。

东山屋场8处自然和人文景观亮点，统称为"东山八景"。八景之外，还制作文化墙彩绘、宣传画、宣传标牌30处，宣传优秀传统文化和社会主义核心价值观。

如果说文化是东山屋场的魂魄，那么马港人对崇德向善精神的追求，则是东山屋场永续发展的强大基因。

村民自治　　牵住人居环境整治这个"牛鼻子"

乡村要振兴，生态宜居是关键。美丽乡村建设过程中如何实现"建设"与"保护"两者之间的完美衔接，东山屋场的答案是："看得见山，望得见水，记得住乡愁。"

该屋场以"原生村"提质为主线，不砍树、不挖山、不填湖、不拆房，不搞大拆大建，对居民区和原生态的屋场景观进行修缮改造，因势象形，应势造景，构成山与水相映、花与树相间、路与景相连、人与自然相融的田园景象。

该屋场整合交通、水利、住建、国土、环保、农业、旅游等方面资金1000余万元，实施道路升级、房屋改造、水系打造。高标准建设屋场循环公路3公里，形成了机动车道、自行车道、步行道为一体的道路体系；高标准建设文化广场1个、公厕2个、停车场2个、山间木栈道2条；建成人工湖2个，水面面积17.43亩，改造水溪2条，长1.15公里。

该屋场实行"自主管理，自主服务"的村民自治模式，充分调动村民主动性，突显村民自治，分片划区负责范围内的环境整治，做好房前屋后的卫生维护、绿化养护等工作。做好生活垃圾和污水治理，安装分类垃圾箱30个，改造排污管线300余米，配备保洁员2名，定时进行垃圾清扫和清运。

该屋场利用村边荒地、荒滩和环村道路，种植生态林、经济林、花卉苗木等，建设供村民休闲、游憩的游园绿地。种植各种景观树木、花卉苗木20余种，共投入绿化资金90余万元。

转型升级　找准绿色生态"致富路"

登"信步观溪"，感受"竹海清风"；游人工湖赏湘莲，在"青荷落照"留影；吃农家饭品藏香猪肉；体验蔬菜采摘乐趣……

马港镇创业成功人士胡朝积极响应县委、县政府号召，投资近千万元将东山休闲山庄打造成一个集生态休闲、餐饮、种植、养殖为一体的现代化绿色民宿农庄。

东山休闲山庄，总面积约一万平方米，设有停车位100个，篮球场一个，门前是儿童乐园和共享菜园，有饮食、住宿、会议三大主要服务功能。有KTV、棋牌、烧烤等项目。烧烤基地可容纳100人烧烤。

远离都市喧哗，来自湖南岳阳月田的易女士，特地带两小孩开车过来游玩。"从月田到东山屋场不到半小时，让孩子在'儿童游乐园'、'休闲垂钓基地'、'露营基地'放松放松"，同时下地收获新鲜蔬菜，找东山休闲农庄烹饪加工，享受劳动成果。

农庄培植四季花海、多肉植物园、中药种植示范区，保证一年四季有花可赏、有景可观，既有经济效益，又有观赏价值。同时建成"采摘体验园"、"儿童游乐园"、"休闲垂钓基地"、"露营基地"，为前来游览观光的客人提供采摘、垂钓、露营等服务。

农庄大力发展绿色生态种养殖业、观光农业、现代服务业为主的多种业态，形成集农业生产、观光旅游、休闲娱乐、餐饮服务为一体的现代产业格局。庄园还圈起了一部分山林地，放养鸡鹅、牛羊、"两头乌"、藏香猪、竹鼠。

山庄内精心设计，环境温馨、布局也相当之巧妙，不愧是东山之上最具特色的民宿山庄。

庄园厨师采用农家柴火灶方法将食材原汁原味地烹饪给顾客，天然木桶蒸出的米饭香气四溢，手工石磨豆腐味美。平江鳝鱼面是东山休闲山庄的一道特色地方小吃，其特点是麻、辣、鲜、香。

东山休闲山庄作为东山屋场之上规模最大、最具东山特色的民宿农庄，已带动包含 20 户贫困户在内的农户共 60 余人务工，给当地老百姓脱贫致富搭建了一个就近平台。

山庄优美的环境能够让游客放松心情，真正领略到山清水秀、鸟语花香，回归自然的感觉。

（原载《中国农网》2019 年 8 月 16 日）

擦亮鄂南明珠

——通城农村人居环境整治纪实

道路两旁绿树成林，新植树苗生机勃勃；村内房前屋后，干净整洁，鲜花怒放；村头文化广场，笑声不断，舞姿翩翩。

通城县位于湖北省东南部，湘、鄂、赣三省交界处，素有"茶叶之乡""牲猪之乡""云母之乡""砂布王国""天然药库""鄂南明珠"等美誉。今年来，该县以建设美丽宜居村庄为导向，拆违建、改厕所、清垃圾、治污水、建广场、添绿化……一场农村人居环境整治攻坚战正在加速推进。

从"三不"到"三禁"　绿水青山变成金山银山

夏日，细雨霏霏，马港镇高峰村月形山上，村民吴勇将父亲的骨灰盒缓缓放进坑内，轻轻地盖上土，兄弟三个种上三棵柏树，象征兄弟三个守在父亲身边，且四季常青。

高峰村退伍军人吴长银积极响应该县提出的人居环境整治和殡葬改革号召，生前主动提出生态安葬——树葬。

"全域推动，全民发动，深入推进农村人居环境整治。"县委、县政府发布动员令。

4月1日，《通城县2019年农村人居环境整治"百日攻坚"行动方案》出台。印发乡村人居环境宣传手册和倡议书13万余份，制作宣传标语和户外广告牌1000多条（块）。

4月2日上午，该县农村人居环境整治"百日攻坚"动员大会召开，成立人居环境整治工作指挥部，统筹协调全县农村人居环境整治工作；对县内5条主要道路和3条主要水系河流，分别明确由一名县级领导包保督办；从县农业农村局、税务局抽调78人组建11支农村人居环境整治工作队，进驻11个乡镇专门督办农村人居环境整治工作。

各乡镇相应制订了工作方案，成立了工作专班，明确了包保责任领导，全县农村人居环境整治形成全民参与、干群共抓的工作局面和强大的工作氛围。

"高峰村位于陆水源头，百丈潭水库上游，是县城10万人饮水水源地。早在2016年，就成立了百丈潭水源保护与生态发展促进会，提出'不打农药、不使化肥、不打除草剂'，同时组建了一支10人的环保队，负责库区周边的清洁卫生，不定期开展环保宣传和监督工作。"马港镇驻村干部胡平介绍。该村将"三不"扩展为"三禁"（禁鞭、禁药、禁塑），从源头杜绝污染。

"在以往，要是有红白喜事，村民总是放上几挂鞭炮和使用一次性餐具，一次性餐具燃烧时会释放出大量有毒气体，埋在地下不腐烂，对环境造成长期严重危害。"谈起"禁塑"的初衷，村副书记吴忠富感慨不已。

为"禁塑"全面成功，高峰村率先发出《关于禁止使用一次性餐具的倡议书》，与村小卖部、早点摊、村民、厨师签订承诺书，在全村范围内全面"禁塑"。同时，添置了一台消毒柜和80桌瓷器碗筷，免费供村民红白喜事借用，餐具有专人保管和清洗，清洗一次，村里付工资50元。

"禁塑两年来，我办了不下百场宴席，换作以前，一场喜事一次性的垃圾都够装满一车了，如今换上瓷器碗筷，垃圾少多了！"在乡里干了10年私厨的吴斌说。

从镇里到村里，以前都习惯用一次性杯子接待来客，如今全部换上了瓷碗。"禁塑"以后，垃圾减少了，环境也变美了。

村民吴海燕掰着手指跟笔者算起来这几年的新变化：往年守着一亩三分地混个肚子圆，这两年，自己流转水田150亩，高峰生态米叫响湖北，1斤米卖到16元，一年产值300多万元。700亩有机茶生长正盛，1斤茶叶900元以上，还供不应求。

从被动到主动 自筹资金提升家园"颜值"

天上银河落八燕。七月的八燕村，处处生机盎然。在绿树的掩映下，一排排别墅与房前屋后的花草树木相映成趣，令人耳目一新。

关刀镇八燕村八组罗堂屋，一个有着六百多年历史的村落。农村人居环境整治让罗堂屋焕发出前所未有的生机。

"新农村建设时不我待，农村人居环境整治利己利民。"老党员汪华望、汪国雄多次召开村民自治大会，商讨人居环境整治问题，谁能整？怎样整？资金从何处来？

会议达成共识：迟改不如早改，没有项目自己筹资，一切为人居环境整治让道。在传承老屋文化的同时，加入新时代元素。

成立人居环境整治小组、资金监督小组，预算76.3万元全部到位，人员由组里德高望重的乡贤担任，以农村生活垃圾、生活污水治理、厕所粪污、村容村貌提升为工作重点。

建绕组循环人行道，涉及组43户土地，没有半句怨言，半年时间，一条长1500米、宽1.5米绿树环绕的人行道顺利完工。

门前池塘砌上大理石，安装上喷泉，数十棵桂花树吐绿正香。

祖屋装修一新，墙上张贴人居环境整治明细清单，忠孝诚信祖训赫然在目。

在罗堂屋，谁家要是有个扯皮拉筋的小事，叫上两个老人在祖屋里坐坐，摆一摆道理，准会握手言欢。

一到晚上，华灯初上，罗堂屋池塘喷泉徐涌，舞池人头攒动，人行道三三两两。

　　该县充分发挥农民在农村人居环境整治中的主体作用和首创精神，把涉及群众切身利益的事情全部交给群众自己议、自己定、自己干，使广大群众参与有渠道、管理有资格、诉求有回应、监督有保障，群众的意愿得到充分反映，投身人居环境治理的积极性空前高涨，真正杜绝了"政府干，农民看"的现象。

　　马港镇彭塅村四组黄花屋，聚居着魏、彭、赵三姓 132 口人，以前各姓明争暗斗，矛盾时常发生。

　　去年，村里七位老人（尊称"黄花七贤"）筹集资金 30 多万元，"黄花七贤"既分工又合作。90 岁的老党员监管资金，71 岁的村民代表管生产接待，61 岁党员魏进秋，59 岁的魏小湘负责策划，魏鳌当导演，在外经商的魏正林负责资金援助，建起黄花礼堂，魏、彭、赵三姓 132 口人聚在一起过了一个开心年。

　　人心齐，泰山移。农村人居环境整治，"黄花七贤"挺身而出，筹集资金 6 万多元，完成村庄绿化项目和 14 亩黄花基地建设。

　　自 4 月初"百日攻坚"行动开展以来，该县共投入整治资金 1.3 亿元，清理房前屋后、路边、岸边沟渠陈年垃圾 1.6 万余吨，清除乱张乱贴小广告近万份，拆除临街路违章建筑和旧屋废基 5800 余处，拆除公路沿线活人墓 900 多座。

　　该县边拆边改边建。在公路沿线、重要节点、省际出口和中心村庄沿线栽植各种花卉苗木 20 万多株；清理水面 9600 余亩，改造立面 74 万余平方米。

从单一到多元收集　　垃圾不落地街道更秀美

　　农村人居环境整治，我们不搞"一揽子"工程。

　　在麦市镇陈塅街道上，一曲优美的歌曲由远及近从身后传来，回头只见一辆分类垃圾运输车缓缓驶来，街道两旁的村民，手提黄、绿两个垃圾袋分别对应投入车上两个垃圾箱中。

　　村民邓嫦娥投放完垃圾，领走黄、绿两个垃圾袋。

　　"拆除门前违章建筑，家里亮敞多了，过早的人多了，每天多进了 5 斤面！"开早餐店的邓嫦娥谈到环境治理，幸福之情溢于言表。

　　该村开始为每户配置了黄、绿颜色的垃圾袋，指导村民对家庭生活垃圾按"可回收"放绿色袋装、"不可回收"放黄色袋装进行分类，后来干脆不发垃圾袋了，引导村民将买菜的塑料袋再利用，减少污染。每天上午九时和下午五时，垃圾车音乐整时响起，村民自觉将垃圾投放到垃圾车中运走。

该村里加大了垃圾治理力度，配备高标准环卫设施的同时，专职保洁员每日清扫陈塅街道，冲洗车每日冲洗，运输车每日两次上门收集。确保村民垃圾"不落地"、"不过夜"，爱美的村民还摆上了盆景。

该县探索建立生活垃圾分类处理机制。将此项工作列入"不忘初心，牢记使命"主题教育活动的重点内容，抓好试点，探索机制，巩固生活垃圾收集处理成果，推进生活垃圾就地分类和资源化利用，有效控制农业面源污染。

从不服到心服 6旬老人誓当"最洁净户"

沙堆镇石冲村由驻村工作组、村干部、师生组成的"清洁卫生户"评比检查小组，在发放宣传资料。

该县健全长效保洁机制，充分调动广大群众参与人居环境整治和长效保洁的积极性。以村民自治体系建设为抓手，进一步健全完善村规民约，广泛开展"清洁村庄"、"整洁庭院"、"文明家庭"、"卫生清洁户"等评比活动，扩大评比范围，强化广大群众生态环保意识，提升群众参与人居环境整治的自觉性、主动性、积极性。

4月28日，县人居环境整治指挥部办公室、沙堆镇政府以及驻村扶贫工作组向石冲村评优的12户家庭授予"最洁净户"锦旗。

人居环境整治百日攻坚行动中，该村成立"清洁卫生户"评比检查小组，由驻村工作组、村干部4人、老师4人、学生8人组成。对村内卫生环境实施动态管理，每月开展一次评比，采取鼓号齐鸣到家授旗的方式，提高群众的参与热情，树立主人翁意识，增加荣誉感。

"童言无忌，中小学生评优，大家信得过。"村民雷光龙也信服，以前干部评，总觉得有人拉关系。

但也有人不服气，二组吴凤莲老人找到村支书姜义国："我家干净得很！为什么评不上？"

村支书姜义国带着吴凤莲到最洁净户家走一走，看一看。看房前屋后，比绿化；看室内清洁、物品摆放，比整洁；看参不参与邪教组织，比身心健康；看参与村组织活动，比奉献。

一圈下来，吴凤莲将电话号码告诉姜义国，一句话："下回村集体活动通知我，下个月一定争取评上'最洁净户'！"

该县强化检查考核奖惩机制。对人居环境整治工作列出任务清单和时限清单，倒排工期，抓好落实。县人居环境整治指挥部进一步强化督促推进措施，建立定期会商制度，及时掌握工作进展情况和存在的突出问题，及时加以解决。对工作推进不力、作风不实的情况，及时对相关人员进行问责。

天更蓝、山更绿、水更清，是通城县充分利用自然禀赋的惠民之举，也是全县人民对幸福生活的热切期盼。

亮剑出招，一幅壮阔的绿色画卷已在隽水大地悠然展开。

（原载《农民日报》2019 年 7 月 18 日）

"电"亮心灯　筑梦城乡

——国网通城供电公司服务通城经济社会发展纪事

一排排电杆拔地而起，一串串银线空中穿梭，一身身红马夹闪亮在通城的崇山峻岭。

国网通城县供电公司一班人牢记使命，不忘初心，以服务地方经济社会发展为己任，走好新时期的长征路，谱写了一曲新时代电力赞歌。

服务县域经济　勇当电力排头兵

"把电网建设作为服务民生的重点，优化山区县电网结构，改善供电服务质量，为县域经济发展提供强有力的支撑。"通城县供电公司总经理方勇上任伊始跑遍通城城乡调研后承诺。

为响应通城县委县政府实施乡村振兴、改善人居环境百日攻坚战略，通城县供电公司为建设麦市镇冷锻月季庄园、马港镇界上村东山屋场、塘湖镇荻田村元帅广场、四庄乡清水村清水画廊、北港醉美横冲村、大坪内冲瑶族村等绿水青山的打造，倒排工期，克服重重难关，短期内使得隽邑大地熠熠生辉。

去年底，平安电工签订了两亿元的线缆耐火云母合作项目，时间紧、工期短、任务重，通城公司组织员工加班加点、扩大生产规模应对，原 200 千伏安变压器承担不了扩产后新增负荷。

企有所呼，我必有应。公司闻讯后，立马派出精英施工队伍，投入资金，将原 200 千伏安变压器增容至 350 千伏安，同时将配电柜、电杆、导线、电缆等设备进行配套升级，通过激战 3 昼夜，完成该台区的改造，从而保证平安电工产品顺利交货。

始于客户追求，终于客户满意。通城县供电公司作为责任央企，充分发挥先行官、主力军的作用，去年至今先后完成了水利局铁柱水厂专变、实验小学专变等 25 家专变施工任务，完成七个乡镇污水处理厂施工任务。目前，正全力配合五里大道、沙堆镇至大溪湿地生态公园公路、北港镇龙门村乡村振兴线路迁改工程。新建改造 10kV 线路 70 公里，新增改造配变 65 台。公司累计安全运行 5620 天。

2018 年腊月的隽水镇桃源村安置点，白墙黛瓦，鞭炮隆隆，13 户贫困户喜迁新居欢欢喜喜准备过大年。可该安置点离变压器距离非常远，电压质量不高。

"让老百姓用上安全电、放心电，在新房开开心心过好第一个新年。"临近年关，公司总经理方勇亲自督战。

25 名职工奋斗 11 个小时，新建 100 千伏安变压器一台，新建 10 千伏线路，低压线路共 1.3 公里，改造下户线 260 米，安置点贫困户在亮堂的新房里过了一个暖和的新年。

通城境内供电面积 1131.92 平方公里，供电人口 49 万多。优质服务是电力企业的生命线。2019 年以来，公司圆满完成中、高考保电、首届中国湖北黄袍山（通城）全国自行车户外公开赛保电等 12 场重大活动保供电工作，让国网品牌在隽水大地大放异彩。

"想不到第二天就帮我装好了，不抽一包烟，不喝一杯茶！"来自福建的蔡老板，对通城县供电公司"报装一体化优质服务"赞不绝口。

6 月初，蔡老板想在银山大道开一家小超市，用电报装，用身份证下载电力"掌上 APP"，没想到第二天就 OK 了，没花一分钱。

"省时、省钱、省力。微小企业用电报装，由 60 个工作日缩短至 25 个工作日完成；低价用电报装，一证办理，两天时间完成。"通城县供电公司副总经理吴启明接受记者采访时说。

该公司实行能整合的尽量整合，能简化的尽量简化，该减掉的坚决减掉，实行多证合一。"网上申报、网上受理、网上审核、身份认证、电子签章、电子归档"，推进"最多跑一次"的改革。

同时，通城县供电公司推进电气化校园、以电代燃调研，加快构建以市场为导向的新型经营模式。创新推进"电气化＋教育"工程。针对通城县 15 所中、小学校食堂燃煤锅炉改造，积极与客户沟通，采取就近公、农配变台区接入的灵活方式降低客户投入成本，促进 12 所学校食堂用能全部改造为电厨炊，年增加电量 41.6 万千瓦时。

"哪里有电力需求，哪里就有电力人。"公司全体干部员工以服务县域经济发展为己任，秉承"你用电，我用心"服务理念，坚持"建好网，供好电，服好务"，全力服务县域经济发展，为建设文明、和谐、美丽新通城提供了坚强的电力支撑。

投身脱贫攻坚　　圆了乡亲致富梦

七月的隽水大地，热浪逼人。

"现在就近上班，一天能拿 110 元钱，每个月就有 2000 多元钱，还能顾家，比以前好多了。"在沙堆镇瑶泉村，贫困户吴祥甫说起生活的变化，含泪感谢电力帮扶人。

瑶泉村是省级重点贫困村，还有贫困户 182 户 575 人。

群众要脱贫，产业是根本。为了让贫困户能够有稳定的收入来源，县供电公司扶贫工作组结合瑶泉村实际，引进在外打拼的"能人"回乡创业，先后建成 500 亩百合种植基地、700 亩油茶基地和近千亩中药材基地等。

扶贫工作组鼓励贫困户把自家土地流转给基地承包者，然后，由基地安排贫困户就近务工，让贫困户在家门口务工增收。

就这样，曾经的泥瓦匠吴祥甫告别了东奔西走找活干的日子，和众多贫困户一同转型家门口就业打工，有了稳定的工资收入。

产业兴旺了，瑶泉村有了"摇钱树"。

顺兴中药材种植合作社理事长吴四兵给记者算了一笔账：村里土地流转 300 元钱一亩，务工 110 元钱一天，贫困户还能领取"分红"收入。

"收入稳定了，贫困户的脱贫就有保障了。"吴四兵说。

扶贫工作组还帮助 28 名有能力的贫困户申请了贷款，帮助他们发展种养殖业，以便更快地脱贫致富。

为了给产业发展提供良好的交通条件和稳定的电力供应，扶贫工作组还帮助瑶泉村多方筹资 300 余万元，投资 40 万，新建了集镇道路，改造了电网，架设了路灯，整治了村庄环境等，瑶泉村的村容村貌焕然一新。

"瑶泉村获评 2018 年咸宁市特色产业示范村，村民平均收入达 5000 元以上。"国网通城县供电公司驻瑶泉村扶贫工作组组长宋宏武自豪地说。

通城县供电公司积极履行社会责任，完成电网脱贫攻坚工程。光伏扶贫对 50 个扶贫光伏发电站上网工程进行了建设，投资金额为 486 万，光伏发电项目建成后，为其提供上网接入服务，让各村组享受分红收益。

易地搬迁安置点 117 个，投资 1732.33 万元。机井通电解决了 199 个三相泵站和抗旱抽水机站的供电不足问题。

对口帮扶为沙堆镇瑶泉村和石冲村，公司驻村工作组 6 人，领导班子及中层干部包保 50 户，为瑶泉村争取 290 万电网改造资金，已投资 210 万完成石冲村农网改造工作。

村村通动力电工程涉及 10 个贫困村，工程投资 855 万，共解决 3530 人生产、生活用电；光伏扶贫电站接网工程投资 390 万元，涉及 43 个配套电网项目已全部完工，参与包保扶贫瑶泉村、石冲村的精准扶贫大数据核查信息，支持沙堆村发展村办企业百合基地 300 亩。瑶泉村从一个全省重点贫困村变成咸宁市特色产业示范村、全县妇女之家示范村、扶贫台账示范村。

村容变美了、产业变多了、腰包变鼓了、笑容变多了……昔日省级重点贫困村，如今在通城县供电公司帮扶下，村民脱贫致富奔小康一步步踏进现实。

做好加减乘除　　树立电力新形象

"作风建设永远在路上，紧紧围绕三条主线，做好加减乘除，树立电力新形象！"通城县供电公司纪委书记柳俊坐在不到 10 平方米狭长的办公室里掷地有声。

在纪律教育上做加法。在规定动作基础上开展形式多样的特色教育，人手一本《廉政法规随身学》、《党员应知应会 100 问》，有空就学，逢场必讲，形成不想腐的自觉；在遏制违纪上做减法。通过"一网一库一单一卡"建设，将廉政风险防控落实，减少廉政风险点，从根本上杜绝违规违纪人员；在监督合力上做乘法。实行"三覆盖"，推动党委＋中层干部＋关键岗位人员主体责任，纪委书记＋纪委委员＋支部纪检委员监督责任，全员履责，发挥监督乘数效应；在风险防范上做除法。破除行业壁垒，消除管理风险、制度风险、业务风险、岗位风险，构建不能腐的机制。

黄袍，一块红色的土地。2019年首届中国·湖北黄袍山（通城）全国自行车户外挑战赛在黄袍山风景区举行。

保证电网安全是该公司主要职责。在元帅广场，塘湖供电所职工葛剑检修完线路稍作休息，便从口袋里掏出《廉政法规随身学》学习。

打铁还须自身硬。该公司宣传教育在"微"上做文章。微型口袋书随身带，微典型充分挖掘；责任落实在"实"上下功夫，建立具体化责任对标，制定精细化责任网，进行常态化形势分析；监督检查在"小"上求突破，抓关键时，抓日常提醒。抓关键人，抓监督重点。抓关键点，抓防控考核；执纪问责在"严"上下力气，严谨收集线索来源，严格查纠苗头，严肃查处违纪问题；自身建设在"细"上见实效，实现"三个提升"。纪检队伍能力的提升，履行职责能力的提升，基础管理能力的提升。

新时代长征路的号角已经吹响。

通城供电"铁军"以百舸争流、奋楫者先的勇气，以自身正、自身净、自身硬的底气，以努力超越、追求卓越的担当，点亮通城人民幸福新生活，助力通城经济新发展、新跨越、新辉煌。

（原载《咸宁日报》2019年7月22日）

让蓝天碧水成为地方底色

——通城县水生态文明建设纪实

一座座水库像一颗颗明珠闪烁在青山之中，灌溉着万顷田地；一条条河流似一丝丝舞动的白练曲折前行，滋润着隽秀大地……

5月25日，记者先后探访了通城县中小型水库和四大河流，处处呈现出碧水共蓝天一色的美景。这是该县治理水环境，打保卫蓝天碧水持续战所取得的成绩。

巡河：让问题浮出水面

通城县地处长江支流陆水河上游，全县境内 184 条小溪纵横交错，分别注入隽水河、秀水河、铁柱港、菖蒲港四河穿城而过，干流全长 128.5 公里，由于人类活动的影响，河道水流不畅、水质下降、水岸杂乱、水景不佳等问题日趋突出。对此，通城县去年元月，召开万人誓师大会，启动蓝天碧水保卫战。县长刘明灯到菖蒲港河调研时表示，要把菖蒲港河打造成市级生态河流，真正实现"河畅、堤固、水清、岸绿、景美"的治理目标。

该县首先建立河湖库长制工作联席会议制度，县、乡、村三级河库长制体系，县"四大家"主职领导和其他县委县政府领导均担任河库长，乡镇村主要负责人担任本行政区内河段河长。

巡河主要是对巡查发现的问题做好台账记录，包括检查时间、检查范围、存在问题及整改措施。至今，19 名县级河湖库长巡查 94 次，发现河流及水库岸线乱堆、乱建、非法采洗砂等问题 93 个。

县委书记熊亚平巡查隽水河时明确提出要求："把隽水河打造成湿地公园型河流、清澈舒适型河流、生态经济型河流、活力文化型河流。"

治河：部门联动打好"组合拳"

人勤春来早，清理整治河道忙。"千人巡河库，万户保洁"的水环境治理活动在全县展开。

镇村干部、水利河湖局干部职工齐上阵，群众、学生积极参与，"迎春行动"、"清流行动"、"清四乱"和"清固废"等专项行动在银山隽水迅速铺开。

整治隽水河、秀水河和菖蒲港乱堆乱倒现象；对菖蒲港沿线进行垃圾清理；疏通菖蒲港屋场河塘沟渠、排水沟；对麦市河道进行疏通清理并对麦市河堤进行绿化……

该县针对陆水河问题清单进行责任分解，各责任单位根据职责分工加紧专项整改。由县河湖长办牵头，联合公安局、交通运输局等及 11 个乡镇开展了河库行洪障碍调查，共拆除违章建房 23 户，拆除河道内障碍物 50 处，共计清除水域行洪障碍 73 处。

同时该县采取防治结合方式，对全县涉河库排污口进行了全面排查，对3家企业入河排污口进行了整治，石南、麦市、大坪、铁柱工业园和县城市污水处理厂等9个污水处理厂正在建设，年新增污水处理能力1679万吨。推行"企业河库长"制度。明确了企业河库长3名。企业老总担任"河长"后，治理企业污染有了更大的动力和压力。

护河：2000个岗位护航

清晨，穿上河湖库巡查员工作服，五里镇程凤村贫困户吴明辉又开始了一天的忙碌，清理河堤杂草、巡查周边有无乱倾乱倒……和吴明辉一样，全县有2000名河湖库巡查员，守护着184条河流。

为了推行河库管护巡查保洁标准化建设，该县制订了具体的河库巡查保洁政府购买服务方案。全县农村河库纳入全县1500个农村保洁岗位实行保洁，县管8条河流、11座水库专门安排500个岗位，落实资金200万元。统一购买保洁船、救生衣、工具、服装等装备实行河库重点保洁。建立巡查保洁公示牌，明确保洁责任人、保洁范围和保洁责任，并加强全县河库巡查保洁的巡察及日常监管，强化考核和督办，保持通城水清岸美。

在全面推进河湖长制特色工作中，省河湖长制办公室以"通城县'扶贫岗'有效破解'河库治理难'"推介通城经验；该县"落实公益岗，破解保洁难"的做法，在全省河湖长制提档升级培训班上做了典型授课，得到了省河湖制办公室的充分肯定。

美河：5.19亿提升通城颜值

记者在城区河道生态治理PPP项目现场看到，挖掘机来往，工人紧张施工……

这是该县水利事业和生态建设事业有史以来投资最大的一个项目，概算总投资5.19亿元，由深圳文科园林股份有限公司负责建设，工期24个月。主要建设内容为：河道治理工程、新建拦河建筑物工程、新建生态湿地公园工程、生态旅游公路景观配置工程4个子项目。

该县审时度势，从彻底整治城区河道水生态环境，提升城市宜居水平的角度出发，启动通城县城区河道生态治理PPP项目，建设城市景观型防涝减灾体系、创建生态型河湖水体、打造亲水型水岸空间。

与此同时，该县把全域绿化作为涵养水源、净化水质、防治水土流失、保护美化河库堤岸的基础工程，全县共完成绿化面积 2.6 万亩，完成县乡管河流堤岸绿化 113 公里。城市集中式饮用水源地水质、地表水水质、跨界断面水质达标率实现"三个 100%"，河畅、水清、岸绿、景美的目标正一步步变成现实。

环境美不美，百姓说了算。夏日的秀水公园水波荡漾、杨柳依依，"通城从原来很小的老广场到比较大气的银山广场，再到现在更漂亮、更秀气的秀水公园，感觉到我们通城人'福利越来越高了'，政府为老百姓办了很多实事。"市民李小军感慨道。

目前，全县已形成了全民爱河护河、爱库护库的理念和意识。打一场保卫蓝天碧水的持续战，让"两山"理论在通城熠熠生辉，让碧波荡漾的河流和水库成为维系通城生态系统的重要载体，提升通城人民生活质量的优美空间，展现美丽通城形象的亮丽名片。

(原载《湖北日报》2019 年 5 月 30 日)

药香民富生态美

——通城发展中药材产业助力脱贫攻坚

最美人间四月天。走进鄂南山区通城县中药材基地，药材拔节，药草飘香，药农忙碌其间；中药材加工厂，机器轰鸣，运输药品车辆穿梭。

近年来，湖北省通城县充分发挥资源和地利优势，倾力打造"全国中医药产业大县"，大力发展中药材种植和中医药产业，至目前，全县中药材种植面积 10 万亩，带动近万名贫困户参与种植加工，中药材已成为当地农民治贫困、奔致富的好良方。

科技助力　高山育出"致富苗"

4月26日，瑶乡御草药业中药材种苗培育基地，身穿白色工作服员工在组培实取铁皮石斛母苗，该县中药材种苗源源不断从此运送各地。

这是通城首家科技中药材种苗和研发基地，年供名贵中药材种苗2000万株。

通城县地处湘、鄂、赣三省交界处，中药资源蕴藏丰富，天然野生中草药品种达166科、1313种，盛产黄精、白芨、七叶一枝花、钩藤等名贵中药材，境内的药姑山被誉为"江南天然药库"。

2016年秋，该县紧抓国家大力发展中医药产业，建设健康中国的重大机遇，在第十四次党代会上明确提出"绿色崛起，中药振兴，万众创业，城乡融合"战略目标，举全县之力打造全国中医药产业大县，坚持药材、药品、药市、药膳、药养"五药"并举，集中药材种植养殖、中药制造、中药贸易流通、中医药技术研发、中医药文化传播和中医药健康旅游于一体，一、二、三产业融合发展的中医药全产业链条。

打造全国中医药产业大县，通城县创业青年黄晖率先响应，2017年年初，他返乡投资5000万元，与湖北省中药材研究所共同创办中药材种苗联合研发基地——瑶乡御草药业，流转山地6000亩，建起无菌育苗组培室1个、全自动温控直播室1个、驯化室1个，新发展白芨、七叶一枝花、铁皮石斛、黄精、金钱莲、萱草等药材。至目前，该公司已建成林下种植中药材示范基地2000亩，年供药材种苗2000万株。公司以"基地＋土地＋贫困户"的方式，常年安排35名贫困户就业，带动建档立卡贫困户120人精准脱贫。

产业发展，基地先行。经过近两年发展，全县已建成中药材种植基地百多个，在第一届（2017）全国优秀中药材基地评选中，福人药业的金刚藤、鞘蕊苏种植基地被评为"全国十大中药材种植基地"，通城县裕丰生态农业开发公司中药材林药立体栽种基地被评为"全国特色中药材种植基地"。在第二届全国优秀中药材基地评选中，药姑山生物科技和县中药材公司种植基地被评为"全国十大中药材种植基地"，瑶乡御草药业公司种植基地被评为"全国特色中药材种植基地"。

同时，这个县按照"企业（合作社）＋基地＋农户"的模式已种植白芨、黄精、七叶一枝花、铁皮石斛等名贵药材10万亩，其中林下种植5万亩。初步形成以"隽六味"（黄精、重楼、白芨、白术、金刚藤和钩藤）种植为主，其他适宜种植品种（菊花、黄花、栀子花、金银花、木通果、金莲花、射干、芍药、桔梗、艾叶、紫苏）为辅的中药材种植格局。

正在内冲中药材基地调研的通城县县委书记熊亚平信心满满，力争到2021年，全县中药材种植面积达到30万亩以上，中医药产业龙头企业达到30家以上，中医药产业人才达到3万名以上，中医药全产业链产值向300亿元进军。

立体种植　荒山变"金山"

孟春时节，通城县马港镇海拔近千米的金山上杜鹃花开，景色宜人。山间，一株株翠绿的七叶一枝花、三七、贝母、黄精迎风摇曳，药香溢人。

这是通城县返乡创业青年何敏前年流转荒山1600亩种植药材，创办的裕丰生态农业开发公司，走立体、循环发展之路，实行生态林与黄精、玉竹、贝母、七叶一枝花和白芨立体化种植，充分利用土地，让种植的中药材都有足够的资源转化空间，通过考虑喜阳的高层中草药与耐阴低层的中草药相混种；深根性的中草药与浅根性的中草药相混种；多年生的木本药材与短期生长的草本药材相混种；从而达到充分利用土地和立体空间获取较高中药材产量和效益。

"山上有林，林下有木，木下有草"的立体化种植模式，被湖北省农科院与湖北中医药大学定为实验试点基地。

为提高产品的技术含量，增加产品的附加值。2017年，他与湖北中医大学药学院深度合作，开启中药材种植与医药高校合作新模式。

2018年，公司与湖北省农科院中药材研究所合作、研发一款以基地药材为主功能保健品。

今年，公司与云南一中药公司签署中药材种植战略协议，为通城中药材走出山门，走向全国闯出了一条多赢之路。

"公司免费为贫困户供种苗、技术，包回收药材，风险小，收入稳定。"公司董事长何敏介绍，中药材产业的发展，带动金山、高峰、杨家等周边3个村近千户农民脱贫致富。

"药姑山上百药全，只缺甘草与黄连；东冲水库碧波荡，药姑山上种药忙……"大坪乡大坪村贫困户胡华胖一边呵护油茶里的金银花，一边哼着山调感恩幸福新生活。

胡华胖全家 7 口人，儿子长期患病，2013 年列入建档立卡贫困户。夫妻两人长期在基地用工，劳动力每天 120 元，夫妻年收入 5 万元，去年盖上了三层大楼房，过上了幸福生活。

丽明农业公司药材基地是当地返乡创业青年徐四明建立的。他先后流转荒山 3000 亩，种植油茶，油茶下套种金银花、苦参、太子参、党参等，带动 43 户贫困户 120 人脱贫致富。

该县凭借"江南天然药库"，发展"养殖—沼液—种植"生态循环中药材种植产业，药姑山瑶乡中药材种植公司充投资 5000 万元在内冲村种植钩藤和猕猴桃近千亩。

产销对接　打造中药材产业链

一片片艾叶经过几十道工序，生产出一片片卫生巾系列产品，创造"点艾成金"神话的是艾舒宝生活用品公司。

2017 年，该县充分利用丰富的艾叶资源，引进艾舒宝生活用品公司，投资 1.2 亿元，建成两栋生产车间，公司拥有 10 条护垫、卫生巾及纸尿裤生产线，年产量 2.3 亿片，产销额 2.5 亿元，安排 100 多贫困劳力就业。

这是通城县产销对接，打造中药材产业链一个成功事例。

——为促进贫困户增收致富，2018 年，县中药材公司与安徽一药业公司合作，对国家认可的 64 个品种中药材产地粗加工，年收购、出售中药材 800 吨以上，涵盖中药材菌种培育、中药材种植及中药材加工厂等，带动当地中药材产业向市场化、规模化发展，并解决附近消散劳动力就业，改善当地贫困户生活质量，形成稳定脱贫、稳定增收的长效机制。

——该县政府整合资金，相关部门根据自身实际，为中药材种植主体在基地选址、种苗供应、技术指导、烘干加工等方面提供全方位配套服务，逐步实现由"中药材种植"向"中药材产业"发展，由"天然药库"向"药材大县"跨越。

——该县积极采取应对措施，外联市场，内搞开发，发动近 3 万人的药品营销队伍，和遍布全国各地营销网络，采取"互联网＋"模式，与全国中药材交易市场建立联系，从"线下"到"线上"开展网络化购销。

润康药姑山中药公司引进国内最先进的全自动生产线，全部订购本地道地药材，年生产规模 8000 吨以上。

通城紫苏与辣椒混合，被加工成"通城老干妈"——紫苏辣椒酱，年销量达 500 万瓶，产值过亿元。目前，该县拥有国家级中药产业化生产基地 1 个，中成药和中药保健品工业企业 8 家，年产值超过 7 亿元。福人药业的金刚藤胶囊、益心颗粒、健脾糖浆等 30 个拥有自主知识产权的中医专用药品获国家生产批文并大量投产。金诺药业已建成华中地区最大的膏药生产基地，华信制药已建成集中药生产、保健食品加工、医疗器械生产三大生产基地，泽中药业与中远物流建立战略合作关系，拥有仓储面积 1.5 万平方米，货运容量达 5 万吨。

规划总面积 3 平方公里的药姑山中医药健康科技产业园雏形渐显；福人药业、庞大药业等一批医药企业项目相继入园，入驻企业总数到 9 户。

通城中医药产业链的延伸，兴了企业、旺了市场、富了药农、美了生态。

（原载中国扶贫网 2019 年 5 月 5 日）

幸福家园更秀美

—— 麦市镇陈塅村探索人居环境整治新模式

缥缈山峰浸润在雾霭中，错落有致的民房倚山傍水，整洁干净的道路通村达户……日前，记者一行走进通城尧家林新石器时代古文化遗址的麦市镇陈塅村，感到村民如生活在一幅山水画中。

今年来，陈塅村在坚持环境整治与美丽乡村建设的具体实践中，进行了不少探索：因地施策，实施"一村两制"垃圾托管服务、分类投放，强力推进环境整治工作，农村人居环境焕新颜。

小手拉大手　　宣传促动　　让环境整治入人心

4 月 24 日，通城县麦市镇陈塅村党员干部、陈塅小学师生等百余人开展"爱我校园，美化家园，保护环境，从我做起"为主题的"小手拉大手"人居环境综合提升整治活动，小学生们分别在校园内外、村街道和老街小巷等路段沿途向居民发放宣传单，清理杂草、地面垃圾。

同时，学生主动和家长共同参与"六清洁两规范"活动，即家门口道路清洁、庭院清洁、室内清洁、厨房清洁、厕所清洁、个人卫生清洁，农用工具摆放规范、禽类养殖规范。

"通过开展小手拉大手提升人居环境主题活动，让学生感受到了劳动改善环境，快乐自己的真谛，从小养成文明、卫生、礼貌的学习生活习惯，同时也带动家长、群众积极参与美丽家园建设。"陈墩村支部书记潘雪祥介绍，"实现教育一个学生，带动一个家庭，影响一个村庄，美丽整个社会的目的。让文明卫生成为一种习惯，让责任成为一种力量，让人居环境整治深入人心。"

同时，该村通过三个一（村里一个宣传栏、每组一条固定宣传标语、每户一份宣传单），开好三个会（党员干部村民代表会、户主会、村落屋场座谈会），实行三个进（进农户、进门店、进课堂），宣传垃圾分类和无害化处理知识，提高村民的环卫意识，激发村民参与环卫活动主动性和自觉性。

托管服务　培训上岗　让村保洁员更专业

早上 6 点，陈墩村贫困户何龙穿上"农村保洁员"工作服，准时来到陈墩街道清扫垃圾。

这是何龙清扫街道第 181 天，何龙清楚地记得，半年前通过县环卫局培训上岗，年工资 8000 元，另年终绩效考核估计 3000 元，一家生活有了保障。

贫困户能在家门口就业，得益于该县购买"四员"服务政策。

过去，陈墩街每户门前摆放一只半截儿油桶，混装着各类生活垃圾。由于收运不及时，夏天臭气熏鼻，蚊蝇飞舞。

一个个的场景深深刺痛了陈墩村人，向环境整治开战！向陋习开战！陈墩村人自我警醒，打出一套套人居环境整治组合拳。

——对外公开招投标，20 万元对全村街道和乡间道路、河流、公共场地的清扫保洁，垃圾清运实行有偿托管服务。

——成立全县第一家村级保洁公司。何国西成了第一个吃螃蟹的人，通过招投标获得特许经营权。

——公司在建档立卡贫困户中招聘了 10 名保洁员，保洁员经县环卫局业务培训，实行统一着装，分单双日轮流上班，持证上岗。

——今年，县环卫局捐赠一辆环卫洒水车助推陈塅村卫生环境治理。该村采取向上争一点儿，村里挤一点儿，社会募一点儿，农户交一点儿（根据污染者付费原则，通过村规民约一事一议的形式，每个农户每年交纳垃圾处理费 120 元，外出农户减半，五保户免交）的方式，筹集资金，淘汰落后陈旧设施设备，配置洒水车 1 辆、垃圾收集车 3 辆，2.4L 垃圾桶 40 只，垃圾家用分类桶 630 只，建设垃圾投放亭 10 个。

一村两制　分类回收　让垃圾不落地

上午 9 时，记者一行走在陈塅街道上，突然，一曲优美的歌曲由远及近从身后传来，回头只见一辆分类垃圾运辆车缓缓驶来，街道两旁的村民，手提黄、绿两个垃圾袋分别对应投入车上两个垃圾箱中。

村民邓嫦娥投放完垃圾，领走黄、绿两个垃圾袋。"拆除门前违章建筑，家里亮敞多了，过早的人多了，每天多进了 5 斤面！"开早餐店的邓嫦娥谈到环境治理，幸福之情溢于言表。

该村开始为每户配置了黄、绿颜色的垃圾袋，指导村民对家庭生活垃圾按"可回收"放绿色袋、"不可回收"放黄色袋装进行分类，后来干脆不发垃圾袋，引导村民将买菜的塑料袋再利用。减少污染，已成习惯。每天早晨 9 时和晚上 5 时，垃圾车音乐整时响起，村民自觉将垃圾投放到垃圾车中运走。

该村里加大了垃圾治理力度，配备高标准环卫设施的同时，专职保洁员每日清扫陈塅街道，冲洗车每日冲洗，运输车每日两次上门收集。确保村民垃圾"不落地"、"不过夜"，爱美的村民还摆上了盆景。

陈塅村是个两元化村庄，一半居住街道，一半居乡村。街道整治这么好？村落呢？

带着疑问，潘雪祥将我们带到路旁一个几乎与周边环境融为一体的漂亮亭子，一个五十来岁的妇女笑着同潘书记打招呼，一边将两个鼓囊囊的塑料袋分别投入两个不同颜色亭子里面的塑料桶中。随后，一辆封闭式的车子在亭子前面停了下来，车上下来两个穿着环卫制服的人。他们倾倒垃圾，清洗垃圾桶。

"一村两制，因地施策，实行一个标准收费，两种收集模式。街道没有建垃圾亭、垃圾屋的空地，居户门前摆放垃圾桶确实不雅观，我们采取一天两次上门收集的办法。"随行的潘书记介绍，乡村居住分散，我们在交通路口自然村落修建垃圾亭，动员群众分类定点投放，每天由保洁公司，对垃圾亭的垃圾进行一次清运。保洁公司将街道和乡村不可回收垃圾运送到镇垃圾中转站，将可回收垃圾送到废品回收站出售。

订村规民约　设红黑榜　让环境治理持久发力

"创建卫生文明村庄，从我做起……"日前，陈塅村义务环卫宣传员何天育展开《陈塅村村规民约》，念起上面的字句。

该村制定新的《陈塅村村规民约》和《陈塅村环境卫生公约》加强监管。

有人不签约、不履行，咋办？

"村规民约不管用？村里都是熟人，重情面的。"潘雪祥表示，"签协议书，也不是跟谁过不去，而是想通过印象深刻的仪式，让村规民约走一走大伙的心。"

按传统，陈塅村每年要唱几天戏，这时候人比较齐，村民代表会就评选、表彰村里的"卫生之星"、"孝顺之星"、"友爱之星"……"十星"，将好家风广而告之。

陈塅村二组村民何某在外做生意，对村里环境治理不是太支持。村里打了几次电话后，何某不耐烦，"我在外地太忙，多出些钱就是了。"

不久，何某回到村里签协议。潘雪祥拿出村里编的《陈塅村村规民约》和《陈塅村环境卫生公约》劝何某："别光出钱就完了，多回来看看。"

该村还健全垃圾治理监管督查机制，成立由村组干部、党员、两代表、保洁员、乡土名士7人的监督考评小组。对保洁公司实行绩效考核，考评结果与环卫服务费挂钩；对农户门前三包、垃圾分类投放质量，实行日巡视、周检查、月小结、季评比活动，将评比结果张榜公布。对最清洁户分类能手，授牌并给予一定的现金奖励；对村组干部、包保责任人，将其责任区的垃圾治理质量计分列入年终综合考核内容。

路面洁净了，河水清了，空气新鲜了，环境改善了，还要产业做根基，带着村民挣到钱，让村民活得更幸福美满，早日奔小康。

潘雪祥瞄准了尧家林新石器时代古文化遗址这块金字招牌，利用当地的石磙、石窗、木雕打造古董文化交流一条街；利用当地饼折、豆腐资源优势，打造美食一条街。

（原载《咸宁日报》2019年4月29日）

美丽宜居乡村入画来

—— 通城打响"百日攻坚战"提升人居环境纪实

四月的通城，农村人居环境整治攻坚战酣，广大干群干劲正足，在隽水河畔、库塘岸边、红色圣地塘湖、边贸重镇北港……到处都是铲杂草、植树木、清垃圾、整河道、改旱厕的干群。

环境整治　提升群众幸福感

"农村环境建设方面存在的问题已经成为人民群众关注的热点、难点，加快补齐农村人居环境和公共服务短板，就是我们的工作方向。"通城县委书记熊亚平在2019年农村人居环境整治"百日攻坚战"会上的这些话掷地有声，基于此，全县上下打响农村人居环境整治"百日攻坚战"。

整治农村人居环境是建设美丽乡村的一个重要载体和抓手。该县把提升城乡人居环境作为全县的重点工作来抓，牢固树立和贯彻落实创新、协调、绿色、开放、共享的发展理念，学习借鉴浙江省农村人居环境整治"千村示范，万村整治"的经验，结合实际，以高速公路、国省道和县级主干道沿线，河流水库沿线，乡镇集镇、高速公路出口和旅游景点沿线以及村庄沿线为重点，扎实开展清、拆、改、种、建"五大百日攻坚行动"，统筹推进农村人居环境整治取得突破性进展和扎扎实实的成效，推动一批中小村提标升级，实现由"以点为主"向"由点带面"的历史性转变，让人民群众切实感受到变化，切实增强人民群众的幸福感和获得感。

"四员"服务　农村环境更亮丽

早上6点，石南镇杨家村贫困户黎兵穿上"农村保洁员"工作服，来到村路、田边捡垃圾。全县共有3000名像黎兵一样的贫困户每天忙碌在自己的工作岗位上。

贫困户能在家门口就业，得益于该县购买"四员"服务政策。针对农村人居环境矛盾最突出的就是垃圾污水带来的环境污染问题。该县坚持问题导向，出台《通城县购买"四员"服务助力精准脱贫实施方案》，用政府购买服务的方式，在全县安排3000个"四员"岗位（其中生态护林员岗位500个、农村保洁员岗位1500个、河湖库巡查员岗位500个、农村道路护路员500个），安排2500万元政府购买服务经费，其中人员经费1800万元，装备和意外伤害保险经费700万元。生态护林员、河湖库巡查员、农村道路护路员酬劳4000元/年，农村保洁员酬劳8000元/年。同时，积极推进"户分类，组保洁，村收集，镇转运，县处理"的垃圾治理模式，健全保洁长效机制，做到垃圾定点投放，及时清运处理。运用市场化方式，大力推行城乡环卫"全域一体化"第三方治理，破解垃圾处理无资金的难题。

为着力补齐农村垃圾转运、污水处理设施等方面的短板，该县加快7个乡镇污水处理厂和污水管网建设，加大农业废弃物、畜禽粪污的资源化有效治理，推动城镇基础设施和公共服务向农村延伸。严格管控农村的土地、耕地、山体、河道，严厉打击"两违"行为，重点整治门前乱搭乱堆乱放乱倒、畜禽散养等乱象，深入实施农村无害化厕所改造工程。

截至目前，通城县完成"厕所革命"工程建设农户户厕建改达12096户，完成各类公厕50座，到年底，农村无害化厕所普及率将达到90%以上。

全域绿化　　绿水青山成金山银山

3月26日，大坪乡下畈村铁柱港河南岸，总投资5.19亿元的通城县城区河道生态治理项目正式开工。

"望得见山，看得见水，记得住乡愁。"该县把农村人居环境整治与全域绿化同步推进，重点在增绿上下功夫，以高速公路两侧可视范围、省界门户绿化为重点，对荒山荒地全面植树造林，确保应绿尽绿、四面八方进县见绿；通道绿化采取乔木与灌木结合、常绿与落叶结合、树木与花卉结合的办法，选择适合本地生长的樟树等品种进行栽种，确保道路两侧增绿添彩；河流堤岸、水库四周以河湖长制为抓手，按照宽林带、高密植要求，栽种垂柳等耐水性强树种，打造"水清、河畅、坡洁、岸绿、景美"的河湖生态环境；工矿废弃地以及工业园区建设大尺度的环城片林，着力提升城市森林的绿肺和休闲功能；城镇绿化对城区、乡镇集镇所有边角空地、住宅小区空地进行见缝插绿，美丽乡村绿满家园扎实推进房前屋后、家庭庭院、公共广场、道路沟渠、农田林网等空间绿化，大力发展"小果园、小茶园、小游园"，建成一批生态宜居型、农田林网型、林果基地型、风景园林型、旅游休闲型等特色绿色乡村，让绿水青山成为金山银山。

合力整治　文明新风扑面来

"活禽交易市场拆迁后，臭气没有了，一眼就能望到大桥，风景都好了。"昨日，通城县城柳堤路居民魏先生说。

该县坚持"政府主导，市场运作，群众参与"的工作机制。从县农业农村局抽调60名干部、县税务局抽调23名干部组建了11个人居环境整治工作队和1个工作指导专班，进驻11个乡镇，协助镇、村参与人居环境整治、美丽乡村建设，各村扶贫工作组也是人居环境整治的工作队，切实形成人居环境整治的合力。

通城县发挥村民主体作用，明确村民自觉维护公共环境的责任，引导群众主动整治房前屋后、庭院内部的环境卫生，同时，抓住清明节、"五一"、端午节、国庆节等时间节点，组织广大党员干部群众自觉加入到垃圾大清扫、卫生大监督、环境大整治等群众性活动中来。制定《通城县农村环境卫生管理办法》、《通城县农村环境卫生管理制度》、《通城县农村环境卫生村规民约》、《通城县农村环境卫生农户"门前三包"承诺书》并逐步践行，将农村人居环境有关要求纳入村规民约，加强村民的自我教育、自我管理。同时着力提升村民的文明健康意识，把培育文明健康生活方式作为培育和践行社会主义核心价值观、开展农村精神文明建设的重要内容，鼓励群众讲卫生、树新风、除陋习，摒弃乱扔、乱吐、乱贴等不文明行为，使优美的生活环境、文明的生活方式成为村民内在自觉要求。

荒山披绿，河水变清，乡村整洁。通过整治，一个美丽宜居乡村扑面而来。

（原载《咸宁日报》2019年4月15日）

为了乡村更美丽

—— 看通城自然资源和规划局如何服务经济建设

阳春三月，通城城东新区康美健康新城快速推进，麦市镇天门村"迁村腾地，整村推进"工程有序展开。

这是通城县自然资源和规划局紧紧围绕打赢"三大攻坚战"和高质量发展的总体要求，以服务全县重点项目为工作主线，切实践行"三大工作理念"，持续优化发展环境，全面提升自然资源工作的保障能力和服务水平的具体体现。

盘活存量土地　　为重点项目建设"保驾护航"

吊塔林立，建筑工人忙碌，在城东新区一座健康新城正在崛起。康美健康新城项目去年初启动，该项目总投资 25 亿元，规划用地总面积约 600 亩，将推动湖北乃至整个华中地区大健康产业的迅猛发展，助力"健康湖北"和"健康中国"建设。

这是该局不断优化国土空间，积极服务项目建设的一个成功典范。

近年来，该局紧盯国土规划不放松，正确处理经济发展和生态保护的关系，不断优化国土空间，积极服务项目建设。全年调整修改规划 4400 亩，全面完成土地规划调整、矿产资源总体规划、土地整治规划等编制，落实精准扶贫异地搬迁 28 个地块，面积 152 亩。紧盯项目建设不放松。对全县重点项目建设进行任务分解，将责任细化落实到月、到室、到人，采取提前介入、倒排工期、上门对接等方式服务重点项目，并及时组织召开项目协调推进会，切实做好项目跟踪服务，确保用地指标对标落实，项目按期开工建设。全年获批用地指标 3000 亩，实现康美健康新城、坪山孵化园、城东城西路网、红色小镇等重点项目用地应保尽保。不断创新土地收购储备机制，探索土地收购新方式，主导土地收购储备，盘活存量土地，为全县重点项目建设"保驾护航"。

全年通过储备交易国有建设用地使用权 24 宗，面积 1380 亩，成交价款 5.29 亿元。全年争取、实施城乡建设用地增减挂钩项目 2940 亩，耕地占补平衡项目 1.7 万亩，实施高标准基本农田土地整治项目 5.8 万亩；通过省公共资源拍卖交易网成功交易补充耕地指标 3555 亩、增减挂钩指标 1102 亩，交易总额达 15.1 亿元，交易指标、交易金额均创历史新高，居全市第一。

求远不舍近　为精准脱贫做厚、做实"底盘"

仲春，天门村整村推进工地上，运输车辆穿梭，新村建设如火如荼。

天门村位于湘、鄂、赣三省交界的幕阜山深处，海拔 550 多米，全村 1300 多人居住分散在各个山角，房屋以危房居多，出行难、上学难、就医难，生活极度贫困，致使 70% 的村民被迫搬迁下山。

该县坚持"抓大不放小"、"求远不舍近"，深挖国土资源政策红利，在麦市镇天门村适时实施"迁村腾地，整村推进"工程，先后多次实地召开屋场会，现场制定发展规划、议定实施方案。一个星期内完成 329 户拆迁协议签订。本着合理规划选址、民居布局科学、方便村民生活的原则，60 户拆迁安置户以家庭人口数量，分别按照两层砖混结构三个标准进行统一设计、统一建设、统一搬迁。

如何让村民住得稳、能致富？该县大力实施美化工程，采取"四让四变"措施，让屋场变菜园。大力开展复绿工作，对拆迁户宅基地全部进行复垦，昔日的老屋宅基处处泛绿。让村落变花园。大力招商引资，与武汉、贵州、江苏等地的 3 家企业达成合作意向，拟投资将天门村打造为集高山有机茶、民宿风情、户外休闲为一体的田园综合体。让河道变公园。投资护砌全村 3.9 公里河道，实现生态自净、水清岸绿，让山路变平坦。改造拓宽全村道路，实现村组道路畅通，村民出行方便安全。充分利用天门村山林资源优势，鼓励引导村民发展种养业。目前，全村已发展牛、羊和生猪等养殖户 96 户，发展高山蔬菜、香菇、葛根、油茶等多种经济种植面积 850 亩，采取"合作社＋基地＋农户"的模式，成立专业合作社，吸纳农户入社，涉及牛、羊等种养业，户均增收 3000 元以上。

正行风树新风　为干事创业上紧"发条"

"一年来，我把纪律挺在前面……"这是该局局长汪四国开展党员干部述责述廉的原文。

该局坚持把纪律建设摆在更加突出位置，全面落实党风廉政建设"两个责任"，持续纠"四风"、正行风、树新风，不断转变工作作风，加强干部队伍建设，提振干部精气神，在全系统营造风清气正、干事创业的良好氛围，实现了抓作风和干事业齐头并进。严格落实耕地保护三级管理责任机制。始终坚守"耕地保有量43.4万亩、基本农田保护面积35.3万亩"红线不动摇。通过网上预约、上门服务、延时服务等方式办理登记，发证照。积极化解非煤矿山整治信访矛盾。协调拨付关闭矿山补偿资金，主动推进石港建筑石料采石场的绿色矿山筹建工作，信访工作在全省国土资源信访工作会上做经验交流发言。

（原载《咸宁日报》2019年4月1日）

兴龙头产业　　富地方百姓

—— 看通城油茶产业如何助推脱贫攻坚

春风又绿江南岸，幕阜山下春种忙。仲春，记者走进鄂南山区通城县，油茶产业园内运输油茶苗车辆穿梭，山岭上人们忙着移植油茶苗，遍布山野的油茶林，郁郁葱葱，形成了一道独特风景。

近年来，该县全力发展油茶产业，以现代油茶产业园为依托，大力推广"村企合作"、"公司＋农户＋基地＋扶贫"等经营模式，辐射带动油茶产业快速发展，助力贫困户致富，助推脱贫攻坚。

打响品牌　　大兴"油经济"

走进四庄乡大源村郑家畈，放眼望去，一株株油茶树绿意盎然，一个个身影在地里忙碌。

"在公司技术支撑下，油茶基地已发展到900亩，前年挂果，去年收入8

万多元！"通城县四庄乡陶醉城乡种养植专业合作社周新敏对未来信心满满。

周新敏说的公司是湖北黄袍山绿色产品有限公司。该公司是一家集油茶科研、种植、加工、销售于一体的民营科技型企业，已跨入省级农业产业化龙头企业行列，先后被国家授予"全国油茶产业重点企业"、"全国林业产业化重点龙头企业"、"全国茶籽加工十强企业"、"国家放心粮油示范企业"，建成全国首家国家级"国家油茶产业示范园"、"油茶博物馆"。产品先后通过了"绿色食品"、"有机产品"认证，先后获得中国武汉农博会"金奖农产品"、"畅销农产品"、"全国知名农产品"；"本草天香"商标被国家市场监督管理总局认定为"中国驰名商标"和"地理证明商标"产品。

周新敏之前一直在广州从事基桩工程，积攒不少积蓄，2014 年回乡，流转了村里 300 多亩山地，自掏腰包 7 万元开垦荒山种植油茶，雇用当地不少贫困户来干活，每天 100 元工资。

大源村七组贫困户周庆雄，父子 3 人都是光棍儿，每年守着一亩三分地艰难度日。2015 年，周新敏安排周庆雄和小儿子在基地打工，年收入 3 万元以上，2017 年，盖上了两层楼房。

"公司对村集体、合作社和大户自己种植的基地，免费提供技术服务和培训，提供肥料和抚育管理费，保证按照不低于市场价格回收产品，基地所有产值归对方所有。目前，公司与全县 32 个村的油茶专业种植大户、合作社合作，面积达 2.4 万多亩，公司扶持抚育管理费 580 万元，肥料 1400 吨。"基地部负责人胡鹏介绍。

塘湖镇阁壁村油茶专业种植大户金定武，2011 年与公司合作，公司免费提供技术服务和培训，5 年来提供肥料和抚育管理费近 10 万元。目前，金定武油菜基地发展到 1080 亩，带动 45 户贫困户 110 人脱贫致富。

"公司先后投入 1.5 亿元资金发展油茶产业，带动近万户贫困户脱贫致富。"湖北黄袍山公司董事长晏绿金介绍。

股份合作　遍种"摇钱树"

通城油茶资源丰富。黄袍山油茶专业合作社基地创始人晏绿金调查发现，发展油茶产业是改变山区贫穷面貌、壮大地方经济与带领农民致富的有效途径。

于是，通城县借纳入全国油茶重点示范县之一的春风，制订了《通城县油茶产业十年规划》，规划从 2010 年起着力发展油茶产业，举全县之力，每年改造老油茶林 1 万亩，新造基地 3 万亩，通过 10 年的努力，建成 40 万亩油茶基地，茶油年产量达到两万吨，产值 10 亿元。

"斗米山、斗米山，野猪常常来。五谷杂粮不能种，巴茅葛藤遍地开。"4 年前，这里还是一片荒山野岭，如今却成了 1000 多亩的高冲油茶黄花套种基地。

2015 年，关刀镇高冲村年近六旬的老党员何建关带领 230 户农户以荒山荒地入股成立合作社加入湖北黄袍山绿色产品有限公司，采取"公司＋基地＋合作社＋农户"管理模式，农户以荒山荒地入股，得四成，公司负责苗木、技术培训、生产资料配送、采摘秩序维护、每亩 180~230 元的抚育管理费等所有的资金投入得六成，基地的建设费用及前 7 年的管护费用都由公司投资。农户长期受益，稳赚不赔，贫困农户还享有优先务工的权利。

高冲村二组贫困户何名扬，50 亩闲置荒山加入合作社后，一年在基地务工 200 天，收入两万元，每年土地流转入股分红 1000 多元。

去年初，当地种植大户何建初带领 18 户贫困户在油茶下套种黄花 400 亩，喜获丰收。

"今年刚开始挂果，再有 3 年时间，年产茶籽 60 万斤，产值百万元。林地面积大的农户每年分红就可达到上万元。"何建初信心十足地说。

如今，通城县以土地入股面积达到 3.7 万亩，油茶树已成为农户的"脱贫树"和"摇钱树"。

3 月 21 日，四庄乡庙下村猫耳山上，贫困户金四明一大早就带着智障弟弟上山护苗。这天恰巧是父亲去世的"头七"，金四明拿起父亲握过的锄头，如同拿起接力棒，把这块洒满父亲汗水、满载脱贫希望的 100 亩油茶基地种好，让母亲和弟弟早日过上富裕的生活。

结对帮扶　助民摘"贫帽"

3 月 18 日，春日的暖阳照在塘湖镇阁壁村漫山遍野的油茶林，一派生机。正在油茶林地里锄草、施肥的金何文抹了一把汗水说："在黄袍山晏总的帮扶下，种了 30 多亩油茶，去年 12 亩油茶首次挂果，收入近 3000 元。"

据了解，金何文家居住的地方——开门见山，上有多病身残的双亲，下有一双儿女上学，家里收入主要靠他。

2016年，黄袍山公司晏总与金何文结对帮扶，鼓励金何文用撂荒地种植油茶，还免费送茶苗、送技术、送肥料、送资金，包销售。同时，鼓励金何文大力发展立体生态种养，猪粪用来种植油茶；猪肉公司按照市场价收购用于员工福利发放。

2018年，金何文出栏肥猪近40头，收入6万多元。"企业是社会的组成部分，只有服务社会，回报社会，企业才会根繁叶茂。"黄袍山公司晏绿金表示，除了基地合作、土地入股、租赁基地等模式外，还通过"公司＋基地＋贫困户"的模式，免费提供良种苗木，无偿提供技术服务及年每亩100元的抚育管理费、生产资料，保价回收油茶籽。"四送一包"优惠政策，扶持全县上1千户贫困户，发展6320亩油茶快速脱贫致富，昔日的荒山变成村民脱贫致富的"金山"。

"种下一片油茶林，绿了荒山，富了百姓，更让贫困户收获了对脱贫摘帽的满满信心。"谈及油茶产业扶贫，通城县县长长刘明灯如是说。

"授人以鱼不如授之以渔。"2018年，黄袍山公司驻点帮扶塘湖镇龙印村变"输血式扶贫"为"造血式扶贫"，激发贫困户内生动力，引导有致富能力的贫困户种植油茶。六组贫困户夏显文，儿女都是智障患者，上有八旬老父母，不能外出打工，公司帮助种植10亩油茶，免费送来350只鸡，发展林下经济。他还承包了287亩油茶基地管护。

"公司送来的鸡开始下蛋了，每天百多个，两元钱一个，还供不应求，加上在基地劳务费，一年有5万多收入，今年脱贫有希望了。"夏显文说。

产业振兴　乡村焕新颜

春日的午后，在马港镇高峰村油茶果基地里，公鸡在油茶林下扑打着翅膀。贫困户徐辉升边除草边开心地说，在黄袍山绿色产品公司的帮扶下，尝试"油茶＋茶叶＋药材"种植新模式，百亩油茶地间种白芍、黄精等药材，亩产值2000元，油茶进入丰产期后，每亩还有近3000元的纯收入。全县油茶林中间作套种药材面积近两万亩。

正在基地调研的通城县委书记熊亚平介绍，近年来，通城县始终坚持把油茶产业作为实施乡村振兴战略和助力脱贫攻坚的重要抓手，积极破解油茶产业发展瓶颈，努力推动油茶产业高质量发展，全面打赢脱贫攻坚战。

目前，黄袍山绿色产品公司采取"公司＋专业合作社＋贫困农户＋承包人"等方式建设高标准油茶示范基地9万多亩，与全县11个乡镇78个行政村签约合作种植油茶，带动周边农户 7600 多户，其中贫困户有 2400 多户。

如今，公司正在围绕重点贫困村加大油茶基地建设力度，在有条件的贫困村推广建设高产油茶基地 500 亩，扶持有条件的贫困户建管油茶基地 10 亩以上，达产后，贫困村每年油茶毛收入 100 万元以上，贫困户年油茶毛收入两万元以上。让贫困户有了持续稳定的收益来源，从而达到助富一方百姓的目的。

种油茶树，就是种"摇钱树"已成为全县人民共识。

"为满足全县人民种油茶树需求，公司已建成全省良种油茶定点苗圃基地，年出圃良种油茶苗 300 万株，可营造 3 万亩油茶丰产林。"黄袍山绿色产品公司经理方大兵目光眺望得更远。

油茶树，已成为通城农民的"脱贫树"和"摇钱树"。至目前，全县已种植油茶树 20 多万亩，绿化了荒山，成为农民脱贫致富的产业。

再造秀美山川

—通城县推动全域绿化加快生态建设纪实

四月的通城，柳绿桃红，香樟吐翠。通城大地一片繁忙景象，人们在公路沿线挖坑植树，对荒山、河库堤岸进行绿化，全面打响精准灭荒、通道绿化、村庄绿化、河库堤岸绿化、工矿园区绿化和城镇绿化"六大工程"全域绿化攻坚战，通城县正以全民行动诠释着绿水青山就是金山银山的理念，加快推进生态建设，描绘一幅生态美、产业强、农民富的蓝图。

精准灭荒　扮靓生态城乡

3 月中旬，大坪乡药姑山南麓花墩村精准灭荒造林基地红旗飘扬，人头攒动，这是通城县大力实施全域绿化、着力推进精准灭荒的一个缩影。该县在药姑山沿线 7 个村实施精准灭荒 7000 余亩，全面消灭药姑山区宜林荒山，仅花墩村采取补植＋封山育林的方式，完成精准灭荒 3200 亩。

通城县地处幕阜山北麓，是陆水河的上游，森林覆盖率50.21%，是国家重点生态功能县，全国经济林产业（油茶）优势特色品牌建设试点县。近年该县提出生态立县、乡村兴县、产业强县、商贸富县、旅游活县。为坚决打好全域绿化攻坚战。该县坚持精准谋划，精准施策，精准发力，制订了全域绿化三年行动实施方案，全面实施精准灭荒、通道绿化、村庄绿化、河库堤岸绿化、工矿园区绿化、城镇绿化"六大工程"，着力筑牢幕阜山生态屏障，确保一河（陆水）清水北流。他们将2.7万亩灭荒造林任务落实到236个小班，逐一实地勘查，划定边界，因地制宜确定苗木规格、造林方式和造林主体，全县共落实造林主体60个，组织专班每日督查跟进，督促施工单位抢时间，不误植树季节。安排专业技术人员与施工单位共同做好树种选择、现场栽植、后期管理等技术指导，明确管护措施、管护人员、管护责任，促进苗木生长。

该县按照低山近山油茶经济林、高山远山生态风景林、公路沿线绿化苗木的模式，全面清理芭茅，实施穴垦整地，克服山高坡陡、芭茅茂密、持续降雨等困难，采取补植＋封山育林的方式，在高山陡坡地段，实行块状混交，种植用林与景观效益兼顾的香樟、檫木、木荷、黄柏等乡土树种；在村级公路和生产作业道路两侧等便利地段，建设枫香、樱花、紫薇等苗木绿化基地，让承包山地的贫困户和农户今后卖苗受益。同时，县政府及林业部门在精准灭荒奖补标准的基础上，对该基地使用大苗造林的苗木费予以补贴。去冬今春以来，全县已完成灭荒造林31822亩，占市定目标任务2.1万亩的151.5%，超额完成年度目标任务。

拓展绿色空间　　让群众享受生态红利

昨日，记者驱车幕阜山旅游公路塘湖、麦市段，只见道路两旁绿树成林，新植灌木生机勃勃，形成一条22.3公里绿色产业带。

"开展全域绿化既要做好山上的文章，又要深挖林的潜力，大力发展油茶、中药材种植，林下经济等特色经济林"，县委书记熊亚平的目光眺得更远，力争让资源变资金、农民变股民，让绿水青山真正成为老百姓致富的金山银山。

对此，通城县在抓好全域绿化时从"三个结合"，拓展绿色空间。

——与产业发展相结合。坚持"一带活六业"的发展思路，大力推进幕阜山绿色产业带建设，高标准完成绿化22.3公里。注重兼顾生态效益和经济效益，优先发展药材、油茶等优势特色经济林，精准灭荒种植油茶6712亩，

4 个国有林场种植药材 2605 亩。

　　——与精准扶贫相结合。对种植中药材的贫困户，一年生每亩补贴400元、多年生每亩补贴 800 元；对种植油茶的贫困户，苗木免费配送，并按 700 元每亩奖补整地造林和抚育管理费。今年，全县已建成油茶扶贫基地 5281 亩、中药材扶贫基地 2280 亩。同时，将"美丽乡村，绿满家园"工程列为精准扶贫"惠民十件事"之一，精准灭荒工程已带动全县 3000 余名贫困人口实现家门口就业。

　　——与乡村振兴相结合。坚持示范引领、循序渐进，打造一村一景特色景观工程，马港东山屋场、麦市月季庄园开园迎客，完成大坪内冲瑶族风情村等 13 个示范点灭荒造林 5460 亩。7 个村被评为全省绿色示范乡村，两个村被列入全省美丽乡村建设试点村。

　　石南镇杨山村外经商青年邱定华，走"合作社＋创业"模式，贫困户以土地入股的方式参与种、养殖业生产经营，吸收 27 户参与油茶、药材套种，实现户平年增收近万元。

　　生态能"生金"，在家门口"卖风景"。塘湖镇大塅村村民吴国甫忙着切菜、翻炒、调味，一道道特色农家菜香气扑鼻。今年，家住黄袍山景区的吴国甫试着在自己的庭园办了一个农庄，菜源主要是家里养的猪、山上的野竹笋、地里的蔬菜，油料是山上油茶籽榨的油，开业以来，客流不断，逢年过节几乎爆满，长期还请了两个人帮忙。

　　绿色空间的拓展，该县在景区周边及旅游公路沿线发展一批以餐饮、住宿、休闲、采摘为主的生态休闲特色村。

全域绿化　　提升通城新"颜值"

　　连日来，塘湖镇荻田村村民正冒着绵绵细雨在幕阜山旅游公路两旁种植樱花、香樟等。

　　"将幕阜山绿色产业带建成村民富裕带、生态旅游文化带。"正在调研的县长刘明灯承诺。

　　该县围绕"一条道路、两边风景、三季有花、四季分明"生态长廊目标，在幕阜山旅游公路崇阳界至塘湖镇荻田村连线 7 公里路段，以丰富的天然樱花资源为基础，突出旅游文化特色，建设以观花为主的生态旅游景区，打造樱花谷、紫薇谷、栾树谷，逐渐形成"车在路上行，人在画中游"的胜景。

该县突出抓好杭瑞、武深高速公路两侧造林绿化提档升级工程，在绿满荆楚行动造林的基础上，投入资金 200 万元，选用樟树、红叶李等大苗，对高速公路两侧可视范围实施人工造林 255 亩，补植补造 476 亩，抚育林地 185 亩。

该县将河库绿化作为全域绿化"六大工程"之一，计划通过三年时间，多层次、多形式推进河湖库长制实施范围的 8 条县管河流、64 条乡管主要河流和 98 座水库的堤岸周边管理范围绿化。实行县、乡（镇）分级负责，由县林业局负责县管河流绿化工作；县水利局负责县管水库绿化工作；乡镇人民政府负责乡管重点河流和乡管水库绿化工作。在河库绿化过程中，县直部门和乡镇协调配合，共同推进全县河库绿化工作。

据县水利和湖泊局相关负责人介绍，该县已投入 135.7 万元，对县管隽水河、菖蒲河等 8 条河流堤岸管理范围进行绿化。11 个乡镇 46 条乡管重点河流全部完成了绿化任务。

良好的生态环境是最普惠的民生福祉。为让广大市民共享绿化成果，该县以增加城市绿量、提高绿化档次为重点，全面加快公园绿地建设。对城区主次干道实施高标准绿化，在城市主干道沿线单位实施"让绿于市，还绿于民"的拆墙透绿活动，实现了绿色资源共有、绿化景观同赏、创建成果共享。

通城首个城市公园——秀水公园每天吸引着大批游客游园。放眼望去，秀水城市公园宛如小家碧玉静躺在雁塔旁边。高耸入云的雁塔、青翠欲滴的花草树木、古色古香的亭台楼阁、静静流淌的清清河水，交相辉映，城河相融，城景互补，成为市民休闲娱乐的好去处。

绿水青山就是金山银山。通城正咬定青山不放松，将全域绿化向纵深推进，让绿色成为隽秀通城的主色调，让南鄂大地的山更青、水更绿、天更蓝，真正实现生态美、产业强、农民富的目标。

（原载《湖北日报》2019 年 4 月 12 日）

守得云开见月明

—— 栗坪村村企合作助力乡村振兴

12 年前，在外经商多年的李金刚带着"回馈家乡，振兴乡村"的决心回到通城县大坪乡栗坪村，创办了通城县新三汇养殖专业合作社，村民和村集体以劳力、土地入股，共同建设以生态种养农业为重点、中药材养生为主题、休闲观光为基础的大健康产业带，经过多年耕耘，终于守得云开见月明，每年为村集体增收百万多元……今天，新三汇和栗坪村踩着新时代的鼓点，迎着新三农战略的东风，村企合作，共建共享，共同抒写药姑山绿色发展新时代画卷，一步步迈向乡村振兴的康庄大道。

烂泥地变花果山　　村民变股民

"我一辈子都没见过这么多钱啊！"黎红甫的老伴拿着新三汇发放的 6000 元工资喜极而泣。家住栗坪村四组的贫困户黎红甫身高只有一米四，体小力亏。

门口几块地都是烂泥地，种地收成不高，2008 年恰逢村里的李金刚回乡创业，当得知黎红甫的情况时，李金刚当即租用他的田地，并当场给了黎红甫 500 元钱，并请他到自己和村委合作开发的油茶基地务工。

"以前的日子实在太苦了，全家都靠着两亩薄田过日子，儿子天生眼盲，好不容易讨个儿媳，还是个弱智，又生了孙子，全家就靠他一个人。"栗坪村李秀龙书记说到黎红甫时，唏嘘不已。"现在好了，黎红甫自己在新三汇的油茶基地务工，老伴在家里养着新三汇免费送的猪崽，一年收入 3.5 万余元，坐在家里致富。"

走在药姑山生态度假村的路上，放眼望去，一片碧绿，偶尔也能见到一枝枝梅花正在争相开放。树林下栽油茶，林中藏药材，好一幅和谐的画面，很难让人想到，这里十年前只是一片荒废的烂泥田。

栗坪村地处通城县西北部药姑山脚下，距县城约 10 公里，杭瑞、京珠高速、106 国道伴村而过。打工潮盛行的时候，村里的劳动力基本都外出打工，田地都荒废了，李金刚正是看到了这点，2007 年秋回乡创办了新三汇，走村企合作路子。

村支书李秀龙介绍，栗坪村有富余劳力 100 余人，新三汇大力吸收贫困户入社务工，安排在种植、养殖、餐饮后勤和销售组内，有的以土地入股，成为股民。

近几年来，新三汇在附近 4 个村发展油茶基地 2000 亩。其中 700 亩租用贫困户山地，每年为贫困户增收 3.5 万元，700 亩与农户股份合作经营。另有 600 亩，由合作社统一培育三年后，无偿划给 100 贫困户采摘受益。现有无公害蔬菜 120 亩，中药材基地 2000 亩。

"油茶＋药材"　特色种植富民

"现在是就近上班，一天能拿 110 元钱，每个月就有 2000 多元钱，还能顾家，比以前好太多了。"春寒时节，说起生活的变化，沙堆镇瑶泉村贫困户吴祥甫脸上满是笑容。

同为新三汇创办的瑶泉村中药材专业合作社，开辟了另外一种模式助力村企合作，精准扶贫。

沙堆镇瑶泉中药材种苗培育基地占地面积 1000 亩，总投资 3200 万元。基地主要培育黄精、钩藤、白芨、射干、桔梗等 10 余种名贵中药材，将中药材产业培育为沙堆镇经济发展的特色产业、促进农民增收的支柱产业。

瑶泉村是省级重点贫困村，共有 685 户 2785 人，其中贫困户 182 户 575 人。

群众要脱贫，产业是根本。为了让贫困户能够有稳定的收入来源，新三汇结合瑶泉村实际，先后建成 500 亩百合种植基地、700 亩油茶基地和 1000 亩中药材基地。

他们鼓励贫困户把自家土地流转给合作社，然后，由合作社安排贫困户就近务工，让贫困户有了在家门口务工的固定收入来源。

就这样，曾经的泥瓦匠吴祥甫告别了"这个活忙完了还不知下一个工地在哪儿"的东奔西走的日子，和众多贫困户一同"转型"，有了稳定的工资收入。

产业发展起来了，瑶泉村的贫困户们就有了"摇钱树"。村里土地流转 300 元钱一亩，务工 110 元钱一天，按照工作时间，务工的贫困户每天还能额外领取"分红"收入。

收入稳定了，贫困户的脱贫就有保障了。

2018年合作社尝试"油茶＋药材"种植新模式，600亩油茶地间种黄精、桔梗、丹参、白芨、白术等药材，每亩可产药材600斤，年收入6000元，油茶进入丰产期后，每亩还有近3000元的纯收入。

"油茶＋药材"种植模式好处多多。管理油茶的同时兼顾药材，提高了土地产出率，减少了用工量，还可以药养茶、以耕代抚、以短养长，效益大大提升。仅2018年，通过产业扶持带动贫困户平年增收1万余元，土地入股的49户贫困户获得分红22万元，为20户基地用工贫困户发放务工工资20万元。

"四提供一回收" 养殖助力脱贫攻坚

绿树村边合，青山郭外斜；泉水叮咚响，曲径有人家。走进新三汇养殖基地里，李金刚正带着社员忙得热火朝天。

"一世打工赚的钱还不如在新三汇做工一年赚的钱多，如果没有李老板，我一家子现在都不知道怎么过哦！"合作社社员何国才边做事边跟大家招呼着。

何国才今年64岁，家住栗坪村四组，本身身体也不好，老婆和两个女儿又都患有精神病，常年四季离不开药，在2013年被定为建档立卡贫困户，全家人就靠低保和何国才打点零工维持生活，但是那点钱一家四口吃饭都紧巴巴的，哪里还有钱买药治病。

李金刚知道后，送去生活物资，免费提供优质崽猪两头。一年下来，何国才除去养殖成本，年收入1万多。

在栗坪村周边村有不少像何国才这样困难的家庭，自2008年创立新三汇以来，李金刚以养殖场为依托，发展社员养猪，并推出"四提供一回收"服务，即：提供优质崽猪、提供全价饲料、提供防疫治病、提供养殖技术，包回收肥猪。这样养猪户不用愁饲养，更不用愁销路。一下子吸引了来苏村、栗坪村等50多户养猪户，每位社员年增收30%。

2008年秋，李金刚投资3000万元兴办的新三汇养殖场与药姑山生态度假村，挺立在药姑山下。建成了国家级标准化养殖小区，建立128栋猪舍，还有饲料加工厂和先进的养殖设备，年出栏优质商品猪达3万余头，养殖小区内修建了办公楼，硬化3.3公里公路；建设污水处理池和高产鱼池200多亩；

在养殖场周围开发了300亩药材基地，200亩优质茶园，4000亩名贵树木、楠竹、杉木基地；创新采用"猪—沼—鱼—农作物—猪"生态循环养殖模式，形成集种、养、加、销于一体的农业产业化经济实体。

休闲农业＋旅游　　壮大集体经济

"张打铁，李打铁，打到张家门前落大雪……"

循着热情奔放的歌声，屹立在水中央的瑶乡舞台，一支穿着瑶族盛装的队伍正在表演拍打舞，整齐的动作，铿锵的音响，一群外地来客饶有兴致地拍照欣赏。

时值初春，药姑山生态度假村一派生机盎然，满目葱茏，观光休闲的游客络绎不绝。

这座通城县第一家五星级农庄，"药姑山生态度假村"被评为湖北省休闲农业示范点，山庄集餐饮、采摘、垂钓、农耕体验、观光休闲、民俗体验等为一体的度假村。一次可接待容纳餐饮客人300人，住宿200人，停车位150个。近两年，年均接待游客10万余人次，创销收入近600万元，安排贫困就业人口30来人。

新三汇掌舵人李金刚，在几十年创业和市场摸爬滚打中，思路更加清晰，通过美丽乡村打造，以点带面，串点成线，卓有成效，通城全域游和美丽乡村游的态势呼之欲出，新的一波财富机会即将来临！

"下一步，我村社联手，利用集瑶祖故里、天然药库、佛道圣地和红色文化于一体的通城药姑山招牌，借力县里谋划的黄龙至药姑旅游公路线，拟投资6000万元，将药姑山度假村打造成2日游景区，景区将东接田庄千佛寺、西连东冲水库、南临杭瑞高速、北靠药姑山内冲瑶族村等景观。形成药姑山，西线旅游一条龙，其中景点有：水上乐园、游船垂钓亭、万头养殖场、生态果蔬采摘区、瑶民酒坊、生态农庄、油茶药材基地、田庄水库、李时珍药圣塔展示馆、盘王庙、千佛寺、休闲亭12个景区点。可吸纳近200名贫困户劳动力就业。"站在度假村的山头上，李金刚挥起右臂，信心满满地比画着。

老有所养不是梦　　共建共享共康养

"住进幸福院，吃住真方便。"昨日，栗坪村三组八旬老太吴落梅边烤火边看电视，高兴得流眼泪。自去年底，她住进来以后，天天饭来伸手，每餐四菜一汤，晚上被子盖得厚，病了有人及时治。之前在家，一个人冷一餐，没一餐，病了喊人不应，子女不在身边，只有老太一人独居。

改变她命运的是药姑山康养中心。

2018 年 11 月 23 日，通城县首个集健康养生与敬老养老功能的服务中心在通城县大坪乡栗坪村挂牌运行。

栗坪村属于幕阜山连片特困地区区域发展与扶贫攻坚的对象之一，被市委、市政府列入"1331"扶贫工程战略。由于经济落后，大批青壮年外出打工谋生，留下无人照顾的老人，包括五保户、无子女户等数百人，而乡福利院早已人满为患，老人们生活上有很大的不便，吃饭、购物、娱乐、就医等无人陪护。

"栗坪村老人多无人照顾的情况早前就引起了我们村委会的关注，但是村里资金有限，我们只有一方面向县委县政府反映实际情况，争取政策上的支持；另一方面向本村明星企业新三汇寻求帮助。在多方的共同努力下，才建成了今天的这个康养中心。"村干部在当日的成立大会上感慨地说。

忙碌在现场的李金刚介绍，本来打算把整个中心建设完善了再让老人们住进来，但是天气越来越冷，老人们在这个时候最需要的是温暖，考虑再三，就提前运营了。现在条件虽然差了点儿，但一切会好起来的。请各位老人放心，有党和政府的支持，有我新三汇等企业和热心人士的资助，你们的生活会越来越好。老人们听后都热烈地鼓起掌来。

"以前我们分散在各个村组，生活上的困难还可以忍受，最难过的是晚上。我经常一个人半夜醒后就坐在床上等天亮，一个说话的人都没有。"家住栗坪村金甲坡的吴玉岩老人说到以前的生活一脸辛酸，"不过现在好了，我跟先爹住一间房，他比我大 3 岁，他今年 91 岁了，觉也比较少，睡不着的时候我们可以拉拉家常了。"老人说到这些脸上洋溢着幸福的笑容。

康养中心负责人李四友说，药姑山（栗坪）康养中心将坚持以"老人为本"的服务宗旨，以"奉若父母，情同亲生"为服务理念，让入住的老年人真正体会到老有所养、老有所学、老有所乐。

（原载《咸宁日报》2019 年 3 月 4 日）

同舟共济好扬帆

——通城税务局改革新气象

在税务征管体制改革大潮中，通城税务人齐心协力，以为国聚财、为民收税的宗旨意识，以乐于奉献的高尚品格、锐意进取的精神，奋力抒写着新时代税收事业的崭新篇章。

同心共济　　助力改革行稳致远

岁末年首，寒流滚滚；走进通城办税服务大厅，温暖如春。十余个办税窗口一字排开，面带微笑的税务干部各自忙碌在工作岗位上。

"进一个厅，取一个号，原来分属国税地税的业务就能在一个窗口一次性办完。"正在大厅调研的通城县税务局党委书记、局长毕琴如介绍道，"一厅通办"简化了办税流程，降低了成本，提升了服务质效，方便了纳税人。

这是该局自新机构挂牌以来，开展"新机构、新作为、新形象"服务建设提升专项活动的结果。

去年秋，机构改革时，税务局一班领导上下同心：党委书记带头开展讲"践行中国税务精神，助力国税地税征管体制改革"主题党课活动；党委成员深入基层单位开展调研，将改革要求和上级精神传达到每一位干部职工；全体干部职工积极投身改革，老干支部向党委连写三封书信，坚决支持改革，改革期间涌现出了"退休不离岗的办税服务师太杜慧珍"等一批改革模范人物。

改革中，全局上下做到工作同向。在推动改革工作中，对标对表，挂图作战，销号管理，齐心协力按市局部署完成好了机构挂牌、"三定"规定落实、社保费及非税收入征管职责划转，全面加强党建等改革任务和要求，确保了机构改革在通城落地生根。

全局上下做到思想同频。按照上级"四必谈"要求，广泛开展谈话谈心，化解矛盾，达成共识。"三定"宣布后，干部思想稳定，各项工作顺利开展，实现了"领导下属零距离，工作推进零障碍，改革期间零上访，纳税服务零投诉"。

全局上下做到统筹兼顾。税收收入量质双增，2018年以来，在经济发展速度趋稳，国家进一步加大减税政策力度的大形势下，通城税务局严格贯彻落实组织收入原则，化压力为动力，统筹兼顾，多措并举，坚持以改革提质效，以征管堵漏洞，以服务促遵从，争取应收尽收，实现了税收收入量质双增，超额完成省分目标任务税收收入。

税种管理　夯实税收征管基础

"年关逼近上班忙，没时间好好学习个人所得税政策，没想到税务人员把课堂搬到公司，手把手教我在APP上填报6个专项扣除，这堂课真是'冬天里的一把火'！"1月8日晚，宝塔光电公司销售部门李经理，听完通城县税务局个税辅导后惊喜地说。

据税务局局长毕琴如介绍，考虑到企事业白天上班，没有时间集中学习、领会个人所得税政策，通城税务局成立8个宣讲班，利用晚上、午间等休息时间，以"流动课堂"的形式，深入企业、乡镇、学校，开展上门宣传服务，面对面、手把手将个人所得税政策送给纳税人和扣缴义务人。

改革以来，通城税务局采取多项实际措施，优质高效地做好了货劳税、企业所得税等各项税种管理，夯实了税收征管基础。全力提升增值税发票风险防范能力，落实发票领购面宣面签政策，将增值税发票风险控制在首次领购环节。全力提升企业所得税申报质量，申报期实行日通报制度，每日通报各单位申报进度和差错率排名，极大地激发了工作热情，使得该项工作在全市总体排名一直位列前茅。全力提升税收业务咨询服务水平，加强对重点企业、新办企业、中小企业的2017年度企业所得税汇算清缴业务咨询服务，组织技术骨干，通过网络、电话、上门服务等有效措施，为纳税人解决更正差错申报300余次，受到一致好评，共汇算清缴1373户纳税人，汇算面达100%。

减税降负　落实政策助推发展

"今年以来，我们公司出口退税、高新科技企业所得税优惠、研发费用加计扣除和增值税抵扣四项政策共获得税收优惠1510万元，这就是民企发展动力。"在通城县税务局助力民企发展调研会上，湖北平安电工有限公司董事长潘协保在谈到税务部门帮助企业落实税收优惠政策时笑着说道。

通城税务局深入推进简政放权、持续优化纳税服务。在优化服务方面，认真落实优化税收营商环境40条硬举措，143项"最多跑一次"事项中有80项实现"全程网上办"。进一步推进办税厅"安静工程"，配置7台计算机和7部自助办税终端，实现领取发票、代开专票"自助办"、"随时办"，有效缩短纳税人办税时间至少50%以上。大力推广税银互动，全县商业银行累计向守信民营小微企业发放贷款23笔，贷款金额550万元，缓解了民营小微企业融资难。在减轻企业负担方面，全面落实减税政策，5月1日政策落地后，全县纳税人都能按新税率正常开具增值税发票，全年借助"减免清"系统，帮助了178户小微企业优惠政策享受不到位的纳税人。2018年以来，落实增值税税率下调减税1214万元，增值税征前减免3990万元，为6户企业落实研发费用，为7户高新技术企业减免所得税额，全县纳税人2018年共享受减税红利超过1.6亿元。

依法治税　　税收征管开创新局

冬夜，通城县税务局办公楼灯火通明。税务讲堂内，办税人员挑灯夜学。这是该局学法用法，依法治税的一个镜头。

通城税务局巩固法治税务基地建设成果，持续提高全体税务干部法治素养，坚持学法、讲法、述法传统，党委集中学法，领导干部带头学法，全年组织干部职工集中学法多次，人均学法时间达40小时以上。2018年7月，该局被省司法厅和省普法工作办公室联合表彰为"省级法治文化建设示范点"。

为促进税务人员执法能力，该局通过组织自学夜校脱产学，开展周考月考模拟考，实现了执法资格考试全员过关。该局持续用好内控和监督系统，保障内外部业务依法依规开展；借助内控平台做好执法过错预警和及时整改，2018年度未出现一起执法过错；根据税收执法风险监控分析系统，完成对359条疑点数据的核查和整改工作，核查完结比率100%；通过督察审计流程管理系统，启动并完成了"2018年税收执法督查"项目，对贯彻落实组织收入原则、增值税发票风险管理、国务院减税措施落实情况、核定征收管理进行了监督检查，确保税收执法方面合法合规，各项政策规定、管理制度得到贯彻执行。税收执法督察起到堵漏增收和减少执法风险的重要作用，2018

年督察陶瓷、房地产建筑安装、加油站等行业，补收了税款。

从严治党　风清气正树好形象

走进通城县税务局办公大楼，每层楼走廊的墙上挂着一幅幅廉政建设图画。

该局始终坚持全面从严治党，严格落实党风廉政建设责任制。全面压实"两个责任"，层层签订了《2018年党风廉政建设责任书》、《2018年党风廉政建设承诺书》，编制了主体责任清单，细化明确主体责任和监督责任的具体内容，严格执行主体责任报告、"三重一大"、班子成员"一岗双责"等一系列制度，强化对人、事、财、物管理和税收执法方面的制度约束和规范，形成了以制度管人约束人的廉洁履责机制。扎实运用"四种形态"，抓早抓小，防微杜渐，治病救人，筑牢了干部职工的思想道德、纪律作风防线。着力强化监督执纪，纪检监察部门完成各类项督查16项，整改查处各类问题7项。

通城税务局一方面通过绩效管理、数字人事等管理手段，严格对干部日常工作的管理；一方面，深入贯彻"忠诚担当，崇法守纪，兴税强国"的中国税务精神，结合自身实际，形成了具有通城税务特色的"崇善、崇法、崇廉、崇文、崇实"的五崇文化，开展了"道德讲堂"、"法律讲堂"、"廉政讲堂"、"讲业绩，比贡献"评选岗位能手、"青年干部夜校"等多种活动，提升了业务素质，加强了队伍凝聚力，提振了税务干部精气神。近期，队伍建设成绩不断，全局参加2018年执法资格考试的人员通过100%；荣获全市税务系统"践行税务精神，争当改革先锋"青年干部演讲比赛第一名；参加"业务大比武"人员获得党建系列考试面试第一名和第二名，获得纳税服务系列团体第一名、个人第三名。

党建活动亮点纷呈。该局坚持党建引领，持续推进"两学一做"学习教育常态化制度化，紧扣"学"的内容，组织党员干部持续深入学党章党规、学系列讲话。十九大以来，组织开展支部主题党日12期，对党章、十九大精神、习近平新时代中国特色社会主义思想、习近平总书记视察湖北重要讲话等进行了认真、深入学习，共撰写心得体会300余篇，形成了"党委委员领着学，中层干部自觉学，一般干部认真学"的学习热潮。紧扣"做"的标准，深入开展系列活动，持续开展"清风税务惠校园"、"精准扶贫在行动"，组织"爱心妈妈"开展志愿服务，一对一帮扶贫困学生；组织党员开展"全民洁城"活动，鼓励党员干部参加"无偿献血"；成立蓝色梦想青年志愿服务队，开展环保志愿行活动等，树立了良好的部门形象。

精准扶贫　　实干担当圆梦小康

杀年猪，挂大红灯笼。腊月，走进隽水镇桃源村易地搬迁安置点，到处是喜庆的场面。

"我们21户贫困户，能住进宽敞明亮的房子，这得感谢税务局。"异地搬迁的贫困户胡望林说。

从2017年以来，通城县税务局派出税务干部徐万和担任该村"第一书记"，以村为家，倾力扶贫，深得当地群众称赞。

在通城县直部门中，县税务局承担了最重的精准扶贫任务，结对帮扶6个村，建档立卡贫困户1213户4008人。该局全年投入扶贫资金60余万元，帮助建立"基地＋农户，产业带扶贫"的发展模式，协助完善公共设施。在改革的关键时期，他们坚持履行社会担当，一方面，抓业务、抓改革、抓稳定；一方面，干部职工双休日到村为包保贫困户解决生产、生活困难，每人到联系村4次以上，举行屋场夜话38场次，办实事300多件。

扶贫工作得到了当地群众的赞誉，受到省市县有关领导好评。2018年秋，局驻隽水镇桃源村工作组从200多个驻村工作组中脱颖而出，受县委表彰为"优秀驻村工作组"。

新年新气象，新作为。通城税务人正以崭新的精神面貌，高举改革大旗、聚力攻坚克难、坚毅笃定前行，在税收这片沃土上，踏梦而来、逐梦而行，扬帆奋进！

（原载《咸宁日报》2019年1月28日）

健康通城正扬帆

——通城创新医疗卫生服务工作纪实

推进综合医改　　卫计事业实现新跨越

岁末年初，备受瞩目的康美健康城（通城）项目的健康服务体验中心盛装亮相。寒天挡不住大家对体验中心的热情，整个解放东路车水马龙、人来人往，气氛空前热闹。

当天，体验中心还与康美通城人民医院联合举办了首届大型免费爱心义诊活动，为通城人民送来健康大礼包。

康美健康城（通城）项目位于通城县，处于幕阜山北麓，湘、鄂、赣三省交汇处，规划总占地面积约612亩，总建筑面积66.5万平方米，总投资额约25亿元。

康美健康城以"全龄颐养，一生之城"为开发理念，建设一个集健康医疗、健康养生、候鸟式智慧养老、健康管理、健康旅游度假等功能于一体的健康新城。

这是通城县推进重大改革，卫计事业出现的新局面。

2012年，该县被列入全国公立医院综合改革首批试点县，在全市率先打破"以药养医"的机制。县人民医院三次获得全国公立医院改革创新奖，二甲医院评审走在全市前列。坚持统筹推进医疗、医保、医药"三医"联动改革，着力破除体制机制障碍，实施基本药物制度，基本药物价格比改革前平均下降30%左右；2018年1月，全县公立医疗机构药品采购全面实行了"两票制"管理，有效控制了药品价格虚高；积极探索现代医院管理制度，稳步推进人事、薪酬分配制度改革，医疗卫生机构运行活力和服务效率得到明显提升。

深化开放合作。改革办医体制，开创外向型医疗合作，民营医院实现零的突破，已发展至6家；着力医联体建设，增加优质医疗资源的供给，加盟跨区域专科联盟4个，2017年引进深圳康美药业与县人民医院共同建设医联体，2018年12月康美健康体检中心和健康体验与展示中心建设竣工对外开放。

实施重大项目　　医疗体系开创新局面

虽是寒冬，走进通城县城医院和乡镇卫生院，高耸的门诊大楼前树绿花红，患者在温暖如春的病房里享受着星级服务。

这是通城县关爱人民健康，实施重大项目建设，着力加强医疗卫生服务体系建设出现的新景。

县卫计局局长雷明顺介绍，通城县围绕建设鄂南医疗强县，近年投入4.2亿元，完成了县人民医院外科楼、县精防所整体搬迁等一批重大建设项目；相继启动了县人民医院内科楼、县中医医院住院楼和县妇幼保健院整体搬迁建设。

同时，加大各医院设备投入，添置了脑血管造影等一批高、精、尖医疗设备，新上介入、肿瘤放疗等一批重大项目；建设省级临床重点专科 14 个、市级临床重点专科 22 个，重点专科总量居全市各县（市、区）首位；县人民医院体检科被评为"全国健康管理示范基地"，县疾控中心在全市率先建成数字化接种门诊。11 家乡镇卫生院达到"四化"建设标准、168 家村卫生室达到"两化"建设标准。引进医疗人才 425 人，"一村一名大学生村医"，2018 年落实定向订单培养 23 人，二级岗位、省级中青年中医专家人数居全市前列。县、乡、村三级医疗服务体系进一步健全，群众就医环境得到极大改善，医疗资源日趋丰富，千人床位数达到 4.92 张，比 2012 年增加 1.95 张；千人执业（助理）医师达到 2.53 人，比 2012 年增加 0.51 人。医疗卫生服务门类和水平居湘、鄂、赣毗邻县市前列。

着力卫计服务　群众健康迈上新台阶

李段村七十岁的贫困户李朝福躺在麦市镇卫生院病房里，享受着护士的精心护理。

前不久，他第二次脑中风，行动不便，家人将他送到医院治疗一周后，能活动了。他发自内心感叹：在镇卫生院住院，条件也不差，费用也便宜。

让贫困户和农民享受"一流医院"待遇源于通城县完善医疗保障制度，健康扶贫不断深入。近年来，通城县落实健康扶贫"三个一批"政策，即大病集中救治一批，慢病签约服务管理一批，重病兜底保障一批。目前，三家县级医疗机构已安装精准扶贫对象识别系统，落实了精准扶贫对象基本医疗保险、大病保险，民政兜底和补充医疗保险报销政策；对精准扶贫对象住院治疗均实行了"先诊疗，后付费"和"一站式"结算服务。至目前，大病患者集中救治病种由 9 种增至 13 种，贫困患者住院医疗实际报销比例达 90% 以上、个人年度自负医疗费用控制在 5000 元以内，群众就医负担日益减轻，有效减少了群众"因病致贫，因病返贫"。

开启智慧医疗，分级诊疗不断落实。强化公共数据资源共享，对全县卫计系统信息化进行了统筹规划。以医联体为载体，电子病历共建共享，远程诊疗启动应用，下转病人逐年增加，实现了 90% 患者在县域内得到治疗的目标。县人民医院在全国率先打破区域限制，开启了医保异地直报先河，服务群众健康的路径得到拓展，群众就医日益方便。

　　着力服务管理，健康指数不断攀升。落实手机 APP 应用于家庭医生签约服务和慢性病随访服务。目前，全县累计建立居民电子健康档案 352485 份，规范化电子建档率 86.56%；家庭医生签约居民总数 168495 人；拓展健康二级管理，慢性病团体健康管理与签约服务走在省市前列；艾滋病防治、严重精神障碍管理治疗列入省级示范区项目；重大传染病防治到位，卫生应急演练走上湖北电视台公共频道《问健康》栏目，实现了大灾无大疫、传染病疫情平稳的目标；妇女儿童保健服务加强，孕产妇免费住院分娩项目有效实施，全县住院分娩率达到 100%，孕产妇死亡率、婴幼儿死亡率于预期目标，低于全省水平。

补齐民生短板　　健康通城新进展

　　小小厕所，反映了一个地方的文明卫生程度。农村厕改，更彰显着政府补齐短板，改善民生的决心。通城县卫计局一班人勇挑重担积极参与当地建设，为服务中心工作，建设健康通城献计出力。

　　雪后初晴，在马港镇高峰村错落有致、白墙琉璃瓦的楼房前，村民忙着晒过年的腊鱼腊肉。走进宽敞的大厅，穿过后院拱门，农家小菜园点缀着各种花草、蔬菜。"这菜园四季常青，跟花园似的，厕改可立了大功。"

　　小厕所，大民生。去年 3 月卫计局根据《通城县厕所革命三年行动实施方案》，牵头启动了"厕所革命"工作，成立了"厕所革命"工程建设指挥部办公室，明确了工作人员和工作职责。结合美丽乡村建设，将县、乡、村三级工作项目化、清单化、责任化。至目前，全县共完成农户无害化厕所建设 1.4 万余座、农村公厕 32 座、旅游公厕 6 座、城市公厕 2 座，交通厕所 1 座。

　　该局投身创建省级卫生城市，多渠道、多途径进行公益宣传，共开展健康知识讲座 32 场，发放宣传资料 2.5 万余份，微信平台发布健康知识信息 390 余条，县电视台及通城网等媒体播放公益广告 360 余次，营造了良好的氛围；融健康体验于城市发展中，开辟了社区群众健康场所 8 个、健康步道 2 条、健康广场 1 个；除"四害"先进城区创建 10 月份通过省级验收，为创建省级卫生城市打下了坚实的基础。

　　中医药振兴。通城卫计局积极顺应国家高度重视中医药产业发展的趋势，贯彻落实县委、县政府"中药振兴"、"五药"并举战略，积极参与扶持种植、生产、销售产业链建设，助力打造全国中医药产业大县。全县中医药产业发展走在全市前列，3月，县卫计局获得"全市中医药工作优秀单位"荣誉称号；10月，全市首届中医药会议在通城县召开。大力推广中医适宜技术，传承弘扬中医药文化。全县共设立国医馆1个、中医药文化展览馆1个、中医名医工作室2个、国医堂12个，隽水镇和四庄乡卫生院荣获省级示范国医堂称号，马港卫生院已申报全省第四批示范国医堂，民间中医诊疗方法、特色诊疗手段的传承与发展。

（原载于《咸宁日报》2019年1月14日）

扶我父老出贫寒

——平安电工倾力扶贫二三事

岁末年首，天寒地冻。湖北平安电工公司一行前往通城库区云溪学校慰问教师，看望留守学生，现场解决学校取暖等问题。

这是平安电工公司多年来教育扶贫又一行动。

湖北平安电工材料有限公司，从通城县云溪乡（现关刀镇）起步，长期扎根幕阜山深处，28年间成长为中国云母绝缘材料领军企业。

平安电工董事长潘协保深知知识对贫困子弟的重要性。近十来年，他带领公司员工大力支持和帮助云溪乡亲抚林修路、支教助学、旅游开发、精准扶贫，累计投入帮扶资金超过1000万元，带动一大批贫困乡亲稳定脱贫致富，谱写了一曲产业报国，共奔富路的时代壮歌。

倾情教育　点亮希望之光

2018年9月10日，云溪学校微机室里，平安电工集团给55位教职工送上慰问金，向邓学进等七位荣获"平安云溪好老师"称号的老师每人颁发1200元奖金。

2018 年秋，平安电工举办第十五届捐资助学活动，共有 42 名优秀学子受到资助或奖励，每人金额 1000~3000 元不等。

2018 年，该公司共安排 15 万元，用于发放云溪学校优秀教师津贴和优秀学生奖学金，负担云溪学校聘请的两名年轻代课老师工资，资助云溪优秀高中生和大学生入学。

自 2003 年以来，平安电工每年出资 10 余万元，为云溪学校引进的优秀教师发放山区支教津贴，为云溪学生设立"助学奖励基金"，共资助、奖励 400 多名高中生和大学生入学，帮助他们完成学业。

平安电工还累计投入 400 多万元，给学校偿还"普九"债务，帮助学校翻新教学楼，整修教职工宿舍，改造门前道路，硬化场地，绿化校园，改善云溪学校教学条件和基础设施。云溪学校目前就读学生 570 人，校长潘广云说："平安电工点燃了云溪的希望之光。"

村企共建　　夯实集体经济

云溪片区四面环山，下面是狭长的云溪水库，地方偏远，交通闭塞。2010 年，平安电工以道上村为主，共帮扶库区的东山村、棋盘村等 7 个村。

要致富，先修路。经过考察，平安电工决定重点资助部分乡村公路建设，先后出资 200 余万元，修建 15 条村组公路，解决了部分山村行路难题。公司还在路旁种植桂花、玉兰、银杏、红枫等优良苗木，配置一批移动式垃圾箱，实现垃圾集中处理，村居环境大为改善。

根据云溪山区地质特点和土壤性能，平安电工先后出资 60 余万元，建设油茶基地两个共计 400 亩。近年来，油茶基地效益看好，每年为村集体增收 8 万余元。

2017 年，平安电工与东山村帮扶结对。按照"资金、产业、基础建设扶持"并举的思路，平安电工出资 80 多万元，帮助东山村新建两委办公楼，新修硬化道路，新建 300 亩钩藤药材基地和野樱花基地。去年又安排 30 余万元，用于樱花基地建设和中药材基地管理。

产业帮扶　　做出时代担当

2012 年省政府幕阜山连片扶贫开发政策出台后，潘协保提出，把云溪洞建成生态文化旅游风景区，并倾力为之"铺路架桥"。平安电工出资 140 余万元，举办中国云溪洞首届生态旅游文化节；投资 300 万元入股引进旅游公司，对云溪的山水、人文资源进行特色开发。2013 年，云溪漂流建成运营，解决 30 多人就业。方忠平、丁落甫、丁能得等 8 个贫困劳力在漂流线上务工，月收入 1700~2000 元。

云溪水库淹没了大片良田，就地后靠安置后，人均耕地狭窄。如道上村人均耕地仅 0.2 亩。为解决当地就业发展难题，平安电工将公司新上项目——云水云母科技有限公司选址于云溪水库大坝外东岸。项目总投资 4800 万元，2015 年全线投产，安排库区 170 余人就业，年发放工资 1000 余万元。

贫困户方光磊介绍，妻子双眼失明，三个孩子每年读书花费 1 万多。他于 2014 年 7 月建厂时进厂做搬运，年收入从 2 万多元涨至 4 万。他说："现在不用为孩子的学费发愁了。"目前，公司共安置 15 名建档立卡贫困人口就业，年发放工资超过 50 万元。

（原载《咸宁日报》2019 年 1 月 7 日）

创新铸造中国品牌

——湖北平安电工材料有限公司自主创新纪实

这是一个创新创造的时代！

一片片云母经平安人巧手点化后，生产的云母纸，有的薄如蝉翼，有的厚似砖头，成为格力、通用、特斯拉等公司的重要供应商；万米耐火云母带，上天入海，开拓了云母通信光缆行业新纪元。

这是一个创业传奇的时代！

一个名不见经传的山沟企业，一步一跨越，发展成为中国最大的云母工业厂家，变身为全球高端线缆和电子电器高温绝缘核心制造基地，成为湖北省细分行业隐形冠军示范企业。

创造传奇的是通城县民营高新技术企业——湖北平安电工材料有限公司。

驾驶这艘云母产业航母的掌舵人潘协保——从一名村干部荣登全国乡镇企业家名录，成为中国云母专委会理事长。

坚定不移走自主创新之路，推动企业不断创新，不断攀登科技高峰，跻身世界云母绝缘材料制品第一方阵前列，用核心技术铸就中国云母品牌。

坚持引领市场　　筑梦一流企业

冬日暖阳。平安公司厂房外墙上，"专业、卓越、稳健、增长"、"团结、务实、创新、奉献"的金色大字闪闪发光，这些经营理念和企业精神已深入人心，激励着平安人书写一代又一代传奇。

1990 年春，迎着改革开放的春风，在距离县城 25 公里，集山区、库区、边区为一身的云溪建立了全省第一条云母制品生产线。

28 年弹指一挥间。从肩挑背驮、原始加工的一个小厂，一步一步由小到大，直至形成 10 大系列、1000 多个品种、1200 多名员工、8 万多吨产能的中国最大的云母工业厂家。2017 年，平安电工集团实现产值 6.8 亿元，销售收入 5.8 亿元，上缴税金 5600 万元，累计固定资产投资 3.8 亿元，员工就业 1200 余人。分别是 1992 年创业初期的 630 倍、692 倍、2778 倍、581 倍和 120 倍。28 年来，公司累计实现销售收入 41 亿元，创外汇 1.7 亿美元，上缴税金 4.3 亿元，发放员工工资 4.1 亿元。2001 年以来，公司步入快速发展期，产值年平均增速为 20%，上缴税金年均增长 43%，成为引领行业发展的卓越典范。

回望来路，平安人始终坚守自主创业、自主创新、勇拓市场、初心不改。

"深山产品要走出去，必须抢占沿海市场。"董事长潘协保深谙此理。2001 年春，他三下广州开拓市场，在珠江大桥旁设立第一个对外销售窗口，云母板、云母带产品迅速占领沿海市场，当年销售额跃上 6000 万元大关，杀出了中国云母行业的一匹黑马，引起国内外同行关注。

"公司营销中心以市场为导向，以客户为中心，年营销额由 1 亿元、2 亿元、4 亿元直指 6 亿元。"谈到销售，副总经理邓炳南脸泛红光。28 年后的今天，公司的产能、技术质量和营业收入登上了亚洲榜首，书写了中国云母事业的传奇。

"这得益于平安人一以贯之的创新企业精神引领、创新道路选择。"董事长潘协保直言。

在世纪之交，国内云母市场普遍以中低端和小型化为主，发展策略上以模仿和跟随为主。

平安电工以巨大的勇气与担当，选择了走高端、高附加值的发展道路，着力提升和优化科研人员结构比例，集中力量实施自主研发、科技创新，逐渐与国内国际同行拉开了差距。

2014年，潘协保将"为全球高端线缆和电子电器高温绝缘提供优质服务"定为公司使命。

2015年，在武汉阳逻国际港这片黄金热土上，平安集团根据发展战略，高标准建立了集人才培养、产品研发、物流集散三位一体的生产基地。武汉研发基地打开了以科研开发和人才聚集为核心的全新格局，用科技创新驱动企业发展，进一步巩固了行业核心地位。

2017，公司提出"二次创业"，加大技改力度，自动化程度大幅提升，构建基础理论研究、技术改造和新产品开发三位一体的科技创新体系，形成了云母纸、云母板、云母带、云母电热膜、电子玻纤布五大产品为核心的立体方阵，用优质高效和价值创造标注了中国云母产业历史新高度；投入巨资装备改造锅炉，彻底结束燃煤时代，为行业做出了表率，为美丽中国建设注入了平安力量，体现了平安的社会责任和担当。

2018年，公司致力于打造中国云母产业航母，引进战略投资者，在通城高新技术区投资新建新材料科技园，新上电子级超薄玻纤布、电子级超细玻纤纱、人工晶体云母、云母硅晶电热膜等高新技术材料项目，实现产品升级换代，推动企业转型升级。2019年项目投产后，全新的自动化、数字化、智能化生产保证高效的劳动生产率，将大力提升平安集团软硬件实力和集约化水平，为打造企业全球化竞争力奠定基础。

未来5年内，公司计划战略扩增生产规模，实现生产总值倍增，经济总量、技术质量居世界前列，整体提升平安电工国际企业形象，迈向全球化一流企业；再用28年，成为全球化一流企业。

坚持创新产品　　铸就中国品牌

虽是寒冬，走进云水云母科技公司，满眼翠绿，举目云溪水库，天蓝水碧。

云水第三期工程车间，传输带上滚动着金色的云母纸。潘协保自豪地说，生产的高端、特种云母纸和出口云母纸，出口量国内行业占比40%以上，成为全球最大云母纸生产基地。这13条生产线拥有国际一流装备和国内一流制造技术。

　　"如果没有坚持自主创新，平安不可能走到今天。"董事长潘协保在自主创新道路上立场坚定，始终认为，一年不创新就没有进路，两年不创新就没有出路，三年不创新就没有活路。

　　基于此，平安人迎难而上，逆势崛起，高端发力，在新产品研发和技术创新上的投入不遗余力。

　　从 2003 年起，平安电工就进入一个工艺技术产品更新换代，企业快速发展的新阶段。

　　28 年来，无论是生产 50 克超薄云母纸、110 毫米特厚云母板，还是 1100 毫米云母管、3 万米无接头耐火云母带，公司都一丝不苟、一以贯之地坚持执行国际标准和国家标准，导入 ISO9001 质量管理体系、ISO14001 环境管理体系和美国波多里奇国家质量卓越绩效奖准则，产品开箱合格率达到 99.7%。平安系列绝缘产品科技含量越来越高，应用领域越来越广，平安品牌竞争力越来越强。

　　"有了核心技术，就能以不变应万变，去适应市场需求。"平安电工副董事长潘渡江表示，企业掌握了核心技术，成长会越来越快。有了技术创新能力，制定战略时会底气十足。

　　2012 年，为了满足织布用纱需求，公司创造性地将拉丝炉由单拉改造为三分拉，一台炉相当于三台炉，人工与电耗大幅下降，产品质量更上一层楼。

　　同力玻纤从第一天起，视创新为企业动力。2013 年，他们先后引进高速整经机和喷气织布机，在追求优质高效的生产过程中，不断优化，不断向同行学习，力争新技术、新设备达到和赶超世界先进水平。织布机不断更新换代，产量从 1 万米、10 万米、60 万米，到 360 万米，多种云母布、电子布产品领跑市场。

　　"同力玻纤公司再扬平安人的创业精神，实现了从传统模式到现代化生产经营的跨越式发展，显示了平安工匠的不凡风采。"同力玻纤公司总经理徐君自豪地说。

　　作为云母制品的生产与研发的带头人，公司还有更值得骄傲的技术成就：公司自主研发的电热膜产品，连续发热 20 年不烧坏、不氧化，让航天器相关设备寿命延长了 20 倍；公司自主研发的硅晶电热膜发热元件产品，风靡国内外家电制造行业；公司开发出耐高温云母纸、煅烧云母带，耐温能力从 700℃提高到 1000℃；与湖北工学院联合研制的云母陶瓷，打破了国内一直依赖进口的局面；与日本著名音响专业制造商合作，开发出高保真音响云母震动鼓。

平安人就是这样，用创新架设着事业发展的阶梯。1992年第一卷云母纸诞生；2001年第一张云母板下线；2003年第一卷耐火云母带问世；2010年第一片电热膜落地；2011年第一卷无碱云母玻纤布产出；2015年第一块电动汽车云母制品研制成功。潘协保一步一个脚印，稳步推进产业链的延伸与扩张，填补了一个又一个省内、国内和国际市场空白。今天，平安电工在坚持中高端路线、对卓越品质的不懈追求中，智能制造的耐火云母带等30多个产品质量居国际先进水平，"PAMICA"等系列品牌产品被广泛应用于特种电线电缆、家用电器、轨道交通、船舶、航母、航空、航天、新能源等重大、高端领域，出口美国、欧洲、东南亚等40多个国家和地区，有效支持和促进了上述高端高新行业的发展，在企业全球化战略上迈出重要步伐，标注了中国云母事业一个时代的高峰。

创新科研平台　　紧盯世界前沿

从云母造纸的水力破碎机改造，到高温云母煅烧炉的革新；从电热膜产品的生产，到新型云母纸的研发；从大力投入高科技环保设施，到造纸设备的煤改电，平安人用自己的聪明才智，不断诠释着科技增效、科学发展的真理。

创业28年，平安快速实现了"五级跳"。

"技术为王，创新为本"是平安人始终坚守的发展理念，而200多名技术研发人员，是最宝贵的财富。

在公司科研成果展览室里陈列着100多项国家专利技术证书，100多个国内第一、国际领先的产品鉴定书。

平安人明白，只有搭建科研创新平台，才能形成核心竞争力。

创业之初，公司组建了新产品开发部，成立了新产品检测实验室，投资数百万元，配备了一流的实验仪器和设备，每年科技投入占到公司销售收入的5%以上，累计科研经费投入近亿元，成为省企业技术中心，建立了省博士后产业基地，打造了全国博士后流动站。

创新科研平台，产学研紧密结合，让平安公司国际竞争力建设迈出了坚实一步。公司先后与国防科技大学、华中科技大学、北京矿冶研究总院等近10所大专院校、科研院所建立合作关系，建立了以企业研发中心，省企业技术中心、博士后产业基地为主体，专业研究机构和高校研发中心为支撑的开放型自主创新体系。

借助这个科研平台，公司形成了"生产一代，试制一代，预研一代，构思一代"的产品发展格局，已开发出拥有自主知识产权的 10 大系列 700 多个产品。

"目前，云母板的厚度，平安电工做到了世界第一，一举打破了欧美同行企业垄断厚云母板数十年的历史。"在云母板生产车间，总经理李鲸波坚定地说。

这些具有企业核心竞争力的主要产品，成就了公司 28 年来云母产能、产量、销售市场分别稳占全国同行业的 30% 以上的非凡业绩。长期以来，云母带、云母板国内销量夺冠、占领国际市场份额在三分之一以上。

"企业竞争，归根结底是人才的竞争。"潘协保意味深长地说，"我们要以海纳百川的胸怀与气度，把人才创新的平台构筑得更宽广、更坚实。"

平安公司围绕"人才优先"和"自我提升"的成才理念，建立了有效的教育培训机制，培养业务素质高的人才，并开辟有效的员工绿色成长渠道，让广大员工和各类人才创业有机会、干事有舞台、发展有空间。

广泛引进高科技人才。平安公司相继从高等院校、科研院所引进孙传尧院士、司马亮和教授等行业科研权威、技术精英加盟企业发展。

一大批事业有成的高科技人才的凝聚，已成为平安科研创新，不断提升市场地位的坚实基础。目前，一支以院士、享受国务院津贴专家、特聘专家、工程师、技术能手等 200 多人的自主创新人才队伍基本形成，他们几乎囊括了我国云母板、云母带、云母异型制品、电热膜等重要科研成果，已成为中国云母绝缘技术研发与制造工艺的领军人物和核心力量，主导、引领中国乃至世界云母绝缘材料制品产业的进步与发展。

目前，公司建成了 100 多条云母深加工生产线，达到国际先进水平，生产能力位居国内之首，是世界云母绝缘材料制品重要生产基地，已获得国家专利技术 50 多项，有 100 多个产品国内、国际领先，近 50 个产品填补了国际、国内市场空白。

"平安电工能快速站在世界前沿，其核心竞争力来源于企业持续不断的创新研发平台。"有经济学家认为，平安通过创新掌握了核心技术，将中国云母制品推向世界市场的大舞台，叫响了中国品牌，书写了中国云母传奇。

（原载《湖北日报》2018 年 12 月 29 日）

抒写通城与世界交融发展新画卷

——通城组团参加首届中国国际进口博览会实录

上海，东方明珠！通城，鄂南明珠！

11月5~7日，位居湘、鄂、赣交界核心区的通城县，在首届中国国际进口博览会这个国际大舞台上，亮出项目签约与进口商品采购并重两大招，魅力十足。

今年来，通城县主动对接"一带一路"倡议，与湖南城陵矶新港区、岳阳三荷机场签订开放型经济战略合作协议，成功引进中国中部·湖北通城万雅国际商贸城项目，走出了一条借港出海、借机起飞、借梯登高的高质量发展之路。

此次通城县借进博会平台，招天下客商，是该县大力发展外向型经济，培育发展新动能，推动经济社会高质量发展的又一大动作。

抢滩大上海　　与国际握手

11月7日，通城县在上海虹桥金古源豪生大酒店举办中国中部·湖北通城国际商贸城招商推介会，通城县企业与10多家外商签约。

"好山好水好景色，带上你的好心情，到通城来坐坐。"在上海中国中部·湖北通城国际商贸城招商推介会上，一曲通城民歌《到通城来坐坐》，吸引了海内外客商。

11月7日，湖北省通城县在上海虹桥金古源豪生大酒店举办中国中部·湖北通城国际商贸城招商推介会，签约两个招商项目，进口商品采购签约两批次13个订单。商务部有关领导到会祝贺，俄罗斯、德国、法国、尼日利亚、巴基斯坦等10多个国家的外商、通城本土规模企业的采购商及相关人员共计160余人参加招商推介会。

"湖北省通城县作为一个内陆县级城市，积极主动贯彻落实党中央部署，抢抓国家深化对外开放的重要机遇，以举办首届中国国际进口博览会为契机，积极探索县域经济发展新模式，引进了中国中部·湖北通城万雅国际商贸城等一批外向型经济重点项目，大力发展外向型经济，培育发展新动能，展现了该县敢于挑战、勇于挑战的魄力和活力。"商务部有关领导在致辞中说。

在现场招商推介会上，通城县人民政府代表分别与浙江客商签订了中国中部·湖北通城万雅国际商贸城项目，与北京客商签订了一号码头特色商业步行街两个项目，总投资45亿。

中国中部·湖北通城万雅国际商贸城是该县今年招商引资的外向型经济重点项目，净占地面积549亩，规划总建筑面积约100万平方米，总投资40亿元，整体定位为辐射湘、鄂、赣三省200公里商圈的区域性超大型商旅综合体，配套海关、商检、税务等国际贸易服务机构，导入欧、亚、美等国际风尚主题的贸易产业集群，打造游、购、体综合国际文旅新天地。

万雅集团董事长朱挺签约后高兴地说，我们准备今年年内动工，明年年底前力争开业。通城整体投资环境非常好，特别是今年以来，通城县委县政府跟岳阳城陵矶新港区、三荷机场签订了战略合作协议，对整个商贸物流业，特别是进口贸易业的发展提供了良好的平台。

在进口商品采购签约仪式上，通城县企业代表——湖北平安电工材料有限公司副总经理邓炳南分别与尼日利亚、马达加斯加等外商签订进口商品采购合同，万雅集团董事长朱挺分别与俄罗斯、法国、巴基斯坦等10多个国家签订进口商品采购合同。

"我们不远万里来到中国推销自己的产品，得到湖北平安电工材料有限公司的青睐，并建立了长期战略合作伙伴关系，达到了双赢的目的。我们感到非常高兴。"尼日利亚汇资财务有限公司总经理伊莱亚斯说。

湖北平安电工材料有限公司创建于1991年，是一家集产品研发、生产和销售为一体的专业化企业。主要产品有云母纸、云母带、云母板、云母硅晶电热膜、云母异型制品、无碱玻纤布、有机硅树脂七大云母绝缘系列产品。产品畅销上上电缆、远东、宝胜电缆、格力、美的、格兰仕、中国中车、中国航天、耐克森、美国通用等国内外知名企业。连续多次用于神舟飞船、嫦娥号卫星、航母工程等国家重大、高端领域。该公司每年向国外采购的商品金额达3500万美元。

据了解，本场推介会是湖北省唯一一场县级专场招商推介会。

亮相国展中心　　与外商签约

　　11月6日，进博会通城交易分团在国家会展中心6.2馆1号签约台举行中国·湖北通城招商推介及采购签约仪式，通城万雅国际商贸城董事长朱挺与境外供应商签约。

　　"刚才，我们和三家境外供应商签订了商品采购合同，这是非常好的成果。通城地处湘、鄂、赣三省交界，区位优势日益凸显，我们选择在通城投资，建设中国中部·湖北通城万雅国际商贸城项目，立足通城优势，放眼全球采购。下一步，我们将会带更多的客商到通城投资，进一步加强交流合作。"11月6日，进博会通城交易分团在国家会展中心6.2馆1号签约台举行通城万雅国际商贸城与境外供应商签约仪式，万雅集团董事长朱挺签约后高兴地说。

　　在现场签约仪式上，播放了《中国通城招商宣传片》、《通城万雅国际商贸城宣传片》；万雅集团董事长朱挺分别与土耳其维斯顿贸易公司负责人艾比丁·沃肯、德国尼德爱格公司柯根·弗伯纳签订了进口商品采购合同。期间，在湖北省企业采购需求发布暨现场签约会上，朱挺还与乌克兰供应商理查德·哈利签订了进口商品采购合同。

　　"一直以来，我公司和万雅集团保持着良好的合作关系。万雅集团做企业讲诚信，诚信经营使万雅集团更加发展壮大，这就是我公司选择和万雅集团合作的原因。"乌克兰供应商理查德·哈利说。

　　"通城是三省通衢的通达之城，楚风瑶韵的生态之城，乘势待飞的兴业之城，互利共赢的崇商之城。"该县县委书记熊亚平介绍，通城因"水道通，地势顺，直注武昌城"而得名，两条高速、两条国道纵横全境、通达四方，京九高铁、京广铁路沿境而过，两小时交通圈覆盖长江"中三角"的武汉城市圈、长株潭城市群、环鄱阳湖生态城市群。拥有亚洲规模最大的涂附磨具产业、中国最大的云母绝缘材料产业、覆盖全国地级城市的药商网络和国家级油茶产业园，创造了县域经济发展的"回归工程"模式，诚待各方客商前来投资兴业，实现互利共赢。

　　此次签约是该县借助首届中国进口博览会平台，积极探索县域经济发展新模式，不断深化外向型经济发展，促进供给侧结构性改革和产业转型升级，实现进口与扩大内需相结合，畅通"走出去"渠道迈出的实质性一步，必将载入通城发展史册。

政企聚集上海　　谋划通城新发展

　　11月5日，上海·通城进出口贸易招商座谈会在上海虹桥金古源豪生大酒店二楼会议厅举行。通城县领导与上海通城籍、咸宁籍企业家欢聚一堂，就如何不断扩大对外开放，深入推进外向型经济发展进行研讨，共谋通城发展。

　　今年来，通城县委、县政府紧紧围绕建设小康、生态、平安、健康、活力新通城的目标，坚持"生态立县、乡村兴县、产业强县、商贸富县、旅游活县"发展战略，积极探索县域经济发展新模式，充分挖掘通城的区位优势、资源禀赋和产业基础，大力发展外向型经济，培育发展新动能。特别是7月份以来，该县积极筹备组团参加中国进口博览会，进一步抢抓机遇，大力推进外向型经济发展。

　　该县地处湘、鄂、赣三省交界，历来是商贸重镇，工业经济、商贸经济相互促进、相互补充、互为一体，区位优势日益凸显，尤其是与岳阳城陵矶新港、岳阳三荷机场签订战略合作协议后，将岳阳的区位优势变成通城的区位优势，开拓了通城发展视野，畅通了"走出去"渠道。

　　座谈会上，企业家代表踊跃发言。大家敞开心扉、畅叙乡情、坦诚交流，纷纷表达了希望家乡越来越好的愿望，他们一方面为家乡发生的巨大变化感到震撼；另一方面通过自己在外创业打拼的经历，也指出了家乡在城市建设以及经济发展中存在的问题与不足，并就加大美丽乡村建设，稳定第一产业，做好第二、三产业规划发展，整合在外通城人资源、提升对外开放水平、建设美丽通城等方面提出了意见和建议。

　　"我们要借参加进博会这一重大机遇，感悟上海发展，推动通城发展，充分利用交通区位优势、人口物流通关等条件，借助'互联网＋商务'，率先发力，实现国家战略、通城实施。同时希望企业家们拿出首次创业的勇气和魄力，利用通城发展外向型经济，扩大投资的春风，积极参与，共同发力，把通城建设成为全国瞩目乃至全球瞩目的中国中部商品贸易和文化交流平台。"县委书记熊亚平说。

　　通过座谈，企业家们对通城的发展战略有了新的认识。他们纷纷表示，将结合家乡的资源、产业和地域优势积极谋划投资项目，为家乡的发展助一臂之力。

　　"希望借助家乡发展外向型经济的机遇，把一号码头公司做得更大、更强，不断引进外资、引进外商，为通城外向型经济的发展做出自己的贡献。"
通城籍企业家、湖北一号码头物贸发展有限公司董事长邱骏表示。

（原载《咸宁日报》2018 年 11 月 12 日）

"进口博览会，我们来了"

——写在通城县组团参加首届中国国际进口博览会之际

编者按：金秋时节，上海这座国际化都市迎来高光时刻，首届中国国际进口博览会于 11 月 5~10 日在上海国家会展中心举办，这是我国支持贸易自由化和经济全球化，主动向世界开放市场的重大举措。

作为世界上首个以进口为主题的大型博览会，这场盛会吸引了来自世界各地 130 多个国家和地区的 2800 多家企业，带来当前国际上最尖端、最前沿、最具代表性的优质商品和服务，到会的国内外采购商超过 15 万人。

此次博览会参展数量最多的企业主要集中在服装服饰、日用消费品、食品和农产品领域。展览面积最大的企业主要集中在智能及高端装备、汽车领域。很显然，敏锐的外国参展商早已看到，中国人对高品质生活质量和经济高质量发展的追求，正成为全球消费市场增长的新动能。

作为全省唯一组团参加首届中国国际进口博览会的县——通城县，正以昂扬的气质，展现出内陆山区县发展外向型经济的信心和决心。

为此，记者采访了多位亲历者，与读者分享光环背后的努力。

昨日，通城县部分采购团赴上海，参加首届中国国际进口博览会，开展招商采购和经贸活动。

今年来，通城县委、县政府坚持"生态立县、乡村兴县、产业强县、商贸富县、旅游活县"发展战略，积极探索县域经济发展新模式，充分挖掘通城的区位优势、资源禀赋和产业基础，大力发展外向型经济，培育发展新动能，推动通城高质量发展。

　　7月5日，通城县与湖南城陵矶新港区签订开放型经济战略合作协议；7月27日，通城县与万雅集团签订投资框架协议，引进中国·通城万雅国际商贸城项目。两大协议的签订为通城参加首届中国国际进口博览会奠定了坚实的基础。

　　7月31日，通城县召开参加首届中国国际进口博览会筹备工作会，部署安排相关筹备工作，标志着通城县正式组团参加首届中国国际进口博览会。

　　"要围绕博览会主题，积极创新交易、招商引资和经贸活动工作思路和方法，积极参与会期各项供需对接会、产品发布会等活动，全力办好中国·通城国际商贸城招商推介会，利用博览会世界级对外开放平台，大力开展新一轮高水平招商引资，不断提升通城县对外开放水平。"就做好筹备工作，县委书记熊亚平提出明确要求。

　　会后，该县立即成立了通城县参加中国国际进口博览会筹备工作领导小组，从相关部门抽调工作专班人员实行集中办公，制定了《通城县参加中国国际进口博览会工作方案》，设置综合协调、招商采购、重大活动、专项活动、综合保障、宣传推广6个工作组，明确任务单位责任分工，细化时间节点，认真做好参加首届进口博览会各项筹备工作，并安排分管领导和商务、招商部门主要负责人先后6次前往省、市商务（招商）部门进行专项汇报对接，及时向省市商务（招商）部门领导反映工作进展，咨询了解省、市工作动态与活动安排调整情况，为开展前期筹备工作寻求政策指导和支持。

　　8月31日，通城县与湖南岳阳三荷机场签订战略合作协议；9月4日，中国·通城万雅国际商贸城项目正式签约；10月13日，中国·通城万雅国际商贸城概念性规划方案出炉。

　　10月24日，县长刘明灯，县委常委、宣传部部长朱凤英，副县长胡中雄亲自率领宣传部、商务局、招商局负责人赴省委宣传部、省商务厅汇报、对接参加进博会有关工作。

　　10月28日，通城县召开参加首届中国国际进口博览会筹备工作第二次全体会议，听取筹备工作情况汇报，审议参加进博会活动总方案、中国·通城国际商贸城招商推介会活动方案、中国·通城万雅国际商贸城宣传片、中国·通城宣传片、通城城市风光宣传片、通城县投资贸易指南宣传册等文件视频资料，再一次对国展中心展期签约台活动、参加湖北省交易团通城·万雅采购签约活动、中国·通城国际商贸城招商推介会活动、三次巡馆观摩采购洽谈活动、上海招商座谈会及考察上海国际集团、携程网、上海旅游项目活动进行安排部署，进一步做实做细各项准备工作，确保按时间节点完成各项工作任务。

通城县与首届中国国际进口博览会的距离越来越近。

该县在筹备博览会活动中，除安排参加省市交易团统一组织的重大经贸活动、组织采购商到会采购和观摩外，还紧紧围绕本届博览会主题，积极创新交易、招商引资和经贸活动工作思想、方法，筹划了通城专场活动——中国·通城国际商贸城招商推介会，重点推介中国·通城万雅国际商贸城，本场推介会也是湖北省唯一一场县级专场招商推介会。

在整个活动筹备过程中，中国·通城万雅国际商贸城项目是一个重头戏。

中国·通城万雅国际商贸城是该县今年招商引资的外向型经济重点项目，位于手机小镇规划范围内，净占地面积549亩，规划总建筑面积约100万平方米，总投资40亿元，整体定位为辐射湘、鄂、赣三省200公里商圈的区域性超大型商旅综合体，配套海关、商检、税务等国际贸易服务机构，导入欧、亚、美等国际风尚主题的贸易产业集群，打造游、购、体综合国际文旅新天地。

"我们将加快工作进度，力争项目早日开工、早日建成，为通城县经济建设添砖加瓦。"万雅集团董事长朱挺表示。

目前，中国·通城万雅国际商贸城概念性规划设计方案已经出炉，正在确定项目整体规划设计和土地平整方案。该县已成立了项目建设指挥部，并完成了42户拆迁房屋评估工作，签订了4户拆迁协议。

经过三个月的努力，各项筹备工作已基本就绪。该县成功组织党政、企业代表71人通过展会报名平台，登记注册；按照省市要求，认真开展采购摸底调查，在统计往年进口需求基础上，确定15位意向性外商参加招商推介会；确定第三方服务机构，出台了通城代表团活动方案，预订了招商推介会会场；中国通城宣传片、通城城市专题宣传片、中国·通城万雅国际商贸城招商宣传片、通城宣传手册等招商宣传资料已全部准备就绪。

"通城将紧紧抓住此次在世界知名企业中亮相的重大机遇，动员企业到会采购，最大限度释放采购需求，挖掘成交潜力，同时全力做好中国·通城万雅国际商贸城项目的宣传推介工作，着力打造中国中部进口贸易示范区，实现内陆地区对外开放的新突破，不断提升通城对外开放水平。"通城县参加首届中国国际进口博览会筹备领导小组副组长、县政府副县长胡中雄说。

开明开放拥抱进博盛会

编后：深居内陆山区的通城县作为全省唯一县组团参加首届中国国际进口博览会，参加省市交易团统一组织的重大经贸活动，组织采购商到会采购和观摩，还紧紧围绕本届博览会主题，精细筹划中国·通城国际商贸城招商推介会，积极开展交易、招商引资和经贸活动。

这一系列行动，得益于该县解放思想，转变观念，开明开放拥抱进博盛会。

通城地处湘、鄂、赣三省交界，三面环山，县委、县政府领导转变观念，将湘、鄂、赣三省的区位优势变成通城的区位优势，为我所用，提出通城也能通江达海，借道生财，并付诸行动，先与岳阳城陵矶新港达成全面合作协议，实施"借港出海"。接着，又与湖南岳阳三荷机场签订战略合作协议，开通空中绿色通道，地处幕阜山深处的通城县，有了家门口的飞机场。这一系列举措进一步推进了通城打造"海、陆、空"全面开放式发展新高地，着力建设内陆地区进口贸易创新示范区、"通平修"次区域合作示范区，加快建成全国中医药产业大县的步伐。

通城拥有了"通江达海"港口和"海、陆、空"立体交通网络，让这个位居鄂南山区县的"回归经济"风生水起，民营企业提档升级，高质量发展，全市首家上市公司在这里诞生。"通城制造"可直接漂洋过海，通城迎来了新一轮发展的新机遇。

"陆、海、空"的发展让昔日的山区县变成对外开放的"前沿阵地"，康美、万雅等一大批客商抢滩发展。

同时，通城县通过实施"走出去"战略，加强与省、市商务部门协调，组织企业参加广交会、南亚博览会及德国博览会等国内、国际展会，帮助企业拓宽销售市场，扩大外贸出口渠道。

这次，该县抢抓机遇，借"进博会"，全力做好中国·通城万雅国际商贸城项目的宣传推介工作，既可提升该县对外开放水平，着力打造中国中部进口贸易示范区，又能实现内陆地区对外开放的新突破。

（原载《咸宁日报》2018 年 11 月 5 日）

文明本在细微处

——通城县推进乡风文明建设纪实

"以前大家讲排场、好面子，红白喜事都要跟风大办，费钱又费力。这次回家，人情往来减少，感觉轻松多了。"今年"十一"，通城不少村民和塘湖镇望湖村的老郑一样，过了一个轻松的长假。

文明的乡风，乃乡村振兴之"魂"。今年，通城县着眼细微，从与群众生活息息相关的红白喜事、村民们关心关注的生活小事入手，树新规、易旧俗、育新风，让淳朴文明新风吹遍秀美乡村。

细微之处见文明

9月15日，《农村新报》全媒记者走访北港镇龙门村，"恭贺新禧"、"阖家幸福"的红灯笼仍高挂在许多村民门前。"挂上去的红灯笼，不仅是新年的美好祝愿，也是村民'自觉禁鞭'的决心。"村支书李满龙介绍，去年春节前，他和村支部成员入户宣传禁鞭理念，没想到村民都很认可。除夕夜，大伙在食堂集体吃年夜饭，外出打工的青年人给村里的老人每人孝敬了200~400元的过年费。"没有鞭炮声，村里的年味儿更浓了！"

第一个没有鞭炮声的春节，村民陈水贵记忆犹新。"以前，谁家烟花鞭炮放得越多，代表谁在外面混得越好。现在村干部带头宣传、引导，大家观念都变了。村民们过春节更祥和、文明了。节省费用事小，环境保护事大。我们都愿意自觉禁鞭！"

今年年初，通城县启动"破陈规陋习，树文明新风"行动，计划通过3年时间治理和整顿，重点解决村（居）民乱请客送礼、封建迷信等突出问题，对陈旧观念习俗进行破旧立新。

在通城，规定城区禁鞭，并未推及乡镇。但北港、马港等乡镇率先响应禁鞭号召，从源头上控制环境污染。

通城县委书记熊亚平说："破除陈规陋习，推进乡村移风易俗，需要从细微处入手，从与百姓生活息息相关的人情事上入手，大力倡导婚丧嫁娶新风、崇德向善新风，充分调动了群众参与的积极性，提高了普通群众的认同度、参与度和获得感，有效地推进了乡风文明建设。"

自我约束立新风

今年 7 月，通城出台加强农村红白理事会建设的实施方案，倡导大家：婚事新办，丧事简办，喜事少办；倡树重情轻礼、简俭朴素的人情观；杜绝滥发请柬、大摆宴席、铺张浪费。"负担轻了，礼金少了，情意却浓了。"马港镇高峰村村民吴海鸥禁不住为新规点赞，"父亲去世时，按照旧习俗需要办酒 3 天。我们按村里新公约提倡的丧事简办，戴黑纱白花、鞠躬默哀、播放哀乐，比以前的出大丧、办长丧，负担轻多了，乡亲们的人情债也减少了。"

北港镇庄前社区党支部书记易卫国说："以前，只要办了红白喜事，用过的一次性餐具堆积成山。涨水后，河边树杈上挂满餐具和塑料袋。如今，河沟上下已经看不到这些垃圾的影子了。"

10 月开始，通城县推进乡风文明工作转为常态化，鼓励全县行政村成立红白理事会 126 个，实现"两个全覆盖"，即红白理事会全覆盖、村规民约全覆盖。一方面，通过乡风文明理事会"理"出新气象；一方面，调动群众参与乡风文明建设的积极性和主动性，自我约束，"干"出新风尚。"从前是条条框框规定，现在是群众发挥集体智慧，村民自我约束、自我管理蔚然成风。"通城县委常委、宣传部长朱凤英介绍，各地村民为保护环境、倡导新风尚，总结出了不少妙招。

办喜事，没有鞭炮不热闹，怎么办？各乡各村自主购置电子礼炮机、鞭炮机，向群众免费出借。为代替一次性餐具，村集体集中购买成套餐具，集中管理，安排专人对餐具进行严格消毒。为鼓励村民外借非一次性餐具，不少村还给村民补贴 50 元洗碗费。如果使用一次性餐具，被村里的巡视人员发现后要罚款 1000 元。

文明新风沐乡村

乡村新风尚，吹入百姓家，带来的是人们思想观念和精神状态的改变。

过去，通城民间修建"活人墓"、豪华墓蔚然成风，全县活人墓近两万座，一座比一座豪华气派,一些地区甚至"坟满为患"。如今,公益性公墓进入农村,得到群众认可,全县已拆除"活人墓"6700座,丧葬陋习得到有效遏制,厚养薄葬的文明新风逐渐形成。

文明之美,充实心灵。高峰村村委会主任吴忠富欣喜地道出村庄的变化:"现在,重情轻礼、简俭朴素的人情观成为日常。攀比虚荣、封建迷信的不良风气少了,摸牌赌博的不见了,讲文明、讲礼仪的氛围浓了,这让群众的精神生活丰富起来。"

"广场舞、赛歌会,这些文艺活动早已不再是阳春白雪,而是生活的一部分。今年,村里不少外出务工人员打算回乡创业哩!"吴忠富乐呵呵地说。

（原载《农村新报》 2018 年 10 月 20 日）

游子归来兴家乡

——通城县返乡人员创业就业巡礼

9 月 7 日清晨 7 时,40 岁的罗敏琴骑上电动车,赶往三赢兴电子科技有限公司,开始一天的工作。

罗敏琴是通城县关刀镇高冲村人,20 年前外出打工,3 年前回到家乡就业。

3 年来,在通城县,有 3 万多在外游子像罗敏琴一样回到家乡,成为各行各业发展支柱,引领着全县城乡发展。

高新企业回归创富

8 时,罗敏琴准时来到三赢兴电子科技有限公司,和 900 名同事一起,换上统一的工作服,戴上手套、帽子、口罩井然有序地进入生产车间……"不能让一丝尘埃进入车间里。"总经理刘传禄介绍,车间按照全球顶级标准设计,可以保障摄像头芯片的精密度。

2005 年创办于深圳的三赢兴科技,是一家主营手机摄像、指纹虹膜生物识别、智能影像等数码影像产品的高科技企业。2012 年，在通城县回归工程感召下，三赢兴科技将总部从深圳迁到通城。

三赢兴科技是通城电子信息基础材料产业骨干企业之一，从塘湖镇走出去的农家子弟刘传禄成为全县返乡创业的企业家代表。

同为游子回乡创办的平安电工、瀛通电子等骨干企业，同三赢兴电子一道将通城电子信息基础材料产业带入高速成长轨道，被评为湖北省重点成长型产业集群。

在通城 3 万回归游子中，大大小小的"返乡老板"数以千计，带回创业资金达 160 亿元以上，兴办各类小微企业、实体 7300 多家，回归企业数量、产值分别占规模以上企业的 71% 和 50%。

唤起乡愁让乡村美起来

"到 2020 年，这里将变成一座市民的乐园，农民的创业园。"在距离通城县马港镇界上村东山屋场一公里处的皮禾垅水库，湖北瑶乡乡村旅游发展有限公司董事长胡敏满怀憧憬地说。

胡敏是马港镇界上村人，过去的十几年里，这里的年轻人大都外出打工，村庄荒芜。随着乡村振兴战略的实施，界上村东山屋场被打造成为美丽乡村示范点。"回家乡发展！"胡敏决定返乡创业，他跑遍湘、鄂、赣周边地区进行考察，最终决定立足通城瑶乡地域文化，结合界上村皮禾垅水库资源，打造集古瑶风情、百丈潭水、盘王情歌为一体的水上乐园。

据了解，一批返乡能人回到家乡，参与到乡村建设中，从村容整洁到生态宜居，这里正在发生质的变化。

小农场拓荒现代农业

"家里养的土猪，还没开卖就已经被订购完了。"通城县五里镇程凤乡相思农场，黄长江夫妇忙得不亦乐乎。

黄长江出生在五里镇程凤乡相思村，2009 年退伍之后便南下打工。看着年迈的父亲依然还在家里坚持办农场，黄长江决定回家乡创业。

多年在外打拼，黄长江懂得原生态绿色的农产品才能获得更大的市场。

目前，黄长江投资十几万元，养土鸡 600 多只、土猪近 40 头，承包了几亩鱼塘。他打算年底扩建现代化蔬菜基地，开一个生态农庄，开启网上销售平台，把家乡的绿色农产品送上城市餐桌。

老一辈土里刨食，新农人土里刨金。回乡创业者中，高中及以上学历占93.5%，他们经过外出打工的锻炼后，几乎所有的回乡创业者都掌握了 1~2 门专业技能，积累了丰富的财会知识和企业管理经验，成为现代农业的拓荒者。

（原载《湖北日报》2018 年 9 月 13 日）

校财县管　　三方心安
——通城县教育投入保障机制改革侧记

"射门！球进啦！"

10 月 26 日下午，秋阳高照下，通城县实验学校球场上一场激烈的比赛正在进行。

这场景，在以前是不敢想，也不可能实现的。从前的实验小学在拥挤的西门巷内，2700 多名学生挤在 35 间教室内，共享一个水泥操场，其他体育设施几乎为零。

投入 3 亿元重建的县实验学校集小学，初中一体，开设班级 105 个，提供学位 5500 个，教学设施一应俱全，拥有标准化的多媒体教室、体育场。

变化，源自该县 2017 年以来的教育投入保障机制改革。

曾经：债务如下雨天担草，越担越重

县财政安排 1500 多万元，帮县直一所学校消化债务，先还了银行的低息贷款后，欠教师和社会上的高息借款没钱还了。这是 2017 年 3 月发生在通城县真实的一幕。

而这种情况不是孤例。经审计，截至 2018 年 6 月 30 日，全县 32 所公办学校共计负债 2.2 亿元，其中 3 所高中债务高达 1.65 亿元。最多的一所学校，欠账高达 7400 万元，其中月息约 2 分的高息借款又达 2350 万元。

"就像下雨天担草，越担越重。"很多校长的大部分精力，花在了化缘还债上。

为何借债？以通城一中为例，自2004年搬迁至新校区后，十多年没有项目建设资金投入，教学楼拥挤不堪，学生住宿、就餐条件十分简陋。有的学校一个班多达七八十名学生，想要改善办学条件，就得举债。

债务的背后是诸多方面的管理不善——

少数学校随意设置行政管理岗位，并将岗位折合成一定课时计发津贴补贴，导致出现"重官职，轻教学"的问题，有些学校管理人员占在编人员20%以上，少数学校达到40%以上；

在编老师中，162人长期不在岗，没人干事怎么办？招聘临时工多达1423人。

沉重的债务令教育举步维艰，带来的后果就是教师集中上访时有发生，教学质量滑坡，有条件的家庭，都想方设法送孩子到外地上学。

改革：校财县管，精准滴灌

"教育抓好了，才能为全县经济社会持续健康发展提供有力保障和智力支持，必须推行教育投入保障机制改革！"面对乱象，咸宁市人大常委会副主任、通城县委书记熊亚平表态掷地有声。

化解债务风险和矛盾，通城不是简单给钱、给项目、加压力了事，而是探索通过改革构建资金集中化、财务专业化、监管全程化的管理模式。2017年11月27日，《通城县教育投入保障机制改革实施方案》经县人大常委会审议通过，确立起"校财县管"机制。

2018年8月16日，隶属通城县财政局的县教育资金管理中心揭牌，集中管理全县84所公办学校资金，各校不再单独设立账户。11名专职人员承担起全县教育资金财务管理工作，全县学校的125名财务人员全部转岗。

"这在全省乃至全国，绝对算是首创。"管理中心副主任说，中心审核各校报账，违规事项均无法报销；清理"吃空饷"教师58人，清退临时人员221人；债务由财政拨款和城投融资计划在3~5年内化解，月息全部降至7厘以内；义务教育阶段学校大宗物品由8家中标供应商统一供货，高中阶段食堂全面引入第三方经营，保安、公寓管理员实行劳务派遣制。

制度化"瘦身"之后，资金的使用由"散、乱"走向"精、准"。2018

年以来，通城县教育项目累计投入资金达 30 多亿元，比 2017 年增长 30.6%，其中基建支出增长 308.9%，截至 2019 年，教育投入占地方一般公共预算收入的六成——新建 5 所、改扩建 5 所学校，县实验学校就新增学位 5500 个，县一中新建 4 栋教学楼和 1 栋学生食堂，通城二中食堂硬件全面改造，菜品由原来的五六个增加到二十多个……

成果：三方安心，师生同惠

美术过线率平均达到 97.43% 以上，文化一本录取率 10% 以上，快闪"我和我的祖国"在央视新闻客户端和"学习强国"平台播出，学校被评为"全国校园文化建设百强校"。

谈及学校近三年的变化，通城二中校长陈水兵如数家珍。

成绩的背后，是学校回归教书育人本位的大刀阔斧改革。

"从制度设计上注重工作绩效奖向工作任务重、教育教学认真者倾斜。将 30% 绩效工资与教职工担任教学任务和管理任务的工作量和工作绩效直接挂钩，按照四个档对教育教学工作实绩奖分类。班子成员由 13 人减到 7 人，处室由 20 个减至 11 个，行管人员由 44 人减至 30 人。"陈水兵透露。

每周五上午，下课铃响起，马港中学九（2）班的化学老师毛义武放下手中的粉笔，急匆匆走向隔壁正在兴建的马港小学，看施工进度。

毛义武是马港中学总支书记，负责管理全镇 8 所中、小学。在全县学校去行政化改革中，搞了 20 多年行政工作的毛义武又重拾教鞭，主动担任了化学老师。在他的带动下，全镇共有 30 余名行政干部走上讲台。

"这两年教学质量有了明显提升，考取县一中的，从十几人增加到五六十人，还有几人考上省级重点高中。"毛义武一脸自豪。

熊亚平说："改革，就是让校长们习惯在制度框架内行事，让教育回归教书育人本源，并由此走向基层教育治理现代化。"

校长专心办学，老师安心教学，学生放心上学——通城教育的春天回到了隽水河畔，也成为基层教育改革一道靓丽的风景线。

（原载《湖北日报·农村新报》2020 年 10 月 27 日头条）

强党建　　兴产业　　富村民

——通城横冲村党建引领乡村振兴之路

初秋，记者一行走进通城县北港镇横冲村，一条条干净的村级公路直通组组户户，一片片绿油油的药材、苗木绿在山山岭岭，一块块特色种养基地绕在村民房前屋后，宽阔的村民广场上村民们三五成群，跳舞健身……谁能想象，7年前的横冲村还是一个负债80余万、无固定的办公场地、无集体经济收入的软弱涣散村。

横冲村的华丽蜕变，得益于该村"坚持党建统领改革推动，促进乡村振兴共同富裕"方针的实施。

7年前，横冲村各项工作底子差、发展慢，为人所诟病，支部弱，村级党组织的影响力不强，产业薄，村级集体经济为零，有能力、有本事的人都外出务工或经商，留下来的都是年老体弱的村民，发展动力严重不足，有些组里村民饮用水、生活用电、出行都有困难，村民无活动场所。

如何凝聚民心、发挥支部战斗堡垒作用、带领村民走上致富的康庄大道，成为摆在村"两委"面前的紧迫课题。

强党建，凝聚民心。2011年换届后，新一届村支部提出"得民心，党建先行"的理念，开启了带好党员、发动群众、发展产业的强村之路。通过开展"五大课堂"（议事课堂、标杆课堂、互动课堂、移动课堂、网络课堂）、"五大活动"（党员亮身份、党员政治生日、党员联系卡、合格党员大讨论、党员带富），激发了党员活力，实现了党组织的政治引领，让党员自豪起来、群众放心下来，横冲村多次被评为"先进党支部"。

兴产业，促民增收。想致富，产业先行，该村以土地入股，让"村民"变"股民"。村民以土地入股后，产业发展出现亏损或无盈利时，由合作社保证土地入股村民的最低租金收益；产业获得收益时，贫困户或村民可根据各自入股土地份额获得对应分红。以资金入股，让贫困户、村民挂靠产业。以村同富公司的名义把扶持资金入股合作社，让无劳动能力、无资金、无技术的"三无"贫困户挂靠产业，固定享受从同富公司收益中分配的产业红利。其他村民以资金入股同富公司的，按比例自负盈亏。以劳动力入股，让村民勤劳致富。在基地建设、管护、采收、销售等方面，为有劳动能力的贫困户提供家门口就业机会，每天吸纳 50 多人务工，每天每人收入可达 120 元。

该村按照"村社一体，合股联营"的改革思路，采取"党支部＋公司＋合作社＋农户"的发展模式，成立了横冲村同富农业发展公司，将全村土地集中流转起来，发展现代农业产业。

公司与合作社各占 50% 股份，产生效益后，在利润中先提取 10% 的风险金，公司与合作社各得 45%，公司所得的 45% 又平均分成两部分，22.5% 分配给该产业所在的组，在保证土地入股农户收益的基础上，由组给农户分红；另外 22.5% 在优先保证贫困户脱贫的基础上，统筹用于临时救济、公益事业、发展基金，确保全体村民参与分红增加收入和村级集体经济收入增加。现已建成 120 亩黑斑蛙基地、100 亩龙虾基地、30 亩无土蔬菜、30 亩鲜果基地、6 万只散养土鸡养殖基地、650 亩油茶基地、120 亩苦参基地等，正在建设 200 亩有机茶园和 350 亩花卉苗木基地，经济发展后劲儿足。

抓建设，扮靓家园。村民腰包鼓起来了，幸福指数也提起来了。该村新建两个村民广场，组建各种文体队伍，引导村民跳广场舞、打太极拳、唱红歌等，不断丰富村民文化生活，让村民远离牌桌，减少隔阂，健康生活，和谐共处，成立文明理事会，制定村规民约，开展河流、屋场环境整治，加大非法开采打击力度，大力推进殡葬改革，推广电子鞭炮机、餐茶具租借使用，倡导"婚事新办，丧事简办，其他不办"，减轻群众负担。同时，不断加大农田水利、公共设施等建设和生态修复、环境保护等力度，深入挖掘"吃在横冲"、"楚瑶粮酒"等文化，打造"回味乡愁，醉美横冲"。

如今的横冲村，一改往日灰头土脸的面貌，以扬眉吐气的姿态华丽转身，一个党建强、产业旺、村民富、环境美、乡风淳的社会主义新农村展现在世人眼前。

（原载《湖北日报》2018 年 9 月 3 日）

霞光入户暖民心

—— 通城霞光茶业助力精准扶贫纪事

昨日，通城县塘湖镇新庄村茶园里一片翠绿，茶农们忙着采摘茶叶。徐胜利采摘手麻利多了，不一会儿就采了一筐。他笑着说，过去种茶没出路，今天靠茶叶致富，这全得力于霞光茶业帮扶。

近几年来，通城霞光茶业股份有限公司发挥优势，借幕阜山连片贫困地区扶贫开发东风，把种植基地建到山村，向贫困户传授茶园种植管理技术，教他们制作高档茶，帮助他们脱贫致富，实现了产业和扶贫的深度融合，温暖了千家万户茶农心。

助茶企业成致富领头军

1981 年，29 岁的隽水镇宝塔村村民习晓光，一样挣扎在温饱线上，为了摆脱贫困，他受花亭村贩茶经商的影响，开始进入茶叶行业，在当时的城关茶厂做业务员，负责茶叶经销。

通过几年的努力，市场逐步打开，年完成销售额高达千万元，是厂里唯独一位可以为厂里赚钱的业务员。

为了振兴宝塔村，致富家乡，1985 年，他受命担任村副主任，分管经营工作，负责村级集体企业，开始创办宝塔茶厂，并任厂长。他带领一帮年轻人，白手起家，艰苦创业，慢慢地打开了局面。

2005 年，为顺应需求，宝塔茶厂实行改制，习晓光全部接管，并组建霞光茶业股份制公司，公司于整体搬迁至锡山工业园。目前，公司年出产茶叶 20 万斤，创产值 1200 万元，实现利税 48 万元。经营茶叶 30 多年来，上缴税费 1500 万元。

回报社会是他办厂的初衷，精准帮扶茶农、茶企脱贫致富又是他新时代使命。

有着十几年贩茶经历的吴海燕在 1994 年承包了马港镇夏江源茶场 300 多

亩茶园,种植有机茶。

经营有机茶场初期,吴海燕一直坚持使用有机肥,除掉运费和成本,利润所剩无几,运营资金严重短缺。就在他一筹莫展的时候,霞光茶业提出采用"公司＋基地＋农户"的发展模式吸纳茶园,并以公司的名义为他借贷周转资金,帮助他将一处废旧的纱布厂改装成养鸡场,为茶场提供有机肥,还流转百丈潭 100 亩茶园交给他打理。有时赶上他资金短缺的时候,霞光茶业就主动伸出援手,帮助他渡过难关。

吴海燕在霞光茶业的帮助下,通过自身努力,依托山里丰富资源,养鸡养猪、种植水稻,生产农副产品,发展生态专业合作有机茶园,年产值高达 600 万元。现在在通城农业产业排行榜里排行前三,自己也成为通城茶业协会的会长。

"当初多亏霞光茶业出手,才有了我现在的事业。湖北隽乡茶业的品牌已经打出去了,但与霞光茶业的情分依旧,现在我还蹭霞光茶业的冷藏库呢!"提起那些创业日子,吴海燕对霞光茶业充满了感激。

帮茶农增收　茶香满天

昨日,塘湖镇新庄村徐胜利趁着天晴在自己的茶园里采摘夏茶,渴了就喝口自家产的茶叶,甜滋滋的。

四年前,徐胜利还是传统手工制作茶叶小作坊的主人,茶叶只是采用粗包装自产自销,茶香仅在周边的老百姓们口中回味。

2014 年,由通城县特产局牵线,霞光茶业在新庄徐胜利家茶园挂基地,不仅免费提供菜油饼等有机肥料,还提供揉捻机、烘干机,制出的茶口感更好,制茶效率大大提高。

霞光茶业老总习晓光针对徐胜利家茶销路不远的情况,提出采用"贴牌"的方式,免费提供霞光茶业的包装袋,将茶叶精包装成小包茶,借助霞光茶叶的销售渠道,将茶销往全国各地。

"过去总担心自己的茶不好卖,现在沾了霞光茶业的光,新茶一上市就被抢购一空。以前辛辛苦苦一年只有七八千的收入,今年年初到现在已经卖出五六万的茶,纯利润四万元以上。"徐胜利说道。

茶园采摘忙的时候,徐胜利还聘请当地的农户到茶园里面帮忙,仅去年一年付给农户的采茶工资就两万八千元。今年,霞光茶业又帮助徐胜利在当地流转土地,从浙江引进良种白茶苗新发展 20 亩新茶基地。

促茶企升级　　茶业遍地

　　今年 69 岁的柳落秋，是通城茶业界响当当的种茶能手。曾担任精制茶场场长兼书记的他，当年为了提高茶园效益，研制名茶，一个人从家里搬出来，吃住在大柱山茶厂里，专心研究。后来茶园渐渐有了起色，然而 2016 年遇到了茶业发展瓶颈期，无论茶产量怎么提高，整个茶场效益无法再度拔高。

　　一茶厂有难，八方支援。同在茶届有影响力的霞光茶业了解到这种情况后主动去大柱山茶场实地探个究竟。霞光茶业老总习晓光经过一番走访，当即投资 6 万元对大柱山茶厂的制作生产车间进行维修、粉刷、吊顶、走电线路，并为生产茶车间配备了消毒更衣室，解决基础设施对茶业发展的牵制。另外，霞光茶业还安排专人到咸宁市食药监局为大柱山茶厂办理了食品生产经营许可证，茶叶也由之前的散装茶发展成现在包装精美的高档茶。

　　柳落秋也按照霞光茶业的技术指导，用茶粕、菜粕及桐饼等生物肥提高土壤营养成分，不断改良茶品种，由原来的有性繁殖发展到现在的无性繁殖，品种由福鼎大白为主，到以槠叶为主。

　　近两年来，大柱山茶场连年盈利，规模也逐年扩大，目前已经发展到 300 余亩。在茶场工作的固定员工人均年收入超过 4 万元，每年发放给临时摘茶工的工资也达到 40 多万元。

　　霞光茶业为了生产出更好品质的茶叶，不断地在全县范围内寻找优质茶基地，仅在石南花亭、塘湖新庄、四庄寺背等地新开辟茶园 200 亩。去年为响应县委县政府提出的精准扶贫产业扶贫政策，公司茶园挂靠建档立卡贫困户 56 户。有劳动能力的贫困户可在茶基地务工，每人每年可获得劳务工资两万元，没有劳动能力的，通过折股量化入股，每年年终可得 1000 元分红。

　　如今，霞光茶业业务涉及茶叶种植初制、精制和花茶加工生产及销售，拥有有机茶园面积 3000 亩，帮助 600 余名员工及茶农就业，发家致富。

　　　　　　　　　　　　　　　（原载《咸宁日报》2018 年 7 月 30 日）

扶贫潮涌幕阜山　　致富花开农家乐

——通城产业扶贫促乡村振兴纪事

一眼望不到边的药材基地里，农民劳作其间；一块块绕山转的油茶林吐着翠绿，吸引游客；一个个村办扶贫车间，满是忙碌的身影……初夏，记者深入通城各地，看到一幅幅产业扶贫的精彩画卷，感受到干群一心决战决胜脱贫攻坚的磅礴力量，一场拔穷根、造民富的工程正在幕阜山腹地通城火热上演。

中药材种植治了穷根

"农闲在药材地里务工，农忙在家里种田，拿工资，分红两头得，这日子像中药材苦尽甘来。"昨日，沙堆镇瑶泉村贫困户姜改平边除草边说。

姜改平的父亲已去世，母亲患有精神疾病。2016 年，他以土地入股，不仅成为股民，还转身成为产业工人。

治好姜改平家贫困的是药姑山生物科技公司瑶泉药材种苗培育基地。

他们采用"公司＋基地＋贫困户"和"四提供一回收"模式，由公司投资建设中药材种苗培育基地，提供种子、种苗、生物除草剂、免费提供技术给种植户，全程进行技术指导，药材收成后由公司按市场价格统一回收。

同时，与村里 69 户产业扶持贫困户签订土地入股分红及用工协议。仅去年，通过产业扶持带动贫困户平均年增收 1 万余元，土地入股的 49 户贫困户分红 22 万元，为 20 户贫困户发放务工工资 20 万元。

种药材治穷根，已在全县展开。通城县借"江南天然药库"药姑山的资源优势，重点发展道地药材品种"隽六味"（黄精、七叶一枝花、白芨、白术、钩藤、金刚藤），按照"企业（合作社）＋基地＋农户"等模式，共发展种植企业 6 家，种植专业合作社 22 家，种植面积发展至 6 万余亩。丽明公司流转土地 3600 亩发展中药材，带动周边百多户贫困户致富。裕丰生态农业与贫困户合作，实行生态林与黄精、玉竹、贝母、七叶一枝花和白芨立体化种植，"山上有林，林下有木，木下有草"的立体化种植模式，得到了省农科院专家的充分肯定，又在深度贫困地区给贫困户开了一剂致富良方。

通城县是幕阜山连片特困地区区域发展与扶贫攻坚重点县，全县重点贫困村 42 个，建档立卡贫困人口 3.2 万户 10.65 万余人，脱贫攻坚任务异常艰巨。

如何医治贫困，确保贫困村如期摘帽、贫困人口如期脱贫？

"我们牢牢抓住产业扶贫这个'牛鼻子'，下足绣花功夫，形成了油茶中药材种植及林下经济、畜牧养殖、乡村旅游、农产品加工、光伏发电、电子商务、劳务务工、特色产业八大主导扶贫产业。2017 年年底，全县产业扶贫带动贫困户 26472 户，覆盖率达到 82.7%。"正在药材基地调研的县委书记熊亚平胸有成竹地说。

产业扶贫资金先行。该县整合产业发展资金，安排扶贫小额贷款，出台《通城县精准扶贫"产业扶持"因户施策办法》。对各类农业新型经营主体和村级集体组织新建产业扶贫基地的，在水电路等基础设施建设方面给予重点倾斜和支持。

有了资金活水，浇开了产业花。去年至今，该县种养加基地共投入资金 2.3 亿元，建成种养加产业基地 2246 个，面积 6.82 万亩，带动贫困户 12180 户，加上贫困户自我发展，可带动 70% 的贫困人口脱贫。

油茶产业富了贫困户

夏日的午后，在通城县马港镇高峰村油茶果基地里，公鸡在油茶林下扑打着翅膀，贫困户徐辉升边除草，边开心地说，在黄袍山绿色产品公司的帮扶下，尝试"油茶＋茶叶＋药材"种植新模式，百亩油茶地间种白芍、黄精等药材，亩产值 2000 元，油茶进入丰产期后，每亩还有近 3000 元的纯收入。

省级农业产业化龙头企业——黄袍山绿色产品公司采取"公司＋专业合作社＋贫困农户＋承包人"等方式建设高标准油茶示范基地 6.12 万亩，与全县 11 个乡镇 78 个行政村 2410 多户贫困户签约合作种植油茶，带动周边农户 7600 多户。黄袍山公司正在围绕重点贫困村加大油茶基地建设力度，在每个贫困村推广建设高产油茶基地 500 亩，扶持每个贫困户建管油茶基地 50 亩，达产后，贫困村每年油茶毛收入 100 万元以上，贫困户年油茶毛收入 3 万元以上。让贫困户有了持续稳定的收益来源，从而达到助富一方百姓的目的。

通城县 2016 年被列入全国首批返乡创业试点县，一手抓"回归工程"建设，引进能人回乡兴办实体企业，一手抓带动贫困户就业，实现"一人就业，全家脱贫"，现全县回归企业 857 家，年安排就业 3.2 万余人，其中通过"工厂进村，车间入户"等形式帮助贫困户就业 4300 余人。瀛通电子是咸宁市唯一一家上市公司，投资两亿元在深度贫困村五里镇左港村打造上善田园综合体，把就业岗位直接送到贫困户家门口。

该县积极调动龙头企业参与到产业扶贫中来，通过"企业＋基地＋贫困户"、"合作社＋基地＋贫困户"等模式，与贫困户共建产业基地，吸纳贫困户抱团发展。目前，黄袍山公司、新三汇等 60 多家龙头企业、200 多家专业合作社、家庭农场及 2000 多户农业大户，主动投身精准扶贫，出资近两亿元，建设无土栽培蔬菜、香菇、湘莲、百合、山泉水小龙虾等特色种养基地 100 多个，带动 5380 户贫困户共同发展。

生猪养殖给贫困户造"聚宝盆"

眼下猪肉价格跌到最低，养猪大户欲哭无泪。

大坪乡栗坪村养猪贫困户许四维却笑着说，我们有合作社这个红本本，只管养，一样不愁价格伤人。

他说的红本本是新三汇生态养殖专业合作社与他签订的"四提供一回收"养猪合同。当地创业青年李金刚十年前投资 3000 万元建设了国家级标准化养殖小区，拥有 128 栋猪舍，年出栏优质商品猪 3 万余头，一种现代化的生产和经营方式，正引领着村民养猪致富。

栗坪村许多村民想多养猪，又没本钱，缺技术。

李金刚决定以养殖场为依托，成立养殖专业合作社，发展社员养猪，推出"四提供一回收"服务，提供优质恩猪、提供全价饲料、提供防疫治病、提供养殖技术，包回收肥猪。

这样养猪大户不用愁饲养，更不用愁销路。一下子吸引了大坪村、来苏村、栗坪村等地 50 多户养猪大户。

特别是现阶段，猪肉价格持续低迷，李金刚还坚持养满猪舍，定期回收肥猪。

栗坪村四组许世维，今年初从新三汇领养 50 头"鄂青一号"优质猪，合作社带钱上门收购，扣除全部开支，平均一头猪净赚 400 多元钱，有了两万元的纯收入。许四维高兴说："这样讲信誉，我们养殖户有什么不放心呢！猪价再低也不怕。"

许四维只是新三汇养殖合作社 219 户中的一员，当初望着日渐长大的肥猪，他又喜又忧，喜的是可以出栏了，忧的是猪肉价正下跌，按现在的行情，一头猪得亏 100 元，他担心新三汇在收购价上会打折扣。看来这个担心是多余的，许四维计划下一步发展到 100 头，一心一意与新三汇合作。他发家致富的希望全部押在养猪上。

"不管肉价如何变动，我一定会按合同办事，要亏亏自己，决不让社员上当。"碰到每一个合作户，李金刚都会再次给他们承诺，为了弥补损失，保证合作者和职工收入，李金刚把做生意赚的钱都投入进来。

良好的信誉，李金刚赢得了农户信赖。今年上半年，合作社新增社员 35 户，带动 316 户贫困户养猪致富。

他还建起了农副产品加工厂，仓储冷链物流等，提高了农副产品附加值，让更多贫困户走加工增值，增收脱贫致富路。

富康农牧公司董事长付召武十年前联合周边 47 户养猪大户成立了富康养猪专业合作社，新建了存栏 1600 头母猪的繁殖场。目前，已发展社员 128 户，对社员统一实施"龙头企业＋合作社＋基地＋社员"的"一扶六包"(扶持建猪舍、包技术培训、包优质崽猪供应、包优质饲料供给、包疫病防治、包按最低保护价收购、包每头猪赢利 100 元以上)的生猪养殖模式，年出栏优质猪 1 万头以上，每年为社员和对外提供崽猪 4 万头。

至目前，全县有 628 家生猪生态规模养殖场（户），两家省级和 1 家国家级龙头企业，2017 年全县生猪出栏 85.01 万头，玉立牌合绿色农业生产合作社、富康农牧有限公司等企业带动全县 1268 户 3562 人养猪稳定脱贫。

乡村旅游激活了经济

月季花香，游客满门。每天一大早，麦市镇冷塅村贫困户胡庆元不再是赤足下田，而是戴上红袖彰，跨进飘香的月季庄园当起管理员，忙完了，他还要同妻子一起张罗农家乐，接待游客。

"冷塅月季庄园开发，给村里带来了前所未有的人气，给村民和贫困户提供了更多就业机会，助推了乡村振兴。"冷塅村支部书记胡训保望着满园游客笑得合不拢嘴。

该项目由麦市镇在外创业人士晏波文返乡带头兴建，总投资 2000 万元。项目全部建成后，形成"一湾、三园、四谷"生态格局，他们按照"公司＋村集体＋农户"模式，发展集旅游观光、苗圃培育、苗木销售、婚纱摄影等生态农旅产业，带动村集体和农户实现经济转型。

冷塅村是通城县实施乡村振兴战略，促进贫困户"就业创业兴业"的一个成功典范。

去年 4 月，县政府主导投入资金 3000 余万元，启动马港镇界上村东山中心屋场、麦市镇冷塅村沉锣湾月季庄园建设，同时引入社会资本 8000 万元配套产业，两个示范项目 8 个月内全面建成，成功吸附 128 户贫困户以土地租金、扶贫基金折股形势参与经营受益。

两个景点仅开园当天，共接待游客 5 万余人，实现旅游收入 700 万余元；沉锣湾月季庄园流转土地 196 亩，76 户贫困户当年入股分红 50 余万元，务工收入 38 万元，全部成功脱贫。

这两个项目与乡村振兴战略高度契合。

县长刘明灯信心百倍地说，今年，县里采取"政府主导，市场主体，乡镇主责，专班主抓"建设模式，已筹集资金 3 亿元，计划引导社会资本 7 亿元发展产业，启动了 15 个村 34 个自然村湾美丽乡村建设，为贫困户脱贫注入强大动能。

近年来，通城县采取 PPP 模式，融资 50 余亿元，着力打造黄龙山、黄袍山、药姑山、锡山等 7 大核心景区，建成农业观光、农事体验、农产品采摘基地 30 多个，带动 6 个乡镇 2685 户贫困户增收脱贫。尤其是省级扶贫重点工程幕阜山旅游公路全线贯通，带动沿线 4 个乡镇 14 个村成功脱贫出列。

（原载《湖北日报》2018 年 5 月 28 日）

集腋成裘办大事

——通城县整合涉农资金助力精准扶贫纪实

一幢幢小楼房耸立在青山绿水间、一个个蔬菜大棚呈现勃勃生机……金秋时节，行走通城，满眼尽是"丰收景"。这是该县加大涉农资金整合力度助力脱贫攻坚结出的硕果。

通城是幕阜山连片特困地区贫困县，全县建档立卡重点贫困村 42 个，精准识别贫困户 2.409 万户、6.9996 万人。今年来，该县在易地扶贫搬迁，产业发展、美丽乡村建设等方面，统筹整合财政资金 11 亿元，助力精准扶贫，确保 2.7790 万人如期脱贫。

易地搬迁忙乐业

跨过溪水潺潺的小桥，贫困户廖德财来到隽水镇东港村葡萄基地，迎接观光采摘客人。

和葡萄基地一河之隔，就是他的新家——东港村易地扶贫搬迁集中安置点一套 100 平方米的安置房。

更让他高兴的是，搬迁后，他有了更多的创收门路，日子更有奔头了。

为推进易地扶贫搬迁安置点与脱贫产业、基础设施配套发展，通城县出台系列扶持政策，创新"五个一"资金统筹模式，实行统一规划、统一预算、统一监督、统一支付、统一验收，将危房改造、移民避险解困、渔民上岸、扶贫搬迁等项目资金统筹使用。在涉农资金撬动下，今年易地扶贫搬迁安置点遍布全县乡镇，帮助 2132 户 6397 人安居乐业。

如今，全县探索出发展农业产业带动易地扶贫搬迁的东港模式、兴办工业企业带动易地扶贫搬迁的七里模式、实行三产融合带动易地扶贫搬迁的云溪模式、建设美丽乡村带动易地扶贫搬迁的大坪模式、迁村腾地建基地带动易地扶贫搬迁的大溪模式五个"1＋N"模式，并在全县推广。

产业扶持结金果

"在合作社打工能拿到两份工资，我的日子苦尽甘来，药材树上结金果。"秋阳下，沙堆镇瑶泉村贫困农民卢金星，在中药材种苗基地快活地采收射干种子。

这块占地近千亩的中药材种苗基地，由涉农资金整合建立。

瑶泉村种养大户卢济明，在涉农资金的帮扶下，采用"公司＋基地＋贫困户"模式，与村里 69 户贫困户签订土地入股分红及用工协议，贫困户在基地务工，年收入两万元以上。

像卢济明这样的种养大户，全县有 3000 多户，他们采取土地流转、土地出租、入股分红、投劳务工等形式，与贫困户构建利益联结机制，带动 4000

多贫困户参与产业发展增收。

近年，该县县委、县政府把产业扶贫作为精准扶贫工作的牛鼻子工程抓，整合产业发展资金，出台《通城县精准扶贫"产业扶持"因户施策办法》，全县整合资金着力发展中药材、油茶、茶叶等主导产业。

在产业扶持资金浇灌下，通城扶贫产业茁壮成长。截至目前，全县种养加基地共投入资金近 5 亿元，建成种养加产业基地 270 个，面积 8.13 万亩，带动贫困户 4023 户、1.0567 万人增收。

（原载《农村新报》2017 年 10 月 10 日）

山水弥漫"绿富美"

——通城实施水生态文明建设试点

一座座新修的河堤在绿色田野中蜿蜒伸展，一条条清澈的小河缓缓流向远方，缕缕白云绕着青山绿水转，劳作的人们在广阔田野尽情挥洒……近年来，通城县实施水生态文明建设试点项目，推进河道护砌、清淤疏浚、水系连通、生态修复，呈现出一幅山青、水净、河畅、岸绿、景美的秀丽图画。

护砌河道，造福百姓

2016 年，通城县被列为全省支持主要水源地，水生态修复保护、水生态文明城市建设试点县。该县全长 16.9 公里、流域面积 38.3 平方公里的秀水河，作为水生态文明城市建设试点项目区，启动对上游 5.2 公里河道的重点治理。

自今年 4 月开工以来，该项目区目前已完成工程投资 315 万元，不仅落实了源头河防护林营造，还完成了相关河道护砌。

在秀水河魏家段综合治理项目试验区，河道两旁随处可见六边形网格，河道两边用来护砌的石头，都被六边形的铁网固定着。

项目负责人黎伟民告诉记者，这些包裹着石头的六边形铁网叫作格宾挡土墙，有很好的防洪排涝作用，整个工程分为三层，最底下一层深入水下两米，中间一层高 1.5 米，最上面一层高 1 米，可谓是固若金汤，就算有地方塌陷，整个格宾挡土墙也会随之下沉，不会出现决堤现象。

"以往每年汛期，水漫河堤，都会给农业生产造成很大损失。"五里镇尖山村村民徐功甫说，他家两亩责任田在河边，原先每当发生洪涝灾害时，田里一片汪洋，自己却束手无策，只能眼睁睁看着田地被冲毁，到手的收成成泡影。但自从河道两边护砌了格宾挡土墙后，即使今年的"6·30"洪涝灾害，田里的作物也安然无恙，降低了自然灾害的风险，自己的收入也有了保障。

长效治理，扮靓家园

"以前河道没有治理时，秀水河源头都没有路可走，如今河道护砌，公路也跟着修好了，老百姓出行方便多了。"谈起秀水河纳入水生态文明建设试点项目以来的变化，何婆桥村支部副书记徐功济感慨良多。

秀水河源头位于马港镇何婆桥村的梧桐山。梧桐山是明清时代县城著名十景之一的"梧桐夜雨"所在地。

随着沿河两岸居民的增加，其上游受生活污水及生活垃圾大量入河的影响，流域下游水质较差，影响了下游临河而居的城乡居民日常生活，加之受地质条件影响，河道内崩岸垮塌现象较多，给沿河两岸人民群众的生命财产形成一定的安全隐患。

水生态治理试点启动后，该县组建工作专班对河道进行护砌和修整，不仅河道防洪能力得到全面提升，而且河流面貌明显改善，新建的生态雷诺护坡和格宾挡土墙款式新颖别致，形成适合各类水生植物栖息繁衍的场所。

该县水利局副局长徐玲芳说，目前，该项目区已展开河道清淤护砌。其中，五里魏家至秀水河源头何婆桥的全程 5.2 公里河道，不仅杂物、树枝、淤泥及河堤地脚线周边 10 米范围内的生活垃圾全部得到清理，而且 2891 米滑坡、垮塌堤段，也分别采用格宾网挡土墙和雷诺护坡两种方式进行了处理。同时，秀水河存在滑坡隐患的河段两岸还先后种植了杉木、垂柳 3000 多株。

生态保护，激活产业

"为有源头活水来，须得全民护生态。"何婆桥村 70 多岁的老党员徐金河感慨地说，河道整治使水变清了，河道变宽了，灌溉用水也方便了。

为加强水生态建设后续管理，该项目部会同河婆桥村推行河库长制管理，建立水生态项目运行管护长效机制，由村干部担任小流域港长，并结合美丽乡村建设，各司其责，扎实推进流域保护工作，努力通过常抓不懈的常态化管理，实现"河长治"、"水永绿"，让昔日的"梧桐夜雨"美景得以重现。

尖山村6组养殖户徐新国抢抓水生态建设契机，发展生态农业，不仅养殖规模由原来的3亩鱼池扩大到20亩，而且还通过打造垂钓场地，为游客打造休闲观光垂钓的理想场所。

如今，在该项目区，类似徐新国一样依托生态资源，发展种养产业的大户已达20多户。农旅融合的发展之路，正成为推动项目区经济发展新的增长极。

行走在通城县水生态文明城市建设试点项目区内，一个天更蓝、地更绿、水更清、村更美、民更富的美好图画，宛如"梦里仙居"，催人奋进，令人鼓舞。

（原载《咸宁日报》2017年8月31日）

一片茶叶的能量

——通城县茶产业发展纪略

地处北纬30度线上的通城，属亚热带季风性湿润气候，地形以山地、丘陵为主，土壤、气候适合茶叶种植。

通城茶叶种植有3000多年历史，明清时期，通城茶叶从瑶乡内冲一带，被运往羊楼洞，经茶马古道，远销欧亚大陆。

如今，通城茶产业正借助农业供给侧结构性改革机遇，衔接幕阜山连片特困地区扶贫开发、"一带一路"重大战略，不断实现产业转型升级，将产业链向海内外拓展延伸。

基地建设标准化

5月27日，记者走进湖北福人九井峰茶业有限公司，加工车间飘出阵阵沁人心脾的清香，茶场负责人李伟松介绍，目前公司在进行红茶加工。

2007年，湖北福人药业与沙堆镇政府签订租赁合同，将沙堆精制茶厂及其周边大小10余家茶厂进行土地资源整合，成立湖北福人九井峰茶叶有限公司。

李伟松介绍，公司从茶园建设、田间管理、鲜茶采摘到茶产品加工，基本实现了全程机械化。

在种植结构上，不断改良品种，由原来的有性繁殖发展到现在的无性繁殖，品种由福鼎大白为主，到以楮叶齐、碧香早等国家级、省级认定的良种，实现种苗良种化。

在田间管理上，用生物肥取代化肥，主要施用茶粕、菜粕及桐饼等，不仅能够有效提高土壤营养成分，增加植物激素，还能有效防治病虫害，加快了无公害茶、有机茶、绿色食品茶"三品"茶叶发展。

截至2016年12月，公司已完成投入1700万元，先后完成了930亩山地茶园标准化建设，目前已投产受益面积约600亩，其中盛产面积约200亩。

福人九井峰茶业是该县茶产业基地标准化建设的一个缩影。

目前，全县茶园总面积5.53万亩、产量1950吨，认证无公害茶园达到1万亩、有机茶园2000亩，建成白毫早、福鼎大白、鄂茶8号、楮叶齐、龙井43号、白茶等无性系良种茶园2600亩。

生产加工规模化

近年来，通城县实施"百亿茶产业集群"发展战略，茶叶生产、加工、销售等逐步实现规模化，龙头企业不断发展壮大。

县特产局产业股负责人蒋白虎说："通城茶叶企业和合作社主要采取公司＋合作社＋基地＋农户的产业化模式，带动全县90%的茶叶基地和农户抱团发展。"

成立于1985年的湖北双狮茶业有限公司，是该县省级农业产业化重点龙头企业之一。公司由通城籍茶叶老板刘立生创办，已建成集茶叶生产、加工、销售、科研为一体的完整产业链。

年近七旬的刘立生，20世纪70年代返乡从事茶叶生产和销售，从一名普通的销售员到双狮茶业董事长，见证了通城茶产业发展的兴衰。

刘立生说："通城茶叶行业起步早、效益好，但也经历了不少波折，从目前形势来看，发展比较平稳。"

目前，双狮茶业建立了占地 100 余亩、总投资 1.2 亿元的产业园，拥有 2.5 万平方米的标准化厂房，两万余亩的原料基地，其中出口备案基地 5000 亩，具备年 1 万吨红茶、绿茶生产能力。

去年，公司实现利税 100 万元，并带动千家万户从事茶叶种植、加工与销售。仅加工环节，为周边 150 余户村民提供就业，每年为他们带来 200 余万元纯收入。

除双狮茶业外，该县还拥有霞光茶业等年销售额 5000 万元以上省级农业产业化重点龙头企业；锦山基地茶业、百丈潭有机产业等年销售额 1000 万元以上的市级农业产业化龙头企业。同时，建设大柱山茶场、向阳茶场、国庆茶场等规模茶叶生产加工企业 10 家，组建茶叶专业合作社 6 家。

产品销售国际化

经销大军，激活了市场动力，通城茶叶远销海外。

通城县是湖北唯一一个茶叶销大于产的县市，全县近 1/3 的加工茶叶需从外省调入，现已建立覆盖全球的茶叶销售网络。

县特产局局长廖象文介绍，1978 年，经全国供销合作总社批准，通城茶产品有了出口自主经销权，通城茶产业的潜力得到空前挖掘和激发。

2005 年，湖北双狮茶叶公司取得茶叶自营出口权，每年出口茶叶 30 万千克以上，绿茶、红茶系列产品向香港销售，并出口德国、美国及非洲地区。

2016 年年底，双狮茶业全资子公司——东方树叶公司在北非摩洛哥成立，据保守估计，2017 年，东方树叶公司有望实现 400 万美元销售额。

目前为止，湖北双狮茶叶是咸宁市首家拥有跨国子公司并从事生产、销售的茶叶企业。

（原载《咸宁日报》2017 年 6 月 1 日）

观念转变新风来

——通城整治活人墓记

人未死，墓已建。通城锡山"活人墓"林立。这些墓占用耕地林地，刮起奢靡攀比之风。

拆除"活人墓"，并非一帆风顺。

领导干部带头自拆

通城县殡改办摸底发现，锡山"活人墓"，九成属城区"吃财政饭"的人所建，其中党员干部占了相当比例。倡导文明新风，必须先从党员干部抓起。

通城县殡葬改革办公室副主任张登攀，有着十多年民政执法队长经验，对锡山上的事最清楚。

拆"活人墓"，难度并不亚于迁坟。张登攀苦苦思索如何破题。

十多年前，通城县原人大常委会主任、县长罗华雄也建了墓。现在老人家已86岁，能理解吗？7月10日，张登攀进了罗老的门。刚一见面，罗老先说开了："小张啊，不用你开口，你的来意我知道了。政府的做法是对的，是为子孙后代着想。我们退休干部不能成为改革的阻力！"通情达理的罗老一口答应："拆！"

一些观望的退休干部，纷纷上山自拆"活人墓"。目前该县共自愿拆除"活人墓"136座。

倡导新风清扫陋习

一些不理解的群众曾进行阻挠，工作进展一度缓慢。

9月20日，自拆限期过去，进入强拆攻坚阶段。该县民政、公安、工商等各部门联合执法，取缔纸扎、木棺、石碑等丧葬用品经营户66家，其中14

家木棺及墓碑加工点全部迁出城区，52家丧葬用品经营户规范经营或转行。

县殡改办表示："定期巡查丧葬用品行业，对违规商户，发现一家、查处一家、取缔一家，绝不让封建迷信丧葬用品经营死灰复燃。"

一时间，治丧文明新风吹拂。

新观念落地生根

6日，通城马鞍山公墓二期施工正在紧张地进行。墓区群山环绕、青松掩映，行走其间，感觉置身生态公园。

公墓占地300亩，共有430个墓位，是目前咸宁市最大的公墓，其中20%的为公益墓位，20%的是低价墓位，可基本满足社会需求。

"选择节地型公益公墓安葬，可节约用地90%以上。"咸宁市副市长汪凡非说。

为了顺利推进改革，通城县政府投资1500万元，建成功能齐全的现代化殡仪馆；每年补贴100万元，对到殡仪馆集中治丧的丧户实行费用"五减免"。同时结合新农村建设，加快农村公益性公墓规划进程。

该县还围绕树立殡葬新风，开展了全方位的宣传。"现在每个社区和村庄，都有殡葬改革的宣传栏和宣传横幅。"

居民的观念开始出现明显转变，越来越多的市民选择公墓安葬。

"老人生前要多尽孝，老人没去世就修墓做样子、摆排场，的确有百害而无一利。"市民黎高潮为殡葬改革点赞，并拆除自家"活人墓"。

（原载《湖北日报》2017年11月10日）

冲浪资本市场

——写在湖北瀛通通讯上市之际

4月13日上午9时30分，深圳证券交易所响起悠扬钟声，湖北瀛通通讯线材股份有限公司（简称"瀛通通讯"）上市交易。

咸宁市迎来首家上市公司。

在新股发行仪式上，通城县委书记熊亚平代表市县两级党委政府致辞。他说，瀛通通讯成功上市，创造了通城第一、咸宁第一，不仅公司再次站上新的发展高点，也为通城这块有着江南天然药库、砂带之乡、油茶之乡、生猪之乡美誉的隽美大地增添了浓墨重彩的一笔，为咸宁深入推进创新驱动、绿色崛起战略注入更加的强劲动力。

瀛通通讯上市发行新股 3068 万股，发行价 17.25 元，发行后总股本 1.22 亿股。开盘首日，该股以 44% 的涨幅封涨停，收盘价 24.84 元。

南下打工——掌握新技术和市场资源

1993 年，跳出"农门"的黄晖从咸宁师专毕业，将分配到通城县程凤大坪坳中学当老师。那是一段春潮澎湃的日子，邓小平南方谈话鼓舞大江南北。到底是服从组织分配，还是自主择业，黄晖思前想后。

"我相信市场经济大潮必将锐不可当，想去沿海地区闯一闯！"毕业那年，黄晖与大坪坳中学签订了停薪留职协议，怀揣梦想，来到广东东莞一家台资电线企业打工。

1994 年，大坪坳中学老师缺编，为保住"铁饭碗"，黄晖返回校园，当起物理老师。

然而，人一旦见识过外面的广阔天空，就再也关不住了。1996 年，黄晖辞职，再次南下。自断退路后，黄晖更加奋发努力。在电线厂，他一步步成为生产主管、行政主管、副总经理……

1999 年，黄晖决定自己办厂当老板。他卖掉房子，投入全部积蓄，创办了一家仅有 8 个人的小工厂，东莞市常平明兴电线厂。

"我很有自信。"黄晖说，这份信心，来自打工中掌握的生产工艺流程和核心技术，来自平时留心学到的市场规律，还来自精心积累、维系的客户资源。

创业之初，资金短缺、技术力量不足，所有挑战黄晖都得去面对。业务量"从零到有"，黄晖用了最笨也是最有效的办法——逐一拨打企业黄页。只要客户透露出一丁点儿兴趣，他都会带上样品上门推销。

接下来的"从有到多"也就顺理成章。几年下来，公司积累了一批又一批客户，产品从漆包绞线扩大到耳机线。

2002年，一位美国商人到东莞为飞利浦公司寻找一种特殊线材。由于技术难度大、成本高，许多电线企业都不愿"接活"。黄晖和团队试验上百次，终于在半年后拿出合格样品，签下2000万元大单，由此进军高端市场。

返乡创业——产品跻身中国同行百强

2007年春节，在家乡的诚挚邀请下，黄晖返乡再创业。

公司在湖北没有客户，通城交通尚不发达，电子产业又没有形成集群，落地容易生根难。

既然决定返乡创业，湖北厂的定位应比东莞的要高，黄晖暗下决心。

2009年12月，湖北瀛通电子有限公司落户通城经济开发区。一期投资1.5亿元，占地135亩，建有10栋高标准车间，设有管理学院和培训中心，10栋职工宿舍，一栋职工食堂。"我们把东莞的老客户请到湖北新厂来，让他们看到我们有比东莞还好的厂房、更先进的机器、更高质量的产品、更大的人才培训基地和更高层次的管理模式。"黄晖说。

在电声行业，瀛通声名远播。全球畅销的苹果手机，其耳机线相当一部分产自瀛通。它是国内领先的声学产品制造商，主要从事耳机线、数据线等产品以及其他通讯线材的研发、生产与销售，为苹果、索尼等国际品牌手机提供耳机线材配套。去年，瀛通销售收入约6亿元，其生产的耳机线材长达26.9万公里，相当于绕赤道6圈多。

十年磨一剑。如今瀛通通讯已在国内外拥有7家子公司，在北京、武汉、东莞设立3家研发中心，成长为一家跨国发展企业。

瀛通通讯副总经理邱武说："瀛通的主打产品是耳机线。别小瞧耳机线，如何让传输稳定、体现高保真的音效，而且线材不缠绕，颇有讲究。目前公司获得的各项专利134项，其中发明专利就达26项。"

凭借出色的产品性能和大规模生产、研发能力，瀛通一举成为多家国际品牌供应商，跻身中国电子元件百强。

如今，公司不仅带动当地3800余人就业，还实现销售收入3.5亿元、利税5000万元。

在该公司带动下，通城县电子信息企业已有30多家，其中规模企业19家，该产业成为全县五大支柱产业集群之一。

公司上市——新起点上锤炼高质量

瀛通上市不仅成为咸宁登陆证券市场的破冰之举，也为我省电子信息产业踩下发展"油门儿"。

在新股发行仪式上瀛通通讯董事长兼总经理黄晖表示，将以上市为新的起点，专业、专注于耳机用微细通讯线材领域，诚信经营、规范运作，以人才、科技创新和企业文化来引领企业的发展，努力成为通讯线材及电声产品行业内一流的整体解决方案服务商。将严格遵守证监会、深交所的相关规章制度，管好、用好募集资金，不断提升核心竞争力，不断提升公司的盈利能力和治理水准，努力成为高质量的上市企业，以优异的业绩回报广大投资者，以更强的责任感和使命感回报社会。

瀛通公司相关负责人介绍，公司上市募集资金 5.29 亿元。扣除发行费用后，将全部投入通城用于便携数码通讯线材技改及扩产、便携数码数据传输线等项目建设，以瞄准下一代通讯线材发展。新项目投产后，将大幅扩大产值，提升竞争力。

目前，通城县电子信息基材产业已被列入全省重点成长型产业集群，瀛通、三赢兴、宝塔光电等一批企业在此聚集。

（原载《咸宁日报》2017 年 4 月 16 日）

满目葱茏入画来

——通城打造全国重点生态功能县

3 月 1 日，通城县隽水河上游两岸 10 公里河堤上，人头攒动，银锄飞舞，该县万名干部职工沿河植树，构成一幅最美的春天图画。

这是该县紧紧围绕全国重点生态功能县定位，牢固树立绿色发展理念，坚持增绿与增收并重、造林与造景并举、绿化与美化同步、发展与保护同抓，着力打造长江中游重要生态屏障的一个镜头。

统计显示，去冬以来，该县"绿满鄂南"行动累计完成整地 5.2 万亩，占计划任务的 91%；完成造林 4.14 万亩，占计划任务的 72.3%；完成通道绿化 200 公里。

绿化荒山　　厚植绿色基底

该县将打造全国重点生态功能县深入到"绿满荆楚"行动中，实行"一把手"负责制，书记、县长亲自指挥、亲自督办，将 5.72 万亩年度造林任务逐一分解到乡镇村组、国有林场，落实到山头班点、片区地段，推动植树造林全面落实。

该县对现有荒山荒地、采伐迹地、火烧迹地等情况进行全面调查摸底，并结合地形、土壤的条件，因地制宜发展油茶、中药材、高山水果等经济林；对土壤条件较差的，按照适地适树的原则，营造以乡土树种为主的长江防护林，打响了灭荒造林的全民战役。

绿化边界　　建设绿色门户

该县把绿化边界作为擦亮通城的"脸面工程"，组织 6 支专业造林队伍在高速公路沿线可视范围和省界门户开展荒山绿化，实行常绿和落叶树混交造林。

在与湖南省交界的北港镇大界村，该县林投公司为完成 2000 余亩灭荒造林任务，不仅在武深高速与崇阳肖岭交接处的 50 亩插花荒山栽植红叶石楠、紫薇 4000 余株，而且还在通城收费站与通城大道景观带相连的 40 亩荒山栽植红叶石楠、紫薇和凤凰树 3200 余株；金龙公司在杭瑞高速与崇阳交界处绿化插花荒山 120 余亩……预计全县门户绿化任务可在 3 月底前全面完成。

绿化通道　　打造绿色长廊

该县按照"谁主管，谁负责"的原则，聚力抓好主要公路、河流绿色通道建设，打造层次多样、结构合理、功能齐全的绿色风景线，最大限度促进绿化生态性和景观性的有机结合。

该县创新多元化投入机制，确保造林质量。一方面在整合农业综合开发、石漠化综合治理等项目资金，按中药材、油茶等每亩补贴 1000 元的扶持标准，支持"绿满鄂南"行动的同时，鼓励农民通过林地入股、合作经营等方式共建共享，引导企业、合作社和造林大户通过"企业＋基地＋农户"、"合作社＋农户"和"能人大户＋农户"等模式，推动特色产业和林下经济发展，使植树造林成果成为增收脱贫的"绿色银行"；一方面严把整地关、苗木关、栽植关，确保"栽一棵活一棵，种一片绿一片"。同时，健全检查验收机制和以奖代补的激励机制，按照"谁造林，谁管护，谁受益"原则，进一步深化林权制度改革，加快林地流转步伐，密切管理者与林木收益的联系，从根本上解决重"栽"轻"管"的问题，巩固造林成果。

截至目前，该县共引进荒山社会造林资金 4800 多万元，办理林权抵押贷款 1300 多万元，整合资金 730 万元，新建高标准油茶基地两万多亩，发展林药套种基地两万亩，全县国、省道宜绿地段绿化率达到 90% 以上，县乡公路绿化率达到 80% 以上。

（原载《咸宁日报》2017 年 3 月 5 日）

风正景美气象新

——通城县塘湖镇荻田村统筹推进新农村建设纪实

平坦宽阔的水泥路，整洁温馨的农家院，清澈见底的红河溪……如今，行走在通城县塘湖镇荻田村的村头巷尾，一派新农村建设的新气象。

房子新了，乡路平了，风气正了。提起"新村庄"的变化，村民们异口同声地说，是该村依托小农水建设，统筹推进新农村发展，让生活环境改善了，收入增加了，文化生活丰富了。

洪水无情人有情

荻田村的变化，缘于 2011 年的那场百年不遇的大洪水。

当年 6 月 10 日凌晨，风雨大作，雷闪惊天。

"大家快起床，要发大水啦！"村委会主任汪花祥发动村干部、党员及组长挨家挨户转移群众。

洪水所到之处，河水漫堤，红河港两岸 100 多米河堤被损毁，桥梁被冲断，30 多户群众房屋受损。

看着满目疮痍的家园，村民们悲痛不已。面对无情的山洪，7 组老党员黄雀桥、村民代表汪呈祥联合村里德高望重的老人张方白、胡中华，一起找到村委会干部，带头捐资修桥，解决两岸群众交通往来问题。

在他们的带动下，村民踊跃捐献 7 万多元修桥资金。

当年 10 月份，两座冲断的大桥开始动工修建。村民们主动义务出工，挖土的挖土，抬石料的抬石料，拉钢材的拉钢材，大家各显其能。用了不到两个月时间，两座宽 3 米、长 15 米的大桥宣告修通。

修砌河堤靓家园

"你们说的问题，我不是没有想过，可是河道全长 500 多米，两岸护砌就是 1000 多米，加上河道清淤、清除杂草，没有 40 万元根本'治'不了。"面对红河港河堤损毁后，河道堵塞、杂草丛生、垃圾成山、臭气熏天的现象，村主任汪花祥一脸愁容。

"我们能不能像修桥一样，大家集资一起动手，再向县里争取一点儿项目资金。"村民汪呈祥建议。

"是啊，这样不仅能省去施工方的利润和劳工钱，自己做的工程质量也有保障。"村民胡中华表示赞同。

大家说干就干。村干部、党员和村民代表一户一户上门做工作。

"这条河早就该治理了。"村民纷纷响应，积极支持，人均捐资 100 余元，全村累计集资 18 万余元。

2014 年农历 11 月 6 日清晨，在隆隆的机械声中，红河港沸腾起来了：河两岸村民一起动手，在冰冷的河水里，年壮的帮忙扛树、抬石头；年老的帮忙砌石、搅拌水泥；妇女们则帮忙采购记账、当监理……每天天一亮，党员干部便带头出工，工地上多的时候五六十人，少则十几二十人，中午无休。仅用一个多月时间，一条长 500 多米、宽 13 米、高 3 米的河堤，赶在春节前护砌完工，成为村里一道靓丽的风景。

绿满乡村添新韵

一年之计在于春。春节，既是人们团圆欢聚的刻，也是荻田人运用舞龙灯筹集公益发展基金的好时机。

　　为绿化、美化、亮化村庄，全村男女老少齐上阵，50 多人舞着节日的龙灯走街串巷，半个多月下来，讨得"彩头"13 万余元。

　　新年伊始，伴随新一轮以"绿满荆楚"为主题的"三万"活动启动，获田村决定依托这 13 万元钱，通过向上争取项目，把红河港两岸打造成绿色长廊。

　　在工行驻村"三万"工作队的支持下，获田村利用 4 万元项目资金，不仅购买桂花树 200 株，路灯 18 盏，购置垃圾桶 15 只，新建垃圾池 3 个，修建河堤护栏 1300 米，硬化河岸道路 1100 米，还出台村规，严禁在河里围栏养鱼养鸭，以保持河道畅通、整洁卫生。

　　"作为全省小农水建设重点示范县，我们将结合获田村摸索出来的小水利建设监管新机制，采取'以奖代补'的方式向全县推广。"该县水利局验收专家对此赞叹不已。

　　目前，拥有"华中第一瀑"、罗荣桓元帅纪念馆、湘鄂赣革命烈士陵园等 26 处旅游风景名胜的获田村，被列为全省旅游名村，新护砌的红河港河堤被村民亲切地称作"月亮湾"，与焕然一新的村镇一道成为该村新的旅游景点。

　　　　　　　　　　　　　　（原载《咸宁日报》2016 年 8 月 14 日）

同心筑就幸福路

——马港镇改造"九二线"公路纪实

　　昨日，记者驱车沿通城县马港镇"九二线"简易便道，一路前行至彭段村通村公路施工现场，只见挖掘机、推土机、重型卡车等作业机械正在来回穿梭，一派繁忙的建设景象。

　　这条将给沿线村民脱贫致富带来新希望的主干道，正在向大山深处延伸铺展。

党员带头，打通"心路"促和谐

所谓"九二线"，就是途经马港镇九岭、彭段、潭下三个行政村的通村公路，主干线路全长 5.6 公里，涉及周边 9 个行政村、2 万余名群众出行。

长期以来，"九二线"路面狭窄，九曲十八弯，坡陡，路况差，不但影响了行车安全，也给村民出行、货物外运带来不便，严重制约了当地经济发展。

"今年，借着精准扶贫的东风，马港镇决定对当地部分村镇主干道进行升级改造，拓宽村民致富路。"正在施工现场协调指挥的马港镇镇长陈志民告诉记者，通过申报争取，"九二线"道路改扩建项目终于在今年年初获得上级有关部门立项：由以前的 4 米拓宽至 7 米，按二级公路的建设标准进行升级改造，总投资估算 2000 万元。

项目通过后，马港镇立即成立"九二线"村级公路升级改造工作专班。镇党委书记夏效禹明确提出，要以深入开展"主题党日＋"活动为契机，围绕"拓宽改造村级公路，服务百姓"的主题，充分发挥每一名党员的先锋模范作用，推动公路升级改造工作顺利开展。

3 个村的 100 多名党员纷纷表示赞成，并积极主动地投入到服务公路建设征地拆迁工作中。

60 岁的徐贤文是一名老党员，其家庭又是村里的大家族，仅修路涉及的迁坟工作，徐贤文家就有 26 座坟要迁。

"哪里有公路，哪里就发展得好。虽然政府对每座坟的补贴只有 1000 元，远远不够实际花费的万元开支，但我相信，只要路修好了，就不愁富不起来。"徐贤文及时说服家人，带领自家两个兄弟，自费雇几个零工，开始了迁坟工作。

在徐贤文的带领下，"九二线"沿线需要动迁的坟地，全部在 4 月 1 日前迁完，共计迁坟 38 座，涉及村民 54 户。

和谐征地，透明补偿暖"民心"

"政府和谐征地拆迁，遵循'四个一'透明补偿原则，咱老百姓心服口服。"潭下村老党员熊四清接到征地通知后，不仅主动让出自家的山地，还身体力行宣传修路的好处。他说："以往到村里去开会，即使短短的一条路，骑车也得花十几分钟，现在政府帮忙修路，真是造福百姓的大好事，我们还提什么额外要求啊！"

熊四清所说的"四个一"补偿原则，即一份协议、一个账号、一个身份证、一张领款单。群众在让出自己的田地之前，只需签一份协议书，再报上自己的银行账号，拿着自己的身份证领取一张领款单，就可在一周内收到相应的补偿款。

为了保证征地拆迁过程公开透明、公平公正，该镇政府还请来专业部门对土地进行测量评估，并在群众的监督下依法依规进行补偿。

马港镇九岭、彭段、潭下3个村的村民都知道，20世纪60年代上街办事和走亲戚，全靠肩扛背驮；70年代，村里修了土路，虽然可以坐车上街，可经常得推着车过土坑。这样坑坑洼洼的路，一直走到现在，不仅影响工农业生产，还苦了读书的娃娃们，3个村1000多名学生，每天坐车颠簸不说，遇到下雨天，家长们还得为孩子的安全担心。

"修路是造福子孙的大事，我无条件支持。"在此次征地拆迁中，潭下村二组村民熊师龙家不仅涉及有田有地，还有山，但他在只收了象征性的补偿费后，就带头把规划线内的树砍掉，把地整好，以方便施工建设。

"村民的配合，为我们顺利施工创造了良好条件。"兴达施工队总工程师告诉记者，虽然有些地方前期征地没有到位，但后期跟进时都十分支持。施工期间，车辆较多，会对路面造成一定拥挤，但村民对于堵车都十分谅解。按目前的进度，预计今年年底就能完成简易路面的施工。

公路通村，提升群众幸福感

"只有路通了，财路才能通，老百姓就认这个理儿。"今年46岁的徐辉如，是彭段村三组村民，也是家中的顶梁柱。去年年初，在外务工多年的他赚了些钱，打算在老家重新建一栋新房，地基都打好了，得知"九二线"刚好穿过他家的新房地基，于是主动找到村干部，表示同意让出地基修路。

徐辉如说，这些年他也希望在家做些生意，但是门前的路一直"挡"住了他的梦想。以后等路修好了，他就可以借助本地的自然风景优势，开个农家乐，再也不用独自在外奔波了。

随着公路建设的推进，不少村民就开始筹划前景，纷纷抢占先机，兴建起种养基地来。高峰村村民搞起了有机米、有机茶的种植，易段村村民建起了有机蔬菜大棚。

"年底宽阔的公路开通后，外销就方便多了。"在彭段村宝积洲蔬菜基地，基地负责人告诉记者，以后他们种植的有机农产品就不愁销了。

倚山傍水、紧靠百丈潭水库的村民看到了旅游业的前景，一口气办起了

20多家农家乐……

有路就有希望。村民们都说，政府投资兴修这条路，真是通村、通路、通民心，修到了群众的心坎里。

（原载《咸宁日报》2016年10月30日）

通城农企尝鲜众筹

——黄袍山油茶引来万名合伙人

鄂南偏远山区有家油茶生产加工企业，瞄上了时兴的农业众筹，短短1年时间里，吸引了天南地北1万多名"农业合伙人"。

这家企业就是通城县黄袍山绿色食品有限公司，在去年10月底贵阳召开的世界众筹大会上，该公司"互联网＋生态农业"众筹项目入选50强。

是什么吸引这么多人纷纷掏腰包？众筹又给企业带来了什么？8月30日，记者走进通城，走进黄袍山。

投资4899元，城里人过把田园瘾

河北省秦皇岛市民张鹏辗转一天车程，来到通城县黄袍山绿色食品有限公司油茶基地，专程来认筹油茶林。

"在网上看到黄袍山公司的认筹宣传，觉得有意思，而且也挺划算。"张鹏当天签下了认筹合同。

按照合约，他以每亩4899元的价格认筹了两亩油茶林，在此后的20年中，他每年可免费领取一定数量的黄袍山茶油产品。

公司市场总监胡雄文介绍，每亩认筹收益，前4年每年10斤茶油，中间3年每年20斤茶油，后13年每年30斤茶油，一共490斤，折算下来，相当于每斤仅10元。这个价格大大低于市场价。

黄袍山公司是国家林业重点龙头企业，也是我省规模最大的油茶种植加工企业，现有油茶基地20万亩，其中自有基地10万亩，"公司＋农户"合作基地10万亩。

去年9月，黄袍山公司拿出1万亩基地进行众筹，以3899元每亩的优惠价"探探"市场，没想到效果极好。应市场需求，公司今年又推出二期众筹，价格提高至4899元，目前已推广6000亩。

线上、线下结合，认购持续火爆。线下通过当地的代理商，参与"旅游—体验—认筹"活动；线上直接认筹，远程交费签约。无论线上线下，每一个会员均享有一次免费参观旅游黄袍山的机会。

在公司的众筹网站上，记者看到，认筹会员来自全国各地，有1.6万多人。

据了解，每一位会员象征性拥有一块自己的油茶林，在现有油茶基地上，自选一棵油茶树挂上印有自己名字的标牌。

记者看到，公司印制了专供众筹的茶油包装礼盒，上面标注有会员的名字、地址，会员可通过快递运送或亲自上门等方式领取产品。

黄袍山公司对所有会员都建立了一个完整的档案库，进行一对一全方位互动的长期维护，会员微信群实时发布公司的经营状况，现场直播油茶树的生长情况。记者在群里看到，深圳一位会员提出想看看自己挂牌的那块油茶林，公司便派人现场拍摄，尽可能满足会员的要求。

远在城市，却过了一把田园瘾。在这些认购者看来，热衷于众筹黄袍山茶油，除了价格公道以外，更重要的是产品品质可靠，"感觉自己与公司一同种植油茶，吃得放心。"

"赔本买卖"赚吆喝，众筹赢得好口碑

尽管认筹火爆，但黄袍山公司却不准备扩大认筹范围，并且还实行"限购"，每个人认筹不能超过5亩。

"我们做众筹主要目的不是卖茶油，而是为了推广品牌，精准锁定消费群体。"胡雄文坦言。

黄袍山公司有自己的设想：通过这样一个活动，与1万多个客户建立20年的联系，了解他们的需求，这些会员将成为产品最直接的体验者、推广者和口碑者。

事实上，按照黄袍山公司的认筹价格，折算每斤茶油10元，是"赔本买卖"。目前通城土榨茶油的市场零售价为40~50元每斤，而黄袍山公司的茶油礼品包装更是高达60~100元每斤。

胡雄文介绍，油茶树前四年不挂果，第八年才到盛果期，设定的每亩4899元认筹款，相当于一亩油茶林前四年的培育成本。

一家山区农企，怎么想到这个"高大上"的点子？

董事长晏绿金坦言，国内茶油市场仍处在一个培育期，急需找到一个引爆点。制约茶油企业发展的因素有许多，包括人才缺失、原材料供给不足、消费人群有限等，公司一直在寻找一种新型经营模式打开市场。

2013年，晏绿金参加一个全国性的商贸会议，结识了专做众筹平台的深圳梁津云筹公司负责人，两人几番交谈，一拍即合。

起初，梁津云筹公司建议，做股份众筹，更便于操作和融资，却遭到晏绿金的反对，他认为股份众筹是短期行为，而产品众筹能让消费者直接接触产品，有利于品牌推广和公司长远发展。

项目筹备是一个复杂而漫长的过程，据了解，仅仅为了办一个公证书，公证部门就进驻公司调查半年之久。

口碑相传是最好的宣传营销，也是黄袍山公司开展众筹项目的初衷。众筹，让黄袍山的油茶走出了通城，从一个区域品牌向全国性品牌发展。

一个会员，背后就是一个家庭。他们认为产品好，会发动周边的亲戚、朋友购买。南京会员李先生，认筹4亩油茶林，逐步接触到黄袍山茶油，愉悦的消费体验促使李先生开始通过微信、微博向周围人宣传推介，随着"围观"人群越来越多，李先生看到了商机，主动申请成为黄袍山公司的南京经销商。

仅靠茶油单一品种是不足以稳定客户群体的，目前黄袍山公司研发了洗发水、洗衣液、美容产品等其他系列产品。"1万多个家庭吃茶油的过程中，会逐渐忠于一个品牌，从而也会关注到品牌中的其他产品。"晏绿金说。

20年合约，企业兑现有底气

合约一签就是20年，公司有能力全部兑现吗？不少会员有所担心。

晏绿金对此信心满满，他说，茶油富含不饱和脂肪酸，能预防"三高"等功效，随着人们消费水平的日益提高，茶油市场将潜力无限。

靠着这股信念，黄袍山公司在"冷市场"中毅然坚守，从一个茶油小作坊跻身全国油茶产业重点企业。

模式的创新，更是给企业带来新的发展动力。

晏绿金说，众筹就是将公司置于消费者的监督下，激励企业对产品质量、服务等更加严格。

众筹好比是农户、公司、客户三方共同建设一块油茶基地，全新模式实现了产地直供，免去诸多中间环节，挤出中间的利润水分，客户能够以更优惠的价格，更长久、更安全地得到产品。

"当然，会员如果不再信任公司，可在认购付款后7年内，提出回购要求，退出权益。"晏绿金说。

企业算的是长远账。据了解，油茶种植不像水稻需要年年种，只需要头年栽种，便可长期收益。黄袍山公司做过统计，油茶丰产期可达80年，每亩年产油量超过90斤，也就是说，除去与会员签订的20年合约，其余60年的收益都归属公司，足以填补前期的亏损。

融资是众筹一个显而易见的好处。会员一次性将众筹款交付公司，能有效地缓解企业资金压力。

黄袍山油茶众筹，还意外地带火了当地旅游业。

刘艳静是公司专门负责众筹的职员，这些天，她领着一批批来自全国各地的客人到黄袍山旅游。她说，每隔两天就要接待一批，游客在察看基地的同时，现场品尝茶油做出来的各类菜肴。

据了解，黄袍山附近的酒店、农家乐生意爆棚，从以前的寥寥几家，发展到现在的二三十家。

众筹带来了人气，助推了黄袍山油茶的知名度和美誉度，"借力众筹，公司正朝着一个良性方向发展。"晏绿金说。

（原载《湖北日报》2016年11月6日）

同舟共济渡难关

——通城县党员干部在抗洪救灾中践行"两学一做"

暴雨袭击，道路冲毁、农田被淹、水库上涨……6月份以来，通城县连续遭遇多轮强降雨。尤其是7月1~5日，通城县全域普降大暴雨，多地受灾严重。至7月5日20:00，全县平均降雨1368.4毫米，比去年同期的1008.2毫米多

360.2毫米；7月3日20时至7月5日20时24小时内全县平均降雨212毫米，最大降雨达310.9毫米。今年4轮强降雨导致全县11个乡镇普遍受灾，全县累计受灾人口13.07万人次，直接经济损失达1.8亿元。

面对险情、灾情，通城县委、县政府沉着应对、科学调度、周密部署，将抗洪抢险作为当前"两学一做"学习教育的主战场，全县上下党群携手，干群一心，众志成城，全力奋战在抗洪、抢险、救灾第一线，用准确的预报、及时的预警、优质的服务为防汛减灾赢得了主动，发挥了党组织的战斗堡垒作用和党员的先锋模范作用，谱写了一曲众志成城战洪灾、抗洪救灾保民生的壮丽诗篇。

县领导扛起主体责任

汛情来临，全县上下迅速将防汛救灾作为压倒一切的工作，以决战决胜的姿态全力出击，坚守岗位，党政同责，无一例外。县"四大家"领导率先垂范，全部奔赴抗洪一线，分析研判，指挥调度，确保及时、准确、迅速做出应对措施。

哪里最危险，哪里灾情最严重，哪里受灾群众最集中，哪里就有领导干部的身影，他们是暴风雨中的"顶梁柱"——

县委副书记、代县长刘明灯先后奔赴大坪乡、关刀镇、麦市镇、沙堆镇、四庄乡、马港镇等防汛重点乡镇，督查指导防汛工作，巡查水库和地质灾害点防汛备汛情况，慰问参与抗洪抢险的武警官兵，到安置点看望受灾居民，连续多日吃住在抗洪抢险一线；

县委副书记、政法委书记彭光平冒雨前往隽水城区各低洼点，检查防汛排涝工作，现场调度，组织动员干部群众，清除下水道垃圾淤泥，畅通排水渠道，确保城区居民顺利出行；

县委常委、统战部部长蔡琦，副县长李军平、徐望、田红强等县"四大家"领导连续多日坚守在抗洪抢险第一线，研究部署防汛工作，全力投入抢险救援，指挥受灾群众转移；

……

7月4日下午，四庄乡青草岭水库溢洪道陡坡段山体发生滑坡，并形成堰塞湖，给下游四庄乡大溪村和崇阳县青山镇回田村千余村民的生命财产安全带来严重威胁。险情发生后，县领导刘明灯、蔡琦、徐望、田红强带领相关部门，第一时间赶赴现场指挥抢险。

5日上午7时许，刘明灯冒着滑坡的危险，带领水利专家、武警官兵，一起乘坐冲锋舟，挺进堰塞湖和滑坡体核心区域，摸清堰塞湖的面积和水深，以及滑坡体的体积、现状，研究确定排险方案。

5日晚，倒虹吸排水设施安装到位，配合泄洪道、疏水管共同排水，迅速降低库区水位。在多项排水措施的共同作用下，青草岭水库水位不断下降，6日早上7时15分，水库水位降至溢洪道口平面，溢洪道停止溢洪，6日下午6时30分，水位降至溢洪道口以下65厘米处，险情得到有效控制。青草岭水库水位不断下降，为溢洪道下游滑坡体、堰塞湖的排险除险工作赢得了时间和空间。

决战青草岭，刘明灯先后4次奔赴现场察看灾情、指挥抢险，蔡琦在抢险现场连续奋战了31个小时。

通城严峻的防汛形势也牵动着省市领导的心，省国土厅党组成员、执法监察总队总队长万寿雄，省住建厅督查组，市政府副市长镇方松等领导专家，先后到通城各乡镇防汛险工险段，现场指导抗洪抢险救灾工作。

在县"四大家"领导干部的示范带动下，各乡镇党政一把手始终坚守一线，对防汛任务亲自办、工作亲自抓、关键时候亲自上，真正做到"一级带着一级干，一级干给一级看"。在关键时刻，领导干部树立了行动标杆，成为党员群众抗洪救灾的"主心骨"。

基层党组织筑起坚强堡垒

"气象监测部门、水利部门每两小时向县防汛办报告雨情、水情和水库溢洪情况；各相关部门防汛抢险应急队伍要在1小时内集结待命，同时准备2~3支预备队，90分钟内要将人员名单上报县防汛办，听从县防指统一指挥调度，一旦发生险情，确保及时快捷、灵活机动，调得出，打得赢。"7月4日0时，县委副书记、代县长刘明灯在县防汛办主持召开紧急会议，就做好当前防汛工作进行安排部署。

灾情就是命令，通城各级党组织和单位闻"汛"而动，以抗洪抢险实际行动践行"两学一做"——

县公安、交通、供水、供电等部门单位的党组织及时排除险情，尽快修复水毁设施，尽力维护群众的正常生活秩序；

县住建、水利、国土、农业等部门全力投入，由党组织负责人带队，及时深入灾区，察看灾情，落实救灾措施；

县民政局由班子成员带队组成多个工作组分赴受灾乡镇查灾核灾，积极准备赈灾物质；

县财政局统筹安排资金 2000 万元，用于应急抢险和水毁工程恢复；

······

县公安局全警动员，会同县人武部、消防、武警成立梯级应急抢险队伍，全力以赴打响抢险救灾突击战，先后出动警力 215 人次，成功解救被洪水围困群众 420 人次，处理险情 200 余起，为群众抢救财物价值数百万元，有力地维护了全县社会政治稳定，保障了受灾群众生命财产安全。

连日暴雨造成通城多处电力设施受损，4 条电路停运，90 个供电台区、8037 户用户停电，通城供电公司紧急启动抢修预案，要求员工以实际行动迎战暴风雨，把维护电网安全稳定运行作为当前压倒一切的首要任务，经过两天的连续作战，受损电力设施已全部恢复供电。

"一个党组织就是'一座堡垒'，而且是一座冲不垮的'堡垒'。"受灾群众纷纷称赞。

灾情发生后，通城县广大基层党组织自觉把抗洪抢险作为开展"两学一做"学习教育的生动实践，紧急动员、迅速行动，战斗在抗洪抢险第一线，在抗洪抢险的主阵地筑起了一道道洪水冲不垮的"钢铁长城"，全力保障了人民群众生命财产安全。

广大党员始终冲在一线

在汛情面前，通城县广大党员始终心系群众，不忘初心，战在险处，冲在一线，发扬无私奉献和连续作战精神，真正做到"关键时刻站得出来，危急关头豁得出去"。

防汛抢险期间，他们是防汛一线的"主心骨"和圩堤上的"排头兵"，队伍所至，党旗飘扬，生动地诠释了共产党员的先锋模范作用。

马港镇党委书记夏效禹，连续 5 天在镇里值守，没有回过一次家。为了及时掌握雨情汛情，他把自己的脸盆放在门口前方 5 米处，时刻关注着降雨量。在高峰村进行水库安全巡查时，他发现水滴垅泄洪道的拦网没有拆除，威胁水库安全，立即对该村干部和驻村干部进行严厉批评，要求立即拆除拦网，并紧急调集人力、物力进行紧急排险。

5天来，夏效禹没有睡过一个安稳觉，衣服有味顾不着换，一直坚守在一线指挥，"只要群众生命财产安全，不管做什么，都是应该的。"

7月3日晚上10点，大坪乡防指接到辉煌村电话，杨部中学前面一根主电线杆即将倒塌。接到灾情，乡纪委书记刘海军立即安排乡电站开展抢险，并赶赴现场共同作战。至次日凌晨5点，砖石混凝土加固电线杆底座全面完成，保证了沿线4所中小学、1.5万多人的正常用电。

"大家吃点儿亏，还有几户人没移出来，不知道现在情况咋样。"领头是四庄乡大溪村党支部书记金育斌，因连日大雨该村上游青草岭水库溢洪道出口出现滑坡，形成了堰塞湖，随着雨量的持续增大，溢洪道和堰塞湖极有可能出现溃口，居住在水库下游的19户40余人面临着巨大的生命威胁。从下午3点起，金育斌带着村组干部和部分党员分头行动，紧急疏散群众。顾不上被大雨淋湿的身体，顾不上饥肠辘辘，顾不上连夜防守水库的疲劳，大家打着手电筒，蹚着过膝的洪水，挨家挨户将群众转移到安全地方。

"刚接到气象预警讯息，今晚又要下暴雨，我得再去检查一下。"塘湖镇狼荷村党支部书记刘海平立即放下手中的碗筷，迅速换上雨衣胶鞋，拿着手电筒，快步消失在夜幕中……这些天，他经常冒着倾盆大雨，一遍又一遍巡察大塘水位，仔细察看民房、河堤、重点地质灾害防治点的险情，忙得连吃饭和休息都顾不上，始终战斗在防汛一线。

3日早晨6时30分左右，刘海平在菜下垅大塘例行巡查时发现该塘大坝滑坡30多米，随时会危及下游700多名群众及600多亩农田的安全。他一边向镇防指报告，一边与附近群众一起进行抢险排险，定桩、垒沙袋、降水位……经过一个多小时的奋战，险情终于得到了控制。

舍小家，顾大家。灾害来临时，党员干部是群众的贴心人。这些党员干部以实际行动，彰显了危难关头冲锋在前的党员本色，诠释了党和人民的血肉之情。

一名党员，一个标杆，一面旗帜。通城县广大党员干部用实际行动践行入党的誓词，履行人民的承诺，增添党旗光彩。

（原载《咸宁日报》2016年7月11日）

建好一个园区　　帮扶一方百姓

——探访通城首家精准扶贫产业园

　　一块块油茶梯地绕山转，一排排猪舍、鸡舍耸立绿树丛中……通城县马港镇程坳村精准扶贫产业园芳容初显。

　　一年来，该村整合资金和资源建设起鄂南首家精准扶贫产业园，该园以村油茶基地为依托，采取"村集体＋合作社＋农户"的经营方式先后办起了养猪场、养鸡场，开挖了鱼池，建起了大棚蔬菜、农家乐，引导和扶持村里农民发展特色农业，村民足不出村便能拥有入股分红和务工收益两份收入，为贫困户早日脱贫找到了路子。昨日，记者探访了扶贫产业园。

土地入股分红　　贫困户变股东

　　谷雨前后采茶忙。程坳村精准扶贫产业园油茶树下套种的茶叶吐着翠绿。7组村妇任菊荣头戴草帽、肩挎竹篮，采着嫩茶，还不时扯掉杂草。

　　"两茶基地管理得好，生长得快，产量也高，将来分红就能多一点儿。"既是基地员工又是基地股东的任菊荣自豪地说，"如今与以往给别人打工不同了。"

　　任菊荣责任感来自她是精准扶贫产业园主人之一。

　　年近六旬的任菊荣早年丈夫、儿子相继去世，留下11岁的孙子相依为命，家里没有劳动力，过日子靠低保。2012年，她以土地入股的形式将6亩土地流转给村里油茶专业合作社，建成油茶基地2200亩，收益按比例分成。

　　去年4月，村里创办精准扶贫产业园，依托油茶基地发展种养业、服务业，她随专业合作社转入扶贫产业园。

　　程坳村地处湘鄂边陲，是通城县一个山区村。全村480户1985人，精准识别贫困户103户284人。

　　前几年，村里大部分青壮年劳力外出务工，加之村里传统种养业小而散，土地产出效益低，导致大部分土地闲置，为实现2018年整体脱贫，去年上半年，村里整合土地资源，兴办精准扶贫产业园。

为此，他们进行了大胆尝试采取"村集体＋合作社＋农户"的经营方式，增加贫困户的收入渠道。一是贫困户以土地入股分红；二是对有一技之长的贫困户长期在园里打工；三是根据园区工作的需要，季节性打工，统一安排工作并根据做工的天数发工资。贫困户可在产业园选择 3 种工作：养殖、种植、餐饮。目前，现已安排 28 户贫困户入园就业，仅油茶种植有 20 户。

昨日，记者在产业园规划图上看到，产业园拥有面积 3000 亩，分为种植区、养殖区、生态农庄 3 个区域 8 个基地，种植区包括 2200 亩油茶基地、250 亩茶叶基地、70 亩苗圃、果树基地、20 亩蔬菜基地、养殖区 120 亩水产基地，4 个生猪养殖场，年出栏生猪 500 头，2 个林下养禽基地，年出栏鸡鸭 4000 只，内设生态农庄，提供餐饮、娱乐、垂钓、观光、采摘果实等服务。

记者沿着刚修好的水泥路，登上产业园的最顶峰，3 大区域 8 个基地尽收眼底，"种植区将四季开花，三季结果，荒山变绿了，给贫困户和村民带来了新的希望……"顺着村支书毛旺龙手指的方向，映入眼帘的是满山满坡的油茶。

2012 年，村里创建的油茶基地已发展到 2200 多亩，并成立油茶专业合作社，村里实行"合作社＋农户＋村集体"的经营模式进行管理，油茶丰收后的收益按合作社 70%、农户 25%、村集体 5% 的方式进行分配。

"油茶 5 年后，挂果受益，丰果期每亩年收益可达 4500 元。"毛支书满怀憧憬地说，"到时村里 68 户油茶入股户户均亩增收近千元，村集体经济的年收入有望达到 50 万元。"

去年 4 月，村里创办精准扶贫产业园，依托油茶基地发展种养业，产业园现安排 28 户贫困户就业，其中 12 户以土地入股的形式参与经营分红，其他贫困户以投劳形式，实现打工增收脱贫。

"土地入股种油茶，园内打零工，补贴家用，还可以分红……"程坳村 6 组毛书香边除草，边自我盘算着。

他今年 60 多岁，妻子失踪，年纪大找不到路子赚钱，靠亲戚接济过日子。产业园成立后，他将 10 亩油茶地入股分红，还在园内做小工，每天能赚 130 元，每年靠做零工增收 1 万多元。

"产业园建成后把集体土地、林地等资源整合，鼓励百姓通过土地入股等方式把过去的'死资源'变成'活资源'，贫困户摇身变成股东，村里还为一些无一技之长的贫困户提供打工平台，家门口找到赚钱的路子，何愁脱不了贫。"毛支书满面春风。

产业园打工　种田赚钱两不误

"进园打工养鸡，一日仅上 3 个小时的班，再不用出外打工了，更不荒家里的田，如今种田、赚钱两不误，还能照顾老婆，真是一举三得。"

1000 多只黑土鸡在油茶林中有的散着步、有的扑打着翅膀。林下养禽基地上毛怡旺吹着口哨，清扫着鸡舍，脸上堆满笑意。

今年 46 岁的毛怡旺，是程坳村 6 组的低保户，妻子常年患病需要照顾，一个上小学的孩子，一家人的生活重担全压在体弱多病的毛怡旺身上，日子过得很艰难。

产业园建成后，他进园养鸡，每个月有 1500 元的工资。他早上把鸡放出来喂食，晚上再把它们赶进鸡舍，其余时间，他去照顾妻子，耕种田地，可谓一举三得，一年下来，园内可出栏鸡鸭 4 万只，他本人增收近两万元。

"之前村里没有好的项目，没有靠谱的致富路，大部分青年都外出打工，家里剩下一些老弱病残者，也成了致贫的原因之一。"毛村支书介绍。

如今，毛怡旺只是产业园内以打工赚钱实现脱贫的一个典型例子，像他一样在园内工作的还有负责养猪的毛建楼等 4 户贫困户。

今年 53 岁的毛建楼，是程坳村 7 组村民，妻子早年因精神疾病离家出走，自己与 8 岁的女儿相依为命，自己身体羸弱干不了重活，每个月靠政府的低保过日子。

一排排整齐宽敞的猪舍内，毛建楼正在给猪下料，自从来到产业园负责养猪后，他每月收入 1800 多元，家里有了经济来源，毛建楼紧锁的眉头也舒展开来。

猪舍后有一个 100 立方米的沼气池，一根小管连万家，他们利用猪粪制沼气供农庄和周边 30 多户农户生活用，剩下的废渣、沼液作为果树的肥料。猪舍前还荡漾着 5 口新挖的鱼塘。

山上有摇钱树，山下有聚宝盆，林下捡金蛋，水里掏银，这是村里创办精准扶贫产业园的初衷。

村干部弯着指头算账，产业园年收益可达 200 万元，不仅壮大村级集体经济，提高服务村民的能力，还将辐射带动全村 200 多贫困人口脱贫。

（原载《咸宁日报》2016 年 4 月 18 日）

青山处处埋忠骨　　万里连亲万里青

——"八百壮士"后人通城探亲记

清明时节，雨纷纷。4 月 3~7 日，抗日民族英雄谢晋元将军的儿子谢继民、儿媳吴国翠同"八百壮士"万连卿后人等一行 10 人，专程从上海来到湖北省通城祭奠先烈，看望通城藉"八百壮士"遗孀。

今年 80 岁的谢继民从上海杨浦区人大常委会副主任退休后，一直在寻找父亲当年的部下及其后人。这次是他来通城的圆梦之旅，也是圆父亲的心愿。

辗转千里来通城寻根

4 日是清明节，在鄂、赣两省交界的通城县黄袍山上，张美云带着儿子张志华、女儿张敏华、儿媳和两岁多的小孙女，来到万连卿坟头。这是张美云第一次为父亲扫墓。

抗日民族英雄谢晋元将军的儿子谢继民、儿媳吴国翠，一同前来，也敬献了花圈。

张美云不满 3 岁就不见了父亲，得知父亲下落时，已是两鬓霜白的 67 岁老人。

张美云，现居上海。父亲是万连卿，上海四行仓库保卫战"八百壮士"之一，2001 年在塘湖镇望湖村侄女家离世。

1937 年 8 月 13 日，日寇侵入上海，淞沪会战爆发。当时，谢晋元率八百壮士坚守四行仓库，殊死作战，气吞山河。"八百壮士"同"狼牙山五壮士"一样，已家喻户晓。

谢继民今年 80 岁，仍在寻找父亲当年的部下及其后人。

同来的，还有"八百壮士"张青轩（山东籍）的儿子张建文、唐棣（湖南籍）的儿子唐仙多等。他们一行 10 人是 4 月 3 日从上海专程乘火车抵岳阳，于当日傍晚赶到通城的。

"前两天通城风大雨急，真巧，'八百壮士'后人远道而来，风停了！雨歇了！"多年研究"八百壮士"的通城县财政局干部李斌感慨地说。

踏着雨后泥泞的田埂，4日上午，一行人来到黄袍山上一座奇石嶙峋的山坡。在奇石环抱中，可见万连卿与父亲万顺富的合葬墓。

大家依次上前，献上手中的鲜花，向先烈深深鞠躬。张美云的女儿张敏华说："外公、太外公，你们真伟大！"

著名剧作家、曾出版《壮士无言》一书的沈虹光和丈夫一起，献上了鲜花。湖北科技学院历史系退休教授丁一、省政府文史馆相关负责人，还有自发前来的周边村民，都献上了鲜花。

鞭炮声此伏彼起，黄袍山上硝烟弥漫，这是乡亲们在欢迎张美云回家认亲，也是乡亲们在向先烈鸣礼。

壮士万连卿的传奇人生

李斌等人介绍，万连卿的一生，充满太多传奇。

万连卿本属烈士遗孤。1927年罗荣桓在通城发动鄂南暴动时，万连卿的父亲万顺富是县苏维埃政府主席，1935年被捕牺牲。当年15岁的万连卿，因年幼被县长保了下来，后送至通城保安大队。抗战爆发后，该大队开赴上海参战。

从四行仓库保卫战到撤退至租界内的"孤军营"，万连卿一直给谢晋元当勤务兵。"孤军营"被破后，万连卿等8人被日寇抓到南京做劳工，他们于1942年11月成功逃脱。几人辗转来到重庆，万连卿旋即被编入中国远征军，开赴滇缅国际战场。

日本投降后，万连卿在上海做铁路警长。解放后，万连卿只字不提自己是"八百壮士"，也没有声明自己是烈士遗孤，因历史原因被送到新疆劳动，直至1979年获得自由。

1979年，通城县黄袍公社（现塘湖镇）有人到新疆推销茶叶，意外邂逅万连卿。万连卿几十年来第一次听到乡音，老泪纵横。他在农场办理了迁移手续，于1983年回到老家通城。

2001年，万连卿在通城县望湖村外甥女家中，因病去世。

2009年清明，李斌和几个朋友筹钱将万顺富、万连卿的合葬墓修缮一新。墓碑上刻着："革命烈士万公顺富、八百壮士万公连卿"，旁边有对联云："土地革命创伟业，淞沪会战传英名！"

跨越 60 余年女儿找到了父亲

记者询问张美云："您怎么姓张，而不是姓万呢？"

这时，张建文介绍：张美云生于 1949 年，他一直以为张美云是他的亲姐姐。他父亲张青轩生前一直没有透露张美云的身世。直到 2005 年母亲离世前，才告诉他一个"秘密"：张美云的亲生父亲叫万连卿。

原来，张青轩与万连卿是四行仓库保卫战的战友。1942 年张青轩等人被日军押送南洋做苦力，受尽磨难，抗战胜利后被国际红十字会解救回上海。大约 1952 年，万连卿被送往新疆劳改，妻子离开了他，他只好把幼女托付给张青轩抚养。

就这样，张美云本人都不知道，自己是张青轩的养女。

11 年前，张美云才知道亲生父亲叫万连卿。可是，谁知道万连卿的下落呢？

近年，谢继民先生与通城几位"八百壮士"研究者一直保持着联系，得知八百壮士有不少人是通城籍，其中包括万连卿，万连卿已在通城离世。

去年 9 月，张建文在电视上看到谢继民，便找到谢继民，得知了万连卿的下落。

4 日，谢继民对记者说："我是看着张美云姐弟长大的，但我也是去年才知道，张美云应该姓'万'，她的父亲是万连卿！"

4 日祭祖后，李斌等人对张志华、张敏华兄妹说："你们的母亲年纪大了，不能经常来通城，但你们要常来，这里就是你们的老家，是你们的根！"

"我们会经常回家看看的，故乡山美、水美，人也心灵美。"张美云一家人忙着回答。

农家小院飘出八百壮士歌声

4 月 6 日，春雨绵绵。"八百壮士"谢晋元团长之子谢继明一行 10 人，来到通城县沙堆镇港背村，看望"八百壮士"中胡梦生的遗孀——尚凤英老太。

今年九十岁的老太，耳朵有点儿背，目光炯炯有神。当场，尚凤英的后人介绍，尚凤英老太原籍南京，后嫁给通城籍"八百壮士"中的胡梦生，已在通城住了半个多世纪，育有 5 男 5 女，四代同堂，子孙一百多人。

隔老远，谢继明就看见老人正坐在堂屋桌边盼着他们的到来，谢继民夫妻俩三步并作两步来到尚凤英老太跟前，握住老太婆的手激动地说："我代表我爸爸来看望你们了……"随即从口袋里掏出 6 张印有谢晋元当年照片的明信片，双手递给尚凤英老人，老太婆捧着谢团长年轻时的照片，用手指着谢团长的照片，口音颤颤地说："这是谢团长，这是谢团长……"随即，她唱起了《歌八百壮士》歌，"中国不会亡，中国不会亡；你看那民族英雄谢团长；中国不会亡，中国不会亡；你看那八百壮士孤军奋守东战场……"随行的人被当时的情境感染，跟着一起唱起来，歌声很嘹亮，在小院子里久久回荡。

唱着，唱着，在场的"八百壮士"后人眼泪模糊了双眼，仿佛回到淞沪会战硝烟中。

"八百壮士"胡梦生的奇遇姻缘

在场的"八百壮士"后人记得：1937 年 10 月，淞沪会战，硝烟弥漫了四天四夜。中国军队第 88 师 262 旅 524 团 1 营的"八百壮士"，实际人数只有 420 余人，其中有 200 余人来自通城，胡梦生便是其中之一。

他们在中校团副谢晋元的率领下，于 1937 年 10 月 26 日深夜进入四行仓库坚守。为掩护大部队撤离，"八百壮士"抱定为国捐躯的决心，以弹丸之地抗击日本侵略军，激战 4 昼夜，打退敌人十余次疯狂进攻，毙伤日军 200 余人，立下了不朽的战功。

会战过后，让谢晋元和壮士们万万没想到的是，投死报国的他们居然不能归队，还要向英租界交出武器，甚至被关进铁丝网圈着的"顾军营"。

"壮士团体"最后被强行解散，有的押到安徽运煤，有的关进南京监狱，而会理发的胡梦生被押在南京老虎桥日本人的战俘营里，每月他都有几次外出给其他人理发的机会。

在一次偶然的机会中，胡梦生向素不相识的尚凤英的父亲求援，说他是上海四行仓库保卫战的抗日战俘，期望尚的父亲将他救出战俘营，他们还做了周密的计划。胡梦生在一次外出给人理发时借机逃到了尚家。

为躲过日军的搜查，尚凤英的父亲让胡梦生冒名充当了尚家的女婿——没想到这竟促成了一段真姻缘。"虽说胡比我整整大出十岁，但父亲后来还是把我嫁给了这个'冒牌女婿'。"

胡梦生曾告诉尚凤英，他和战友撤出上海四行仓库到英国租界时，日军在马路上架了机枪疯狂扫射。当时只要机枪扫射声一停，他们就设法冲过马路，可是撤离过程中还是有几名通城籍士兵当场阵亡。

最后他们跑到了南京，日军不停地询问他们是否投降，始终回答不投降的胡梦生被日军用枪托磕掉了两颗门牙。

再后来，胡梦生还是带着尚凤英辗转回到了他的故乡——通城，1974年，家乡兴修水利，胡梦生想好好表现，不辞辛苦，干最重的活，那一年因劳累过度，胡梦生离开了人世。

尚凤英和谢团长之子谢继民第二次握手

歌唱毕，尚凤英老太紧紧握着谢继民的手不放，还不时伸出大拇指一个劲儿地夸赞，谢团长，不错，谢团长，不错……这是尚凤英和谢晋元团长之子谢继民第二次握手。

第一次握手是，2015年8月13日，四行仓库抗战纪念馆开馆。

当日上午10时30分，上海市举行四行仓库抗战纪念馆开馆仪式。中共中央政治局委员、上海市委书记韩正，谢晋元之子谢继民、"八百壮士"中通城籍战士胡梦生遗孀尚凤英及一名少先队员共同为纪念馆揭馆。

年近九旬的尚凤英是"八百壮士"中唯一健在的遗孀。此次应上海市闸北区委、区政府邀请参加开馆仪式。

四行仓库抗战纪念馆位于四行仓库一至三楼的西侧局部，占地1300平方米，总建筑面积3800平方米，设有序厅、血鏖淞沪、坚守四行、孤军抗争、英名永存、尾厅共6部分40个板块，以浮雕、雕塑、油画、文物原件或复制件等形式，再现当年战斗场景，还原谢晋元和"八百壮士"的战斗史实。

尚凤英老人在随行人员的搀扶下，驻足通城展橱前迟迟不肯离开。她抚摩着胡梦生遗留下来的物件泣不成声："老头子，你又同谢团长见面了……"

清明节期间，一直陪同的通城县退休老干部吴政文说："没有丁教授的发现，就没有通城八百壮士的今天，更没有今天的第二次握手。"

2015年年初，咸宁师范专科学校已经退休，年逾八旬的丁一教授听说，上海四行仓库抗战纪念馆筹建人员在湖北征集相关文物、实物时后，无偿捐赠了他毕生研究湖北籍"八百壮士"的全部相关资料、实物和照片，共计7

个档案盒。

1991 年 7 月，丁一带着咸宁师专历史系的青年教师定光平和七八个历史系的学生，来到通城当地走访考察。丁一与当时仍在世的几位"八百壮士"——万连卿、卢鸿信、周福其等人，以及多名"八百壮士"遗属和知情人座谈，同时还收集了一批与"八百壮士"有关的文物资料。随后，丁一还到武汉、上海、南京等地的档案部门翻查史料，进一步考证"八百壮士"的由来、人数及其相关活动。

据考证，320 人的八百壮士名单里，湖北籍 147 人，其中通城籍占 76%。

这次"八百壮士"后人专程从上海来通城"认亲访友"，丁一教授也被邀请到通城参加活动，他同尚凤英老太合影时感慨万千："今天重游八百壮士之乡，又看到了尚老太，重温四行仓库抗战史，受益匪浅，我研究湖北籍'八百壮士'几十年，最打动我的就是英雄们为国奉献、为人民不怕牺牲的精神气概，这种精神应该永远发扬光大！"

临走，谢继民先生在父亲的明信片上题了：祝尚凤英老太身体健康！几个字。并叮嘱其后人好好照顾老人。祝愿老太长命百岁！

尚凤英老太将题名的谢团长的明信片全放在自己荷包里，用手小心翼翼地压着，生怕掉了。

"5 天通城之行，我饱赏通城醉人的山水，耳濡目染八百壮士鲜为人知的故事，通城不仅人杰地灵，还出了许多民族英雄，抗日壮士，还是一片红色土地，我们会珍惜这次难忘之旅。"谢继民一行 7 日离开通城时说："青山处处埋忠骨，万里连亲万里青，八百壮士之乡果名不虚传。"

（原载《湖北日报》、《楚天都市报》2016 年 4 月 5 日）

壮士无言　传奇有声

《湖北日报》4 月 5 日 4 版《跨越 60 余年的"认亲"》一文，报道"八百壮士"后人一行 10 人，于清明节专程从上海到湖北通城祭奠先烈。

读此文，让我对上海四行仓库保卫战"八百壮士"有了更多了解，也让我认识到，新闻作品不是易碎品，而具有史料价值。报道从壮士后人辗转千里寻根着笔，写壮士万连卿的传奇人生，写壮士后人的人生经历，以历史事件和现实人物为载体，在历史和现实之间架起一座桥。这篇报道也可视为《八百壮士，多是湖北兵》（《湖北日报》2015年5月17日9版）的后续报道。

　　《湖北日报》这两篇相隔近一年的新闻报道，将教科书上的"八百壮士"具化为一个个鲜活的生命。60余年，壮士虽无言，但壮士的传奇不会被历史湮没。

　　　　　　　　　　　　　　　　　襄阳读者　龚　杰

望湖无处不春风

——通城县望湖村产业富民强村观察

　　"山绿了，水清了，路宽了，房子漂亮了，旅游的人也多了。"昨日，通城县塘湖镇望湖村支书夏扬九看见前来赏樱花的游客笑着说："近几年，在市政法委等部门的帮扶下，我们努力改善基础条件，鼓励村民坡上养牛羊、荒山栽油茶，在'一红一绿'旅游产业带动下，望湖村逐渐走上了一条产业富民强村之路……"

挖掘自然资源优势　科学制定发展规划

　　塘湖镇望湖村地处湘、鄂、赣三省交界的黄袍山上，是个边缘山区村、革命老区村，境内有华罗寨、万亩野生樱桃、南方红豆杉、高山水库、大泉洞、红军洞遗址等景观。由于地理位置偏僻、基础条件较差，该村贫困程度较深，2013年被市委、市政府列为"1331"工程帮扶村。

　　如何带领山里的群众如期脱贫？市、县工作队、镇村干部和村民有着一致的共识：深入推进产业扶贫。

　　该村从优势资源入手，制定了短期和中长期产业发展规划。短期产业规划主要是鼓励农户发展以养猪、养鸡为主的生态养殖和种植无公害高山蔬菜，中长期产业扶贫主要是以规模化养羊、养牛、种植油茶和乡村旅游为主，发展现代农业和服务业，弥补传统农业的短板。

大力完善基础设施　　培育富民强村沃土

"感谢村里帮我们改善了生产、生活条件，现在每年的樱桃采摘节、帐篷节都有大量游客来这里，我们的农家乐供不应求。"忙着招呼游客的4组村民丁步奇说。

2014年，该村筹资160多万元，将大塅至大盘山3.8公里山路进行拓宽硬化，不仅实现了大盘山的旅游资源与幕阜山旅游公路的有效对接，还结束了大盘山26户130多名村民肩挑背驮的历史。

去年，借助"村村绿"、"村村洁"政策机遇，该村动员干部群众对公路、房前屋后进行绿化，美化村容村貌。还建立了环境卫生保洁长效机制。2015年该村成功申报了省级生态村庄。

该村还绿化美化了革命烈士陵园，整修了大盘山民间登山古道，大规模种植樱花、果树，开辟旅游新亮点。随着户外骑行、田园旅游、生态旅游的流行，望湖独特的旅游资源成为产业扶贫的新生动力。如今，每年到该村的旅游人数已经突破1万人次，为村民带来50多万元的经济收益。

发展生态种植养殖　　传统农业获"新生"

过去，种菜、养家禽是农民的"日功夫"，现在，望湖村三组村民黄龙严把"日功夫"做成了发家致富的事业。他利用自留山放养140多只山羊、400只土鸡和6头牛，养出来的牲畜自然绿色生态又美味，收益自然高。

2015年，市、县、镇扶贫工作队入户走访调查后发现，跟黄龙严一样的养殖户有10多户，他们都建议村里要多鼓励村民搞生态养殖，扩大种、养规模，培育龙头产业。如今，该村已建设圈养基地1个，养殖牛、羊500头，发展合作社成员20人，带动12户贫困户脱贫致富。

今年，该村还计划利用当地的高山水库、富硒黑土等资源，把高山蔬菜种植和扶贫开发结合起来，探索农民脱贫增收新路径。目前该村已经联系上了广州华润万家和北京的卖家，市场前景十分可观。

创新产业发展模式　　提升产业带动效应

"种下一棵棵油茶树，相当于种下了脱贫的希望。"油茶产业是望湖村产业扶贫的一个缩影。

2013 年，该村成功引进湖北鑫尔绿色食品有限公司，采取"公司＋基地＋合作社＋农户"的模式，开发油茶基地 2000 多亩，每年可产油茶果 6 万多斤，农户不仅可以得土地流转租金，还可以到基地打零工赚钱。

今年 2 月，全国第五个生命农业体验基地正式落户湖北鑫尔绿色食品有限公司。该公司董事长刘勇表示，将进一步扩大基地规模，带动更多农户种植油茶，解决贫困户劳动力就业问题，并利用油茶优势产业和独特的旅游、绿色生态资源，打造生命农业体验基地，推出了富硒产品，发展观光休闲农业产业。

家住望湖村 4 组的黄中卫，丈夫为退伍军人，属于一级残疾，儿媳为独生子女户，家庭负担十分重。2013 年，她利用农闲时间帮刘勇的油茶基地采摘油茶，每年可以额外增加 5000 多元的收入。近年来，一批像黄中卫这样的贫困户，依靠种植油茶和从事油茶基地劳动带来的经济效益，摘掉了贫困的帽子。

去年，全村有 108 户贫困户在生态种植养殖业和旅游产业的带动下实现稳定脱贫。

"过去我们守着绿水青山，却看不见金山银山。如今，我们要守望相助，既要绿水青山，也会有金山银山。"塘湖镇党委书记吴彤说，"随着精准扶贫的工作的深入推进，我们将抢抓幕阜山片区扶贫开发的机遇，落实产业扶贫政策，让贫困户精准脱贫。"

（原载《咸宁日报》2016 年 3 月 21 日）

隽水河畔党徽闪光

——通城县"主题党日＋"活动掠影

连日来，通城县机关党员民情大走访、扶贫济困；乡村党员开荒种树、绿满乡村；学校党员教学大比武、交流经验；社区党员清洁街道、美化家园……全县上下到处闪耀着党徽的熠熠光辉，处处都是党员学习、走访、劳动的身影，"主题党日＋"活动丰富多彩。

活动当天，通城县1.8万名共产党员不仅缴纳了党费，集中学习了党的章程，重温了党的誓词，还举办了丰富多彩的党员志愿活动，进一步丰富了全县"主题党日＋"活动的内涵。

"主题党日＋四百工程"　争做优秀党员

"党的基层组织是党在社会基层组织中的战斗堡垒，是党的全部工作和战斗力的基础。"3日，在党支部副书记皮强勇的率领下，隽水镇油坊村全体党员诵读了《党章》第五章和第六章，在全县率先启动了"主题党日＋四百工程"活动。

一枚枚闪亮鲜红的党徽，一声声铿锵有力的誓言，字字掷地有声，句句慷慨激昂。会上，133名与会党员相互投票，评选村里的五星级党员。

"我入党已有66年，今天早上七点就赶过来了，感觉这次活动又回到了人民公社时期人人爱党、民主正气的氛围。"92岁的老党员付清龙感慨地说道。

在隽水寄宿中学，"如何当好班主任，怎么管好班级"，成为学习《党章》之后，大家争相讨论的话题。党员教师刘月圆和吴续以亲身的经历，拳拳的爱心，独到的做法，介绍了班级管理的心得体会。与会同志各抒己见，取长补短，现场气氛热烈。其后，该校掀起了争当优秀班主任的热潮，各位教师纷纷表示，要把党的教育方针贯彻到教育教学工作中去，严格自律，恪尽职守，争办人民满意的教育。

"我们组织'主题党日＋'活动就是为了解决共产党员的信仰问题，让全县广大党员还能记起党的组织，记起自己是一个共产党员，进一步地强化党的宗旨，强化共产党人的理想信念。"县委常委、组织部长廖朝晖说。

为全面深化"主题党日＋"活动的内涵，为即将开展的"两学一做"活动打牢基础，通城在全县组织开展"主题党日＋四百工程"活动，即百名书记讲党课、百名干部讲业务、百名党员讲奉献、百名群众讲党恩，进一步加强了党员党性教育，提高了党员干部业务能力，强化了党员服务意识，全县党群、干群关系进一步密切了。

"主题党日＋村村绿"　绿满隽秀大地

"发展村集体经济一直是摆在我们全村党员干部面前的一大难题，发挥生态环境优势，大力发展生态农业才是我们的出路。"3月7日，马港镇程坳村支部书记毛旺龙在"主题党日＋"活动集中学习《党章》时动员说。

为此，该村抓住扶贫开发整村推进的机遇，以精准扶贫产业园建设为突破口，以"主题党日＋义务植树"活动为载体，组织全体党员干部开展植树活动，建设生态基地800多亩，集养鱼、养鸡、种树、种菜于一体，年产值近700万元。

在银山脚下，来自锡山村的党员群众已经筹划好，将200多亩被火烧过的山林改造成油茶基地，不仅让银山披上绿衣，还为村级发展增添生机。

在隽水河畔，隽水镇机关党支部83名党员组织开展"主题党日＋绿满隽水"植树活动。全体党员纷纷在"绿满隽水，从我做起"的横幅上签上了自己的名字，现场栽种油茶苗1000多株。

在大坪乡省级自然保护区药姑山下，来自全县各地近千名党员干部，佩戴党员徽章，挥锄舞锹种植油茶。来自本土的农产品龙头企业黄袍山绿色产品有限公司、新三汇绿色农产品专业合作社牵头兴林林业强强联合，共同打造万亩生态油茶基地，为药姑山生态旅游新添一条绿色长廊。

"我们要借助'主题党日'＋活动的东风，宣传发动全县党员干部积极投身植树造林活动，着力培育大坪药姑山万亩油茶基地带和关刀高冲—麦市井堂万亩油茶基地，力争全年新栽油茶3万亩。"该县农办负责人介绍。

"主题党日＋村村洁"　建设生态家园

3月7日下午，隽水镇银城社区，60名党员开展了"主题党日＋清洁家园"活动。在社区门口，全体党员纷纷在"清洁家园，从我做起"的横幅上签上了自己的名字，然后纷纷走到周边街道开展清洁大扫除。党员们手持铁锹、扫帚、水桶、清洁布、垃圾桶等工具重装上阵，胸前的党徽在阳光照耀下闪闪发亮。半天下来，清扫街道达5公里，社区卫生面貌焕然一新，群众反响良好。

五里镇尖山村，县委组织部驻尖山村工作组印发500份《给全体村民的一封信》，宣传发动全村党员群众开展清洁家园，建设美丽乡村活动。集中学习之后，村"两委"干部率全体与会党员率先将106国道旁边的垃圾池、垃圾桶进行集中清理，整治脏、乱、差，共计清理垃圾两吨多。

"我们率先启动对106国道旁边的住户实施门前'三包'，确保责任落实到人，努力创建示范街区，以示范引领带动全村文明卫生意识大转变、环境整治大变样。"尖山村支部书记黎时富介绍说。

感到明显变化的，还有石南镇花亭村2组的村民胡小爱："自村委会加大力度整治村湾环境以来，村里私自焚烧垃圾的现象不见了，我们的生活环境也得到了明显改善。"

为改变村容村貌，花亭村除了加大宣传力度，增强当地居民环保意识外，还转变垃圾处理方法，以托运至市里进行集中处理的方式代替私自焚烧，保护了当地大气环境。结合"村村洁"活动，该村今年还新增了50个垃圾桶，新建了26个垃圾池，并在村级公路两旁见缝插绿，全面提升了村容村貌。

据悉，该县已有60个行政村实现了垃圾无公害处理。

"主题党日＋扶贫帮困" 脱贫不落一人

8日，通城县麦市镇七里村72岁的老党员郑林清家里来了一群"不速之客"。他们一进门就和水糊泥，粘贴瓷砖。这群人是湖北杭瑞陶瓷公司的员工，领头的是党建指导员李晃，在他的指挥下，大家分工有序，忙得热火朝天。

郑林清是杭瑞陶瓷对口帮扶的老党员、老支书，夫妻两个体弱多病，艰难度日。去年11月，得知老支书正在建新房，公司送去了254平方米、价值1.3万元的地板瓷砖。4个月过后，老支书房子建得怎样，瓷砖铺上没有，这一直挂在公司党支部一班人的心头。

当日下午，在组织企业党员学完《党章》之后，李晃特地带人赶到村里回访。"去年来，我们公司为25户困难党员建房帮扶瓷砖4800平方米，此次回访主要是确保所有瓷砖全面铺装到位，帮助困难党员早日入住新房。"李晃说。

"党始终是没有忘记我们这些困难老党员。"受到慰问的五里汉上村老妇女主任刘幼凤感动地流下热泪。3月8～9日，通城县委组织部组织开展"主题党日＋帮扶慰问"活动，部机关干部22人，分11个小组分别走访慰问了全县11个乡镇的64名特困老党员、老干部，发放慰问金7.76万元。

县民政局将党员教育与实际工作紧密结合起来，组织开展"主题党日＋民情大走访"活动。该局和残联组成6个工作组，走访全县城乡低保、五保户、重点优抚对象、残疾人等各类服务对象近3万户，将各项惠民政策送到田间地头，同时采取网上平台比对和入户核查相结合的方式核查了低保、五保信息7998条，将党性教育的成果转化为推动民政工作的强大力量。

（原载《咸宁日报》2016年3月14日）

水库安澜保民生

——通城县中小型水库除险加固工程纪实

冬月朔风飒飒，施工现场如火如荼。地处湘、鄂、赣三省交界的通城县，抢抓省实施病险水库除险加固机遇，不断加快水利兴修步伐，让崇山峻岭间的73座病险水库如蒙尘"明珠"重放异彩。

未雨绸缪除病险

小水库，大民生。通城县中小型水库共有73座，其中中型水库6座、小（Ⅰ）型水库15座、小（Ⅱ）型水库52座。这些水库全部始建于20世纪六七十年代，大都是土坝埂，坝身矮小，年久失修，蓄水能力差。

"寺全水库，两山夹一凹，中间筑黄土成坝，居高临下，实际上在我们认为，水库就是顶在头上的'水炸弹'。"寺全村村民李四周告诉笔者。"每到汛期，只要一下大雨，大家都提心吊胆，彻夜巡查。2011年6月10日大雨夜，村干部带着我们冒雨连夜转移的事，至今大家说起来都后怕。"

"头顶'水炸弹'"，是威胁，也是责任。根除"心腹之患"，除险加固是治本之策。

通城县把该项工程当作民生工程来抓，成立了全县水库除险加固指挥部，县水利局相应成立了项目法人机构，任命了法人代表、技术负责人，把民生工程建成放心工程。

建设寺泉水库泄洪道时，由于施工失误，水泥砂石比重抽检时不达标，已浇灌的100多立方米混凝土被责令全部返工。

"水库除险加固后，现在即使有大暴雨的晚上，我们再不用担心了，可以安稳睡大觉了，再不用求寺庙保安全了。"李四周激动地说，村民为感谢水利部门干脆将"寺全"库名改成"治全"。

如今，走在治全水库宽阔的坝上公路，看朔风吹起的波浪一次次荡漾在防浪水泥墙上，一排清水从雄伟的泄洪道口缓缓流出，想象不出"汛期有水不能蓄，汛后又无水可储"的情况。

"我们分五批共完成 73 座病险水库除险加固，第一批 6 座中型水库，第二批 15 座小（Ⅰ）型水库，第三批 26 座重点小（Ⅱ）型水库已于 2013 年 12 月份通过市局组织的竣工验收，第四批 9 座一般小（Ⅱ）型水库于去年 10 月底通过市水务局组织的竣工验收，第五批 17 座小型水库目前已全面完工。全面完成'十二五'规划内的 73 座水库除险加固。"县水利局分管项目的副局长胡金陵介绍。

固若金汤抓质量

一座雄伟的圆弧大坝连着相对而出的两山，屹立于深涧之中。倒映着尽染层林的清水，任凭朔风飒飒也只微波粼粼。马井水库的风景令人惊叹。

马井水库是小（Ⅰ）型水库，库容 400 多万立方米，由于大坝散浸渗漏，2009 年纳入了一般病除水库行列。2010 年 6 月 10 日的一场大暴雨，改变了除险加固的规格。

"那场暴雨造成的泥石流，把水库坝下用作指挥部的一栋房全部摧毁，屋内所有的物件全部被冲走。水库外侧坝体垮塌 1 万多立方米。此事让领导震惊，省、市专家多次亲临现场勘察，重新规划，修改原定方案。"县水利局项目专班负责人黄金刚说。

马井水库由于地势原因，除险加固使用不了大型机械，施工有三难。首先是拆除难。按施工方案要先拆除 4000 多立方米的混凝土，工人们腰系安全带悬在半空，只能用风镐机一块块剥离混凝土，一个工人一天下来钻掉的混凝土还不到 1 立方米。其次是装模难。马井水库大坝高 50 多米，原泄洪口的外沿是平着坝体的。根据专家最新设计，泄洪口外沿要比坝体向外悬空突出近 4 米。如何装模成了大家颇伤脑筋的事。第三是浇灌难。上万立方米混凝土不能用大型机械，只能靠工人肩挑背驮。

为保障工程质量，通城县建立病险水库除险加固领导责任制，对每个水库落实领导责任人，并层层签订责任状。推行"一库一策"机制，逐座水库落实一个项目法人、一支有资质的施工队伍和监理单位、一个技术指导组、一套工作方案，实行挂图作业，控制时间节点，确保建设进度。

同时，该县还采取从施工单位、监理单位和第三方三个角度进行质量控制，这样立体式的监管给水库除险加固工程的质量上了"三重保险"。

"这座水库除险加固，前后算起来耗时 3 年。为保障工人安全，除身系安全带外，在大坝两边各架起两道安全网。由于劳动强度大，工人们抢晴天

4 小时轮流换一次班，所用的工人全部挑选身强力壮的。每天施工现场多则四五十人，少则二十多人。整个工程下来，用坏风镐机 80 多把，钻毁钢钎 500 多根，光风镐所用的电就花费 4 万多元，磨损带胶的手套不计其数。"县水利局水电工程公司项目经理黎伟华介绍。

惠及民生换新颜

不仅要建好保护好水库，更要用好盘活水资源。县水利局局长黄首秋介绍，全县除险加固后的水库，年增加蓄水 1850 多万立方米，扩大灌溉面积 8 万多亩，解决了 10 多万人的饮水问题，增加发电收入 800 多万元，增加养殖收入 500 多万元。

隽水镇栈石水库除险加固后，在大坝外坡种满人工绿草，防浪坡侧建起一道景观栏杆。栈石水库由多条叉垅组成，四周突兀的山石和翠绿的枝叶倒映在微波荡漾的清水中。远处峰峦起伏、烟雾迷蒙。

该县因地制宜，将各个水库改造成绿色生态养殖基地、旅游休闲度假胜地，及绕水库四周山地建油茶基地，逐渐将这些悬在百姓头上的"水炸弹"变成发家致富的"聚宝盆"。

"我们栈石水库大堤一年四季成了拍婚纱照的胜地。"家住水库边的桃源村村民自豪地说。

优良的水质和山区特有的气候，还将水库变成了淡水养殖的天然良所，肉嫩味鲜的水库鱼虾也成了县城市民餐桌上的首选菜肴。

"我们栈石水库的鱼，不投放颗粒饲料，纯天然放养。顾客只要听说是我们养的鱼，都纷纷抢购。"该水库养殖承包户高兴地说。

病险水库除险加固，清除的是病险，加固的是安全，保护的是生命，留下的是资源。从 2009 年开始至今，通城县水利局对病险水库全部进行了除险加固，率先在全市完成"十二五"规划内水库除险加固任务，2012 年、2013 年两年在市水库除险加固检查评比中均获第一名，2014 年被省水利厅评为"水库除险加固先进单位"。

放眼通城大地，治水工程遍布，库区面貌焕然一新，揭开了人水和谐的新篇章。

（原载《咸宁日报》2015 年 12 月 28 日）

小农水润泽大民生

——通城县实施"小农水"项目建设纪事

"水袋子"变身示范基地

"农场那片河滩地，过去是'水袋子'，如今排灌渠道修通了，荒滩、荒水变成了'聚宝盆'！"关刀农场场长彭国文喜悦之情溢于言表。

关刀农场是通城县今年"小农水"重点项目建设区之一，1000多亩田地，处于关刀、里港两河交界的地方，地势较低，以前每逢下雨田地遭殃，冲坏庄稼，颗粒无收。全场百余农户，332名职工靠种田为生，庄稼收成只能看天。六七十年代修建的泵站干旱时起不了作用。

今秋，小农水项目开展之后，投资20多万元修建了泵站，干旱时可以满足水田的灌溉，1公里长的排灌渠道三面硬化了，起到防汛抗旱双重作用，投资15万元拓宽田间机耕道路1米多，方便农用车进出耕作。

"灌溉农田的水渠疏通了，用三面混凝土硬化，保证了田间作物的用水，也能及时排洪。如今，田成块，渠成线，路路通。"忙碌在施工现场的关刀水利站长黎小年介绍，农场改造后，成为省水稻品种示范基地。

通城县是水利大县，两万多口水塘、四大灌区主渠道和很多小水圳、田间渠道等小农水设施普遍存在超期服役、老化失修、效率低下等问题。2014年，该县抓住成功入围中央财政第六批小农水重点县的机遇，计划从2014年起连续实施三年，每年总投资2440万元，其中中央投资1200万元，省级投资800万元，县级配套200万元，农民自筹240万元，覆盖范围为该县塘湖镇、关刀镇、麦市镇共23个行政村。

通过小农水综合项目投资引导，该县采取"以奖代补，先建后补，民办公助"等方式，充分发挥财政项目资金"四两拨千斤"的作用，激发全民投资热情。同时积极整合部门涉水资金，为"小农水"项目建设注入活力。

按照计划今年是第二年，"小农水"项目建设如火如荼在关刀镇里港、新建、八仙等 8 个村展开。

注入一股水，引来万股流。今年来，通城小农水重点建设工程总投资 2444 万元，有力地推进小农水建设进程。

"旱包子"成为可靠粮仓

"原先打七八口井方便农民抽水灌溉，如今条条水渠通田间，再也不为灌溉发愁了……"昨日，关刀镇里港村书记郑祥站在新修水渠前高兴地说。

关刀镇里港村也是小农水建设项目区，全村 3272 人，3000 多亩田地都是由河道填改而成，田间水渗透特别厉害，容易缺水干旱，灌溉和排水都不行，一晴作物枯，一雨田地淹，有的百姓们只好改成菜地用来种蔬菜，有的田间长了杂草，成了树林。

郑家畈 400 多亩田远离主干渠，经常处于远水救不了近渴的状态。"小农水"项目进村后，仅郑家畈组修建了 1 座堰、2 个泵站、3000 米灌溉渠道。整个里港村总投资 300 多万，修建了 4 个泵站、8 口水塘，兴修渠道 1.5 万米。

施工期间，当地群众踊跃参加，纷纷出劳出力，全力支持建设，凡是水渠挖到的地方有菜地，老百姓都会主动让道小农水建设，自发地把菜地整好，方便施工。

修整后，以前田间的泥泞小路变成了乡村大道，百姓们可种植早晚两季水稻，人均增收近 200 元。

改良后的农田，土地肥沃，便于机械操作，老百姓们种植积极性高，村里两户种粮大户一口气再次流转 200 亩农田种植水稻，还吸引阳新、安徽等地种植能手上门洽谈，流转土地搞特色种养。

通城在推进小农水项目建设进程中，制定了小型农田水利工程建设质量管理办法，从项目规划、设计、工程队伍选择、工程实施和验收等全方位坚持打好"质量牌"，倾力打造"精品工程"、"阳光工程"。

工程建得好不好，农民最有发言权。通城县在小农水建设过程中，配合专业监理队伍，推行农民义务监督员制度。他们在每个项目村或灌区分别推选 1~3 名责任心强、思想觉悟高、群众威信高、热心公益事业的村民作为义务监督员，无偿对工程质量及合理性实施监督，确保工程建设质量、进度和施工安全。农民义务监督员被赋予否决权，对质量不合格的工程监督员可以叫停。在他们的配合监督下，小农水建设项目质检全部达标。

告别"望天收"奔富路

"每亩田都有两个口，一个进水口、一个出水口，6000 多米的田间渠道灌溉面积达 2100 多亩，乡亲们再也不愁干旱无收了。"关刀镇八仙村杜支书指着一条条纵横交错的水渠说。

八仙村有居民 2000 多人，由于远离河流和干渠，2800 多亩农田灌溉全部靠抽水和下雨，是名副其实的水利死角和"望天收"。

特别是八仙村 2 组彭家塘，平时供着 300 多百姓生产、生活用水，明清时期的古屋曾经着火，只能眼睁睁地看着干跺脚。在这次项目驱动下，投资 8 万多元将原先废弃的水塘进行了改造，固化塘堤，设置立方道，增加蓄水量。以"长藤结瓜"的模式将云阁干渠的水引到水塘，再把水塘的水引到支渠，一下子扩大灌溉面积 200 多亩。"从前老百姓用水困难，如今水塘在门口，生活用水不用愁，灌溉农田更方便，还可以用来养殖，一水三得。"70 多岁的老党员涂旭刚拍手称快。

老百姓们从原来的一季半收变为现在的两季丰收，得益于"小农水"建设，更离不开八仙村干部们的努力，村子里一共 10 个组，5 个村干部每人负责两个组施工，经常饭到嘴边又因为施工建设上的事不得不放下筷子，第一时间赶到现场处理问题。

建设小农水，润泽大产业。该县还把农田水利建设与产业开发结合起来，将范围扩展到林业用水和养殖用水中，把小农水建成滋润农民心田的"润田"工程。八仙村九组的村民付绍平在深圳打工 15 年，多年想回家利用家乡水塘搞养殖，因缺水一直没实现。这次县里实施了小农水项目，给村里引来了长流水，也给村民引来了致富源。他怀揣 10 多万元，承包了 3 口塘库发展养鱼。

今年来，通城小农水重点建设，共整治水塘 56 座，拆除重建 20 座灌溉泵站，装机 20 台，整修拦水堰 18 座，疏挖排水沟 4 条 8.3 千米，有效改善 2.1 万亩耕地的农业生产条件，新增灌溉面积 1.6 万亩，年新增供水能力 188.16 万立方米，新增节水能力 256 万立方米，受益人口达两万多人。

（原载《咸宁日报》2015 年 12 月 14 日）

山乡绽放文明花

——通城县"一五一十"工程建设巡礼

　　一个个新建的文化广场活跃着村民欢快的身影，一支支文体队伍唱红村组、社区，一组组文化墙张贴着十星级文明户的笑靥……

　　寒冬季节，记者在通城乡村、社区采访，感受到"一五一十"工程建设的火热场景。

文化广场搭建大舞台

　　入夜，华灯初上。隽水镇油坊村文化广场人头攒动，有的跳广场舞，有的唱花鼓戏，还有的打太极拳……2组老党员张规乐边哼唱边拍手叫好："村里有了文化广场，大伙有了找乐子的好去处，过上'神仙日子'了。"

　　与张规乐同"乐"的，还有全县 167 个村（社区）的 30 多万村民群众。他们能过上"神仙日子"，全得力于"一五一十"工程。

　　去年以来，通城县委、县政府按照"政府搭台，部门组织，社会参与"的原则，整合各方力量，全力推进"一五一十"工程。县委书记、县长亲自挂帅，四大家领导全体上阵，一个村一名领导包保，一个专班入驻，一笔专项资金保障，实施一批示范工程。各乡镇党委书记结对包保，自筹财务物力，高标准、高质量抓好一个村的工程建设。宣传部门挖掘瑶族、佛教黄龙宗等地域特色文化，传承拍打舞、提琴戏、花鼓戏、赛公锣鼓等民俗精品，给"一五一十"工程注入"通城元素"。

　　目前，全县有 167 个村（社区）完成"一五一十"工程建设，覆盖率达90%，其中有 124 个村（社区）新建了"1000 平方米以上、水泥硬化"村级文化广场。每个村建有文体活动场所，配备音响、照明、篮球架、乒乓球桌和健身器材，设立文化宣传墙、农家书屋、电子阅览室、广播室等设施，村民足不出村可享受文化大餐。

文化活动引领新风尚

唢呐吹红村民好日子，拍打舞跳出山村新生活。

每天，大坪乡栗坪村瑶文化广场上，20 名身着艳丽瑶民服装的村民欢快地跳着拍打舞，七乡八里的"乡亲啦啦队"轮番助阵，还吸引了邻省邻县的游客前来观摩，形成一股"最炫乡村文化风"。

"有了文化广场，还得组建一支文体队伍，发展一批文化中心户，这样'一五一十'工程才能在乡村社区落地生根，开花结果。"县委常委、宣传部长吴自强告诉记者。

去年以来，通城注重建立文艺人才培养机制，培育民间文化带头人和文艺骨干，引导退休教师、志愿服务者、农村党员、退伍军人积极参与"一五一十"工程。

"从前，村里的文化生活单调，群众吃了饭，就聚在一起打牌买码，如今村里组建了一支文体队伍，大家聚在一起唱唱跳跳，既锻炼了身体又增进了感情……"北港镇方段村原村支书胡圣龙退休后，组建太极拳队。目前，仅该镇就有 3 支民间文艺队伍，吸引了 200 多名农民加入。

"以前，我们父子俩上台唱，如今 20 多人同台献艺。"隽水镇油坊村提琴戏剧团负责人张志学说，他和儿子的提琴戏演出远近有名，去年以来"家庭作坊"变身大型商演剧团，既出演传统节目又把县里新农村建设的好人好事搬上舞台，每年送戏进村、进社区、进企业、进学校演出达 1000 余场次。

"一五一十"工程丰富了群众文化生活。全县村（社区）已组建了 40 多个文体协会、200 多支文体活动队伍，每天参与活动的群众达 3 万多人次。五里镇大坪坳村元宵篝火晚会、石镇镇梅港村赛锣赛亮、大坪乡拍打舞等文化精品，多次被中央、省、市媒体播报。

文明创建成为新常态

"通城山水多娇丽，花木成林沐天光；推广科技助贫困，点亮希望向富强……"眼下，道德讲堂开讲，十星级文明户创建，"一五一十"工程建设好戏连台。

石南镇是十星级文明户创建重点乡镇之一。4 月初以来，该镇启动了"干净石南"环境卫生整治和"最清洁村庄"评比活动，3.3 万群众开展清洁卫生大整治和农户庭院大清扫。每个村都建有垃圾池，设有专职保洁员，聘有环境卫生监督员，全镇产生文明卫生户 5100 户。

"闻果香，听鸟鸣，争创十星文明户；用沼气，保生态，隽水源头风景好。"马镇高峰村村支书吴兵自创的对联，描绘出他们攀登生态文明建设、十星级农户样板村的"高峰"。

村里 2000 多人生活在隽水河源头，担负着保护通城、崇阳、赤壁、嘉鱼四县市水源洁净的使命。为永保一汪清水，高峰村借争创十星级农户活动，出台村规民约，禁止乱倒垃圾污染水源和乱砍滥伐山林树木。全村红白喜事禁用一次性餐具，村委会统一配送永久性餐具。村民用上了太阳能热水器，村里建起了垃圾焚烧炉。该村十星级农户达到 70%。

"一五一十"工程丰饶村民精神生活。近年来，全县各村都设立了道德讲堂，举办"五讲"活动 518 场，共评选出各类道德模范 1390 人次。

（原载《咸宁日报》2015 年 12 月 11 日）

兴文强院铸警魂
——通城人民法院如何加强文化建设

通城县人民法院"量刑听证"工作，在全国开了量刑公开化先河；"执行预警"机制被中央作为基层先进工作经验，向全国法院推广；该院思想宣传工作被最高人民法院评为"宣传工作先进集体"，去年被省高院评为"全省先进法院"；《法官日记》主角罗军被授予"全国法院办案能手"称号……这些荣誉是通城县人民法院谋求文化育人、文化兴院，用典型引领精神文化，用素养提升学识文化，用沟通倡导多元文化结出的硕果。

《法官日记》——典型引领新风尚

2011 年 8 月 25 日，通城县人民法院办公大楼前响起了鞭炮声，一名青年举起感谢信说："感谢罗军法官，挽救了我们家！"

这是罗军法官承办的一起交通事故纠纷案件，涉及赔偿高达 70 余万元。

2011 年元月的一个晚上，两辆相向而行的车辆在会车过程中，小货车为避让对方，将正在路上行走的父女俩撞倒，父亲当即昏迷，医院认定其为植物人状态。肇事司机黎某家境十分困难，家里有一个身患白血病的弟弟，负债累累，对于车祸造成的损害无法赔偿，这真是一起非常棘手的交通事故案件！

罗军想：当事人的家庭条件都不好，即使判决了，可怎么执行呢？

罗军通过多次与当事人沟通，抓住双方当事人互相体谅的心理促使调解成功。被告终于做出了决定：卖房也要给原告 43 万元。

原告拿到这些钱后，还欠着医院 3 万元钱。

"能不能请求医院减免这 3 万元钱呢？"罗军三次来到省医院，向医院领导介绍案情，请求减免，医院领导被罗军的真诚所感动，免了所欠的 3 万元。

"从这件事，让我懂得司法为民的重要性……"罗军在日记中写道。

罗军十几年如一日，一边工作一边坚持不懈写日记，记录下自己亲历办案的点滴，描绘发生在自己身边可感、可信、可亲的人与事。既有办案工作经过的记载也有办案辛酸苦辣的心得体会，还有对社会、对职业、对人生深层次的价值思考。

罗军的《法官日记》分批以法院简报的形式，附上编者按的评论，在全院学习宣传。

一石激起千层浪，通城县人民法院每位干警纷纷结合罗军日记写下了个人心得体会，全院赞声一片，获得干警的广泛认同。

2014 年，法院将罗军的日记及全院干警的心得体会正式结集出版了《法官日记》，全院掀起学习《法官日记》热潮。

法院全新的图书室在干警中扬起了一阵读书风，2 万余册图书给了他们徜徉书海的乐趣。同时，创建荣誉室及学习园地，更新廉政文化建设方式，在全院范围内深入开展学习互动交流活动，在互相学习中充分发挥干警的主观能动性和参与文化建设的积极性。

《法官论坛》——齐学共享强素质

7 月 24 日，通城县法院大礼堂掌声阵阵。

这是县法院副院长吴锋在今年第五期法官论坛上，以《增强司法自信与自觉 努力提升司法公信力》为题授课，不时与台下互动，气氛热烈。

"院领导在场认真听，又要互动，不做足功课是不行的。"一位年轻法官课后说。

"如何通过一个平台，以相互交流的方式，变以往的被动学习为主动学习，以此推动全院干警的学习热情。这是摆在我们面前的一个问题。"副院长谭小军介绍，"经过院领导深思熟虑，于是'法官论坛'开讲了。"

县法院规定每月最后一个星期五半天时间，定期组织开讲一次"法官论坛"，除法院领导及邀请法律专家学者授课外，还让法官自己给自己讲课。授课内容丰富，既有政治理论修养，也有法律专业知识及法官办案技巧、体会。

法官自己讲课，倒逼法官主动学习。

自2013年"法官论坛"开办以来，已授课16期。除本院外，还邀请了中南财经政法大学知名教授、市中院领导、长沙市中院学者型法官授课，全院干警受益匪浅。

县法院院长肖创彬率先主讲了3期"法官论坛"，他主讲的《法官的职业与担当》、《细说廉洁》分别被最高人民法院机关刊物《中国审判》和其他报刊采用。

为扩大"法官论坛"的影响，强化学习效果，县法院将每期"法官论坛"的主讲内容放在网上，以供法官课后共享，形成了学习与讨论的文化氛围。

良好学习风气的形成，促使了"学识型"法官、"学习型"法院的诞生，一支专家型、学术型的法官队伍已在通城县人民法院初步形成。

《隽水审判》——法治宣传到村头

今年清明节前，塘湖镇坪头村村干部人手一份特殊的报纸——《隽水审判》，入组进户进行防火宣传。

"大家快来看，这是失火案，由法院判决的结果。有图有真相。大家千万注意不要烧田边地角，否则，一不小心就有进牢房和罚款的可能。"

去年初，在通城县人民法院院长肖创彬的主导下，法院创办了《隽水审判》，主要宣传法院审判动态、法院工作动态及与人民群众息息相关的法律法规。每两月发行一期，每期彩印图文并茂，共发行600余份，分别寄发至"两代表一委员"及全县各乡镇、村委会。

去年清明前，有的村民烧田坎和祭祀，导致山林火灾频发。

"为打击失火犯罪行为，清明节期间，法院将涉及失火案件的庭审移至火灾频发地，现场开办巡回庭，并将案例和庭审现场图照刊登在《隽水审判》上，引起了反响。"县法院办公室金主任介绍说，这样既宣传了法治，教育了群众，又保护了山林生态环境。村民纷纷要求加印，后又加印了 600 份全部发放。此后，山林火灾案件大幅度减少，群众的法治意识得到了提高。

《隽水审判》还宣传法院法庭先进工作事迹，增强司法公开与司法公正的透明度和可信度，与人民群众架起沟通的桥梁，获得社会对司法公信的理解、支持和认同。

《隽水审判》内容丰富，也是法官展示才艺的平台。通过刊登法官自创的诗歌、散文及书画作品等稿件，凸显法官丰富多彩的内心世界和生活展现，倡导多元文化，陶冶情操，提升司法社会公信力。

"以法院文化建设，推动司法核心价值观，不仅为法官留下了深深的烙印，更已成为通城法院的发展根基。"通城县人民法院院长肖创彬如是说。

（原载《人民法院报》 2016 年 3 月 1 日）

探索非公党建新模式

——通城县开展区域化党建工作

每到夜幕降临，湖北瀛通电子有限公司党员活动中心的篮球场上，来自通城经济开发区各企业的党员职工就聚集在这里，举行一场场友谊赛。

"去年初，铁柱片区党委活动中心在湖北瀛通电子有限公司挂牌成立，不仅为片区党员职工提供了活动场所，还为片区非公企业沟通联系搭建了平台。"开发区党委书记黎时龙介绍说。

今年，在开发区党委的推动下，依据铁柱片区区域党委的工作模式，该县相继成立坪山高新产业园区域党委、沙口陶瓷建材产业园区域党委，逐步形成了以开发区党委为主干，三大区域党委为分支的区域化党建新格局。

开发区党委主导绘蓝图

"2006 年，全省县域经济工作会议在通城召开以后，如何发挥基层党组织作用，发展壮大非公企业经济，一直以来是我们探索的重要方向。"县委组织部负责人介绍说。

为了发展壮大非公企业党组织，提高非公企业管理实效，县委将原来归口所在乡镇党委或县直机关工委管理的开发区非公企业党组织，一并划转给开发区党委管理。

在县委组织部的主导下，通城经济开发区党委积极探索非公企业党建工作新模式。按照地域相邻、行业相近的原则，以应建组织不留空白，党员活动不漏一人为总体目标，采取区域组团的模式，走出了一条区域化党建的新路子。至目前，开发区共有非公企业87家，已建党组织16个，其中党委4个，党支部12个，共有党员628人。

非公企业党组织管理职能划转后，开发区党委及时建立了全县非公企业党员基本信息库，加快了党员和入党积极分子的培养工作。今年，培养入党积极分子80人，发展党员23人。

龙头企业领衔三大片区

为了深化开发区非公企业党组织管理，切实提高开发区非公企业党建工作实效。去年，开发区党委根据开发区非公企业党组织分布情况，经县直机关工委同意，在湖北瀛通电子有限公司成立了开发区铁柱片区区域党委，由开发区管委会副主任任党委书记。片区党委接受开发区党委的领导，负责片区非公企业党组织日常工作的组织、指导。

之后，坪山高新产业园区域党委、沙口陶瓷建材产业园区域党委相继成立，组建了区域化党建的"兄弟连"。龙头企业瀛通电子、百丈潭酒业、杭瑞陶瓷成为三大片区区域化党建格局中的领头羊。

由于党员人数少，办公用房紧张，加之党员流动频繁，一些非公企业党建工作阵地建设比较滞后。为此，开发区党委积极协调有关企业，整合职工活动中心和党建阵地资源，在三家龙头企业建设区党委活动中心，基本实现了"七有"（即有党组织办公室、党员活动室、党员电教室、办公桌椅、资料橱柜、电教设备、党务公开栏），为开发区非公企业党员建立了自己的"家"。在片区党委的带动下，玉立公司、平安电工公司、福人药业公司、三赢兴电子公司、黄袍山公司、双狮茶业公司、宝塔研磨公司等企业纷纷加大投入，积极实施党建阵地标准化建设，为企业党员活动创造了良好条件。

联合支部破解组建困局

"联合支部的组建,让我们找到了'家'的感觉,大家在一起既有了凝聚力,也有了干事创业的信心。"开发区锡山产业孵化园联合党支部书记习晓光介绍说。

组建非公企业联合党支部,是开发区党委的又一项创新,较好地解决了在不具备建立党组织条件的非公企业中开展党的建设问题,有力促进了开发区非公企业建立党组织。

开发区锡山产业孵化园有 24 家小型企业,共有党员 33 人。这些党员来自全国各地,人与组织关系长期分离,由于企业没有党组织,造成长期"漂流"在外,无法参加正常的组织生活和接受党组织管理教育,党员作用也很难正常发挥。为了激发这支党员队伍活力,开发区党委积极协调各企业,在孵化园组建了联合党支部,破解了组建困局。

为规范管理,联合党支部采取党组织和企业管理层双向交叉任职、双向互动的形式,将党组织活动融合到企业文化和企业精神中,规范员工行为,增强企业凝聚力,最大限度地增加企业效益。

去年,联合党支积极组织开展群众路线教育实践活动,组织集中学习 5 次,梳理合理化建议 11 条,实施技术革新 3 项,创造经济效益 30 余万元。

(原载《咸宁日报》2015 年 7 月 13 日)

嬗变在山水间

——通城云溪水电管理处盘活水库资源

云去山如画,云来水更佳。

九月,记者一行踏访通城县云溪水电管理处。站在秀美的云溪水库大坝上眺望:坝内烟波浩渺,渔舟唱晚;大坝外数公里处车辆穿梭、机器轰鸣,一座新型云母科技城正在崛起；坝下水电站机房内，值班人员在全自动设备前不时记录着各种数据，脸上写着满足与充实。

但在 2010 年 7 月，接任云溪水电管理处"一把手"的葛先东却高兴不起来，他面对的是一班工资不足千元、养老无着落的"人马"，且上访不断，欠债累累……

翻开水利志显示：关刀镇云溪水库是座中型水库，海拔 197 米，始建于 20 世纪 70 年代，库容 3477 万立方米，拥有 3 个电站，装机 2580 千瓦，年发电量 500 万度。

"这里水位落差大，库容面积大，水质良好，但开发不够，发展不够，多年来我们是守着银饭碗讨饭吃。"在深入调研、集思广益后，葛先东满脑子都在想出路。

如何盘活资源，让丰富的水电资源和闲置厂房发挥最大的经济效益和社会效益？经过反复思考后，葛先东开始烧他上任后的第一把火：

招商引资　水电增值

葛先东的做法是——走出山门招商引资。2010 年 10 月，经人引荐，葛先东与国家级高新技术企业平安电工材料公司洽谈。优惠的电价、优质的水资源打动了该公司的管理层，加之董事长潘协保有回报乡梓的情结，很快，合作敲定：平安公司投资近亿元分三期上 10 条云母生产线。管理处负责"三通一平"，且电价优惠至 0.43 元 / 度，水以 0.25 元 / 方计算。

管理处负责的"三通一平"在水利局的协调和指挥下 3 个月到了位，平安公司第一期 4 条生产线不到 6 个月投产。平安公司需要多少电，管理处就按需发多少电供给。发电后的水转给平安公司生产用，经处理用于灌溉。

"至目前，平安公司的 10 条生产线全部投产，年耗电 500 万度、用水 100 万立方米。我们粗略算了一下，仅平安公司水电费就比以前增加 100 万元的收入，以前管理处一年的总收入才 100 万元啊！"对此，葛先东深有感触。

平安公司受益更大，厂里利用优质水资源生产的出口云母制品，不仅降低了生产成本，提高了原材料利用率，每吨还升值 1000 元，为企业年增效 200 万元。

尝到招商甜头后，2013 年 8 月，经朋友引荐洽谈成功，年产值 5000 万的华天矿山机械公司落户云溪。管理处年供 100 万度电给华天公司，该公司年增收近百万元。

挖潜改造　　扩容增效

葛先东上任之初，云溪水电管理处3座水力发电站都是70年代的老设备，年发电量不到400万度，发一次电就要修一次，发电量及效益不尽人意。

"一定要满足企业的发展需要，稳稳地保住这些财源。"葛先东烧开了上任后的第二把火：

在水利局领导的帮助和管理处不断争取下，2012年终于争取到国家的改造项目，国家投入280万元，水利局投入140万元，更新了所有设备，改善了工作环境，总装机容量2940千瓦，年发电量达600多万度，已能满足平安公司和华天机械的每年的用电需求。

同时，该管理处的全自动化设施，几乎达到了可无人值守的地步，原需70人上岗现在只要50人上岗了。

"目前我们无论厂房、机械设备，还是自动化的程度，在全省小水电行业都是一流的。5年前，职工一连四五个月的工资发不出是常事，人心涣散。如今电站工作环境大为改善，发电量增加了30%，职工工资福利增加了3倍，人心归一。这得益于水利局好领导和我们的'好班长'。"在云溪水电管理处工作快40年的老职工何维甫高兴地说。

水畅其流　　农民增收

云溪水库，是通城县103座中小水库中为第一大水库，坝下起始的云阁龙干渠全长26.5公里，跨关刀、塘湖、四庄等5个乡镇，东至隽水镇，西到沙堆镇，灌溉面积达15万余亩。

为了发挥水库最大的社会效益，葛先东再烧他的第三把火：抓好干渠上堵漏、清淤和疏浚等工作，杜绝跑、漏、滴。

县水利局积极争取到以钱养事编制的水管员，将他们分段安排到干渠上巡渠。在相应的管理与考核下，水管员比以前更认真负责了。原先提闸放水到关刀镇五流村余家垅，需要五六天的时间，现在一天即可到达，较大提高了抗旱防洪能力，扩大了灌溉面积，农民种水稻普遍增收。

农田不愁用不上水，如今吃水也进了家门。今年来，云溪水电管理处放弃养殖利益，全力支持当地政府投资600万元兴建关刀水厂，解决该镇10多个村 3 万多人安全饮水问题。同时，启动县城后备安全饮水工程，将供水人口扩大到 20 万人。

"只要福泽民众的事，我们全力支持、参与。"葛先东说这话时，目光笃定地望着远方。

本月初，湘、鄂、赣毗邻地区的通城、修水、平江，共同发布《通平修合作示范区建设共识》。

（原载《咸宁日报》2015 年 9 月 14 日）

火红的绿色事业

——黄袍山绿色产品公司抓党建促发展纪实

湖北黄袍山绿色产品有限公司，在短短八年不到的时间，从一家小企业发展成为一家享誉荆楚，集油茶科研、种植、加工、销售于一体的龙头民营企业；仅用了 6 个月不到的时间，就建成了一座集油茶科研、观光旅游、精深加工于一体的国家级现代化油茶产业示范园。

"有人问黄袍山油茶发展到现在依靠的是什么，我会告诉他，那是因为黄袍人的红色情结！"公司董事长晏绿金说。

2009 年，公司建立党支部，2011 年成立党委，现有党员 48 名，分设 3 个党支部。4 年来，黄袍山人以坚忍不拔的黄袍山精神，依托县委"356"党建工作法，以党员示范带动为动力，不断创先争优，极大地调动了全体职工的工作积极性，促进了企业不断发展壮大。

关键时刻党员冲锋在前

2011 年 6 月 11 日凌晨，通城遭遇 200 年一遇的特大洪水。面对公司 200 亩苗圃基地就要被洪水冲毁的危险，基地党支部的 7 名党员冒着风雨雷电，

· 205 ·

在通信交通中断的情况下，摸黑涉水 10 多公里赶到沙堆镇育苗基地，冒雨抢险近 5 个多小时，最终保住了苗圃。同时，机关党支部与在家的市场部党支部 24 名党员没有顾及抢救家里的财产，全部涉水赶到公司堵洪水、抢产品，使公司成为县内唯一没有受到大损失的企业。

关键时刻，党员以公司为家，冲锋在前不畏牺牲的精神，深深打动了公司董事长与决策层。董事会决定，要大力支持党组织的建设与发展工作，把更多优秀职工发展成党员，也让更多优秀党员示范引领企业发展。公司腾出一个面积 220 平方米的楼层作为党组织办公活动场所，并每年拿出 30 万元用于党建工作专用经费，使公司党建工作的开展得到了充分保障。

党员核心作用在一线显现

2013 年 4 月 10 日，国家林业局确定全国油茶产业发展现场会于 10 月中下旬在湖北咸宁召开，主参观点为黄袍山公司的油茶产业园与油茶基地。当时的油茶产业园正在建设之中，大大小小的工程共 138 项，其中还有多项工程由于拆迁工作没有完成，建设还没有实质性的方案。特别是油茶主题博物馆的设计、建造、布展是一项巨大的工程，原计划是 2014 年年底才建成。

怎么办？公司董事长晏绿金找到公司党委书记吴立，要求公司党委全力配合公司完成这一艰巨而神圣的任务。党委经过认真研究，召开了全体党员、入党积极分子大会，号召全员上阵，不折不扣地完成公司下达的工作任务与计划。公司党委在工地设立了倒计时牌，与三个支部、五名成员签订了责任状，三天一碰头，七天一检查。党委副书记、副总经理杨子高兼任产业园建设总工程师，每天工作 16 小时以上，有时通宵达旦。在他的带领下，参与园区建设的 45 名党员职工，180 多天没有一人休过周末，没有一人请过假。

2013 年 9 月 28 日一座集油茶科研、观光旅游、精深加工于一体的现代化油茶产业园终于全面建成，被市军分区司令员赞誉为创造了通城速度，创造了黄袍山质量。

优化服务激发党组织长久活力

为激发党组织长久活力，公司每年"五一"、"七一"、"国庆"等节日组织党员和入党积极分子到黄袍山、韶山、井冈山、西柏坡、延安革命老区学习，开展党性教育、知识技能竞赛、体育健身运动等活动，激发员工的工作热情，增强党组织的凝聚力。同时，员工有困难、结婚、生子、生病或亲属去世，党委都联合工会进行走访慰问，严格依法，让员工享受病假、工伤假、婚假、产假、丧假。

如今，在黄袍山公司，员工把入党作为一种积极上进的表现。在大家心中，不是党员的员工就不是优秀员工，不是党员的干部就不是优秀干部。如今，公司党委逐渐形成为一支数量精干、结构合理、素质优良、层次分明的党员队伍，呈现出浓郁的赶超氛围和良好的精神面貌。

（原载《咸宁日报》2015年7月6日）

挺 起 脊 梁

——通城县非公企业"356"党建工作法解析

4月29日，隽水河畔欢声笑语，县领导和公司员工一道，欢迎载誉归来的全国劳模、湖北瀛通电子有限公司董事长黄晖。他是通城县非公企业第4位获得全国劳模殊荣的企业家。

非公企业星光璀璨，"通城经验"引人注目。近几年，通城县大力实施非公企业"红岗工程"，非公党建为县域经济发展注入活力，也铸就了"356"党建工作法的红色品牌。

目前，全县共组建非公企业党组织98个，发展党员1200余名，73家规模以上非公企业纳税占全县财政收入的60%以上。

选准红色CEO，设置红色岗位，配强党组织书记和党建工作指导员两支队伍

"356"党建工作法"3"是指"三个优先"、"三个注重"、"三个结合"。

通城常年有10多万人在外务工经商，县委、县政府大力实施"回归工程"，筑巢引凤，推进项目和人才的回归，一大批非公企业落户。

如何建好非公企业党建阵地？通城优先从企业高层管理人员中选任党组织书记，从熟悉党务工作的退休或改非的党员中选派党建工作指导员，从机关事业单位党务干部中选聘党建顾问，选准"红色CEO"，舞活龙头。

原县法院副院长李晃，前年"改非"后选派到杭瑞陶瓷担任党建指导员。他协助董事长张名旗建立党组织，发展新党员，还建立了杭瑞陶瓷党员志愿服务队和爱心基金会，党员带头，全体员工纷纷向爱心基金会捐款。

去年4月，公司磨边车间普工张维明上班时突然昏倒，确诊为白血病。公司迅速启动爱心基金，为张维明送去8万元善款，并安排他到广西老家治病。至今，爱心基金会已援助了公司6名困难员工，累计援助15万元，大大增强了企业的凝聚力和员工的归属感。

党员志愿服务队和爱心基金会还帮助社会上的孤寡老人，帮扶资金达30万元，企业知名度和美誉度大大提升。张名旗拉着李晃的手说：我是杭瑞陶瓷的CEO，你是我的"红色CEO"。

至目前，通城县委已向非公企业选派党建指导员76名。他们在开展党建工作的同时，帮助企业办理行政许可事项120项，为企业招工3000余人，为企业生产经营创造了良好的外部环境。

"三个注重"建强队伍。注重从管理人员中发展党员，注重从技术骨干中发展党员，注重把党员培养成管理人员和技术骨干，不断扩大党组织的影响力和覆盖面。去年，三赢兴公司党支部从中层以上管理干部和技术人员中新发展4名预备党员，他们既是生产管理的"佼佼者"，也是公司员工的"主心骨"。

"三个结合"设红岗。结合劳动生产在车间设置党员先锋岗，结合志愿服务设置党员服务岗，结合关爱职工设置党员连心岗。红岗在非公企业中起到了先锋模范作用。杭瑞陶瓷公司入党积极分子曹瑞华，刻苦研究制粉技术，为生产提供了优质原料，被市总工会评为"五一劳动模范"；共产党员金万鑫带领营销团队，认真搞好策划，在两年内就使公司主导产品畅销全国……

一个党员就是一面飘扬的旗帜。目前，全县73家非公企业共设立党员先锋岗306个、党员服务岗241个、党员连心岗85个。

夯实红色基础，构建红色网络，扩大党的组织和党的工作两个覆盖

"356"党建工作法的"5"是指"五个同步"和"五个清楚"。

"五个同步"即在企业引进时选派党建工作指导员，在企业建设时建党

员职工活动中心，在招聘员工时吸纳党员职工，在企业竣工时建立党组织，在企业投产时开展党的工作。

瀛通电子有限公司创办之初，受县委组织部的委派，党建指导员徐曙明到该公司指导党建工作。作为一名教育局老党员干部，他开启了人生的"第二次创业"。

2009 年 12 月，瀛通电子投产，公司党委同日挂牌，徐曙明任党委书记。随后，行政、电子、电线、铜材、东莞 5 个党支部相继成立。仅半年时间，就先后投入 320 万元用于党建阵地建设，高标准建成党员职工活动中心。

6 年来，徐曙明见证了瀛通电子"落地生根"到"开花结果"的全过程。在党建工作引领下，公司从当初的不足 1000 人发展到现在的 3800 余人，年产值从当年的 8000 万元增长到现在的 4.5 亿元。

"五个清楚"，即企业地域分布清楚、企业党组织设置清楚、企业党组织隶属关系清楚、企业党组织网格划分清楚、区域化大党建格局清楚。

2014 年，通城经济开发区党委先后在瀛通公司建立铁柱片区党委党员活动中心，在百丈潭公司建立坪山高新产业园党员活动中心，在杭瑞陶瓷公司建立陶瓷产业园党员活动中心。片区党员活动中心基本实现了"七有"，即有党组织办公室、党员活动室、党员电教室、办公桌椅、资料橱柜、电教设备、党务公开栏。

在片区党委的带动下，玉立公司、平安电工公司、福人药业公司等企业纷纷加大投入，积极实施党建阵地标准化建设。

组建非公企业联合党支部，是开发区非公企业党建工作的一项创举。开发区锡山产业孵化园有 24 家小微企业，共有党员 33 人。这些党员来自全国各地，长期游离于组织之外。开发区党委在锡山产业孵化园组建联合党支部，党组织和企业管理层双向交叉任职。去年群众路线教育实践活动中，联合党支部组织集中学习 5 次，开展整改活动 11 次，党员们都说"终于找到了家"。

激活红色能量，壮大红色企业，发挥党组织的政治引领和政治核心两个作用

"356"党建工作法的"6"是指"六个引领"、"六个效应"。

"六个引领"，即引领企业政治方向、引领企业党群共建、引领企业党员作用发挥、引领先进企业文化、引领企业人才队伍建设、引领企业健康发展。

如今在通城，所有非公企业党组织都按照"六室一家"建阵地，统一建设党员职工活动室，设立党建办公室、党员活动室、党员电教室、图书阅览室、党员培训室、谈心说事室和党员职工之家。"六室一家"做到有牌子、有制度、有活动经费。

依托平台，非公企业党组织积极创先争优，引导党员职工在急难险重任务中和艰苦岗位上勇挑重担。

2013年，国家林业局确定全国油茶产业发展现场会于10月中下旬我市召开，主参观点为黄袍山公司的油茶产业园与油茶基地。

喜讯传来，公司上下无不欢欣鼓舞，但同时也面临巨大的压力。当时的油茶产业园正在建设之中，原计划是2014年年底建成，大大小小的工程138项，其中还有多项工程由于拆迁工作没有完成，特别是油茶主题博物馆的设计、建造、布展是一项巨大的工程。

怎么办？董事长晏绿金找到党委书记吴立，要求公司党委全力配合公司完成这一艰巨的任务。

公司党委在工地设立了倒计时牌，与三个支部签订了责任状，三天一碰头，七天一检查。半年时间里，参与园区建设的45名党员职工没有一人休过周末，没有一人请过一天假。基地主管党员李志攀岳父去世，公司批了他两天假，但他只在灵堂前磕个头便回到了工地。

在那段日子，工地40多度的高温没有人下火线，大风大雨中没有人退却。2013年9月28日，一座集油茶科研、观光旅游、精深加工于一体的现代化油茶产业园全面建成，全市经济工作拉练检查时，市领导高度评价："你们创造了通城速度，创造了黄袍山质量。"

"六个效应"，即企业党组织凝聚力、战斗力进一步增强，党员作用进一步凸显，企业文化进一步优化，人才队伍进一步壮大，管理机制进一步完善，企业发展进一步加快。今年一季度，通城非公企业工业增加值同比增长21%。黄袍山绿色产品公司的"本草天香"品牌，被国家工商总局认定为中国驰名商标，至此该县已有3家非公企业品牌成为中国驰名商标。

"红岗工程"挺起非公企业脊梁。"非公企业进驻到哪里，党的组织就延伸到哪里，党的工作就做到哪里，党的作用就体现到哪里。"通城县委书记姜卫东如是说。

（原载《咸宁日报》2015年5月6日）

为有源头活水来

——通城县推进小农水管护机制改革纪实

隆冬时节，塘湖镇狮子村的刘同放却没闲着，自成为坪头水库管家人后，他一直忙着护干堤，改渠道……这干劲得益于小农水管护机制改革。

问渠哪得清如许，为有源头活水来。通城县成为国家级农田水利设施产权制度改革和创新运行管护机制试点县后，73 座水库，67 个水力发电站，22963 处农村供水工程，2370 处塘堰，281.3 公里渠道，16370 处小型农田水利工程……处处都有"当家人"。

机制改革　迫在眉睫

据该县水利局相关负责人介绍，全县大多数水利工程建于 20 世纪六七十年代，水利设施普遍超期服役、超限运行，老化严重、管护缺位、效率低下。严重制约防洪、排涝、蓄水等综合功能发挥，破坏了水域生态环境。

建立产权清晰、权责明确、管理科学的小农水管护机制迫在眉睫。

2013 年，全县遭受严重旱灾，大部分乡镇水稻、大豆等农作物出现减产。而当时进行改革试点的塘湖镇，水利设施经改革后有人管、管得好，有效保障了居民饮水安全和 3.8 万亩良田灌溉。群众热切期盼管护机制改革。

2014 年，该县按照"全面部署，试点示范，整体推进，突出重点，分步确权"的要求，坚持"政府主导，农民主体，公益优先，分类指导，改革创新"的原则，全面推进农村小型水利设施管护机制改革试点工作。

为做好改革工作，该县强化县、乡、村三级干部业务培训，严把资料样本关。水利部门对信息采集表、合同协议、产权证书样本进行讨论修改，报市水利部门审核后，形成统一规范样本，严格操作，并严把信息录入关。

推进改革先得摸清家底。他们以自然村组为单位，对所有小型水利设施逐一测量登记造册。包括占地面积、水面面积、灌溉面积、受益农户姓名、水利设施所含附属物等，确定水利设施界线，确保数据准确。为了让小农水找到最合适的"当家人"，该县严把选人公示关。采取村民代表选举方式，选举产生水利设施管护责任人，所有水利设施施工协议，管护责任人在项目所在地公示一周，无异议后方可实施。

目前，全县 73 座水库，67 个水力发电站，550 处水闸、泵站，22963 处农村供水工程，64 处堤防工程，12370 处塘堰，281.3 公里渠道产权全部明晰到人（单位），农村小型水利设施管护实现每个工程一份管护档案、一份管护协议、一个管护主体、一笔管护经费的"四个一"管护机制。所有水利设施的信息采集表、合同协议、产权证书及有关文件，分村、分类整理，装订成册，并建立电子档案，确保有据可查。

激活经营　　落实管护

在改革过程中，通城始终坚持放活产权、激活经营权、保障受益权，保障改革试点工作取得实效。

在不改变土地权属前提下，该县按照"谁受益、谁经营、谁所有"的原则，对产权予以明确。例如，以农户自用为主的水利设施，包括国家补助资金等形成的资产，实行"自建、自有、自用、自管"，产权属农户所有；受益农户较多的非经营性工程，依法组建了用水合作组织的，产权属用水合作组织所有；未依法组建用水合作组织的，跨村的产权属工程所在地乡镇人民政府所有，不跨村的产权属工程所在地村民委员会所有。

通过对水利设施工程产权、管护主体进行明确，从根本上解决了管理不善问题，既方便了群众用水，又增加了管护主体自身收益。

同时，该县进一步健全管护机制，激活经营权。塘湖镇组建水利工程管护联合社，每一村组建立一个分社，实行联合管护；对水利工程采取承包、拍卖、租赁、转让等方式，实行产权流转，吸引社会资金投入；放活经营权，成立了"兴农灌溉服务专业合作社"，实行专业化管理，形成"以社养水"、"以水养水"管护机制；建立健全绩效评价考核机制，将农村小型水利设施管理纳入年终考核，实行百分制考评，严格标准，奖惩兑现。

落实管护资金，受益权进一步得到保障。该县共争取省级水利设施维修养护资金 400 万元，搞好水利设施法人维修养护，确保水利设施"管得好"；坚持政府主导，将农田水利建设资金纳入公共财政范围，去年县委、县政府从土地出让金中拿出 1200 万元，用于农田水利工程建设。

机制一改活水来，通城县创新小型水利设施管护机制，构建了一幅人水和谐画卷，成为促进县域经济社会发展的"助推器"。

（原载《咸宁日报》2015 年 1 月 5 日）

非公企业党旗红

——湖北杭瑞陶瓷党建促发展

昨日，湖北杭瑞陶瓷车间党员示范岗上，工人们有条不紊地进行着打磨、切割、包装等工序；锅炉车间工人挥汗如雨，奋战在一线……

在杭瑞陶瓷，每一次急、难、险、重任务，总能看到党员冲锋在前的身影，总会见证公司党支部强大的战斗力。这离不开公司董事长张名旗对非公企业党建的重视。

建支部　聚人心

2010 年 5 月，在陶瓷界打拼了 30 年的张名旗，在通城县委县政府的感召下，来通城开始了第三次创业，创办了湖北杭瑞陶瓷有限责任公司。

伴随着项目的不断推进，特别是在 2011 年 12 月一期工程建成投产后，张名旗迫切希望在公司成立党组织。

"在公司创建的过程中，一些党员身上真诚、无私的品质深深地打动了我，让我感到一个企业如果有一支党员队伍，发展起来会更有安全感和信心。"张名旗说。

去年 6 月 18 日，在张名旗的重视和支持下，湖北杭瑞陶瓷党支部正式成立。

面对公司党员人数少，尤其是缺少熟悉党务工作人员的状况，张名旗要求人力资源部门在进行职工招聘时，同等条件下优先聘用党员。

党支部成立以后，他经常和党支部一起，探索有利于党建工作开展、有利于党员作用发挥的方法途径，有意识地把党员和入党的积极分子作为经营管理骨干使用。

目前，公司现有 26 名党员中，有的担任公司高管，有的成为部门经理，有的被任命为部门负责人，新入职还处在试用期内的党员，有的被破格提拔为副班长。

建阵地　重服务

"火车跑得快，全靠车头带"，张名旗深知，要搞好党建工作，必须要找到一位好的"带头人"。为此，他向县委组织部申请一名党建指导员专门到公司指导党建工作，组织部选派法院改非干部李晃到公司任党建指导员。

为把党建办公室建成为党员职工服务、为企业发展服务的阵地，张名旗又在党建办公室专门设立党员职工服务大厅，配备熟悉党务、善于沟通、热心服务、综合素质较高的专职工作人员，从事日常管理服务工作。定期汇总分析党员求助的情况以及党员关心的热点、难点问题，如实记载职工求助要求，并反馈处理结果。

如今，党员职工服务大厅已成为广大党员的温馨之家，广大职工倾诉衷肠的"娘家"。

公司先后投入资金 160 余万元，建成了党员培训中心、党员活动室、电教室、图书室、五个党建宣传栏、一个篮球场、两个羽毛球场，丰富了党员的文娱生活。

设基金　献爱心

26 岁的张维明是湖北杭瑞陶瓷磨边车间的一名普通工人，今年 4 月份上班时突然昏倒，确诊为白血病。这时，公司的爱心基金迅速启动，为张维明送去 8 万元善款，并安排他到广西治病。这个爱心基金正是公司党支部倡建的。

去年秋，在党支部的倡议下，公司成立了杭瑞陶瓷爱心基金会。

"我们鼓励全体员工伸出爱心之手，向基金会捐款，从干部的年薪中抽出 10‰，从职工的年薪中抽出 5‰，作为基金会的启动资金，每半年公布捐款名单和金额。"杭瑞陶瓷党支部委员杨祥说。

得知全体员工纷纷向爱心基金会捐款，张名旗在职工大会上掷地有声地承诺，公司将以 1 ∶ 1 的比例向基金会捐款。意思是全体员工一个月捐两万，公司就捐两万，全体员工一年捐 20 万，公司就捐 20 万。

如今，杭瑞陶瓷的党建工作受到了上级党组织的高度肯定，为通城县非公企业的党建做出了表率。2012 年，湖北杭瑞陶瓷有限责任公司被湖北省评为"消费者满意企业单位"，连续两年被评为"通城县十佳企业"。2013 年，公司董事长张名旗荣获"湖北省民营经济领军人物奖"，被评为咸宁市第三届"十大经济风云人物"，并当选为咸宁市政协委员。

（原载《咸宁日报》2014 年 6 月 30 日）

缅怀先辈　　情系老区

——罗东进将军通城老区行纪实

4 月的鄂南大地，春雨淅沥，生机勃勃。开国元帅罗荣桓之子、原二炮副政委、全国政协委员、中国老区建设促进会顾问罗东进中将走进通城县，寻访父亲早年在老区留下的革命足迹。

罗将军的到来，为通城这块红色的热土带来了一份沉甸甸的厚礼。

元帅起步忆峥嵘

87 年前，满腔热血的罗荣桓，从这里起步，书写一段气壮山河的革命斗争史；87 年后，壮心不已的罗东进，在这里驻足，凝望那段热血峥嵘的岁月。

12 日下午，通城塘湖镇黄袍老区，罗将军一行 8 人穿过高大的"元帅从这里起步"牌楼，走进罗荣桓元帅早期革命纪念馆。

罗荣桓元帅早期革命活动纪念馆是通城县苏维埃活动旧址，位于塘湖镇荻田村，经扩建，现有建筑面积约 800 多平方米，为砖木结构古民居式建筑，木楼共两层。馆内陈列了通城早期革命的大量文字、图片资料，充分展示了在通城参加过革命活动的罗荣桓、钟期光、傅秋涛、秦化龙、张体学、黄全德、吴国珍、黄菊妈、刘青、赵世当等人的革命事迹，他们坚定的政治信仰、艰苦奋斗的创业精神、勇往直前的革命豪情，是传承红色历史、发扬优良传统、传播廉政思想最生动的教材。

数百名热情好客的黄袍山苏区人民，像节日赶集一样从四面八方聚拢起来，热情地欢迎和看望罗老将军。

他们都听着罗荣桓元帅的故事长大，其中很多人还在《元帅从这里起步》电视连续剧中担任过群众演员，对罗荣桓有着深切的记忆和浓厚的感情。

1927年夏，湖北省委派罗荣桓到通城黄袍山发展农民起义运动，组织农民自卫军。罗荣桓根据"八七"会议精神，同通城县农民军一道，于8月20日在通城黄袍发动了农民暴动，夺取了县城，拉开了湘、鄂、赣边区秋收暴动的序幕，成立了通城、崇阳农民革命军总指挥部，建立了我国第一个县级红色政权——通城劳农政府。

在纪念馆大厅，罗将军认真观看陈列的历史文物，仔细聆听父亲在通城县的革命事迹，并详细询问了有关情况，对父辈的革命英雄主义精神表示由衷钦佩。当来到罗荣桓元帅的雕像前，罗东进将军满怀崇敬之情，并深情地久久凝视。

一幅幅图片影件，一段段文字资料，一件件珍贵实物真实地再现了罗荣桓元帅早年和广大通城苏区人民一起浴血奋战的场景。

"黄袍是一块红色的土地，这里的人民曾经为中国革命做出了巨大的牺牲和贡献，我们应当永远铭记那些为革命奉献的英烈。"黄全德、吴国珍、黄菊妈等为革命抛头洒血，深深地勾起了罗老将军的革命情怀。

如今，罗荣桓早期革命纪念馆已成为省革命传统教育基地、鄂南革命烈士纪念馆、咸宁市党员干部廉政教育基地和通城县青少年爱国主义教育基地，也是通城主要旅游景点之一。参观期间，罗东进老将军和当地群众亲切握手、交谈，并和工作人员、乡亲们合影留念。

群众路线记心间

"我是吃百家饭，穿百家衣，在老乡家里长大的，父亲对我最大的影响是告诫我们不能忘记老百姓。"13日上午，75岁的罗东进将军在通城县党员干部革命传统教育主题报告会上说。

来自全县的200多名党员干部齐聚一堂，和他一起回忆起革命战争年代的军民鱼水深情。

罗老回忆起三四岁时，战士们缴获了一个防毒面具给他玩，他戴着给老乡的孩子们看，却把他们吓哭了。罗荣桓得知后，严厉地指责他："你怎么忘本呢？你怎么能去吓唬抚养你的大爷大娘的孩子？你违反了群众纪律！"罗东进因此被关了一天禁闭。

他说，群众路线是党的生命线和根本工作路线，在新的历史时期，弘扬老一辈革命家淡泊名利、严于律己、从严治军的优良传统，就是要求我们的党员干部始终依靠群众，善于悉听民言、尊重民意、集中民智，切实解决好群众关切的生产、生活问题。

"通城县是我父亲罗荣桓元帅走向革命道路的起点，当时通城革命能够取得胜利，正是因为始终坚持依靠群众，发动群众，走群众路线。"罗老将军的一席话赢得了全场党员干部的阵阵掌声……

老区发展挂心头

作为中国老区建设促进会顾问的罗东进，对通城老区的发展表示了极大的关心。

得知该县利用丰富的山地资源发展油茶产业，让油茶产业蓬勃兴起，罗东进兴致盎然地来到黄袍山油茶产业示范园参观。

油茶博物馆珍藏的大量油茶历史文献和原始榨油工具，勾起了罗东进的许多回忆，油茶籽脱壳冷榨技术让他感受到科技兴农的未来。

县委书记姜卫东向罗老将军介绍，2009 年至今，全县已建成油茶林 20 万亩，为基地建设投入 2.2 亿元。

罗将军听后，对通城县发展可持续的绿色生态产业给予了高度肯定和评价，他语重心长地说：要大力发展油茶产业，在带动广大群众致富的同时，实现经济效益、社会效益和生态效益的统一。

13 日下午，罗老将军依依不舍地离开了通城。

临行前，他对干部群众说，老区精神是通城的宝贵财富，要予以继承和发扬。有关部门要进一步挖掘整理革命人物和史实，让红色革命传统成为激励通城人民干事创业的不竭动力。

（原载《咸宁日报》2014 年 4 月 21 日）

春风化雨润民心

——通城县践行群众路线纪实

"县政府门口清静了,县直机关部门干部忙着下乡的多了,乡镇干部走读现象不见了,餐馆冷清多了……"昨日,通城县纪委监察暗访组干部谈起这些深有同感,"四风"不见了,廉洁新风扑面而来。

眼下,第二批党的群众路线教育实践活动正在三省交界的"金三角"——通城有序展开,如三月里的春风,涌动着暖流,滋润着民心。

变上访为下访　政府门口清静了

"以前来县政府办事,往往锁在铁门外,只能从侧门进出,感觉不受欢迎。"昨日,前来办事的四庄乡大溪库区村民沈清后笑着说:"现在政府大门敞开了,我们老百姓的心门也打开了。"

"办公大院理应属大家的。"县长来华雄明确表示,"不要怕老百姓上访,关着大门,怎能密切联系群众!"

于是,一场开门纳谏,基层接访,现场办公的春风行动在通城大地荡开。

春节期间,县"四大家领导"和常委带队,从县直单位抽调370人,组成185个工作组来到各自联点,进村入户,访贫问苦,同群众面对面征询意见,现场办公,摆摊接访,难题在一线解决,矛盾在基层化解,将责任落实在一线。

县委书记姜卫东、县长来华雄深入11个乡镇20多个偏远贫困村现场办公,解决村民通信、行路、用水等难题。

同时,各工作组把党和政府的政策温暖送到群众手中,共走访慰问困难群众、老党员、"三留守"家庭1500户,发放资金、物资260余万元,帮扶村办实事资金达200多万元,兴办惠民实事项目260多个,一些群众关心突出的问题陆续得到解决,干群的心紧紧相连。

领导下访,百姓怨自消。如今,县政府大门敞开了,上访的群众却少了,门卫室成了临时救助室，县里专门划拨了一笔临时救助资金。

"补助的钱虽不多，老百姓却能感受到政府的一份温暖，想扯皮的也就不好意思了。"值班室工作人员黄小东说，上访者没钱吃饭、没钱买车票，我们就补助一点儿；身体有疾病、家庭困难的就救助一下；情况特殊的，向政府报告解决。至目前，值班室已救助群众近200人。

马港镇何婆桥村50多岁的王直虎，尿失禁多年，吃上了低保，逢年过节，来县政府要钱，今年春节，值班人员及时救助了他。他红着脸说，有政府的温暖，不好再来了。

变走读为夜读　乡镇窗口亮起了

"作为一名基层干部，必须放下架子，弯下身子，才能与农民打成一片……"北港镇纪委樊书记说。

3月13日，北港镇政府会议室里，灯光通明，30多名干部边集中学习，边交流住村经验。

这是通城县乡镇时兴的干部夜校。

"往年晚上有急事到乡里找不到人。"家住北港镇长青社区的胡来未说，"现在一睁眼政府的窗口都亮着，办事只敲下门能解决。"

通城县11个乡镇，除隽水镇在县城外，其他乡镇离县城最远的个把小时，最近的也要跑一刻钟，许多乡镇干部把家安在县城，干部"走读"较多。

群众路线教育实践活动学习是基础，各乡镇干部变"走读"为"夜读"，乡镇党政班子成员带头和乡干部每周在乡镇住宿不少于5个晚上，入村调研和办实事不少于4天，并记好民情日记，每周晚上固定时间集体夜学，其他时间为自学，月底进行总结和分析。

为保证干部夜读不走过场，乡镇干部夜读将做到有学习计划，有考勤签到，有学习记录，有检查考核，确保夜读人员、学习时间、内容、次数、效果"五落实"。

"学习课程排得满满的，除乡里规定必学外，我还自学了瑶学，为的是补上开发药姑山，打造瑶胞故园这一课。"大坪乡驻内冲瑶族村干部李玉书说，他搜集了一大累有关瑶族文化风俗书。白天忙着进村，晚上灯下夜读，他还发动其他爱好者成立了瑶学研究会。学有所成，3月，内冲瑶族村被列入"十二五"时期全国1000个少数民族特色村寨保护与发展名录，全省唯——

个瑶族村寨入选。

干部节省了走读时间，不仅将更多的时间用于学习，还用在为民办实事，解难事上。各乡镇以"三事中心"（办事中心、说事中心、和事中心）为依托，集纳乡镇部门联合办公，搭建为民服务平台，今年来，全县"三事中心"共服务群众办实事 1 万余件，调处矛盾 360 起。

有的乡镇还为群众印发了"便民卡"，公布了乡镇领导班子成员及部门负责人的手机号，群众有什么事，可随时联系，立马就办。

"前天晚上 7 点多，我接到雷吼村留守老人方华明想买两袋化肥。"塘湖镇分管农业干部李斌说，他立马同农技站长用摩托车送上门，解了急。

变吃喝为工作餐 餐馆门前冷清多了

"今年正月初八县里开两会，委员、代表吃的是自助餐，会场连鲜花也没摆。"通城玉立酒店洪总想开门大吉，却遇到史上最强寒流。

县城一歌舞厅大堂经理吴总诉苦，与往年相比，如今 K 歌的也少了，舞厅只好改行，做起了农机生意。

这是该县自上而下，杜绝"舌尖上的浪费"，从"堵吃喝嘴，止跳舞腿"上做起产生的效应之一。

通城县先后制发了关于改进工作作风密切联系群众，厉行勤俭节约，制止奢侈浪费等 6 个文件，进一步完善了加强作风建设的有关制度。县纪委专门抽调 13 名干部组成两个暗访组，重点查处工作时间吃早餐、打牌赌博、工作日午间饮酒等工作作风问题。

"中高档酒店以前车水马龙的现象一去不复返了，现在县里聘请监督员，还鼓励群众举报，整治'四风'真正落到了实处。"监督员徐先明说。如今，走在大街小巷，你会发现，在婚丧嫁娶的队伍里，在酒店娱乐城门口，再也找不到公车的踪影了。

如今在乡镇吃工作餐是常事。

"无论来客还是机关工作人员，无论中午还是晚上，一律按每人每餐 3 元的标准在政府食堂吃自助餐。"昨日，记者来到通城四庄乡采访时，见证了该乡的"廉政灶"制度。"来镇客人就餐，一律由党政办统一安排，并做好有关情况登记，严格按照接待标准进行接待，伙管员月底持结算单交党政办核实后送领导签字报账。"

该乡办公室工作人员告诉记者,因为菜都是乡干部自己种的,所以成本低,保证了大家吃得省、吃得饱、吃得舒服。

自实行"廉政灶"制度后,该乡公务接待较去年同期下降了一半。

"干部进村为百姓办事,都是自己掏腰包,付饭钱。"正在荻田村搞计划生育工作的塘湖镇宣传委员杨友平说。全县所有村级实现零招待。

作风转变提升了全县干部干事热情,全县干群借幕阜山区综合开发示范县的东风,以火热的产业战场催生强劲的发展磁场。仅今年头3个月,全县185个工作组全部下到村组农户家,同村民一起同吃同住同劳动,1000名党员干部结对帮扶1000名特困户,开展春耕备耕,全县工业园入园企业6家。

(原载《咸宁日报》 2014 年 3 月 31 日)

"三气"聚集正能量

——通城县隽水镇社区建设巡礼

冬日的暖阳照耀在通城县隽水镇城区,隽水河、秀水河绕着城区八个社区、四个城中村悠悠穿过,10多万居民依河而居。社区干部、网格管理员、志愿者穿梭在社区,服务民生……

近几年来,隽水镇党委、政府立足区位优势和产业基础发展经济的同时,不断完善社区建设,创新社区管理模式,给居民创造一个个设施配套、生态优美、和谐文明的社区。

服务项目聚财气

"安居在社区,服务在项目,创业在园区。"这是隽水镇新塔社区大多数居民的感受。

新塔是通城县经济开发区所在地,社区内的新老项目有40多个。园区内形成涂附磨具、中药制药、云母制品和电子信息材料4大支柱产业。随着经济社会发展提速，开发区逐步扩大，杭瑞高速建设后，开发区扩建，高速公路连接线一带的新塔社区成了开发区的主战场。玉立公司、平安公司、瀛通等企业新上二期工程或新生产线，三赢兴电子、黄袍油茶产业园等新项目正在兴建。

新塔社区书记杜能武介绍："新塔社区10个干部、8个网络管理员，人人都联系项目，有的还负责两三个。"

这些项目的建设，无不凝聚着社区干部的辛勤汗水。杜能武介绍，社区目前在建项目11个，每个项目指挥部都有社区人员参加，负责征地、拆迁、补偿、迁坟、附属工程等事宜。工作千头万绪，他们基本上没有休息时间，经常忙到深夜两三点。为了一个项目征地，他们有时要上10多次门；公交客运站建设，他们晚上开会就开了5次。为了协调项目，他们和亲戚红过脸，给大家请过客……

项目服务好了，建设好了，社区半数以上的居民，在家门口找到了工作，他们真正实现了"安居在社区，创业在园区"的梦想，居民到工厂就业后，年人均收入增长50%。

网格管理聚和气

"今天能乔迁新居，我得感谢网格管理员，是他们帮我化解了邻里纠纷。"7日，秀水社区居民李明林望着新建成的楼房感激地说。前不久，他家在建房时因采光问题与邻居发生纠纷，双方正要动粗，网格管理员及时赶来调解，直到双方满意为止。

秀水社区居委会办公楼沐浴在冬日暖阳里，墙壁上挂着社区的网格分布图，8个网格各一名网格员、一名包保干部，责任到人，包地段到人。墙上还张贴有网格领导小组名单，只要社区居民有困难，找人一目了然。

网格化管理，让秀水社区居委会对辖区内每家每户的情况了如指掌，只要发现矛盾和困难事，社区工作人员就会立刻上门服务，为居民办实事。今年以来，秀水社区居委会共调处了各类矛盾纠纷11起，做到了化矛盾纠纷于萌芽状态。

今年3月，隽水镇投资30万元成立网格管理中心，在八个社区四个城中村，以300户或1000人为一个网格，划分为120个网格，形成了以社区干部、网格管理员、志愿者为主体的"三位一体"基层社会服务管理格局，为居民开展综治信访、计划生育、民政救助、合作医疗、土地审批、证照代办等 10 个方面的民生服务，社会矛盾化解率达到 93.8%。

文体活动聚人气

幸福是什么？对于隽水镇湘汉社区的张居乐老人来说，是吃了晚饭后，同老伴一同到隽水河边散步，然后端把椅子在河边听花鼓戏。

湘汉社区老年活动中心坐落在隽水河畔休憩带，这里经常上演形式多样的文艺活动，成了大家最好的去处。每天晚上，老年活动中心都会在戏台上给社区的居民们唱戏，一年演出 200 余场。老年活动中心自编、自唱、自舞、自筹经费，虽然属于业余团队，但如今成员已从刚成立时的 45 人增至 60 余人。72 岁的徐前旺在这个团队负责管理，拉得一手好琴。这里白天还有一个弹唱结合的露天 KTV 团队进行弹唱表演，吸引数百人观看。

"隽水河畔休憩带还辟有露天歌厅、太极拳和太极剑晨练点。社区还有腰鼓队、秧歌队、扇子舞队等。"湘汉社区居委会党支部书记张宴文对记者说："现在文艺活动丰富多彩，居民告别了牌桌，青年人不再打架闹事，大家感觉快乐和谐多了。"

（原载《咸宁日报》2012 年 12 月 13 日）

吉 祥 三 宝

——通城特色产业富民

"力争通过 3~5 年的努力，建成一批特色基地，发展一批加工企业，做响一批农业精品品牌，致富一大批农民。"通城走农业产业化之路，发展特色农业的思路明晰。

生猪　　农民的聚宝盆

"要致富，少生孩子多养猪。"通城农村流行这样一句话。

大坪乡栗坪村李金刚就是靠养猪尝到了甜头，他建立了一个大型两头乌养殖基地，创立了"新三汇"农产品品牌，产品销到了全国各地。

"今年，我想扩大规模，新建一栋猪舍，再建一个饲料加工厂，饲料自配。"沙滩镇石冲村养猪大户李海英规划着"宏图"。早在 2008 年 10 月，他就带头成立了兴农养猪专业合作社，吸引了周边 5 个乡镇 36 户农户参与。几年下来，社员养猪收入可观。

在通城，像李金刚、李海英这样的养猪大户有百来户，生猪养殖产业逐渐形成规模。

该县大力推广"公司＋基地＋农户"的养殖模式，鼓励生猪养殖规模化、产业化，加强与正大集团合作，引导玉立牌合、新三汇两个生猪精深加工企业建设，抓好石南、大坪、五里、沙堆等乡镇的优质猪产业带建设，形成了一批具备年出栏 10 万头生产能力的专业大镇。

油茶　　村民的摇钱树

"去年，我种植了 200 多亩油茶，今年计划再栽 100 多亩。"塘湖镇图垅村葛三龙种植油菜"上了瘾"。

近年来，通城农户栽油茶的兴致很高，很多农户都把自家的荒山开发出来，栽上了油茶。

"黄袍山茶油可以卖到 90 元一斤，油茶产值不断提升。"黄袍山绿色食品公司经理胡雄文表示，油茶产业后劲儿很足。

近年来，通城不断加快发展油茶产业。通过免费送茶苗、实行补贴等政策，鼓励村民栽植油茶；采摘油茶籽时，政府派专人进村入户帮助收购，确保农户增产又增收。

该县强力推进油茶基地建设，在五里、麦市、塘湖、北港、马港等乡镇，依托黄袍山油茶项目，不断扩大油茶种植面积，加强基地抚育管理，每个乡镇新发展 2000 亩以上油茶种植面积。

目前，通城已被确定为全国油茶重点示范县，黄袍山绿色食品公司打造的"本草天香"品牌茶油畅销国内市场。全县油茶规划面积 40 万亩，已建成高标准育苗基地 120 亩，年出圃优质苗 380 万株，新造百亩以上油茶基地 100 多个，油茶产业不断壮大。

中药材　群众致富新门路

"福人药业上年为通城纳税增加 600 多万元。"年初，从通城传出了这么一个喜讯。

"通城在外做药材生意的人特别多，发展药材产业是有很好前景的。"五里镇左港村支部书记左仕和，2004 年就开始为福人药业做销售。

福人药业在石南镇建设了一个中药材栽植基地，鼓励附近的农户进行栽植，按市场价进行收购，带动农户种植中药材。

依托福人药业等龙头企业，该县集中力量建设金刚藤、鞘蕊苏、车前草、金银花等中药材种植基地，大力推广林药套种等新技术，力争新发展中药材种植面积 5000 亩，打造药材大县。2011 年，通城产药材达 3000 万多吨。

如今，通城特色农业初显芳容：锦山茶场"锦峰"牌茶叶、大坪"新三汇"绿色食品、"黄袍山"油茶等一批特色农产品畅销全国市场。去年，农业产业化产值达 11.3 亿元，农产品加工总产值达 21.12 亿，特色农业鼓起了农民"腰包"。

（原载《咸宁日报》2012 年 2 月 29 日）

再造秀美新家园

——通城县灾后倒损民房恢复重建纪实

一幢幢崭新的楼房拔地而起，一张张农民的脸笑得喜洋洋；乔迁的鞭炮燃起来，庆贺的锣鼓响起来……初冬时节，通城大地处处洋溢着喜人的景象，洪灾过后的通城尽展新颜。

9 月 23 日，全省因灾倒房恢复重建工作现场会上，省民政厅领导称赞："通城倒房恢复重建工作做得扎实，经验值得全省推广！"

灾后新貌源自大干实干。在过去的 4 个多月里，通城县迅速落实省委、省政府"五有四通三保"精神，带领干部群众全力以赴加快灾后倒损民房恢复重建工作，用勤劳的双手在灾后的土地上再造秀美新家园。至目前，全县 2186 户危房户 7 月底全部维修完毕，1907 户倒房重建户已经和即将全部入住新居。

郑重承诺　责任到位快行动

"10 月 1 日前，所有倒损民房全部恢复重建竣工，入冬前全部住进新房！"面对"6·10"特大洪涝灾害带来的灾难，县委县政府领导第一时间向全县受灾群众郑重承诺。

当"6·10"特大洪涝灾害中，全县倒塌房屋 8517 间，损毁民房 8193 间，全县 2186 户急需维修，1907 户要重建家园。

灾情牵动着各级领导的心。省委书记李鸿忠、省长王国生等领导第一时间深入灾区一线指导救灾工作，明确要把倒房重建作为党委和政府的第一责任，灾后重建作为第一民生来抓。民政部、省、市各级各部门领导纷纷亲临通城指导抗灾和重建。

通城县迅速落实省委、省政府"五有四通三保"精神，在妥善安置好受灾群众，确保灾民生活"五有"的前提下，及时将救灾工作的重点转向灾后倒损民房恢复重建和恢复生产。

灾后如何快速重建？这个问题被通城决策者第一时间提上议事日程，并迅速行动。

6 月 16 日，仅一周，县里连续召开了全县灾后倒房重建动员大会，12 次专题研究、部署研究倒房重建工作，成立重建指挥部。

6 月 17 日，县里迅速出台了《倒损民房重建工作方案》，明确了倒损民房重建的总体要求、目标任务、救助措施，采取自筹为主、政府补助、部门帮扶、社会捐赠、村组投劳、亲友资助、银行借贷等办法筹措重建资金。

当日，一支由县纪委、监察、民政、住建、国土资源等单位干部组成的四个指导督办专班，奔赴各乡镇，加强对倒损民房重建工作的指导和督办，做好"一条龙"式的跟踪监管，确保全面、按时、保质完成重建任务。

6 月 18 日，县民政局派出 32 人的工作队，深入村组开展倒房户大核查，严格遵照户报、村评、乡审、村公示、县确定的程序，对倒房户建立台账。一周内，全县 11 个乡镇所有倒损民房核查工作全面完成。

科学规划　　灾后重建速推进

11 月 15 日，记者走进关刀镇台源村八组集中安置点，门临绿水鱼鸭满塘，背靠青山果树飘香的新农村景象展现在眼前。

倒房户的新居掩映在苍松翠竹间，7 户相排的大门口新贴的鲜红对联和挂着的大红灯笼倍添乔迁的喜庆。

3 个月前，这里是全县受灾最严重村之一，洪水所到之处，沙石遍地，一片废墟，仅两个多月，该村完成了两个集中安置点 14 户倒房户的建设。

"做梦也没想到我活了一辈子，还能住进过去画上才见到的漂亮新房。"96 岁的万凤长老太坐在新居前，沐浴着冬阳笑个不停。

通城县把灾后重建规划当作课题来研究，邀请相关专家，帮助村民搞好规划，重建选址，科学避灾，将百姓生命安全放在首位，新建房屋力求做到让开行洪道，避开滑坡和泥石流多发地段，尽量在高坡、高地和高台上选址。

为了搞好倒房重建服务，他们又协同规划部门绘制规划图纸，结合新农村建设的相关要求，设计了多种规格的施工图，供群众选用。

重建房屋中，异地重建村无疑是"重中之重"。

当日，记者在麦市镇井堂村半山腰的一块平地上看到，两栋新楼房拔地而起。

这些大多数来自黄龙山上的村民，因灾损毁房屋较多，有几十户，急需异地搬迁。

为节约有限的耕地，镇上反复选址，最终将"新村"选在离集镇两公里的城郊接合部——井堂村一个向阳山包上。

在新村房屋户型设计中，他们设计出既省钱又实用的二室一厅和三室一厅户型，房屋设计为五层，五个单元。

经过 3 个多月的紧张施工，一座占地 6.6 亩花园式新村耸立在鸡笼山下，水、电、路、通信、绿化、沼气等配套工程正在加紧建设。

"有了新房子，还能种上稻子，挣到票子。"麦市镇卢段村村民洪达平指点新居右侧一大片田地说，"政府不仅帮我们集中建了猪圈和杂物间，还流转 100 亩闲置地作为移民的菜地和口粮田，镇村干部多次上门帮我想赚钱的路子，在集镇开了一家商店，子女外出打工，遭了灾，收入倒没减少。"

入冬后，洪达平和其他山上几个村的 40 多户村民已全部搬到镇上新建的"锦堂居"安置点，过上城里人的日子。

合力帮扶　　新的家园环境优

"水灾无情毁家园干群雄心克难关力争损失变最小；党政有恩拨专款领导造福到基层喜庆灾民得新居。"据悉，这是 9 月 10 日，中秋节前一天，塘湖镇凉亭村倒房特困户新居落成，当地一名书生抑制不住内心的喜悦挥笔写下的一副对联。

漂亮的新房里，壁挂电视、燃气厨具、亮丽被褥等崭新的生活用品一应俱全，享受政府集中安置的 78 岁胡凤香老太等 6 户特困低保户只带几件衣服，就喜滋滋地搬进了新居，他们笑着说："能住进宽敞明亮的新房，我的眼睛也亮多了，我们这些特困户住进了新房，沾党的恩啊！"

78 岁胡凤香回忆起"6·10"那场洪水，至今还心有余悸，要不是村组干部抢救及时，住在瓦屋里的村民都难逃洪魔的厄运。

面对特大灾难，通城县委、县政府始终把重建工作作为关注民生的着重点抓在手上，按照"县级领导、乡镇主体、部门帮扶"的总体要求，全县所有县级领导包保乡镇，每人带一个工作专班，第一时间进村入户指导重建；全县 11 个乡镇明确包户干部为倒房户重建责任人，与村委会签订责任状，定时间、定任务、定责任，实行责任包保与专班运作相结合，形成了倒房重建层层有人抓、户户有人管的工作局面。

各部门把帮扶工作放在首位，及时向上争取帮扶政策、帮扶物资，同时，94 个县直帮扶单位结对帮扶 648 户倒房特困户重建。市直部门纷纷对口帮扶通城县灾后重建，30 多个市直单位对每户重建户帮扶 1000 元，并支持对口帮扶的乡镇进行基础设施建设。

市、县部门给力，加快了重建进度。全县 2186 户危房户 7 月底全部维修完毕，1907 户倒房重建户主体工程 10 月份全面竣工，入冬前后先后入住新居。

采访时，记者深深感受到：一栋栋新房，彰显出灾区乡村的魅力与希望；一张张幸福的笑脸，透视出通城人灾后对新生活的美好向往。

（原载《湖北日报》2011 年 9 月 26 日）

绿了荒山富了民

——通城县低丘岗地改造纪略

金秋的湖北通城，油茶吐出新绿，果树压弯枝头……如火如荼的土地整治项目，让 7 万亩低丘岗地重焕生机、8 万多农民得到实惠，山地上正在演绎一个个富民传奇。

荒山遍栽"摇钱树"

一座座青山紧相连，一片片油茶绕山转……8 月 19 日，在四庄乡小井村千亩油茶基地，村党支部书记指着挂果的油茶树告诉笔者："这片荒山经黄袍山公司改造成油茶林后，亩收入 1500 元，今年开始受益，每户平均可增收 2000 元。"

黄袍山绿色食品公司是省油茶重点企业。公司得知低丘岗地改造项目申报后，多次到国土资源部门洽谈，决定采取"公司＋基地＋农户"、"公司＋基地＋村组"等模式创建示范基地，规模种植油茶 5 万亩。该公司与农户签订协议：公司提供种苗，负责技术指导，挂果后按保护价回收。目前，公司已改造示范基地 1 万亩，带动当地农民人均年增收 850 元。

据了解，通城山地面积 80 多万亩，其中可改造利用的低丘岗地 20 万亩。

在改造过程中，该县按照"政府组织，国土实施，统一招标，规范运作"运作模式，由县政府组织对低丘岗地分标进行公开招投标，公检法等部门全程参与监督，严格资金管理，严把质量关。

通城县按照低丘岗地改造田园化、生态化的要求，结合"生态园、农家乐"模式，把低丘岗地改造与新农村建设、观光游览景点开发有机结合，不断建立和完善项目后期管护机制，采取种植大户合作经营等模式流转低丘岗地 3.6 万亩，吸引了一批省内企业来通城造林办场建基地。

目前，全县已改造低丘岗地 7.46 万亩，其中 4.16 万亩通过省、市验收，将项目区建成道路畅通、田块规整、灌排自如、林网秀美、人居和谐的优良区，58个村8万多农民告别耕作难、运输难、灌溉难。

岗地变成"聚宝盆"

秋日的午后，山鸡在果林中扑打着翅膀。在石南镇花亭千亩优质水果基地，兴欣林特公司负责人黎时才高兴地说："这片岗地原先长的是杂草，改造后成了花果山和聚宝盆。"

2008年，借低丘岗地改造东风，黎时才主动到石南、大坪等乡镇投资改造低丘岗地，兴建林特、水果、药材基地。目前，已建成优质水果基地1000亩，栽上了丰水梨、枇杷、水蜜桃等，今年挂果面积达300亩。

在果园内，他还创办了生猪、土鸡、肉鹅养殖场，修整了6口精养鱼池，今年可望实现产值800余万元，辐射带动了周边6个村农民发展特色种养。

低丘岗地改造开发利用为农民专业合作提供了良好的发展平台，致富效应已开始显现。新三汇生猪养殖专业合作社利用大坪乡650亩改造后低丘岗地，大力发展养猪、种植和生态休闲旅游业。目前，合作社已饲养母猪800头，改造鱼塘250亩，种植油茶、药材、蔬菜200多亩，实现年产值2400万元。

塘湖镇龙印村在低丘岗地上发展水果业，成为远近闻名的水果专业村。金龙果业已在岗地上发展水果2000亩，带动30多户农户种植枇杷600余亩。全县将新增水果1.5万亩、油茶6.8万亩、泡桐2.5万亩、中药材种1.8万亩，实现农民人均年增收500元以上。

目前，该县已建成千亩以上油茶基地12个，形成四庄小井油茶基地、大坪速生丰产林基地、四庄泡桐基地、沙堆有机茶叶基地等六大低丘岗地改造样板工程。

如今，湖北通城已吹响打造全国油茶示范县、全国节约集约用地模范县的号角，正在书写绿色传奇、创富传奇。

（原载《国土资源报》2011年9月5日）

力量，在党旗下凝聚

——通城县深入推进创先争优纪实

　　水毁基础设施全力恢复，倒损民房在灾区耸立，项目建设快速推进，村级集体经济不断壮大……

　　金秋八月，通城城乡一派生机盎然。该县正凝聚1万多名党员干部力量，全力投入到灾后重建、为民办实事、发展经济中，一股股创先争优、加快发展的热浪扑面而来。

万名党员在灾后重建中创先争优

　　水毁道路桥梁工地上车来车往，小河、村庄旁红旗招展，三五成群的重建队员挥汗劳作……走进通城县，处处可见党员干部忙碌的身影。

　　6月10日，通城县遭受创历史极值特大洪涝灾害。面对灾情，全县各级党组织和广大党员干部迎难而上，成为群众的主心骨。哪里有险情，哪里就有鲜红的党旗在飘扬，哪里就有党员干部忙碌的身影，县委书记熊征宇、县长姜卫东总是在第一时间出现在抗灾救灾现场，他们用实际行动谱写了创先争优的一曲曲赞歌，在抗洪救灾工作中，全县6200余名县、乡、村三级党员干部，成立党员救灾突击队256支，转移安置受灾群众10.5万人，抢救保护人民财产8000余万元。

　　灾后，通城县各级党组织和近万名党员干部牢记责任使命，以实际行动认真贯彻落实省委、省政府"五有四通三保"的指示精神，在恢复重建中创先进、争优秀，用不断取得的恢复重建成果检验创先争优的实效。

　　30多名县级领导第一时间奔赴各自联系的乡镇指导恢复生产工作，所有县、乡、村三级党员干部全部投入到救灾一线，参与灾后重建。

　　交通、水利、国土、农业等部门充分发挥党员战斗力，成立党员突击队，出动机械抢险排险，全县第一时间实现了"四通"，水毁道路、桥梁等基础设施、农田水利设施在快速抢修中推进，水打沙压农田全面恢复并种上农作物，受灾企业、工商个体户半个月内恢复生产经营。

倒损民房重建成为党员干部创先争优的主战场。一支支市、县部门党员干部帮扶队，100多支由"三万"工作组转成的"灾后重建服务队"来了，1000多名党员干部发扬连续作战的作风，从抗灾一线归来，又立即投身到任务更为艰巨繁重的倒房重建工作中去。他们目的只有一个，确保1907户倒房户10月1日前住进新居。

这些灾后重建服务队深入灾区，帮助选址，组织施工，实行"一条龙服务"，加快倒房重建施工进度，他们冒烈日，战酷暑，日夜奋斗在建房工地上。目前，全县7个安置点，1600多户重建户均已破土动工，已竣工60%。

千名机关干部在为民实事中争优秀

"要不是工作队员，哪有我村的今天，春旱工作组送来水泵抗旱，初夏洪涝灾害，他们抢险救灾、倒房重建样样干在前。"昨日，在关刀镇台源村倒房集中重建安置点上，八组重建户退伍军人郑光复看到忙碌的"三万"工作队员，浑身有使不完的劲，他的身后是背靠青山，面临绿水一字排开的8户新房，上梁那天，他挥笔写下了"建新村党恩浩荡万民颂，得安居灾区重建千家欢"的大红对联。

台源村是该县受灾最严重的村之一。县统计局驻村"三万"工作组迅速投入抗洪救灾中，转移、妥善安置受灾群众420人，确保了受灾群众有饭吃、有衣穿、有房住、有干净水喝、有病能及时救治。同时与援建部门迅速投入到供电线路、水损农田桥梁道路、水损房屋抢修之中。工作组还为6户重建户各送去帮扶资金2000元。

如今，在通城县167个村一直活跃着3700多名这样的"三万"工作队员，他们将送政策暖民心、访民情解民难、办实事促发展作为"创先争优"最大的实践阵地，演绎干群鱼水情，被群众亲切称为"永不走的工作队"。

3月份以来，通城县派驻167个工作组3700多人驻村办实事，五月份，他们战旱魔保春耕，为农民打井，筑拦水堰，新建、维修机泵站，购买潜水泵，累计投入帮扶资金360多万元，增加农田灌溉面积4.1万亩，有效缓解了全县旱情。

"6·10"特大洪涝灾害后，全县"三万"活动驻村工作组就地转为抗洪救灾工作组，与当地村民一道抗洪抢险，将损失减少到最低限度。

为建立创先争优和扶农长效机制，巩固"三万"活动成果，真正让群众得实惠。县委决定，全县"三万"活动工作组不撤，人员不散，力度不减，继续推进"三万"活动，时间延长至10月底。对此，所有"三万"活动工作队员全部下到所驻点的村参与灾后恢复重建工作，建立灾后重建包保工作制度，集中财力、物力、人力，奋力开展恢复重建，同时当好党建督办员、村级换届指导员、农村社会维稳员。

该县工作队员与农民同吃、同住、同劳动，修路架桥、挖塘修渠、调解纠纷等，让长期困扰当地干部群众的老大难问题得到了解决。目前，驻村干部结对帮扶农村困难群众和老党员1100多户，帮助群众解决热点、难点问题3000多个，发展油茶基地2.6万亩，优质稻基地25万亩，发展良种茶园2000亩，专业养殖大户220户；送优质肥料582吨，送种子5100千克，送农业机械121台，为驻点村申报公路、农村安全饮水、低丘岗改造、水利设施建设等项目62个，项目投资1132万元。

百村在发展集体经济中当先进

南大线穿村而过，公路两旁楼房林立。走进麦市镇七里村，一栋4层标准化村级办公楼在秋阳下显得格外气派，村民有的在说事室说事，有的在农家书屋看书报。

县委常委、组织部长郭冰生介绍：这座投资300多万元，集村务办公、党员活动、群众文化娱乐、医务商务、矛盾调处中心于一体的党员群众服务中心，是全县规模最大、标准最高、功能最完善的村级组织活动中心之一。

这样的活动中心，该县有185个，全县已投入"五个基本"建设资金2700万元。这种正在各村综合发挥文体活动、决策议事、便民服务、党员活动作用的"中心"，不仅已经成为通城新农村建设的一道靓丽风景线，也成为该县夯实党建基础，激发组织活力，推动创先争优的一个重要阵地。

依托这样一个阵地，该县在全县农村党员中开展设岗定责制，党员承诺上岗活动，激发了农村党员带头建功立业，争当先锋。目前，全县185个基层党组织、1万多名党员认领了岗位，激发了党员带领群众致富的热情。全县所有农村党员与贫困群众结成帮扶对子，为他们解决生产、生活难题6000多件，引进领办小型致富项目近1千个，帮助1万余农户掌握了一门以上致富技术。

基层组织、基层干部和广大党员在创先争优中的优异表现，极大地增强了党组织的凝聚力和向心力，同时也促进了村级集体经济发展。

老区塘湖镇荻田村原是一个贫困村，借助与玉立集团联姻扶贫共建的机遇，大力培植支柱产业，形成了以纺织厂为主，种养、运输、商贸为辅的农村经济新格局，年村级集体经济收入10万余元。"自我们把纺织厂办起来，村里经济活了，村干部威信也树立起来了。"村党支部书记汪金鳌底气十足。

该县依托资源优势，支持兴办村、组企业。四庄乡青水村利用青水水库发展养鱼；麦市镇冷段村等利用山林资源，开发油茶产业。如今，全县多数产业空白、经济薄弱村，走上了"一村一品"的发展路子。

去年至今，全县新增村级集体经济项目200多个，村级集体经济5万元以上的村达到116个，50万元以上的村达6个。

（原载《湖北日报》2011年8月29日）

铸就云母产业脊梁

—— 解析湖北平安电工材料有限公司自主创新之路

一片毫不起眼儿的云母电热膜，让家电寿命延长了20倍，颠覆了家电传统发热模式！

一条万米耐火云母带，不仅将云母制品开拓到通信光缆行业，还渗入到航天事业，走在国际前沿。

一块110毫米特厚云母板，技术参数达到世界顶级。

创造这些奇迹的是通城县一家"两头在外"的民营企业——湖北平安电工材料有限公司。

正是坚定不移走自主创新之路，推动企业不断攀登科技高峰，平安电工由一个山沟里的企业做成国家级高新技术企业，跻身世界云母绝缘材料制品重要生产基地，铸起了中国云母产业的脊梁。

立足自主　　创新跨越

金秋八月，走进花红树绿的平安电工公司，站在第二期工程车间里，传输带上滚动着银白色的云母纸，公司董事长潘协保自豪地说："我们自主研发的电热膜产品，连续发热 20 年不烧坏、不氧化，这一运用于家电制品的产品还让航天器相关设备寿命延长了 20 倍。为开发这一技术产品，国外客户在市场上寻找 20 多年未果，我们仅一年时间就开发出来了。"

潘协保介绍，公司自主研发的硅晶电热膜发热元件产品，打入市场不到一个月风靡国内外家电制造行业，欧美家电行业巨头用了产品后竖起了大拇指，国内家电行业老大惊叹，电热膜将带来一场家电革命！

"平安电工公司产品能从山沟里步入国际市场，全得力于走自主创新之路。"潘协保说这话时感慨道，"也是逼出来的，没有自主创新，就没有核心竞争力，就不能进军国际市场。"

平安电工公司的前身云奇云母制品厂，1991 年创立于云溪山沟，仅两条生产线。1999 年公司为开拓更广阔的国际市场，与深圳一老板合资兴建了新公司。一年多的合作，对方仅把通城作为云母初级产品的加工基地。

潘协保当时决定退出，在他看来，如果不想受制于人，只有不断自主创新，不断开发新产品，企业才有出路。

对此，在自主研发新产品上，他决定背水一战。

平安电工董事长潘协保深信，只有不断自主创新，企业才有出路。

企业进入攻坚阶段。公司高薪聘请专家教授，集中所有的物力和人力抓科研攻关，潘协保和厂领导班子分别担任攻关组组长，一个由李鲸波、李新辉、李书武等工程技术骨干组成的攻关小组，钻进实验室里，打响了一场攻克千米耐火云母带难关战役。

他们经过千多次反复试验，取得了上万个技术参数，终于研制出来千米耐火云母带，经专家鉴定主要技术指标达到国内领先、国际先进水平。

经过五年多的开发应用，耐火云母带由 1000 米升级为 2000 米，达到 1 万米，并开发出薄如蝉翼的 1000 米单面薄膜带，公司不仅将产品开拓到工商行业，还渗入到航天事业。

作为云母制品的生产与研发的带头人，公司还有更值得骄傲的技术成就：公司开发出耐高温云母纸，煅烧云母带从国际标准 700 度提高到 1000 度；与湖北工学院联合研制了云母陶瓷，打破了国内一直依赖进口的局面；与日本著名音响专业制造商合作，开发出高保真音响云母震动鼓。

在自主创新的基础上，公司步步为赢，立意高远，创意迭出。从一个鲜为人知的企业发展壮大成一家国家级高新技术企业、省级高新技术企业、创新型试点企业、星火示范企业。

公司还被列入神舟系列、嫦娥系列、高速列车、风电、水电、核电等高端、重大项目重点供应商。

自主创新不仅创造了奇迹，还创造了财富，助推企业跨越发展，企业销售收入、上交税金、资产总额分别以年均 30% 的速度递增，每三年翻一番。

搭建平台　　铸造核心

在公司科研成果展览室里陈列着 18 项国家专利技术证书，100 多个国内第一，国际领先的产品鉴定书。

这些全源于公司创新科研平台。

平安人明白，只有搭建科研创新平台，才能形成核心竞争力。

创业之初，公司组建了新产品开发部，成立了新产品检测实验室，投资数百万元，配备了一流的实验仪器和设备，每年科技投入占到公司销售收入的 8%，累计科研经费投入近亿元，一举成为省企业技术中心、建立省博士后产业基地，又着手打造全国博士后流动站，一栋 19 层博士楼正在筹建之中。

创新科研平台，产学研紧密结合，让平安公司迈出了坚实一步。公司先后与国防科技大学、武汉理工大学、华中科技大学、武汉工程学院、中国咸阳非金属矿研究所、北京矿冶研究总院等近 10 所大专院校、科研院所建立合作关系，建立了以企业研发中心、省企业技术中心、博士后产业基地为主体，专业研究机构和高校研发中心为支撑的开放型自主创新体系。

借助这个科研平台，公司产品有了孵化基地。1997 年，投资扩建了 1 条国内最先进的云母纸生产线，提升产品档次，云母纸产品第一次走出了国门。

"国际市场上厚云母板的技术规格是厚度 80~100 毫米，而我们 2003 年研发生产的特厚云母板的厚度超过 110 毫米，性能比钢铁还硬，不发裂、不分层。"在云母板车间，总经理李鲸波坚定地说。目前，云母板的厚度平安电工做到了世界第一，一举打破欧美同行企业垄断厚云母板数十年历史。

这些全得益于科研机构提供的技术支撑。目前，公司形成了"生产一代，试制一代，预研一代，构思一代"的产品发展格局，已开发出拥有自主知识

产权的 7 大系列 600 多个产品，

　　这些具有企业核心竞争力的主要产品，成就公司 20 年来云母产能、产量、销售市场分别稳占全国同行业的 40%、45% 和 50%。云母带、云母纸国内销量夺冠、占领国际市场三分之一份额。

凝聚人才　创新之源

　　"企业竞争，归根结底是人才的竞争。"潘协保深谙此理，"我们以海纳百川的胸怀与气度，把人才创新的平台构筑得更宽广、更坚实。"

　　车间主任李星辉、李书武因成绩显著，被提拔担任技术开发部经理和技术总监，主要负责工艺制订和工艺改进。

　　他们仅是平安公司自主培养的科研队伍中的一员。平安公司围绕"人才优先"和"自我提升"的成才理念，建立了有效的教育培训机制，培养业务素质高的人才，并建立有效的员工绿色成长机制。树立"人人皆可成才，人人尽可成才"的思想，建立正常晋升、破格晋升的晋升模式，选、竞、聘的任用模式，帮助员工进行职业生涯设计，让广大员工和各类人才创业有机会、干事有舞台、发展有空间。

　　对科研人才队伍，广泛引进来。平安公司相继从高等院校、科研院所引进孙传尧院士、司马亮和教授等行业科研权威、技术精英加盟企业发展。

　　一大批事业有成的高科技人才的凝聚，已成为平安科研创新、不断提升市场地位的坚实基础。

　　目前，一支以院士、享受国务院津贴专家、特聘专家、工程师、技术能手等梯次结构合理、专业结构配套的自主创新人才队伍基本形成，公司拥有享受国务院特殊津贴专家 1 人、高级工程师、经济师、工程师、高级技工 108 人，他们已成为中国云母绝缘技术研发与制造工艺的领军人物和核心力量，主导、引领中国乃至世界云母绝缘材料制品产业的进步与发展。

　　他们几乎囊括了我国云母板、云母带、云母异型制品、电热膜等重要科研成果，公司已获得国家专利技术 18 项，有 50 多个产品国内领先，有 40 多个产品国际领先，有近 30 个产品填补了国际、国内市场空白。

　　正是有了这批科技人才，企业每年投入科技创新的资金以 30% 的增幅递增，建成了 100 多条达到国际先进水平云母深加工生产线，其生产能力位居国内之首，是世界云母绝缘材料制品重要生产基地。

如今，平安电工公司又在云溪水库大坝新上云母纸生产线 8 条，新上微米级无碱玻纤细纱项目，打造全国高档云母制品生产基地，进军更广阔的国际市场。

（原载《湖北日报》2011 年 8 月 19 日）

春风化雨总关情

——通城"三进家门"解民难促发展记

农忙时节，记者走访通城乡村，到处是机关干部忙碌的身影：给群众讲解政策法律，为群众送农资信息，帮群众发展种养业……

这是通城县广泛开展以"三万"活动为主题的政策法律、信息技术、利民实事"三进家门"活动，似春风，温暖千家；如春雨，滋润人心，转变了干部作风，增进了干群感情，解决了难题促进乡村经济发展。

惠民政策暖人心

"你老糖尿病，新农合给你报了多少，享受低保政策没？！"3 月 29 日，县委书记熊征宇一行沿着曲曲弯弯的公路爬上海拔近千米的南楼岭，径直走进麦市镇李段村特困户刘继来家访民情，了解到他患病 8 年后，送上慰问金。60 岁的刘继来双手捧着慰问金含泪感谢："共产党的干部好，该享受的政策都到位了。"

这是通城县在开展"三万"活动中送政策访民情的一个片段。

3 月上旬，县委成立工作专班，从县直单位、乡镇选派近千名干部组成 167 个工作组，深入到全县 167 个村 9 万农户家中，广泛开展以"万名干部进万村入万户"活动为主题的"三进家门"活动。

他们带着《强农惠农政策读本》，走进百姓堂前，面对面、手拉手、交心谈心，对群众反映的问题，做好《民情日记》，把党的政策、政府的关怀送到每家每户，促进了干群一家亲。

县委书记熊征宇和县办驻村队员了解到73岁的老农葛大善双眼患白内障，他们与卫生单位联系，免费做了复明手术，工作队还为村里5户大病特困户按政策解决了部分医药费。他们纷纷说："党的政策好，困难吃低保，病了有医保。"

通城县有12万人在外打工，每个村约有15%的农户举家外出务工经商。为走访不留空白户，该县采取寄一封书信、送一份政策宣传单、发一份问卷调查表、打一个电话、发一条短信、留一张联系卡"六个一"的方式，实现走访农户全覆盖。

干部真心实意访民情，吸引了外出务工青年主动回来与驻村干部交谈，有的回电话、发短信表达自己的意见和建议。

这个县在走访中收集到关于发展村级经济、公益事业建设、村务财务管理等方面的意见两万多条，落实惠民政策160多件，发放政策读本9万多份，送法律下乡189场次，农民的法律意识普遍增强了，农村社会治安明显好转。

科技信息引富路

村头摆起了科技龙门，数百名村民闻讯赶来，现场咨询有关农技知识，观看科教片。

4月8日，茶叶、水产、畜牧专家来到沙堆镇石冲村，送科技、送信息、送服务到田间地头。

当天，县政府办驻马港镇踏水村工作组聘请专家基地示范，运来了1万株油茶苗，免费发给当地村民。

畜牧局组织百名畜牧技术人员，分赴到全县167个行政村，开展生猪防疫……

信息不畅制约了通城特色农业的发展。"三万活动"走访中，许多村民反映，希望得到农业专家现场指导。

于是，县委书记熊征宇号召全县工作组把群众引导到科学致富道路上来，把农民最需要的科技信息、技术等送到乡下，指导农民根据市场需求，调整农业产业结构，促进农民增产增收。

为此，他们在乡镇干部中开展了"包一村，学一技，创一业，帮一户，讲一课"的"送科技信息进家门"活动，从农业、畜牧、林业等部门抽调技术员在全县巡回举办农业技术培训班，请专家主讲了水稻种植，油茶、茶叶、蔬菜栽培，生猪、水产养殖等方面的农业技术，培训 10 万人次，现场发放各类资料 10 万余份。

塘湖镇雷吼村在公安局的扶持下利用山地开发油茶基地 1000 亩，成为该村的富民产业。

由于缺技术，管理跟不上，成了村民的顾虑。

"信息技术进农家"活动犹如一场"及时雨"，解决了当地农民种油茶缺技术的难题，今年春，在专家指导下，全县新造基地 3 万亩，改造老油茶林 1 万亩。

关刀镇杨家村养殖大户方小其年出栏生猪 30 多头，卖不上好价钱。农业局驻村干部上门，帮她联系生猪销路，贷资金，送技术，手把手传授技术，发展养蜂 23 群，将蜂蜜打入县城超市。

"科技信息送上门，等于财神进了家门，每年赚个万把元不成问题。"方小其笑得满脸灿烂。

入春以来，该县农业结构调整效果明显：蔬菜、药材、优质稻、油茶种植突破 50 万亩。

利民实事解民难

"要不是工作组修好水堰，哪有今天这水稻千重浪。"5 月 16 日，马港镇踏水村 77 岁的老教师杨桂龙稻花香里，夸声不断。

3 月中旬，县长姜卫东与政府办驻踏水村工作组在走访民情时，农户反映，村里两座 50 年代修建的水堰，因年久失修，堰坝底部多处漏水，蓄水困难，200 多农户的稻田得不到灌溉，歉收。

当日，队员请来水利专家实地考察，做出了维修方案。

3 月底，工作组出资 5 万元，又请来大型挖掘机，同村民同劳动，奋斗半个多月，新修一堵长 32 米、深 2.4 米的钢筋混凝土墙，程家堰用水泥整修一堵长 20 米、宽 80 厘米、高 60 厘米的堤坝，抢在春插前将水引到田间，解决附近两个村 1000 多亩水田的灌溉。

"三万"活动中，县里规定工作组成员每月住宿在村不得少于 20 天，劳动次数不少于 5 天。目前，"吃农家饭，想农家事，干农家活，解农家难"已成为通城驻村干部一道利民实事风景。

县水利局在大坪乡内冲村投资 10 万元，解决村民安全饮水问题，实现全村安全饮水全覆盖，在粟坪村投资 4 万元维修一条水渠，新建 3 座石堰，解决农民灌溉难等。

工作队员与农民群众同吃、同住、同劳动，积极为民办实事，谋民利，修路架桥、开荒种果、挖塘修渠、调解纠纷等，让长期困扰当地干部群众的老大难问题得到了解决，他们帮助群众解决热点、难点 3000 多个，组织村民修公路 20 多公里，新修维修塘库 10 座，建渠道 2000 米；发展油茶基地 1 万亩；一对一帮扶困难户 500 多户，向特困户捐款 18 万余元，送优质肥料 582 吨，送种子 5100 千克，送树苗两万株，送农业机械 121 台。

（原载《咸宁日报》 2011 年 6 月 4 日）

活 力 之 源

——通城县创建全省党的基层组织建设示范县巡礼

冬日的通城，满眼青山绿水，处处党旗飘扬，全县各级党组织围绕"创先争优"这个主题，广泛开展党的基层组织"五个基本"、"七个体系"建设活动，城乡面貌焕然一新，党员干部干事业热情高涨，群众得到更多实惠。

夯实基础：凝聚向心力

走进通城县四庄乡清水村，三层标准化的村"两委"办公楼在冬日的暖阳下显得气派，村民有的在说事室说事，有的在农家书屋看书报。

村党支书金学文指着服务中心说："原来办公的地方都没有，现在建了服务中心，群众办事方便多了，创先争优活动，让我村焕发了生机。"

针对部分村（社区）党组织办公阵地简陋，少数村无固定办公场所等难题，县委采取以奖代补的形式，对验收达标村（社区）每个给予两万元的资金奖励，对新建和改扩建办公活动场所分别给予资金补助。同时，有关部门开展"城乡互联，结对共建"和"共驻共建"帮扶活动，派出 16 个工作组、1 千余名党员干部下基层，解决硬件设施建设问题。县卫生局按照一村一室的原则，在每个村高标准设置卫生室。县供销社在每个村建起了集村务、商务、服务于一体的村级综合服务社。县文体局共为 110 多个村建起了农家书屋。

创建初期，部分乡镇高起点规划，高标准建设，在全县起到了示范带头作用。麦市镇七里村投资百万建起了全县一流村综合办公楼，沙堆镇、关刀镇、五里镇等乡镇在公路沿线和街道两旁悬挂党建宣传标语，着力打造"党建文化"一条街；隽水镇为创建一流社区，在全镇 8 个社区中建起了高标准的"办事服务大厅"，推行一站式服务。

县委副书记、县长姜卫东介绍，目前，全县共投入"五个基本"建设资金 2700 多万元，新建 70 个村级组织活动场所，改扩建 115 个，每个村都有设施完善、功能齐全的村级场所，台账建设一应俱全，将村级场所打造成集说事、办事、和事"三事中心"为一体的综合阵地，71 家县直机关事业单位、58 家非公有制经济组织和社会组织实现了"五个基本"建设全覆盖。

党员有了活动场所，干群有了向心力。至今，全县村级党组织依托活动场所，为农民群众无偿代理服务 6000 余件，组织党员开展党性教育和农村实用科技培训 210 余场次。

开展活动：彰显影响力

"党员固定学习日"、"党员家庭责任牌"、""红领'先锋岗"……通城县创新工作思路、组织设置、活动形式，为创建全省党的基层组织建设示范县注入了新的活力。

"村里每年都要搞'五议五公开'，村里大小事，都要征求百姓的意见，我们有了当家做主的感觉。"谈到四庄乡民主决策时上坪村民如是说。

四庄乡经常组织党员和群众代表开展党员民主评议活动，保障和落实党员群众的知情权、参与权、表达权、监督权，在"村级财务监督员"的监督下，没乱花一分钱。

北港镇方段村党支部把每月农历初二定为"党员固定学习日"，集中全村党员干部学习政策、文化和科技知识，13 年的坚持，党员干部村民素质得到全面提高。村投资修建了便民桥，硬化了村组级公路。

马港镇在全镇党员中开展"党员亮身份"活动，让广大党员站出来接受群众监督,主动为群众服务。

塘湖镇林湾村将 59 名革命烈士照片、事迹刻在"红色纪念墙"上,弘扬革命精神。

县卫生系统的"三感、三训、三连"、宝塔砂布厂的"四教、四无、四岗"、教育系统的"师德报告会"等主题实践活动进一步增强了党组织的凝聚力、战斗力和号召力。

目前,全县在农村党员中设置"九员一长"先锋岗 3817 个,县委从县直机关单位派驻 42 名副科级干部到 58 家规模以上企业任党建工作指导员,设立"红领"先锋岗,助推企业发展。

全县上下广泛开展"百对组织联帮带、千名干部下基层、万名党员当先锋"的党建主题实践活动,结对帮扶困难对象 3700 余个,结对帮扶资金物资折合人民币 250 万元,3000 名农村党员干部带领群众创建基地、兴办经济实体实业,带动农户 6000 多户,有力地促进了农业产业化发展,充分彰显出基层党组织的生机活力。

建强队伍:盘活领头羊

农民洗脚上岸成了产业工人,工人住进了宝塔花园,村民幸福日子像花儿一样红,这全得力于"领头羊"——村支书黎锦林。

宝塔村支书黎锦林响应党组织和亲人的召唤,毅然放弃繁华都市的舒适生活,返回偏远贫困的山区当村支书,使宝塔村经济以年均 25% 的速度持续增长,工农业总产值达到 3 亿元,村民人均年纯收入近万元,成为全省大学生"村官"的一面旗帜。

通城县不断创新村干部的选拔任用方式,以选好配强村党组织带头人为核心,着力选准配强村级党组织"一把手",不断从外出务工经商人员中选村官,从致富能人中选村官,从大学生中选村官,大力实施"领头羊"工程,使一批凝聚力不强、战斗力不高、村集体经济薄弱的基层党组织面貌焕然一新。

县委常委、组织部长郭冰生介绍:"全县基层党组织书记中,从外出务工经商和致富能人及大专生村官中选拔的有 60 人,村两委班子成员中,有务工经商经历的达 260 多名,'一村一名大学生'125 人,有 20 名机关党员干部被选派到难点村担任'第一书记'。"

同时,他们对 11 个软弱涣散村存在的突出问题进行了集中整治,转化率达到100%。

发展产业：拓宽财富路

"党员干部要带头干，要带领群众干。"县委书记说，创先争优最根本的出发点和落脚点，就是要发展壮大集体经济、帮助群众拓宽富路，让百姓得到更多的实惠。

老区塘湖镇荻田村原是一个贫困村，借助创先争优和玉立集团联姻扶贫共建的机遇，大力培植支柱产业，新建万锭纺织厂，加快农业、个体私营企业的发展，形成了以纺织厂为主，种养、运输、商贸为辅的农村经济新格局，今年，全村工农业总产值3200万元，村级集体经济收入10万余元。

"自我们把纺织厂办起来了，村里的经济活起来了，村干部的威信也树立起来了。"村党支部书记汪金鳌底气十足。

这个县依托各地资源优势，支持兴办村、组企业。石南镇石马村先后办起了河沙厂和石材厂，每年增加村级集体收入6万元；四庄乡青水村利用青水水库发展养鱼，每年增加村级集体收入5万元；隽水镇桃源村引资30万元建立桃源山庄"农家乐"，村级集体经济年增收7万元。

通城是全国油茶重点示范县之一，依托油茶产业发展村级集体是该县创先争优又一特色。四庄乡小井村、麦市镇冷段村等利用丰富的山林资源，开发油茶产业，目前，全县油茶面积达12万余亩，其中连片面积达2000亩以上的基地两个，500亩以上45个，3年后，该县村级集体经济总收入每年将增长2000万元。

如今，全县多数产业空白、经济薄弱村，走上了"一村一品"特色发展的路子，群众致富获得了源源不断的动力。今年全县新增村级集体经济发展项目数133个，村级集体经济5万元以上的村达到116个，村级集体收入达50万元以上的村6个。

（原载《咸宁日报》2011年3月14日）

科学引领跨越发展　建设鄂南经济强县

——回眸通城"十一五"

"十一五"以来，通城县紧紧围绕"一主三化"，大力实施"工业兴县、项目立县、商贸活县、人才强县"的发展战略，面对复杂的经济形势，上下一心，克难奋进，保障了全县经济协调、持续、跨越发展，确保了"十一五"计划主要任务顺利完成，进一步开创了通城经济社会发展的新局面，为"十二五"发展奠定了坚实的基础，建成鄂南经济强县曙光初现。

走进湘、鄂、赣三省交界的通城县，项目建设如火如荼，城镇交通建设日新月异，工业园区建设一路凯歌，新农村发展画卷不断更新……

短短五年时间令人刮目相看——"犀利"砂带、"福人"药品、"平安"云母、"银珠"稻米、"本草天香"茶油……响当当的通城品牌驰名中外。

杭瑞高速通城段、中心客运站、银山广场、城区垃圾处理场、污水处理厂……一批批重大项目在通城扎实推进。

全省农民专业合作社发展、农电工作、水土保持、军队转业干部安置、"难点村"治理等 10 个专项工作会……会会都有通城典型发言。"县域经济发展模式和成功经验"受到新华社、《人民日报》等中央多家媒体的专访及宣传推广。

水稻全程承包、文化员培训、律师参与信访接待、"六个一"生猪养殖模式均得到省委领导的充分肯定，在全省推广。

通城相继成为全国劳务输出示范县、国家产粮大县、生猪调出大县、油茶基地建设示范县、崩岗治理重点县、全国科技创新先进县。

如今，只要一踏上通城这块沸腾的热土，就可以听见跨越发展的洪亮号角，听见赶超的豪迈誓言，听见前进的铿锵脚步！

解放思想，实施"四大战略"，带动全民创业，县域经济快速发展。

回首"十一五"看通城，可圈可点之处在工业，走进鄂南山区的通城县，工业发展大潮奔涌。

一组数据，可以看出通城工业经济发展的"加速度"：

2006 年，全县新增规模以上工业企业 9 家，发展到 42 家；

2007 年，全县新增规模以上工业企业由 42 家，增加到 58 家；

2008 年，新增规模以上工业企业 6 家，达到 64 家；

2009 年，增加规模以上工业企业 5 家，增加到 69 家；

2010 年，净增规模以上工业企业 6 家，达到 75 家。

"思想解放的程度，决定改革的深度、开放的力度、发展的速度。"县领导谈到县域经济跨越发展时深有感触地说。

通城四面环山，交通不便，曾两次夺得全省城镇建设"楚天杯"，有玉立、福人两个税收过亿元的企业。

但发展依然滞后，怎么办？

2006 年，新一届县委、县政府领导上任后，跑遍了通城的山山水水，结合通城实际，围绕全县工业、农业、城市建设、干部队伍、作风建设进行了深入调研和全面思考，提出了"工业立县、项目兴县、商贸活县、人才强县"的发展战略，建设"富裕、文明、开放、和谐，充满活力的新通城"的奋斗目标。

为新思路和新战略得到落实，县委、县政府在召开会议统一思想达成共识，"要加快发展，当务之急是推动全民创业。"

自此，该县拉开了领导树人才、部门树形象、全民树企业的全民创业序幕。

通城大地奔涌着一股"群众创家业，能人创企业，干部创事业"的创业大潮，广大农民纷纷"洗脚进城"，到城镇发展第三产业；下岗失业人员从事个体经营，开展"二次创业"；军队转业干部和退役士兵、大中专学校毕业生、城镇居民自主创业。

全民创业结出了硕果。目前，全县民营企业 6883 家，全县个体工商户达2.9 万户，从业人员 5.2 万人，带动城乡就业两万多人，民营经济提供税收占财政收入比重 92%。

全民创业催生了一大批企业家。全县涌现了"全国发展县域经济突出贡献人物"和"中国扶贫开发典型"及全国"五一"劳动奖章获得者黎珊玉、全国农民企业家潘协保、"全国时代先锋"郑四来、全国劳模、"大学生村官"黎锦林等。

通城，这片古老而又年轻的土地上解放思想春潮涌动，创业创新激情飞扬，开放开发大潮奔涌，县域经济竞相发展。四大支柱产业得到进一步壮大。

目前，全县拥有涂附磨具企业 11 家，产品占国内同类产品市场份额的 76% 以上，成为亚洲最大的涂附磨具生产基地。云母制品企业 5 家，出口量占全国的三分之一，一跃成全国最大的云母制品生产基地。中药制药企业 4 家，是全省最大的中药制药生产基地，药品销售网络覆盖全国各地。电子信息基础材料生产企业 12 家，是湖北省及华中地区较为集中的电子信息基础材料生产基地。

品信汽车用品、力星灯饰、汇康纺织、宝塔砂布厂、新力织造公司、丰普等一批中小企业年销售收入和利税实现翻番，进入快速增长期，成为该县工业经济新的增长点。

2010 年全县实现工业增加值 18.9 亿元，同比增长 50%；外贸出口 1950 万美元，同比增长 33.6%。涂附磨具、云母绝缘材料、中药制药、电子连接线材四大支柱产业的产值、销售收入、利税均实现了 47% 以上的高增长，拉动全县工业增长 23.8 个百分点。

主攻项目，加快园区建设，承接产业转移，县域经济跨越发展。

回首"十一五"看通城，五年时间工业巨变，主要得益于县委、县政府领导把项目建设作为强县富民的重点工作紧紧抓在手上，一年一个新台阶：

2006 年，全县共引进招商项目 136 个，合同资金 7.4 亿元，实际到位资金 3.5 亿元；

2007 年，全县共引进项目 97 个，总投资 21.8 亿元；

2008 年，全县开工建设项目 137 个，全年完成固定资产投资 21.3 亿元；

2009 年，全年开工建设项目 182 个，总投资 32.8 亿元；

2010 年，新引进项目 95 个，到位资金 19.6 亿元，同比增长 95%，其中亿元以上工业项目 5 个。

走进群山环抱的通城县，项目建设春潮滚滚。投资 3 亿元的中美合资宝塔研磨、投 1 亿元的三瀛兴电子等一批重大项目迅速铺开……

一个缺少区位和资源优势的山区县，项目建设如此高歌猛进，这来源于通城人解放思想，走出山门招商引资，向上争项目寻求发展突破，坚定不移走科学发展之路。

"回归工程"是通城的一张烫金名片。跻身全国劳务输出工作示范县的通城，每年有 12 万余人在全国各地打工，经过多年的打拼一大批人已成为打工精英。

如何将他们吸引回来投资，为建设家乡出力。用乡情、亲情、友情感动他们。一开春，县委书记、县长挂帅带队组成招商考察团，到广州、深圳、浙江、北京等打工者聚集地，宣传招商引资政策，推介发展项目，成立同乡会、商会，聘请通城籍知名人士当会长。

届届盛会，次次盛情，累累硕果。五年来，县领导拜会同乡千余人次，参会同乡 1600 多人次，洽谈项目 600 多个，大家情绪高涨，报效桑梓的情怀溢于言表。

全县最大的"回归工程"项目——瀛通电子落户故里，投资 5000 万元，打造全县电子信息基础材料产业的龙头企业，先后成功引进"回归"项目 586 个。

解放思想的通城人，如今参与招商引资的人也越来越多了。

他们紧紧抓住沿海发达地区、武汉城市圈产业转移的机遇，招商引资，承接产业转移。各单位、各乡镇主要负责人纷纷转变角色争当招商乡镇长，东奔西走抓招商，每个乡镇抽调 3~5 名得力干部脱产一心招商；每个科局确定了一名干部专门招商，全县常年有 100 人的招商队伍驻在主要城市围绕资源、优势、特色和产业招商。

一批批外省的客商随之涌进通城考察、洽谈……

第一个引入投资过亿元的资源型项目——建龙矿业来了，建成投产年创产值 11 亿元，实现利税 3 亿元。

广东佛山陶瓷老总投资 1 个亿来了，杭瑞陶瓷一期已全面开工，元月可竣工投产，华中地区"小瓷都"日渐显现。

7 家生产耳机连接线、电线电缆的企业纷纷移师内地，总资产 1.2 亿元，成为通城崛起的第四大支柱产业。

"跑项目就是抓发展"的理念已深入通城人心。

通城县推出一系列硬措施，将项目目标具体细化到各单位负责人头上，各级"一把手"腾出主要精力跑项目、争资金，全县落实专人、专班、专项经费，进一步加大"跑部进京，跑汉进厅"争取项目的步子。

在争项目上，通城人有一股子钻劲儿。特别是在申报条件不足的情况下，敢于"跳起来摘挑子"，成功争取到"国字号"的项目。

"两高一铁"（杭瑞高速、岳汝高速和常岳九铁路）过境通城项目是通城决策者"无中生有"跳起来摘到的 3 颗仙桃。

这些项目对于通城来说，具有历史性意义，是一座里程碑。随着杭瑞高速通城段的建成，通城作为联接湖北与湖南、江西，增强"武汉经济圈"辐射功能的"中转站"地位日益突出，常岳九铁路将结束通城无铁路历史。

接着通城人又一口气跑来了"国家产粮大县"、"全国生猪调出大县"、"全国油茶基地建设示范县"等项目，全县呈现出"大项目、好项目增多，投资强度增大，建设速度加快"的良好态势：

2006年，新建投资500万元以上的工业企业8个；

2007年，投资过亿元的玉立3号线建成投产；

2008年，投资过3亿元的建龙钒业建成投产；

2009年，投资过亿元的玉立4号线、瀛通电子建成投产；

2010年，投资过亿元的平安电工二期已建成投产。

投资3亿元的中美合资宝塔研磨正在加紧厂房建设。韩国大宇重工、台湾统一集团、香港浩业公司、温州华天陶瓷等知名企业相继来投资考察，并达成投资合作意向。

16座水库除险加固等农业项目建设成为最大亮点；

投资近10亿元，启动了工业大道、银山广场、玉立大道刷黑、中心客运站、文化科技活动中心、垃圾处理场、污水处理厂、"两河"治理、百丈潭供水复线等重点项目，城市品位不断提升，综合承载力明显增强。其中，总投资6000万元的银山广场，占地面积7万平方米，成为该县标志性工程。

农村初中校舍改造、农村饮水安全工程、农村沼气池建设等民生项目高位推进。

"十一五"期间，全县累计向国家及省市争取项目260个，争取上级资金4.5亿元，确保了一大批重点项目的顺利实施。先后完成了县医院门诊大楼、东冲、阁壁水库除险加固、银山大道、通泰市场、杭瑞高速、瀛通电子等工程，项目建设有力拉动了全县经济社会的较快发展。

园区成为项目建设的主战场。

走进省级经济开发区——通城经济开发区，处处"新枝勃发"，锡山民营创业园、宝塔科技园、陶瓷产业园……纷纷开园。

分管工业的副县长刘季平自豪地说，经过10多年的建设，经济开发区已粗具规模，已入驻企业60多家，成为对外开放的窗口，招商引资的平台，产业聚集的洼地。

通城决策者们又正科学规划，精心打造"一区多园"，着力打造以县城经济开发区为龙头，宝塔科技园、陶瓷产业园、隽水工业园、马港工业园、七里村工业园等为抓手的经济发展规划，重新修编了经济开发区的建设规划，按照"分块发展，配套完善，综合利用"的原则，对引进项目按产业归属进行分区建设，集群发展，在原有"一纵"的基础上，以工业大道为主轴的开发区二期工程已完成投资 1.5 亿元，"二纵四区"的现代化开发区呼之欲出。

筑巢引凤栖，一个个"小巨人"型的工业企业在开发区迅速发展壮大，一批批上规模、上档次的工业项目在隽水大地落地生根：

新凯实业、福人药业三期等项目入园开工建设。

优化环境，化解金融危机，引领科学发展，建设鄂南经济强县。

五年回首看通城，看似寻常不平常。县领导以"敢于担当，勇于创新，勤于务实"的"通城精神"，战风雪，化危机，转变发展方式，带领通城人民在科学发展的道路上越走越宽敞，在跨越发展的道路上越干越精神，在和谐发展的道路上越走越坚实，进一步坚定了他们早日建成鄂南经济强县的信心和决心。

"时刻关注企业需求，真心实意为企业服务，呵护企业发展，真正动员各方面的力量共同打造招商者是功臣、投资者是上帝、服务者是公仆、干扰者是罪人的良好发展环境。"县领导多次承诺，并付之行动。

为了给民营企业提供宽松的发展环境，通城县不断完善服务机制，积极营造民营经济良好的发展环境。县委、县政府出台了《关于进一步优化经济发展环境的决定》、《关于进一步加快民营经济发展的决定》。

县里建立县级领导联系民营经济大户制度，30 多位县级领导与民营经济户建立了联系点，对民营企业实行"一卡定费"、"两条隔离带"；进一步完善"四全服务"、"经济发展环境考核评估"等制度，对民营业主投资实行优惠政策，在厂房、收费等方面予以倾斜。

该县组建了"一办二中心"，即经济环境整顿治理办公室、经济发展环境投诉中心和行政服务中心，从相关职能部门抽调专人，常年办公，对民营户实行"一条龙"服务，开通经济发展环境"110"投诉电话，全工作日接受投诉，调处有关事宜；对重点企业运输车辆发放"绿色通行证"。

各职能部门实行挂牌承诺服务制，推行企业安静生产日制度，对扰乱重点项目建设、乱收费、乱检查、不履行承诺，吃拿卡要和环境评议不合格的单位和个人，实行责任追究。与此同时，公安、纪检、监察部门大力查处欺行霸市行为，切实减轻民营经济户负担。

通过大力扶持，以建龙钒业、瀛通电子等为代表的一批投资上亿元的民营企业在通城纷纷落地，并逐渐发展壮大，成为该县县域经济发展新的引擎。

为了化解金融危机给企业带来的不利影响，县委书记、县长等30多名县级领导牵头，从县直派出千名干部组成服务专班，对重点项目，规模以上的企业实行"五联"工作制度，开展"保姆式"服务，县领导每周至少一次深入所联系企业，沉到生产销售一线，全面了解和掌握企业生产经营的状况，帮助落实上级关于扶持企业发展的各项政策措施，积极为企业争取政策、资金和项目支持。去年，四大支柱产业逆市飘红，生产总产值、销售收入、利税分别增长33.5%、19.1%、8.5%，在同行业中仍占绝对优势。

通城县积极实施"科技入企"工程，引导企业通过自主创新、调整结构等促进发展方式转变，帮助民营工业企业强身健体。

为提升企业自主创新能力，县委、县政府鼓励、支持企业开展技术中心建设，积极争取国家、省认定企业技术研发中心，争取省企业创新能力建设专项资金。该县10多家企业与华中科技大学、武大、中科院武汉分院等10多所科研院所，达成产学研合作13项；企业与大专院校达成自主协议18项，目前，福人药业、平安电工等企业已建立了博士后人才培养基地。平安电工的千米耐火带创造了全国纪录，云母板、云母带成为"神六"飞船指定产品，公司进入全省科技重点培养企业和创新型试点企业行列。玉立砂带已建成省级质检中心和技术中心，先后研发出新产品50多个，申报国家发明专利3项、新型专利5项。其中，网格砂布、超涂层砂带填补了国内空白，替代进口，处于国际先进水平。亚科微钻的PCB铣刀、钻头填补了湖北精密机械的空白。

目前，通城县先后为玉立集团、亚科微钻、中天云母等企业申报技改项目15个，年可为企业节约成本3500万元。

同时，加快淘汰落后企业产能，关闭水泥企业、小造纸厂、小炼钒厂等"新五小"和"十五小"企业48家，查处环境信访案件46起。玉立砂带、建龙钒业、福人药业等一批企业投资近亿元，陆续配套建设了污水处理项目。

绿色的理念引来了金色的收获。至目前，该县有8个投资过亿元的项目开工建设，成功申报15家工业企业技改项目。

展望"十二五"，宏图已绘就，将实施"五大发展战略"，努力建设"富裕、文明、秀美、和谐"新通城！

谈到"十二五"规划时，县委副书记、县长姜卫东信心百倍，"十二五"时期，通城县将深入贯彻落实科学发展观，紧紧围绕建设"两型"社会的要求，以建设鄂南经济强县为总目标，到 2015 年，实现生产总值、财政收入、固定资产投资五年翻一番和工业总产值、规模以上工业增加值三年翻一番。

为实现这个目标将实施五大发展战略："一区多园，产业集群"的新型工业提升战略；"特色板块，绿色食品"的农业产业品牌战略；"繁荣市场，畅通物流"的城镇边贸活县战略；"地域风情，人文山水"的文化旅游拓展战略；"山水相映，城林共生"的生态宜居新城战略，同时加快新型工业化、新型城市化和区域经济协调发展步伐，实现经济社会全面、协调、可持续发展，努力建设"富裕、文明、秀美、和谐"的新通城。

（原载《咸宁日报》2011 年 1 月 4 日）

为党旗添光彩

——通城县非公企业党建创先争优纪实

鲜红的党旗高高飘扬在非公企业；金灿灿的党员先锋牌闪耀在车间。

党旗飘扬，企业发展。通城县非公企业党组织在创先争优活动中一手抓党建，一手抓企业服务，增强了企业创新力、凝聚力和战斗力，实现了党组织建设与企业发展同步。今年 1~8 月，全县规模以上非公企业增加值同比增长 59%。

"非公企业开展创先争优活动就是要充分发挥企业党组织的战斗堡垒作用和党员的先锋模范作用，把创先争优与破解企业发展难题，促进企业科学发展相结合。"昨日，在非公企业调研党建工作的县委书记胡超文如是说。

"红领"进企业　党旗添光彩

瀛通公司党委书记徐曙明是教育局副局长，2008 年公司创办之初，他被县委选派到公司担任党建工作指导员，他一边参与公司的征地、拆迁、基建、招聘等工作，一边开展党建工作。

短短半年时间,瀛通公司党建在他的努力下,90多名党员有了自己的"家"。公司党委成立了4个党支部,按照企业党组织"五个基本"建设的标准,投入110万元高标准建成了党建办公室、党员活动室、党员电教室、党员阅览室等。

党员队伍不断发展和壮大。今年公司新发展党员9人,党员发展到102人。

"像他这样的'红领',在通城非公企业有58人。"县委常委、组织部部长郭冰生介绍,"这些'红领'主要是协助企业谋发展,抓党建,既做经济人,又当政治人。"

通城非公企业日益发展壮大,对党建工作的要求越来越高。对此,该县采取组织选派和企业选聘相结合的办法,选派一批思想政治素质好、组织协调能力强的人担任非公企业党建工作指导员。

"红领"到企业后,帮助企业建立党组织,开展创建"五个好"党组织活动,在企业中做到"六带头"。黄袍山绿色产品公司聘请了县农办主任科员葛华林到企业从事党务工作。他在抓好党员队伍建设同时,引领公司党员发展油茶生产,开发油茶基地100多个,面积1.5万亩,带动近千家农户种油茶。

"红领"入企后,着力把生产经营管理骨干培养成党员,把党员培养成生产经营管理能手,近年来,全县有500名一线优秀员工、生产经营技术骨干和经营管理人员成为入党积极分子,发展新党员150多名,建立党组织46个,为党旗添了光彩。

车间建支部　企业添活力

"哪里有非公企业,哪里就有党组织。"忙碌在非公企业的县委书记胡超文自豪地说,"全县58家规模以上非公企业实现了党组织全覆盖,在车间、产业链条上建立了80多个党支部、党小组,充分发挥战斗堡垒作用,促进企业迅速发展壮大。"

"一个支部一个堡垒。"在创先争优活动中,通城非公企业党组织围绕"党旗飘扬在前,企业发展向上"的主题讨论活动,在党员队伍中形成"党员争先进,支部创一流"的浓厚氛围。云奇云母公司工程设备部党支部一班人带头对锅炉设备技术改造,年节约标煤1万余吨,加上节能灯变频技术改造,每年为企业节本增效1000余万元,创造了一流业绩。

"特别是企业困难时期,党组织更显战斗堡垒作用。"平安电工材料公司党委书记潘协保回忆国际金融风暴时心有余悸地说,"公司订单一下子没有了。"

关键时候，总经理李鲸波通过支部专题会，确定了企业走产品创新，开拓国际市场之路。

企业进入攻坚阶段，各车间党支部充分发挥科技攻关的堡垒作用，带领工程技术人员，反复研发试验，开发了特厚云母板、万米 MGF 耐火云母带等高新技术产品 20 多项，增强了公司的核心竞争力，产品远销欧美 30 多个国家和地区，公司生产规模和出口创汇位居全国同行第一、世界第三。

车间建支部，企业添活力。该县非公企业党组织，在创先争优活动中纷纷为企业发展和创新献计出力。玉立集团、亚科微钻等 5 家企业通过技改，降低能耗，提升产品质量，为企业增加了效益。福人药业、大川电子通过强化产品质量，拓宽了销售市场，在国际金融危机的背景下，企业效益逆势上扬。

"这些都离不开厂里党支部和党员的作用，党组织才是企业的真正财富。"企业老总激动地说。

党员亮身份　　岗位争先锋

走进通城非公企业，"党员责任区"、"党员先锋岗"一块块鲜红的标牌映入眼帘，胸前佩戴着金灿灿党徽的员工，像一面面流动的红旗，飘扬在厂区的每个角落，调动了员工的工作热情，激发了业主的创业激情。

省劳动模范、玉立砂带集团砂带二车间主任、党员谢志祥充分发挥党员先锋带头作用，大胆改进进口砂带生产线工艺，在短时间内，生产出高档砂带，迅速抢占了国内外市场。

非公企业通过开展党员亮身份后，员工积极向党员看齐，党员责任感增强，更加关心责任区内员工生产、生活情况，主动帮助企业解决困难。瀛通公司党员在车间、生活区放置 1500 把爱心伞，方便员工出行。

福人药业、宝塔砂布、汇康纺织等多家公司党员所在岗位多年来未出现产品质量问题，未出现生产安全事故。

流动岗位争先锋。该县营销大军做到市场开拓到哪里，党员身份亮到哪里，扛着党旗闯市场。丰普磨具公司副总经理、党员廖成名，主抓销售工作，他带领 10 多名党员一道转战天南地北，用心服务客户，为客户排忧解难。他们用自己的实际行动铸就"用户至上"这块党员营销金字品牌，人均年创下销售额过千万元的业绩。

由于党员的特殊贡献，一大批党员员工被选拔到公司的重要岗位或管理层，如今各企业重要岗位或管理层党员占到 70% 以上，近年来，县委评选和表彰了优秀共产党员、优秀党组织书记 100 多名、先进党组织 50 多个。

党建促进了非公企业加速发展。今年 1~8 月，全县规模以上企业产值、增加值、销售收入、利税同比分别增长 81.2%、59%、65%、58%。

（原载《咸宁日报》2010 年 9 月 24 日）

瀛通活水来

——湖北瀛通公司加强党建纪实

"走进瀛通，让我们每个党员有了家的温暖，员工不仅可以参加各类娱乐活动，还可以上网学习……" 3 日，湖北瀛通电子有限公司党员李步高高兴兴地说。

瀛通公司是通城县固定资产投资最大的"回归工程"，也是全县电子信息线材产业龙头企业。现有员工 1100 余人，党员 102 人，党委下辖 4 个党支部。

2008 年公司创办之初，县委从教育局选派一名副局长到该公司担任党建工作指导员，全程参与公司的征地、拆迁、基建、招聘等工作。短短半年时间，瀛通公司党建活动经历了从无到有，从有到新，从新到精的演变。

健全党员网络

"您是不是党员？如果是请在党员名册上登记！"这是瀛通公司招聘员工时，招聘人员要问的第一句话。

招聘员工与党员登记工作同步进行。党员年龄、爱好、入党时间、有何特长，登记得一清二楚，做到了不漏登、不错登、不多登，建立了健全的党员档案，为瀛通公司成立党组织做好了前期准备工作。

2009 年 12 月 28 日，在一阵鞭炮声中，县委书记胡超文亲手将一块烫金的"中共湖北瀛通电子有限公司委员会"匾牌挂在办公楼的大门口，100 名党员找到了自己的"家"。

根据党员分布情况，公司党委迅速及时成立了行政、电子、铜材、电线4个党支部。先后投入110万元用于党建阵地建设，高标准建成了党员活动室、乒乓球室、多媒体室、桌球室、图书室、职工健身中心、多媒体电子阅览室等硬件设备设施。

建好红色堡垒

瀛通公司党建工作还处于初级阶段，企业的发展不仅需要一个优秀的生产管理团队，更需要有一支好的党员队伍作为支撑，企业才能永续发展。

董事长黄晖在召开公司中高层管理干部会议上多次强调，公司党委要进一步加大入党积极分子培养力度，发现优秀员工，立即向党组织推荐，并纳入发展对象，不断发展和壮大党员队伍。

6月份，公司党委派党委委员吴朝秋到瀛通集团旗下，在东莞的两家子公司的党支部去指导党建工作，发展党员队伍。今年七一期间，瀛通公司共发展党员9人，其中东莞公司3人，培训入党积极分子50多名，为党委源源不断输送了新血液。

引领企业文化

40多台电脑连上互联网，组成了瀛通特色"文化圈"，党员职工可以阅览群书，方便查找相关资料、信息，加强沟通。

整齐的图书室摆满了《毛泽东选集》、《邓小平文选》、《江泽民文选》、《科学发展观》等党建书籍。

公司党委制定固定学习日制度，党员干部坚持一月一学。新进员工都要培训7天以上，学习内容包括公司规章制度、党的发展历程等理论知识。

如今，公司管理层党干部个个是生产、管理能手。电子车间两名党员发现供应商来料质量不优，及时反映到公司，挽回了100多万元损失。绞线车间党员王明设计研究出一种非常实用的绞线日常生产登记表等，为企业发展创造了经济效益。

公司党委通过以党建文化引领企业文化建设，充分发挥广大员工的智慧和创造力。8个月来，公司共收集员工创新成果、改革等100多项，合理化建议100多条。

感恩社会，成为公司党委自觉的行动。近两年，公司捐助 20 多万元支持左港村、五斗村村级公路硬化。

2008 年，捐助 1 万元帮助遭受冰雪灾害的五里镇福利院孤寡老人改善生活条件。

2009 年，结对资助大学生 3 万元，帮扶 20 余名贫困学生圆梦大学。

为加大对新农村建设的扶持力度，公司计划投资百万元资助五里镇左港小学新建一幢寄宿大楼。

"瀛纳百川之水，通达八方之财。"瀛通公司正是以党建促进着大发展。

（原载《咸宁日报》2010 年 9 月 17 日）

驾起干群连心桥

——通城县马港镇"三事中心"成服务农民样本

近日，通城县马港镇金山村特困户方爱德来到镇办事中心申请临时救助，不到一刻钟，窗口负责人就替老人填好了救济申请表。老人拿着申请表笑着说："如今党和政府想着法子服务群众，做事又快，不愁得不到照顾。"

这是马港镇加强农村基层党风廉政建设，率先在全县建立"三事中心"，为民办实事的一个镜头。

为让老百姓话有地方说、事有地方办、纠纷有地方调解，马港镇自今年 4 月份成立"三事中心"（说事中心、办事中心、和事中心），集信访接待、矛盾调解、法律援助、政策咨询和服务"三农"于一体，在干群之间架起了一座连心桥。

7 月初，省纪委领导来马港镇参观考察"三事中心"后，对其做法给予高度评价，并向全省推广。

"三事中心"达民意

马港镇是通城最大的山区乡镇，由原来的九岭乡、潭下乡、石溪乡和马港镇"三乡一镇"合并而成，群众居住分散，最远的金山村离镇政府所在地50多里，交通不便。群众找部门办事，往往一件事要来回跑几趟。群众纷纷谏言，希望政府设一个一站式办事、诉说心事、反映民情和帮助调处矛盾纠纷的场所。

根据群众需求和上级加强县、乡、村三级纠风网络建设要求，该镇迅速成立了由11个部门组成的"三事中心"，并于4月10日正式挂牌运作。

"三事中心"每个中心分别落实1名干部具体负责。其中"办事中心"有民政、文化、计生、劳动、水利、城建土管、畜牧、农技8家窗口单位集中办公，长期定点为前来办事的群众提供便民服务；"说事中心"安排两名专职接访员轮流值班，同时，落实领导接访日制度，每天落实1名党政领导班子成员负责群众来信来访接待和处理；"和事中心"由司法、综治两家窗口单位合署办公，帮助群众调解矛盾纠纷。

优质服务暖民心

"三事中心"开展咨询代办服务和上门服务。各中心对本窗口单位所受理的项目、办理程序、收费标准一一进行公示，防止部门暗箱操作；镇村干部当好代办员角色，为进镇不便的外出务工人员和妇女老人提供代办服务，提高服务水平；对涉及信访和矛盾纠纷需要调查和矛盾调解事项，由中心负责人牵头组织相关部门上门为群众化解矛盾纠纷。

办事中心8家窗口单位，热情为上门群众开展优质服务，以"一杯热茶相送、一张笑脸相迎、一句问候暖心、一顿便饭奉送"为服务标准，深得群众好评。据统计，办事中心已为群众办实事1060起，服务群众1354人次。

说事中心每当有群众来访，工作人员就会主动接访，对接访员不能解决的问题，直接转入负责当日接访的值班领导。据统计，自4月份以来，说事中心接访16起，接待信访群众25人次，收到信访件10件，落实信访件8件，两件正在办理之中。

说事中心无法解决的问题，由和事中心负责牵头组织、协调各相关部门共同会诊解决。和事中心多次采取上门方式帮助群众化解矛盾纠纷。年初至今，全镇未发生一起突发性、群体性事件，无越级上访案件，共排查矛盾纠纷11起，有效调处10起，调处率达90%。

"三事中心"的成功运作，引来不少省、市领导参观学习。7月初，省纪委领导考察后，给予高度评价。指出这种工作模式，为群众办了很多实事，解决了由多部门协调合作才能解决的问题。同时，也为镇政府提供了一个转变职能、加强服务的载体和试验的平台。

（原载《咸宁日报》2010年8月16日）

"换地"活企　"改地"兴城　"腾地"惠民

——看通城如何节约集约用地

编者按：6月26日，通城县荣获"全国节约集约用地模范县（市）试点县"称号。据悉，全省获得该项荣誉称号的县仅3个，这也是通城县获得"全国建设用地审查报批工作先进单位"之后又一殊荣，节约集约用地经验多次在全省土地利用大会上交流。那么，通城缘何成为全国集约用地模范县？有何措施？出了哪些高招？记者专门进行了观察。

通城是典型的丘陵山区县，人均耕地不到0.9亩。该县立足人多地少的县情，认真贯彻落实土地调控政策，走出了一条"换地"活企、"改地"兴城、"腾地"惠民的新路子。近三年来，全县共盘活存量土地1350亩，建成各类项目92个，有效缓解了城镇建设用地供需矛盾。

优化配置　"换地"活企

用地难一直是制约通城县经济发展的瓶颈问题。近年来，他们采取兼并置换、集约整合、开发山地、利用废弃地等措施，优化配置城镇土地，较好解决了工业企业用地难题。

2007年，涂附磨具产业龙头企业玉立公司打算在县经济开发区征用耕地，新上生产线，该县及时将园区内的石材厂、水电砂布厂等3家低效高耗企业兼并收购，转让给该公司，节约耕地64亩；通过同样办法，中药制药产业龙头企业福人药业公司，成功利用国有破产企业县彩釉砖厂的土地，节约耕地

82 亩；云母绝缘材料产业的龙头企业平安公司合理利用县轴承厂的土地，实现主要生产基地从山沟到县城的外迁。通过兼并置换，通城共为 4 家重点企业落实建设用地 180 亩，最大限度地提高了土地利用率。

原湖北发电机厂是 20 世纪 70 年代组建的军工企业，占地 230 亩，企业整体搬迁后，他们利用原有闲置厂房，将土地分块出让给回归创业人士，新建了"锡山民营工业园"，入园企业达 29 家，年产值 5 亿元。

为解决瀛通电子、通泰建材市场等回归项目开办培训中心的用地需求，该县对闲置多年的锡山风景区 8 家宾馆实行处置，帮助两家企业取得建设用地 28 亩，为新上项目腾出用地空间 125 亩。

该县大力开发荒地、山地，兴建园区，大办企业。中美合资宝塔农民科技园项目最初拟落户经济开发区，受规划、用地等制约，通城及时引导该项目移建到丘陵地段，节约耕地 200 多亩；将县陶瓷产业园选址在城乡接合部的丘陵地带，节约耕地 1700 余亩。通过拓展用地空间，通城优化了城乡用地结构，促进了园区发展。

合理布局 "改地"兴城

为了合理利用土地资源，通城坚持"以城养城，以城建城"，积极开展旧城改造、移河建镇、开发荒山等工程，有力推进了城镇化建设进程。

麦市镇是湘、鄂、赣三省交界的口子镇。近年来，该镇通过实施"三移三建"（移河建镇、移街建市、移路建街）综合开发，使镇区面积由原来的 0.5 平方公里扩大到现在的 2.1 平方公里，街道长度由 2.3 公里延伸到现在的 4.8 公里，腾出建设用地 180 亩。

塘湖镇去年通过实施"两接一通"（连接两岸、打通一线）工程，开发荒山 21.9 亩，拍卖资金 1365 万元，亩平达 62.3 万元，不仅解决了 240 余户农民进镇落户问题，还节约土地 40 余亩，同时创造了这个县乡镇土地市场开发新纪录。

通城还坚持"以城建城，以城养城，规划先行"的原则，做活土地文章，促进城区建设提档升级。去年，通过调整规划、公开拍卖，出让县城老车站一块 18.9 亩的闲置土地，筹集城建资金 2600 万元。近 3 年，通过旧城改造，带动固定资产投资 8.2 亿元，新建了功能齐全的商业街、商贸中心和银山等五个娱乐休闲广场，建成了一环、二环、三环等城区主干道，打造了怡景等 4 个精品居民小区，开发了秀水等 3 个水上乐园，极大改善了城区居住环境。

科学规划　"腾地"惠民

此外，该县还采取"复垦还耕"、"搬迁改造"、"扩大空间"等措施着力建设新农村。

该县精心编制村庄规划，将石南镇牌合村分散的 35 户宅基地复垦还耕，利用荒山集中新建农民示范小区，使该村成为省级"新农村建设试点村"。

该县将城区铁柱村原农户零星宅基地，置换用于工业发展，在丘陵地带集中建安置小区。

宝塔村投资 8000 多万元，在荒山上建设农民花园，集居农户 380 多户，节约土地 94 亩，被评为"全国小康建设示范标兵村"等荣誉称号。

通城结合市、县"山上再造"工程，高标准开发低丘岗地 4.16 万亩，建成千亩以上油茶基地 12 个。

玉立公司利用牌合村 48 亩荒山，建成玉立牌合绿色农业生产合作社，重点发展生猪生产，年产值达 7000 余万元。目前，全县共建成万头生猪养殖场 3 个，生猪养殖小区 11 个，年出栏生猪 70 余万。

（原载《咸宁日报》2010 年 7 月 8 日）

真心护国脉

——通城县服务杭瑞高速公路建设纪实

3 月 31 日，记者顺着杭瑞高速公路便道驱车通城段，只见工地上彩旗飘飘，施工车辆奔跑，一派热火朝天的景象。忙碌在工地上的通城县杭瑞高速公路建设协调指挥部领导介绍，通城段征迁协调工作已全面完成，取得了阶段性成绩。

据了解，杭瑞通城段主线长 18 公里，总投资约 10 亿元。该县境内设有通城、北港两个互通和石南 1 个服务区，已拆迁房屋 172 户、拆迁面积 5.1 万平方米，搬迁坟墓近 3700 座，清除地面附着物 30 余类、20 万余株，迁改"三杆"近 200 处。

部门帮扶铸国脉

彩旗飞扬，车辆穿梭，当地群众正忙着为工人们递茶送水……见到这和谐的场面和公路建设喜人的进度，两个标段项目部经理夸道："这得益于通城县领导真抓实干，倾力帮扶；更得益于沿线群众舍小家顾大家，真心护国脉！"

杭瑞通城段自 2008 年 11 月 18 日启动以来，县政府迅速成立了协调指挥部，各乡镇相应成立了一把手任指挥长的工作协调小组，同时，一支由县、乡、村百名干部组成的服务队进驻工地，为现场协调施工和监理单位后勤保障做好服务。

去年夏季是征迁工作关键时期。县委书记胡超文、县长姜卫东分别先后 3 次深入一线检查指导建设协调工作。协调指挥部领导主持召开专题会议 40 多次，深入一线检查督办 100 多次，日夜巡回在施工现场，进行跟踪服务。石南镇工作专班干脆把铺盖搬到工地上，与施工人员同吃同住，为他们排忧解难。

服务高速公路建设是群体作战，各相关部门同心同德，协调配合。交通部门抽调技术专班，负责放线、测量和田路分家。土地、农业、林业等部门与当地干部多次到村、到组、到户调查了解，仔细审核土地、山林等权属和面积，很快完成了征用土地丈量、山林权属认定等工作，工程进行到哪里，附着物清除到哪里。广播、通信等部门主动配合，认真完成了杆线迁改任务。县协调指挥部在杭瑞高速公路"双月劳动竞赛"活动中唯一获得优秀奖。

群众利益放心上

老百姓的房屋拆了，如何安居？土地被征用了，如何生活？……

去年 7 月 31 日，县四大家主要领导分成 4 个组，对 172 户拆迁户进行了走访慰问，每户发放慰问金 400 元，17 户特困户每户 600 元，共计发放 7 万余元。

针对重要信访问题或带有普遍性的信访问题，该县协调指挥部领导亲自接访，亲自调查处理。去年以来，共接待群众来信来访 160 余起 420 人次，处理各类矛盾纠纷 140 余起，全县没有发生越级访、重复访和非正常访等上访事件，有力化解了各种纠纷，推进了征迁工作的顺利进行。

在地材供应上，县、乡指挥部不插手、不干预，严厉打击强买强卖、"一霸四强"等不法行为。去年 4 月中旬，21 合同标段路段出现了多人持械对峙，一场斗殴即将爆发，县公安机关接警后迅速出动，一举抓获 5 名肇事者，平息了风波。"一霸四强"现象得到了有效遏制，营造良好的建设环境。

干群同心护国脉

　　沿途老百姓在房屋拆迁中舍小家顾大家。大坪乡拆迁户较多，有 75 户。沙口村吴飞周建的一栋两层楼正准备装修，得知要拆迁，他慷慨答应，并贴上"拆迁政策深入人心架起便民拆，杭瑞高速贯穿宝地铺就小康路"的对联，动员左邻右舍拆迁，在他的带动下，一周内，村里 11 家拆迁户拆迁到位。

　　施工中遇到什么困难，群策群力上门解决。沿线群众让出最好的楼房给施工队伍居住、办公。21 项目部要建一个拌和场，需征 10 亩水田，眼下正是早稻插秧季节，达丰村村支书连续几个晚上，跑百姓家门，得到群众拥护，3 天内拌和场开工。

　　施工人员看到百姓一心支持公路建设，他们也帮助群众建鱼塘、挖地基。22 项目部得知北港镇大界村特困户李正英主动拆迁房屋，施工队员开来挖土机，帮助李老汉开挖了一块新地基。70 多岁的老人家感激涕零，拿出家里上好的茶叶，沏上茶水亲自送到工地。

　　今年是杭瑞高速公路建设的关键年。据了解，在 4 月 15 日前，该县力争实现通城段半幅通车，12 月 31 日通城段建成通车，确保率先在全省实行半幅通车和全线建成通车。

（原载《咸宁日报》2010 年 4 月 2 日）

山城大地涌春潮

——通城县深入开展第三批学习实践活动走笔

　　一条条水泥大道通村庄，一座座楼房耸立在青山绿水间，一张张笑脸幸福绽放。新的科学发展思路给通城带来了新景象、新变化。

学习实践显特色

鲜红的党旗映红了 35 张脸，胡圣龙打着手势滔滔不绝地讲着科学发展观。

农历每月初二下午两时，北港镇方段村的党员们聚集在村会议室里，开始了他们每月一次雷打不动的学习。

"党员越学脑子越灵，党性观念越强，村级经济发展越快。"讲完党课，当了 29 年村干部的村党支部书记胡圣龙感慨良多。

党课潜移默化地影响着每一位党员，激发了他们带头致富的热情。10 多年前的方段村，人平纯收入不足千元，现在达到 3500 元，村集体造林年收益 5 万余元。方段村成为全县"先进党支部"、"先进基层党组织"。

县委常委、组织部部长郭冰生介绍，在第三批学习实践活动中，全县共有乡镇党委 11 个、村党组织 166 个、社区党支部 17 个、中小学校党支部 65 个、乡镇卫生院党支部 11 个、"两新"组织党组织 45 个，1.3 万余名党员参学。

为使学习实践活动家喻户晓，科学发展的理念深入人心，通城县制定"1＋6"实施方案，将《大学生村官——黎锦林同志事迹》作为第三批学习活动内容之一，组建了 10 个指导组，18 名县级党员领导干部干部采取"联一个乡、联一个村、联一家非公企业"的方式，建立了活动联系点制度，及时指导解决活动当中遇到的问题，确保基层活动扎实有效开展。县委书记胡超文先后 6 次到联系点——麦市镇开展调研，指导开展学习实践活动，帮助解决突出问题。

各参学单位结合基层党员居住分散，文化程度差异大，职业岗位千差万别，老党员行动不便，特别是流动党员、农民工党员生产繁忙、空闲时间少等实际情况，采取干部上门"送学"、大学生村官"辅学"、邮寄资料"寄学"、就近党员"帮学"、远程教育"联学"、电视专题片"贴学"、利用晚上时间"夜学"、基地现场指导"实学"、党组织"查学"、外出考察"求学"十种学习方式，因地制宜地开展教育和培训，增强了学习培训效果。

为了调研活动取得实实在在的效果，各级领导干部率先垂范，挤出时间，扑下身子，带头深入学习、带头开展调研、带头查找问题。县委书记胡超文、县长姜卫东等县级领导深入到乡镇、农村、社区、企业和联系点进行调研 180 余次，各乡镇深入开展"六访五问四帮"的民情走访帮困活动，走访困难群众、老红军、老党员和老劳模共 498 人次，发放慰问金 18 万余元。

通过多角度、多层次、多形式的学习调研活动，广大党员干部听到了老百姓的真言，摸准了发展滞后的症结，理清了发展思路，找到了突破出路。

边学边改民得利

1月2日，石南镇梅港大桥竣工。

这座停建了半年之久的大桥位于石南镇梅港村、大坪乡墨烟村交界处，是两乡六村两万多人的出行要道，原来只有人行石桥，为了改善出行，两岸群众自筹资金建起了桥墩，由于资金不足，工程无法进展。县里征求意见了解实情后，迅速将该桥纳入渡改桥建设计划，启动建设。

在学习实践活动中，各参学单位把分析检查与解决实际问题有机结合起来，坚持边学边查边改，一手抓问题查找，一手抓问题解决，在查中改，在改中查，他们深入村组、企业走访群众，全面了解群众所需、所盼。全县召开座谈会168场次，发放征求意见表2.3万余份，收集各类意见建议1.2万条，针对每条拿出了具体实施解决方案，落实相有责任单位和负责人。他们通过学习实践科学发展观活动的有效载体，紧紧围绕"党员干部受教育，科学发展上水平，人民群众得实惠"总体要求，以解决困难群众实际问题为主要目的，进行着一系列"重民意、惠民生、增民利"的活动。

"这辈子能喝上自来水，心里比喝了糖水还甜，得好好谢谢县委书记。"1月10日，麦市镇天岳村九旬老太何家佑拧开厨房自来水龙头，哗哗的清泉热了老人的心，她抹着泪水说。至此，该村800余人饮上安全水。这是县委书记胡超文挂点帮扶天岳村后办的六件实事之一，也是该县"共建帮扶"活动的一个缩影。通城县组织单位党员干部走出机关，进村入户，深入街道社区广泛开展以"城乡互联，百村共建，千户帮扶"为主题践行科学发展观活动，全县185个一、二级单位与185个村（社区）进行结对共建，1500名县直单位党员干部对1343户困难群众开展"一对一"帮扶。

县委书记胡超文挂点帮扶天岳村，带领财政、水利、交通、扶贫等部门帮扶该村修路架水，发展生产，先后硬化村级公路6公里，修通5个组的组级公路；斥资近百万元，建水池，安装管道，将甘甜的清泉送到170户村民家中；生态移民25户；发展种植基地6000亩；新发展100头以上养牛、养羊大户6户。

路通水通，则幸福通。

"如今，水泥路直通家门，自来水进了千家万户，百姓不用为弯山路、走泥路、担挑水发愁了。"塘湖镇阁壁村支书金义香坐在刚开通的村级班车上笑着说。到目前,全县共落实帮扶项目 207 个,到位帮扶资金 224 万元,硬化了村组公路 272 公里,解决了 7 万人的饮水问题。

"要不是社区党员干部帮助,我现在恐怕还露宿街头,哪能住上这漂亮的新房子,这都是政府对我的关心。"1 月 3 日,通城县大坪乡南坪社区居民马正堂看着自家新盖的房子,动情地说。

在全县大走访中,县委领导了解到马正堂是一位年近六旬的孤寡老人。并得知今年 7 月,一场大风吹倒了他唯一可以栖身的两间土坯房,立即要求所在社区党支部为其解决燃眉之急。

"麻烦留给自己,方便带给群众。"这是马港镇在学习实践活动中,为化解基层矛盾,零距离服务百姓,成立的便民服务中心,至此,全县 11 个乡镇都建起了集办事、信访等功能于一体的便民服务中心,为群众提供"一站式"服务共为群众办实事两万多起,服务群众达 5 万人次

隽水镇财政所积极落实国家财政补贴家电下乡政策,发放家电补贴资金 257 万余元。

五里镇中小学生留守儿童占全镇中小学生的 37%。针对这种现状,五里镇教育总支组织开展了"关爱留守学生,铸就美好未来"主题活动,着力解决留守儿童学习生活中遇到的实际困难,解决了农村留守儿童安全失保、学业失教、亲情失缺的"三失"问题。

据统计,该县自第三批学习实践活动开展以来,加大民生项目投资力度,投资 1640 万元加快廉租房建设,解决 400 户城镇低收入家庭住房困难,全县 2100 多名机关干部为基层办实事、解难事 126 件,投入资金 28.6 万元,县卫生局组织县乡医疗卫生机构,开展了送医药下乡活动,对贫困患者进行救助和医疗义诊,共救助特困患者 42 人,提供救助资金、发放药品 4.8 万余元。

科学发展遍城乡

唤得春风绿满城。如今的通城,科学发展模式遍布城乡。一栋栋厂房内机器转得欢;一个个活动场所传出欢声笑语,这是记者在通城见到的一幅科学发展新农村的美丽画卷。

"现在的生活像幸福花儿一样红。"该县宝塔村八旬农民胡寿星感叹。

"宝塔村民的幸福生活,靠的是科学发展,靠的是企业支撑。"宝塔村

支书、大学生村官黎锦林说道。

如今，全县这样的新农村有 10 多个，似一颗颗明珠闪耀在鄂南。

"虽然地处偏远，自然条件较差，但通城班子团结、人心思干，我们完全有信心、有条件实现科学发展，建设鄂南经济强县。"县委书记胡超文底气十足。

据了解，该县集中优势资源，重点支持了以玉立公司为龙头的涂附磨具产业；以福人药业为龙头的中药制药产业；以平安电工为龙头的云母绝缘材料产业；以瀛通电子为龙头的电子连接线材产业等特色产业集群发展。眼下又举全县之力抓好中美合资宝塔研磨、川流发电机等工业项目建设。同时，还科学规划建设宝塔科技园、陶瓷产业园等 5 个特色产业园。

"我们就是要通过深入开展学习科学发展观活动，真正使党员干部受教育，人民群众得实惠，从而走上科学发展、和谐发展的可持续发展道路。"县长姜卫东说，"不是节能减排项目、不是循环经济项目、不是土地集约利用项目，投资再大、利润再高，也不选择！"县长姜卫东如是说。

该县既要金山银山又要绿水青山，对不符合产业发展要求的厂矿进行关闭，对污水排放不达标企业进行了专项治理，并在企业中推广节能工程和技改项目。玉立公司投资 800 万元，引进循环硫化床锅炉和除尘、水循环及余热利用设备，拆除六台锅炉，进行集中供热式改造，年可节约标准煤 8000 吨，减排二氧化硫 250 吨。

此外，该县发改局在科学发展理念的指引下，严格落实环保第一审批权制度和环境评价制度，提高项目准入门槛，对高耗能、高污染项目不予审批。

绿色的理念引来了金色的收获。至目前，该县有 8 个投资过亿元以上项目开建，同时为 15 家工业企业申报技改项目。目前，经济开发区落户企业 68 家，规模以上工业企业完成工业总产值同比增长 33%。

科学发展观犹如阵阵春风温暖了百姓的心，吹绿了隽水大地。

（原载《咸宁日报》2010 年 3 月 30 日）

田野，充满希望

——通城县推进农业产业化发展纪事

隆冬时节，通城县大地春潮涌动，一份份农业订单让村民吃下"定心丸"，一片片特色农业基地成为村民的"聚宝盆"……发展现代农业带来的清新气息，给通城新农村建设增添了活力。这是记者日前深入通城田间地头采访时的亲历感受。

订单农业，农民的"定心丸"

"有了与企业签订的种植订单，我们种粮就不愁没有保障了！"1月8日，正在田间劳作的马港村民黎自强对种植优质稻充满了希望。

近年来，该县为扭转农民增产不增收的局面，在调整种植结构的同时，大力推广"公司＋基地＋农户"的"订单农业"种植模式，引导湖北大润、福人药业、银珠米业等农业龙头企业参与农业经营，与农民签订种植订单，并确定保护价，给农户发展种植农业送去"定心丸"。全县涉农部门走村入户宣传农业科技知识，培养科技种田明白人，现场对农户进行培训，签订收购订单，并依托隽水、修水等地水产市场，组织水产养殖户与市场、水产经纪人签订近千亩特种水产养殖订单，农业生产走进了产销衔接的新时代。

据统计，去年以来，该县农民在农业部门的帮扶下，先后与银珠米业等粮食加工龙头企业签订优质稻种植订单 10 万亩，与湖北大润公司签订优质马铃薯种植订单 1 万亩，与福人药业签订中药材种植订单 0.5 万亩，预计全县农民将直接从订单农业中获利 400 多万元。

特色农业，农民的"摇钱树"

走进隽水镇下阔村的"紫薯"基地，映入眼帘的是连片紫绿色。

在五里镇蔬菜大棚，反季节甘蓝、辣椒、韩国"艳阳红"萝卜等 30 多个品种让人目不暇接。

　　"通城特色农业产品不仅价格高，而且市场前景好，是种植户实现生产增收的保证。"该县农业局局长王传雷说，特色农业之所以越来越受到农民的青睐，得益于县委、县政府近年来捆绑实施的农业综合开发和产业化扶贫项目。

　　近年来，该县大力发展"一村一品"特色产业，大力推进新农村建设"百村示范"行动和"千村推进"工程，让广大群众尝到了甜头。北港镇枫树村支书邓兴隆说，去年仅种植600亩台湾礼品西瓜，全村116户人均获纯收入3400元，特色农业成了农民的"摇钱树"。

　　近年来，通城县委、县政府将农业综合开发、产业化扶贫项目打捆，加强政策引导、资金扶持和技术服务，不断优化区域布局，巩固壮大产业基地，全面启动现代特色农业基地建设。

　　去年，该县新发展优质稻基地10万亩，新建油茶基地30万亩，新建马铃薯基地20万亩，新建中药材基地3000余亩，新增特色蔬菜基地3000亩，新增优质特色水果2000亩，新增干果5000亩，新增水产品养殖1万亩，新转换有机茶园基地2800亩，新发展特色专业村3个。其中，从河南、广东引进的薯类新品种——"紫薯"，试种300亩就获得相当大的效益，填补了我省此项空白。

"三品"农业，农户的名牌证

　　在去年全市"鄂南十大名茶"评比中，通城锦山茶场"锦峰"牌茶叶、沙堆镇精制茶场"九井峰"牌茶叶，分别获得了"鄂南十大名茶"称号。至此，该县已向省申报认证13个"农业三品"标志，申报"农业三品"基地8个，其中无公害农产品两个、绿色食品11个、有机食品8个，品牌农业成为助推农民的致富金字招牌。

　　"三品"是无公害农产品、绿色食品和有机食品。据了解，近年来，该县积极鼓励扶持生产基地、协会、龙头企业等进行"三品"认证申报，加快基地和产品的认定认证步伐，增强农产品的品牌影响力和市场竞争力。

　　随着"三品"农业规模化生产的扩大，争创特色农业品牌、发展"三品"农业速度的加快，该县从事"三品"生产的农户培训率达到80%以上，从而为"三品"农业的发展奠定了基础。

　　目前，该县已申报认证"三品"农业的经济体包括牌合农产品业合作社、黄袍山保健食品有限公司和鸿发鹅业等 10 多个省、市级农业龙头企业，生产的各类"三品"近百种。通过认证的"三品"，经过精深加工和包装，很快打入市场，取得的经济效益较原来提高了 20%。

（原载《咸宁日报》2010 年 1 月 23 日）

洪水冲不掉幸福
通城灾后第一场婚礼"如期"举行

灾前就定好婚期，不料遇上 200 年不遇的特大暴雨，为了不耽误工作，通城一对 80 后小青年昨日坚持完成了一场特殊的婚礼。这也是通城县灾后举办的第一场婚礼。

24 岁的王良是个帅小伙，家住通城五里镇寺泉村一个大山上。4 年前，他到深圳打拼，现已升任某知名公司领班。

一次无意中，王良认识了漂亮的罗春丽，他惊喜地发现，罗春丽也是通城人，家就在关刀镇。接触一段时间后，两名年轻人迅速坠入情网，并定下终身，经双方家人商议，两人婚期定在昨日。

7 日下午，两人请婚假回乡筹备婚礼。眼看婚期一天天临近，一场突如其来的大暴雨打乱了他们的计划。从 9 日晚上起，当地连降大雨，王良家和罗春丽家都遭了灾，王良家附近暴发山洪，进山的道路多处被冲断，婚车无法进山。

为不影响婚礼，王良临时决定改变计划，10 日清早，他就赶到县城，挨家寻找后发现没有酒店愿意承接婚礼，最后在金泉路找到一家酒店，临时定下 8 桌喜宴。

昨天下午 1 点 30 分，迎亲车队出发前往王良家。一路行来，至少有 10 处路段出现险情，有的是路基被掏空，有的是半侧道路垮塌，车辆稍有不慎就会掉下路基。

　　车子刚过寺泉村就无法前行，前方的山间道路被滑坡完全摧毁，下方路基被掏出一个 3 米多高的窟窿，下方就是洪水奔腾的河流，道路上覆盖着厚厚的泥沙。关键时刻，王良表现出男子汉的勇气，他将新娘抱在怀里，轻声告诉妻子不要看，自己快步而平稳地从约 5 米长的险段通过。

　　在他们的身后，迎亲的 10 多人纷纷从车里拿出被褥、枕头等婚庆用品，用肩挑的方式送上山，形成山间一道独特的风景。

　　记者随迎亲人员一起上山，王良的家坐落在海拔 300 多米的半山腰，进山时天空下着大雨。

　　走在山路上，脚下是冰冷的溪水，两边是响声如雷的山洪，走的路都是被水冲刷后露出的石块，不少地方已经有塌方迹象，让人担心不已，艰难步行 1 小时后，一行人终于抵达王家的三层小楼。

　　王良说，他家住得高，受灾情况要好很多，家里没事，他在外面打工也安心多了，以后的日子会更好。

　　　　　　　　　　　　　（原载《武汉晨报》 2017 年 6 月 28 日）

湖北台源村：洪灾中挺起"红色脊梁"

　　新华网武汉 6 月 12 日电　　山洪退了、泥石流停了，然而灾难是个漫长的过程。望着一片山石和倒塌房屋的残余，63 岁的老共产党员吴超全猛地吸完最后一口烟说："人死为大，现在要把丧事给办好了。"

　　吴超全所在的村庄是湖北省通城县关刀镇台源村，这里 10 日凌晨遭受了 200 年一遇的山洪和泥石流。吴超全现在顾不上自己家被淹，跟村里 32 名党员一起组成了救灾"党员突击队"，在村支部书记吴治兵和村委会主任艾谈明的带领下，兵分两路在台源村被大山阻隔的两个自然村展开抢险救灾。

　　11 日下午，通往台源村的村路两旁全是山洪和泥石流席卷过的痕迹。吴超全他们的党员突击队组织群众办理村里因灾死难者的后事。吴超全说，深山里还讲究旧风俗，后事在村民心中是天大的事，办好了才能让群众心安，才能让救灾工作有序进行。

台源村现在救灾工作主要是两方面：一是吴超全他们负责安排料理的善后事宜，一是搜救失踪人员和筹备奇缺的生活必需品。

吴金木，中共党员，57岁。记者在赶往台源村的通村路上碰到他和另外3个村民各挑着四袋政府发的米，匆忙赶路。

说是路，实际上早没了路。泥石流把原先的道路冲毁，路面和旁边的稻田被厚厚的沙土和巨大的山石掩盖。10多里的路，这支"送米队"走了近5个小时。吴金木说："走一段要歇一会儿。"吴金木是"送米队"的领队，他说，山洪泥石流把很多村民的粮食冲走了，今天晚上很多人都等着这些米下锅吃饭。

驻村干部蒋则辉，中共党员，家在关刀镇上。10日5时得知台源村因暴雨引发山洪泥石流立即进村。由于入村的道路多处冲毁，一路上有的地方还有腰深的水10多里的路走了3个小时。早上8时到了台源村，老蒋马上加入抢险救灾。

"10日早上主要就是清点人数，看少了哪些人。然后开始盘查危房，组织群众离开有危险的地方。"蒋则辉说，"党员干部在，群众有情绪有怨言、有恐惧也有个说话的人。他们反映的情况，我及时向镇上报过去。"

11日下午，蒋则辉揣着两万多元的政府补贴回到台源村，挨个发给了村里的受灾群众。"那是政府给每个受灾群众200元的生活补贴，现在还在下雨，下游还时不时有险情，救死扶伤是第一要事，但解决群众生活也是紧迫的事情。"

吴超全、吴金木、蒋则辉、艾谈明……一个个党员的名字像一个个"关节点"一样串联起一股自救力量。在洪灾面前撑起一道"红色脊梁"。

一些村民向记者表示，大灾来了，很多人心都是慌乱的，不知道该做什么，村里的党员往往很清醒，组织群众抢险救灾、生产自救。

通城县发生特大暴雨后，一些山区自然村爆发山洪泥石流，受灾惨重。由于交通受阻，很多救援车根本没法到达现场，当地党员干部成为就地救灾的主要力量。

（原载《新华每日电讯》2017年6月12日）

重建家园保民生

——通城县快速推进恢复重建纪实

一块块水毁复垦的农田泛着新绿；一栋栋新民房耸立在灾区……

洪灾过后，通城县迅速落实省委、省政府"五有四通三保"精神，全力投入抗灾自救，用一幅幅动人画卷书写着灾后恢复重建的奇迹。

日前，省、市领导深入通城调研指导恢复重建工作，所到之处一片繁忙的景象。他们赞扬："通城灾后重建见识早，行动快，有力有序有效！"

田野长出新希望

"村里800多亩田，山洪过后成了一片沙洲，以为没法耕种了，政府派来挖土机、耕种机帮我们恢复了农田，还直播上了晚稻。"

7月11日，通城县关刀镇台源村老农吴金木蹲在田埂上，望着田里长出的庄稼喜滋滋地说，灾年不减收，想必今年又是一个丰收年。

洪灾过处，通城数万亩良田被淹、农田水利基础设施水毁严重，农业生产受损。县委、县政府动员全县干群，全力投入到生产自救，恢复重建之中，迅速成立四个指挥部，立即做出了全面部署：本着"先急后缓，先易后难"的原则，县里对水毁重点工程和一时无法恢复的工程进行专项治理；对损毁程度小、恢复难度小的农田和水利设施，组织农民投工投劳或村民互助等方法进行恢复。

决策产生后，30多名县级领导第一时间奔赴各自联系的乡镇指导恢复生产工作，所有县、乡、村三级党员干部全部投入到救灾一线，所有"三万"活动工作队员全部下到所驻点的村参与灾后恢复重建工作，他们结合"三万"活动，建立了灾后重建包保工作制度，集中财力、物力、人力，奋力开展恢复重建。

一场修复水毁农田、水利基础设施的攻坚战在通城大地全面打响！

县委书记熊征宇、县长姜卫东深入灾情最严重乡镇村一线，指导恢复生产，各级党员干部与群众一道战斗在恢复重建工地上。

挖掘机在河边伸展铁臂，耕种机来回奔跑在田野……11日，记者走进全县受灾最严重的村——关刀镇台源村，只见县水利局100多名干部职工组成的救灾突击队冒着高温奋战在村头田边，抢修水毁河堤；县国土资源局50人恢复水毁农田施工队，出动10台机械，日夜作业，复垦水毁农田800多亩；县农业局、农机局派来机耕队，做到田块恢复到哪儿，农作物种到哪儿，同时对台源、水兴两个村的农田进行应急防治。

日前，100多支恢复重建服务队活跃在通城县乡村田野，在他们的帮助下，各地恢复重建快速推进。

一条条冲毁的河道和公路畅通了，一座座垮塌的桥梁架起来了……全县第一时间实现了"四通"，水毁基础设施、农田水利设施在快速抢修中推进，全县已修复河堤260处两万余米，渠道100处2.9万米，恢复水淹沙压旱、中稻田5万余亩，组织调进晚稻种子6万斤，化肥、农药等农业生产资料5000吨，保证了秋冬播农作物种植需要。

废墟上耸立新民房

通城县在遭遇创历史极值特大洪涝灾害中，全县倒损民房5543户，倒塌房层8517间，损坏房屋两万余间。

突发灾情牵动着各级领导的心。通城县迅速启动应急预案，在妥善安置好受灾群众，确保灾民生活"五有"的前提下，及时将救灾工作的重点转向灾后恢复重建和恢复生产。

灾后如何快速重建？这个问题被通城决策者第一时间提上议事日程。

县里连续召开了全县灾后重建恢复生产总动员会、倒房重建动员大会，专题研究倒房重建工作。

县委书记熊征宇郑重承诺：10月1日前一定要让倒房户住上新房子。

6月17日，县里迅速出台了《倒损民房重建工作方案》，采取自筹为主、政府补助、部门帮扶、社会捐赠、村组投劳、亲友资助，银行借贷等办法筹措重建资金；同时，出台资助标准，落实帮扶举措，实行倒计时督导，确保施工进度，全程监督，确保建房质量。

科学的决策，鼓起了全县人民重建家园的勇气和信心。

一支支市、县部门帮扶队，一支支亲戚朋友帮工队快速会聚到一块，倒房重建督办专班进了户，工程监管员来了，乡镇、村组干部上门了，100名的工作专班，进村入户，帮助选址，组织施工。

"众手建家园高声谢党恩，荒墟起新楼万代永安康。"昨日上午，大坪乡草鞋村胡从奎家的新房竣工，大门口贴上的鲜红对联在灿烂的阳光下格外耀眼，祝贺的村民来了一拨又一拨，一挂挂欢叫的鞭炮鸣不尽灾民的喜悦，一副副鲜红的对联谢不完党的恩情。

胡老汉夫妇俩站在大门下，喜悦的泪水流走往日的辛酸。由于家境贫寒，夫妇俩一直住在砖房里，一夜暴雨，土砖房瞬间倒塌，他俩欲哭无泪。在乡村干部及时紧急转移下，才幸免于难。

6月18日，乡干部来到倒房现场，与村干部一起商定重建方案，决定利用老地基，新做一栋住房。

第二天，村党支部书记迅速组织党员群众10余人清基、落脚，帮助胡老重建家园。

老胡不等不靠，向亲朋好友借来3万元钱，及时运来建筑材料。

在乡村干部及亲友的支助下，仅10天时间，一栋80平方米的新房崛起在废墟上。这是该乡第一个在短时间内完成倒房重建的帮扶对象。

关刀镇台源村倒房集中重建安置点成为一道独特的风景：两处安置点的15户新房一字排开，背靠青山，面临绿水。

"上有党的惠民政策，下有干群倾力帮扶。"八组重建户退伍军人郑光复浑身有使不完的劲儿，他将自家老宅基地让给重建户，每天一大早上工地帮工。

下基那天，他挥笔写下了"建新村党恩浩荡万民颂，得安居灾区重建千家欢"的大红对联。

村民钟学球家受灾小，他牵来马，帮助山上几户交通不便的损房户运砖石。

"有了新房子，还能挣到票子。"麦市镇天岳村村民房团平说，"灾后多亏干部帮我想赚钱的路子，在集镇开了一家商店，子女外出打工，遭了灾，收入倒没减少。"灾后，房团平和其他8个山上村的50户村民将全部搬到镇上新建的"锦堂居"安置点，一律住进五层楼。

当地政府还流转100亩闲置土地作为灾后移民的菜地和口粮田。

百年大计，质量为本。县委、县政府把民房恢复重建纳入农村发展规划，与小城镇建设、新农村建设相结合。

国土部门专业人员上门搞好规划、重建选址，科学避灾，将百姓生命安全放在首位，坚决避开切坡建房、靠河建房，切实增强农村住房的抗灾减灾能力。

建设部门主动向恢复重建对象推荐经济适用、美观和具有地方风格的房型。质检、物价部门加强对建筑市场和材料检查监督。

目前，全县启动集中安置重建点 30 个，安置近 1 千户，分散重建户、维修倒房户全面开工建设。到 9 月底，全县洪灾倒房重建工作将全面完成。

灾区谋求新发展

"灾后恢复重建和经济社会发展要齐头奋进。"县委书记熊征宇的话鼓舞了士气。

于是，全县上下站在高起点、远目标，将灾后恢复重建视为加快发展、科学发展的契机，广大党员干部带领群众在恢复重建中创先争优，在灾后重建中加快发展。

走进通城经济开发区扑面而来的是红火的生产场面：一幅幅薄如蝉翼的万米云母带在传动轴上滚动；一根根细若发丝的铜线在车间跳跃；一车车款式新潮的服装运往全国各地；一个个新项目签约入园……

灾后，各级负责人第一时间赶到园区车间，现场办公，为企业恢复生产出谋出力。

人在车间在，当年损失当年补。各企业员工纷纷发扬不畏艰难、连续作战的作风，始终奋战在灾后恢复生产的第一线。

一大批企业纷纷扩大投资规模，加大技改力度，积极抢占市场先机，誓将损失夺回来。玉立砂带集团继续壮大企业规模，新建的高科技数控机床砂带四号生产线已进入试产阶段。平安电工公司新上电子玻纤布制造基地项目和新能源云母制品项目。同时，新上特种云母带生产线、云母纸生产线共 8 条，启动公司第二期扩大规模工程建设。

通城县各企业铆足劲儿纷纷抢占先机扩产、扩张、扩能，呈现出百舸争流勇当先的喜人景象，推动了县域经济新一轮大发展。

灾后项目建设成为通城主战场，33 个重点项目快速推进，陶瓷产业园、污水处理厂竣工；开发区二期工程，"四纵四横"路网及相关基础设施建设，正紧锣密鼓施工建设，吸纳了一大批企业进驻。

发改部门全力以赴争取项目资金支持灾后重建。全体干部放弃节假日休息时间，白天救灾，晚上挑灯夜战，加班加点赶制灾后重建规划，上报项目。

局长胡中雄左手骨折，正在医院住院，为了不延误上报项目，他顾不上病痛带领干部职工加班加点赶制灾情汇报材料，在送报告途中，道路受阻，他先后换了挖掘机、快艇等工具，几经曲折，及时将灾情和项目向省、市作了汇报。

目前，该县编制的灾后恢复重建方案确定，已向上申报重建项目472个，总投资30.05亿元，争取中央投资近20亿元，这一批批新项目将成为通城新的经济增长点。

通城人民众志成城，全力以赴快速灾后重建，加快经济社会全面协调发展，努力让灾区人民过上幸福安康的日子，朝着鄂南经济强县目标昂扬奋进！

（原载《湖北日报》 2011 年 7 月 12 日）

挺起"红色脊梁"

——通城党员干部在恢复生产中创先争优

一支支党员突击队奋斗在灾区，与村民一道恢复生产；一支支干部队伍深入重灾区，帮助百姓重建家园……连日来，通城县奋力生产自救，灾后重建有序推进。

半个月前，同样是这支党员干部队伍冲锋在抗洪救灾最前线，用实际行动创先争优，演绎了一曲曲可歌可泣的赞歌……

快速反应　全力抢险　基层党组织是坚强的战斗堡垒

6月10日凌晨1~6时，通城县突遭200年一遇的特大暴雨袭击。全县交通、电力、供水、通信中断，多处房屋倒塌，县城一片汪洋，6万多居民被洪水围困。

"灾情就是命令，生命高于一切。"凌晨3时，县委、县政府迅速部署抗洪救灾工作。11时，县"四大家"召开紧急会议，启动一级防汛救灾响应。

13 时，召开全县抗洪救灾紧急动员大会。同时迅速成立了抗洪救灾指挥部，指挥部下设施抢修、救灾保安、安置救助、社会稳定、赈灾募捐、卫生防疫等 10 个工作组，分别由县委常委或政府副县长牵头负责。县委要求所有县"四大家"领导必须在第一时间奔赴各自联系的乡镇指导抗洪救灾工作，所有县、乡、村三级党员干部全部投入到抗洪救灾一线，所有"三万"活动工作队员全部下到所驻点的村参与抗洪救灾，所有水库"双线三级"责任包保人全部到包保水库巡查值守，所有县直部门干部下到驻点村协助进行灾情核查和险情排查，所有危房、危桥、重点险情地段全部落实现场包保责任人，严防次生灾害发生。县委组织部在第一时间下发了《关于在抗洪救灾中发挥各级党组织战斗堡垒作用、各级领导干部模范带头作用和广大共产党员先锋模范作用的通知》，动员县、乡、村三级党员干部 3200 余人，成立党员突击队 256 支，转移安置受灾群众 10.5 万人、财产 3000 余万元。

马港镇是受灾最严重乡镇之一，镇党委连夜召开自救安置会，迅速转移、妥善安置受灾村民 200 多户 1000 多人，确保了受灾群众有饭吃、有衣穿、有房住、有干净水喝、有病能及时救治。同时镇党委迅速投入到水损房屋、水损桥梁道路、供电线路抢修之中，组织村民加固排查排险。

隽水镇东港村党支部一班人不顾个人安危，在天还没有亮挨家挨户组织疏散转移危房户 17 户，当最后一户群众从危房中转移出来不到两分钟时，房子全部倒塌。在洪灾面前，公安干警、部队官兵全力发挥战斗堡垒作用，哪里有险情哪里去，哪里有呼救出现在哪里，连日激战在抢险救灾一线，冲锋在学校、桥梁、液化气站等最容易受水灾影响的地点，从洪水中安全转移受困群众 1 万多名，挽回财产损失 1000 多万元。

奋不顾身　勇往直前　党员领导干部敢当时代先锋模范

灾情发生后，县"四大家"领导全部迅速下到乡镇督促指导抗洪救灾工作，各乡镇党员干部都在第一时间赶赴抗洪抢险一线，带领人民群众一同抗击洪魔。

大坪乡党委副书记吴红艳于 10 日凌晨 5 时，冒着倾盆大雨赶到乡政府 20 多里以外的大九房村，查看水库，又赶到杭瑞高速公路主线及连接线处查看灾情，组织达丰、墨烟等 6 个村抗洪救灾，转移安置受灾群众。11 日上午，她又给受灾最严重的达丰村 13 户群众送去生活急需资金 6500 元。一位被救的群众说："党和政府不但把我们从洪水中救出来，还让我们有房住、有饭吃、有衣穿，感谢共产党、感谢政府！"

10 日凌晨 4 时 20 分，县供电公司党委副书记、总经理刘敏接到县应急指挥中心电话后，组织党委班子成员迅速赶赴受灾现场，核实灾情，按照"水涨到哪里，电就停到哪里"的要求迅速组织停电，避免了次生灾害的发生。灾情发生后，县供电公司党委又组织 100 多名党员干部职工组成 10 多个抢修突击队，仅用 1 天时间，就恢复倒塌的 110 千伏新线主供电源和城关多处损毁电路的抢修，110 千伏网络恢复环网运行，全县救灾电源有了保障。

服从指挥　　竭尽全力　　广大共产党员以实际行动践诺尽责作奉献

在灾害面前，全县党员干部自发组织了 175 个"党员民兵抗洪救灾分队"、116 个"抗洪救灾党员突击队"等，党员们主动要求到抗洪一线参加排涝救灾，履行一个党员的职责。

暴雨袭击的当晚凌晨 3 时 17 分，五里镇机关党员干部吴金甫接到县防汛办的暴雨示警短信后，急忙从家中拿了只手电，骑着摩托车从镇政府冒雨夜行 10 多公里山路，到所包保的治全水库查看水库汛情。当发现水漫坝顶险情后，他一面向上级报告险情一边通知村干部，组织下游村民紧急转移。险情就是命令，村干部在第一时间时内立即组织转移疏散群众 300 多户，确保了水库下游 5 个组 1000 余百姓的生命财产安全。

关刀镇台源村是通城县重灾区之一，洪灾发生后，63 岁的老党员吴超全顾不上自家被淹，跟村里的党员一起组成救灾"党员突击队"，在村干部的带领下，兵分两路在台源村被大山阻隔的两个自然湾展开抢险救灾。党员吴金木带领 10 多名党员组成"党员送米队"，每天步行 3 个多小时将镇里发放的救灾大米送到道路中断的灾民家中。

（原载《湖北日报》 2011 年 6 月 24 日）

危难时刻　勇于担当

——通城县抗洪救灾中党员干部群像

6月10日凌晨1~6时，通城县突遭特大暴雨袭击。全县平均降雨量达254毫米，局部地区高达309毫米，超历史极值，降水强度为200年一遇。全县交通、电力、供水、通信中断，多处房屋倒塌，县城一片汪洋，平均水深达到1米以上，最深处超过3米，6万多居民被洪水围困。

"灾情就是命令，生命高于一切。"县委县政府迅速决策，充分发挥各级党组织的战斗堡垒作用、党员领导干部模范带头作用和广大共产党员的先锋模范作用，以创先争优的动力激发抗洪救灾的斗志，广大党员干部冲锋在抗洪救灾最前线，演绎了一曲曲可歌可泣的英雄赞歌……

大灾降临，急的是领导

6月10日凌晨3时通城县委召开紧急会议，部署抗洪救灾工作。11时，县"四大家"召开紧急会议，启动一级防汛救灾响应。13时，召开全县抗洪救灾紧急动员大会，把各项责任落实到部门、乡镇和村，把各项措施细化到每个环节、每个岗位、每个责任人。同时迅速成立了抗洪救灾指挥部，指挥部下设设施抢修、救灾保安、安置救助、社会稳定、救灾督办、核灾报灾、新闻报道、赈灾募捐、卫生防疫、综合协调10个工作组，分别由县委常委或政府副县长牵头负责。

县委要求所有县"四大家"领导必须在第一时间奔赴各自联系的乡镇指导抗洪救灾工作，所有县、乡、村三级党员干部全部投入到抗洪救灾一线，所有"三万"活动工作队员全部下到所驻点的村参与抗洪救灾工作，所有水库"双线三级"责任包保人全部到包保水库巡查值守，所有县直部门干部下到驻点村协助进行灾情核查和险情排查，所有危房、危桥、重点险情地段全部要落实现场包保责任人，严防次生灾害发生。县委组织部也在第一时间下发了《关于在抗洪救灾中发挥各级党组织战斗堡垒作用、各级领导干部模范带头作用和广大共产党员先锋模范作用的通知》，要求全县各级党组织、党员领导干部和广大共产党员在危急关头、艰难时刻敢于担当，勇于负责，迎难而上，全力以赴抗洪抢险，确保人民群众生命财产安全。

在抗洪救灾工作中，县委积极动员县、乡、村三级党员干部 3200 余人，成立党员突击队 256 支，转移安置受灾群众 10.5 万人、财产 3000 余万元。

马港镇是受灾最严重乡镇之一，该镇党委连夜召开自救安置会，迅速转移、妥善安置灾民 200 多户 1000 多人，确保了受灾群众有饭吃、有衣穿、有房住、有干净水喝、有病能及时救治。同时镇党委迅速投入到水损房屋、水损桥梁道路、供电线路抢修之中，组织村民加固排查排险。

隽水镇东港村党支部一班人不顾个人安危，在天还没有亮挨家挨户组织疏散转移危房户 17 户，当最后一户群众从危房中转移出来才刚刚不到两分钟时，房子就全部倒塌。

危难当头，冲锋是党员

灾情发生时，在省委党校学习和市里开会的县主要领导迅速通过电话部署防汛救灾工作，并连夜赶回县城组织指挥抗洪救灾。10 日凌晨 3 时，在家的县级领导及防汛抗旱指挥部成员全部赶到指挥部指挥安排抗洪救灾工作；6 时，县"四大家"领导全部下到乡镇督促指导抗洪救灾工作。各乡镇党员领导干部也均在第一时间赶赴抗洪抢险一线，带领人民群众一同抗击洪魔。

大坪乡党委副书记吴红艳于 10 日凌晨 5 时，冒着倾盆大雨赶到乡政府 20 多里以外的杭瑞高速公路大九房村入口处，先查看大九房水库安全情况，然后迅速赶到所包保的高速公路主线及连接线查看灾情，并深入大九房、达丰、墨烟等 6 个村，组织抗洪救灾，转移安置受灾群众。11 日上午，吴红艳又返回达丰村给受灾最严重的 13 户群众送去生活急需资金 6500 元。达丰村一位在抗洪抢险中被解救的群众说："党委政府不但把我们从洪水中救出来，还让我们有房住、有饭吃、有衣穿，真是要感谢共产党、感谢政府呀！"

10 日凌晨 4 时 20 分，县供电公司党委副书记、总经理刘敏接到县应急指挥中心电话后，立即指挥启动通城电网应急三级响应，组织党委班子成员迅速行动，在第一时间赶赴受灾现场，核实灾情，按照"水涨到哪里，电就停到哪里"的要求迅速组织停电,避免了次生灾害的发生。灾情发生后,县供电公司党委又组织 100 多名党员干部职工组成 10 多个抢修突击队,仅用 1 天时间,就恢复倒塌的 110 千伏新线主供电源和城关多处损毁电路的抢修,110 千伏网络恢复环网运行,全县救灾电源有了保障。

在特大洪涝灾害面前,全县党员领导干部始终战斗在抗洪抢险的前沿,真正做到了哪里有灾情,哪里有困难,就出现在哪里,战斗在哪里。

救灾现场,累的是干部

灾情发生后,全县自发涌现了 175 个"党员民兵抗洪救灾分队"、116 个"抗洪救灾党员突击队"等,党员们主动要求到抗洪一线参加排涝救灾,履行一个党员的职责。

暴雨袭击的当晚凌晨 3 时 17 分,五里镇机关党员干部吴金甫接到县防汛办的暴雨示警短信后,急忙从家中拿了只手电,骑着摩托车从镇政府冒雨夜行 10 多公里山路到所包保的治全水库查看水库汛情。当发现水漫坝顶、坝体外部已经出现塌方这一险情后,吴金甫一面向上级报告险情,一边通知村干部组织下游村民紧急转移。险情就是命令,村党支部书记李四洲和村干部李习良在第一时间时内立即组织转移疏散下游群众 300 多户,确保了水库下游 5 个组 1000 余百姓的生命财产安全。

马港镇党委副书记、人大主席李长保顾不上家中因灾受伤造成粉碎性骨折的老母,舍小家,顾大家,一心扑在抗洪救灾工作上,在 106 国道抢险救灾中彰显了共产党员的英雄本色。

关刀镇台源村是通城县重灾区,洪灾发生后,63 岁的老党员吴超全顾不上自家被淹,跟村里的党员一起组成救灾"党员突击队",在村支部书记吴治兵和村委会主任艾谈明的带领下,兵分两路在台源村被大山阻隔的两个自然湾展开抢险救灾。党员吴金木带领 10 多名党员组成"党员送米队",每天步行 3 个多小时将镇里发放的救灾大米送到道路中断的灾民家中。

在这场抗洪救灾中,通城县各级党组织、党员领导干部和广大共产党员的模范行动,在群众中产生了极强的号召力、凝聚力,形成了抗洪抢险救灾的战斗力。这种极强的战斗力,必将成为通城最终夺取抗洪救灾胜利最宝贵的精神力量。

(原载《南鄂晚报》2011 年 6 月 17 日)

消 息

湖北首个减贫防贫服务中心在通城成立

新华社武汉 6 月 28 日电　湖北首个减贫防贫服务中心，28 日在通城县正式挂牌成立。来自湖北省扶贫办以及通城县有关单位的负责人共同为中心揭牌。

据了解，这一减贫防贫服务中心成立后，将由通城县财政部门出资，并综合使用通城县慈善总会、红十字会以及社会组织和爱心企业捐款等多方面资金，设立减贫防贫专门账户，致力于提供产业基金帮助贫困户脱贫，提供临时救助金防止已脱贫人员因病返贫等。挂牌现场，减贫防贫服务中心还为困难群众发放了首批救助金。

通城县委书记熊亚平介绍，2019 年是通城县脱贫攻坚工作的决战决胜之年。在举全县之力坚决打赢脱贫"摘帽"攻坚战的同时，通城县委、县政府立足当前，着眼长远，着力探索减贫防贫长效机制，巩固脱贫"摘帽"成果。

下一阶段，通城县将全力把减贫防贫服务中心打造成方便群众办事的窗口、宣传扶贫政策的载体以及展示扶贫成果的平台。同时，一手抓脱贫"摘帽"，一手抓减贫防贫，做到"两不误"、"两手硬"，切实为精准扶贫工作奠定坚实基础。

全国自行车户外公开挑战赛在湖北通城举办

新华社武汉 6 月 16 日电　2019 年首届中国湖北黄袍山（通城）全国自行

车户外公开挑战赛，16日在湖北省通城县正式开赛。细雨中，来自全国各地的600多名选手竞速，享受运动的挑战与乐趣。

本届赛事，由中国自行车运动协会、湖北省体育局、咸宁市人民政府主办，通城县人民政府承办。通城县借助幕阜山旅游公路规划出12.5公里环形赛道，并在赛道周边设置了绿色生态和红色人文景点。

为迎接来自全国的自行车选手，通城县在赛前邀请中国自行车运动协会专家对赛道及沿线进行了仔细查验，并全面完善了相关后勤设施。

经过角逐，施文通获男子公路公开组冠军；杨丽萍获女子公路公开组冠军。郭鑫伟获男子山地公开组冠军，何冲获女子山地公开组冠军。长沙顺时针·浙江贝欧联队获得男子公路公开组团队冠军。

通城县委书记熊亚平介绍，通城县将以比赛为契机，在黄袍山打造一条专业的自行车体验运动赛道，并大力推动自行车相关产业链招商，着力打造具有特色和知名度的乡村旅游目的地，带动地方经济发展和周边群众脱贫致富。

外商云集　　共襄盛举
通城建国际商贸中心招全球客商

本报讯　5月18日，来自俄罗斯、乌克兰等一带一路沿线33个国家和地区的150名外商齐聚，参加以"盛载梦想，创见未来"为主题的万雅国际商贸中心全球招商大会。今年"十一"，消费者就可以到通城买全球产品啦！

参加通城·万雅国际商贸中心招商大会的，有一带一路沿线国家商会会长30余人，另邀浙江义乌商会、浙江义乌进口商品商会、杭州四季青服装商会、浙江海宁皮革商会共计100余人。部分国际商会代表被授予"招商大使"称号。

通城地处幕阜山腹地，杭瑞高速、武深高速、106国道穿境而过。去年，通城县委、县政府先后与六七十公里外的湖南城陵矶新港、三荷机场签订战略合作协议，实现 40 多分钟抵达机场，江海直达费用每吨下降千余元，就近打通航空和江海直达通道，实现借机上天、借船出海。

2018 年 11 月，通城作为全国规模最大、湖北省唯一的县级交易分团，参加首届国际进口博览会，成功引进万雅集团，向全球亮出了"游美丽乡村，购世界品牌"新名片，开启了通城从山城走向世界的新征程。

万雅集团是浙江义乌的知名综合性大型企业，已经在全国布局多个商贸综合体。通城万雅国际商贸中心建成后，辐射湘、鄂、赣三省近 3 亿消费群体，不仅契合县委、县政府的发展战略，也为万雅集团抢占国内市场赢得了先机，具有非常广阔的发展前景。

万雅国际商贸中心投资方浙江万雅集团有限公司董事长朱挺介绍，该项目计划总投资 40 亿元，计划用 3 年时间分四期建设，总建筑面积约 100 万平方米，一期工程已于今年 2 月开工。该项目将整合产业资源，依托国际贸易服务平台，导入国际风尚主题贸易产业集群，辐射湘、鄂、赣三省交界处周边 200 公里商圈。

据悉，通城县委、县政府又在谋划参加第二届中国国际进口博览会，进一步扩大通城以及万雅国际商贸中心的国际国内知名度、影响力，加快打造集游、购、娱为一体百亿级商贸产业集群。

（原载《湖北日报》2019 年 5 月 18 日）

通城"四民"活动提升扶贫满意度

本报讯　"我们大溪老百姓最关心的是出行问题，旅游公路什么时候能开工……" 8 月 2 日傍晚，骄阳西斜，余热未消。四庄乡纸棚村 50 多位村民打拢板凳，围坐在县委书记熊亚平等扶贫干部旁边，就旅游公路、百姓就医、库区环境等提问。在村民一片诉求声中，屋场会拉开序幕。

"库区要致富就得先修路。22 公里旅游公路拓宽成双向两车道，总投资

2.4 亿元。这是大溪村、纸棚村的一条富裕路、民生路，更是一条生态观光路，我们一定要把它建设好，让百姓享受大溪湿地公园生态红利，力争 9 月份开工。"熊亚平当场承诺，村民掌声一片。

为践行"四民"活动，熊亚平率县直有关部门负责人和扶贫干部一行，冒着酷暑来到四庄乡大溪库区纸棚村督查扶贫工作，同扶贫干部一道商讨解决扶贫工作中存在的问题。傍晚，熊亚平一行又乘船来到库岛屿纸棚村下高滩屋晒场上宣传扶贫攻坚政策和党的惠民政策，上门释疑解惑，解决群众难题。

手摇蒲扇的老太婆，手捧扶贫政策读本的村民，你一言，我一语，吐心声，提建议……熊亚平边听边记，边解答群众提出的 10 多个疑惑问题。他不时提醒在场的扶贫干部，对群众反映的问题和提出的建议要认真记录，归纳总结，限期整改和落实反馈。

在场的村民看到县里扶贫干部心贴心同群众交谈，宣传扶贫政策，手把手同村民算扶贫账，掌声一阵接一阵。屋场会一直开了两个小时，星星渐渐眨眼，村民兴趣尚浓。同熊亚平坐在同一条板凳上的纸棚村村支书王电光，代表村民致谢："有了县领导真心扶持，我们一定保护好库区环境，投身库区建设，带领村民发展生产，争取早日脱贫出列。"

屋场会上，随同走访座谈的县委副书记杨修伟更是给纸棚村、大溪村带来大红包，对两个村明年出列的资金从今年开始实施，提升百姓获得感、幸福感。

为提高扶贫攻坚工作质效，该县从 7 月中下旬以来，通过开屋场会和入户访谈等方式，全面开展"访民情、听民意、解民忧、暖民心""四民"活动，重点解决贫困户"两不愁、三保障"和贫困村"九有"项目短板问题。

该县通过各级干部组织召开屋场会方式，听民声，解民难，围绕便民小桥梁、水利小设施、文化小广场、道路小维修、屋场小路灯、和谐小凉亭、村庄小绿化、文娱小音箱等"八小项目"，按照"尽力而为、量力而行、政府主导、社会参与"原则，最大限度地解决群众反映的民生问题。

同时，结合贫困户和非贫困户、贫困村和非贫困村实际情况，争当扶贫政策宣传员、政策落实执行员、农副产品销售员、家庭事务代办员，帮助解决群众反映的热点、堵点、难点问题，促进扶贫政策落实和干部作风转变，切实提高群众对扶贫攻坚工作的满意度和认可度。

（原载《湖北日报》2018 年 8 月 6 日）

三省交界处的鄂南小城放异彩
进博会上通城引入十余国客商

本报讯 11 月 10 日，首届中国国际进口博览会落幕。位居鄂、湘、赣交界核心区的鄂南小县通城，在进博会上大放彩——签回两个招商项目，并与十余国客商签约 16 项商品采购合同。"下一步，我们将会带更多的客商到通城投资，进一步加强交流合作。"进博会上与通城签约的万雅集团董事长朱挺高兴地说。

7 日，通城在上海虹桥金古源豪生大酒店举办推介会——这是我省在进博会上唯一一场县级专场招商推介会，会上，通城揽回两个招商项目：与浙江客商签订了中国中部·湖北通城万雅国际商贸城项目，与北京客商签订了一号码头特色商业步行街项目，同时与俄罗斯、法国、巴基斯坦等 10 多个国家签订 13 个进口商品采购订单。

在与通城企业湖北平安电工材料有限公司签约后，尼日利亚汇资财务有限公司总经理伊莱亚斯说："我们不远万里来到中国推销产品，与湖北平安电工材料有限公司建立了长期战略合作伙伴关系，非常高兴。"

"湖北省通城县作为一个内陆县级城市，积极探索县域经济发展新模式，引进了中国中部·湖北通城万雅国际商贸城等一批外向型经济重点项目，大力发展外向型经济，培育发展新动能，展现了该县敢于挑战、勇于挑战的魄力和活力。"商务部有关领导在致辞中说。

进博会期间，通城县还亮相国家会展中心 6.2 馆 1 号签约台——通城万雅国际商贸城分别与土耳其维斯顿贸易公司负责人艾比丁·沃肯、德国尼德爱格公司柯根·弗伯纳签订了进口商品采购合同。当日上午，在湖北省企业采购需求发布暨现场签约会上，通城还与乌克兰供应商理查德·哈利签订了进口商品采购合同。

原本隐在深山的通城，如何做通江达海的进口贸易？通城县委书记熊亚平介绍，通城因"水道通，地势顺，直注武昌城"而得名，两条高速、两条国道纵横全境、通达四方，京九高铁、京广铁路沿境而过，两小时交通圈覆盖长江"中三角"的武汉城市圈、长株潭城市群、环鄱阳湖生态城市群。拥有亚洲规模最大的涂附磨具产业、中国最大的云母绝缘材料产业、覆盖全国地级城市的药商网络和国家级油茶产业园，创造了县域经济发展的"回归工程"模式。

此外，通城离湖南岳阳城陵矶港仅70多公里，距即将通航的岳阳三荷机场仅60多公里，全程高速公路，交通区位优势明显。7月5日，该县与岳阳城陵矶新港签署全面合作协议，通城企业全面享受该港优惠政策，正式打通江海通道。

（原载《湖北日报》2018年11月10日）

通城屋场夜话：听民意　解民忧　铺富路

本报讯　金秋，通城县深度贫困村建设项目红红火火，四庄乡大溪库区旅游公路即将开工，麦市镇天门村二十四道拐盘山公路正在硬化……这些变化起源于该县屋场夜会。

今年以来，通城县在脱贫攻坚工作中，以屋场会的载体，扎实开展访民情、听民意、解民忧、暖民心"四民"活动，进一步提振了脱贫信心，拉近了干群距离，提高了扶贫工作满意度。

为提高扶贫攻坚工作质效，该县从7月中旬以来，通过开屋场会和入户访谈等方式，全面开展"访民情、听民意、解民忧、暖民心"活动，在重点解决贫困户"两不愁、三保障"和贫困村"九有"项目问题短板的同时，结合贫困户和非贫困户、贫困村和非贫困村实际情况，充分听取群众意见，深入宣讲扶贫政策，帮助解决群众反映的热点、堵点、难点问题，促进扶贫政策落实和干部作风转变，切实提高群众对扶贫攻坚工作的满意度和认可度。

该县明文规定，县级领导参加屋场会不少于 4 次、县直部门主职参加屋场会不少于 8 次、乡镇党政主职和县委派驻乡镇工作队长参加屋场会不少于 16 次，乡镇包村（社区）干部和村"两委"干部负责组织群众，并全程参与，实现全县 185 个行政村（社区）的所有屋场全覆盖。

为践行"四民"活动，县委书记熊亚平率县直有关部门负责人和扶贫干部一行，冒着酷暑驱车来到四庄乡大溪库区纸棚村督查扶贫工作，解决扶贫工作中存在的问题。傍晚，县委书记熊亚平一行又乘船来到库岛屿纸棚村下高滩屋晒场上宣传扶贫攻坚政策和党的惠民政策，上门释疑解惑，解决群难题。层场会中，熊书记边记边听，边解答群众当场提出对扶贫政策和其他工作的 10 多个疑惑问题。

"村里的路修得如何了，产业发展怎么样？"带着这些牵挂，8 月 9 日，通城县委副书记、县长刘明灯一行翻过二十四道山拐，又一次来到麦市镇天门村，与当地村民围坐屋场、拉家常、听心声、解难题，共谋脱贫发展之策。

类似这样的屋场会已在全县各村展开，此前县委、县政府及县直有关部门扶贫工作组深入各自扶贫村召开屋场会宣传扶贫攻坚政策和党的惠民政策，上门释疑解惑，解决群众难题。"四民"活动开展以来，县委书记以身作则，参加屋场会 4 次，其他县领导积极行动，全县县级领导参与屋场会 83 场次。至目前，全县共组织召开屋场会 1115 场次，送戏、送电影 1700 场。

该县还通过各级干部组织召开屋场会方式，听民声，解民难，围绕便民小桥梁、水利小设施、文化小广场、道路小维修、屋场小路灯、和谐小凉亭、村庄小绿化、文娱小音箱"八小项目"，按照"尽力而为、量力而行，政府主导、社会参与"原则，最大限度地解决群众反映的民生问题。至目前，全县共筹措资金 2000 万元。

与此同时，该县帮扶干部通过入户访谈贫困户方式，争当扶贫政策宣传员、政策落实执行员、农副产品销售员、家庭事务代办员，做贫困户贴心人，解决贫困户生产、生活困难，转变干部作风，提高贫困户对帮扶工作的满意度。"四民"活动开展以来，共为贫困户解决实际生活困难 106 次，代办家庭事务 81 次。今年夏天，全县各级党员干部共组织近千名党员干部集中推销、采购滞销甜瓜、西瓜 17 万斤。

（原载《湖北微扶贫》微信公众号 2018 年 7 月 19 日）

通城三千贫困户上岗助力精准脱贫

本报讯 7月20日一大早，湖北省通城县塘湖镇狮子村贫困户刘兵宽穿上"河湖库巡查员"工作服，清理塘湖河堤杂草。

他今天特别来劲儿，干活的手麻利多了。和他一样全县500名河湖库巡查员各自忙碌在11座县管水库和8条河流岗位上。

河湖库巡查员也不轻松，他们必须开展三项服务，负责河库的日常巡查保洁，及时打捞和清除河库内的各种漂浮物及河堤杂草，保持河库水面清洁，堤顶无坑洼、无生产生活垃圾、无杂草等；加强对河库涉水工程的管理，发现非法侵占、乱建乱堆、乱倾乱倒、乱丢乱放行为要及时制止，不能制止的，要在第一时间向上级河库长汇报；定期巡查河库，原则上每周至少巡查两次，保证河库及周边环境卫生，努力实现辖区内河库"河畅、水清、岸绿、景美"目标。

他们能在家门口就业，得力于该县购买"四员"服务政策。

为帮助精准扶贫户就近就地就业增收，推动脱贫攻坚与生态环境保护有机结合，互促共赢，通城从7月1日起开展岗位脱贫行动，出台《通城县购买"四员"服务助力精准脱贫实施方案》，用政府购买服务的方式，选拔一批生态护林员、农村保洁员、河湖库巡查员、农村道路护路员助力精准扶贫。

据县精准扶贫指挥部相关负责人介绍，全县计划安排2500万元政府购买服务经费，其中人员经费1800万元，装备和意外伤害保险经费700万元。在全县安排3000个"四员"岗位，其中生态护林员岗位500个，农村保洁员岗位1500个，河湖库巡查员岗位500个，农村道路护路员500个，每户贫困户限参加一个岗位选拔。生态护林员、河湖库巡查员、农村道路护路员酬劳4000元/年，农村保洁员酬劳8000元/年。

根据选拔原则，提供服务的对象为截至2017年12月底全县建档立卡的贫困户，未脱贫的优先。同时要求有一定的劳动能力，能胜任村级生态环境保护工作；热心公益事业，责任心强；在家居住不得经常性外出。

据悉，该县"四员"分配名额由县水利局、林业局、城市规划和管理执法局（环卫局）、交通运输局将岗位数量及服务费分配到各乡镇政府。

各乡镇政府根据考核办法，指导所辖村结合村情制定具体的管理细则，指导各村对"四员"进行日常管理；对本乡镇"四员"的进行考核，加强监督管理；做好"四员"培训工作，并配齐必要的工作装备。做好"四员"动态调整工作，对年度考核不合格的"四员"，不再购买服务；对因不认真履责导致工作出现重大失误，产生恶劣影响的，直接取消服务资格。

同时要求县财政局按标准将报酬资金打包拨付到各乡镇政府，各乡镇政府负责将基本报酬按季度打卡到人，绩效部分根据各乡镇政府考核结果，年终一次性打卡到人。

经过半个月选拔，全县3000个"四员"岗位人员陆续上岗。

（原载《湖北日报》2018年7月20日）

石溪村：一粒彩色米　　绘出五彩梦

山林青翠，泉水叮咚。7月11日，湘鄂边界的幕阜山北麓通城县石溪生态圈里的草帽大军又顶着山里的雾气开始在稻田里忙活了，看见杂草就拎起来，碰到虫子就捉走。

"像这样热热闹闹去田里干活还是很多年前的事情了，这多亏石溪彩米牵回了在外务工人员的心。"通城县马港镇石溪村支部书记熊昌礼说道。

因为彩米，村里外出的劳动力慢慢回来了，小小的村庄重新有了生机。

一粒小彩米，成就大产业

记者在湖北石溪彩米有限公司彩米成品展示室里看到，见鸡山珍珠红米、见鸡山乌紫米、黄袍山黑壳糯米依次陈列在展桌上，未脱壳的、已经脱壳的和已经包装好的产品让记者大开眼界。

据介绍，石溪彩米是由地道的石溪村传统品种珍珠红米、乌紫米与通城黄袍山黑壳糯米 3 种稻米按 4.5：3：2.5 的比例配制而成的混合米。而彩米出山源于一次湖南游客与熊昌新家彩米的美丽邂逅。

石溪村是通城的一个偏僻贫困山村，与湖南省岳阳县月田镇白石村交界。2015 年，白石村开发了见鸡山乡村旅游景点，同属见鸡山的石溪村也借光兴起了乡村游。一群湖南游客中午在石溪熊昌新的昌盛家庭农场用餐，因为生意太好，米不够用了。无奈之下他就用舅舅李富清送给他家的彩米煮饭，没想到餐后游客们反映彩米米饭口感很好，争相购买彩米。

这次偶然的机会，让熊昌新萌发了开发彩米的念头。2016 年，熊昌新瞄准彩米市场，筹资成立了石溪村农产品专业合作社，吸纳社员 13 户 52 人，组建湖北石溪彩米有限公司，并流转土地 620 亩，建立生态彩米基地，当年收获纯天然彩稻 9.6 万千克。公司配制的彩米按 30~40 元每千克价格投放市场，销售一空，产值达 100 余万元。

2017 年，咸宁市农科院帮助石溪村制定了通城石溪彩色稻生产流程标准。当年 8 月还通过杭州中农有机质量认证中心评审为有机转换产品。同时，石溪村申报的"见鸡山"牌彩米商标，经国家工商部门正式批准注册。

弃城归田园，返乡种彩稻

"以前在外面打工，只能刨去吃喝每年也就赚两三万块钱。现在在家种植彩米一年不仅可以赚五六万块钱，还可以照顾老人孩子。"马港镇石溪村村民童明安说道。

与童明安一起返乡的还有村里 165 个村民，他们都是被彩米种植的好前景吸引回来的。

今年，该村采取"公司＋基地＋农户"的模式，由公司与基地农户签订服务协议，提供种子、技术指导、收购、加工、销售服务。全村荒芜了近 10 年的 500 余亩水田，全部种上了彩稻。他们还一起筹资 500 余万元为栽种的 1058 亩彩稻建设了 2000 平方米的原料仓库和高标准成品仓库。

现在，彩稻全部沿用传统耕种模式，稻田种绿肥当肥料，牛耕田，手插秧，人工除草，不使用化肥农药，人力收割，非动力机械脱粒，全程按照有机食品标准操作。

"彩米在石溪扎了根,到处都是一片绿色,基本实现零荒芜。"熊昌礼说道。

彩米助脱贫,闲汉不再闲

据熊昌礼介绍,村里 2018 年建档立卡贫困户 151 户 414 人,贫困户种植彩米就有 91 户 271 人。

去年,该村精准扶贫户平均增收 1500~1800 块钱,入股合作社的贫困户年底获得产业分红 1500 块钱。

"我自己有两亩多田,种的彩米公司全部回收,可得 4000 元左右;去彩米公司做零工,每天有 130 元收入,也能挣大几千,年底量化入股分红可得 1500 元,脱贫是没有问题的。"马港镇石溪村贫困户熊昌富算起了脱贫账,"现在基地贫困户在基地务工,每亩还补助 5~8 个工时。"

贫困户通过在基地务工摆脱了自身发展力不足的限制,对未来的生活充满了憧憬。过去村里有 30 多个游手好闲的村民通过种植彩米,日子也有了起色。留守儿童因为父母返乡种彩稻,陪伴自己的时间长了,成绩也是节节拔高。

"整个村里村容村貌焕然一新。"熊昌礼说。

(原载《湖北日报》 2018 年 7 月 13 日)

通城借进博会开专场招商推介会

人民网上海 11 月 8 日电　"好山好水好景色,带上你的好心情,到通城来坐坐。"在上海中国中部·湖北通城国际商贸城招商推介会上,一曲通城民歌《到通城来坐坐》,吸引了海内外客商。

11 月 7 日,湖北省通城县在上海虹桥金古源豪生大酒店举办中国中部·湖北通城国际商贸城招商推介会,签约两个招商项目,进口商品采购签约两批次 13 个订单。商务部有关领导到会祝贺,俄罗斯、德国、法国、尼日利亚、巴基斯坦等 10 多个国家的外商、通城本土规模企业的采购商及相关人员共计 160 余人参加招商推介会。

"湖北省通城县作为一个内陆县级城市，积极主动贯彻落实党中央部署，抢抓国家深化对外开放的重要机遇，以举办首届中国国际进口博览会为契机，积极探索县域经济发展新模式，引进了中国中部·湖北通城万雅国际商贸城等一批外向型经济重点项目，大力发展外向型经济，培育发展新动能，展现了该县敢于挑战、勇于挑战的魄力和活力。"有关领导在致辞中说。

在现场招商推介会上，通城县人民政府代表分别与浙江客商签订了中国中部·湖北通城万雅国际商贸城项目，与北京客商签订了一号码头特色商业步行街两个项目，总投资 45 亿。

在进口商品采购签约仪式上，通城县企业代表——湖北平安电工材料有限公司副总经理邓炳南分别与尼日利亚、马达加斯加等外商签订进口商品采购合同，万雅集团董事长朱挺分别与俄罗斯、法国、巴基斯坦等 10 多个国家签订进口商品采购合同。

位居鄂、湘、赣交界核心区的通城，在首届中国国际进口博览会这个国际大舞台上，亮出项目签约与进口商品采购并重两大招，魅力十足。

"通城是三省通衢的通达之城，楚风瑶韵的生态之城，乘势待飞的兴业之城，互利共赢的崇商之城。"县委书记熊亚平在推介会上说。

本场推介会是湖北省唯一一场县级专场招商推介会。

（原载《人民网》2018 年 11 月 8 日）

通城在外创业佳丽为家乡代言

本报讯 "旗袍穿在身上，心里依然想着家乡，秀美吧我的家乡……" 国庆节期间，通城县多处景点频现 100 多位丽人旗袍秀，她们身着古典风情旗袍，以当地山水风景、田园风光、古建筑等为背景，边唱着自编赞美家乡的歌，边让摄影师拍下一张张美照，成为当地乡村游一道流动的风景，吸引了游客和乡亲们驻足观赏。

这些身着旗袍的女孩，均是通城县在外创业者，她们特地利用国庆节长假从全国各地返乡秀旗袍，为家乡旅游资源代言。

10月7日，旗袍秀活动发起者之一——远在上海的创业青年姜咏胜告诉记者，此次活动分3批共拍摄了3天，这些照片将陆续上传各大网站、论坛、微信公众号、百度贴吧等，旨在推介家乡旅游资源、呼吁保护生态美景、保护历史古建筑等。

素有"湖北南极"之称的通城县，一脚踏三省，著名景点有"江南药库"药姑山、"天岳"黄龙山、"华中第一瀑布"黄袍山、"金三角之肺"大溪国家湿地公园等。随着近几年旅游发展，通城已打造4A级黄龙山风景区、药姑山省级自然保护区等，幕阜山生态旅游公路贯穿全境。

家乡旅游发展变化无不引起一群从通城老区走出去的创业者时时关注，他们为推介家乡建言献策，为老区旅游发展煞费苦心。

2013年国庆节期间，通城籍在上海创业的姜咏胜、黄文明和在浙江创业的卢祥华等20余名摄影爱好者，回乡拍摄时，走遍家乡山山水水，被家乡"藏在深闺无人识"的美景所陶醉，他们便萌生了对外宣传家乡旅游资源，吸引更多客商投资建设家乡的想法。随后，他们在网上发出倡议，决定每年国庆节返乡开展多种形式活动，宣传家乡，给力家乡旅游建设。

倡议一经发出，通城在外创业者积极响应，纷纷报名参加，有的自费办网站；有的忙着捐款出宣传画册，倡议发起人姜咏胜出资近1万元，购买了古装、旗袍等，先后成功举办了3届古装、旗袍秀。

当地政府和青年深受感动，纷纷加入到宣传家乡美景中。

10月2~6日，这些热心人士穿着旗袍走进了通城县"瑶人故里、江南药库"药姑山、东冲水库；黄龙山天岳关、抗日英雄纪念碑；黄袍山罗荣桓早期革命纪念馆、古民居汪润田大屋、抗金英雄方琼纪念馆；省级森林公园锡山；黄袍山绿色产品油茶基地和茶叶基地。

这是通城佳丽第四次穿着美丽服饰推介家乡，从2013年国庆节一直没间断，其中付丹、刘琼等30多位丽人已经是连续四届参加。

"近四年来，在外创业者的宣传下，通城风景区旅游、乡村游得到长足发展，呈井喷，仅今年双节期间接待游客20万人次，催生了油菜花节、杜鹃花节、荷花节、茶花节、菊花节、高山帐篷节，次次盛会，精彩无限，盛况空前。"县旅游局负责人介绍。

"明年十一假期，她们将再次走进黄袍山、黄龙山、药姑山、云溪湖、灵官桥、南虹桥、刘塘湖故居等地，演绎古典服饰美女风景秀，为家乡代言。"姜咏胜告诉记者，这次旗袍秀图片将做成挂历作为元旦贺礼，免费发放给全县人民。

（原载《咸宁日报》2017 年 10 月 9 日）

一花映青山　香动裛三省
黄龙山杜鹃花引三省游客

本报讯　　"五一"小长假期间，湘、鄂、赣游客齐聚通城县黄龙山，观赏杜鹃花，共庆第四届湘、鄂、赣黄龙山杜鹃花文化旅游节。

黄龙山位于湖北、湖南、江西三省交界处，古名桓山，南北朝时郦道元在《水经注》中已有记载。在黄龙山龙王峰顶，古有"一脚踏三省"石基界碑及万古石凉亭。

"一花映青山，香动裛三省。"在黄龙山南坡，生长着株高在 2 米左右、绵延 10 余公里的野生杜鹃林带，每年 4 月初到 5 月中下旬，漫山遍野的杜鹃花盛开如朝霞燃烧、像红绸舞动，吸引成千上万的省内外游客前来观赏。

第四届湘、鄂、赣黄龙山杜鹃花文化旅游节除了安排游客观赏黄龙山杜鹃花海的瑰丽景色以外，还组织游客攀登经过数万年自然形成、通体为花岗石岩体的只角楼，到天岳关缅怀无名英雄烈士墓，参观湘、鄂、赣三省书画作品展览，品尝农家土菜，参加山野帐篷篝火晚会等系列活动。

期间，来自湘、鄂、赣三省的上百名文艺工作者为游客表演 17 个具有各地特色的歌舞、戏剧、武术等精彩节目，湘、鄂、赣三省的 12 位美术书法家还现场为游客行书作画。

县委常委、宣传部长朱凤英表示，黄龙山是湘、鄂、赣地区重点打造的旅游风景区，第四届湘、鄂、赣黄龙山杜鹃花文化旅游节的特色就是湘、鄂、赣三省联合举办，是江西、湖南、湖北的一次文化大交流。节会更好地向外界展示了黄龙山的景点风光，加速黄龙山风景区 4A 级创建，扩大和推动湖北通城、湖南平江、江西修水区域间的文化、经济和旅游融合发展。

（原载《咸宁日报》2017 年 4 月 30 日）

返乡游子向青山绿水拜年

本报讯　1 日，通城县马港镇 80 多名在外创业人士穿行在百丈潭水库周边 10 个村庄，宣传保护百丈潭水源，问计村民，共同商讨发展生态农业，打造秀美家乡。

这一"向青山绿水拜年"主题活动，是百丈潭水源保护与生态发展促进会发起的。

百丈潭水库位于马港镇境内，是通城县母亲河隽水河的源头，也是县城十余万人饮水的唯一水源地。

去年 3 月，毛绪武、王建国等 10 多名马港镇在外创业成功人士动议，开展保护家乡水源地公益活动。8 月初，他们动员了当地在外经商创业人士 100 多人，成立了百丈潭水源保护与生态发展促进会，大家现场募资 60 多万元。同时，吸引了高峰、平湖等 10 个村千余村民申请加入促进会，成为护水志愿者。

今年春节期间，他们不打牌，不大吃大喝，自发组织一支志愿者队伍，向村民宣传保护水源，并赠送自制的 500 件宣传挂历。

每到一地，村民们夹道欢迎。高峰村村支书、环保志愿者吴兵介绍，促进会创立后，村村都成立了环保队，专人打捞水库漂浮物，村里还制定村规民约，如规定红白喜事办酒席不得使用一次性餐具。村民环保意识增强了，水库水质明显提升了。

在百丈潭源头大金山，清澈的泉水从山崖一泻而下，志愿者俯下身子，掬水畅饮，大声赞道：家乡的水真甜。

绿水青山也是金山银山。十多个从高峰村走出去的能人投资近1000万元，成立了大金山油茶种植、高峰绿色生态农场等6个生态农业专业合作社，发展生态林1万亩、生态楠竹基地5000亩，新建生态油茶基地3000亩，发展生态有机稻2000亩。"背靠青山果飘香，门临绿水鱼满塘"，沿库村民贴着对联表达自己的心意。

（原载《湖北日报》 2017年3月8日）

喷绿摇钱树 灌就田园美
通城高效节水工程助民富

本报讯 拧开阀门一千多个喷头，慢慢旋转，水成雨雾状洒向油茶林，油茶树一个劲儿地吸着雨水……四庄乡小井村油茶基地喷灌节水灌溉工程已成功投入使用。

这项惠民工程首先在隽水镇上阔村、四庄乡小井村、大坪乡花墩村进行示范，甘露洒向蔬菜、药材、果树、经济林等。

昨日，村支书姚文平和前来观看的村民啧啧称赞："有了这转动的喷灌，再不怕干旱了。"小井村千亩油茶示范基地是2008年开始打造的，已挂果收益。2014年夏，碰上干旱，三级提水灌溉，全村每天还发动百名劳力挑水浇苗，花钱费力不少。"今年喷灌上了山，天旱它能抗，油茶树长成摇钱树。"村民望着喷灌，看到了希望，在风雨中谈着丰年。

"像这样享受喷灌、滴灌受益的农户有两千多户。"通城县农田水利高效节水工程项目负责人介绍，2016 年 10 月，县水利部门开展高效节水工程项目建设，首批工程范围覆盖隽水镇上阔村、四庄乡小井村和大坪乡花墩村 3 个行政村。项目区耕地总面积 1.58 万亩，设计灌溉面积 0.6 万多亩，共整治水塘 4 座，新建泵站 20 座，新建管道 124 千米。

隽水镇上阔村蔬菜基地最先得益于滴灌，当地菜农笑着说，滴灌灌就田园美。在隽水镇上阔村，一望无际的大棚沐浴在春光里，年近六旬老农杜民金掀开大棚，观测了一下气温表，大棚里的草莓红了一地，他蹲到地上摸了摸指头粗的滴灌带，一滴滴水浸润着地块。他今天采草莓的手也快多了，话也特别多："我种了大半辈子菜，挑粪浇水，背都压弯了，碰上天干年岁，菜都晒蔫儿了，也没赚到几元钱。去年水利部门在我家蔬菜大棚安装滴管，搞起了滴灌节水灌溉工程，省了不少事不说，季季可都能有个好收成了。"

"农田水利高效节水工程既有经济效益和社会效益，又有生态效益。"据施工工程技术人员提供数据表明，仅 2016 年农田水利高效节水项目工程建设成后，可增加恢复灌溉面积 0.17 万亩，改善灌溉面积 0.5 万亩，新增节水灌溉面积 0.67 万亩，新增节水能力 113.7 万立方米。每年新增油茶 2.43 万千克，蔬菜 36.79 万千克，每年新增经济作物灌溉效益 145 万元，农民年人均增收 106 元。同时，增加植被覆盖，保水保土，改善生态环境。

（原载《中国水利报》2017 年 4 月 3 日）

坚持"五药"为主延伸产业链条
通城中医药产业大县呼之欲出

本报讯 进入新年，冬日的暖阳照在湖北省通城县大坪乡 500 亩中药材产业扶持基地上，基地主人大坪村徐世民正带领 10 多名贫困户搭建大棚，培育药材种苗。基地技术人员算了笔账，基地可安排本村 43 户贫困户劳力就业，每年向市场提供 100 万株黄精、七叶一枝花、玄参等名贵中药材苗，助贫困户户均增收 3000 元。

正在基地调研的通城县委书记熊亚平介绍，通城不仅具有历史悠久的中药材种植传统，素有"江南天然药库"的美誉，更有大量分布在全国各地、大江南北的 3 万药商。该县提出，立足湘鄂赣、辐射全国、面向全球，举全县之力构建以药材、药品、药市、药膳、药养"五药"为主，集药材种植、研发、加工、销售、文化、旅游于一体，一、二、三产业融合发展的中医药全产业链条，打造全国中医药产业大县。

该县将中药材种植作为农村贫困人口增收脱贫的重要途径，以市场为导向，选择适宜品种，扶持一批中药材种植龙头企业、专业合作社、专业村、专业户，打造以药姑山、黄龙山、黄袍山为主体，辐射沿线乡镇的中药材种植带，建设一批规模基地。力争到 2021 年全县中药材种植面积达到 10 万亩以上，中药材专业村达到 100 个，专业组达到 1000 个，专业户达到 1 万户，建成全国中药材种植示范基地。组建成立中医药科学研究所，引进专门人才，加强与国家、省中医药研究机构、专业院校合作，建设中医药产学研基地、中药材种苗基地。

在药品研发上，该县将启动实施传统中医药企业"倍增工程"、新型中医药企业"培育工程"、中医药产业园区"筑巢工程"，规划建设药姑山中医药产业园。力争到 2021 年全县中医药工业企业达到 20 家，中医药产业集群成为全省重点产业集群。

在中医药交易流通环节，该县将立足通城现有医药营销网络，发展医药总部经济，打造买全国卖全国的中药材重要集散地。力争到 2021 年，全县中医药营销总额达到 200 亿元以上。

在中医药养生旅游领域，该县将着手设立黄袍山—黄龙山—药姑山中医药保护区，深度挖掘药姑山"药"文化和"瑶"文化，打造"生态旅游＋"、"养生文化＋"品牌；开发一批中医药观赏、中医药文化探寻、中医药工艺体验、中医药保健休养和瑶族文化体验的特色景区；支持中医药休养中心、中药材植物博物园建设，打造华中地区中医药养生、养老、旅游胜地。

（原载《农民日报》 2017 年 1 月 17 日）

大溪苗木香飘全国

本报讯　通城县四庄乡大溪村，漫山遍野的苗木基地中，一块"大溪苗木专业合作社"的牌匾格外醒目。"合作社带动300多农户种植名贵苗木1200亩，户均年增收5万元。"19日，合作社负责人金育斌自豪地说。

借力精准扶贫，大溪村贫困村民凭种苗木闯出新天地，形成了以桂花、香樟、红继木、紫薇为代表的苗木产业发展示范带。"大溪村是省级贫困村，349户村民散居在青山水库岸边，人无一分田。"村支书金育斌回忆。

2010年年初，县扶贫部门进驻大溪村，量身定做一村一品、一户一策的帮扶措施，几经调研、磋商，认为这里山土肥沃、光照充足，发展苗木是条不错的路子。

办试点，一组最有条件。于是组织村民到湖南苗木村参观学习，购进桂花树苗20万株，连片栽植，经过3年的精心培育管理，一组40户仅卖苗木收入200多万元。

一组的经验迅速扩大到全村，2013年，合作社应运而生，网罗社员300多户，规模种植苗木1200亩，年均亩收益5000元左右。金育斌介绍，合作社产前统一调进苗木，分户移栽，产中聘请专业技术人员担任技术顾问，产后合作社负责销售。

王明是合作社的能人，也是大溪村苗木产销第一人，这位头脑活络的80后青年，凭借在外闯荡多年的人脉资源，将村里苗木销往全国各地，"年底打算开两家网店，进一步扩大苗木和花卉盆景销量，带动更多村民脱贫致富。"

一组村民尝到了甜头，发展苗木劲头更足，今年又购进红叶石楠苗30万株、八月桂20万株、丹桂5万株。

（原载《湖北日报》2016年12月19日）

塘湖村民自发筹资修复古屋

本报讯 "再往左边挪一点儿，师傅用捆绳稍微带一下，旁边的人要注意安全……" 8月21日，伴着隆隆的吊机声，通城县狮子村村民刘协甫正在大声地指挥着大伙安放石柱子，刘塘湖故居的修复工程正在紧张施工中。

据记载，刘塘湖故居位于塘湖镇狮子村狮子山老屋，始建于明洪武年间，一层式土木结构，九重连贯。整个老屋堂占地面积约30亩，其中主堂屋长42米、宽6米。刘塘湖出生在偏屋堂里面，他是明永乐十八年（公元1420）庚子科举人，甲辰（公元1424）科进士，登刑部宽榜，授陕西道监察史，升任浙江副使，卒于明正统十年（公元1445）。后来，明宣德皇帝为赞誉刘塘湖为官清正题字"清朝鸣凤"。他的故事也成为刘氏后人传诵的佳话，现如今的通城县塘湖镇、塘湖社区（原塘湖村）均是以其号命名。

"以前，热天到大堂屋里歇凉，小孩在里面到处玩耍、躲迷藏，在老屋里唱戏、办红白喜事最热闹啦……"回忆起这些童年趣事，刘国华老人的脸上不禁露了笑容。"哎，现在老屋破旧不堪了，没有了去处，像没了根、丢了魂。"说到这里，老人布满皱纹的神情略显凝重。

刘塘湖故居上一次大规模的修复是在22年前，期间也进行过多次小范围的修缮。今年1月，以刘姓氏为主的86户狮子山老屋人，为重新修建刘塘湖故居自愿捐钱、捐物、出劳力，除个别家庭条件差的户头出资2000元外，其他的每个户头都至少捐资3000元以上，也有像刘映辉这样的热心人出资上万元。

刘塘湖故居将按原貌修复，既能保留原有的风格样式、历史蕴味，又能满足村民的精神文明、生产生活的需求，以后可以用作红白喜事、商讨议事、文化活动、娱乐健身的主要场所。

塘湖镇历史文化底蕴深厚，"一县两城隍、一门三尚书、五里三进士"的历史佳话传遍鄂南大地。当下，像这样由民间群众自发出资、出力，修复和保护古建筑，传承历史文化，留住乡愁记忆的还有诸如南宋抗金英雄方琼纪念馆、润田大屋、罗荣桓早期革命活动纪念馆等古迹。

然而，刘塘湖故居的修复和保护工作也难免令人堪忧，大部分居民将"私房"拆除重建，"公房"又修缮保护不周，加之岁月洗礼，故居那高耸的飞檐，如桅似帆的马头墙已不复存在了，如今只有镌刻着"清朝鸣凤"四个大字的门庭几经修葺依然屹立，在故居的屋场边上还有一棵300多年历史的造型奇特、树藤盘绕的古杞枫树。

负责组织修缮的村民刘建仁告诉记者，刘塘湖故居的这次大修可以说是喜忧参半，村民的积极性高，但同时也面临着资金拮据和修复方案不够科学等问题。

修缮保护与开发利用传统古建筑是把双刃剑，需要政府和相关部门大力支持和正确引导，让它既能传承历史文化又能展示镇村魅力，为农村发展注入新的活力。

（原载《咸宁日报》2016 年 8 月 21 日）

青山立起生态屏障　　碧水汇入滔滔大江
通平修携手呵护黄龙山三河源

本报讯　昨天，通城县黄龙山管委会主任吴赛花忙了一整天。

上午，她到黄龙山几个项目工地现场巡查，不让施工人员损坏草木；下午，与县博物馆的专家一道，协助申报天岳关国家非遗保护项目；晚上，撰写幕阜山旅游公路支线建设材料，发给邻近的江西修水和湖南平江兄弟单位……

一脚踏三省的黄龙山，孕育着陆水、修水和汨罗江三条河流，是长江中游的重要水源涵养地。"山上的项目，不仅要零污染，还要零破坏。"吴赛花说。去年，投资 6.33 亿元的黄龙山风力发电项目去年开建后，设备材料运输都通过森林防火隔离带，没有破坏植被。省美术基地和凤凰翅湿地公园建设也依山就势，维持山体水体原貌。

黄龙山管委会是通城新设置的正科级事业单位，主要职责是负责黄龙山的保护、开发和管理。近年来，随着幕阜山综合开发的推进，吴赛花感到肩上的担子格外沉重，"保护是第一位的，开发必须是保护之下的开发"。

与黄龙山管委会相对应，修水县设有黄龙山林场管理局，平江县设有幕阜山森林公园管委会。三者保持"热线联系"，共享黄龙山保护经验：区域内配备专门的保洁员、垃圾桶和清运车，推行严密的防山火措施和严格的零排放标准，禁止使用一次性生活用品。

三个科级机构是通城、平江、修水三县合作的平台之一。每年，三县县委县政府"轮流坐庄"，共商议幕阜山综合开发大计，启动环黄龙山区域文化旅游先行先试项目；人大、政协层面拿议案提案，保护开发黄龙山；发改、交通部门申报建设环山旅游公路；旅游部门合作举办杜鹃花节……目前，通平修次区域合作示范区建设，已纳入"长江中游城市群发展规划"国家战略。

经通平修三县精心呵护，占地180多平方公里的黄龙山一直保持着原生态风貌。数据显示，近几年，山上冷杉、鹅掌楸、马褂木、广玉兰、红豆杉等珍稀树种"一棵都不少"；陆水入长江、修水入鄱阳湖和汨罗江入洞庭湖的水质，一直保持地表水二级标准。

新闻链接：一脚踏三省的黄龙山孕育着长江中游三条支流。陆水（上游称隽水）全长180多公里，是长江中游右岸一级支流。汨罗江是洞庭湖东部最大河流，因爱国诗人屈原在此投江殉国，被著名诗人余光中赞誉为"蓝墨水的上游"。修水河流经九江、宜春、南昌3市12县区，是鄱阳湖水系五大河流之一。

（原载《湖北日报》2016年6月27日）

通城百余游子捐资保护家乡

本报讯 清理漂浮物、打扫堤坝垃圾、播放环保小喇叭……27日清晨，通城县马港镇高峰村村支书、环保志愿者吴兵按往日惯例，开始巡查位于村旁的百丈潭水库。

百丈潭水库位于马港镇境内，建于 1971 年，是通城县母亲河隽水河的主要源头，也是县城十余万人饮水的唯一水源地。

随着周边旅游业的兴起，百丈潭水库受到污染威胁。今年 3 月，毛绪武、王建国、刘江平等 12 名马港镇在外创业人士动议，开展保护家乡水源地公益活动。8 月初，他们动员了当地在外经商创业人士 100 多人，成立了百丈潭水源保护与生态发展促进会，大家现场募资 60 多万元。

这笔原始募捐资金主要用于水源保护和宣传。记者看到，通往水库的路上，每隔几公里就有一块宣传保护水源的广告牌，水库周边的村庄都立有宣传环保的石碑。

促进会组建了一支 10 人的环保队，负责打扫库区的清洁卫生，同时不定期组织志愿者开展集中清扫和宣传活动。有的村还制定了治污村规民约。高峰村规定，村民的红白喜事一律不能使用一次性餐具。村里出资购买了消毒餐具，方便村民借用。平湖村开展"清洁户评选活动"，奖惩分明。

记者在百丈潭水库绕行一周，水面几乎没有发现漂浮物，水质清澈。水库管理人员表示，促进会成立以来，村民的环保意识增强了，水库的水质有了明显提升。

倡议吸引了越来越多热心人士参与，高峰、平湖、金山、潭下等 10 个村有千余村民申请加入促进会，成为护水志愿者。

促进会组建了生态环保微信群，把身在天南地北却心系家乡的游子凝聚在一起。有什么好点子，每个人畅所欲言；举办什么活动，群主一呼百应，有钱的出钱，有力的出力。每周五晚上，还会聘请专家在群里给大家授课，讲解生态、环保等方面的知识。"每周五晚，群里热火朝天，讲环保，议环保，大家就像一家人一样。"志愿者吴艳说。

倡议者之一、促进会会长毛绪武是平湖村农民，在广东有自己的企业，此次他个人捐款 3 万元。据了解，以往他总是给家乡捐款修路、修桥，如今他认为提高村民的生态发展理念更为重要。毛绪武说，有了"金山银山"，经济发展才可持续，我们保护水源行动将一直继续下去。

（原载《湖北日报》2016 年 8 月 30 日）

通城县农民自掏腰包宣传药姑山

本报讯 这几天，通城县大坪乡青年农民黎权龙忙得连轴转。8日，他的药姑山图片展刚在赤壁第六届国际茶业大会上展出，获得世界各地嘉宾的好评；9日至今，他又返回通城，先后在通城一中、隽水寄宿小学、政府广场等地巡回展出药姑山图片。

"这20块展板上的100多张照片，是我花了5年时间拍摄。能展示家乡的美景，宣传故乡的旅游资源，是我的夙愿，我个人破费点儿也值得！"昨日，忙碌在展览现场的黎权龙憨厚地说。

46岁的黎权龙是药姑山下一个地地道道的农民，2009年以前一直在外打工。对家乡的眷恋，让他在2010年回乡发展，先后从事新闻写作、图片拍摄、建设网站等工作，并发起成立了通城义工组织。

有一次，黎权龙组织县内摄影爱好者到药姑山上采风，第一次近距离接触到药姑山上古瑶文化遗址。他查阅相关资料，知道药姑山（龙窖山）原来是瑶族历史上的"千家峒"，也是"医圣"李时珍采集药物标本的基地。家乡这座看似普通的山，竟有如此深厚的文化底蕴，黎权龙受到强烈震撼，决心将家乡这块文化宝地宣传出去。

黎权龙自己掏钱买了相机、录像机，在大坪乡政府的支持下，主动承担起药姑山文化宣传任务，并自费创办了《龙窖山古瑶文化网》、《药姑山旅游》等杂志，不遗余力宣传推介药姑山。

他每年50多次翻山越岭，深入药姑山腹地，拍摄药姑山四季美景和风土人情等，然后制成音视频放到网上。

5年来，黎权龙共拍下药姑山的各类风景、民俗图片数千幅，构建起完整的图片库，他办的网站日浏览量过10万次。

作为一个农民，黎权龙无固定收入，为了宣传药姑山，他相继投入的资金不下10万元。他靠帮人拍照、网上销农产品，来弥补办网、图展等经费不足。

随着杭瑞、武深高速的开通，药姑山发展绿色旅游的条件更加得天独厚。为激发更多的外地客商及通城籍在外创业人士投资开发药姑山，黎权龙又花费1万多元举办了这次图片展。他表示，今年内将在全县11个乡镇、崇阳、温泉、武汉，以及湖南、广东、广西等的瑶族居住地巡回展出，让更多人了解药姑山。

（原载《咸宁日报》2015年11月20日）

通城三创客京城网上掘金过亿

本报讯　通城三位80后寒门学子，大学毕业后，在京城通过网上创业，经过几年打拼，如今每人的公司年营业额近亿元。近日，记者到北京采访了这三位创客。

卢刚委2001年从通城山区考上北京化工大学，如今在北京除负责神舟国旅雍和宫门市部外，还注册了3家公司，年销售收入过亿元。

卢刚委的创业神话始于校园，刚步入大学就对互联网着了迷。2005年大学毕业后，他选择到中关村一网络公司打工，边打工学习，边开发网页，一年下来设计开发200多个网页。2008年，他跳槽到中旅总社官网，做网络营销，一年时间，把销售额从2700万提升到1亿元。接着，他又加盟到神舟国旅，年旅游产品在线销售额近1亿元，业绩在150多家加盟店中排名第二。

2009年，卢刚委开始自己创办公司，如今他的博雅途易计算机服务公司，自行研发旅游电子商务专用软件，已有50余家旅行社使用；5月中旬，他又注册成立北京理想国际旅行社有限责任公司。

卢刚委在通城一中的同班同学葛亚祺也考入北京一所大学，他从一个"网购菜鸟"变成"淘宝达人"，先是在校园开服装网店，年入账30多万元。

2007年，葛亚祺和10人合伙创办了公司，在淘宝网上开服装店，年销售收入300多万元。如今，他代理的品牌服装有50多个品种，去年，他自己又开发设计了一个品牌服装，年销售收入3000多万元，今年可达1亿元。他的服装店已成为淘宝网上的五皇冠，进入前50名。

他俩的同班同学李琪，创业之路始于网上卖硬件，他创办的龙腾公司，并不是他的第一次创业。2012年，他开始在京东商城网上卖硬件，从一个品种到80多个品种，月营业额从30万元到300万元。去年9月，他和3人合伙，注册一家公司，经营电脑硬件和手机配件，并在深圳注册了自己的两个品牌，月销售额300万元左右；另外，他在京东代理了北京黑六黑猪肉等品牌，月销售额1500万元。

这3位从通城一中2001届毕业走出来的同班同学，有一个共同的愿望，创业成功后，回报家乡通城，创办电子商务平台，将家乡的产品卖遍全球，带动更多的人网上创业。

（原载《咸宁日报》2015年6月29日）

获田村成为省旅游名村

本报讯 游客如潮，乡村农家乐爆棚。5月1日，记者来到通城县红色老区塘湖镇，见证了通城青年网上接力推介风景，推动乡村游的传奇。

"这得感谢姜总网上推介风景，获田村在他的宣传下，成为省旅游名村。"望着来来往往的游客，获田村支书汪金高兴地说。

姜总名叫姜咏胜，今年30出头，他的家乡塘湖镇是一个革命老区，罗荣桓元帅曾在这里发动通城农民暴动，建立了第一个县级工农革命政权——通城劳农政府。该镇获田村素有厚重的红色文化、丰富的人文景观和秀美的自然风光。

2009年年初，远在上海创业的姜咏胜，在网上看到省旅游局、湖北日报等单位共同发起寻访全省旅游名村的消息后，他第一时间同寻访小组联系并推荐家乡——塘湖镇荻田村。

姜咏胜放下生意返回家乡，踏遍家乡红色景点、历史故居、自然风光、大小寺庙，拍下数百张照片上传荆楚网和寻访小组，得到组委重视，将荻田村纳入 160 个省旅游名村评选名单。荻田村在公众投票中获得全省第 6 名，被列入全省百名旅游名村。

姜咏胜陆续投资近 10 万元自办网站，出版挂历，创建 QQ 群、微信等，宣传家乡风景，致力于打造乡村旅游。6 年来，他在全国数百家网站发表信息过千条，上传黄袍山红色文化、自然风光、人文历史的图片。

网上炒热了，旅游火起来。塘湖镇累计投入 1000 万元，完成了黄袍山、大盘山旅游公路的硬化升级，修缮了罗荣桓早期革命活动纪念馆、北宋抗金英雄方琼庙等旅游景点，新发展农家乐 15 家、家庭旅馆 18 家、商铺 67 家，每年吸引省内外游客近 50 万人次。

网上推介风景产生蝴蝶效应，吸引当地 20 多位青年加入到网上吆喝家乡风景的行列中。麦市镇井堂村青年龚长祥致力于推介"一脚踏三省"的黄龙山；大坪乡来苏村青年黎权龙一心打造"瑶胞故园"、"天然药库"药姑山……

"通城青年网上宣传通城山水，吸引了八方游客。"县旅游局负责人介绍，"五一"期间，该县黄龙山、黄袍山、药姑山等地游客超过 10 万人次。

（原载《湖北日报》2015 年 5 月 4 日）

瀛通董事长黄晖荣膺全国劳模

本报讯　4 月 29 日，通城县湖北瀛通电子公司，全体员工自发站在厂区门口列队等候。大家怀着无比喜悦的心情，欢迎载誉归来的董事长黄晖先生，争睹全国劳动模范的风采。

"来了！来了！"随着一辆汽车在瀛通电子厂区门口停下，身披绶带、胸前挂满奖章的全国劳动模范黄晖一下汽车，就被夹道欢迎的群众包围。大伙争先恐后与他握手，向他献花，像欢迎英雄凯旋一样，把刚从北京参加完2015年全国劳动模范和先进工作者表彰大会的黄晖迎回公司。

据悉，黄晖是此次被表彰的全国2968名劳模和先进工作者之一，得到了党和国家领导人的亲切接见。这次表彰大会是我国继1979年后时隔36年再次以最高规格表彰了优秀劳动者群体，向全社会传递了劳动最光荣、劳动最崇高、劳动最伟大、劳动最美丽的理念，彰显了党和国家尊重劳动、尊重知识、尊重人才、尊重创造的工作方针。

1993年，黄晖大学毕业后，南下广东打工，他从储备人员做起，边干边学，先后任企业生产主管、经理、副总等职。1999年12月，他在东莞市常平镇创办了自己的首家公司——瀛通电线厂，掘到了第一桶金。

2007年，在家乡父老的召唤下，黄晖选择了回归创业之路。他投资1.5亿元在家乡创办了湖北瀛通电子有限公司，建起10栋标准车间，2009年12月正式投产，高起点、高标准打造出目前湖北省线材行业最大的产业基地。公司投产短短6个年头，产生了巨大的倍增效益，从2010的产值5000万元，上交税收300万元，迅速发展到2014年产值6.7亿元，上交税收8000多万元，使本县5000多人实现了在家门口就业和再就业。

反哺家乡是黄晖的人生价值取向。黄晖创业10年，奉献10年。他先后为家乡的左港小学捐资1380万元建成一所一流的"三语"寄宿学校；为县一中捐款10万元建科技楼；为程丰中学捐款23万元建学生食堂；为县二中捐款13万元实施亮化工程；为特困党员、困难村民捐款捐物累计30万元；为支援家乡公路建设，投资20万元；2010年通城"6·10"洪灾，黄晖组织公司募捐资金60万元支持家乡灾后重建；为四川省汶川地震灾区和青海省玉树地震灾区捐款25万元等。据不完全统计，他先后回馈社会捐资2780多万元。

面对新时期的新一轮创业潮，黄晖又提出了"村企共建，助推双赢"的创业回报思路，已与五里镇达成意向性协议，拟投资2000万元，联合开发建设库区油茶、板栗基地，蔬菜、牲猪种养基地。

"黄董事长是值得我们敬佩的，我们员工将在平凡的工作岗位上向他学习，争当创业创新标兵。"员工们激动地说。

（原载《咸宁日报》2015年4月30日）

黎英豪捐 300 万建农村幼儿园

本报讯 一栋三层教学楼耸立在绿树丛中，一栋两层住宿楼工地上，工人们正在加紧施工……5 月 31 日，记者在通城县石南镇花亭村看到一派繁忙的施工场景。

"再过 3 个月，这里将建成一所一流的幼儿园，可接纳周边 6 个村 300 多名幼儿就近入学。"忙碌在工地的村干部们纷纷说，这得感谢村里在外创业有成人士黎英豪，他的义举让村里的孩子得以享受城里幼儿同等的教育。

这所占地面积 5000 平方米的村办公立幼儿园，是花亭村在外创业有成人士黎英豪捐资 300 万元兴办的。

一向关心家乡公益事业的黎英豪，今年 65 岁。19 岁时，他怀着报效祖国的梦想穿上了军装，后来又考上长沙铁道学院。20 世纪 90 年代初，他开始自主创业，积累了一定的财富。

富了不忘家乡，每年高考，他出资 40 万元，作为学生的生活补助；每年回家过春节，他捐资 10 多万元，慰问当地的特困户和福利院孤寡老人；近几年，他先后捐资 150 多万元，硬化村级公路，修复水毁农田。

通城外出务工人员较多，仅石南镇花亭村和附近的仙姑、杨山等 6 个村，就有 300 多名留守儿童。镇里的幼儿园离村里最近也有 5 公里路，村干部一直酝酿着在村里建一所幼儿园。

"决不能让娃娃们输在起跑线上。"去年回家过年的黎英豪得知家乡孩子上学难后，与村干部一拍即合，他个人无偿捐助 300 万元，建立一所村办公立幼儿园。

黎英豪与村干部一道选址，将原花亭村小学 5000 平方米旧址作为建园基地；他还请来专业设计、监理、施工，聘请村里老干部全盘统筹工程建设，确保工程质量。

教学楼元月开工建设，已建成一栋三层 30 间教室的教学大楼，一栋 2 层的食堂和学生宿舍正在施工中，预计 9 月开学可全部投入使用。届时，这座花园式的幼儿园，将迎来花亭、杨山、虎岩等 6 个村的 300 多名幼儿入学。

当地群众为感谢黎英豪的义举，将幼儿园命名为"英豪幼儿园"。

"县政府也投资 100 万元，用于教学配套设施和娱乐设施的建设，县教育局将遴选最优秀的幼儿教师到园里任教，分大中小 3 个年级 9 个班，每班两名教师和一名生活老师，进行双语教学。"村主任黎余良说。

"再也不用为孩子上幼儿园的事发愁了！"眼看着村办幼儿园就要建好，杨山村村民黎观喜兴奋不已，他家住在库区，孩子入园的事曾一直困扰着他，"现在，放了一百个心。"

（原载《咸宁日报》2015 年 7 月 27 日）

昔日卖竹木　　今朝"卖"生态
黄龙林场大力发展绿色经济

本报讯　"农家乐开业不到半个月，来玩的游客天天爆满。"昨日，通城县国有黄龙林场护林员何国祥边招呼客人，边笑着说。

何国祥是黄龙林场坪等林业组的护林员，以往靠每月 510 元的工资维持一家 5 口人的生活。迫于生计，儿子出外打工多年，积累了资金。

近年来，林场生态游悄然兴起，何国祥看到了商机。今年，他投资 100 万元，新建一栋 3 层农庄，可接纳 50 人住宿。5 月 1 日开业当天，就接待 200 多名游客，一天赚到了一年的工资。

"以前，我们靠卖竹木吃饭，现在，我们主打生态旅游牌。林场近百名职工纷纷投资或合伙开办农庄，或发展林下特色种养。"林场场长王琳喜上眉梢。近 3 年，每年林场接待游客近 10 万人，夏季一到，客房要提前一个月预订。

黄龙山素有"一脚踏三省"、"一山发三水"、"一山藏两教"、"一山观两湖"的美称，主峰只角楼为幕阜山脉最高峰，海拔 1528 米。黄龙林场森林覆盖率达 95.5%，野生动植物资源丰富，自然景观众多。

2004 年，黄龙山风景区挂牌成立，国有黄龙林场 180 多名职工纷纷告别"种树——砍树——再种树"的经营模式，变卖竹木为"卖"生态，发展生态旅游，林场原有的宾馆、会场、食堂等公共设施就地改建为度假村。

2012 年，通城成功引进外资 6 亿元，按照"五大功能区、十八大景观"的规划，启动黄龙——云溪景区开发项目。当年，黄龙山风景区被省旅游局批准为国家 3A 级风景旅游名胜区。

景区开发稳步推进，农家乐经济也悄然兴起。

"我们农庄有 30 个床位，每天来吃饭的有几十人，一年收入有 10 多万元。"2008 年，林场护林工刘思明投资 10 万元办起了黄龙山第一家生态农庄——龙凤山庄，收益颇丰。

据了解，现在林场职工发展生态农庄的有 30 多家，养牛、养羊大户 15 户，人平年收入 5 万元。

登黄龙山只角楼，赏万亩杜鹃花，住生态农庄，品山林野味，吃麦市干子……山上旅游蓬勃兴起，林下经济方兴未艾。林场职工在发展生态旅游的同时，不忘推介农副产品。如今，林场黄牛肉、黑山羊、熏腊肉、烟竹笋、薇菜、石耳、麦市干子等农副产品成为游客抢手产品，山区特产飞向全国。

据悉，黄龙山生态旅游的蓬勃发展，带动了林场和周边两个村 300 多人吃生态饭走上富路，户平增收 5 万元。

编辑点评：

向市场找出路

从卖竹木到"卖"生态，黄龙林场职工借助生态旅游，闯出了一条致富新路，这种变化是可喜的。这条致富路既保护了生态又提高了经济效益，是一条可持续发展之路。

这种转变，体现了林场职工发展理念的改变，发展方式的转型。这种转型的成功之处在于运用所拥有的优势资源，实现了与市场的完美对接。

什么是市场化理念？简单地说，就是市场需要什么，就提供什么。随着城市生活节奏的加快，越来越多城市居民产生了回归乡土、放松心灵的精神需求，黄龙林场职工正是看准这一点，借助林场生态优美的天然优势，提供了休闲、旅游、放松的场所，打开了市场大门，也打开了致富之门、发展之门。

（原载《农村新报》2014年6月4日）

农民王明龙耗资 500 万建养老院

本报讯　洁白的墙壁，干净的宿舍，阳光洒在老人安详的脸上……14日，记者走进通城县麦市镇老年服务中心，看到这温馨的一幕。

这家服务中心由塘湖镇图垅村农民王明龙创办，投资500万元，这也是通城首家民办乡镇养老机构。

通城是劳务输出大县，外出打工人员10多万人，留守老人多，全县仅60岁以上的老人有5万多人，留守老人的照料、护理问题日益突出。

"年轻人都出去打工了，空巢老人有个三长两短怎么办？"王明龙说，同村的空巢老人刘国风，一次因病摔倒在地，竟10多个小时无人发现，这让他萌生了办养老院的想法。

王明龙在外开过煤厂、搞过房地产，积累了一些资金；两个在外打工的儿子得知父亲的想法，极力支持，每年寄回10多万元，支援父亲办养老院。

为了找到合适的场地，王明龙走遍了附近几个乡镇，对比考察后，去年7月，他选中了人口比较集中的麦市镇，斥资280万元，买下了两栋三层5000多平方米的旧卫生院。

为节省开支，装修时王明龙只雇了两名工人，自己和老伴亲自动手，一干就是半年。终于，大楼粉刷一新，门窗全部更换，110多间宿舍配备了沙发床、电视机、热水器等，还建了1000平方米的花坛，装修费花了100多万元。

听说王明龙自掏腰包建养老机构，镇中学的刘老师主动从自家山上挖来花卉苗木，移植到服务中心的后花园里；当地有村民主动送借款上门，缓解王明龙的资金难。

今年2月，服务中心正式营运，现在接纳了7位农村空巢老人，有麦市镇的，也有来自塘湖的。

谈到收费，王明龙爽快地说"随意"，很多老人不富裕，王明龙就象征性收一点儿。麦市镇黄龙山上的胡金龙老伴中了风，自己年岁又高，一个月前，夫妇俩住进这里，吃、住、治疗、护理全包括，每人每月才交750元。

现在服务中心共有10多名护工。早上，他们5点就得起床，清洁房屋，为不能自理的老人梳洗；晚上，护工轮流通宵值班，扶老人上厕所。

优质服务让这家服务中心声名远播，周边4个乡镇有30多位老人前来托养，邻近江西省修水县白岭镇的老人也慕名来咨询。

目前，王明龙已经投入近500万元，家底已被掏空。现在，他正着手扩建康复中心，购买康复设施、健身器材等；他还想扩建住房，将住房扩建到300间，能容纳1000人。而完成这些，预计总投入要千万元。

谈到后期资金来源问题，王明龙心有忧虑，但为了做好这项事业，王明龙说，自己将一往无前。

编后：

王明龙将毕生积蓄投入到养老服务事业中，这种举动、这种气魄，带给人一种温暖的力量。

让别人过得更好，是王明龙追求的目标。在他身上，彰显了助人为乐、无私奉献的人生观、价值观，传递出一种社会正能量。

然而，仅靠个人力量，能否将这项事业继续下去？这是值得忧虑的。

养老是全社会的责任，期待更多力量来支持王明龙，也期待更多人加入王明龙的队伍。

（原载《咸宁日报》2014年5月19日）

八旬老人金绪全奔波 12 年
打通库区断头路

本报讯　昨日，在通城县四庄乡庙下村七里冲公路上，金绪全带领 11 位村民正在拓宽新修的库区公路。

这条 3 公里的库区盘山公路，连接通城、崇阳和江西修水县。这条路，庙下村 82 岁的老人金绪全盼了 12 年，跑了 12 年。

20 世纪 70 年代修建庙下水库和阁壁水库后，七里冲公路就被截断了。2002 年起，为了修通七里冲公路，金绪全四处奔波，到处"化缘"。但由于七里冲路段地势险要，石崖多，12 年过去，这条路依然是老样子。

今年 3 月份，村里几名退休老人谈到修路的事，让金绪全重新燃起了希望。为解决启动资金，金绪全拿出全部积蓄 1000 元。在老人的感召下，退休村干部金世平出资 5000 元、乡医金子刚拿出 6000 元、五保户刘汉保出资 2000 元、村主任金明月拿出 6000 元……短短 20 多天，筹集到 20 余万元。金绪全更是跑遍附近乡镇村组，募集善款 3 万余元，四庄乡政府专门为公路立项争资金。

修路困难重重。有一个石咀，需要在半山腰的悬崖上装入炸药进行爆破，爆破人员无从下手。这时候，村民们主动站出来，在悬崖峭壁上搭建起吊桥，把机器架在吊桥上钻炮眼。

9 月上旬，七里冲路竣工通车。公路最窄的地方 5 米，最宽的地方有 7~8 米，10 万群众的出行难得以解决。

12 年的梦圆了，金绪全并不满足。他带着 11 位村民照常忙碌在公路上，完善配套设施，准备硬化公路。

（原载《咸宁日报》2014 年 12 月 4 日）

协会引领　能人领衔　群众参与
通城民间大腕带热乡村艺术

本报讯　隽水河畔红歌嘹亮，银山广场舞姿翩翩；祠堂变讲堂，晒场成舞场……这是记者近日在通城县城乡采访时感受到的一股最炫乡村风。

"创造这股旋风的是我们的民间艺术协会哩！"该县县委书记姜卫东告诉记者，这些协会组织开展的活动，不仅展现了新时期新农民的风采，丰富了乡村文化生活，而且在推进新农村建设、构建和谐社会进程中发挥了重要作用。

"从前，村里的文化生活单调枯燥，群众吃了晚饭后，就聚在一起打牌赌博、买'六合彩'，如今纷纷创办民间文艺协会，大家聚集在一起自娱自乐，唱唱跳跳，既锻炼了身体，又增进了村民之间的沟通和理解……"北港镇方段村太极拳协会负责人胡圣龙说，目前，仅该镇就有 3 个民间文艺协会，旗下的 10 个太极拳队、10 个广场舞队、5 个舞龙灯队、3 个锣鼓队、1 个戏曲队，吸引了 200 多名农民加入。

这是该县按照"政府引导，群众参与"的原则，出台相关政策，引导群众选择自己喜欢的形式开展文艺活动，推动民间文艺协会发展带来的成效。

近年来，该县采取本土文化能人带动和引领的办法，从每个乡镇村组、社区中遴选出几名既热爱文化事业、有一定文化艺术专长，又乐于为群众服务的乡土文化能人，担任当地的协会负责人。同时，按照"一县一特色"、"一村一品"的工作思路，选派文化辅导员进村指导，促使各民间文艺协会尽快开展活动。其中，由县文体局、文联、文化馆和民间社团组成的辅导专班，定期深入 11 个乡镇 168 个村（社区），举办拍打舞、广场舞、威风锣鼓、提琴、葫芦丝、花鼓戏曲、太极拳、书画摄影等培训，吸引了越来越多的团队和群众参与，涌现出北港太极拳剑发起人许国芳、石南镇泥塑艺人杨国平、提琴手张广明、塘湖镇纸扎艺人刘望龙等一批闻名乡里的乡村文化"大腕"，带火了乡村文化艺术。

截至目前，该县通过举办卡拉 OK、读书、棋牌赛、书画摄影展等多种文艺活动，催生了 200 多个乡村民间文艺协会，会员达 3000 余人，形成了乡镇有协会、村有分会、组有骨干会员的民间文化艺术协会网络。其中，拍打舞协会下设 20 多个分会。

该县县委常委、宣传部部长吴自强说，1988 年，该县"拍打舞"参加全省首届民间歌舞电视大赛时，不仅一举荣获金奖，而且还在当年随省民间艺术团赴民主德国访问演出。2010 年，该县拍打舞还获得第八届中国艺术节金奖。受此影响，目前该县戏曲协会已发展花鼓、提琴等乡村剧团 13 个，他们既出演传统优秀节目，又把县内大事、新农村建设和村里的好人好事搬上舞台，创编出了一批贴近生活、贴近时代、贴近群众的新剧目，形成了自发、自创、自乐的文化氛围。每年送戏进村、进社区、进企业、进学校演出达 1000 余场次。

红歌团协会是大坪乡退休干部龙继雄发起的，他从老家沙堆镇罗塘村唱起，唱到了县城。如今，这支由离退休干部组成的"三老"合唱团，团员达到 200 人，最大的 83 岁。

"我们团从开始一家人唱主角，发展到今天的 20 人同台献艺，除日常开支外，每年还能通过演出创收呢！"隽水镇油坊村提琴戏剧团负责人张志学告诉记者，他和儿子不仅凭一把提琴拉红了湘、鄂、赣三省六县市，而且还经常被十里八乡村民请去，替婚嫁祝寿活动"热场"。

（原载《咸宁日报》2014 年 1 月 6 日）

通城医疗费用跨省联网报销

本报讯 "异地报销，方便了我就近来通城治病。"昨日，湖南省平江县村民邓燕在通城县人民医院住院部异地报销窗口，完成了医疗费报销手续后高兴地说。

邓燕是毗邻的平江县南江镇村民，半个月前不慎摔伤胫骨，导致骨折。为了就近治病，她选择到通城县人民医院骨科住院治疗。

这是通城县构建跨区域医疗服务体系给周边群众带来的便利。

通城地处湘、鄂、赣三省交界，为解决当地和邻近县域群众看病难、治病贵的问题，该县多次组织卫生等相关部门与毗邻湖南平江县、江西修水县开展区域合作，率先推动医疗费用跨省直报。继 2010 年安排县人民医院主动与平江县在药价、收费上对接，相互成为新型农村合作医疗定点机构、实行异地同比例直报后，又于去年和修水县达成协议，互相免收门诊诊疗费提高部分，推动药品"零差价"，吸引外省、外县病人前来该县医院门诊就医。同时，该县人民医院还专门开设了 120 省际亲情服务车，随叫随到，免费接送患者和免费提供早中餐等服务。

为了控制医药费用，让利惠民，该县人民医院自去年 9 月开始，对所有购进药品均实行药品零利润，并在中标价基础上下调 10~15%，下调部分全部让利于患者。并开通预约服务，实行无假日门诊、一站式服务，方便患者就诊，使外省外县业务量占到该院业务量的 30% 以上，创造了年门诊人数达到 32 万人次的辉煌业绩，该院也因此连续两年荣获全国公立医院"改革创新奖"。

（原载《咸宁日报》2013 年 9 月 29 日）

通城推行新农合门诊中药统筹
湘、鄂、赣周边县市首创

本报讯 "看门诊，吃中药也能报销！"昨日，通城县塘湖镇雷吼村老农汪先贤拿到了新农合门诊中药补偿款。

汪先贤双眼患角膜炎，在通城县中医院门诊抓了 6 服中药，凭新农合卡，中医院为他报销了部分中药费。截至目前,在该县中医院看门诊抓中药的患者达两万余人次,补偿费用 200 多万元。

报销中药药费,通城此举在湘、鄂、赣周边县市属首创。该县根据国务院《关于扶持和促进中医药事业发展的若干意见》精神,制定出台了《通城县中医医院新农合门诊中药补偿管理办法》,推行新农合门诊中药统筹,让参合农民看门诊,吃中药也能得到部分补偿。

《办法》规定:每张处方金额在 150 元以下,中成药、中药饮片、获得省药监局批号的中药自制品种费用按总费用的 50% 给予补偿,每名病人每日补偿限额 100 元,每年限额 600 元。

(原载《湖北日报》 2013 年 6 月 6 日)

通城实施村务公开"发言人"制度

本报讯 "我看到村务公开栏公布的危房改造困难户名单,觉得不合理,还有的困难户没有定上,正准备去找村干部讨说法,结果村务公开发言人来了,他们上门一解释,我心里有数了。"昨日,通城县马港镇踏水村"爱管闲事"的熊鑫榜老人笑着对记者说。

当天,该村老党员胡真理、程正龙等 3 位村务公开"发言人"穿梭于村组,挨家逐户上门将村里这个月落实住房困难户危房改造项目、油茶基地开发等村务主要工作,逐项向村民宣传解释。村民们都说:过去村里事务公开在墙上,有的事弄不明白,心里有很多疑问。现在,村里的事不仅按时公开在公开栏里,还有专人上门给群众做解释,心里亮堂多了。

从今年初开始,该县推行村务公开"发言人"制度,每村聘请 3~5 名有文化水平、熟悉政策法规、热心公益、群众信得过的老干部、老党员、老教师作为村务公开"发言人",在村务公开上墙的同时,负责为村民解读村务公开内容,公开解答村民的提问。

村务公开"发言人"经村民推选、村"两委会"商定、乡镇最后审定。县纪委定期对村务公开"发言人"进行业务培训。

每月 15 日村务公开后,"发言人"向全村群众解说村里的公益事业、经济项目建设规划、宅基地等重大问题的情况,遇到涉及村民切身利益重大事项的决策时,他们通过广播、短信等形式,提前通知村民,随时召开"发布会",征求村民意见或建议,并对提出的意见和建议及时回复。隽水镇油坊村过去在申请困难群众低保时,由于种种原因,申报情况不公开,能不能享受低保待遇,村民心里没有底,群众有怨言。

"村务公开发言人"制度实施后,该县创造了良好的社会环境和干事创业的氛围。截至目前,该县村级集体经济收入 5 万元以上的村达到 129 个。全县累计投资 3000 余万元,帮助各村实施民生项目 300 余个。

（原载《咸宁日报》2012 年 11 月 8 日）

通城建设三省交界医疗中心

本报讯　"在湖北通城治病和在湖南平江治病一样,能就地报销!"5 月 4 日,湖南省平江县村民邓燕在通城县人民医院住院部异地报销窗口,数着刚报销的医疗费用兴奋地说。

邓燕是湖南省平江县南江镇村民,半个月前不慎摔伤,导致胫骨骨折。她搭车不到半个小时,选择就近的通城县人民医院骨科住院。经过医生悉心治疗,邓燕顺利出院。

通城地处鄂、湘、赣交汇处,该县充分发挥这一区位优势,开展三级同创,强医惠民,着力打造鄂、湘、赣毗邻地区医疗中心。

今年,该县着重实施一批基础设施建设工程,先后启动了县人民医院外科大楼、急救中心主体工程等建设。同时,全面推进马港、关刀、塘湖等乡镇卫生院基本建设和整体搬迁,大力开展乡镇卫生院、村卫生室的示范创建活动，目前已改扩建村卫生室 30 个。

为方便外省外县患者就医，通城县人民医院专门开设了 120 省际亲情服务车，随叫随到，提供免费接送服务，派最好的医生为他们治疗，还免费提供早、中餐。

现在，周边病人对通城县医院由信赖上升为依赖，外省外县业务量占全院业务量 30% 以上。仅去年，通城县人民医院创造了年门诊 29 万人次的辉煌业绩。

（原载《咸宁日报》2012 年 5 月 12 日）

云溪水库看水循环

水库里银波闪闪，网箱生态鱼跳跃，大坝下水力发电机器轰鸣。源源不断的电和水送进工厂，水经处理后又奔向渠道浇灌数十万亩农田。新建的水厂正在安装管道，将解决 20 多万群众饮水安全问题……

昨日，记者来到通城县云溪水库，探访这里做活水循环经济文章的奥秘。

关刀镇云溪水库是座中型水库，海拔 197 米，始建于 20 世纪 70 年代，库容 3477 万立方米，拥有 3 个电站，装机 2580 千瓦，年发电量 500 万度。但前几年，有 160 多名职工的水电管理处负债 100 多万元。陪同采访的一位老水利感叹："这里水位落差大，库容面积大，水质良好，但开发不够，多年来我们是守着银饭碗讨饭吃。""几经努力，终于走出一条以水办电、以电带工、以工带富的路子，做活了水循环经济文章。"水利部门负责人自豪地说。

烟波浩渺的水面上，成排布着网箱。仅生态养鱼收入，每年就达近 1000

万元。

大坝右侧两根直径一米的涵管将水库里的水输往坝底发电机房，推动巨大的水轮，发的电源源不断送出。正在机房值班的电站负责人介绍，借国家小水电增效扩容政策东风，他们对建于 20 世纪 70 年代的 3 个电站水轮发电机组全部进行了改造、更换，年新增发电量 100 万度，增加收入 30 万元。

他们又利用丰富的水电资源和闲置厂房，走出山门招商引资。去年初，国家级高新技术企业平安电工材料公司来此投资 5000 万元，新上 4 条出口云母纸生产线，如今已实现年产值过亿元，利税超千万。

发电后的水，又引进企业车间，成为生产用水。水经处理后再流向渠道，奔向田野灌溉。这里，已成为通城水循环经济建设的成功典范。

云溪水电管理处主任葛先东算了笔账：企业生产每度电比上网价增值近一半，每立方水循环利用后增值 4 倍。4 条生产线年用电量 150 万度、水 50 万立方，年水电增值 40 多万元。

与此同时，平安电工利用优质水资源生产的出口云母纸，不仅降低生产成本，提高原材料利用率，每吨还升值 1000 元，为企业年增效 200 万元。

（原载《湖北日报》2012 年 5 月 10 日）

湖北通城：打工艺人　讴歌家乡

本报讯　"好男儿志在四方，别故乡万里闯荡；满腔热血为了报爹娘，养育之恩在心中永不忘……"2 月 8 日晚，一场特殊的"新春音乐会"在湖北通城县举行，演唱者是近百名通城在外的"打工艺人"，观众则是家乡的父老乡亲。

通城老乡、广州军区文工团歌手刘秀球特地从广州赶回来，演唱了歌颂人们保护通城"母亲河"隽水河的《亲亲隽水河》；还有曾"领衔"省首届网络歌手大赛的李馥利，五里镇青年歌手阿斌，女歌手钟丽分别从深圳、安徽、浙江赶回来为故乡人们带来了一首首原创歌曲……这些从通城县 12 万打工者中脱颖而出的艺人，充满激情的表演赢得了一次次满堂彩。

歌手孔关虎边唱边激动地说："家乡的变化激发我上台。我再有美丽的歌声也唱不尽家乡的巨变。"晚会一直进行到 22 时，观众还不肯散去……

本次晚会由导演汪明旺发起。这位从老区塘湖镇黄袍山村走出的导演，一直不忘推介家乡，宣传家乡文化，连续两年利用返乡时间拍摄了大量风光片，倾其积蓄，将 10 多位打工艺人的歌曲录制成《唱响通城》、《魅力南鄂》唱片，免费发放给家乡父老。

据主办方通城信息网统计，通城在外打工艺人近百人。他们纷纷表示，在推介宣传家乡的同时，将用实际行动参与家乡新农村建设。

（原载《人民日报》2011 年 2 月 11 日）

赞歌唱给父母

——通城打工者回乡办春晚

一首首流行歌，唱醉了通城人的心；一步步时装秀，走红了舞台。近日，通城县近百名返乡打工青年和父老乡亲们欢聚一堂，在玉立影剧院共同举办黄袍山红色文化旅游节歌舞晚会，向故乡人们献上一台自编自演的春晚。

"银山翠，心相照；水悠悠，情滔滔；心通武装路，情系革命潮……生死戈马恋，万里一征袍，元帅生涯自今朝……"当音乐艺人胡旭辉演唱《元帅生涯自今朝》这首歌时，台下观众也情不自禁跟着唱了起来。歌曲《元帅生涯自今朝》是电视剧《元帅从这里起步》的主题曲，讲述元帅罗荣桓于1927 年 8 月 21 日在湖北省通城县黄袍山建立了第一个红色县级政权。歌声激兀，激发了在场观众的爱国主义热情。

黄袍山地处塘湖镇境内，历史文化底蕴深厚，明朝曾出现五里三进士。黄袍山作为中国第一个红色县级政权的建立地、罗荣桓元帅革命初期活动地，近年来红色旅游不断升温。"华中第一瀑"白水山崖瀑布、千里大泉溶洞、罗荣桓元帅纪念馆、湘鄂赣黄袍山革命烈士陵园等独特资源和红色旅游景点成为重点打造的旅游目的地，前年获田村成为全省旅游名村。

一群从黄袍老区走出去的打工仔时刻关注家乡的发展，为家乡文化旅游建设花心思，为宣传推介家乡献计出力，他们以网络为媒，去年10月在通城信息网上发布举办春晚信息，吸引了通城在外100多名打工艺人和求学者参与。华诚文化传媒和黄袍山绿色食品公司全力支助，宣传、文化、旅游等部门共同携手弘扬红色文化，打造红色旅游。

为答谢乡亲，他们特在春节期间回乡举办晚会，让家乡父老一睹风采。

"巍峨黄袍山，革命英雄地……"这首由湖北省通城打工青年作曲、填词的《情系黄袍山》一登台，就唱醉了观众的心。

来自黄袍老区获田村党支部书记汪金鳌即兴发言表示，有打工青年热爱家乡义举，我们不愁建设不好家乡，我们要努力将获田村打造成全国旅游名村。

"我的愿望是成为一名服装设计师，将家乡人们装扮得更美，将黄袍山打扮得更美。"获得全国时装T台秀冠军的张恩，表演完时装T台秀后微笑着说。

外漂青年歌手熊斌一曲摇滚乐《嗨歌时代》从故乡一直摇红20多个省市，他一开唱，台下掌声如雷。还有马港镇在外演艺人石彬，四庄乡在校青年歌手刘彬彬，女歌手吴宝明分别从江西、广东、河北赶回来为故乡人们送上了一首首原创歌曲，唱红了故乡的山水……这些从通城县12万打工者中脱颖而出的艺人，有的获过全国性歌手大赛金奖，有的活跃在影视界，一曲曲现代舞，将美的风尚带到了故乡山城，赢得了满堂彩。

晚会，在通城走出的军旅歌手刘秀球、罗杰等共同演唱的《魅力通城》的歌声中落下帷幕。

为办好这台春晚，给力家乡文化旅游事业，从黄袍老区走出的创业有成者王文强、黄文明、姜咏胜等20多位青年出资将黄袍老区风景名胜、红色文化遗址、人文故居、土特产品等拍摄制成32块展板，在晚会上展出，并印刷两万份红色挂历，免费赠送。

"家门口享受了文化大餐，又领到挂历，看这样的春晚值得。"出场观众个个满面春风。

（原载《咸宁日报》2012年1月31日）

老区墨香萦佳联

屋外寒风凛凛，室内温暖如春。24日，通城县塘湖镇塘湖村办公室内13名来自县城的书画家摆成一条长龙，为村民义务书写春联、画年画。来自四邻八乡的村民围在桌前，吐露心声，等待对联。"党建九十年，老区迎来和谐社会新局面；起步十二五，塘湖遇上科学发展好前程。"塘湖镇是一个革命老区镇，罗荣桓元帅曾在这里发动通城农民暴动，建立了第一个县级工农革命政权——通城劳农政府。如今4万老区人民利用石灰石资源发展民营企业138家，全镇人均年纯收入达5000多元。省书法家协会会员童老师听完镇负责人介绍，情不自禁写下了第一副对联，引来满堂彩。

荻田村63岁老村干部黄忠云得知县宣传文化部门送对联下乡，起了个大早，带领30多位村民赶到现场。"前年，我村列入全省100个旅游名村创建之一。今年村里正在修复罗荣桓纪念馆和广场，整修红河革命烈士陵园，修建星火燎原牌坊，整洁村容村貌，着力打造鄂南旅游名村。村民合伙办起了企业，种田有补贴，生病有医保，请书法家代我写副春联谢党恩。"黄老话音刚落，一副"瑞雪迎春，曼舞黄袍无限景；党恩及物，泽润荻田明星村"的大红对联跃然纸上。

来自库区阁壁村青年金雄文打工致富后，去年进镇建起3层楼房，又在一楼开了电脑店。他刚从福建赶回来，准备迁新居结婚，3个喜事一起办，请书法家写几副对联答谢亲朋好友。书画协会李秘书长，沉思片刻，写下了"文明院里春光好，富裕村中笑声甜"等金字对联。站在旁边的5位老农正要娶媳妇儿，拿到如意的对联后，笑得合不拢嘴："对联上写的，正是我们想说的，蛮合我们的心意。"

在外打工多年的龙印村青年张方高返乡承包千亩荒山种枇杷，果树下养鸡，猪舍里又养起了兔，引来四面八方的取经者。他来到年画摊前问："今年是兔年，我要带领村民多养兔发家致富。"

画家杜伟雄听懂了他的来意，铺好宣纸，一幅玉兔迎春的画便活灵活现展示在张方高的面前："恭喜你兔年发兔财。"张青年双手接过画，笑得满脸红光："如今党的惠农政策好，租赁荒山种果树，还有钱补，养兔也一样能拿到扶助款。"画上书写"田园绘就丰收景，山野裁成锦绣图"的春联，表明了他的心意。

当地一名退休老教师看到县城来的书画家忙得额头冒微汗，钻进人群捧场，挥毫写下"贺岁红联添喜气，迎春瑞雪兆丰年"几个大字，博得全场掌声。

236 副鲜红的春联，散发着油墨的清香，飘红在塘湖老区人们的手中。书画家们一直忙到下午 5 时才收摊。县文联刘主席边应酬边说："富了的村民，又追求精神享受，昨天在马港镇踏水村送了 200 多副对联、20 幅年画还满足不了村民的需要，看来送文化下乡要常下乡。"

（原载《湖北日报》2010 年 1 月 28 日）

打工者"红色年历"寄乡情

本报讯　1 月 6 日电　元旦将至，湖北省通城县塘湖镇 1 千余农户，陆续收到镇干部转送来的一幅"红色年历"，喜迎兔年。

当地老百姓收到以家乡——黄袍老区红色文化为背景的"红色年历"，还是头一回，这幅年历是该镇外打工仔姜咏胜捐资近两万元，订做的。

"'红色年历'宣传了家乡，又缅怀了革命先烈。"石港村老党员金国富将年历高高挂在堂上。

红色年历由红河瀑布、黄袍革命烈士陵园、罗荣桓纪念馆、塘湖故里等 12 幅塘湖镇相关红色文化遗址、人文故居图片组成，已印刷 3 万份，全部免费送给省、市有关单位以及为家乡做出过贡献的老党员、老红军战士，全镇农户。

塘湖镇历史文化底蕴深厚，明朝曾出现五里三进士，黄袍山作为中国第一个红色县级政权的建立地，罗荣桓元帅革命初期活动地，近年来红色旅游不断升温，"华中第一瀑"白水崖瀑布、千里大泉溶洞、罗荣桓元帅纪念馆、湘鄂赣黄袍山革命烈士陵园等独特资源和红色旅游景点成为重点打造的旅游目的地，去年荻田村成为全省旅游名村、全省新农村建设重点示范村之一。

一群从黄袍老区走出去的打工仔时刻关注家乡的这些变化，为家乡的发展花心思，为推介家乡建言献策，并付之行动。

2010 年 12 月初，荻田村在上海的创业人士姜咏胜发起，建立"情系黄袍山"QQ 群，在通城信息网上发帖称，年关将至，想把家乡的美景和红色旅游景点以年历的形式设计出版，免费送给相关单位及人士，以作纪念，同时借此宣传家乡的美景和红色文化，助力荻田全省旅游名村建设。网友纷纷响应，黄袍老区在武汉、浙江、广东等地创业的打工仔，有的收集资料、有的设计，为保证质量，最后姜咏胜放下手头工作，特地从上海赶回家乡拍摄了相关照片，请上海设计公司设计、出版。

"不管走到哪里，我们都不会忘记生我养我的地方，愿意为家乡做力所能及的事。"姜咏胜在寄年历时附言。

（原载《人民网》、《湖北日报》2011 年 1 月 6 日）

通城苏区建起红色墙

本报讯 通城县塘湖镇狼荷村斥资 1 万元，为村里 59 名革命先烈修建了一堵红色墙，吸引四邻八乡的干群、学生前来缅怀。

　　昨日，狼荷村七旬老党员刘忠信拄着拐棍儿观看红墙后眼含热泪说："先烈事迹上墙，激励后人向上。如今英烈敬在家门口，端只饭碗也能祭拜了。"

　　在这些英烈中，有土地革命时期通城县苏维埃政府常委刘永康和一同创立革命根据地刘赤等著名英烈。有面对枪林弹雨冲锋陷阵的勇士，有艰苦卓绝、浴血奋战的战士，有威武不屈、富贵不淫的志士，有视死如归、永不变节的共产党人士。

　　塘湖镇是一个革命苏区镇，红色文化资源丰富。罗荣桓元帅曾在这里组织发动了通城县农民暴动，建立了第一个县级工农革命政权——通城劳农政府。原塘湖镇狼荷、林湾、铁山等村（现合并为狼荷村）是土地革命时期苏区村之一、也是湘鄂赣革命根据地的重要组成部分，现有在册烈士近 100 名。9 月初，村党支部决定借"五个基本建设"的东风，在村办公楼旁修建一堵红色墙，以此让村民在潜移默化中缅怀革命先烈，继承革命传统，建设社会主义新农村。此举一出，得到村里党员干部和群众的拥护，有的参加义务劳动，有的积极捐款，共筹资 1 万多元。村里 59 名党员轮流上工地平整、硬化操场，不到半个月，建立了一堵长 25 米、高 3 米红色墙。

　　为不漏一名先烈，村党支部书记刘海平 10 多次到县档案局、民政局查阅有关资料，将本村 58 名革命先烈简介、英雄事迹抄录下来。村里又请来当地名匠，将这些革命先烈简介、英雄事迹一一用粗体字镌刻到 58 块高 1 米、宽 0.6 米大理石上，一一嵌入红色墙上。

　　　　　　　　　　　　　（原载《湖北日报》 2010 年 12 月 12 日）

七旬老党员争挂责任牌

　　山鸡在秋雾中啼叫，空气中飘着桂花香。近日上午，湖北省通城县马港镇九岭村 74 岁老党员徐忠明家溢满喜气，村支部成员在他家门楣上钉上了一块鲜红的"党员责任牌"。

"争到了这块红牌，我心里亮堂多了，劲儿不打一处来，我又可以多帮村民办事了。"徐忠明笑眯眯着眼顺着秋阳看着高挂的红牌说。

当天，和徐忠明一样激动的，还有全村的40名党员。

"在创先争优活动中，村党支部提出党员认岗，给村民办几件实事。为看谁最先进，党员们想到牌牌挂起来，责任亮出来。"村支书魏育平介绍说，"党员责任牌"设形势政策宣传、邻里纠纷调解、村务财务监督、扶贫济困服务等10个岗，支部考虑到村里40名党员中有9名年过七旬老党员，年纪大了，不安排认岗。

哪知，此言一出，9位年过七旬老党员，在村党支部举行的"党员责任牌"仪式上，争开了。

3组老党员徐忠明自办广播室6年，又担任慈善爱心小组组长，救助困难群众87人次，一口气争到了形势政策宣传、扶贫济困服务岗。惹得1组76岁老党员吴纯保眼红，亮开嗓门儿，"我当了30年村干部，工作没落过后，如今闲着没事，组里鸡毛蒜皮的事，我也要管，邻里纠纷调解岗我更合适。"

去年冬，71岁老党员黄修甫为灭山火，摔断了腿的，听说今天在挂责任牌，他拄着拐杖，用颤抖的手写下了"村务财务监督岗"，转身领走了责任牌。

最后，年近八旬的老党员魏征定主动定下了"社情民意报告岗"的牌子……

9位七旬老党员的承诺，清清楚楚地写在了责任牌上，挂在各自门楣上。"这是光荣，更是责任。"年近72岁的七旬老党员徐子宪看着村支部刚刚在他家门上挂起的责任牌认真地说。"承诺不能挂在嘴上，要落在实处。"说完，他吹响了口哨邀约几名村民进山修复水毁路。

31名年轻党员也不甘心落后，都认领了岗位，做出了相应的承诺。

鲜红的党员责任牌在秋阳的照耀下更显庄严夺目，映红村民一张张笑脸。

（原载《农民日报》2010年10月9日）

通城先进党员当上台历"明星"

　　本报讯　一本新年台历，两位老党员当"明星"。近日，湖北省通城县马港镇农民徐功民接过镇干部送来的这本台历，立马仔细翻看，爱不释手。"明星台历挂历看了不少，但党员明星台历还是头一回见到。"徐功民边看边感叹。

　　新年伊始，马港镇8000余户村民都收到了这份特殊礼物——介绍镇里两位老党员肖玉堂、徐忠明先进事迹的台历。

　　台历封面是肖玉堂、徐忠明的合影。第一页至第五页画面的主角，是石溪村年逾八旬的肖玉堂。肖老30年如一日，挑着一副挑担，行程10多万公里，将捡破烂的3万多元收入，捐给社会福利公益事业，先后资助10多名辍学儿童复学，11次为家乡修路建桥捐款。汶川大地震，他缴了1000元特殊党费。

　　台历第六页至第十二页，主角是九岭村74岁的徐忠明。徐老是通城县首届十佳道德模范，有着36年党龄，他将女儿给的生活费节省下来，于2005年年初投资两万多元，创办村级广播室。他还动员在广东办厂的女儿捐款5万多元，为镇福利院购买一辆面包车，方便老人出行看病。

　　镇党委书记吴驾说："镇里让两位先进党员上台历，并免费发到各单位和村组农户，就是要让他们的先进事迹入户入脑，倡导乡风文明，动员全镇群众共创和谐社会。"

　　（原载《农民日报》2010年1月19日）

通城"拍打舞"喜摘中国民间文艺节金奖

人民网电　　23 日获悉，湖北省通城县拍打舞在第八届中国艺术节暨第九届中国（大同）云冈文化艺术节展演活动中一举夺得金奖，通城"拍打舞"作为湖北省唯一一支参赛队，在全国 34 支参赛队伍中脱颖而出，将全力冲刺明年揭晓的山花奖，为湖北省争得荣誉。

16 日，通城"拍打舞"40 名演员代表湖北省唯一受邀参赛节目赴山西省大同市参加第八届中国民间文化艺术节。本届艺术节由中国文联、山西省人民政府和中国民间文艺家协会共同主办，由大同市人民政府承办，旨在弘扬民族精神、传承民间艺术、增进民族团结、促进社会和谐，是我国民间文艺界规模最大、规格最高的文化盛事。

19 日展演赛上，来自全国 22 个省市自治区的民间文艺演出队与山西省 11 个市的文艺表演队上千名演艺人员，表演了颇具民族特色和浓郁地域风情的广场歌舞等。通城拍打舞以鄂南山野的狂欢，汉瑶血脉的律动，以优美的音乐和伴舞，创造了一种美轮美奂的意境，将汉瑶文化表现得淋漓尽致，在异彩纷呈的比赛中，艺压群芳，夺得桂冠，为湖北赢得了荣誉。

通城县位于湘、鄂、赣三省交界之处，古为瑶汉杂居之所。"拍打舞"便是汉瑶文化传承的浓缩与结晶。通城"拍打舞"自明清以来流传于通城，由当地民间流传的以手互相拍打、自娱自乐的原生态舞蹈发展而来。

1988 年，通城"拍打舞"参加省首届民间歌舞电视大奖赛，一举荣获金奖，同年随省民间艺术团赴民主德国访问演出。

通过此次参赛活动，通城拍打舞为通城的本土艺术能走出湖北，走上全国、全世界舞台启好了前奏。

（原载《人民网》2010 年 9 月 26 日）

通城拍打舞：从大山走向大舞台

"张打铁，李打铁，打到张家门前落大雪，姐姐留我歇，我不歇，我要回家打夜铁，打把刀子锋锋快，割落老婆九垛菜……"孩提时的冬天，大人们忙完活计，围坐在火塘边，一边唱着歌谣一边用手拍打，节奏随着火焰不断跳跃起伏……这是关于"拍打舞"最初的真实记忆。

如今，通城《拍打舞》不仅被列入全省非物质文化遗产名录，还应邀参加第八届中国民间艺术节演出，并荣获金奖。那么，它是如何从民间走向舞台，从通城走向全国的？

拍打舞的由来

通城县位于湘、鄂、赣三省交界的山区，自古以来就是瑶汉杂居之地。经国家瑶学会考证，今湖北通城及其龙窖山地区，曾为"瑶人出世武昌府"的发祥之地，瑶族先民的祖居地，是全球300万瑶胞的精神家园。

他们大量的历史、民俗文化，与当地汉民族文化交织在一起，产生了令人耳目一新的汉瑶文化。元末明初，瑶胞举族南迁后，起源久远，融合了瑶汉文化元素的《通城拍打舞》（拍打歌），至今还由这里的汉民族后裔以原生态的风貌传承着——

山野农舍，或一人用拳掌交错拍打大腿，或两人、多人互摸互打，自娱自乐；他们哼唱山歌小调，以拍打身体为伴奏，边打、边拍、边唱、边放牛、边嬉戏，悠然自得；喜庆活动中，男男女女，成群成对，拍打起舞，享受人生；每逢农闲，大人陪伴小孩，边打、边摸、边唱："一只手来打，一只手来摸，只打三下，不准打多，有人打得着，快拿酒来喝"等童谣；"干完活，歇歇火，拍拍打打呀咿子哟。我拍你，你拍我，拍走辛苦就快活。拍拍打打真高兴，叫声伙计涨点劲儿。攒劲儿拍得事事顺，今天走个桃花运……"则是关于拍打舞的民谚。

1987 年，通城县文化馆创作干部任卓辉到石南镇、大坪乡一带采风，看到民间艺人胡瑞清即兴表演的一段拍打舞，被这种别具乡土风情的舞蹈所吸引。

他开始广泛搜集，提炼失散在通城民间的拍打舞动作，汇集整理了一套具有鲜明地方特色的拍打舞蹈语汇，为拍打舞的传承打下了坚实基础，使濒临失传的民间拍打舞得以新生。

拍打舞的演变

"我们今天看到的通城《拍打舞》，是在原《拍打舞》基础上，先后三次对舞蹈语汇、音乐元素和表演形式进行修改提炼而来的。"通城县文体局相关负责人吴志奇介绍说。

最原始的《拍打舞》是一个或多个人边唱边拍，拍手、拍身体和对拍，且多限于单拍和双拍，拍打动作仅四五个。1988 年，通城县文化馆组织人员，对拍打舞进行提炼和创新。拍打动作增加到 10 多个，创造出单腿拍、双腿拍、站着拍、坐着拍、躺着拍，并增加了拍打部位，如拍胸、拍肩、拍腰、拍臀部。

2007 年，县文体局请来省群众艺术馆国家一级编导向雪芳，并成立编导小组，对拍打舞的舞蹈语汇进行提炼。风格上更加凸显瑶族特色，拍打的同时增加了跳跃动作。

如男子单拍时，增加了中国古典舞中的马步、跨腿，使舞蹈更具阳刚之气。女子单拍时，增加了腰部倾斜和胯前拍打，使舞蹈更加秀美，显示出女性的灵秀韵味。此外，还增加了上肩技巧，女子坐在男子肩上，男子抱着女子，在空中对拍，增加了舞蹈的立体感。

今年 9 月，为参加第八届中国民间艺术节，县文体局邀请省、市、县相关专家，对舞蹈语汇进行了一次大型创作。总导演向雪芳在前两次基础上，创作出更加丰富的舞蹈语汇，旨在突出江南俊秀之美的艺术效果。

如男女一体，面向一方，四只手相拍，宛若千手小观音；男女对拍脸，体现"情"字；男把女抱在胸前，女拍男的背部，体现"痴"字；男女对抱，女下腰拍男腹部，体现"爱"字；男把女抱着翻一个圈，体现"思"字。并在前两个版本基础上，对拍打舞的舞台形式进行了较大改动。

经过多次创作，对拍打动作进行规范，舞蹈音乐更加动听，风格上也给予了定向，使舞蹈介于原生态与现代之间，更具民族特色和艺术观赏性。

拍打舞的未来

"拍打舞具有浓郁的地方和民族特色，对促进民族团结、社会和谐具有独特的作用。通城拍打舞适合于广场展演和舞台表演，深受观众的喜爱，具有广阔的前景。"通城县文体局局长宋旺龙对通城《拍打舞》未来发展充满信心。

通城《拍打舞》自 1988 年获省首届民间音乐舞蹈电视大赛金奖后，县文体局将其作为通城文化精品来打造。集中人力和财力，先后三次对《拍打舞》进行加工提炼，使其绽放出新的光彩。

2008 年，县文化馆安排了两期拍打舞培训班，对通城各乡镇、文化站干部和拍打舞爱好者 100 多人集中培训，收到了不错的效果。

现在，通城已有学校开设拍打舞课；在社区和广场，也经常有人跳拍打舞健身。家住湘汉社区的胡女士是一位"拍打舞迷"，闲暇时间经常和邻居们切磋"舞艺"。"我学的是健美操版本拍打舞，刚学的时候觉得很累，后来感觉越跳越有劲儿，越拍越有味。"胡女士边拍边跳兴味盎然。

据悉，通城《拍打舞》继参加第八届中国艺术节展演夺得金奖后，正全力冲刺 2011 年揭晓的山花奖。

（原载《湖北日报》2010 年 11 月 24 日 获全省文化报道年度金奖）

通城女大学生用行动诠释责任

本报讯　昨日，通城建材厂新上一条生产线正式投产，四乡八邻的老百姓前来贺喜。建材厂负责人李慧慧，这位 80 后的女大学生流下激动的泪水："这是我 3 年来的心血啊！"

站在新上的生产线旁，李慧慧感叹不已："3 年前，厂里濒临倒闭，欠债 70 万元。如今，已连上两条新生产线，年销售收入 600 万元，利税 30 万元。"

今年 28 岁的李慧慧，2004 年从湖北纺织学院毕业后，一直在广东溢达集团任调色师。在广东，她买房成家生女，生活就像她手上的调色板那样五彩缤纷。

可 2007 年父亲的突然病故，完全打乱了她的生活。当时家里除父亲治病、办厂欠下的 70 万元高额债务外，经营了 21 年的砖厂也濒临绝境。

看到母亲终日以泪洗面，面对 30 多名工人无助的眼神，回乡探亲的李慧慧当即决定：盘活砖厂，还清债务。

3 年来，她艰辛创业，赚钱还债。今年初，她全部还清了父亲的 70 万元债务。

得知砖厂扭亏为盈，远在广东的婆婆说："家庭责任已经尽到，也该回家了。"可李慧慧歉疚地说，厂里招聘的工人大多是周边乡村的特困户，平均年龄有 50 岁，他们都指望着厂子生活啊！"只有厂子办好了，才能更好地为乡亲们谋利，承担一个公民、一个企业家的社会责任。"李慧慧对未来充满信心，她刚新征 10 亩地准备扩建厂房，把工厂办成通城一流的建材企业。

（原载《湖北日报》 2010 年 8 月 22 日）

李慧慧的别样人生

与漂亮而时尚的李慧慧面对面，根本无法把她与"砖厂老板"的身份联系起来。

她本是个普通的农家女孩，寒窗苦读终跳农门。正当她人生刚拉开炫丽一幕时，在老家办砖厂的父亲突然病逝，留下 70 万元债务和 30 多名即将失业的农民工。25 岁的她，毅然返乡接管父亲濒临倒闭的砖厂。如今，不但还清所有债务，还年创利税 30 多万元。她的故事在鄂南山区被广为传颂……

子承父业，走出困境

"父亲不在了，砖厂倒了，感觉天快塌下来了。"忆起 2007 年春的那个晚上，李慧慧不寒而栗。

擦干眼泪，李慧慧辞掉广东的工作，带着还未满月的儿子，开始接手砖厂的工作。"嫁出去的姑娘，泼出去的水。""她父亲都搞不好，一个乳臭未干的女孩子能干出什么？"进厂第一天，各种闲言冷语把她的心浇凉了半截儿。

然而，外表柔弱的李慧慧，骨子里却有一股不服输的劲儿。她暗暗立志："一定要干出个名堂来！"

由于从来没有接触过这行，白天，她待在车间跟工人一起干活，熟悉生产流程；晚上苦读，恶补理论知识。

为拓宽销售市场，她还当起业务员，一家家上门送样品、谈业务。

凭着女人的细腻和精明，她深知灰砂砖市场竞争激烈，要实现利润最大化，提高市场份额，必须大刀阔斧改革。

她走湖南岳阳，跑江西修水，上门高薪聘请制砖行业的高级技师。为提高产品质量，她贷款 200 多万元购进新型设备，对原生产线全面升级改造。

通过各项改革，砖厂年销售收入突破 600 万元。

替父还债，信义无价

今生不欠来生债，这是父亲诚信办厂的承诺。父债子还，这是李慧慧立下的誓言。

安葬父亲后，她就着手还父亲欠下的 70 万债务。"欠条堆起来有尺把高。"细心的她把所有债主都记在一个小本子上，过年过节时一家家上门拜访，有钱还钱，没钱也要交代一句，定好下次还钱的日子。

2007 年是最困难的一年，但再难也要兑现还债诺言。当年腊月二十九，还欠湖南临湘一司机 3000 元货款。李慧慧绞尽脑汁，连妹妹剩下的 100 块伙食费都垫上了，也只凑到 2500 元。她冒着大雪徒步找到 20 里外的叔叔家，凑齐了 3000 元钱。

在清理父亲留下的账目时，还有一些货款没有借据。但别人找上门来，只要查清生意上是有往来的，她从不为难别人。

有一次，她发现父亲账本上记着欠福建黄老板 680 元钱，是买了锅炉配件的，一年多了没人上门来要过。

因没有联系方式，她只好到县城卖锅炉配件的商家打听。来回跑了 10 多次，找了 20 多人，才知道黄老板的电话。她自报家门说明意图后，黄老板说："人都不在了，这钱算了。"

但李慧慧仍一直记着这笔账。一天，她得知黄老板到了通城，忙赶到县城将 680 元钱送上，黄老板感叹不已。

选择留下，报效乡梓

得知砖厂有了生机，远在广东的婆婆发话了："你是我家娶过门的媳妇儿，现在厂子好了，该回来了。"

一边是盼归的婆家，一边是寄予重望的乡亲。李慧慧选择了后者。她对婆婆内疚地说："妈妈，对不起，有更多的乡亲需要我，请您理解支持。"

如今，她的目光看得更远，决心把工厂办成通城一流的建材企业，报效乡梓。

从困苦中走来的李慧慧，没有忘记回报生她养她的这片土地，更没有忘记父老乡亲。"莫看李慧慧年纪小，心却好，职工碰到困难，她变着法子帮。"员工们说。

去年秋，胡师傅的女儿考上了大学，因家里困难，准备让女儿辍学去广州打工。李慧慧连夜赶往劝说，临走时塞给胡师傅 1000 元钱，并提前支付 3000 元工资给他。胡师傅一家感动得直掉眼泪，很快送女儿上学了。

今年 6 月，村里年轻小伙子汪月星患病去世了，其父母住的 3 间砖瓦房又被山洪冲垮。李慧慧叫司机送去 2000 块砖，还拖来 3 吨石灰，并送上 800 元钱。汪月星的父母很快住进了宽敞明亮的楼房。乔迁那天，老人特地赶到厂里致谢。

（原载《湖北日报》2010 年 8 月 22 日）

付健民：奉献大山终不悔　库区成就弄潮人

从大学生到军人，从军人到校长，再到村支书，通城县四庄乡大溪学校校长、纸棚村支书付健民短短七年时间人生三次角色转换，不变的是奉献的精神，扎根库区，甘当铺路石，施展教育扶贫"组合拳"，阻断贫困隔代传；奉献山区，勇当拓路人，铺就致富坦途，帮助库区人民跳出贫困，过上了幸福日子。

从大学生到军人
牢记使命　营盘洒丹心　好兵一名

2014 年 6 月，24 岁的付健民大学毕业，按照父母的意愿，参加了通城县教师招录考试，并顺利被录取。

不安分的付健民觉得从大学校园走向教师工作岗位太过于安逸，人生太单调。"好男儿，当兵去，报效报国，实现自己的梦想！"于是他毅然选择到部队的"大熔炉"去锻炼，在分配兵源的时候，他又主动申请到祖国的最西边新疆喀什市去服役。

他来到部队，分到了一个具有优良历史传统的荣誉连队——进藏英雄先遣连。

在这个英雄的连队有着极高的要求和极高的标准。作为大学生的付健民，分在了尖刀班，他遇事冲在前，带头干，困难面前，打头阵。

由于读完大学才去部队，年龄较大，刚到新兵班比班长年龄还大三岁，比同班新兵大六七岁。自己又是党员，为了在同年兵中起到模范带头作用，于是就自己主动在体能训练上加餐，别人训练跑三公里，他就跑五公里，每天晚上睡觉前自己开展体能训练。

2016 年秋，他参加全军重大军事演习"和平使命—2016"联合军演，被评为"联演标兵"并获得"和平使命"军事演习纪念章，多次被团一级单位评为"优秀好新兵"，兰州军区兵种训练基地评为"训练之星"、"优秀学兵"、"优秀士兵"。

两年的军旅生涯，他变得更加自立、自强、自信，由于服役部队地处高原地区，常年在荒漠戈壁滩驻训导致付健民患上了"斑秃"和胃溃疡。他选择了退伍，准备重返教师岗位。

从军人到校长
坚守初心　　老区育桃李　　不少一人

2018年秋，他身边的同事都选择进城教书，离家更近一点儿，他却选择到贫困山区来锻炼自己，到全县最偏远的库区——大溪学校任校长。

他来大溪学校上班前，已做好心理准备，一到实地，他还是傻了眼：大溪学校地处偏远山区、库区，紧临青山水库，距离县城50多公里，通往学校的唯一道路因年久失修，一些家里有点儿关系的学生纷纷转学县城，或邻县，有的干脆辍学，学校仅剩下16名学生、5名教师，从学前班到6年级，采用复式教学，其中困难无以言状。

"教育扶贫，不少一人。"上任伊始，他耍起教育扶贫"四板斧"：

为稳住生源，让每位学龄孩子能真正入学受教，他通过精准扶贫政策扶持，向有关单位积极争取资金，解决学生坐船交通费，提高学生伙食标准，帮助学生解决学习及生活中的实际困难，不让一个学生失学。二年级学生邬盼，有严重听力障碍，无法正常听课，家里打算让她辍学。付健民从市残联为邬盼申请价值1.5万元的助听器，解决上课学习问题。

为留住教师，他改善就餐环境，修缮住房条件，加强信息化装备，配置健身器材，让所有教师吃得放心、住得舒心、教得开心，积极健康地生活。

为了校园安全，学生乘船，每次有教师护送；陆路步行，学生组队，教师同行；遇恶劣天气，提前预判，通知家长，确保平安，校门口安装了安全码头。

为提升教育质量，他办复式教学，学生互助互补；音、体、美集中上课、分层教学；整合资源，改变生少课多师不足的劣势。

今年疫情期间，付健民在疫情防控巡查中发现，部分学生在山上搭棚蹭信号学习。因修旅游公路，临时架的线路无法满足全村学生正常上课，他立即向相关单位汇报，第二天通信公司技术员到村里测试，并提出解决方案，第三天，信号全部恢复，保障了村内了学生"停课不停学"线上教学。

从校长到"村长"
勇于担当 库区拓富路 不落一人

2018 年 12 月，纸棚村换届选举时，上级党委考虑纸棚村脱贫出列的艰巨任务，付健民临危受命，村支部书记和学校校长的双重重担全压在他身上。

纸棚村是省级深度贫困村，全县仅存的六个深度贫困村之一。全村 447 户，1769 人，其中贫困户 275 户 1128 人，贫困发生率 67%。

没有任何农村工作经验，面对脱贫攻坚的巨大压力，付健民一边迅速了解村情一边学习扶贫政策，做到多观察、多吃苦、多研究，安排工作先把最重的任务安排给自己，把村民群众的事当成自己的事来办。

纸棚村大部分村民居住在水库岛上，出门的唯一方式就是坐船，村民门口到码头有一段十几米的土路，一到下雨就是泥泞，稍不注意就有滑下水库的危险。

他上任不到一周，驾船跑遍了库区 10 多个岛屿，走访 200 多户村民，有村民反映：村里基础设施差，出山，没有一条像样的水泥路，渡船，夜晚驾船找不到回家的方向。

于是，他积极向上争取项目资金，安装路灯 217 盏，硬化公路 4.7 公里，修建到户码头 5300 余米。

夜幕降临，纸棚村 217 盏太阳能灯在水雾的笼罩下，如夜空中的星星点点。

"有灯，就知道家的方向！"村民王耀民笑得合不拢嘴，以后夜晚回家，再也不用担心了。

纸棚村大部分村民一直以来饮用水库里的水，大都靠挑，青壮年外出务工，村里老人孩子为多，一旦出点儿意外，后果不堪设想！遇到山洪暴发，只能喝黄泥巴水。

安全饮水是检验脱贫指标之一，付健民调查了解村民饮水难后，连夜向县有关部门写报告，又自发带领村民上山找水源，在水利部门的帮扶下，争取了项目资金，山上建蓄水池，铺设水管 3 万多米，不到一年让 200 多户都喝上了自来水。

基础设施改善，村里面貌焕然一新。

村民要久富，就得拓宽就业路，付健民深知，要想让库区村民早日脱贫致富，只有走出大山、水库，他把"就业扶贫"作为脱贫致富最直接、最有效的方式。4 组王小龙离婚后，带着上二年级的女儿住在虎形岛上，家里生活靠接济。付健民三上小岛，做思想工作，安排王小龙到县城一家企业上班，月薪 3000 多元，还将王的女儿送到县城寄宿学校。

通过走出去，达到"输出一名劳力，致富一家人"的目标，如今，全村外出务工人数达到了 600 多人，全部脱贫致富。

实现就业只是第一步，帮助村民增强内生动力，因地制宜发展绿色产业，获得红利才是最关键。

打通产业路又成为付支书治贫又一法宝。

7 组背靠青山，面临绿水，草场丰富。当地村民有养牛的传统，头脑活络的邬平华在付书记的帮助下，养起了 50 头黄牛，疫情期间，付书记隔三岔五，上门当货运，解决进料难，并为养殖户打通销售渠道，推动养殖业发展。

为了能够带动更多村民脱贫致富，在扶持养殖业的同时，付书记调研发现，当地有两万多亩山林面积，十分适合林下种植。为此，他组织村民出外参观学习林下种药材技术。仅 6 组村民黄山文种植黄精 50 亩，全村共有 30 户积极参与，种植药材面积 200 多亩，亩收入数千元。

国家大溪湿地公园自然风光、环境秀美，具备发展乡村旅游产业的条件，付支书谋划发展旅游业，解决当地贫困群众稳定就业，村集体经济收入也将水涨船高。

从发展种养产业，到乡村旅游，付健民投身脱贫攻坚的第一线，一年跑坏了 7 只轮胎，写完了 5 本脱贫工作笔记，用实干、苦干提升了村民的获得感、幸福感，纸棚也于 2019 年年底实现了整村脱贫出列。

"青山苍黛呈秀色，碧水无波舟自横。政通人和乡风美，纸棚人家胜桃源。"如今，纸棚村在付健民的带领下，一步步走在乡村振兴的大道上。

（原载《咸宁日报》、《香城都市报》2020 年 8 月 1 日）

张李吴：奔走乡间的花鼓人生

"精准扶贫似春风，农村处处展新容，扶贫政策真正好，暖人心，嘿暖人心……"11 月 30 日，通城花鼓戏"打锣腔"第六代传人张李吴利用花鼓调，将扶贫政策改写成村民通俗易懂的三句半，优美委婉的原生态唱腔唱党的新政策，引来村民热烈的掌声。

湖北省非物质文化遗产通城"打锣腔"，又名通城花鼓戏，有着近 200 年的历史。它将湖南岳阳花鼓戏的琴腔、通城本地的花腔小调、山歌民乐以及长沙花鼓戏的川调糅合在一起，集琴腔与川调之长。"打锣腔"无丝弦乐伴奏，用通城方言演唱，"一唱众和"。

今年 56 岁的张李吴出生于隽水镇一个梨园世家，小学二年级就开始跟着父母学唱花鼓戏。后来，他的父母组织了一支乡剧团，他有机会就跟着他们下乡。15 岁时，他跟随父母去云溪演出，饰演《秦香莲》中唱奶生的角色病了，自告奋勇登台演出，感情投入、形神兼备，赢得观众阵阵掌声。

16 岁那年年底，在通城全县文艺调演中，张李吴荣获二等奖。正是这次展露的出众才华，让他被县文化馆创办的业余花鼓戏剧团选中，师从左满报、吴松林等有名的老艺人。经过 6 年的勤奋学习，1985 年，他正式转入通城县专业花鼓戏剧团，随后很快主演了《香魂恨》、《黄金案》、《平贵回窑》等多部戏曲。

1989 年，父母创办的花鼓戏百花艺术团后继无人，面临倒闭。张李吴毅然接过父母的剧团，创造出"张李吴不到，不准开锣"、"不唱就不唱，要唱就接崇通百花艺术团"的空前盛况。

进入九十年代中后期，现代文化日益繁荣，张李吴的花鼓戏剧团每况愈下，"打锣腔"这一地方小戏种渐渐淡出人们的视野。许多从艺人员改行，年轻人不愿意再学，花鼓戏传承面临后继无人的危险，在通城、崇阳两县，花鼓戏传人总共不超过 50 人。

执着的张李吴从没想过放弃。从艺 30 多年来，他下乡演出万余场，培养出 50 多位演职人员。近几年，他带着 15 名演员，开着一台流动舞台车，一年有 200 多天在乡间来回巡演。

几十年间，不光专注研究花鼓戏的发展方向，他还积极转变演出形式，以让"打锣腔"适应时代的新需要。先后培训出七批学员的他，于 2015 年年底，把年仅 10 岁的儿子张俊送去湖北省职业艺术学院学戏。

2014 年，通城花鼓戏《楼台》，参加全国第二届地方戏曲艺术节演出，荣获"优秀传承奖"；2015 年，通城花鼓戏《香魂恨》选段《庙堂重逢》荣获咸宁市首届戏曲演唱比赛"三等奖"。

张李吴 80 多岁的父亲张志学、第五代"打锣腔"传人依然活跃在舞台上，如今，他们祖孙三代接力，欲让"打锣腔"这艺术珍宝在民间绽放更艳。

（原载《农村新报》2019 年 12 月 7 日）

徐摇：防控一线的奔跑者

2 月 14 日，湖北省通城县城发集团党员志愿者徐摇戴着口罩，臂套着红袖章，手提日常用品，穿过桃树林，跨过小溪，来到隽水镇桃源村七组农户习二新家楼下喊话："老习，你要的盐和洗衣粉买来了。"住在二楼的老习用绳子将徐摇送来的用品吊了上去，挥手道谢。

今年 34 岁的徐摇，2016 年随丈夫转业回家，在通城县城发集团工作，做过"爱心妈妈"，乐当党员志愿者。

拼椅作床　剪发明志

1 月底，徐摇成为通城县疫情防控指挥部征集志愿者，"虽然你俩不在家有点儿冷清，但现在工作有需要，爸妈都支持你们上一线。"公公婆婆如此鼓励。2 月 1 日，徐摇毅然向县疫情防控指挥部请缨，前往桃源村开展志愿服务。

桃源村是一个有着 6000 多人的村，6 个村干部有两个因事不能上岗，她深知肩上职责之大，一个口罩、一双手套就是她的主要装备。

为保证工作效率，她选择暂住在村里，没想到一住就是十来天，简陋的村卫生输液室是 4 个同伴的栖身之地，两张长椅拼凑在一起，垫上家人请人捎带过来的被子就是她的床。

最不方便的还不是这些。16 个人共用一把电壶，5 只开水瓶有两只不保温，白天奔波一天，晚上泡泡脚都成奢望，更不用说洗澡和盘弄头发。

　　徐摇的一头秀发留了 12 年，长发及腰，当年有人出 2000 元，她也舍不得剪下长发。

　　一边是疫情当前，一边是难以割舍的秀发。想着村民们那一双双渴望的眼神，公公婆婆鼓励的眼神，徐摇毅然拿起了剪刀。长发落地的那一刻，徐摇哭了，但她知道：最好的爱是学会放弃。

代购代办　　任劳任怨

　　桃源村四组贫困户杨卫甫勤耕苦做，别人抛荒的田地，他收拾收拾，种了 3 亩蔬菜又碰上疫情，沿村叫卖，村民颇有微词，不卖，则烂在地里。

　　入户排查的徐摇了解到这一信息后，主动联系村里负责物资配送的超市，请采购员到杨卫甫手里收购再一一配送。

　　"谢谢你，谢谢你！"蔬菜不仅没烂在地里，还卖上了好价钱，杨卫甫没有多少文化，只晓得用"谢谢你"三个字来表达。

　　村民黄自良的妻子常年卧病在床，是一位高血压、高血糖患者，村卫生室一时找不出药来，徐摇便微信委托代购，小姑从南门走到北门民联药店才将药配齐。

　　其实，徐摇帮忙代购的还有很多。三组村民习金甫没有了煤气，电话打到村办公室，徐摇二话不说，不到一个小时，她和村干部一起将煤气送达。她和村干部一天代灌煤气 20 多瓶，已服务全村 200 多户。

普纪普法　　爱民为民

　　"我有些不舒服，有些发热，不是被感染了吧？"桃源村七组六旬老农吴自平焦虑得连打 120 都没有勇气了。

　　"你放心，只要你积极配合治疗，一定会回来的，何况我县已治愈 10 多例患者。"徐摇利用等候 120 的空隙安慰吴自平。

　　随着新型冠状病毒感染的肺炎疫情防控工作的深入开展，为帮助重点人群消除恐慌，徐摇着力开展防控知识宣传、法律法规宣讲，有针对性地进行心理疏导，缓解部分村民紧张心理、不安情绪。通过微信提前预约，她及时上门服务，开展心理咨询服务 20 多人次。

　　受疫情影响，全县推迟中小学上课时间，为了不让孩子落下课时，徐摇主动帮助杨卫甫的女儿开展线上学习。

"妈，工作辛苦了，这些零食留给你吃"、"摇摇，履行工作的同时，一定要保护好自己呀"，半个月来，徐摇只能通过微信视频与家人相聚，通过微信的文字，感受到家人的理解和问候。徐摇说："我也想家，也想陪在父母和小孩身边，但我是党员，关键时候需要我上，我不能走。"

说完这话，徐摇又拿着喇叭进村入户宣传去了，她手上的党员志愿者红袖章在春光中分外耀眼。

（原载《人民日报·客户端》2020年2月16日）

刘文聪：精诚创业　　赤诚回报

花木掩映，设施齐备的幼儿园坐落在季山沟里，村里孩子免费上了幼儿园；

通到家家户户门口的自来水管，让近千村民喝上清甜的山泉水；

平整的水泥路，如银带缠绕山间，结束了"出门就下岭，进门得爬坡，运东西肩挑背驮"的历史——这是通城县五里镇季山村近几年的变化。

巨变的背后，展现的是一位企业家的价值追求和情怀。

"我从通城山里走出去，也必将回到故乡，倾情回报家乡是我毕生的追求。"昨日，广东台科精密机械有限公司董事长刘文聪满含深情地说。

搏击商海　　业绩骄人

刘文聪事业开创的起点，源于他八年前的背水一战。

2003年，正值"非典"，广东沿海企业遭受冲击。刘文聪刚在东莞厚街创办的一个作坊式小厂，也未能幸免，入不敷出，他苦闷至极。

一次与老乡聊天儿时，对方急需要购进一台进口高档车床，这种车床只有台湾生产，因路途遥远，运输成本高，又不能及时供货。说者无意，听者有心，刘文聪想：自己是学机电出身的，为什么不仿制呢？

想法一旦坚定，刘文聪立即着手干起来。他花5万元钱从台湾买进了一台车床，把自己关在一间房子里，将机械全部拆开，一个一个的零件琢磨，一次一次绘图，一遍又一遍的组装。

从此，这间房就成了他的工作室、卧室和餐厅。整整一年时间，不知度过多少漫漫长夜，不知有多少绞尽脑汁的思考，不知有多少反复的试验，仿制的样机终于展现在刘文聪面前。

望着这个新生儿一样的车床，刘文聪不由喜极而泣，将它命名为"先锋"精密自动车床，意寓这是他事业开路的先锋。

他以4.8万元卖给老乡试用。

第二天，老乡打来电话，语气中掩不住激动："好用，真好用！一点儿都不比台湾产的差。我们通城人就是聪明！"

听到结果，刘文聪不由长长舒了一口气，泪水再次夺眶而出。

六年后，事业有成的刘文聪应邀到东莞理工学院讲学，在"与成功面对面——大学生就业创业论坛"上，他面对台下数千双急切又好奇的眼睛，回忆起这段经历，感慨万分："十年前我还是一名通城机械学校毕业的中专生，为了生存我背着工具包骑着自行车，翻山越岭来回通城与湖南交界山村修理电视机，南下打工创业，第一次分得的是9万元欠账，借来的30万元也花个精光，还不知前面是什么结果，真是背水一战。创业就要这种勇气。市场有需求，你满足了这种需求，你就能创造价值、发挥才能，就坚定地走下去。"

正是靠这种坚定走下去的精神，刘文聪注册的台科精密机械有限公司迎来了突飞猛进的发展：2004年，开始批量生产，年产100台，创500万元产值；随后每年开发一个新品种，到2008年，生产品种达到10多个，年产值突破5000万元，在全国同类产品种中销量第一，一举成为行业老大，今年销售额有望突破亿元大关。

看好台科广阔的发展前景，一家日本知名企业主动伸出了橄榄枝，与他合股办厂。

"对方依靠我的市场，我借日方的技术，台科一定能成为全球的知名品牌。"刘文聪信心满满。

商德为本　　警己励人

一家企业怎样走得更远？一个人怎样永远拥有人际的通行证？刘文聪的

选择是：商德为本，用商德打造企业和企业家的品牌。

2009年，位于浙江一家供应商给台科发货时，出现了失误，发货单上只有1000个零件，实际送了2000个，等于白送了10来万元的货。

公司有人高兴了："这回白捡了一个便宜，不要白不要。只要我们不承认，对方也查不出来。"刘文聪知道后，马上给供应商打电话，说明情况，要对方重开送货单来。

"靠捡这样的小便宜能把企业长期办下去吗？"刘文聪当面教育员工。桃李不言，下自成蹊，不捡一个便宜，台科从此赢得了这家供应商的多次合作。

对台科产品的质量，位于江苏昆山的一家客户感受更深刻。"台科的产品完全可以免检，我们是老关系户了，我有信心说这个话。"该公司的质检经理说。

信誉如山，赢得这份信誉，靠的是刘文聪的诚信。多年来他养成了一个习惯，不管购买什么材料，最先问的不是价格，而是质量。为确保质量可靠，他宁愿贵2~3倍的价格，也要千里迢迢从日本、台湾进，决不到附近购买。

靠过硬的产品质量和良好的商业信誉，台科客户遍及全国各地，30多个办事处成为传播台科理念和形象的窗口。

反哺桑梓　　真情感人

2009年，刘文聪回家过年时，一位小学老师的话，深深刺痛了他的心："学校里就只季山的小孩成绩差，硬是赶不上，连幼儿园也上不起，学习怎么好得起来。"他不由想起了自己的求学生涯，正是经济原因，自己痛失了许多求学的机会。穷了教育，就是毁掉了一个地方发展的希望啊！

刘文聪决定立即行动起来。他到村里做了调查，由于生源减少，学校合并，季山的孩子读书得翻山越岭30多里到山下程风小学就读，每天奔波几十里，这其中有多少艰辛，又要耽误多少时间！由于村里大多数青壮年外出打工，大都是爷爷辈的带着孙子读书，对孩子的教育不利，也存在许多安全隐患。

刘文聪再也坐不住了。他花20多万元租赁原先闲置的校舍，改造一新，架起了水泥桥，修通进校公路，又从广东购置了一批幼儿娱乐和教学设施，办起了丝毫不逊色城里的幼儿园。

一流的幼儿园，还得有一流的师资，这可是关键。刘文聪又出资，专门从幼师聘请了两位教师。

考虑到乡亲的经济状况，刘文聪决定，所有孩子免费读书，幼儿园全部费用由自己负担。消息传出，一下子吸引 20 名幼儿入园，乡亲们高兴得奔走相告。

有一老教师作顺口溜赞道：刘家真有才，致富不忘本；掏钱办学校，分文不收取。

季山村位于通城县五里镇相思山下，与湘、鄂两省交界，山高路远，弯多坡陡，出山一趟得走几十里的崎岖山路，进山更不易。

有一条平坦的路，成了上千村民最大的心愿。可是，在这样一个地方修一条路谈何容易，巨额的资金就如面前的高山一样，难以逾越。刘文聪每次回家急在心里：路不通，季山村找不到希望。

2007 年，他主动出资两万元支持修路，面对资金缺口，他又带着村干部到广东、深圳找老乡，四处募捐一个星期，终于筹集了 5 万多元。

2008 年，村里硬化 30 公里的村级水泥路，他及时送来了资金，还动员在家父亲无偿上工地，劳动 3 个月，这年底一条水泥路从山顶如银带飘下，将季山村与外界紧紧连系起来。看到湘、鄂两省来往的小车，刘文聪欣慰地一笑：一条路改变了一个地方，从此季山不再是山村了！

解决了路，乡亲饮水难，又摆在他面前。

有一年冬天，他回家过年，正逢冰冻，他目睹一位老伯担水时，摔伤。

刘文聪大年三十找到村干部说："村里要是能尽快安上自来水，就好了，再不能让乡亲受这个苦了。"

第二年春，刘文聪丢下公司的事，跑回家出资两万元购置了水管，运来沙石，与村民一道上山找水源、打水井、修水池。2008 年年底，甘甜的自来水流进了 300 多户村民的家中。

村里的一位老党员感动地说："把全村的事当成自己一家的事，文聪这位党员真了不起！"

数年来，刘文聪真情回馈家乡的远不只是这些，足以列出一长串：

赞助 10 万元，帮助村里建起了办公楼；

多年出资数万元，资助穷困大学生，救助大病乡亲……

一件件，一桩桩，折射的是一位企业家的财富观和价值追求。

刘文聪说："将财富回馈给社会，这才是财富的价值所在，也是财富的最终归属。"

这就是一位创业有成者的胸怀。

（原载《咸宁日报》2011 年 5 月 23 日）

刘族兵：苦心酿出红薯汁

今年 5 月，入选拼多多平台，日销 2000 罐以上；

8 月底，中国 (国际) 一乡一品产品博览会上又斩获金奖。

你没看错，它就是来自通城的"薯牛牛"红薯饮品。

从藏在深山人不识，到摇身一变成为高档俏销饮品，这背后，有个回乡能人不得不提。

他就是来自黄袍老区的通城人刘族兵。

"乡愁"激发创业梦想

20 世纪 90 年代初，刘族兵南下深圳，在台湾朋友公司打工，利用当年在武汉做木材生意的经验，解决了不少难题，成了这位台湾朋友的左膀右臂。

照这样发展下去，刘族兵在南方应大有作为。可事与愿违。1996 年，在一老乡花言巧语下，他投入好容易凑到的 80 万到云南贩烟，不料被骗。不得已，他从黄河 (云南) 实业有限公司业务员干起。

在云南摸爬滚打了 9 年后，2006 年，他又回到广东省中山市南朗镇附近开了一家小小的电子产品贸易公司，也与第一次南下打工认识的许老一家相处得非常融洽。

但刘族兵做梦也没想到，眼前这个貌不惊人的老人，竟是完美 (中国) 有限公司总裁的父亲。许老邀他成为完美公司的合作企业。刘族兵珍惜来之不易的机会，筹资 200 万元，成立中山市利族包装制品有限公司，2010 年正式投产。

2017 年冬，身处异乡的刘族兵，偶然一次在街头闻到熟悉的香味。拐过街角，只见一个小摊点，正热气腾腾地烤红薯。

一口咬下来，熟悉的味道，将他带回年少难忘的岁月：山区、边区、老区的通城，七山二水一分田，那些坡坡坎坎、山墈地角种满了的红薯，是曾经的主粮。

刘族兵记得，那时候，清晨起来上学，锅里蒸的红薯就是早点，逢年过节红薯干是最好的点心。

到了高中住校时，一根小扁担一头担着红薯，一头挑着书本行李，3 年时光下来，红薯成了亲切的记忆。

查阅资料得知，红薯具有天然抗癌植物之称的红薯，有助于预防心血管疾病、预防肺气肿，具有美容养颜、降低中风风险等功效。

一个大胆的念头在刘族兵脑海里呈现：何不将红薯开发成承载家乡致富梦想和希望的产品？

专心"榨"出薯牛牛

有人劝刘族兵，搞农业，投资大，回收效益不明显，弄不好血本无归，你是不是有点儿"苕"？

但刘族兵天生有股"不用扬鞭自奋蹄"的闯劲儿。通过多方咨询，他得知上海大学有位程教授，潜心数十载研究红薯，其开发的一款红薯饮品，已在崇阳生产。

崇阳紧挨着通城，也是刘族兵的第二故乡。于是他风尘仆仆地赶往崇阳，巧的是崇阳老板正寻找合作伙伴。产品急需升级改良，而公司资金投入不足。

他又赶往上海大学拜访程教授，提出了自己的想法，程教授表示全面支持。他又将产品带往北京，农业部一相关负责人饮后赞不绝口："感谢你们将红薯这个低端杂粮，变成高大上的营养品。"

上海、北京之行更加坚定了刘族兵的信心，他随即购买专利，注册成立中山市畅享农业生物科技有限公司，将"湖北故乡云科技有限公司（崇阳）"作为生产基地，并于 2018 年 6 月注册"薯牛牛"商标。

今年春天，他生产出第一批"薯牛牛"牌红薯加工产品，也实现了人生的第三次创业。

金秋十月，记者行走在黄袍山区，坡坡埂埂满是红薯，一片丰收景象。

"以往种红薯，主要是喂猪，有时没人要，只好烂在地里。今年，刘总收购价格预订每斤 1 元，我的 5 亩山地可增加收入两万元。"在山上从事劳作近 40 年的大塅村贫困户黄文甫谈起变化，掩饰不住内心的高兴。

为保证优质稳定的原料供应，刘族兵采取了公司＋基地＋合作社＋农户的种植模式，公司免费提供种子、技术、签包回收合同。目前加工基地周边的红薯基地有 1 万亩，签约贫困户近千户，带动着湘、鄂、赣周边近万名贫困户种薯脱贫致富。

绿色开发走向"完美"

如今，走进中山市畅享农业生物科技有限公司，"团结、专业、创新、绿色、健康、奉献"的金色大字闪闪发光，这些经营理念和企业精神已深入人心，并落实生产中。

以完美公司和量子公司的研发团队和系统进行高科技研发和生产，陆续投入 600 万元对产品进行改良升级。

"用现在的产量推算，用低聚糖果替代白砂糖会增加 4 千万的生产成本。"在技术革新现场，公司高管善意提醒董事长刘族兵。

但低聚糖果能抑制有害细菌的生长，调节肠道内平衡；促进微量元素铁、钙的吸收与利用，以防止骨质疏松症；可减少肝脏毒素，能在肠中生成抗癌的有机酸，有显著的防癌功能。这些概念在刘族兵脑中回想。

"为了健康，增加再多成本也在所不惜。"刘族兵一锤定音。

在车间，记者看到，一车车红薯进来，都要经过清洗—粉碎—去淀粉—提炼等十几道工序。

让"薯牛牛"成为适合大众健康、绿色食品，这是畅享农业生物科技有限公司的共识。口感，是健康绿色食品的第一要素，该公司将饮品免费上万人试饮，听取众人意见，反复调试，历经 6 个月，产品终于面市。

2019 年 5 月，投入拼多多平台，日销 2000 罐以上。

6 月 16 日，全国自行车户外挑战赛在湖北 (黄袍) 举行。他赞助"薯牛牛"饮料 1000 件，在现场，他发动全家发放饮料，并征求意见，一些获奖选手为他的善行所感动，纷纷代言。

8 月 31 日，"薯牛牛"产品获中国 (国际) 一乡一品产品博览会金奖。

"健康产品不愁卖。现在，公司年产量 10 亿罐，产值 40 亿元，年可消纳红薯 5 万吨。"刘族兵介绍。

（原载《农村新报》2019 年 10 月 13 日）

通城骄子沿海创业回报家乡
王建国：诚信铸大业

"机器24小时转个不停，产品源源不断销往市场，公司没有销售员，订货的都是回头客。"东莞市王氏电工设备材料有限公司总经理王建国坐在办公室笑迎天下客。

一个沿海小厂，为何产销两旺？秋日，记者来到广东省东莞市虎门，现场感受企业家的社会责任和家国情怀，追溯通城骄子王建国的创业历程。

传承：家风家训是处世箴言

"自强自立，家勤则兴，人勤则健，帮扶接济，成人达己……"在王建国办公室，王氏家训赫然在目。这份家训字字如金，句句警策，既是为商的准则也是为人的警句，显示出王氏家族独特的风范。

在王建国的记忆中，父亲印象有点儿模糊。在他两岁时，父亲就去世了，母亲历经磨难拉扯着兄妹6个长大，吃的是粗粮红苕粥，穿的是"百家衣"，尽管家里困难，母亲还是时常接济一些穷人。

后来家里也穷得揭不开锅，幼小的王建国每天带着3只红苕上学，充饥。

"再饿也不能要别人的东西，为人要正派，不能从别人碗里减食。"在母亲的心里，哪怕再苦再穷，也要堂堂正正做人，辛辛苦苦做事，要忠信为本。

"家风"，正是这样一种无形的力量，在潜移默化中，影响着王建国的成长。

帮扶：接济他人是传统美德

苦出来的孩子早懂事。1988年，17岁的王建国南下打工。他的第一份工作在惠东，每天在近50℃的窑炉里，上砖下砖，繁重而简单。当他拿到第一份工资570元时，这个从山里走出来的孩子，从出世起还未见过这么多钱。

王建国忍不住跑到两公里外的公用电话亭，第一时间打电话将这份喜悦分享给远在千里之外的母亲。

砖厂工作没有技术含量，1989年，王建国将目光转向东莞市泰兴电子有限公司。该公司是一家低频变压器、电源适配器等系列产品的开发、生产、销售、服务为一体的综合性高新科技企业。

磨出来的孩子更坚强，王建国心想，一定要出人头地，回报社会。他一步步从员工干到组长再到课长，走向企业中层管理人员。

90年代，南下打工的大潮汹涌，一批批通城老乡涌进广东。由于证照不全、技术缺乏，出现进厂难，夜宿桥洞、露宿荒山的比比皆是，也有老乡找到他，要求帮忙介绍工作，或提供经济资助。

"有困难，找建哥。"王建国有求必应，一时名声在外，邻近的江西、湖南老乡也有人找他帮忙。打工15年，他帮助数百人进了厂，找到了工作，无偿资助老乡各种费用不下10万元，有时出现自己借钱过日子的情况。

来自江西赣江的青年范明路慕名找到他，一声"老表"叫得亲切，王建国二话不说从同事借来一百元钱交到范明路手中。

"人帮人，人抬人，是无价之宝。"回想借钱给别人的初衷，王建国深有感慨，"当初自己出来闯荡时，也是同学帮忙借的钱，才有今天，帮扶别人是传统美德，王氏家训支撑着我一步步走到今天。"

创业：给乡亲一个温馨平台

虎门，林则徐销烟的地方。2003年春，王建国抚摩着炮台，想着东奔西走的父老乡亲，何不筹办一家工厂让乡亲们就业，免受流离之苦。

当年3月，东莞市王氏电工设备材料有限公司成立。开业之初，员工生活费无着落，王建国揣着身上仅有的100元钱走进农贸市场，试着赊点儿油盐米菜回来。

"建哥，你来了！"在一家门店前，一声问候，把王建国惊醒过来，望着眼前这位青年，他怎么也想不起来。

"建哥，你不认识我了，我就是你帮助过的江西小范啊！"

王建国这才想起来，一番客套话过后，他将自己的困境告诉了小范。

"建哥，放心，你在我困难时帮助了我，这忙我帮定了，何况是照顾我的生意。"在现场，小范拍了拍胸膛。

　　厂内80%就业的都是通城老乡，开业之初，工厂连工资发出来都比较困难，是大家一齐帮忙挺过来的，谈到创业的艰辛，王建国感谢大家一路相伴。

　　如今，走进车间，生产正酣，一根根铜蕊电缆在流水线上成型。

　　"客户的要求，就是我们的标准！客户的成功，就是我们的成功！""质量是企业的生命"、"反违章铁面无私，查隐患寻根究底"……一条条标语映入眼帘。

　　"公司专业从事电线电缆设备自动化、电工设备材料开发制造于一体，是珠江三角洲地区最主要的电线电缆设备、电工设备材料供应商之一。"王建国边巡视车间边介绍，"以诚信立足市场、以品质开拓市场"的经营理念，公司日益壮大。为适应市场需求，相继成立了"王氏电工(香港)有限公司"、"东莞市君道铜业有限公司"，带动近300人就业，其中通城籍占一大半以上，并安排多名残疾人就业！

支教：再穷不能穷教育

　　"孝悌为先，忠孝为本；唯耕唯读，恩泽子孙。"

　　王建国由于家境贫穷，放弃上高中的机会，他一个人闯荡，艰苦创业，现在已是3家企业的老总，自己富起来了，但他不忘记家乡父老，特别是家乡的教育事业。

　　20年的打拼生涯告诉自己：一个人没有文化，走到哪里都会吃亏；一个地方没有文化，永远贫穷与落后。

　　再穷也不能穷教育。他开始关注家乡的教育事业，杨塘坳学校围墙护砌，他出资6万元；学校附近安装路灯，他又赞助两万元。

　　简单的出钱出物不能解决根本问题，得建立长效机制，他建立王氏教育基金会，重点奖励马港籍考取大学的王姓寒门学子，人平5000元，村里小孩考上大学，他必专程送红包亲自上门祝贺。

　　王建国的善行，感动着身边每一个人，同时也感染着其他乡贤。在他的带动下，众人投身家乡教育，成立马港慈善爱心基金会，每年拿出6万元情系寒门学子、优秀教师。

　　"一定努力学习，掌握本领，回报社会，将马港慈善爱心基金会的爱心火炬传递下去。"今秋开学季捐资助学仪式上，初三（1）班学生胡奎代表受助学生发言并承诺。

回报：绿水青山尽笑颜

百丈潭水库是通城县母亲河——隽水河的源头，又是县城饮用水供水的唯一水源地，其水源供应和水质安全，事关城区人民群众的生命健康，是城区人民群众名副其实的"大水缸"。

"为了城区人民的饮水安全，为了家乡的绿水青山，请您别乱丢垃圾……"在通往百丈潭水库的路上，记者看到，公路旁的宣传保护水源的告示牌。

"我们这些在外创业的游子，愿意贡献自己的力量，让家乡的水更清、山更绿。"作为马港商会会长的王建国说。

村民介绍，2014年春节期间，王建国、毛绪武、郑金球等12名马港镇在外创业人士提议开展保护家乡水源地公益活动。动员了当地在外经商创业人士100多人，成立了百丈潭水源保护与生态发展促进会，募集了60多万元资金，组建了一个300人规模的"十村公益互助"活动队，建成了两个卫生示范村，还组建了一支10人的环保队，不定期组织志愿者开展集中清扫和环保宣传活动。

"在促进会的带动和倡议下，越来越多的志愿者到库区捡拾垃圾。附近村民环保意识增强了，水库四周的卫生环境越来越好了。"百丈潭水库管理员说。

湘、鄂两省交界的马港，原名九岭，王建国魂牵梦绕的故乡。这里，诞生了通城第一位共产党员；这里，曾是抗日战争时期长沙保卫战湘北前线。马港抗日战线立纪念碑，王建国成为主要赞助人之一。洪涝灾害，扶贫济困，也有他的捐赠（当年家乡6·10水灾及家乡养老院捐款都在他的倡议下）。

王建国就是这样一位有情怀的企业家。

（原载《咸宁日报》2019年9月30日）

周四甫：眼盲手巧"织"富路

一片片细篾条在他手中上下翻飞、左穿右插，不一会儿，一只竹菜篮子就初现雏形。

8月21日，记者走进通城县塘湖镇阁壁村，走近盲人篾匠周四甫。他是一名一级残疾人，克服常人难以想象的困难，不向命运低头，不等不靠不要，用自己的双手做篾艺，编织出脱贫致富路，演奏出新时代残疾人自强、自立、自信的最强音。

子承父业　从小师从父兄学篾艺

周四甫两岁半时因病双眼致残，做篾匠的父亲为了这个有眼疾的儿子长大后有碗饭吃，在他不满10岁时就逼着他学做竹器。尽管年幼的周四甫十分反感，但父亲的威严让他不得不按照父亲的要求，在狭小的房间里用废篾苦学篾功。一个盲人学手艺，得付出常人百倍的艰辛，信奉严师出高徒的父亲，对周四甫的"作品"稍不如意，便棍棒伺候。

在这样提心吊胆的日子里过了三年，周四甫的手艺有了明显的进步。就在这时，这位严父却突然一病不起。临终前，爸爸将周四甫托付给自己的另一个儿子，让他跟着哥哥从师学艺。

哥哥的严厉比爸爸有过之而无不及，这逼得周四甫只能更加勤心学习，他的篾匠手艺也在不知不觉中突飞猛进。

在农村，土箕是积肥常用的工具。因此在农闲时，周四甫无时无刻不在琢磨着土箕的做法。大嫂实在看不下去，于是从家里拿来土箕让他比画着做。周四甫如获至宝，将这个土箕拆了又装，装了又拆，终于掌握了其基本原理，这让他的技艺又有了一次较大的飞跃。

重担在肩　让家人过好日子

在 20 世纪 70 年代，家庭日常用的竹席、竹篮、蒸笼、米筛都是竹编的，需求量较大。那个时候，竹器制品的制作成了周四甫生活的"饭碗"，一家 4 口的生活重担全压在他的肩上。

到了 80 年代，做一天篾匠的工钱还不到两块钱。每当周四甫只要赚足了 5 块钱，他就会到商店以零换整，将这些钱慢慢积攒起来。

1988 年，每天起早摸黑的周四甫好不容易攒齐了 4000 元钱，帮弟弟建成一栋四间的大瓦房，全家人喜迁新居。接下来，他又为了张罗弟弟的婚事，几乎花光了自己的所有积蓄。

时间一晃而过，周四甫也到了而立之年。看到自己孑然一身，他不得不为自己的将来打算。他想着努力赚钱，将来可以娶妻生子，有一个属于自己的家。

1997 年，周四甫在麦市镇七里村做手艺时，遇到了盲人姑娘易一莹。两个年轻人相互倾心，不久便步入婚姻的殿堂。随后两人喜得千金，生活过得其乐融融。

可好景不长，妻子因忍受不了家里的贫穷，从而选择了离开，只留下这对父女相依为命。

妻子离开后，让这个不完整的家过得愈发艰难。周四甫清楚地记得，那是 2005 年的一个寒冬，年关临近，父女俩都指望着将家里的一些竹制品卖了好过年。当时天空正漫天飞舞着雪花，周四甫在嘱咐女儿不要乱跑后便出门了。

雪，越下越大。此时的周四甫只有一个想法，将手里这些菜篮子、箩筐卖个好价钱，然后给女儿添置两件好的衣裳，高高兴兴过个年。

路，越走越远。积雪铺满了村里的沟沟壑壑，他找不到回家的感觉，一不小心跌下几米深的陡坡，任凭他怎样呼喊，周围也寂静无声。

这时在几公里外的家里，独自在家的女儿却不小心将钥匙掉在屋里，结果自己被锁在屋外进不去，在门口号啕大哭。

等到晚上 8 点，当周四甫好不容易忍着疼痛摸回家时，发现女儿已经冻得瑟瑟发抖，蜷缩在墙脚睡着。他知道情况后再忍不住，一把抱起女儿，父女俩抱头痛哭。

从那时起，周四甫就发誓：从此以后一定不会再让女儿受委屈，并用自己的双手让女儿过上幸福的生活！

用心揣摩　　过硬手艺赢得口碑

只有甩掉贫困这顶"帽子"，才能给女儿带来幸福。周四甫明白，幸福的生活不是等来的，只有自己挽起袖子加油干，幸福才有可能降临。

"竹器品制作主要经历选竹、砍竹、破竹、劈片、剖篾、撕篾、刮篾、定型、固边、编篾、锁口等10多道工序，全是手工操作，每一道工序都有讲究，环环相扣……"对于自己手艺活的每道工序，周四甫都熟记于心。

周四甫十分注重篾具的质量，所用的材料都要经过精挑细选。从竹子的挑选，到每一块竹篾的长短厚薄，他都会仔细揣摩、精心制作。

破竹劈片后，将竹皮竹心剖开，分成青篾和黄篾，青、黄分明。

最能显示篾匠手艺的环节就是撕篾。只见周四甫手来手往，刀起刀落，把篾片剐成薄薄的十余层篾条，每一片看着好像比纸片还薄。

多年的篾匠生涯，使周四甫的手指对篾条十分"敏感"，经过他的手拉出来的篾，厚薄匀称，细腻柔软。

凭着过硬的竹编技术，周四甫在当地是"东家请，西家接"，从来不会缺少生意。周四甫抱着感恩的心态，接了活从不失信，随请随到；平时帮村民做一些应急篾具，也不收一分钱；邻居给他买烟或留他在家里吃饭，他也会婉拒谢绝。"帮助别人就是帮助自己，人活在世上就是要多帮助他人。"对自己的做法，周四甫如是说。

周四甫所卖的篾具的价格并不高，他深知每个人的钱都来之不易，所以他的篾具每个都是物美价廉。

周四甫的为人处世颇受大家好评，一些好心人便给他提亲。但为了不让女儿受委屈，周四甫对自己的"个人问题"十分谨慎，对来提亲的人并没有轻易点头。直到2013年，他经人介绍，认识了现在的妻子陈艳华。

跟周四甫一样，陈艳华也是个苦命人，丈夫早逝，一个人拉扯着3个孩子长大。正是有了相似的经历，让陈艳华深知一个人"既当爹又当妈"是多么不易。陈艳华表示，在组成新的家庭后，她会尽最大的努力当好后妈这个新角色。

另外，周四甫的女儿也十分懂事。现在已是武昌工学院大三学生的周金艳深知父亲的不易，放假在家，她不但忙里忙外做家务，还利用自己的所学在网上晒出父亲的作品，进一步帮助父亲的产品打开销路。

感恩社会　　带着乡亲共同致富

当地政府并没有忘记周四甫。他早年享受残疾人"两补"政策，父女俩也被纳入低保。

2013 年，当地政府把周四甫家列入精准扶贫对象的贫困户。这让周四甫感受到党的温暖，激励着他走上脱贫致富的道路。如今，除了有编竹制品的收入，还有其他的种植收入，这让周四甫一家的日子越来越好过。

为了回报党和社会，周四甫将自己的篾工技术无偿传授给周边村的 3 户贫困户，带动他们一起编织竹制品脱贫。

贫困户金祖望在周四甫的带动下，利用屋后丰富的竹资源，编织箩筐、簸箕等各种日常生产、生活用品，生活渐渐有了起色。

"女儿已经上了大学，让我很有成就感，觉得再辛苦也值得。"周四甫摸着手上的伤痕和老茧，觉得自己现在的生活过得很充实、很幸福。

"竹器的没落，主要原因是产品单一和销售渠道跟不上时代"。周四甫憧憬着未来，希望有更多的年轻人参与进这项中国传统技艺中来，培养出新一代的竹编能手；利用村里丰富的竹资源，成立合作社，将原来主要编织簸箕、撮箕等生产生活用品，融入时尚元素，突出编织产品实用性、艺术性、观赏性、收藏价值为一体，实行产品研发、生产、销售一条龙服务，带动更多贫困户致富。

尽管周四甫的眼睛看不到，但他的心里充满阳光，对未来生活充满信心。

（原载《工人日报》2019 年 8 月 26 日）

毛绪武：一腔热忱护碧水

巡查水库，打捞漂浮物，成了毛绪武返乡回门的第一件事。

为守护百丈潭这一库清水，身为通城县百丈潭水源保护与生态发展促进会会长的他，二十多年痴心不改，守护一库清水，被群众誉为"环保卫士、护水楷模"。

乡愁：护水的原动力

20世纪90年代，毛绪武在沿海一带打工，他苦学技术，勤于钻研，善于创新，为企业取得了多项技术突破，创造了可观的经济效益。广东东莞市那方热土，让他赢得了立足之地，收获了成就感，奠定了事业的方向。

他并不满意这里的环境：墨水一样的小河，刺鼻的气味，灰暗的天空。"喝水我都不放心，一年买矿泉水都要花上千块钱。"谈到所在地的污染，毛绪武满是痛心。

"如果我的家乡也成这样，要这些高楼大厦有何用？要那些车水马龙有何用？"毛绪武表情凝重，是自问，又是责问。

远在千里之外的家乡，通城县马港镇平湖村，是毛绪武的出生地，一如其名，高山平湖，满目青翠，碧水长流，鸟鸣山幽，"在小河里捧一口水，甜到心里！"回忆在家乡的生活，毛绪武总有无限神往。

加之他的家乡在百丈潭水库上游，百丈潭水库是通城县城十几万居民的饮用水源地，长江支流陆水河的发源地。

对青山绿水的无限眷恋，让毛绪武不管走得多远，家乡的山山水水总在他梦中萦绕，生态环保理念自然深深烙在他心中。

而这一缕乡愁成为他守护生态的精神底蕴和原动力。

20世纪90年代，他并不富裕，却出资出力，为村里修了一条400米的公路。为让村庄美起来，他三次到崇阳买树苗，对村庄进行全面绿化。

"绿树村边合，青山廓外斜。"成了平湖村毛家屋场的写照。

外出打工、创业二十多年来，他转战多地，最关心的总是环境。

"习近平总书记提出，绿水青山就是金山银山，环境就是民生、青山就是美丽、蓝天也是幸福——真是令我激赏！"昨日，记者采访他时，他激动地说。

倡导：护水的自觉行动

生活污水乱排滥放，请客时一次性塑料用品大量使用，随意丢弃，致使河道淤塞；种植时施用化肥农药，让水不再清亮，气味不再清香——这是二十多年前，百丈潭上游的情形。面对此情况，有人惊呼：百丈潭的一库清水还能保住吗？隽水镇十多万居民的这缸饮用水还能让人放心吗？

秋日，记者走进位于百丈潭水库上游的平湖、高峰、金山等村落，处处让人爽心悦目，干净整洁的屋场，见不到一点儿垃圾，房前屋后让人倍感清爽；绿色垃圾桶立在村庄前，似在提醒着村民：请保护环境，别乱扔垃圾。

发生巨变源于毛绪武的生态启蒙和倡导——

十多年前，经常回家的毛绪武感受到了家乡环境的变化。最令毛绪武引以为自豪的家乡山水，却让他产生了深深的忧虑。经调查，他了解到近年来，随着农村生活水平的提高，及人们环保意识的滞后，一系列污染现象令人心痛，乡亲们却习以为常。

"决不能让广东先污染再治理的老路，在我们这个山村重演！"毛绪武多次对乡亲疾呼。

毛绪武知道，乡亲们的生态观念不树立起来，生活陋习不改变，保护环境永远是一句空话，因为生活在这方水土的人们才是环境的创造者、获益者。一场让乡亲守护生态的思想启蒙运动开始在山村上演：

——制作108件义工服，向水源地8个村的村委会成员及党员赠送。义工服上标语醒目：保护环境，人人有责。如同108面鲜红的流动旗帜，时刻提醒着乡亲不要破坏环境。

——组织八个村支书登大金山，共同商议发展，统一保护水源。

——收集百丈潭一带故事，组织撰写近百篇宣传文章，在网站上发表，唤起人们对百丈潭生态的关注。

——组织大学生到百丈潭开展生态环保宣传一日游，对百丈潭饮用水源进行调查，让大学生了解家乡、热爱家乡，共同参与生态建设。

——在八个村的进口位置树立大石碑，刻下宣传标语。制作10件大型不锈钢保护水源宣传牌及40件小牌，遍立水源地，时刻提醒乡亲，潜移默化影响着他们。

——每年正月初四，组织8个村村民代表和协会成员，共同商讨护水措施。

——建保护水源地公众号，设计百丈潭水源保护商标，以政协委员身份，连续两年撰写保护百丈潭水源地提案，两年连续航拍水源地，制作宣传挂历500份……

由毛绪武策划、组织的一系列宣传教育活动，如春雨一样洒向百丈潭水源地近万名乡老乡亲的心中，让生态的种子在他们心中萌芽。

"没有毛绪武十多年的宣传发动，老百姓哪有这样深的触动？现在大多数村民都有生态意识，保护环境成为一种自觉行动。"高峰村支书由衷感叹。

"生态环境好了，特别是村民的思想觉悟提高了，我发展生态农业的信心也增强了。"曾被授予"全国农业科技示范户"称号的高峰生态农业负责人吴海燕说。他投资的生态茶园、有机稻，已成为通城特色产业之一。

力行：水更绿、山更青

守护青山绿水贵在带头行动，毛绪武在当地创造了多个第一：

第一个建房用双层化粪池。当时砖匠还不会做，毛绪武根据自己在外面学来的方法进行指导。农村一度用旱厕，造成环境污染。他开风气之先，一时成为引领。

第一个承包荒山。在大金山流转 600 亩荒山，至今投入数十万元，遍植树木。"我承诺不砍一棵树卖！保护青山常在，绿水长流，至今说到做到！"原先当地一年多次发生的滑坡，现在得到有效控制。

第一个为村里安装路灯，让平湖这个僻处深山一隅的山村，在晚上亮起来。

多项第一，源于他的见识，源于他的思想，更源于他对这方水土的厚爱！

多年为百丈潭水源地的奔走呼号和持续投入，让毛绪武赢得了社会的广泛认可，被推荐为通城县政协委员。

2016 年 3 月，通城县百丈水源保护与生态发展促进会成立，毛绪武被一致推举为首任会长。

"我一定为这方水土鞠躬尽瘁，决不辜负全体乡亲与全县人民的厚望！"掷地有声的表态，赢得了现场与会人员热烈的掌声。

毛绪武深知，要守护好这一库清水，自己必须行动起来，带头投入，做好示范。

他首先在自己的老家建生态示范小区，全面对塘、井、路灯、饮用水等进行改造，对垃圾集中处理，生活污水分户分层净化。同时打造两个卫生示范村，在水源地核心村平湖及高峰，购买两台垃圾车、200 个垃圾桶，让环境焕然一新。至今他无偿投入资金近百万元。

"只要换来山清水秀，付出值得！"望着从百丈潭水库哗哗流向远方的一渠清水，毛绪武无限欣慰地说。

（原载《咸宁日报》2019 年 3 月 15 日）

桂宏伟：雕塑美丽人生

100 位湖南历史名人胸像聚首通城，一个个聚集在一个长 1 米、宽 0.5 米的基座上——工艺美术大师桂宏伟用我国古老的泥塑艺术将他们栩栩如生地呈现在世人面前。

昨日，记者走进通城县一中桂宏伟雕塑室只见到湖南 100 位历史名人胸像神形兼备，或面带微笑，或神情肃穆，或满脸慈祥，或双目炯炯，或眉头紧锁，或笑容可掬……100 位名人，100 种性格，100 个传奇人生，在桂宏伟创作室中充满生机，让寒冷的冬天洋溢着春意。

"自拿起第一坨泥巴从事雕塑这个行业，至今已是 20 多个年头了。"说这话时，桂宏伟把玩着泥巴，用那双深藏在眼镜后笑眯眯的细眼打量着我们，品味着不寻常雕塑之路。

打工学艺

1993 年正月，桂宏伟从北港镇一小学美术教师的工作岗位保职停薪到深圳打工，当时正是南下打工热潮，找个工作相当不易，每次好不容易进个搞美术设计的厂，由于没有工作经验，没几天就被辞退，一旦被辞退，就意味着食宿没有着落，只能在野外的山地、桥底、坟沟里过夜，饿饭是经常的事。过了两个多月这样的日子，才找到第一份较稳定的工作，混进了深圳沙井一工艺厂做美术设计师。

他只在师范学过绘画，为了生存，不得不当着老板说自己有几年工艺设计经验，凭美术功底蒙混过关。但厂里共有六位设计师与雕塑师是蒙不过关的，为了得到同行的帮助，桂宏伟包做他们的饭菜、打扫卫生、洗衣服，经常把工资的大半都拿出来请客。

真诚赢得了同行的感动，都尽所能地指导，教他技艺。

一天，他设计的一幅图纸让客户十分满意，老板要雕塑师照着图雕塑出了一件礼品。见到自己设计的图纸被雕塑成如此精美的作品时，他无比激动！要是自己能做雕塑该多好啊！说干就干，他找来一坨泥巴雕了个兔子试试，不想雕得极像，"难道我有雕塑天赋？做泥塑是我多年的愿望，现在有这么多好师傅，不能错过机会啊"，他暗暗发誓狠心学艺，一定要成雕塑师。

于是，他除了正常上班时间工作外，一块精雕泥 24 小时放在衣兜里，一有空就拿出来练上几刀，上厕所都不放过那几分钟时间，晚上睡觉前还要拿手电筒躲在被窝里雕上个把小时。

就这样熬了半年，他的技艺水平慢慢上路，工资待遇也越来越好，终于学会了雕塑。

结缘大师

由于自己只是一个艺师毕业的文化底子，与人竞争，总感肚子货太少，有点力不从心，去大学深造，是他梦寐以求的愿望。经过几年打工积累，攒足了上大学的学费，1998 年，他终于考入湖北美术学院雕塑系。

在美院脱产进修的三年，他除了刻苦学习外，还广交老师、同学朋友，掌握大量人脉资源。

2001 年 6 月，大学毕业后，他依然回到了深圳，在湖美雕塑系主任的介绍下，有幸投在原中国雕塑协会主席钱绍武教授麾下干了两年，钱教授回京后，把他推荐到了当时广东最大的雕塑厂——"深圳荣联雕塑工艺厂"。

该厂主要开发国外各种大小雕塑样版，这里有来自全国 120 多名雕塑大师。他所在的雕塑部的经理是香港雕塑界极负盛名的朱光荣大师。

他第一次雕的是个二十厘米高的米老鼠，他内心付之一笑，做这么简单的东西，不大材小用吗？接过图稿，他两天就弄得差不多了，仔细审查没有什么问题，才拿给朱经理看，心想一定会得到夸奖，没料到朱经理一看就变了脸色，大斥道："你就这个水平呀？"说着，把泥稿拿过去用雕塑刀改动了几处，每一处都精准到位，他大惊，敬服之情油然而生……

不到两三分钟就把他所有的大型细节全部改好了。这是他从来没有领略过的，而且朱经理修改方法与学院派不同。

桂宏伟边在大师指导下边改，边用心记，比如：鼻子短又凹，少了体积，不是传统的加泥巴后再塑，而是先用雕刀把需要修改的部分像切豆腐一样削开，然后垫上泥巴，再把鼻子从中间切断移开，在移开的沟里塞上泥巴，这样就节省了很多修改时间。

这么多雕塑师的泥雕作品，每件作品朱经理都要亲自过手，通过他这么一拨弄，一个一般水平的泥塑小稿立即变成造型优美、形体准确的高水平之作。

桂宏伟真是开了眼界，不由得称奇，人生路上又遇到这样的高人，幸运中的幸运啊！

在这里，桂宏伟一干就是三年，由于广东气候变化不大，加之整天忙于工作，与这么多高手浸润磨研，有时竟然分不清春夏秋冬。技艺水平也与日俱增，为以后从事这个行业打下了坚实的基础。

技惊湘鄂

100位湖南历史名人栩栩如生、惟妙惟肖，为临湘这座城市增添了一份历史的厚重；16米高的"嫦娥奔月"像屹立在湖南民族学院，增加了校园的文化气息；高4.2米、宽12米的智取汀泗桥巨型浮雕展现在咸宁人民眼前，再现当年烽火……这些出自桂宏伟之手的雕塑技惊湘鄂，也算是他回报家乡精美之作。

2004年年底，湖美雕塑系几位老师到深圳旅游，参观了他的雕塑后，语重心长地说："你的水平比毕业时提高了很多，技艺很全面，要是回内地发展，一定有广阔的市场空间。"

于是，2005年5月，他回到家乡通城一中后创办了自己的雕塑室。这个仅60平方米、由简易工棚改造而成的工作室，吸引了诸多来自湖南长沙、武汉、咸宁等地的名人慕名而来。有一次，他无意中听到临湘一位创业成功人士准备出资一个亿，在当地打造世界第一碑林博物馆，并集中展出湖南100位历史名人的雕像。

桂宏伟知道这是一次难得的机会，他带上几件作品照片赶到临湘，毛遂自荐，二人相谈甚欢，那位先生被桂宏伟的作品深深吸引，当即决定将100名人的雕像交由他制作，还赠送了《湖南100名人排座次》书给他参考。

面对对方如此的信任，桂宏伟受宠若惊，他把所有的精力都投入到名人像的制作中……熟读名人传记、翻阅经典文献、查找历史照片、琢磨人物特征、研究服饰搭配，哪些人物的头正立，哪些人物的头偏左或偏右，他不放过任何一个细节。

为了做好最常见也是最考验技艺的毛泽东像，他选取了天安门城楼的毛主席形象，泥塑经过十多遍反复修改后，请美院的老师指出问题并精心修改。

深夜中，他关了灯，点亮蜡烛，从头顶的中央一直照到雕像的下颌，脸部两边是否对称一目了然。他还把泥塑照的相在电脑上处理成线描效果，与名人照片一重叠，哪里不像一下就看出来了。

他对人像精准度的追求严苛到难以想象。一天，桂宏伟偶然发现同校有个老师有点儿像刘少奇，他马上请他做模特，寻找有利于创作的蛛丝马迹。

名人像太多，他就带上相机去老人院和超市门口等人多的地方，遇到一个有特征的老人，他二话不说，上前递上一支香烟，拍下他们正面、侧面、仰面等各个角度的头像照。有的还要精细的量好尺寸，头顶至下颌、两耳之间、眼眉之间……

100 名人像中目前有半数已经制成入馆，参观者无不翘首惊叹……

名人像的创作让桂宏伟在湖南声名鹊起，湖南民族学院的校领导马上找到他，将制作"嫦娥奔月"雕像的任务交给他。

嫦娥像高 16 米，是桂宏伟承接的第一个如此大型的城市雕像。他丝毫不马虎，马上翻遍了所有关于嫦娥奔月与飞天的原型，并结合了一些现代的元素，精心手绘了一个动态的嫦娥形象，又做好高 1.6 米的泥塑样稿，请多名湖北美院的教授"挑刺"。

经过无数次的修改、推敲，并得到校方的大力赞赏后，优美的嫦娥奔月像终于落成，已成为该校一座标志性建筑之一。

宏伟梦想

"现在谈业务的越来越多，生活也越来越好，但我对雕塑这件事的热爱从来没有变过"，桂宏伟总是说，自己是幸运的，因为自己的执着、认真，还有学校领导、家人和朋友的理解支持，所有才能每天从事着自己热爱的事业……

为了给他创造一个安静舒适的创作环境，通城一中将原基建的工棚交给他，当作做雕塑的"一方静地"，虽然只有 60 平方米，房顶盖的是简易的石棉瓦，但桂宏伟多年来一直把这里当作第二个"家"。

每天早 6 点起床，晚上 12 点回家，忙的时候就在棚子里搭个小床睡觉……走进桂宏伟的工作室，里面各式各样的泥塑、铜像、浮雕占满了小小的空间，对雕塑的痴迷甚至让他忘记了何年何月是春夏还是秋冬……

桂宏伟个子不高，皮肤黝黑，看起来有点儿内敛。无论是学校的老师和跟他有过来往的客户，对他都赞赏有加。

桂宏伟时常感恩一路给过自己很多帮助的"艺友"们，在咸宁、武汉、广州，只要桂宏伟一声招呼，一批爱雕塑的老师和朋友们就会出谋划策、鼎力支持。每次有大的雕塑任务要人手帮忙时，老师、同学、艺友们总是呼之即来，来之即战、鼎力相助；大家同甘共苦、齐心协力，紧张的创作中共享劳动的快乐；挥汗如雨、热火朝天的工作场面总是令人激奋回味。每当作品完成，客户的笑脸，参观者的赞叹，化作一股春风，吹散所有的疲惫与艰辛，心中涌起无限自豪。

爱人把家里打理的井井有条，从来不让他费心；一双儿女，学习成绩好，也从来没给他带来什么烦恼忧虑……幸福的家庭让桂宏伟能沉浸在自己的"雕塑王国"里，他的付出也得到了回报，作品得到社会公认，订单连连不断，2010年入选湖北省工艺美术大师，成为咸宁市十大优秀美术家中唯一的雕塑家。

"只有拼出来的人生美丽，没有等出来的人生辉煌。"这条格外显眼的字条在室内墙上激励着他为雕塑奋斗一辈子，"人的一生很短暂，个人的精力也有限，而我想做的就是用心用雕塑美丽人生！"

（原载《咸宁日报》2014年6月3日）

躬身扶贫惠百姓

——记望湖村第一书记郑卫平

早上围着村子转一圈，看贫困户家冒没冒烟。郑卫平的军人晨练习惯一直没变。

望湖村不大，三十几个屋堂散落在大盘山下，村民傍山溪而居。

郑卫平一路小跑，碰到下田地的老百姓忙不迭打招呼，"郑书记好！"

村民的问候声在山村晨雾中甜甜的。

郑卫平本是咸宁市社会管理网格服务中心主任、市委政法委工会主席，2016 年 5 月，受市精准扶贫指挥部的委派，到通城县任咸宁市驻通城县精准扶贫工作团团长，并兼任塘湖镇望湖村工作队队长和村第一书记。

"郑书记是真心来帮我们的！"

今年 54 岁的郑卫平第一次到望湖村心是凉的：望湖村是省级重点贫困村，全村总人口 1567 人、411 户，有 293 户贫困户、816 个贫困人口，全村 40 岁左右的单身汉有 39 人。

村子偏远，距离通城县城一个多小时的路程没有一脚好路，个别村组还没有通公路；基础设施几乎为零，垃圾遍地，污水横流，村民矛盾重重，纠纷不断…

走家串户，跑田间地头，郑卫平一一把脉望湖村，发现造成村贫人穷的原因是多方面的，根本原因是思想贫困，没志向。

他多次召集市直各驻通城工作团的工作队长和队员开会，一起分析各驻点村的有利条件，寻找各驻点村的特色和特点，树立脱贫致富的信心和决心。接着，他又多次走乡村、入农户、宣传政策，把望湖村每家每户特别是贫困户家里的情况掌握清楚，摸透他们的心思，帮助他们树立"勤劳致富"的志气，实现从"要我脱贫"到"我要脱贫"。

村里有三个孩子因贫失学，郑卫平帮他们联系咸宁职教集团，办理"雨露计划"，购买学习生活用品，接到家中改善生活……郑卫平一人在望湖村帮扶带动贫困户叶志刚、黄长蒲、邓四昌、万五梅、吴明谷等 10 户发展养殖、种植业……

"郑书记是真心来帮我们的！"村民万利生本人弱智，妻子残疾，属于危房户，扶贫工作队帮他家在村里异地盖起新房，送来猪崽、鸡崽，指导他家养猪养鸡，就近在基地务工，日子有了生机。

郑卫平驻村后没时间看电视，每天晚上吃完饭后，村组里哪儿人多，他就往哪里坐，哪家有什么矛盾，他就去哪家帮忙化解。

化解"三难"群众有了幸福感

行路难、喝水难、通信难长期困扰着望湖村村民，制约了当地经济发展。

在郑卫平的带领下，驻村工作多方筹资、牵线搭桥，把水泥路修到了各家农户，让家家喝上了自来水，家家通了网络。

同时，针对村里轻养厚葬、一次性餐具满地乱扔等陋习，郑卫平特意筹资购置了鞭炮机、礼炮机和餐具，专程为村里有红白喜事的村民提供上门服务，杜绝了环境污染，起到了移风易俗的作用。

另外，工作队还筹资对村河道进行维修改造，购买垃圾桶分发到家家户户，聘请 7 名贫困户负责打扫村组卫生，购买环卫车收集垃圾，引导村民养成讲卫生、爱清洁的习惯，提升黄袍山百姓的幸福感。

"精准扶贫就是为百姓减穷增福"

"其实望湖村遍地都是宝，村民睡在金山上，讨饭吃。"郑卫平刚进门，鞋上沾满黑土，甩也甩不掉，他拿到省里一化验，是富硒土，含量还蛮高，他高兴得山上山下跑了一个星期，摸清了村里的资源家底后，一脸兴奋。

他逢人便说，黄袍山主峰华罗寨生长着珍贵的"活化石"树种红豆杉，还有风光秀美的高山水库，有千年兰若古寺，更有丁家红军洞、烈士陵园、革命母亲黄菊妈等一系列红色资源，具备发展特色种养殖业、红色旅游业、休闲观光业的优势。

郑卫平深知，产业是脱贫之基。在他的带领下，望湖村利用富硒土地资源，引进种植大户流转荒山，种植油茶、蓝莓、八月瓜、脆枣、杨梅等经济作物，并开发百亩玫瑰基地；

村集体建成光伏发电 63 千瓦，新建农家乐、农家旅店、蓝莓试种基地、富硒蔬菜试种基地、入股油茶基地；

对有劳动能力、没有致富门路的贫困户，郑卫平和工作队坚持因户施策，为他们购买两头乌崽猪、鸡苗、豚苗、鹅苗等，鼓励贫困户勤劳致富。

去年，望湖村贫困户养殖增加收入累计 40 多万元，贫困户及农户在家门口"扶贫车间"务工增收 80 余万元，村集体收入由 0 元增长到了 15 万元。

如今的望湖村，一条宽阔整洁的沥青路直达村组，一间间整齐的楼房耸立溪旁，村广场、公园点缀在青山绿水间，富硒蔬菜、农产品勃勃生长，向人们展示出祥和、安康、富强的农村新景象。

（原载《咸宁日报》2018 年 7 月 2 日）

扶贫一线的"老黄牛"

——记通城县六旬检察官纪旭东

"电焊资格证拿到了没?"刚看到魏文斌,纪爹就关切地问道。魏文斌是纪爹帮扶的贫困户。纪爹在初次入户走访时候就了解到魏文斌会电焊的技术,当即就鼓励他去考电焊证就业创收。

"有了电焊证每个月至少能多拿 2000 多。干一样的活,工资高那么多,纪爹的话不仅暖心,还比千金贵啊!"魏文斌笑得合不拢嘴。

纪爹是湖北省通城县关刀镇黄丰村村民对通城县人民检察院四级高级检察官纪旭东的亲切称呼。今年 3 月份,因单位机构改革,人手不足,只有两个月就要退休的纪旭东毅然接受组织选派,出任关刀镇黄丰村第一书记。

俯身为民替群众脱贫分忧

"纪书记每天到这里跑几次,蹲在大棚里看这个菜势长得怎么样,云溪漂流在这个地方,搞点儿经济作物,种点儿圣女果和西瓜,纪书记建议我搞的,认为这个价格可以,好卖。"说到纪书记,黄丰村云水湖种植养殖专业合作社负责人王六民总有唠不完的感谢。

去年 11 月份,王六民搭了 10 多个大棚,但因选择品种不佳,效益不太理想。纪旭东得知这一情况后,立即到城区菜市场、水果市场去了解当前蔬菜、水果的销售情况,并建议他改换品种,扩大规模,捆绑更多贫困户一起发展致富。

如今,天气逐渐炎热,前来云溪漂流游玩的旅客纷纷到王六民的大棚里采摘果蔬,体验农家生活的同时也给王六民及周边贫困户带来可观的收入。

"扶贫效果好不好,关键看产业发展好不好。只有把贫困户当作自己的亲戚朋友一样关怀,问计民生才是最扎实的扶贫。"纪旭东常说。

今年 42 岁的贫困户李龙辉,之前在外务工。为了方便照顾家人,他决定回家谋事创业。纪爹了解这一情况后,积极帮助他争取扶贫贷款,发展养殖业。

"刚开始养鸡的时候，水电不通。纪爹就主动找到我，帮助解决水电问题。养鸡过程中遇到什么困难，纪爹都是第一时间替我想办法解决。"李龙辉说。

只要有空，纪旭东就会去李龙辉的养殖场去问长问短，关心养鸡的情况，问鸡长得好不好，怎么样了，长大了没有，有什么问题需要解决，还帮助他争取扶贫贷款……

在纪旭东心中，扶贫就是把贫困户当亲人、当朋友，尽心尽力为群众办实事、办好事。

他包保的贫困户魏凤海，母亲患冠心病、高血压，妻子精神失常。家里房屋时常漏雨。纪旭东了解情况后，回村委会跟大家伙一合计，帮助他家申请危房改造。

黄丰一组的黄金来，是计划今年脱贫的低保贫困户。妻子智障，父亲残疾，两个小孩，大的在幼儿园读书，小的才两岁，一家四个低保，就他一个劳动力。纪旭东在村里查看台账资料时了解他家的大致情况后第一时间去他家入户走访，当时正好赶上黄金来与旁边邻居发生纠纷。

经了解，原来是附近三户的电表没有分户，共用一个电表，因为电费缴纳你多他少产生纠纷。纪爹实地查看电表后还发现三家的电线还是裸线，存在重大安全隐患。看在眼里，记在心里。

第二天，纪旭东就带领驻村干部一起去找县供电公司反映情况，顺利完成立项申报，最后决定帮这三户进行电表分户，并更换有绝缘保护层的电线，确保这三户用上放心电。

针对黄金来自身缺乏资金、发展力不足的实际情况，纪旭东和村两委班子一起帮他制订了脱贫计划，帮助他申请小额贷款两万元购买了十几头牛发展养殖业，还安排他在村里公益林担任护林员，一年就多增加4000元护林收入。

纪旭东用一个老检察干部对老百姓的深情厚谊，深深感染着每一个贫困户，真正成为群众身边的亲人和朋友，换得广大贫困群众对他一声亲切的称呼"纪爹"。

走村入户为村级发展解忧

黄丰村地处关刀镇云溪库区、山区，人均年收入低于全镇平均水平，经济基础薄弱，发展水平落后，属于省定贫困村。

为了把扶贫工作落实在点子上，纪旭东在驻村之后，按照"先要情况明，才能思路清"的思想,对全村进行实地走访。短短的两个月时间,他对全村未脱贫的 86 户 293 人进行了逐户摸底,对自己包保的贫困户更是了如指掌。

初来黄丰村时候,村里就一台电脑。精准扶贫工作时间紧、任务重,加班加点是常态。纪旭东回到单位向单位负责人反映情况,看能否从院里闲置的电脑中拿一台电脑去村里办公。单位领导当即就同意了,表示全力支持精准扶贫工作。

为了将扶贫政策宣传到户,纪旭东不仅自己首先读懂弄通,而且还给院里参与扶贫的 30 多位干警集中上课,讲政策,传经验,确保各项扶贫的惠民政策落在实处。不仅如此,他还充分发挥自己的职业优势,为贫困户提供法律咨询,解答难题。

2018 年,黄丰村计划实现着整村脱贫出列。面对新建村党员群众服务中心、硬化亮化通组公路、村庄环境集中整治等多重任务,纪旭东率领县乡驻村干部及村两委班子成员一起谋规划、出点子、看现场。每一张图纸、每一份表格、每一个报告,他都亲自查看审定,每一件工作、每一个项目、每一项工程,他都亲自上阵督办。

夜幕降临,村委会的灯火依旧明亮!纪旭东扶着高度近视眼镜还在查看新办公楼设计图纸。为了尽早启动项目施工,纪旭东反反复复不知道熬过了多少个深夜,哪怕是睡着了脑海里翻腾的全都是工作上的事。

勤勉尽责为扶贫攻坚助力

来到纪旭东住户方金平家里,推开了二楼洗手间旁边的卧室房门,映入眼帘的是一张床,床单被罩整整齐齐。右边墙角放着柱形衣架,蓝色衬衣和黑色长裤有序地挂着。左手墙边依次摆放的是一双雨鞋、一把椅子。最显眼的是床头放着的工作笔记本、资料和一把雨伞。

"纪爹每天天刚亮就起来了,第一件事沿着关云公路到云溪水库大坝上走一个回来,一路上还琢磨着贫困户反映的问题。回来之后就在工作笔记上记上一笔,才下楼吃早餐。"方金平说道。

"纪爹现在工作吃住都在村里,五天四夜是基本,周六、周日有事加班是常态。短短的两个月时间,就有二三十人向纪爹咨询扶贫政策和法律知识。他对村民反映和咨询的事情从不推辞,有求必应,村民也乐意跟他聊天拉家常。"镇驻村干部邓主任说道。

用纪旭东自己的话说：精准扶贫是党的一项中心工作，自己作为一名党员、一名检察官，应该服从党组织的决定，做精准扶贫工作，我自己也认为是作为一名党员应尽的职责。我虽然到了退休的年龄，如果组织上需要，自己还是乐意尽一份职责，把精准扶贫工作抓下去，做得更好。

（原载《荆楚网》2018 年 6 月 11 日）

姜明：在研磨中砥砺前行

8 月 2 日，在通城县工业园区内，湖北明仁研磨科技有限公司董事长姜明在生产车间，了解生产情况。

8 月 2 日，在通城县工业园区内，湖北明仁研磨科技有限公司的生产车间里，先进设备快速运转，从配料到检测、包装一条龙式全自动化生产紧张有序，工人密切关注着数据变化和生产情况。生产线上一卷卷砂纸刚下线，就销往全国各地。

"砥砺和诚信让我们的磨具走俏大江南北，赢得了广大客户的信赖。"该公司董事长姜明慷慨激昂地说。

磨难练就坚韧

姜明，1976 年 4 月出生于麦市镇金麦村，家中仨兄弟，父母都是典型的农民，由于家庭困难早早就离开了学校在家干活。1994 年，18 岁的他为了走出大山，满怀憧憬来到县城的玉立集团上班，哪知却被分到北港镇的分厂车间做一名普通的棉纺工。为了坚持走出山外寻梦，三年后他又毅然告别车间，投身到砂带销售的队伍中去。

1997 年，姜明迈出了离开家乡闯天下的第一步：投奔到在成都做砂带销售生意的舅兄处，跟他学砂带销售。他首先给舅兄做助手，给他做饭，给他送货。在学到了一定的销售经验后，开始独立跑砂带销售。起初非常困难，他没有资金、没有人脉，租一间廉价房子，用45元买一辆旧自行车，整天骑行在成都市内，跑遍每个角落，跑遍每一家有需求的单位。有些单位门难进，领导脸难看，他锲而不舍，一次次登门，一次次给对方投以真诚的微笑，终于感动对方，成为了他的砂带客商。

就是凭着这种山里人特有的韧劲和诚意，他开启了成都紧闭的市场大门，每年砂带销售额超百万元，成为了业务员中最出色的一员。

创新成就事业

2006年，姜明做砂带销售业务积累了一定资金后，返回通城创办明仁贸易公司，主要经营磨具砂带产品。2013年又投入资金3500多万元，创办了湖北明仁研磨科技有限公司。

目前，公司拥有国际先进水平的多功能自动化生产线一条，高级纸基处理线一条，拥有专门研发机构与专业实验室，年生产各种纸砂带1000万平方米，年产值2000多万元。拳头产品"狮霸"系列不仅畅销全国各地，而且还出口到越南、印度等东南亚地区国家。

该公司注重环保产品材料的生产开发，投入200多万元，回收生产废气，完善了环保生产设施。创新研发的耐水耐磨砂纸、防静电防堵塞砂纸、一种自动涂胶设备、一种涂料前基材表面处理设备、一种耐油砂纸、一种防滑砂纸、薄膜砂纸等系列产品，获国家知识产权局授权的专利保护。

真情回馈社会

姜明秉持诚信，坚守客户至上的理念。有一次徐州有一客户要货很急，走正常的物流延误时间，姜明亲自驾着小车直接从通城把客户需要的产品送到徐州，客户非常感动。

他用实际行动关心员工，每月发工资及时，在员工中设增产奖，实行优绩多酬。公司有个技术员家庭建房子，因为不熟悉报批流程，姜明亲自为他找有关单位领导，帮他选地址，帮他办手续，直到把房子建成。

2000年，金麦村修路，那时他创业刚起步，急需资金投入，却捐给家乡5000元。2017年在通城县精准扶贫慈善晚会上，他个人捐款一万元。他也获得了政府和社会各界的广泛称赞，他的公司被广东省磨料磨具专业委员会聘为常务副会长单位，被湖北咸宁市评为"守合同重信用企业"、被县国税局授予"A 级纳税人"。个人也于 2017 年当选为通城县政协委员。

（原载《咸宁日报》2018 年 8 月 6 日）

彭苏：20 载孝心诠释大爱

一夜的绵绵春雨，搅得彭苏难以入眠，他三番五次爬起来，来到哥哥的床前，掖被子，倒开水，提醒哥哥上厕所。

这一系列动作，对于家住通城麦市镇向阳社区的彭苏来说，已延续了 20 多年，自哥哥患上精神病后，他从未间断过。

每天天一亮，他起床的第一件事就是帮哥哥穿衣服、扫地、清厕所。末了，他还将母亲挂在墙上的"敬老孝亲模范户"红色木匾抹了又抹。正是这块小小红木匾激励 42 岁的彭苏行孝三代，爱心无期。

床前孝孙，他是奶奶的"双拐"

1976 年冬出生的彭苏，在家排行老四，上有一个哥哥和两个姐姐，爷爷早年过世。他 12 岁时，父亲病逝，留下一堆外债和这风雨飘摇的一大家。

由于家贫，彭苏只念到初二不得不辍学。在家待了几年后，就跑到杭州投奔一个远房亲戚。

2003 年的一天，母亲突然打电话叫他回家，85 岁的奶奶下楼梯时摔断了腿，不能下床走路了，要人服侍。

那时，彭苏母亲已经六十多岁了，不仅要开早餐店维持一家的生活，还要照顾年幼的侄儿和患精神分裂症的哥哥，实在顾不过来了。

彭苏丝毫没有犹豫，放下电话，简单收拾一下就踏上了返乡的征程。回家后的彭苏，一边帮着母亲开早餐店，一边帮忙照顾家人。

奶奶吃喝拉撒都在床上，端屎倒尿成了惯例。还有多方面都要特别关照，稍不留心，奶奶就会拉肚子、生褥疮。

奶奶年纪大了，没牙齿，喜欢喝粥，彭苏帮母亲忙完早上那一会儿，就开始急着忙奶奶吃的。他先用大火把米熬熟，然后用小火炖上半个把钟，再加入捣碎的青菜和瘦肉，每天变着花样做，让奶奶天天尝到新口味。

吃完早餐后彭苏和母亲就开始准备给奶奶擦身子，早晚各擦一次，要不然就会生褥疮。

有时奶奶在床上躺久了，想出去转转，彭苏就背着奶奶坐在轮椅上，从上街头推到下街头。累了，就到奶奶熟人家里歇歇，让奶奶同熟人道长说短。

日复一日，年复一年。门前树上的叶子绿了又黄，黄了又绿。但奶奶有时还有怨言，彭苏从没顶过一句嘴。每当这时，母亲鼓励说，做人要讲孝道，人都有老的那天。

2005年正月，奶奶在彭苏的怀抱里安详地走了，走时干干净净的，房间里没一点儿异味，身上没一个褥疮。

伴孝前行，他是母亲的"双手"

有亲戚看彭苏的母亲实在是辛苦，就张罗着帮母亲介绍个老伴。那个男人家里条件好，也答应彭苏可随母亲一起过去生活，可母亲二话不说就直接拒绝了。

母亲对彭苏说："如果我走了，这个家就真的散了。"

从此，不论严寒酷暑，母亲总是最早一个起床，最晚一个上床。

每晚都会在昏黄的灯下拿笔记着什么，有时半夜起来上厕所，看到窗玻璃上母亲瘦弱的影子还在晃动着，忙着第二天的生计。

那些年，彭苏每天帮母亲分担一点儿家务外，还帮着母亲跑武汉进货。为了省点儿钱，他们娘儿俩都是带几个馒头、一壶水在路上当干粮，大冬天坐着敞篷货车回来，在车顶上那刺骨的寒风刮在脸上像刀割一样。

多年打拼，彭苏成了家，并有了儿子，母亲脸上有了多年不见的笑容。

他结婚时的年龄在当地算非常晚婚的了，由于家里的条件原因一直没人上门来说媒，母亲生怕他打一辈子光棍儿。为了减轻母亲负担，让一家人日子过得好些，彭苏和妻子在小孩刚满周岁就去东莞打工了。

2008年的一天，姐姐打电话说母亲病倒，让他赶紧回来。在医院里，医生对他们说，母亲有心脏病，还有并发症。

听到这样的消息，彭苏心里很不是滋味，母亲如果出事了，那家就没了。

彭苏跟妻子商量，自己回家照顾母亲，妻子一个人留在东莞继续打工。如果两个人都回来了，相当于又断了家里的经济来源。

多年的身心劳累，彭苏母亲身体基本垮的不行了，胃病、肾炎、风湿、心脏病百病缠身，太咸、太油、太硬都吃不得。母亲身体每况愈下，吃的越来越少。

为了能让母亲有口舒适的饭菜，不怎么会做饭的他开始查书问亲朋好友。有一次，母亲说嘴里没味道，就想喝口红豆粥。彭苏提前把红豆泡上几个钟头，然后，调好闹钟凌晨四点钟起床，发煤球，用砂锅慢慢炖，炖上三四个钟头后，粥爽口顺滑，母亲喝了一大碗。

由于多年的风湿，彭苏母亲的双手慢慢痛的使不上劲儿，吃饭只能用勺子，嘴里一半身上一半，彭苏就每餐喂给她吃。

彭苏每天待在家里服侍母亲、大哥，还要哺养自己的儿子，手忙脚乱的觉得时间都不够用。

手足情深，他是哥哥的"保姆"

1991 年，彭苏的哥哥婚后和大嫂性格不合。大嫂生下侄儿一年后，离家出走。哥哥本来性格内向、木讷，受不了这样的打击，患上了精神分裂症，每天靠吃药维持不发病，一旦发病到处乱跑，有时还会伤人。

当时母亲的身体越来越差，彭苏带着母亲跑医院时，有时没及时顾上哥哥，等他回来送饭给哥哥吃时，只见房屋顶上铺满了废纸，他正拿着打火机在烧，如果没及时回来发现制止，后果可想而知。

彭苏带母亲在医院的几天里，哥哥不知道出去吃了什么东西，吃坏了肚子，床上、地上、内裤上全是大小便。当时的彭苏气得眼泪直流，还是耐心地给哥哥洗澡、拖地、洗厕所。

2016 年，彭苏的母亲一场病没能挺过去，母亲走了，彭苏的心也差点儿塌了。母亲的去世，也给哥哥带来了影响，从此以后，哥哥的精神越来越错乱了。除了知道吃，其余都不知道，彭苏完全像服侍一个瘫痪病人一样。

在服侍哥哥的这么多年里，彭苏每天天不亮就起床做好饭，烧一壶开水送到哥哥床前，端屎倒尿，打扫房间，一忙就是半天。

天气热了，彭苏买来新蚊帐，洒一点儿香水，赶蚊子。天气冷了，怕哥哥着凉，他每晚先给哥哥热水暖脚，再在哥哥的被窝里放好热水袋。

哥哥想吃点儿好吃的东西,他尽自己的力,把妻子在外打工寄回来的食品,留给哥哥吃。每回给哥哥服药,自己先尝尝烫不烫,一勺勺加糖,直到哥哥感觉到不苦才止。

哥哥上厕所不方便,他就在哥哥的住宿房改造了单人专用的厕所。一次哥哥在服药后,跟往常一样出门溜达。可是一整天都没回来。彭苏急了,赶紧请几个年轻人满山遍野寻找,最后在一坡地旁找到了。哥哥平躺着,病得走不动了,大家一起把哥哥抬回来了。

没过几天,哥哥身上长了小疮。听说草药能治断根,彭苏就上山采草药,洗净用口嚼烂,一点儿一点儿敷好,一天换两三次。

2013年,侄儿谈了个姑娘,那姑娘要求结婚有新房,可彭苏家的情况哪有钱去盖新房,没办法只好托母亲的干儿子来把旧房改造下。改房时,彭苏为了省点儿小工钱,每天放下碗,就是挑水泥石灰。当时正值炎热的夏天,每天他身上没干一根纱,他一坐下来就睡着了,发高热照样搬砖,人又黑又瘦。

搬家那天,左邻右舍都说,"傻哥有福气啊,有这么一个好弟弟。"彭苏笑着说:"兄弟情同手足,我不帮,哪个帮。"

2003年开始,彭苏就一直在家,时间都用在了服侍奶奶、母亲和哥哥身上,没赚过一分钱。好在彭苏的妻子是个通情达理的人,这些年她一个人一直在外打拼,省吃俭用,为的就是让家慢慢好起来。

很多人劝彭苏,"现在的福利院养老院那么多,为什么不把哥哥送去?"

彭苏也问过自己,这么多年每天这样心力交瘁,吃不按时,睡不安枕,到底是什么理由?

少年丧父,彭苏比同龄人更早懂事,母亲身上的善良、勤劳和孝道,耳濡目染的影响着他,他的家虽然是个多灾多难的家。"但家在,一切都在。"他常这样想。

当地党委、政府也没有忘记这个特殊的家,彭苏母亲开店时,当地工商税务部门为她送来证照,街道居委会每年按特困户慰问,彭苏哥哥患上精神分裂症后,当地政府多次将他哥哥送到市、县精神病医院医治,并将哥哥纳入低保,平时吃药全免费。

"贫在闹市有人问,富在深山有远亲",这是彭苏的口头禅。沐浴着党的温暖,彭苏将家打理得井井有条。他的爱心让孝道继续前行。

（原载《咸宁日报》2018年3月21日）

孤身斗劫匪　赤诚感乡亲

——记第六届全国道德模范提名奖获得者谭琼言

"正气于胸，胆气于身，只手瞬间擒劫贼；豪情似火，纯情似水，赤诚每自感乡亲。"这个冬天谭琼言着实火了一把，继荣登荆楚楷模 9 月榜后，11 月 17 日，他又获得第六届全国道德模范提名奖。

他又是"中国好人"，通城县隽水镇新塔社区 5 组居民，餐饮业个体业主。

智斗劫匪呈勇武

2013 年 9 月 7 日上午 10 时许，谭琼言驾车从通城县城出发准备前往通山县联系一笔业务，行至隽水城区旭红路一洗车处时，突然听见一声声呼喊："有人抢劫啊！有人抢劫啊！……"他循声望去，只见道路前方右侧，一辆轻便银灰色电动车倒在地上，一位女士躺倒在车旁大声求助，另有一名女士帮忙呼救拦车。

谭琼言意识到发生抢劫了，迅速对两名女士喊道："快，上我的车追！"拦车的女士立即上车，告诉他两名劫匪往城区银山广场方向逃窜了。为了争分夺秒，谭琼言来不及等倒在地上的那位女士上车，就朝银山广场的方向疾追。

当追到银山广场前的烟草局办公楼前时，车上的女士发现仓皇逃奔的两名劫匪的黑色摩托车跑在前方。谭琼言提醒车上女士不要出声，以防惊动劫犯，只是加速紧跟其后。当追到银山广场红绿灯右向拐弯的狭窄弯道时，谭琼言果断驱车加速冲到两名劫匪的摩托车前面，拦住摩托车的去路，把两名劫匪逼在了路中间。劫匪的摩托车"砰"的一声，撞在了谭琼言的小车前引擎盖上，摩托车和劫匪倒在了地上。谭琼言打开车门跳下车朝两名劫匪逼近。两名劫匪见只有谭琼言一人，一个矮个子手持螺丝刀，一个高个子舞动双拳，口出狂言，破口大骂，气势汹汹地威胁谭琼言不要管闲事。谭琼言一声怒吼，迎上前去把高个子放倒在地上。手持螺丝刀的矮个子冲上来对着谭琼言乱刺，谭琼言用手遮挡时右手被刺破了一个大口子，第四掌骨基底部骨折，血流如注。谭琼言忍住疼痛，一手夺下了矮个子手中的螺丝刀，一手抓住他的腰带将其牢牢按倒在地。

随着围观者逐渐增多，两劫匪趁机逃跑了一个，一个诱惑谭琼言："我家中有4条大项链，你放我一马，我送你。"却没有成功。最后，谭琼言把抓到的劫匪交给了赶过来的警察。警察通过比对照片，确认两名劫匪大小抢劫有60多次，网上通缉两年之久。一个星期后，逃跑的高个子同伙被缉拿归案。

谭琼言在此事中右手受伤，通城县公安局要他住院治疗，他打了石膏绷带后，只输了两天液就出院了。那位被抢的女士来医院看望谭琼言，提出要捉上土鸡去谭琼言家致谢，询问谭琼言的家庭地址时，谭琼言拒绝了。后来那女士几次电话请谭琼言吃饭，谭琼言一一推却。谭琼言的小车被劫匪的摩托车撞碰损坏，自己用了2000多元修好；他因擒拿劫匪手部受伤在家休息一个多星期，未去通山进行业务损失一万多元。

屡彰义举现丹心

谭琼言虽为一个普通的个体业主，身上却闪耀着关爱他人的美德，碰上需要帮助的人和事，总是不计个人得失，挺身而出，有着多次见义勇为的英雄壮举。

2016年12月28日，严寒的冬天下着大雨，通城县隽水城区新塔大桥发生一起交通逃逸事故，一名30多岁的伤者昏迷躺在地上。谭琼言路过看到了，不顾大雨把车停在事故处，打开警示灯，并报警和呼救。他直到"120"救护车来后，把伤者扶上车；"110"交警来后，大雨中协助交警清理完现场后才走。

1998年端午节前的一天，谭琼言骑自行车去崇阳一朋友家中吃饭，经过一口池塘边时，看到池塘中的葫芦在抖动，岸边的条石上有一只红色的凉鞋，细心的他感觉可能有人溺水了，同行的人都说塘中没有溺水的人。等走近细看时，果然看到一个小女孩在葫芦下挣扎，一只脚上还有一只红色的鞋子。谭琼言迅速跳下池塘救起了气息奄奄的溺水女孩，并呼喊池塘边村子的大人，对救上岸的小孩进行人工抢救，终于使女孩脱险。

1995年8月中旬的一天，通城县石南镇石马村有个吴木匠骑着一辆崭新的自行车去县城买工具，被两个小混混拦住抢走自行车。谭琼言开车经过碰到，驱车20多分钟帮吴木匠捉住了两个抢自行车的小混混，并扭送到城区派出所。

吴木匠的新自行车失而复得，事后感激地给谭琼言写了一封感谢信，这封信至今还贴在谭琼言的家中。

1992年一个夏天，谭琼言因公用车去麦市镇（他当时是通城县政府车队的一名司机），在半途鲤港的岔路口，有一群农民用竹轿抬着一个妇女停在那里拦车，还有人在哭。谭琼言停车一问，原来是一位产妇临产两天了，小孩还未顺利生出，产妇面临生命危险，现在脸部都紫肿了，急需去镇医院抢救。谭琼言听后，随即开车把产妇一行送到麦市镇卫生院手术室。直到一个月后，生小孩的产妇家请客，谭琼言随单位领导前往做客，才知道那是领导的侄女，领导也才知道谭琼言救过自己的侄女母子。

不言名利亦芳菲

谭琼言1980年高中毕业后，先后在通城电瓷厂、湖北电机厂车队、通城县县政府车队上班。1996年从事个体长途客运，现在在县城银山大道开了一家城乡土菜馆。当问及其见义勇为做好事的行为是受谁影响时，他说与自己的家庭出身有关。他父亲是个知识分子，一直从事教育事业，从小就要求孩子们正直敢为。还有，就是喜欢看中央电视台第一档的"今日说法"栏目，多年从未间断，增长了他分辨是非的能力，爱憎分明的立场，敢于和丑恶现象斗争的勇气。

谭琼言虽然见义勇为大多不留名，但他周围的人提起他就称赞不已。程水平是通城县城管执法局的一名干部，1986年曾和谭琼言在通城电瓷厂上班。他说谭琼言做人正派，助人为乐，不计报酬。他在路上，看见一块拦路的石头，会弯下腰把石头搬走；看见一片碎玻璃，怕伤人和车，会找来扫帚把它清扫。谭琼言开车，不仅朋友熟人有事找他，他二话不说接送，有时就是陌生的路人，他也乐意送一程；现在他开餐馆，经常免费留一些流浪的人和乞丐就餐。在通城开一家汽车美容店的河南人张志，对谭琼言敬佩有加，他说，初来通城时举目无亲，认识谭琼言后，把他当成了亲兄弟，不管有什么事找他帮忙，他总是有求必应；当时自己还没有车，有时要下乡打个电话给谭琼言借用一下车，谭琼言从未推辞过；谭琼言的帮助和热心肠，让他这个外来人对通城特有亲切感。

谭琼言义举善行不仅深受当地群众的交口称赞，也先后被县、市、省授予"见义勇为先进个人"荣誉称号。2014年12月，谭琼言被中华见义勇为基金会评为第十一届昆仑杯全国"见义勇为好司机",在人民大会堂领奖,受到党和国家领导人亲切接见。2017 年,他被评为"中国好人"、"荆楚楷模"。

(原载《咸宁日报》2017 年 11 月 7 日)

柔情化春风　　情暖弱者心

——记党的十九大代表、通城县司法局法律援助中心主任续辉

"以己之力,帮扶他人,实现价值",是通城县司法局法律援助中心主任续辉的座右铭。

在续辉法律援助工作室里,一面面鲜艳的锦旗,记录着一个个感人的故事;一张张珍贵的照片,述说着续辉走过的每一个精彩瞬间。

就是这位温和柔弱的女性,用她的无私大爱,让一个个失足的生命重获新生,让一颗颗受伤的心灵得到抚慰……

"当选十九大代表,既是你个人的光荣,也是全县人民的骄傲。"9 月 30 日上午,该县县委副书记、县长刘明灯专程到县司法局看望续辉时,希望她在即将召开的党的十九大会议上,积极建言献策,把通城群众的心声传递好,把通城的发展变化宣传好,把党的十九大精神原原本本带回通城。

柔情宛如春风,情暖幼小心灵

"续妈妈,您就是再造我灵魂的母亲。您就像一盏小小的明灯,为我照亮未来之路……"

每当读到这封信时,续辉的眼角总是泪花闪烁。这是一位入狱服刑的残疾女孩给她的来信。

当年,女孩因为盗窃被判 10 年以上有期徒刑,经续辉全力辩护后,改判 5 年徒刑。服刑期间,续辉常去看望,嘘寒问暖,送去生活用品。

2009 年年底，女孩刑满释放，再次给续辉写信，"续妈妈，我一定会走好自己的人生路，做一个对社会有用的人！"

这样的信，在续辉办公室的铁柜里放着厚厚几摞；致谢的锦旗、获奖的证书，装满了几个书柜。从事法律援助工作 19 年来，她接待群众来信来访已经数不清了，但人们仍清楚记得，仅近 3 年来，仅她个人办理的法律援助案件就达 200 多件，免收法律服务费 40 多万元，并免费为 8 家企业担任法律顾问，讲授法律知识课 70 多场次……

邪恶面前不退让，坚定信心迎难上

和续辉共事 18 年的县司法局副局长杜忠光说："百姓信赖续辉，是因为她办案认真负责。对当事人，她是法律、经济、情感援助同步进行。她身体虽柔弱，内心却很坚强；她物质虽贫穷，但精神很富有。"

1993 年，沙堆镇万某带着 3 岁的女儿与蒋某某领取了结婚证。7 年后，蒋某某竟禽兽般将她的女儿强奸，当时女儿还只有 10 岁，蒋某某也因犯强奸罪被判入狱。

2009 年，蒋某某刑满释放回家，万某提出离婚，蒋某某扬言要离婚就杀了她全家。万某无奈之下，找到了续辉。

看到万某身上的旧痕新疤、眼里的惊恐无助，续辉立即调查取证，代为向通城县人民法院起诉。

接案后不久，被告突然闯到续辉的办公室，恶狠狠地对她说："我是不怕死的人，你如果再插手该案，就有你好看的！"

"我也是一个弱女子，家里还有两个未成年的儿子。"续辉说，她虽感忐忑，但一想到万某和孩子的不幸，就坚定了决心，"我们这些搞法律的人，尤其不能在邪恶面前退让！"

最终，法院开庭审理，做出了支持万某诉求、准许离婚的判决。

腿脚不便身立行，据理力争讨公道

"续主任，多亏您了，我们被拖欠的钱终于要回来了！"今年 3 月 29 日，彭某、熊某、徐某 3 位农民工拿着一面"为民办事，关怀备至；为民排忧，情深似海"的锦旗，专程来到县法律援助中心向续辉表示感谢。

原来，2016 年 3 月的一天，续辉在县信访局值班时，彭某等 3 位农民工急匆匆地前来上访，请求帮忙索讨他们 2014 年 9~12 月在杨某、程某承建的商品房内粉刷墙壁时的工资。历时 4 个多月的务工期间，杨某、程某仅支付彭某 3 人每人几百元工资，余下的 7 万余元由程某打欠条，后彭某 3 人在一年多时间内多次催讨，但杨某、程某却置之不理，分文未付。

了解事情缘由后，续辉及时受理，在身患疾病、腿脚不便的情况下，多次到程某家中与其协调，程某表态会尽快支付工资，但却一直没有任何实际行动。由于协商无果，续辉以彭某 3 位农民工代理律师的身份，依法对程某提起民事诉讼。但法院判决书下达后，程某仍然拒不执行。

为尽快使判决落到实处，让 3 位农民工可以早日获得应得工资，续辉不辞辛苦，多次找到法院执行局申请强制执行，将程某个人账户上的资金冻结，程某这才将 7 万余元欠款支付给 3 位农民工。

将心比心撼人心，轻言细语胜千军

2011 年的一天，北港镇一位 36 岁的农民工，在外务工粉刷建筑外墙时不慎跌下，后经抢救无效死亡。

续辉受托参与调解，协议赔偿 15 万元。但该工程老板认为赔偿过多，不买账。

续辉为该工程老板倒上一杯茶，说："人家 36 岁，你也是 36 岁，人家生命都没了，你人生还有多长的路啊，15 万元也许只是你一年的收入，人家的 3 个小孩以后呢，这点儿钱多吗？"

一席话，老板动情了："续大姐，我这就回去凑钱，照额赔偿。"

续辉就是这样，以将心比心的话语，让多少解不开的纠纷解开了，让多少世代不解的积怨烟消云散了，甚至一些重大的群体性事件，只要续辉到场，就能偃旗息鼓。

当地领导说，和风细雨有时胜过真刀真枪，维系一方和谐稳定，续辉抵得上"千军万马"。

秉承父志履公职，呕心沥血为人民

1979 年，续辉自修完武大法律课程，到县电力公司工作，两年后调到县司法局，1995 年 7 月 1 日入党。1998 年，县司法局成立法律援助中心，时任公律股股长的她主动请缨，揽起这份"苦差事"，当起了法援中心主任，虽说是"一把手"，实际上没有一个"兵"。

"法援工作者不能为钱而忙，否则，就会忘了公平与正义。"续辉说，她的这个选择，源于其父亲的鼓励。

从事法律援助工作19年来，她从不收红包，从不用公车，靠步行、自行车、摩托车外出，晒得一身黑斑；日夜操劳，她多次昏倒在法庭，儿子担心她的身体，从上海一公司辞职，回家给她买车，当她的司机、助手，陪着她办案。

"妈妈要么整天不见人影，要么把一个个老人、小孩和残疾人往家里带，有时还把刑满刚出狱的人引回家过年，屋里成了'福利院'、'难民营'。"续辉的小儿子方奇坦言，当年，他和哥哥对母亲多少是有些埋怨的。

续辉的家是位于隽水镇宝塔村续家畈的一栋简陋民房。工作39年，她没能在县城买上一套房子。记者多次提出去她家看看，均被续辉拒绝，"家里太穷太破，你要是写出来，别人肯定觉得我精神有点儿问题，家里穷成这样，还到处自掏腰包，帮助别人。"

续辉可以拦住记者，但却拦不住向她致谢的群众。在她家门口，常常挂有不知名的人送来的蔬菜、鸡鸭等，有的还特意洗干净了，还有人往门缝里塞感谢信，在门口挂锦旗。

2015年的一天，续辉因病去武汉检查，医生建议她住院治疗。可她一接到求助电话，没进病房就直接坐车赶回了通城。

在人们的记忆中，续辉"出席"过一次宴会，但却是被"骗"去的：2012年的一天，续辉接到一个紧急电话，要求她迅速赶到塘湖镇望湖村办案。续辉赶到村里时，只见锣鼓喧天、鞭炮齐鸣，村民们摆好了酒席盛情接待这位珍贵的客人。真情难却，滴酒不沾的续辉那天破例喝了一小杯酒。村民为了感激她，给她送上红包，她坚决拒绝后，人们只好将5把自制的芒花扫帚绑在她的摩托车上，作为礼物送给她，才了却了对她的感激之情。

明年8月，55岁的续辉将要退休。她说："无论在哪里，我都会继续为群众服务，直到干不动为止，绝不辜负党组织的培养和全县人民群众的期望与重托。"

（原载《咸宁日报》2017年10月15日）

俯首甘为百姓牛

——记省岗位学雷锋标兵黄忠云

"一个人做一件好事并不难，难的是一辈子做好事。"获田村老干部黄忠云将此言制成红条幅压在村办公室桌上玻璃底下，他以此为信念，36 年来，俯首甘为百姓牛，为当地村民做了一辈子好事。

3 月 6 日，年近七旬的他入选第三批湖北省岗位学雷锋标兵。

村民的办事员

"你们找十会计，他刚骑摩托车去通知村民取树苗。"昨日，记者一行来到通城县塘湖镇获田村办公室，村妇联主任招呼说。"十会计是村里的一条老黄牛，哪里有需求，哪里去，为村里，替老百姓办事不过夜，风风雨雨奔波了几十年，天天忙得连轴转，喝茶的功夫都没有。"

"十会计"是黄忠云的别名，因在家排名第十，15 岁那年，他就当上生产队会计，算盘打得精，村民喜欢找他办事，他热心助人，自此叫开了。

1981 年，黄忠云走上获田村会计岗位，先后经历了 6 任村支书记，他一直主管会计工作，这项工作烦琐枯燥，容不得半点儿虚假和差错。他认真对待每一项业务，为避免账目混乱，他总是将来往凭证细心审核，确保无误后及时入账，从不拖拉，村里从来没有出现过一笔坏账。翻开账簿，里面一笔笔账目清楚明了，手续齐全。

别看村会计是"芝麻官"，可是村里档案管理、政策宣传、统计报表等各项工作都少不了他。多年来，他加班加点，把一项项工作安排得有条不紊。

"十会计办事认真，我们放心。他还协助村书记、主任做好各项行政工作。"村支书汪金熬逢人骄傲地说。

除了做好村里的会计工作，作为村里的老支部委员，村里的大事小事、难事急事也都离不开他，就算村里的婚丧嫁娶、家长里短等也少不了他忙碌的身影。有事找"十会计",在荻田村并不是一句空话。

把麻烦事办实。2014 年,国家电网准备在荻田二组建设一个占地面积约 6 亩的变电站,由于之前建设公路占用了二组大量的田地,再加上征地补偿达不到村民的要求,遭到许多村民反对。

"十会计"看在眼里,急在心里。在了解到村民的诉求后,"十会计"请求国家电网工作人员尽量提高征地补偿标准;作为二组村民,"十会计"也打起了"感情牌",一家一户上门做思想工作,讲清建变电站是解决村里电压不稳的好事。通过"十会计"耐心细致的工作,国家电网终于与村民就征地价格达成一致,变电站建设得以如期举行。

把难事办好。去年秋,村里 38 岁的单身汉汪宗天不幸离世。汪宗天一家是村里"挂了号"的贫困户,3 个兄弟都是单身汉,没什么亲戚,这些年来一直靠政府的救济维持生活。汪宗天去世后,一时无人安排后事。入土为安是对逝者最基本的尊重。

"十会计"得信后,买挂鞭上门,召集村民安排下葬事宜;一方面向镇党委汇报,并开具贫困户申请证明,向民政部门申请入下葬资金,事情最终得以圆满解决。

把危事急干。2011 年 6 月 10 日,黄袍山境内普降大到暴雨,洪水冲入荻田村四组村民黄柏三和黄鹤云的家中,积水深达两米,家具被淹,房屋随时有倒塌的危险。正在防汛巡查的"十会计"第一时间赶到,迅速将两家人转移到村委会居住,又冒着暴雨帮助两家人一起转移生活物资。

好事天天做。村委会的公章一直交由他掌管。村民有事,随到随办。平时,他也免不了在外奔走,若是遇到找他盖章或开证明不在的,他就按照留下联系方式,不管路途遥远,带上所需的公章,不辞辛苦地主动为村民办理。村里很多父子二代的结婚证明都是"十会计"开的。

就这样,从满头青丝到白发苍苍,"十会计"为村辛苦,为民忙服务村民几十年。有人做过统计,他服务村民 10.8 万人次,为村民办的好事一箩筐一箩筐,骑坏了 7 辆自行车,换了 3 辆摩托车。

"三岁小伢都认识'十会计',屋里的狗见了都要亲他一下。"村民这样夸他。

村里的活档案

"事情不详,找老黄。"这是村民对黄忠云的赞赏,也是对他痴心村档案 36 载的美称。

只要村民有不清楚的事情就去找他，没有搞不清楚的，当地村民称他为"活档案"。

谈起黄忠云的档案情结，他记忆犹新：60 年代初，他就任联合生产队会计，由于生产队地处四庄公社与塘湖公社阁壁大队交界处，两个公社三个大队为台坳林场权属争论不休，还引发过械斗。头脑活络的黄忠云从黄氏族谱中寻找到有力证据，最终这场官司迎刃而解。

从此，一个想法在他心里扎根：要完善一套系统的、全面的档案，让它成为村民处理问题和矛盾的重要参谋和得力助手。

80 年代初，他出任大队会计，收集整理资料更加方便了。

他收集资料有股狠劲儿，不管有多远，他都要掌握第一手资料，由于白天要劳作，收集资料大多在晚上。有次到离家数十里远的黄袍山上野猪窝去收集资料，回来时跌进白水岩冬茅丛里，第二天天亮才爬出来。

档案管理他也有一套，他按文书、科技、财会、声像、照片、实物等门类，分类入柜。涉及跨越年度的档案，按年岁以英文字母 ABC 为序，如打开原获田大队财务明细账 A 卷，可以查到该大队 60 年代各项收入的原始收据，账面清晰明了。

如今，黄忠云对档案追求档次更高了，他自己动手录制了"红色获田"、"获田革命烈士纪录片"、"整村推进扶贫开发专题片"、"获田雪景"、"获田贺年片"等光碟，让黄袍走出通城，走向了全国。

一有空，他就将有关部门向社会公开的具有政策性、法规性、服务性、公益性的纸质文件汇编成册并不断更新，以保证在第一时间内满足村民查询。

县里有位领导视察该馆时称赞：老黄是一部活档案，见证了村里几十年历史，办的档案可与县档案馆媲美！

每逢久雨过后，黄忠云总要把这些宝贝抱出来见见阳光，将破损的修补好，重要资料塑胶。

从生产队队长到民办教师，从民办教师到村干部，五十年来，无论角色如何转换，不变的是他对档案痴心不改。

五十年来，他走遍了黄袍的沟沟坎坎、山山水水，自费 6 万多元自 1984 年起办起占地 120 平方米的村档案馆，收集整理了黄袍历史人物、文史、经济、民情风俗、宗谱等资料 2300 多卷、3500 多本，奖旗、奖牌、图片、影集 102 件。全面系统地记录了黄袍近 80 年来历史的变迁和社会发展。有些资料为当地政府调解土地、经济等纠纷提供了有力的证据，他的档案室评为全市档案先进单位。他还收有 1964 年第二次人口普查至 2010 年第六次人口普查资料，图表、账册等，他本人获湖北省第六次人口普查先进个人。

"光有村档案还不行，要是有一部村志更好。"荻田村是革命老区村。作为一名共产党员，他以村里的红色革命历史为骄傲。10 年前，他就萌生了要把本村光荣的革命历史写出来，让子孙后代永远铭记的想法。

2007 年年底，他又利用业余时间修起了村志。今年，《村史》初稿现已完成。该志全书初稿共由 20 卷、70 节组成，体裁有述、记、志、传、图、表、录、附等，总字数约 15 万字，记述上限追溯至民国时期，下限截至 2016 年，较为全面、准确地记述了该村的历史沿革、文化变迁、物产资源、生态原貌、知名人物等，图文并茂，记录翔实，是一部村级"百科全书"。

纪念馆的守门人

踩着湿漉漉的田埂，一路油菜花香，跨过溪水潺潺的跳石，"十会计"每天来到村办公室，第一件事是打扫与村办公室仅一墙之隔的罗荣桓元帅纪念馆。

黄袍作为通城秋暴动的发生地，1927 年罗荣桓元帅曾在这里从事革命活动。为缅怀先烈，激励后人，原黄袍乡政府依托黄氏宗祠建成了总建筑面积约 600 多平方米的罗荣桓元帅早期革命活动纪念馆。

馆内有罗荣桓雕像、起义时用的枪、刀等实物，还陈列了大量的文字、图片资料，是省爱国主义教育基地，每年接待游客近两万人次。

大部分游客都是选择周末参观，黄忠云则义务承担了一个简单却坚持了几十年的守护工作，日复一日地开门，打开、关闭馆里灯光设备。

他的家住得离纪念馆并不近，三四里的路程全靠他蹬自行车来回赶。一个寒冬腊月里，他临时接到通知，从外地赶过来一大批客人参观纪念馆，他二话没说，拎起自行车就往纪念馆赶，路滑，他跌倒了，顾不得疼痛，拍拍身上的泥土继续往纪念馆赶，没来得及喘口气，就开始给外地客人当起了解说员。

这些付出在他自己看来都是微不足道的，日复一日，年复一年，纪念馆屋顶漏雨了，他找砖瓦修补，馆内陈列的物品蒙上灰尘了，他挽起袖子擦，灯管坏了，亲手换……

"我从小生长在这片革命烈士的热土上，自家也是革命烈士后代，能做些力所能及的事，我无怨无悔……"打扫完纪念馆之后，黄忠云把馆内陈旧的资料当作宝贝一样，将破损的修补好，重要资料塑胶。

2011年"6·10"特大洪灾，馆内积水达1.5米，洪水退后，他立即挥着铁铲清除淤泥，用水冲洗和擦拭地面，一遍又一遍，连续劳作了3天，纪念馆才恢复了往日的洁净。洪灾过后，如何保护好纪念馆文物资料，成了黄忠云的心病，他多次请求县、镇有关部门对纪念馆进行修缮改造，得到上级首肯。修缮改造时，他又当上义务监工，从屋面维修、墙壁粉刷、排水暗渠等他一一到场，纪念馆修理一新，迎来一批又一批客人。对于黄忠云来说，这是一种欣慰，因为他的坚持意义非凡。

如今，年近七旬的黄忠云像一头老黄牛耕耘在黄袍老区这片红色土地上，有亲人问他，人到七十早该歇歇，又不是缺吃少穿，还为村里的事四处奔波劳苦，图点儿什么？

他笑着写了首打油诗自勉，"革命工作五十年，不为名来不图钱，为民辛苦为民咸，助人为乐福无边"。

（原载《咸宁日报》2017年3月1日）

汪明旺：山村走出的电影人

今年秋季，通城县草根艺人汪明旺着实"火"了一把：他拍摄的电影《黄袍山之路》在网络上发行后，观看人数直线上升；拍摄的电影《黄袍山之恋》，成功吸引香港籍特型演员毛主席的扮演者汪润田、周总理扮演者赵诚祥"入阁"担任艺术顾问；省、市、县有关领导纷纷登门助他喜圆电影梦……

一位从黄袍山村走出的草根电影人，何以引起人们如此关注？日前，记者特地采访了汪明旺。

萌发"电影梦"

汪明旺出生在塘湖镇黄袍山润田村，因家贫，上完初中就参了军。2002

· 395 ·

年退伍后，汪明旺到浙江义乌市一企业务工，一直从员工干到厂长，事业一帆风顺。

2009年夏日的一天，从小喜欢李小龙武术的汪明旺，在和宿舍的同事开玩笑时，模仿了一段李小龙的武术表演，不想被同事用手机录了下来，一看，演得跟电影里的李小龙"不相上下"。汪明旺一下就被怔住了：拍电影，这不正是自己的梦想吗？！

然而此时的汪明旺，却还只是刚刚学会使用电脑办公。为了掌握电影剪辑技术，他缠着计算机专业毕业的同事教他学习影视设计软件使用，并自学起摄像来。

经过一个月的突击学习，汪明旺的影视技能和知识很快就上了道。

为打下坚实的拍摄基础，汪明旺一边到横店影视城当群众演员，一边遍访名师，潜心电影制作学习。并根据自己的生活经历，开始创作"黄袍山三部曲"剧本：之一《黄袍山之路》，讲述20世纪80~90年代解决温饱之后，发生在通城乡村里的创业故事；之二《黄袍山之恋》，讲述的是在奔小康过程中，乡村青年婚恋观的变化；之三《黄袍山之旅》，将重点围绕发展乡村旅游中，富裕起来的黄袍山人的精神文化生活展开。

筹资拍电影

剧本有了，可拍摄要钱。钱从哪里来？

2009年年底，汪明旺急着从浙江回到家乡筹资。当年春节期间，通过一次次网友聚会，他结识了一些本地朋友和在外地打工回来的艺人，于是便决定采用拍摄歌碟《唱响通城》的方式来筹款。经过20多天的拍摄和制作，碟片终于制作出来了。

正月初二，汪明旺借来一只音箱、一台电视机，在县长途汽车站门前播放起自己制作的歌碟。由于歌碟拍的都是通城的人和景，很快赢得通城群众的青睐。于是，以10元一张的价格，很快卖出了600多张歌碟。

接下来的连续3年春节期间，汪明旺在有关企业赞助下，开始组织打工艺人举办《红色通城》主题晚会，虽然一场晚会办下来，倒贴了1万多元，但汪明旺举办晚会的行动引起各级媒体关注，其中，《人民日报》还刊载了他的事迹，进而增添了他对宣传通城红色文化的信心。

2013年，汪明旺经过许多小视频和微电影的拍摄后，迎来了县政府支持拍摄反映家乡发展变化的第一部微电影——《瑶家姐妹》。这一部作品问世后，迅速引起巨大反响，紧接着拍摄的宣传片《中国药姑山》，更把黄袍山的瑶文化推向了全国，并喜获 2015 年度咸宁"香城泉都电影文艺奖"。汪明旺创立的润物文化传媒公司应运而生。

2015 年夏，汪明旺自筹资金 10 万元拍网络电影《黄袍山之路》的信息，吸引了 200 多人前来参加演员"海选"。经过两个月的角逐，最后定下 20 名演员。

2015 年 10 月，电影开机的时候，毕业于北京电影学院的主演杨军勇，推掉其他片约，不仅前来担任男主角，而且当起执行导演；黑仔来了，在剧里剧外挑起了大梁；县音协李主席来了，亲自为该电影的"海选"、复选当评委，并为《黄袍山之路》创作了充满了通城民歌特色的主题曲《山里的女人傻硕的美》；塘湖镇政府作为电影的拍摄基地，提供了众多的帮助……

2015 年 12 月 21 日，《黄袍山之路》在县电影院首映，连映 4 场，场场爆满。

今年 4 月 19 日，汪明旺与爱奇艺电视剧网络播放平台合作，实现《黄袍山之路》在爱奇艺网络平台上发行，并被专业评影人评为最值得观看的电影之一。

喜圆产业梦

《黄袍山之路》的一炮打响，更坚定了汪明旺拍好三部曲的信心。

今年 5 月，《黄袍山之恋》"海选"演员的消息发出后，吸引了 400 多人参加海选。

看着一张张渴望的脸，汪明旺感受到从未有过的幸福，这幸福感就是：拍好电影，不仅是圆自己的导演梦，还能圆演员们的明星梦，圆投资人的收益梦！

因为有了之前拍摄《黄袍山之路》积累下的成功经验，汪明旺今年拍摄《黄袍山之恋》的经济压力小了许多——

湖北丽星源新服装公司董事长陈皇清得知汪明旺要拍摄《黄袍山之恋》，立即邀请他到自己耗资千万元、新建成的办公大楼里举行活动，一切经费由该公司赞助；

湖北志成教育集团总裁王智通过微信平台了解到汪明旺拍黄袍山系列电影，主动联系他，并承诺愿意出资 5 万元，帮助他完成电影拍摄；

8 月 29 日，《黄袍山之恋》开机仪式上，中国北京艺术中心特型演员周恩来扮演者赵诚祥从北京赶来助阵，并担任本剧艺术顾问，省、市宣传、文化、广电、旅游等单位嘉宾亲临祝贺；

10月16日晚，《黄袍山之恋》卦镜，香港籍特型演员毛泽东的扮演者汪润田，特地从广东来到通城参加杀青酒会……

"这些既是对我电影事业的支持，也是对通城影视文化、旅游事业的助力。"沉浸在喜悦中的汪明旺告诉记者，特型演员汪润田、赵诚祥的到来，直接提升了通城在全省、全国影视文化圈的地位和形象，也为其明年筹拍红色通城主题电影奠定了基础。

目前，汪明旺的润物文化传媒团队已经组建完成，黄袍山系列的第三部《黄袍山之旅》剧本也已创作完成，计划拍摄的抗日题材电影《八百壮士之·壮士托孤》，以及红色题材电影《革命母亲黄菊妈》等，将伴随汪明旺的"壮志雄心"，在展现通城风土人情、传播正能量的乡村电影发展大道上，不忘初心，继续前进。

（原载《咸宁日报》2016年11月20日）

年逾古稀　痴心不改

——访通城县非遗整理人熊旺秋

5月，山花烂漫。通城县马港镇石溪村四组村民熊旺秋在自家门口来回踱步，坐立不安，翘首盼望着通城县民间文艺协会主席冯金陵的到来。想到自己这些年搜集整理的20多首《闹夜歌》、《孝歌》和《民间对联》等，将作为非物质文化遗产印刷成书给后人传阅，内心激动得不能自已。

"打小我就爱好这些东西，这么多年搜集整理的孝歌、闹夜歌、民间对联、民间故事等，仅手抄的就有51本……"今年75岁的熊旺秋老人，除了耳朵不太好使，身体硬朗得很，说起他所搜集整理的"宝贝"，就止不住话匣子……

埋头搜集民间瑰宝

回想起自己刚开始搜集民间故事和闹夜歌、孝歌，要追溯到2000年春节。

当时，熊旺秋在电视上看见国家号召鼓励百姓搜集古代文化遗产，本就爱好民俗文化和传统文化的他便一头扎进整理和创作中，如今已是第16个年头。

熊老搜集整理的成果中，以"闹夜长歌"为主，还有民间故事、民间对联、当地地名传说、民间谜语、民间笑话等。"闹夜长歌"在通城又叫"孝歌"或"夜歌"，是湘、鄂、赣交界流传甚广的一种民间长歌，一般在长者过世的时候吟唱，曲调悠长悲凉。

据通城县民间文艺家协会主席冯金陵介绍，"闹夜长歌"的曲调符合中国古代民歌六声调，是鄂南叙事长歌里面的一种，与瑶族的"盘王大歌"惊人相似。

2012年，通城县民间文艺家协会正着手搜集本土民俗文化。当他们听说马港镇石溪村有一种民间古器乐——"麻雀闹春"，通城土话叫"打印锣"时，像发现新大陆一样惊喜。而熊老因为收藏了"打印锣"的谱子，被冯金陵"发现"。

在熊老搜集整理的21本笔记中，有20多首《闹夜长歌》，其中包括《十月怀胎》、《十二月思亲》、《目莲寻母》、《孟姜女寻夫》、《香山记》等，这些长歌平均每首100句左右，每句7个字，总计1.2万句。

目前正在湖北科技学院鄂南文化中心进行修改整理，为出版《鄂南民间长歌》（第二卷）提供了很好的素材。

"农村需要熊老这样的人来挖掘、传承民俗文化，也需要有人把他们的研究成果传播开，不能让这些本土的非物质文化结晶就这么失传。"冯金陵对熊老十年如一日的坚守精神感到由衷的敬佩。

跋山涉水　　不辞辛苦

跟大多数老一辈农村人一样，熊老的童年很艰苦。熊旺秋是家中独子，14岁那年，60岁的父亲摔断了手，丧失了劳动能力，母亲是小脚农妇，没法做重活，母亲卖掉棺材咬牙送熊旺秋读书。一年之后，熊旺秋初二肄业，16岁的他开始在本地当民办教师，负担一家三口的生活。这一教就是十五年。

"当时一个月的工资是15块钱，要国家、集体、学生三方凑，每个月花12块买工分。每天8个工分负担三个人的口粮。"已经上了年纪的熊旺秋说起当年，记忆犹新。

著名作家王小波说，那个时期的很多中国人精神匮乏，不懂得思想的乐趣。

但熊旺秋却不是那些"大多数",他从小就对古代传统文化感兴趣,喜欢跟老人们打交道,听他们讲述老故事。

"我在整理这些东西的时候,仿佛也在跟我们的先辈对话。这些东西传承下来对社会、对国家都有好处,不能让它们埋进土里去了……"

熊老认为,民俗文化是古人给我们的馈赠,绝不能丢,拿"孝歌"来说,它讲述了劳动人民在封建社会受苦受难,又是如何克服困难孝敬爹娘维持生活,更有讲述如何全心报国、奋身杀敌、舍己为国的……

他清楚地记得,为了借到"孝歌本子",当时已是花甲之龄的他钻了"牛角尖",听说谁家有本子,不管多远都上门去借阅,一次不借过段时间又上门,架势完全不输给当年请诸葛亮的刘备。

醉心非遗　至死不休

2003 年,熊老得知有个亲戚住在湖南岳阳月田镇刺冲村,这人手里有几本"孝歌"。

近 30 里的山水路程,熊老硬是徒步赶到前往,前两次连人都没见着,第三次见到了可是亲戚不敢借……直到第五次上门,终于借到了两本。

由于年代久远,很多时候借来的"孝歌本子"其实已经不完整,有的甚至是一张张残缺的散纸,熊老要花费很大的功夫去整理归纳。

在马港镇程坳村程海贤老人家里上门十几趟,借到的都是残本,他花了三个月时间,综合别处借到的本子,整理出五本较为全面的"孝歌"。

令笔者尤为感动的是,熊老已经把搜集工作融入了他的生活,无论走到哪里,听到什么,见到什么,只要有搜集价值他都会记下来,回家之后整理成文。

据说,这个习惯熊老从年轻时就有了,不管到哪里吃一回酒席他都会把对联记下来,一到家就记在本子上。经过几十年的积累,熊老已经搜集了一千多副对联,并按新年、新婚、生育、功名、寿庆、葬丧等 15 个类目归纳整理成 1000 多副民间《对联集锦》。

老人 70 岁大寿的时候,外甥把他的《对联集锦》印刷了 20 本,送给亲戚朋友,熊老说这是他收到的最好礼物。

除此之外,他还搜集整理了民间故事、民间歌谣、民间风俗、民间音乐等,整理出《新春彩词》、《赔客需知》、《山歌集录》、《劝世文》、《科考题》、《回文诗》等册子。

"我今年 75 岁了，只要还有口气在，只要还看得见，走得动，我就会把这个事情继续做下去。"谈到以后打算，熊老眼睛里满是坚定。

（原载《咸宁日报》2016 年 5 月 11 日）

杜二华：爱心构筑儿童健康屏障

"一个都不能漏，一针都不能少。"这是湖北省通城县隽水镇卫生院杜二华医生，从事预防接种工作第一天立下的誓言。

基于此，24 年来，杜二华笃信诺言，足迹跑遍沙堆、隽水两镇 30 多个村、100 多个组、1000 多个村落、为近 1 万名儿童接种，在预防接种岗位上倾注了大量的精力和心血，用自己的仁心大爱，为乡村儿童筑起一道坚固的免疫屏障，所在乡镇适龄儿童预防接种率一直保持在 90% 以上。她先后获得市、县"先进工作者"称号 10 余次

爱岗敬业　精益求精

1991 年 7 月，杜二华卫校毕业分配到沙堆镇卫生院。她刚一踏上工作岗位，就面临着一次艰难的选择。她在卫校学的是护理专业，由于岗位需要，院方把她安排到防保组从事预防接种工作。

让自己放弃所喜爱的临床护理专业转于成天与一帮小朋友打交道，枯燥无味不说，而且，这个位置是一般人干个两三年都要走人的冷门岗位，可以说前途渺茫。但杜二华没有丝毫犹豫，果断选择了服从，而且暗暗下定决心，哪怕是从事自己一无所知而且没人愿干的职业，也要把自己的事业做得问心无愧。

从这一刻起，她就当起了"小学生"，工作从零开始，边学边干，成为了一名乡村接种人员。

资料台账不会整理，她就搬出历史资料对照揣摩，直至搞清楚表格里各个数据的逻辑关系，弄懂弄通为止；几十种疫苗接种程序各不相同，复杂且

不容易记忆，她就把程序表打印出来，张贴到床头、茶几、灶台上，只要一有空就背上几遍，直至滚瓜烂熟为止；疫苗的接种途径、部位、剂量极易混淆，一旦搞错就要出大问题，正好她的女儿刚生不久，也需要打预防针，她就找女儿来陪练，亲自为女儿接种，询问女儿接种后的感觉，观察有无副反应，直到完全熟练为止；预防接种发生的异常反应处置必须争分夺秒，不能有丝毫差错，工作之余她就与从事临床医疗经验丰富的丈夫一起互相探讨，直至完全掌握为止。

工作时间处处虚心向同事学习请教，工作之余把自己锁在房里啃书本学业务是她一贯的作风。她有一个打破砂锅问到底的学习习惯，碰到同事都难以解决的问题，就自己跑到当时的县防疫站去当面请教，直至问题得到解决心领神会才肯作罢。

一分耕耘一分收获，凭着这样一股劲头，不到半年，杜二华由一个临床护理专业人员迅速成为防保组预防接种队伍的技术中坚力量，得到了上级业务主管部门的认可。

随着国家对公共卫生经费不断增加投入，2004年，通城县乡镇卫生院预防接种信息化迅速普及。面对新装备起来的电脑设备，从未接触过电脑知识的她，又拿出"头悬梁，锥刺股"劲头，边看书边在电脑上操作，在电脑上一趴就是三四个小时。有时半夜，她做梦都在敲打着键盘，她的双手在爱人身上敲打着，让熟睡中的爱人醒来，着实吓了一跳，还以为她"发梦癫"。

为了掌握人际沟通技巧，更好地与接种儿童家长沟通，满足家长的需要，杜二华自己掏钱购买书籍，系统自学儿童保健知识、儿童心理学及社会心理学等。

付出总有回报。杜二华接种业务更熟练了，电脑操作更顺畅了，回答儿童家长提出的问题更专业了，与家长和儿童沟通更融洽了。工作岗位更离不开这样的好手了。其实她有好多次离开预防接种岗位调到县城从事待遇更好的工作机会，但她都选择了坚守，一再地放弃，用她自己的话说，她已爱上了，离不开，放不下这个职业。

一丝不苟　　热情服务

预防接种工作不仅需要有扎实的基本功、熟稔流畅的操作技术，而且需要有面面俱到的医学知识，更需要有一颗仁爱的守护之心，一份永持耐心的关切之情。

　　沙堆镇地处鄂南山区，交通不便，人口流动大，留守儿童多。为实现"一个都不能漏，一针都不能少"的目标，杜二华每天坚持使用信息系统查询应种和漏种儿童，及时通知儿童家长接种疫苗，对不按时前来接种的儿童家长总是耐心地说服。

　　沙堆镇罗塘村近千村民生活在偏远的大山脚下和库区，2008年5月，杜二华从电脑数据上查到该村一名未接种儿童，经多次电话通知，家长没来接种，她就骑着单车，带着接种箱，在村医的带领下，她们翻山越岭，划船终于找到那户居住在大山腰上的人家。

　　这是怎样一个家，祖孙三代挤在林场废弃的破瓦房里，进门得爬山，出门是下坡。经了解，那孩子下面还有个妹妹从未接过种，孩子父母长年在外打工，弟妹俩全由年迈的爷爷和奶奶照管，家庭比较贫困。爷爷、奶奶一方面看到他们的孙子身体好，认为不需要打预防针；另一方面因自己年老体衰，腿脚不便，加之怕花钱，因此不管接到多少电话催促就是不愿去。

　　杜二华耐心向老人讲解国家相关政策及接种疫苗的好处，并承诺以后亲自为两个孩子上门接种。经过宣传，二老最终同意为孩子免费接种。临近中午，杜二华饭也顾不上吃，掏出身上仅有的两百元钱塞在老人手里，贴着头发花白的奶奶说了句，"老人家，这是我的一点儿心意，帮助你们解决一点儿困难，我们还会按时来为孩子接种的"，老人在山风中抹着眼泪，目送着她们。

　　这一诺就是6年，杜二华每年按时上门接种，直至孩子上小学。

　　在全镇上门接种服务中，杜二华每年都要帮助这样的困难户10多户，从每月千多元工资中拿出部分接济接种困难家庭，她总是说，看到那些因病致贫户，泪在眼里转，痛在心里流，更坚定我投身预防接种事业控制直至消除传染病的信心。

　　爱心和包容是杜二华做人、做事的根本。通过查询信息系统和乡村医生摸底调查相结合的方式主动搜索未及时接种儿童，采取集中发放接种通知的方式，每月集中开展查漏补种，确保查漏补种工作成效。

　　2012年10月23日，在电脑数据中查到该镇瑶泉村10个月大的儿童卢濠已有3个月没来接种，便与家长电话约好下午两点去她家上门接种。等杜二华开着电摩，冒着小雨两点整找到卢濠家时，只见大门紧锁。四下打听，才知卢濠的母亲在附近的牌场上打牌。

　　"早不来，迟不来，你就会选我打牌的时候来，今天倒霉输钱，就是碰见了你这穿白大褂的！"等杜二华在牌场找到卢濠的母亲时，迎面是一顿劈头盖脸的数落。

杜二华一肚子委屈，当即想转身走人。但一想到自己职责所在，想到"一个都不能漏，一针都不能少"的目标，她便强忍着眼泪流下来，继续当众宣传为什么儿童要按时进行预防接种以及如何预防接种。

众乡邻听出原委后，纷纷指责年轻卢濠母亲的不是，卢濠家长只得暂停打牌，抱着孩子接种疫苗，并答应以后按时到门诊接种。

预防接种疑似异常反应是免疫规划工作中的难点，一旦接种儿童有不适情况，家长往往反应强烈，如果工作做得不好，很容易造成后续接种工作的中断甚至影响到周围一大片。2012年秋的一天，距县城近的隽水镇利和村一名8月龄的儿童，在沙堆镇卫生院接种门诊接种了麻风疫苗。第二天一大早，老奶奶就哭哭啼啼抱着该儿童来医院，说昨天接种疫苗后出现发热，全身皮疹，孩子吵了一个晚上。

杜二华接待后马上进行全面检查，确认无大碍后，跟奶奶耐心做好解释，并给予抗过敏治疗等对症处理，经过两天随访观察，儿童恢复了正常。

"你真是个责任强的好医生，我是听到附近的人都在说你打预防针打得好，才返道来沙堆卫生院找你的，果然没有找错。杜医生，我这一辈子记你情！"最后一次电话随访时，老奶奶连声道谢。

从沙堆镇调到隽水镇工作后，一些习惯了杜二华接种的儿童家长还舍近求远，抱着小孩来隽水卫生院找她打预防针，用家长的话说，杜医生打针，让人贴心、放心。

乐于奉献　无怨无悔

"结婚这么多年，我愧对丈夫和孩子。"每当杜二华和好友聊起家庭时总是内疚地说。

据统计，近年沙堆镇年接种针次达2.2万多针次，平均每天约60余针次，接种一名儿童要经过多道程序，先是检查询问儿童禁忌症，再对照卡证查电脑数据核对，随后解释告知书内容，经儿童家长签字后电脑录入，接着疫苗接种并留观30分钟，最后是预约下次接种日期。每一名儿童完成一个流程需要半小时以上。

杜二华每天上班时间基本上达到10多个小时，大部分时间是用在与儿童家长沟通上，往往是接种几位儿童下来就口干舌燥，在她的办公室桌上一直没断过金嗓子之类的润喉片，她被一些儿童家长笑称"婆婆妈妈医生"。

杜二华的丈夫杨辉雄在基层乡镇卫生院负责多年，平日工作也较忙，他希望妻子能换个工作岗位好好照顾一下家庭和孩子，可杜二华一直没有答应。就是2014年11月调到隽水镇卫生院时，也舍不得换个轻松岗位，她坚持继续从事预防接种工作。

最让杜二华愧疚的是去年12月份丈夫患急性阑尾炎，为便于生活上照顾，杜二华主动提出在隽水镇卫生院住院做手术。术后照顾不到两天，因担心临近年底各项接种率上不去，杜二华坐不住了，就瞒着丈夫把年近七旬的婆婆从农村接来照顾丈夫，自己很快投身到接种岗位上了。深明大义的婆婆嘴上虽没说什么，但从婆婆异样的眼神分明能感受到老人的伤心和无奈。

"在我中考、高考的时候，我妈妈都没有在我身边，更别说照顾和关心我了，和别的孩子比起，真像是个没有妈的孩子"。这话是她现在读大三的女儿经常故意说给她听的，女儿过去和现在似乎都不是很理解妈妈。但一问到女儿想不想当医生时，女儿马上会说："当然是想当医生，特别是想当像妈妈一样受人敬重的接种医生。"

时光荏苒，岁月如梭。在整整24年的预防接种岗位上，杜二华每天总是面带微笑地投入到自己的工作中，满怀爱心接待每一位宝宝，默默守护着辖区内每位宝宝的健康，以自己的实际行动践行着"健康所系，生命相托"的誓言。用杜二华丈夫和女儿的话说，只要她工作开心，能够实现人生的价值，哪怕再苦再累，我们也支持她。

（原载《湖北日报》2016年1月11日）

扛品牌回家

——通城卡非食品公司总经理金辉创业记

一筐筐柑橘、红薯经筛选、预加工、脱水干燥等工序，成为一袋袋橘片干、红薯干等源源不断销往国内外市场。

公司还与国内龙头农业加工企业合作研发加工高端水果干蜜饯制品，出口欧美、东南亚等 10 多个国家。

一家名不见经传、位居通城偏僻山村的小厂是怎样走向国际市场的！

"家乡政策好，政府服务好，我们回乡创业更美好！"昨日，记者走进通城县关刀镇八燕村返乡创业青年金辉坦诚相告，6 月，他投资 3000 万元，利用原里港粮管所空闲场所，创办了卡非食品公司，公司年产值 3000 万元，就地加工转化当地的桃、李、柑橘、红薯等果脯蜜饯，实现农副产品家门口增值，带动当地农民发展水果种植 1 万亩。

打工自创名牌

金辉好不容易从农门跳出去，1999 年，他从部队转业后又回到了家乡，本来可以在县城找一份稳定的工作，热爱挑战的他放弃了这个机会，决定到沿海闯一闯，他只身跑到深圳进入一家生产水果干蜜饯台商企业，从事销售工作。

他做事认真，为人诚恳，结识了不少国内外从事水果种植加工企业家，学了不少种植及加工和销售经验。

特别是他看到当地一些普通的农副产品，经加工后，增值上十倍，还成为国内外抢手货，农民赚回大把票子。

每每这时，他会想到生他养他的土地，会想到面朝黄土背朝天，土里刨食的父母。

他常想，要是家乡的农产品能进行深加工就不愁农民富不了，何况现在大家都讲究环保，提倡自然健康绿色食品。我一定要把家乡土泥巴盘成金娃娃。

对此，他怀着这个梦想，又进入另一家加工农副产品企业，从事产品开发，项目开发工作，通过两年的努力学习，他已经掌握了农产品深加工技术，他所在公司成为这一行业的佼佼者。

为学到外国的先进理念和技术，2007 年，他又应聘到美国一食品公司驻东莞采购代表处。

负责采购农副产品期间，他几乎跑遍了全国，将国内各地大型加工企业的农副产品带到美国，深受美国民众的喜爱。

外国人喜欢吃中国特色的农副产品，他感到非常的自豪，在高兴的背后，他又充满忧郁，为什么家乡的农副产品不能卖到外国去呢？

他想到，没有自主权和品牌是敲不开市场门的，自此，他立志，一定要创立通城人自己的品牌，将家乡的农副产品打向国际市场，带动家乡农副产品产业的发展，让父老乡亲有更多的收入。

这一年，他创立了"生自然 LiveNature"、"卡非 KaFei"等品牌，主导休闲零食行业，寓意"生态、自然、健康"，并向国家工商局、国家知识产权局申请专利及注册，2009 年，"生自然 LiveNature"品牌批下来了，30 岁的金辉开始了艰苦的创业之路。

凭品牌闯天下

他刚开始创业时，资金少，不能建立工厂生产自己的产品，只能借助别人的工厂来进行生产，这一招"借鸡生蛋"果然有效。

当时，广西一食品公司新上一条生产果脯线，由于缺少技术和市场，公司产品的质量上不去，发出去的货又退了回来，只好停产。

金辉得知这个信息后，找到该公司老总，和盘托出自己的治厂经，并提供品牌、技术和市场，保证在一年之内扭亏为盈。

2009 年 5 月，双方正式签约，他一上任就对工厂进行大刀阔斧的改革，将公司生产的产品目标定位为生产出原汁、原味、原色的高端果脯产品，以此，提振工人的生产信心。

他按自己出口美国好事多、沃尔玛等大型超市产品的标准要求来调准工艺，设备流程，对管理人员进行调整，组织员工进行培训，将先进的理念和技术传授给员工。

艰辛的付出终于换来了回报，第一批以自己品牌生产的高端果脯，在 9 月投放市场后，创造了 200 多万的销售额，商家和大型超市纷纷打来电话要求追加订单，产品供不应求，厂里彻底摆脱了困境，现在该厂年销售额 1 个亿，创造这个奇迹金辉功不可没。

"听了你在广西北海创业神奇故事后，我前来邀请你到宁波发展。"2010 年，浙江宁波一食品公司老总千里迢迢来到广西力邀金辉合作。金辉二话没说，又将自己的另一个品牌和先进的技术带到了宁波，投资 1000 万元建立一个果脯加工厂，金辉全盘负责该厂生产销售，产品品种有芒果干、草莓干、葡萄干 3 个，年加工水果干 1000 吨，产值 5000 万元。

2012 年，山东一家生产农副产品公司再度找上门来要与金辉合作，金辉实地参观工厂后，开出改进生产工艺，提高生产技术等治厂良方，不到一年的时间，将原只能生产适合俄罗斯低端市场的产品，提高到占领国内高端市场上来，公司当年实现利润过 1000 万元，是建厂以来的最大值，金辉的奇迹在山东再一次上演，品牌效应再一次显现。

扛品牌回娘家

"将自己品牌带回家，让乡亲们富起来。"今年，金辉回家过春节将自己的想法对当地政府一说，马上得到当地政府大力支持。

关刀政府将原里港粮管所空闲 6000 平方米仓库和厂房租赁给他，他投资 3000 万元，在香港生自然实业有限公司运营基础上创办了卡非食品有限公司，建起了 3 栋全县一流生产精加工车间。

考虑到家乡生产技术还不够成熟，他依托沿海生产基地生产半成品，再到家乡公司精加工包装，不到 3 个月，生产产品上市。成为内地首家集研发、生产、销售为一体的专业化休闲零食领头企业，其生产的菲律宾芒果干、凤梨干、美国品种草莓干等各种水果干、坚果豆类产品深受国内外市场青睐。

"下一步，我们将发动村民种植竹笋、桃、李、梨、柑橘、红薯等农副产品，通过加工转化，克服目前季节性集中，市场半径相对较小的弱点，在国内市场上将具有较大的发展潜力。再通过我公司水果深加工技术及销售平台，短期内会增值，农民再不愁种果富不了。"说这话时，金辉目光眺得更远。

在当地政府部门的支持下，卡非公司正在着手筹建万亩农副产品种植加工基地，并向湘、鄂、赣周边地区辐射，带动当地水果业种植，到时，公司可就地加工转化当地的桃、李、柑橘、红薯等，实现农副产品家门口增值，带动千家万户种植水果走上致富路。

（原载《咸宁日报》2013 年 9 月 4 日）

青山处处铸丰碑

——记通城县鹿角山林场石门洞村支书刘英明

山绿了，民富了，他却病倒了。

——留给他的是 4.8 万欠账。

昨日，午后的阳光很刺眼。一辆白色旧面包车行驶在前往鹿角山林场石门洞村盘山公路上。

这是村支书刘英明患胃癌第六次从通城县城医院化疗回家，沿途青山依旧，满目苍翠，他来不及进家门，也不顾妻子的劝阻，示意出租车司机将车开到狮子额山下，他想看一看油茶基地苗木长势。

他在妻子的搀扶下，拄着拐棍儿，走一步，歇一脚，咬着牙，气喘吁吁爬上海拔 700 米的山顶。

20 多位村民丢下手中的活，围拢来忙着用草帽给书记扇风，问长问短，村民都劝他："刘书记，歇一歇啊，你是为村里累病的！村民日后还离不开你！"

老村支书金月明握着刘书记的手，眼睛湿润了："山上的树一天天长大了，而你却一天天瘦了；群众一天天富了，而你家却一天天穷了，村里倒欠你 4.8 万元。"

"没事儿，病治一治，会好的，苗抚育的时间不能错过，人误树一时，树误人一世。走，到基地看看。"

他来到今年春天同村民亲手栽下的 120 亩油茶，看到有的已长到一尺高，他高兴得忘了自己是病人，同村民投入到劳动中，一边扯草，一边抚摩着一株株油茶。

等他直起腰时，已是夕阳西下。

他环顾山脚下：连绵起伏的森林覆盖着近百个山包，十公里盘山公路跳跃在 20 多个自然村落间，村民的楼房在阳光下熠熠生辉……他看到这些，仿佛看到了石门洞村未来的曙光。

也看到他处处留下的奋斗足迹，当村支书14年来，他带领村民苦战穷山恶水，修路架线，退耕还林，绿化荒山，发展村级集体经济，将一个贫穷落后的林业村发展成全省有名的生态村，把近300号靠山吃山的村民带上致富路，将一个"三无村"盘成一个"先进村"。

"宁可苦干，不可苦等"
——他白手起家带领村民架线修路改变村里面貌。

"石门洞，山连坡，人穷光棍儿多。"1991年，县里成立国有鹿角山林场，将原塘湖镇石门村山上两个村，26户，7200亩林地，划入林场管辖，当时全村290人，人均耕地不到4分，年收入不足600元。

1999年春，村里换届，时年37岁，已在外经商多年，头脑活络，为人忠厚的刘英明在村民的再三邀请下，返乡，全票当选村党支部书记。

说是村，一无办公地点；二无分文，村里倒欠7000元债务；三无村干部，全村仅他一名党员。

村民走的是机耕路，照的是木杆电，不通电话，看不到有线电视，几乎与外界隔绝。村里百来劳力在外打工，想同家里通个电话，要先打到山下村，让山下村民走10里山路捎信上山，再下去等，来回半天，有时还误了大事。

"宁可苦干，不可苦等。"面对这些，他咬着牙向村民发誓，一年之内，安装程控电话，开通有线电视。

没有钱，他把打工的3万元积蓄垫上；没有政策支持，他四处游说，找人帮忙，不到一年时间，他将有线电视光缆线、电话线牵进了深山，家家户户安装了程控电话，全村购买了20台彩电。

2004年7月，刘书记又带着村民打响了"农电改网战"。

要把120根木杆换成水泥电杆，从阁壁水库堤坝上抬上海拔700米的山顶，其间要穿过几道沟，翻过几架岭，长12米，重1000多斤的水泥杆，要16人才能抬动，遇上陡坡、急弯，8个人在前面拉，8个人在后面推，他抬电杆大头的最末节，既当"指挥员"又是"壮劳力"，扛杆子的肩膀磨出了血，就换个肩膀，仍与村民肩并肩。

那时，村里没通公路，电线杆只能运到阁壁水库堤坝上，抬一根杆子来回30里，一天只能抬一根，在他的感动下，村里60多岁的婆婆也上阵，就这样，苦斗4个多月，硬是把125根水泥杆"栽"到了山间地头。

山上更亮堂了，村民用电做饭，洗衣更方便了，可刘书记却累病了。

"要想富，先修路"，修路这件大事，就像一个秤砣，压在刘书记的心中。

修路工程大、投入多，只能一步一步推进，先加宽，后硬化，这是一场持久战、拉锯战，从 2004 年年底起，一打就是 3 年。

没有项目，没有资金。他仍在为修路鼓与呼，"乡亲们，租不起挖土机，我们有锄头；没有钱物，我们有铮铮铁骨；没有项目支撑，我们有的是愚公精神，为了摆脱祖辈的贫穷，我们再苦再累也要修成水泥路，绝不把遗憾留给子孙后代。"

为鼓舞士气，晚上，他拖着病体，拿着手电筒，拄着棍子——登门作思想工作，才睡上一觉，鸡叫了，他又爬起来，喊出工，为抓紧时间，他干脆将中午饭安排在自己家，每天 4 桌，自垫生活费 7000 多元。

数十名劳力，十多条耕牛，在十里石门洞摆开开山筑路战场。

斩荆棘，清杂草，裁弯取直，拓宽路面，降坡护砌，水泥硬化……他与乡亲们一道，一锄一个烙印，一步一个脚印，挖坏 200 多张锄头，用坏 100 多根铁钎，最终在 2007 年夏，耗资 53 万，完成了一条长 3.8 公里、宽 5 米的村级公路硬化，20 多个自然村落通了车。

公路通，百业兴。90% 的农户建起了楼房，村民户户买了摩托车，有 5 户跑起了运输，种田地用上了机械，村里竹木、山药等源源不断运往山外，山里特色种养业发展迅速，在外打工者纷纷携资返乡创业，有的承包村里荒山，有的办起了养猪场，有的成立养牛专业合作社。

拔掉穷根，播种绿色
——他同村民一道绿化荒山发展村级经济。

村容村貌改变了，村民仍然守着人均 25 亩山林要饭吃。

2002 年，国家退耕还林政策的春风吹进了山里。

"这回村民有出路了。"刘书记盘算着村里有 150 亩地能用上，高兴得几夜未合眼，急得骑着摩托车每天奔跑在县城，苗圃场，山村之间，争项目，运树苗，发动村民退耕还林。

春季雨水多，植树时间紧，他风里来，雨里去，为节省几元钱开支，饿了，啃几块面包，半夜回家，他开水泡饭是常事，长期饮食无规律，他患上了胃病。

他顾不了这些，同村民整地、栽树、施肥成天似陀螺，围着树木转个不停。

春阳下，树苗发芽抽枝，齐刷刷地往上冒，村民的 700 亩荒山开始泛绿，户户领到补贴款，退耕还林积极性高涨，昔日裸露的山岭，如今满目葱翠。

村民房前屋后，栽上了"摇钱树"，他又带领村民为村里造"绿色银行"。

村里有 1170 亩荒山，他又是一番苦干，全村劳力穿烂了百双草鞋，挖坏了百多张窄锄，硬是将东边的枫树岭，西边的宋家冲翻了一个遍，造速生丰产林 1000 多亩，植杉树 10 万多株，开发林特基地 120 亩。

有了基地，得加强管理。他义务当上护林员，他曾只身一人在村办林场守过好几个夜晚，他爬山下岭的身影常常令外来盗伐者胆战心惊。如今，村办集体林场的杉树已碗口粗，全村林木蓄积量潜在价值 2000 余万元，每年还增值 100 万元，森林覆盖率达 60% 以上，成为"天然氧吧"和"森林公园"。

山上绿了，庭园挂果了，村民甜甜的日子喜上枝条，农民人均纯收入从 1999 年的 600 元，一跃为现在的 3000 元。

有的村民看到刘英明整天为村里和林场的事劳碌奔波，多年来没领村里一分钱工资，没报销一分钱差旅费，倒贴钱为村里办事，还搭上自己的性命，村民都好心劝他，你放弃年薪十多万的打工收入，跑回来受这个累，图点什么？

图的是村民早日享清福，他回答真切。

是啊，他心中装着的是村里早日富起来，村民快点儿过上好日子，将自己的生命置之度外。

2012 年年底，天寒地冻，年味渐浓，刘书记还在为村里的事情奔波。

一大早，他骑着摩托车，赶往县城订购苗木，找驻点单位商讨"洁万家"经费，转来转去，天黑，他才往回赶，肚子饿得咕咕叫，为了省钱，他花 3 元钱，在路边店买了一盒方便面，就着开水吃，嗖嗖的风从头凉到脚，胃痛得难以忍受，他停下来歇歇，进屋讨了杯热水，驱寒暖胃，稍有好转，就动身回家了，也没太放在心上。

年关的日子，刘书记更忙活了，特困户柴米油盐要操心，村级财务要结算，一直忙到大年二十八。

除夕夜，全家人围着吃团圆饭，刘书记吃饭难以下咽，只能喝一些汤汤水水，打点儿消炎针，从过年到元宵节，每天都是如此，人也瘦了几圈，体重从 70 千克降到 40 千克。

他一直拖到正月十六，在妻儿的再三劝说下，他才去县医院检查，结果令人惊愕，胃癌晚期。

正月十八，他去武汉肿瘤医院确诊，同样的结果。

为节省费用，他转到县医院治疗，儿子交费时，发现打工寄回的钱全用完了，笔记本里夹着村里几张欠单，都是好几年前的，有的欠的是工资，有的是为村里架线、修路代付了工程款，总计 4.8 万元，儿子只好硬着头皮去村里要去年 5000 元工资钱。可是，那钱又让刘书记给村里购苗木付了订金！

一次化疗，要住一个星期，用上近万元，他认为耽误时间，又不划算，他再也坐不住了，满脑子是村里的事，天黑了，他悄悄回到村里，将结果瞒着，不让村民担心。

第二天，他的身影出现在村口，哑着嗓子催村民植树。

过度劳累，缺乏营养，使刘英明的病情逐日加重。但他经常拖着重病之躯，在夜间巡查新栽的树苗。清明节那天，一场大火从邻乡烧过来，他立马召集劳力扑火；晚上，他实在动不了，一个人就搬个木凳子，坐在观音坐莲山顶，观望火势，通报火信。

今年 3 月，狮子额油茶基地开发如火如荼地进行，他的病情进一步恶化，但他没放松村里工作，白天坚持上基地指挥挖穴、施底肥，夜里回家打吊针。

次次化疗，他双腿发软，浑身发冷。但他对待村里工作始终充满热情，关爱五保户的心却始终是热的。

他先后发展 5 名党员，村里成立了党支部，设立了村办公室，每个星期组织在家党员学习，成为全县先进党组织村；引进外来户租赁经营村办林场，说服一组打工青年汪普尧回乡投资，办起了养牛场，年出栏黄牛 50 条，手把手传技给村民，发展特色种养，刘英明介绍他入党，并推荐他当上村干部。

村里有 7 户特困户，他来回找两个乡镇，跑断了腿，说破了嘴，硬是让他们吃上了低保，有的领款不方便，他代领，一一送上门。

一组 62 岁五保户廖关朝，智障，右眼失明，左腿残疾，膝下无儿女，至今住在 60 年代泥瓦房里。

去年秋，刘书记带头捐款 2000 元，号召大家有钱出钱，没钱出力，筹资两万元，帮老廖建起了一栋两间平顶屋。

迁新居那天，廖老逢人弯腰行礼，见到刘书记，大拇指竖得高高的。

村里困难户都住进了平顶房，而刘英明一家 6 口还挤在七十年代建的两间砖瓦房里，大儿子成家，占了一间房，小儿子打工回家，连睡的地方都没有。

大热天，堂屋横梁上倒捆着一把掉了脚的落地电扇，吱吱作响，卧室的蚊帐泛了黄，胶布当补丁。

由于治病耗尽了家底，全家日子清苦寒碜，多年来，他没买过一件体面的新衣服。他穿的一件上衣，还是在浙江打工时发的工作服。

哪怕病得这么穷，他不占村里一分钱便宜，村级公路从他家门前穿过，村民齐心帮他家 150 米小路加宽，他自己铺上石子说，能过摩托就行。

忙在十里石门洞，穿行山水间。如今，刘英明不怕死，不畏生，照样拖着病体，以顽强的毅力与病魔搏斗，让生命在搏击贫困中闪光，在青山处处铸起为民丰碑。

（原载《湖北日报》2013 年 8 月 31 日）

篾竹在他指尖上飞舞

——走近通城民间编织艺人谭国荣

谭国荣是一位篾竹匠，但他和别的篾竹匠又不同。

每一根篾条到了谭国荣的手中，仿佛就成了一个舞者，跳出一支支曼妙优雅的舞蹈。他用篾条编的毛主席诗词《沁园春·雪》，形象逼真；用篾条编的国画《熊猫戏竹》，栩栩如生。

多年的纯熟的技艺使他编制的速度非常快。为了赶制一批销往欧洲的小灯笼订单，他创造了一个小时编制 100 个的纪录，平均每 36 秒钟编制一个。

谭国荣自豪地告诉记者，能用篾竹编字画，既有速度又有质量，他是通城县第一人。

昨日，记者来到通城县隽水镇白沙社区李家塘村，见证 63 岁的竹制品艺人谭国荣的传奇。

兴趣　痴迷竹艺

不管是编制农家常用的家具和用具，还是编制字画，最重要的基本功就是劈篾。

在谭国荣家的前院里，记者有幸看到了他劈篾的整个过程。他从后院里拿出一根毛竹，将毛竹的根部锯掉，用篾刀把毛竹的结节刮平，然后根据竹器的要求，锯成三截儿，接着用篾刀把竹子整截儿地剖开，只听到"咔嚓"一声，竹节破裂，一截儿竹子分成了两片，36 刀之后，一截儿碗口粗的竹子变成了 72 根细约头发丝的小竹片。

"一根竹片，少则剖剥取用两三层篾片，多则可以剖剥十多层篾片，再将篾片劈成条条篾丝，这就是编制字画所需要的材料。"谭国荣说。

记者注意到，有的篾丝甚至削得像龙须草那样薄，着实令人叹为观止。

"师傅领进门，修行靠个人，师傅只教我们尺寸，其他的要靠自己摸索和领悟。"记者询问起劈篾的诀窍时，谭国荣笑着说，"劈篾是整个编制竹篾器过程中最重要的环节，没有两三年的学习，根本达不到篾如发丝的境界。"

少年时代的谭国荣就有从事篾竹匠行业的天赋，16 岁那年，他看见村里的老篾竹匠在编制竹篮、箩筐、簸箕时，他回到家里能够模仿着做出来，拿到集市上售卖，成了抢手货，解决了一家六口的口粮。

18 岁拜师学艺，谭国荣刻苦勤奋加上自己的天赋，两年后，他的编制技艺青出于蓝胜于蓝，超过了师傅。

1976 年，24 岁的谭国荣被招进通城县竹木民间工艺厂，由于手艺出色，又调入外贸公司，专门负责竹制品出口工作，同时分管产品创样，传授技术等。

成就　传技非洲

1984 年春季广交会，谭国荣的 10 件作品，深受外商青睐，赢得了一笔大订单，净赚 1 万多元。为表彰他的突出贡献，当时，县政府还奖给他一辆飞鸽牌自行车。此后，在他的带领下，通城的竹木民间工艺厂有了快速的发展，一下子达到 10 多家，每年对外出口竹制品总额在 100 万元以上。

"这件事已过去了 30 年，但我依然记忆犹新。"他感慨地说，对此，哪怕公司、企业几经改制，他将自己的青春年华全部奉献给了通城的竹木制品事业。

2004 年，52 岁的谭国荣迎来了人生第一次出国的机会。当年，武汉国际经济技术合作公司接到了要派几个人到几内亚比绍执行竹藤编技术合作项目的任务，该公司找到省外贸，省外贸直接推荐了谭国荣，就这样，谭国荣登上了飞往几内亚比绍的班机。

由于工作认真负责、技术过硬，谭国荣被武汉国际经济技术合作公司聘任为援几内亚比绍第三期竹藤编技术合作项目组组长。

　　到达几内亚比绍后，谭国荣将自己的技术毫无保留地传授给企业同事和非洲的朋友，并带领大家一起开展竹藤编技术合作项目工作，经过半年的努力，竹藤编技术取得了突破性的进展。

　　出色的技艺、过硬的本领，让谭国荣在几内亚比绍名声大震。听说中国的竹编技术专家来到几内亚比绍援助合作项目，仰慕中国传统工艺的该国财政部长特地到谭国荣所在的生产车间参观。

　　该国财政部长到达生产车间时，谭国荣正在为一对高 1.5 米、宽 0.4 米的大型竹制花瓶刷漆。为编制这一对大型的精美的竹制花瓶，谭国荣整整花了一个月的时间。

　　该国财政部长在这对花瓶前足足观看了 5 分钟。在参观结束时，他向企业的负责人提出购买这对竹制花瓶的请求，理由是这对竹制花瓶做得太精美了，并连连称赞谭国荣的手艺好。最终，这对竹制花瓶以企业的名义赠送给了这位财政部长。

　　在几内亚比绍的两年时间里，谭国荣带领同事们攻坚克难，不仅克服了竹藤编技术上的难题，而且将他的篾制品艺术留在了非洲。

希冀　　盼传承竹艺

　　"爸，爷爷的字写得好，他给你留下的就只有挂在客厅里的三幅字画。你的篾竹编制手艺好，能不能给我们几兄弟留点儿东西？"去年端午节，一家人围在桌上吃饭提议。

　　孩子们的提议触动了谭国荣的心，"趁自己现在还有精力，应该要把这项传统的手艺传承下去，但是三个儿子没有一个人喜欢竹艺。"

　　不久，他上街买东西，路过一家十字绣店时，看到了一幅《万马奔腾》的十字绣作品。"这幅图蛮精致的，挂在客厅里也好看，刺绣我不会，我能不能用细小的篾竹编字画呢？"这个灵感在谭国荣的脑海里一闪而过后，他立刻已下定了决心。

　　从那以后，谭国荣每天坐在客厅里用篾竹编字画。路人看过谭国荣编的字画，纷纷称赞："太神奇了，这样的作品，还是第一次看见。"

　　经过半年的努力，谭国荣已完成了 12 件作品，有毛主席诗词《沁园春·雪》，国画《熊猫戏竹》、《麒麟图》，字画《天道酬勤》等。

　　昨日，记者走进谭国荣家的客厅时，他正在编制新的作品《同圆一个中国梦》，桌上备有白色竹丝和黑色竹丝两种材料。

他将《同圆一个中国梦》的纸质书画稿牢牢固定在木板上，这样能起到塑形、不走样的作用。编织时，他将白色竹丝横铺在书画稿上，然后将一根白色竹丝拉过来拉过去，还不时用直尺进行敲打，不一会儿，白底就渐渐出来了。

"在编字的时候，这个拉的竹丝要换成黑色的，这样才能跟纸质书画稿保持一致。"谭国荣说。

话毕，只见他手指翻飞，三十多根细小的竹丝在他的手中挥动着，像跳舞一样，快而不乱。记者看得眼花缭乱时，这双结满老茧的手已经将"同"字编好了。轻轻一摸，表面光滑平整，与手写的"同"字一模一样。

"随着人们环保意识的增强，篾制品又逐渐有了一定的市场，篾竹制工艺品也重新受到人们的欢迎。现在会这门手艺的人太少了，年轻人几乎没有，我希望有更多的年轻人能够将这门手艺传承下去。"谭国荣眼中充满企盼。

（原载《咸宁日报》2015 年 1 月 29 日）

大山之子的绿色情怀

——记通城县四庄林业管理站站长汤瑞金

18 岁高中毕业那年，他接过父亲手中的锄头，开始了务林之旅，扎根基层一干就是 37 年。

37 年来，他穿烂了一双又一双球鞋，用坏了一张又一张锄头，亲手栽下了 10 万余株苗木。他踏遍了通城山山水水，服务了全县千家万户，将绿色染遍了山乡。

他就是现年 55 岁的中共党员，四庄乡林业管理站站长汤瑞金。

痴心不改　植树造林

"植树造林，就像带孩子，不仅要栽好，还要细心呵护，种好了每一棵树苗，就多一分绿色希望。"上星期六一大早，汤站长骑着摩托车赶到大溪村，边指导老百姓植树，边传授技术。

37年来，他不知道在山上度过了多少个这样的双休日。

与山为伴，以站为家。他这样过了大半辈子。

汤瑞金出生在药姑林场，1977年，18岁的他高中毕业，当上一名营林工，在父亲的影响下，开始追寻自己的"绿色"梦。

药姑山海拔1200多米，山脉延绵30多里，他冬天挖山，春天栽树，一干就是7年。

他创造一天能栽400多株树，一日能抚育一亩多林的奇迹。

由于吃苦能干，他当上林场生产队队长。生于大山，长在林场，造就了他吃苦耐劳的精神。由于工作出色，他先后调麦市、大溪、北港、四庄等乡镇林业站担任站长。

四庄乡是个林业重点乡，2009年，他受命站长时，正是油茶示范基地开发和大溪国家湿地公园申报建设的攻坚时期。该乡山高路远，年过半百的他，风雨无阻，穿梭在乡间路上。在他的悉心指导下，建成了小井、清水、庙下三个连片2000亩的油茶基地，成为全县油茶大县建设的重点板块示范基地。境内小井油茶示范基地成为2013年全国油茶产业发展现场会参观点。

去年夏天，持续高温干旱天气炙烤着通城大地，小井油茶基地抗旱保苗成为一项压倒一切的中心工作任务。

汤瑞金作为林业局抗旱专班负责人，他立刻调来了抽水机等设备，早上六点，天没亮就带领着林业站4名职工会同局抗旱专班，给茶苗浇水，大家分片作业，他一个人负责100亩油茶地，戴着草帽，将湿毛巾搭在脖子上，火辣辣的太阳还是将他的皮肤烤得通红。为了抢时间，中午，他就到附近的农舍稍作休息，等到晚上月亮出来后，他又再浇一遍水，有时忙到十一二点，刚睡下又听见鸡叫，天没亮，他又赶到基地忙活。炎热的天气，加之疲劳过度，痔疮复发，妻子劝他回家休息一下，他说："小井基地是我们四庄乡的基地，林业局全局都在这里集中力量抗旱保苗，我身为站长，怎能下阵。"

就这样，他连续奋战了26天，千亩油茶免受干旱侵袭。

省林业厅领导到基地检查，看到抗旱现场感动地说："我们的林业干部确实不简单，就是基地上的农民。"

赤胆忠心　　守护森林

"造而不管，就像生而不养。"汤站长经常这样向老百姓宣传森林资源保护的重要性。造一片林很难，保护好一片林更难。

四庄乡与邻县崇阳交界，山高林密，森林防火任务繁重，每年的防火期也是他最忙的时候，一到年关，更是防火灾关键时期，大年三十，当别人都全家团聚时，他却还在巡山头、守哨卡、蹲坟包，晚上才能匆匆赶回家团聚，初一短暂休息一天，初二又立马投入到防火一线。

2012年春节，庙下村突发山林大火，正在吃饭的他接到电话后，连衣服都没来得及换，带着柴刀，骑着摩托车直奔村里灭火。他冲在最前面，砍防火隔离带时，由于躲闪不及，眉毛和头发烧掉了一半，他仍然坚守火线，直到大火扑灭。

为严控森林火灾，保护一方青山绿水，他又协同乡里组建了14支扑火队和3个巡查专班，修复大溪、上坪、五花等村防火隔离带20余公里。

老汤还经常告诫职工，要严把采伐关，村民采伐林木要求管理人员做到伐前察看、伐中监督、伐后检查验收，他在这方面也是亲力亲为，率先示范。

四庄乡3个乡办林场比较分散，大多分布在水库周边，山高林密，来往不便。去年秋，他接到青石洞林场场长来电要求采伐，为了了解实情，他骑着摩托车到达龙潭水库，将摩托车放在堤坝上，划着木船钻进林场，他仔细察看采伐的界限，测算树林的密度是否达到了采伐的要求，详细做好记录。当日，他回到林业局写好报告，不到三天将证件办齐交付。仅去年，他配合局资源股办理林木采伐许可证16份。

为严厉打击盗伐林木、乱砍滥挖、乱捕滥猎等违法行为，去年，他配合县森林公安局查处涉林案件7起，捣毁烧炭土窑5处，调处林权纠纷6起。

一片冰心　　服务林农

"门临绿水鱼鸭满塘，背靠青山果树飘香。"大溪村一组村民戴一龙家的这副对联，道出了当地林农的心声。

大溪库区一直居住着大溪、纸棚两个村3000多村民，大部分靠打渔卖树木为生，村民生活艰难。

二十年前，汤瑞金在当时大溪乡当林业站长时，就认识老戴，2009年，他再次见到老戴时，一家五口还借住在亲戚家中，为了帮助老戴脱贫，汤站长动员他栽种苗木。老戴灰心说："我只有地，没有钱买树苗。"汤瑞金拿出1000元工资，从湖南购进6000株桂花苗送上门，亲自教他栽种，传授抚育管理技术，不到两年，老戴种上了1万株桂花、红叶石楠等苗木，年收入3万元。

在他的示范引导下，村里家家户户都种起了苗木。尝到甜头的村民纷纷要求扩大种植规模，品种也从原来单一的金桂到现在的丹桂、红叶石楠等，全村苗木发展到150余亩，仅卖桂花苗，年收入近300万元。村里的房子也由原来的土瓦房，变成了一栋栋楼房。

2010年，寺背村村民周佛池承包了村里70多亩荒山，但不知道栽点儿什么好，汤站长亲自上门，向他介绍发展油茶的前景和县里的好政策，周佛池当即决定把70多亩地栽上油茶，老汤忙着帮他调苗子，带着几名职工到山上指导栽植和抚育技术。2013年，老周的油茶林开始试果了，尝到了甜头的他，一直念念不忘汤站长。

目前，全乡的油茶基地扩展到了1.2万多亩，加之3个大型乡办林场，老汤的工作越来越重，但他从未后悔选择了这份工作，仍然忙碌在帮助村民建绿色银行，服务林农、林改工作的路上。

毕生心愿　绿染山乡

汤站长扎根基层多年，从未向组织提过任何要求，他常对家人讲："我做梦都没有想到，我一个普通林场职工，能当上站长。"

当上级一次次将重任交付到他身上时，组织的这份信任，就是他三十多年无怨无悔奉献在山林的全部动力，哪怕奔波劳碌，失去再多，他仍感到充实。

2004年10月，父亲病重，恰逢汤站长负责的北港基地造林处于攻坚阶段，父亲弥留之际，他没能见上最后一面，留下了终生遗憾。

30多年来，他的妻子、孩子随他到处漂泊。工作调动到哪里，孩子的学校就换到哪里，不管路程多远，他从未接送过孩子。妻子一直没有工作，在家里操持家务，一家人的生计全靠他一个人的工资维持。

1998年，他在城郊买了一套房子，共需5万多元钱，当时手头拮据，还是在十堰市工作的哥哥资助3万元钱，才解决一家人的居住问题。后来，为了筹备儿子的婚事，他还欠下了10多万元的债务。

在这种家庭状况下，身为林业站长，每年经过他手中的林业项目少则几十万，多则几百万元，但他也从不插手为自己捞半点儿好处，他总是说："我要上为国家的政策负责，下对老百姓的实惠担责。"

2009 年，他刚到四庄林业站工作，该站副站长向他诉苦："林业站工作任务繁重，工资待遇得不到保障，我们怎么能把工作搞好？"汤站长说："你们只管把工作做好，如果工资待遇有缺口，要少就少我一个人的。"他是这样说的，也是这样做的。2013 年年底，由于全年工作任务繁重，站里工作经费出现了缺口，他先把几个职工的工资全部发到位，自己的还挂在账上。

绿了荒山，白了头。

37 年来，他只求奉献，不求索取。如今虽然年过半百，为了心中绿色的梦想，仍奔波在基层，耕耘在林海。

（原载《咸宁日报》 2014 年 3 月 8 日）

真情托起爱的天空

——通城县沙堆镇福利院院长卢达华服务老人记

10 年前的 4 月，卢达华从担任多年的通城县港背村村支书的位置上退了下来，又接受了一项更为艰巨的工作，去沙堆镇福利院当院长。

责任：让天空阴云散去

2000 年 4 月 25 日，卢达华由镇领导陪着来到福利院交接，当时的福利院可谓是煤无一锹、柴无一捆，有的只是 400 平方米的一栋楼房、一台飘着雪花状的黑白电视机、一个空空如也的猪舍。45 位老人已经 4 个月没吃过一块肉了。望着这一群穿着破旧棉袄、脸上汗油油的老人，她的眼泪就直在眼眶里打转，她感到自己肩头上的担子真沉啊！她对送她来的镇长说："既然党组织派我来这里，我就应该扛起我的一份责任，我一定要让这里的老人过上称心的日子，让他们感受到党和政府的温暖。"

从这天起，她四处跑着求援，她用真情打动着人们，诉说着老人生活的辛酸，唤起人们对老人的关怀。第二天，镇政府工作人员送来了500元捐款，老人们4个月来打了第一次牙祭。第三天煤站捐送了两吨煤，燃"煤"之急得到解决；第四天，镇中心初中的师生来了，院内院外3年来开了第一次光；第十天，她又托熟人、找关系、写报告，找到县民政局批了2000元钱，买回了高压锅、蒸笼、饭碗、盘子、筷子、水桶、洗脸盆、洗澡盆等生活必需品；第二十天，她从书记手中接到了镇党委政府从办公经费中节省下来的3000元钱，用这些钱为老人每人做了一身崭新的衣裳。这段时光老人有吃有用，他们感到从未有过的开心。可卢达华心中还是乐不起来，因为外援毕竟只能缓解一下暂时的困难，今后的路还得靠自己两条腿走下去。

她开始苦苦思索福利院未来的发展之路。她仔细盘点家底：离福利院半里处有20亩水田，院后有一座400亩的荒山，院前有一口6亩大的池塘，院内有一大块空地。她静下心来算计：福利院要发展，老人生活要保障，就必须在这一笔家产上打主意。于是，她把福利院外租的20亩水田要了回来，向各村求援请来劳动力，种上了蔬菜、经济作物；买来鱼苗，池塘里养起了鱼；在院子里盖起了鸡舍鸭棚，养起了成群的鸡鸭；向亲戚家赊来了一只崽猪婆，饲养起了母猪，继而又喂养上了肉猪；向镇政府提出请求，由政府出面在荒山上种植了柑橘、板栗。卢达华的一举一动，老人们看在眼中，想在心上，他们知道卢院长是一个好当家，他们都暗暗打算帮衬她一把。于是体力不济的就在家扫地、择菜，帮忙做饭，体力较好的就主动喂猪、养鸡、养鸭，体力尚健的就由卢院长带领下田忙活。

真情：让心头布满阳光

种养业驶入了良性发展轨道，经济发展了起来，于是她用过生活节余下来的钱买来了一台大容量的冰箱保鲜、制冷，不让老人眼馋别人的冰水、冰棒；买来两部彩电，接通了有线电视，好让老人们了解国内外时事、了解国家的发展变化，看上了娱乐节目；安上了电话，好让老人们与外面的亲友沟通；买来的军棋、象棋、个子、麻将，好让老人们散心解闷儿；重阳节邀请本镇中心小学学生演出一回，元旦邀请镇中心初中学生热闹一番，好让老人乐一乐、笑一笑。

卢达华总是把院里的老人当作自己的亲人，如今老人都讲究祝寿，这些无儿无女的老人也是很羡慕别人过生日，她就把老人们的生日写在纸上，镶在玻璃框中，挂在办公室的墙上。每当有哪位老人生日一到，她就精心准备，买来生日蛋糕和鞭炮，安排厨房多做几个可口的菜肴，喝着院里自酿的米酒，和全院的老人们一起，热热闹闹为老寿星过生日，让老人享受一番天伦之乐。所以这里老人们都说："自己这辈子活得值得，能遇上你这样一位好院长！"

孝心：让老人开心上路

卢院长的寝室和病号间是隔壁，因为这样更能方便照顾生病的老人，提起这事，老人们的心里都暖暖的。81岁的老人章龙会患前列腺炎多年，严重时小便非常困难、非常痛苦，她看在眼里，急在心上。她一面买来药物治疗，一面多方打听偏方，当听说用热水洗小便能把尿引下来时，她便打消了一切顾虑，亲自打来热水，为老人热敷，直到排出尿为止。老人临终前说："闺女，苦了你啦，没有你，我活不了这些年呀！现在我可开心上路了……"

78岁的老人熊顺孝突然患脑血栓，因年岁已高，医院已无回天之力，白天派专人看护，晚上她亲自守护在老人身旁同睡一床，为老人打针、喂药、喂饭、洗澡擦身，端屎端尿。在熊顺孝弥留之际，她把老人身上的衣服一件件脱下来，将全身擦洗得干干净净，又把寿衣给老人穿上，让他安心上路。出殡的时候又是她给老人烧纸、扔"纸钱"。每年清明节，卢达华都要买来檀香和纸钱，为院里过世的老人燃上一炷香火，烧起一叠纸钱，这不仅表达了对死者的祭奠，也是对生者的安慰。

75岁的卢冬莲老人，常年患心脏病，卢达华多次将她送到医院急救，由于抢救及时，老人的生命得以延续，于是她老人家常怀感激之心，不知如何为报，她便多次硬是将自己的一对家传玉石手镯塞给卢达华，定要卢达华收下。卢达华也多次硬是退回老人，她说："我就是你的闺女，我所做的一切都是我的本分，做女儿的难道要求得什么报答吗？老人家手镯还是自己保藏吧！"老人说："既然你愿把我当作娘亲，你就是我的闺女，娘不把遗物留你还能留给谁呢？"说着说着老人流出了感动的泪水。卢达华也感动了，陪着流了一回泪。她想：不收下会伤老人的心，不如就此收下，再估摸着它的价钱，为老人买些药品补品，两人都开心，这样不也两全其美吗？

福利院徐冬连老人的下肢瘫痪，无儿无女，生病在医院住院32天，全靠卢达华同志护理，端茶端饭倒水、倒屎倒尿、洗衣洗澡，无不一一悉心照料，老人感激流泪地说:"不知哪辈子修来的福分,不是亲女儿胜似亲女儿啊!"老人卢红保双目失明,十一年来,卢达华也是如此悉心照料。

正是卢达华同志对五保老人尽责、尽情、尽孝,2008年12月被市委、市政府授予首届"十佳道德模范"。四年过去了,卢达华同志一如既往,四年如一日,兢兢业业,不辞辛苦,毫无怨言,已经把对老人的爱当成了自己生活的一部分,把对敬老爱老当成了一种习惯。在当今社会经济高度发达,各种诱惑充斥着人们的眼球的时候,卢达华同志用自己十几年来的实际行动来履行自己的职责,表达自己的工作追求。十几年来时刻把福利院这个大家放在第一位,不论春夏秋冬亲身为老人的各项事务去奔走,自己的小家却经常顾不上,有时候回家连饭都吃不上。如果说一个人能把对老人的这种爱、对老人的这种关心坚持两三年实属不易了,可见卢达华同志十几年的坚持有多么的不容易,正是因为卢达华同志这样一位心里始终装着老人,忘我工作,乐于奉献,如今,这种孝老敬老的良好道德风尚在镇里蔚然成风。

(原载《咸宁日报》2014年3月3日)

胡秀华:柔韧肩膀扛起山村的希望

说话轻声细语,身材瘦小单薄,42岁的胡秀华看上去不像典型的"女强人"。16年前,为了生计,她放弃村妇女主任的职位,远走上海,从打工开始,盘起小生意,年入30万元。

7年前,受村里4000多名父老乡亲的邀请,她放弃繁华,回到家乡通城县石南镇牌合村。8年来,在她的带领下,牌合村从"空壳村"变成富裕村。

红彤彤的手印,沉甸甸的期望

村干部年龄偏大,老支书退休在即,2004年以来,老支书多次联系胡秀华,请她回来掌舵。2005 年春，镇党委书记孔庆丰带着按了村里 6 名老党员手印的联名书，千里迢迢来到上海。

面对亲情的感召、群众的期盼和组织的召唤，胡秀华决定回到这片熟悉而又陌生的土地。当年，她当选村委会主任；2009 年当选村支部书记；2011 年再次高票当选村支部书记、村委会主任。

这些年，总有人问胡秀华，回来亏吗？胡秀华说："人生总有得失。在外打工挣的是真金白银，返乡创业赢的是民意民心。村支书'官'虽小，但干事创业的天地很宽。"

当家人最头疼没钱办事

作为村里的当家人，最头疼的就是没钱办事。2005 年回来的时候，村委会破烂不堪，办公桌椅歪歪扭扭，村集体欠债 80 多万元。看到这幅景象，胡秀华的心里凉了半截儿。怎么办？退缩肯定不行，发展集体经济是唯一出路。胡秀华想到村里出去的大老板——玉立集团老总黎珊玉。

胡秀华拿出当年跑销售的劲头，整理好村里的情况，骑着摩托车，有事没事就往黎总那儿跑。他白天没时间，胡秀华就晚上去；他出差在外，胡秀华就打听好时间等他回来。几经往来，黎总被胡秀华的诚心所感动。2006 年 3 月，公司投资 4000 万元，村里以土地入股，共同建起牌合绿色农业生产合作社。村集体有了收入，兴建了标准的党员群众服务中心。

带头干，把村民领上致富路

村里的事情很多，发展任务很重，但一个人的力量有限，要想干成一番事业，不仅要自己带头，更要带领大家一起干。村集体通过合股实现了增收，但群众还不富裕。2008 年，胡秀华将家里的老猪圈升级改造，买进 150 头小猪，当年净赚 3 万多元。

在胡秀华的动员下，黎逢甫、黎五明等多名党员干部也先后办起养猪场。村民看到干部有了收入，纷纷加入养殖行业。为了规避风险，胡秀华在村里成立养猪合作社，100 多户群众加入，走上了共同致富的道路。

踏出老屋，3 间瓦房轰然倒塌

群众的利益比天高，党员干部就是他们的"主心骨"。危急时刻，党员干部必须挺身而出，冲锋在前。

去年6月10日，通城遭逢两百年一遇的特大洪灾，情况十分危急，胡秀华和村里的党员干部冒着暴雨挨家挨户转移群众。但危房户两位村民任凭干部们好话说尽，就是舍不得走。危险步步逼近，胡秀华来不及多想，也顾不上个人尊严，一膝跪在地上。两人被胡秀华的真诚所打动，跟着她起身离开。他们前脚出老屋，3间瓦房在脚后轰然倒塌！

儿女膝下有黄金，自古只向父母跪。一起去的干部说，你这一跪真不值得。胡秀华却说："群众就是我们的父母，这一跪换来他们安全转移，值了！"

你帮百姓三分，百姓敬你一尺

"你帮百姓三分，百姓敬你一尺。"胡秀华经常跟村干部这样说。

村里有一条灌渠，多年失修，群众怨气很大。2009年，胡秀华当选村支书后，自掏腰包垫付3万元维修款，带领村"两委"班子一道，顶烈日，冒酷暑，连续奋战10多天，终将这条"问题渠"变成了"民心渠"，赢得村民交口称赞。

几年来，村里先后筹资800多万元，建起了希望小学，办了幼儿园，引来了自来水，硬化了村级公路，建起了仿古风格的居民小区，群众的日子越过越红火。村里还争取到县里的大项目，总投资8亿元的樊牌新城也在这里开工建设，一个更加美丽、开放、富饶的新牌合正在走来。

（原载《湖北日报》2012年7月1日）

一"站"网尽村民事

——省劳模张海晏和他构建的村级公共服务网

办证、跑腿儿、医疗、购物……一"站"式服务，网尽村民大小事。通城县油坊村村支书张海晏，倾心打造"半小时服务圈"，让村民们乐享"社区生活"。5月31日，记者见到了这位领头人，也领略了他的"执着"与"过细"。

一句话引发的"民生构想"

有一件事，张海晏始终难以忘记。

2008年夏天，1组村民杜国品拿着建房申请来到村委会，要办理建房子的手续。当时，张海晏盖了村委会的章子，就让老杜自己到镇上的国土所去办理。半年过去了，老杜的建房手续仍没办下来，原来，他跑了三四趟都没找到人，要么是时间不对，要么是手续不全。

2009年年初，村里要平整土地进行重新分割，所有村民都签了字，唯独老杜不同意："我当初办建房子的事，让我跑了那么多次，你们现在要弄成事，也得多几遍。"

老杜的一句话，让张海晏一惊，这样一件小事，在村民们的心里竟然埋下了这么大的怨气，看来，发展经济固然重要，让乡亲们心气顺、幸福感强更为重要。

一个构想在张海晏脑海中形成：为什么不把与村民息息相关的公共服务功能集合起来，办成"一站式"服务呢？

你有事 我跑腿儿 我办事你放心

有了好想法，就赶紧办。

跑部门、签协议、办手续……张海晏忙得团团转，2010年，一个集民政、劳动保障、计生、司法、土地、公安等为一体的公共服务站诞生了。

真的能足不出村办成事？村民们一脸狐疑。23组的彭先国第一个把建房申请丢在了公共服务站的桌面上，有意要"将一军"。意想不到的事发生了，两天后，国土所真的有人下来实地勘测了，半个月后，彭先国顺利地领到了建房许可证。

一石激起千层浪。上户口的、办低保的、医疗报销的，村民纷纷涌进了服务站。"生意"好了，服务站的人手又不够了。张海晏下决心给服务站配了10多人，每人肩挑一块事，登记、答疑、跑腿儿……没有休息日，大家轮轴转。"有了人，要办好事，办成事。一天能办的事，绝不拖两天。"张海晏要求。

14组村民郑梦丽负责提供咨询帮助、跑腿儿代办。她每天早上七点钟就上班，"宁可自己早来，也不让村民久等。"每个周一，郑梦丽就要去公安、民政、土地等部门"画个圈"，把需要代办的事全部落实，有时遇上人多排队、网络不通等情况，上午办不完，郑梦丽干脆不吃中午饭，蹲在人家单位门口，争取下午第一个办事。

办了一件又一件"村民的难事"，服务站赢得了"方便站"、"放心站"的美誉。

服务做"加法" 追求无止境

没有最好，只有更好。为村民服务，张海晏不断做"加法"。

为了方便村民就医购物，上个月，张海晏腾出集体的地，交给有经营实力和医疗技术的村民，建成集农资超市和医疗服务于一体的综合服务社。"这里，药品比医院便宜得多，当日就医当日就可报销。"3组的杜爹爹说。

"张书记管得宽，芝麻大的事，他也管。"在公共服务站的墙上，记者看到，有一本厚厚的"群众说事本"，第一页这样写着：5月22日，7组的杜耀升找到村里，说需要购买小麦种，请帮忙联系。本子下方是村里的回复：已经联系好了2000多斤航选163小麦种。落款处，是老杜写下的"满意"二字。

26组村民黄连青2009年刑满释放，张海晏经常找他谈心，当得知黄连青1.3亩田被别人占了而不敢吱声时，张海晏立即查阅了相关法规，一分不少地把田要了回来，还出资3000元为其修补旧房。"万万没有想到，像我这样的人都能被照顾到。"黄连青心里有说不出的感激。

如今，张海晏又在寻思着：村民每年筑沙排灌既不方便又费钱，如果建一个混凝土"挡水坝"，就可一劳永逸。说干就干，张海晏又一头扎进了筑坝的筹备工作中……

（原载《农村新报》 2012年6月2日）

皮绪斌与"锦峰茶"三级跳

皮绪斌，一位早年下海经商的镇干部，冒着举债的风险，靠着多年来的诚信经营，让通城"锦峰"茶叶从一个只有几人的小厂一跃成为湖北省农业产业化重点龙头企业。

5日，在通城县锦山基地茶场，现代全自动化的喷水管正在随着美妙的音乐给茶树洒水，茶场工人们推着割机正在修剪茶叶。

进入市场，质量是标准

咸宁是中国有名的"茶叶之乡"，也是全国三大茶马古道源头之一，想要在众多的品牌中脱颖而出，质量一定要过关。

2003年，创业之初，皮绪斌下决心，实施第一个"三年规划"，倾力打造"锦峰"茶叶品牌质量。

为此，他上杭州、下广州进行调查学习，不惜重金引进最先进的茶叶专业生产加工设备，产品质量采用ISO/IEC国际和国外先进标准，严把质量关，给客户喝放心茶、有机茶。产品也从2004年起连续7年获得GB/T1963.4-2005有机茶认证、OTRDC-520有机食品认证和QS食品安全认证。

有一次，一名工人不注意将去年同一时期的散茶放入了今年的新茶之中，刚好这批货第二天就要交给客户，被皮绪斌看见，他当面斥责了这位工人，并将这批茶叶全部当作陈年旧茶处理。为保证质量，皮绪斌宁愿损失近两万元的货款，也不愿以陈茶充新茶欺骗客户。

正是这样，锦峰茶叶以其优质闯进中国茶叶市场，去年，一举获得中国市场监督管理委员颁发的"质量达标用户满意3A级单位"。

开拓市场，人才是保障

三年的苦心经营，产品质量上去后，皮绪斌开始实施他的第二个"三年规划"，向全国茶叶市场进军。

为此，他广招英才，高薪留住企业的元老功臣，亲自赴省级高校聘用实用人才，为企业注入新鲜血液。

同时，他鼓励制茶能手、供销能人和管理行家晋升职级职称。他还为员工建立了人才档案，至今共有18人获得农艺师等职称。公司销售队伍遍布祖国的五湖四海、大江南北，企业的销售额连续三年均在8千万以上。

短短几年，锦峰茶叶实现了从传统的小农商到现代化机械化的生产加工大型企业的华丽转身。

稳住市场，创新是活力

企业要生存，品牌文化是企业的软实力，没有文化的企业就如同没有方向的航船，终究到不了目的地。

为此，皮绪斌正式施行他的第三个"三年计划"——大力创新企业文化，给品牌注入"灵魂"。经过仔细琢磨，考虑到天然绿色食品的市场前景广阔，也顺应当今社会有机食品的消费潮流，结合企业的发展实际，皮绪斌确定了"以天然赢得人缘"的企业核心文化，大手笔打造低产茶园向良品茶园转换、常规茶园向有机茶园转换、单一茶园向生态林园转换、生产茶园向生态休闲式农业茶园转换。

他在茶园建立了图书阅览室、党员优质高产茶试验园，丰富职工的业余生活。

皮绪斌的辛苦付出，得到了各级政府的大力支持，市、县领导亲赴茶场调研，给他提出科学的发展建议，走规模化扩张道路。

2008 年，他一次性收购上坳、新磨、白沙、油坊等 7 个基地分场，茶叶销售获得了大庆油田、辽河油田、吐哈油田、中国石化、中国长城集团公司、中国电网等大型企业准入资格，市场得以全部打开。茶场在 2009~2010 年分别被中国科协、国家财政部授予"全国科普惠农兴村示范基地先进单位"称号。

"对于未来，我信心满怀，冲刺亿元产值！"皮绪斌指着"打造茶叶大县"的标语说。

（原载《咸宁日报》2012 年 7 月 10 日）

习小光：从贴牌到创牌

荒芜的茶山经他改造成了有机茶基地，数千只山鸡茶园中觅食；经他研制的"霞光"牌茶叶获准进入北京外交人员免税商店。他是通城县霞光茶业有限责任公司总经理习晓光。

"贩茶商"自创品牌

1985年，通城县隽水镇宝塔村决定创办一家茶叶企业。经销能人习晓光，在一无资金、二无人员的窘境下，凭着在茶叶界跑经销学来的经验和信誉，开始了他的霞光事业四级跳。

创业之初，搞转手贸易。他带领一班人从浙江、湖南等地购进加工好的茶叶，回来包装，再卖出去。八十年代末，厂里购进茶坯，加花制成芳香的茉莉花茶，加工后再卖出，提高了利润率。九十年代，厂里购进成套茶叶加工设备，30多名农民洗脚上岸，成了村里第一批产业工人，自己动手生产加工茶叶，并注册"霞光"牌商标。

2005年企业改创，厂里从村办企业转为民营股份企业，成立霞光茶业股份有限公司。

2007年，他同退伍军人吴海燕合作承包了位于深山的马港镇夏江源茶场，发展有机茶。并先后建起了养猪场、养鸡场；建起了沼气池，用沼气做燃料、沼液种茶。

2009年一开春，他又成立了"霞光夏江源农产品专业合作社"，联合大柱山茶场、宝塔茶场等县、镇茶叶生产加工企业，发展社员100多人，有机茶种植基地扩大到2000亩，建立了集种植、加工、销售于一体的产业链，并通过OTRDC有机茶、有机产品认证、QS食品安全认证等。

茶场通过了国家有机茶生产认证，茶叶产品出口欧盟和日本等国家，年产茶3000担，有机茶叶产品供不应求。

"霞光"牌有机茶还被确定为国家绿色食品2A级有机茶生产基地。公司保持年均产值28%的增长率，品种也不断丰富更新，涉及高中档花茶、绿茶及高级礼品茶等100多个品种系列，销售网络覆盖西北、华北、东北等地。

"霞光茶"诚赢市场

霞光公司立足茶业经营二十多年，广大客户、业务员、供销商及商业合作伙伴无一纠纷发生。他们和谐的合作关系，靠的是诚信这块合金基石。

对失信，习晓光有切肤之痛。

1985 年前，他在一家茶厂跑销售，这家茶厂的茶叶质量不稳定，受到客户的冷落。这样既丢了客户，自己的信誉也跟着大受影响。

"诚信不立，何以为商？"习晓光将诚信定为企业坚定不移的理念。

湖南一茶厂，是霞光公司 20 多年的合作伙伴，霞光从对方购走几千万元的茶叶，从未出现一分钱货款拖欠现象。霞光良好的商业信誉深得茶厂认可。前几年，该茶厂做出口生意，由于加工能力跟不上，倒找上门来，委托霞光帮助加工茶叶。正是诚信为霞光带来了更大的互利双赢。

2000 年，霞光公司从云南购进一批茶叶，经检验，质量与样品不符。有人说："这是对方违约，按合同不用给钱。"但习晓光认为，不给钱即是丢掉了起码的商业道德，决不能这样做。最后，他依质论价，付清了货款，令对方大受感动，此后成为他们忠实的合作伙伴。

霞光公司的销售队伍之所以不断发展壮大，事业蒸蒸日上，和习晓光的诚信经营分不开。而今，公司业务员在他的感召下，精心呵护"霞光"这个来之不易的品牌，从未发生过有损公司信誉的行为。

诚信竞天下。现在，只有电话订货，公司即有供应商送货上门，有银行提供贷款，有千里之外的业务员全力配合。如今，公司年销售收入近 1 千万元。

霞光茶业一度跻身"全省消费者信得过单位"行列，"霞光"茶也一跃成为"全省消费者信得过产品"。

（原载《咸宁日报》2012 年 8 月 7 日）

汪国富：以身许茶

20 日，通城县百丈潭茶业公司老总汪国富说，他这大半辈子，只做了一件事，以身许茶。

离岗创业

1991 年，21 岁的汪国富从浙江农业大学茶学系毕业后，作为专业人才被通城县委、县政府引进来，安排在县特产局上班，指导全县茶叶产品研究开发工作。

按理说刚毕业就进入机关工作，又是大学生，今后政治前途一片光明。但机关单位的工作单调重复、缺乏激情，而且汪国富从小对茶文化感兴趣，他决定辞职，下海搞茶叶销售。

说干就干，辞职后的汪国富搞起了茶叶推销，经过几年的资本积累，1997 年在通城开起了第一个茶庄，专门经销通城各类茶叶。

经过几年的摸爬滚打，他对茶叶市场商机有了嗅觉，考虑到客人冬季喝不到新鲜茶叶，他在 2000 年夏，建起了通城县第一座茶叶专用冷藏库，既解决了全县各茶场茶叶保鲜问题，自己又盈了利，正是这一创举，让他真正打入了通城茶叶经销这一黄金地，为今后开拓自己的品牌奠定了坚实的基础。

创立品牌

"总是帮别人销茶叶，不是长远之计，要想取得更大的发展，必须有自己的基地，创立自己的品牌，打造天然绿色有机茶。"2005 年，汪国富几经考察，举全家之力，购买了马港镇平湖村的百丈潭茶场。这里位于百丈潭高山库区，山清水秀、土壤肥沃、森林茂密、云雾缭绕，是生产有机茶的理想地。

为把茶场打造为天然有机茶生产基地，他投资十几万元对 200 亩茶园进行平整改造，为保证茶叶绿色天然，对茶苗坚持只使用农家肥料，并引进环保安全的激光灭蚊灯，全方位保证茶叶质量。

当年底，集茶叶种植、加工、销售于一体的百丈潭茶业有限公司终于挂牌成立。

诚信经营

靠着自己的脚踏实地，诚信经营，百丈潭天然有机茶开始在南鄂大地叫开，产品连续 11 年经过国家有机茶认证，许多外地客商不远千里来通城，指名道姓要"百丈潭"天然有机茶，山西一家煤矿集团就是其中之一。

2006 年 4 月 26 日，汪国富接到山西运煤集团一笔 2000 斤茶叶的订单，偏偏那几天下大雨，考虑到天气不好，运送时间又紧，为保证茶叶质量，他花高价租了一辆车专程送货，自己亲自押运。一名员工向他提出："这笔生意干脆算了，专程租车，路程又这么远，一来一去，公司赚不了多少钱。"

汪国富开导员工："商场一定要讲究诚信，答应人家的事就必须做到。"

他冒着大雨，经过两天一夜的路途颠簸，终于赶在 29 日晚，将新鲜的茶叶送到了客户手中。

对方看到按时送来的货，拍着汪国富的肩膀承诺："以后我们公司所需的茶叶，全部由你们供应。"

一步通，百事顺。有了那次雨中送货的佳话，汪国富在茶叶届的名声越来越响，生意也越做越红火。

扩大规模

为帮助周边茶农增产、增效，2008 年，汪国富又成立了百丈潭茶叶专业合作社，一次性吸引了 200 多户茶农入社。

在他的帮助下，关刀镇茶农付绪金 300 斤单芽剑春茶比往年多卖了 6300 元，马港镇种植大户盛文峰的 260 斤一芽一叶龙井，多增收 1.4 万元。

公司逐步发展壮大，如何让"百丈潭"品牌在全国叫响？

朋友建议，不妨向全社会有奖征集广告宣传语，扩大企业知名度。汪国富觉得有理，立即开展此项工作。

征集活动开始后，公司先后收到来自全国各地近千名应征者近万条宣传语，经过千挑万选——"千年茶韵，百丈潭情"定为公司形象广告语。只为这一句话，他花费了近 3 万元。

20 日，谈到公司未来，汪国富自信地告诉记者，眼下正投资 500 万元，创建一个集茶业开发、科研、加工、销售于一体的标准化茶叶示范基地，让通城百丈潭茶业走向世界。

（原载《咸宁日报》2012 年 9 月 25 日）

吴涛平：勇立潮头成机械行业黑马

在重型机械业发达群雄逐鹿的湖北省武汉市，康来特重工有如闯入的一匹黑马，以矫健的身姿一路昂扬驰骋在如林的重型机械行业。

公司董事长吴涛平站在武汉二桥旁的龙潭大厦办公大楼上，推窗而观，心潮澎湃。他以诚信创业驾驶着湖北康来特重工机械有限公司这艘民营企业巨轮，勇立潮头，搏击商海，一路奔来……投产当年，产值达到 1 亿元，利税超过 100 万；五年后，企业实现大步跨越，产值突破 3 亿元，利税达到 1000 万。

"这个五年，我们将让公司各项指标再翻一番，在江城再造 28 层科研楼，让企业攀上科技高峰，打造拥有自主知识产权的品牌产品。"公司董事长吴涛平满怀信心，他身后的墙上，"厚德载物，以勤创业"八个字熠熠生辉，成为一种有力的注脚。

勇闯敢拼

十几米长，重达 200 多吨，6 件核电大型设备急待加工，如一块大骨头，鲠住了许多企业老总，"七个月交货？那简直是做梦！这么大，加工又复杂，至少要一年。"

2006 年，吴涛平刚成立的康来特公司，得知这个消息后，他赶过去，胸脯一拍："给我一个月时间，保证保质、保量交货，这是保证金。"面对半信半疑的项目负责人和张大了嘴的老总，吴涛平丢下五万元保证金。

这是公司成立以来的第一笔大订单，必须打赢。打胜了，就可以立住脚。

吴董知道这一仗的意义。虽然考验重重，但他信心十足：企业拥有一批 5000 万元国内、国际领先先进加工设备，锻造能力和实力在全省屈指可数，可为机床、船舶、风电、矿山等行业提供全套服务；他拥有一个商业合作网络，可以集众人之力；他在江城钢材市场摸爬滚打了 10 多年，练就了火眼金睛的选材高手和恰到好处的热处理技术；更重要的是，十几年商海打拼，锤炼了自己敢拼敢搏的品性。

吴涛平很快找来 6 家商业合作伙伴，一一进行分工，同时自己亲自带领一班人马，加班加点猛赶。一个月的苦战，终于如期交货。

项目负责人由衷地竖起了大拇指："了不起，比深圳速度还快。"一位分管该项目的省领导得知后，不住地感慨：为什么一家名不见经传的民营企业，能创造如此高的效率？这就是真正的民企精神，这种精神值得我们学习。

"搞重型机械加工这一行，国企在前面跑了几十年，我们不拼命跑，就没有立足之地，就不可能赢得市场。"吴涛平满脸透着刚毅。

这种刚毅是生他养他的故乡大山给予的，十几年前，他还是通城县生活资料公司一名业务经理，由于公司合并，400 多名职工等饭吃。他果断提出，离岗创业，不同伙伴争饭碗。就这样，他开着借贷购买的大货车从通城奔向江城，一路走来，一路艰辛，他贩过钢材，做过贸易，加工过钢材，还是不改山里人的执着和忠厚，拼搏成今日的辉煌，练就今天的底气。

守信如山

康来特公司起步晚，在武汉这个重工业发达，大型国企遍布的地方，如何争得一杯羹，占一席之地？

"只有靠诚信，亮出品牌，造出影响力，才能闯出一条路来。"吴涛平如是说，对信誉的捍卫贯穿他创业的整个历程。

2008 年，吴董接到一个风力发电设备加工项目，设备加工好后，对方一验货，误差不到一毫米。几十万元就这样报废了，吴涛平虽然心在隐隐作痛，但他认了，并当即对客户表态："马上重做，决不影响你们的工期。"他立即拿出 30 多万元购买材料，重新加工，奋战 20 多天，整个春节时间全搭上，按时将合格的产品送到了客户的手中。

对方感动地说："你们这样守信用，我们的合作一定会持之以恒。"信誉换来的是信心，如今，这家客户已成为康来特公司最长久的合作伙伴。

一根头发丝细的误差损失了 30 多万元的事，教育和警示了吴涛平及职工。"只有对客户绝对负责，你的工作才有价值，企业才有生存的基础。"吴涛平经常这样告诫自己，也告诫员工，"质量第一，诚信为本，用户至上"的经营理念，不仅悬挂在厂区最醒目的位置，还时刻在警示、鞭策着公司，坚守正确的经营思想。

正是靠这种守信精神，企业稳打稳扎，招招制胜，步步为赢。现在一年3个多亿的产值，数百件产品，没有一起客户因质量问题投诉，客户遍布华中各地，多家大型国企成为公司稳定的客户和长期合作伙伴。

惜才如命

走进位于武汉经济开发区的康来特公司，庞大的车间背后，能让你看到在这个大城市难得一见的田园风光：青菜泛绿，鸡鸭成群，肥猪满圈。

"这可不是公司搞的第三产业，而是专为员工提供绿色食品的基地。"吴涛平的得力助手风趣地说。

近年来的食品安全让吴涛平忧心，如何让员工吃得好？生活得更好。为此，吴董想到自己建蔬菜基地，他特意从老家请来三位老农，专门负责种菜、养猪。

吃着可口的饭菜，员工们高兴地说："吴董为我们的生活想得如此周到，我们必须以厂为家，把工作做得更扎实，这样才能对得起吴董的关爱。"

"一个'企'字告诉我，企业无人将止步，拥有人才的企业才是战无不胜的，才有核心竞争力。"吴涛平深谙此理。

2010年，公司有位工程师要辞工。吴董得知后，三顾茅庐，多次上门挽留。最后，这位工程师感动了："到另一个地方可能待遇会更高，但难得有这份尊重，如此诚心诚意，再不回去，我真对不住吴董事长了。"现在，这位高工成了公司技术攻关的主要力量。

正是这种惜才如命的求贤精神，康来特公司高级技术人才的比例达到了一半以上，远远超过了一些企业，在全省三家同行民营企业中，无论是实力，还是技术，他独树一帜，占尽鳌头。

雄厚的技术力量和济济人才为公司的发展提供了坚实支撑。公司的客户、武汉一家大型国企的负责人说："与康来特公司合作，我们没有一点儿后顾之忧，我们相信他的技能和实力。"子

面对急剧拓展的市场，吴涛平开始着手描绘新的事业蓝图：在汉阳投资1.5亿元，征地100亩，建设新的生产基地和科研院所，打造自主知识品牌。"年底，这里一栋28层的科研大楼将矗立起来，为公司筑巢引凤，我相信，拥有康来特自主知识产权的机械设备也将在这块土地上诞生，很快征战国内外市场。"面对未来，吴涛平更是充满信心。

人才聚，事业兴。康来特，这匹重工机械行业的民营黑马，在吴涛平的

驾驭下和员工的努力下，正迎着春光驰骋而来，前面是一方明丽的风景……

（原载《湖北日报》2012 年 4 月 6 日）

志在穷村创大业

——记通城县新建村党支书罗三甫

村民心中，他是千万富翁，又是穷村村官；

在困难户眼里，他是群众的恩人；

在亲友看来，他是最不划算的人，自己办有两个厂，却偏偏要到穷山恶水的地方带领村民拓富路；

在上级领导心中，他是通城县首届回归创业明星、县人大代表、优秀共产党员；

他就是捧着金饭碗到穷村"讨饭吃"的关刀镇新建村党支部书记罗三甫。

三年过去了，穷村有了生机。如今，走进新建村，水泥路直通村村寨寨，处处楼房林立；村湾河畔猪场、采沙厂林立；山上森林旺盛、牛羊成群，一根根自来水管如玉带镶嵌在村庄湾落之间。扑面而来的是一幅村民安居乐业、共谋富路、社会稳定和谐的图画。

富村官治穷村

早年新建村乱出了名。五年换了五届支书，还是没村干部过年。该村由堑下、金潭两个村合并而成，人合，心不合，村班子闹别扭。无奈之下，2007 年春，镇、村干部三进县城将回归创业明星罗三甫请回家，当村干部。此时他心里很矛盾，他办有两个厂，年产值过千万，可谓腰缠万贯。跑到村里一转，荒山依旧，2000 多村民散居在百多个山角落，整天在 6 分土地上刨食。特别是他看到周边村都通了水泥路，唯一家乡路还没硬化时，脸火辣辣的。

"一人富不算富，大家富才算富，谁叫我是共产党员。"从村里回到县城，他与爱人一商量，决定将广东一年产值 200 万元的塑料厂，交弟弟打理；县城投资 500 万元办的精通木业，交爱人管理。

修路成了当务之急。他同 8 个组的组长和村党员代表一商量，先打通村里 10 公里主干道水泥路，一测算得 100 多万元，村里账上没一分钱，倒欠 30 多万元。他兵分三路，组里负责土方工程，村里负责路面硬化，没有水泥、沙石，他以个人名义赊购，在他的努力下，赊购 700 吨水泥、2100 吨沙石，路面硬化工程按期开工。

面对修路资金难，他以自己办的厂作抵押，借贷启动资金，他还派出村里有威望的老党员南下广东、福建等地向本村在外打工能人求援，听说新上任罗书记为村里办好事，在外打工者纷纷解囊相助，一下子募捐到 10 万元。

在罗书记的三年努力下，全村架通 4 座桥梁，硬化了 20 多公里水泥路，实现组组通公路。

修通了水泥路，他又把目光投向荒山拓富路。

金潭林场有森林面积 800 亩，是村里唯一收入来源，由于缺乏管理，护林员的工资无着落，前年一把大火烧了 200 亩，罗三甫一咬牙，订了封山令，谁上山砍一棵树，罚款 30 元，补栽 10 株。他将过火 200 亩林木，公开拍卖 6 万元，不仅付清了护林员工资，村民还分红。

去年，他又带领村民将 200 亩荒山开发成油茶基地，分到各户管理，村里建起了绿色银行，家家栽上了摇钱树。

他还引进外地一养猪大户，租赁经营村办倒闭多年的猪场，还清了拖欠村民多年土地占用费，还略有节余。如今，猪场修葺一新，年出栏生猪 5000 头，存栏母猪 100 头，带动当地 100 多户农户发展养猪业，昔日"破猪棚"成了村里的"聚宝盆"。

罗支书拓富路不止。村里高岭土资源丰富，村民躺在金山上讨饭吃。今年，他背着样品跑广东佛山不下 10 次，请来陶瓷老板上门考察。诚心感动了上帝，广东一客商将投资 2000 万元，新上一条高岭土深加工生产线，可安排村里 50 名劳力转移就业，村民成股民。

富村官结穷亲

"沾党恩，政策惠民，起新居，正新人，乐业安居居万代；谢支书，帮工助力，宴好亲，酬好友，开怀畅饮饮多杯。" 这是一组特困户罗会红乔迁新居那天，特地请当地一名老教师写的一副感谢罗三甫书记的对联。

一组罗会红兄弟两人与 80 岁父亲相依为命，至今住在黄泥巴垒的三间瓦房内，墙上裂缝能伸进手掌。每逢刮风下雨，罗支书最牵挂的是他家，他忙着与村干部上山，动员他家搬出来，以免他有个万一。

去年秋，罗支书向上争取建房资金，又帮他家新居选址在一座向阳山包上，发动村、组党员干部上门帮工，开工当天，罗支书提来一壶米酒，招待工匠；上梁那天，又送上 1000 元钱，祝贺。不到三个月，楼房落成，罗会红拉罗书记坐上席，当着客人的面说："没有罗书记帮忙，我这一辈子难得住上楼房，托党的福。"

这话不仅道出了全村 20 余户住房特困户的心声，也是对村委会重点帮扶特困户、残疾户、贫困党员灾后重建的赞叹。

罗支书有个习惯，到村里转转，荷包里免不了装上一点儿钱，带上一个笔记本，哪个有困难，需要帮扶，他记上名字，分级救助，不同形式帮忙，要是碰上谁家生病养痛，急着钱用，他塞上 100 元钱是常事，村里 200 多困难户都成了他的亲戚。

今年 52 岁的罗会车，一直过着"进门一把火，出门一把锁"的单身日子。2007 年秋，罗支书三次上门做思想工作，安排他到自己在广东办的塑料厂上班，临行前，罗支书买好车票，送他上车。罗会车在厂里当上了工人，吃住厂里全包，月薪 1500 元，几年下来，他积攒了 4 万多元钱，帮助哥哥建起了楼房，像他这样的"穷亲"，在罗书记两个厂里安排了 52 人。

对于那些上了年纪、足不能出户的困难老党员，罗三甫更是关心备至。他不仅发动这些老党员在门前屋后搞种养，到了收获季节，他还帮助推销产品。年近七旬老党员罗麦林种了 10 亩柑橘，今年丰产后达到 7000 斤，正愁没销路，罗支书上门一个电话，一元钱一斤全销到自己厂里。据统计，他每年要帮助村里困难户推销柑橘 3000 斤、板栗 1000 斤。

在他的支助下，全村有 13 户困难党员发展柑橘、板栗 200 多亩，先后有 36 户困难户靠种养走上了富路。

富村官过穷日子

一辆破摩托车是罗三甫当村干部后的全部家当，也是他必备的交通工具，他骑着摩托每天来回奔跑在路上，天天忙在村里，有时半夜鸡叫，村民听到摩托在路上响，准是罗支书刚开完会、处理完村务，往家赶，村民称他为"夜会书记"。

摩托在村里转了三年，山转绿了，水转清了，轮胎不知换了多少次，车子就是舍不得换。在集镇修摩托的老乡笑他，"装穷！罗书记你私人买辆皇冠、宝马也跑得起。"每每这时罗三甫忙递过一支烟打圆场，"等村里有了收入，老乡全富起来了，日子好过了，我再买也不迟，到时跑在村里，我脸上也有光。"

按说罗支书私人买辆小车是小事，他经营的两个厂，年收入不少于300万元。不买车，不摆阔气，自有他的道理，一来他确实不会开车，在外打工创业，一心经营，回家当村官，整天村务缠身，哪有时间学。二是避嫌，免得村里人说他烧公家的油。他在村里当了三年干部，账上没报过一分钱的费用，更不用说一包烟了。

上任那天起，他在弟弟家里安了个铺，吃饭搭火。村里来了客，他自掏荷包斫几斤肉，送到弟弟家里，弟弟家成了村里义务招待所，弟媳也跟着贴柴火。他七十岁老母哭笑不得，"三甫当村干部，我养的几只下蛋鸡，也白养了。"至今，村招待费为零。

有时，罗支书几元医药费也是自己掏。去年冬，村里大山上发生了火灾，他冲在前，带领村民灭完了山火，已是半夜，返回途中，他一脚踏空，摔下悬崖，身上擦破了皮，背上摔得青一块紫一块，他躺在床上养了几天伤，花的医药费，除合作医疗报销外，其余的都是自己掏。

罗书记在日常生活中日子过得紧，在村里办大事上也照样"舍不得"。

今年秋，村里搞"五个基本建设"，将村里闲置的小学改为办公楼，软、硬设施全到位，他弯着指头一算最少也得10多万元，还不包括请工匠的钱。

"村里无分文，村组织建设也得搞，这是机遇，也是村里的面子。"罗三甫想。于是，他一分当作二分花，自己能动手的，带头干。为节省费用，他没日没夜忙在村里，硬是带领村里党员义务投劳，将杂草丛生、臭气熏天的村办公楼修葺一新，自己买来油漆，将办公门窗油得贼亮；请来砖工，将墙粉刷得雪白。

他白天泡在村里，晚上在村民家里处理事务，一干就是半个月，只剩下办公楼场里没硬化了，这时爱人打来电话，市场上原材料涨价，厂里快要停产了，他只好晚上骑着摩托车，来回奔波在村里、厂里路上，爱人气不打一处来，早上挡在摩托车前，不许他出门，并数落个没完："是村里重要，还是厂里重要，一年到头在村里窜，倒贴出几万元！"

是啊，罗书记当村官三年，对于身价千万的老板来说，每年 6000 元工资做胡椒都不辣，何况一家人生活开支，上百号人的厂子，全靠他吃饭，办厂千万是闪失不得的。每每这时，他摸摸胸前的党徽，又反过来做爱人的工作，"没有生我养我的土地，哪有我今天的成就，狗不嫌家贫，村里老百姓整天泥土里滚，有的还混不了肚子圆，我先富起来了，老百姓不富，我每天吃香喝'腊'，也不甜，村民家家日子好过了，我心里才舒服。"

爱人心一软，他又一溜烟儿跑到村里平整场地，如今，村办公楼在冬日的暖阳里很耀眼，楼顶上红旗招展，村广播室歌声嘹亮，村民足不出户可到村里医务室治疗，坐进农家书屋看书读报，端着饭碗也能听花鼓戏。

看到此情此景，罗支书有点儿成就感。这些全是他从牙缝里挤出来的钱，村会计捏指一数，村装修办公楼、建党员活动场所、服务中心仅花 8 万元，节约两万多，罗支书垫资 3 万元，他望着修葺一新的村办公楼笑得很开心："我再豁出一点儿，也值得！"

他的付出终于得到了回报，村里路通了，山绿了，村民渐渐富了，他当选县人大代表，县委、县政府授予他"回归创业明星"、"优秀共产党员"等光荣称号。

（原载《咸宁日报》 2010 年 11 月 20 日）

黄继民：农民企业家与百名残疾人

走进位于通城县锡山工业园的湖北大川电线电缆有限公司，一种迥异于其他工厂的现象，会让你由衷感叹：生产线上，一位位残疾工人正紧张忙碌，他们的表情透着认真和自信。走近这群残疾人，你发现，他们内心深处，自然流露出一种幸福感：在这里，我们自食其力，找到了人生的价值与尊严！你更能深切地感受，一位农民企业家——大川公司总经理黄继民与百名残疾人的浓浓情缘。

创业南疆　　回报桑梓

1993 年，黄继民南下打工，在一家合资企业担任业务经理。中国改革开放的现代化、市场化，深深震撼、感染着他；而家乡的贫穷落后，也深深刺激、激励着他：我要创业，改变自己、改变家乡的命运！

1994 年，他迈出了自主创业第一步：成立大川机电贸易公司。1999 年 7 月，黄继民创办的大川电子有限公司在虎门成立。几年打拼，大川公司年创产值近一千万元，职工发展到 100 余人，他的客户遍布珠三角地区，富士康、创维等十几家大型知名企业与大川建立了稳定的合作关系。

事业有成后，黄继民很快将目光投向正大力招商引资的家乡。2003 年 8 月，黄继民斥资 200 万元，买下家乡锡山工业区已倒闭的电机厂的一些设施，亮出"湖北大川电线电缆有限公司"的牌子。

市场与原料在广东，生产在内地，一个劳动密集型、利润微薄的下游产业，是否经得起来回折腾？

"有得必有失，失去了一点儿利润，但得到的是对家乡经济建设的支持，再说利润空间可以通过技术等手段挖掘，说不定企业还能找到新的发展机会。"黄继民满怀信心。

天道酬勤，天道酬善。大川公司的发展朝着预定目标推进。到 2009 年，公司总资产达 3000 万元，实现产值过亿元。公司发展提升到了一个新的水准，产品获国家 CCC 强制认证、美国 UL、加拿大 CSA 等国际认证，并被评为"湖北省电器装配电线龙头企业"。武汉光谷中的冠捷电子等知名企业先后成为大川公司客户，电子连接线等产品出口到美国、中国台湾等国家和地区。

心系弱势　　勇于担当

在大川公司获得的众多荣誉中，有一块牌子黄继民颇为看重，这就是 2008 年省政府确定的"湖北省残疾人就业示范基地"，全省仅 5 家企业获此称号，大川公司为其中唯一由农民创办的企业。

对这一称号，大川公司当之无愧。300 名职工中，残疾人有 100 多人。

"100 多位残疾职工，连着 100 多个家庭，也牵动着社会的心，这就是企业的社会效益。"黄继民有一份自豪感。

利益最大化是企业的最高目标，而黄继民为何选择如此做？这只能从他内心寻找答案。

一次，黄继民到民政局办事，一阵哭诉声引起他的注意。原来是一位母亲带着一位肢残孩子来申请救济。

仅是一只手有点儿畸形，就没有适合他的工作？一人残疾，拖垮全家，拖累社会。想到此，黄继民的心隐隐作痛：这是最需要社会关爱的群体，自己在这方面应该有所作为！

自此，一个农民企业家把自己的事业与残疾人的命运紧紧地融在一起！

温情关爱　润泽心灵

面对这样一个特殊群体，如何既扶困又扶志？黄继民想起了温家宝总理的一句话：就业是民生之本，不仅事关生存，也事关尊严。是啊，对残疾人来说，有什么比养活自己、融入社会更能增加他们的幸福感呢？

拿定主意，黄继民便主动找到县残联。他真诚地说："命运已给了残疾人一次打击，社会不能让他们再受到伤害。我想对他们尽一点儿责任，只要没有完全丧失劳动能力，有多少我要多少。"黄继民还多次到县电视台发布招聘残疾人的信息。有位残疾人感动地说：残疾就业不用愁，大川关爱到心头！很快100多位残疾人相继来到大川。黄继民特事特办，为他们交齐《劳动法》规定的5种保险，仅此一项，企业一年需支付20万元。

残疾人到大川后，精神面貌焕然一新。

女职工胡朋，二十来岁，患小儿麻痹症，双脚行动不便，只有正常人生产能力的五分之一。长年失业，加之残疾，使她性格孤僻、抑郁，曾一度厌世。进厂后享受关爱和温暖。现在她开朗多了，经常边走路边哼着歌。

另一位残疾女职工张菊花，截肢曾令她万念俱灰。现在，她对前途充满了希望，在大川四年，她掌握了磨具修复技术。

武汉一家大企业以三四千元月薪聘请她，她不为所动："人应懂得感恩，大川培养了我，给了我信心和希望，我不会离开这里。"

黄继民有一个更宏大的规划：扩大公司规模，前往咸宁长江工业园向多元化配套深加工产业发展，届时可安置3000人就业。

"人生贵在有担当，把社会责任作为企业的追求，企业才会有健康持续的发展。"身为市工商联副会长的黄继民，为人生、为事业选定了这样一种理念。

（原载《咸宁日报》2010年6月14日）

引来活水润塘湖

——记湖北省农村信用社精准扶贫先进个人何明辉

用不到两个月的时间，走遍塘湖 16 个村 7 家企业，了解社情民意，问需于求；用不到一年的时间，发放小额扶贫贷款 362 户 1500 万元助力精准扶贫，且回笼率 100%。

他，就是通城县农商行塘湖支行行长何明辉，湖北省农村信用社精准扶贫先进个人获得者。

同事眼中的"拼命三郎"

农商银行作为地方服务三农的主力军，2018 年 4 月刚就任塘湖支行行长的何明辉深感肩上责任重大。虽然有着 11 年工龄，可之前一直在机关工作，到乡镇负责还是头一回。在随后的两个月里，总能看到他与乡亲们在农田聊天、拉家常，遇到工作忙，就泡碗方便面。

他工作不是"五天四夜"而是 5＋2、白＋黑。大堂保安葛洛甫记忆犹新，也就是何明辉到任一个星期的上午，何明辉妻子来塘湖看望他，何明辉正在山区、库区阁壁拜访一个客户，办公室人员已告之妻子到来的消息，可到了饭点，还不见身影，妻子急着打他电话，他说你们先吃。等回来时饭菜全凉了，何明辉就吃点儿残羹剩饭，望着变得又黑又瘦的他，妻子气恨全无。

一顶草帽、一双球鞋，是他下乡装备。1 个多月过去了，何明辉走遍了塘湖镇 16 个村组，每个村的山山水水、一草一木他都十分熟悉。路该怎么走，村干部是谁，有哪些贫困户在农商银行贷了扶贫贷款，他都一清二楚、了如指掌。

创业者的"及时雨"

为加快贫困户脱贫步伐，何明辉为农户量身订做信贷扶贫支持方案，最大限度地满足农户的金融需求。

阁壁村油菜专业合作社负责人金定武想进一步扩大种植规模,没有资金。何明辉赶急上门,通过实地考察,建议金定武贷款 40 万元在扩大油茶种植规模的基础上,套种中药材。目前,金定武油菜基地发展到 1080 亩,套种中药材 300 亩,带动 45 户贫困户 110 人脱贫致富。

精准扶贫,兴业富民是关键。何明辉认真细致地把扶贫政策向贫困户讲清讲透,以多种形式召开群众会,宣讲金融精准扶贫相关政策,让国家的扶贫好政策及时传递到贫困户心坎里。

"能发展到今天这样的规模,多亏了何行长的帮忙!以后还想再继续扩大养殖规模。"家住南虹村六组的葛先胜高兴地说。

2016 年,葛先胜响应政策关闭矿山决定回家发展产业。在他为资金不足发愁时,何明辉积极帮助其填写申请扶贫贷款的相关资料,葛先胜顺利地从农商银行申请到了国家贴息的扶贫贷款 30 万元,10 户贫困户以土地入股兴办汤管山水产养殖专业合作社,养起了龙虾、甲鱼、黄桂鱼等,当年贫困户户均分红 5000 元。

帮扶对象的"贴心人"

"扶上马送一程。"这是何明辉帮助产业扶贫的"座右铭"。帮扶对象荻田村四组谭进良,夫妻两人身体不佳,动手术多次,欠债 3 万多元,致富无门路、无技术、无资金。

授人以鱼不如授人以渔。何明辉从发展全域旅游的角度出发,鼓励谭进良种植湘莲。没技术,他积极联系镇上的农技部门送服务到田间地头,进行技术培训和现场指导病虫害防治。经过谭进良努力,4 亩湘莲收入 8000 多元,加上务工收入 1.5 万元,谭进良脱贫越来越有信心了。

在何明辉的积极宣传帮扶下,2018 年农商银行先后为塘湖镇符合条件的 362 户贫困对象累计发放精准扶贫贷款资金 1500 万元,回笼率达到 100%,强有力地促进了塘湖贫困户早日脱贫。

一分耕耘一分收获。1 月,何明辉荣获湖北省农村信用社联合社"湖北省农村信用社精准扶贫先进个人",他的团队也荣获了"塘湖镇精准扶贫先进单位"。何明辉深感精准扶贫永远在路上,不敢懈怠,还在努力前行!

（原载《咸宁日报》2019 年 3 月 25 日）

梦想照进现实

——通城脱贫攻坚亮点扫描

让贫困人口和贫困地区同全国一道进入全面小康社会是我们党的庄严承诺。没有农村的小康，特别是没有贫困地区的小康，就没有全面建成小康社会。

近年来，通城县真抓实干、齐心协力，打好脱贫攻坚战，以党建引领照亮贫困户脱贫路，通过发展扶贫产业和实施系列政策，激发贫困户的脱贫热情，全县共有 6.6 万人实现了稳定脱贫，26 个村整体出列。如今，越来越多的贫困户正依靠党的好政策，用自己的勤劳双手摆脱贫困实现致富梦。

结对帮扶　　点亮"心灯"

冬日暖阳照在大坪乡农林村贫困户吴广云的脸上，暖和和的。他拄着双拐领到过年工资走出大阳电线电缆公司厂门，身后是后勤保障人员帮他推着购物车，车里装满了爱心——公司发的过年物资，大米、食用油、水果等。

"今年能过个好年了，进了家门口的厂，有吃的，有拿的，荷包也鼓鼓的，每月能挣 2000 多元钱。" 吴广云做梦也没想到 36 岁又重度残疾的他，能在家门口找到一份轻松的配线工作，从此解决母子俩长期靠吃低保度日的难题。手里活了，吴广云今年最大的心愿是找个女朋友结婚成家，告慰离别多年的父亲。

这是通城县党建引领促脱贫的一个典范。

要想脱贫快，全靠支部带。去年至今，通城县在 100 多家民营企业设立"党建引领促脱贫办公室"，通过结对帮扶、扶志帮扶、就业帮扶等措施助推脱贫攻坚，引导病残群众"拔穷根"，在脱贫攻坚一线让党旗飘起来、党组织牌子挂起来、党员站出来。全县有 100 多家民营企业，吸纳近万名贫困人口家门口就业增收脱贫。

湖北东方大阳电线电缆有限公司就是在全县脱贫攻坚一线涌现出的具有代表性的企业之一。

该公司于 2004 年落户大坪乡下畈村，主营生产铜杆铜丝、电线电缆、电器配件线。公司党支部成立于 2017 年 11 月，现有党员 3 名，入党积极分子两名。党支部将党组织的政治优势转化为企业发展优势，年产值达到近 1 亿元，成为企业发展壮大的"红色引擎"。

党建引领，脱贫"锦上添花"。该公司党支部积极开展"党建引领，助力脱贫"活动，确立"五四三"工作思路，即找准"五个职能定位"、做好"四个融合"、发挥"三个作用"。

结对帮扶，点亮"爱心灯"。支部为充分发挥党员在职工中的先锋模范作用，组织党员与残疾贫困户结对帮扶，设立党员示范岗 1 个，实现重要岗位有党员、困难面前有党员、技术攻关有党员；党员身边无次品、无纠纷、无违纪目标，有效推动企业的生产经营。

扶志帮扶，激发"新动力"。该公司党支部借助人才和技术优势开展技能帮扶，通过"扶残助残、扶志扶智"的方式，选派专人对周边有劳动能力的残疾人进行技术培训，提供实习就业的机会，激发他们干事创业的"新动力"。

就业帮扶，润物细无声。该公司党支部着力解决能参加适度劳动的残疾人就业问题。同时，设立专项资金扶持，帮助扶贫对象解决突发困难。目前，公司现有员工 150 余人，其中贫困户 20 户，残疾人 50 余人，户均增收两万元，有效解决了农村"三留守"问题。

产业支撑　活力迸发

1 月 20 日，笔者走进通城县五里镇汉上村的漆包线加工车间，十几位村民正在忙碌着。他们有的在操作生产机器，有的在干手工活，不一会儿，一箱箱漆包线就生产好了。

杜美珍是该村四组的村民，她说："村里的妇女接受手工技能培训不到一个星期，就已经掌握了漆包线所有的加工流程，大家都觉得易学易上手，而且车间就建在村子里，非常方便，现在她们也成了'上班族'。村里办起了凌亚电子厂，不仅解决了我的就业问题，还可以把家里打理得很好，是一举两得的好事。"

像杜美珍这样，因为扶贫车间的出现，生活发生改变的非贫困户和贫困户在五里镇不在少数。他们每个月能拿到稳定的收入，家里的活也没耽误，这种改变让他们甚是欢喜。

近年来，通城县将产业扶贫作为脱贫攻坚的战略性举措来抓，紧紧围绕"村村有主导产业，户户有致富门路"的工作思路，按照"公司＋合作社＋农户"的发展模式，不断推动扶贫产业集中化、规范化经营，激活贫困户脱贫的内生动力，促进贫困户增收致富。

在该县的隽水镇、大坪乡等其他乡镇则是把水产养殖、中药材种植、无土蔬菜栽培等产业作为精准扶贫的主攻方向。扶贫产业基地采取"公司＋合作社＋贫困户"的发展模式，扶持贫困户家庭以土地、扶贫贷款入股参与分红，贫困户劳动力通过劳动取得报酬，帮助贫困户脱贫增收。

据湖北幕阜山天岳有机农业公司无土栽培蔬菜基地管理员吴春霞介绍，她这个基地每天都有贫困户到这里来务工，按大工 120 元／天、小工 80 元／天计算，从去年到现在共付了 20 多万元的工资，为当地的老百姓增加了不少的收入。

产业带动不仅给贫困户带来了致富的希望，也大大激发了贫困户自我发展的内生动力，部分贫困户在扶贫产业基地或者扶贫车间务工的同时，还通过发展生猪、野鸡等养殖，进一步巩固和增加了经济收入，为脱贫提供源源不断的动力。

目前，通城县通过发展扶贫产业和贫困户的自身努力，全县共有 6.6 万人实现了稳定脱贫，26 个村整体出列。如今，越来越多的贫困户们正依靠自己的勤劳双手脱贫致富。

生猪拱开脱贫路

1 月 24 日，通城县隽水镇油坊村脱贫户龚祖林家忙开了。一大早挂灯笼，贴对联，庆新年，谢党恩，贺脱贫。

今年 51 岁的龚祖林全家 4 口人，两个儿子在读高中。2012 年，龚祖林患肝硬化，做了脾脏摘除手术，前后花费医疗费近 20 万元，缺劳少力，生活十分贫困。

2013 年，他一家被评定为建档立卡贫困户，享受各项扶贫政策。

刚开始，要强的龚祖林夫妻俩，有些不安：我们享受了这些好政策，岂不成了国家负担？头顶一个贫困户的帽子，龚祖林夫妇总觉得矮人一点儿的。

在村干部和驻村工作组的不断解释下，他才接受。

如何早日摘掉"贫困帽"，让一家人走出生活困境？龚祖林决定以发展养殖业为主。

2014年，通过驻村工作组和村委会的帮助，他加入了村生猪养殖合作社，靠4万元扶贫贴息贷款起家，购买了两头能繁母猪和40头崽猪。

他和妻子一起，起五更，睡半夜，苦钻养猪技术。一年下来，出栏肥猪40头，存栏崽猪46条。

尝到了甜头的龚祖林，决心大干一场。近三年，每年出栏肥猪100头，年纯收入16万元左右。2018年，他家出栏肥猪200头，纯收入10多万元，一举甩掉贫困帽子，踏上致富路。

2018年秋，他拆除了瓦屋，一家人搬进了一幢两层小洋楼，成了全县脱贫致富的典型。

富了不忘乡亲。2019年1月1日，脱贫户龚祖林将养殖技术传授给本村贫困户，并赊销崽猪给13户贫困户养殖，打算建一个生猪村，年出栏1万头生猪，带动乡亲致富。

土鸡叫开致富门

"喔喔喔"冬日晨雾中，公鸡在坪头岭竹林中扑打着翅膀。1月16日，通城县塘湖镇贫困户张亮甫吹着口哨将玉米和着细糠抛向鸡群，一千多只鸡吃得正欢。

张亮甫眼里充满希望：一只鸡重的有五六斤，轻的三四斤，最低也能卖100多元一只，今年脱贫没问题。

确诊患有肝衰竭前，通城县塘湖镇坪头岭农民张亮甫一直在外打工，江西、湖南、广东……最远甚至到过马来西亚。5年前，一纸诊断使他不得不放弃工作，因病致贫。

"在家待了两年，每月光药费就要四五百元，还要供两个孩子读书，那时候生活确实比较苦。"张亮甫说，"但苦等、苦熬不如苦干！"

2014年，狮子村村委会根据实际情况，按照程序步骤，将其一家纳入精准扶贫户。

2015年，县审计局局长王战强与其结对帮扶，这样一对"穷亲"，使张亮甫一家发生了逆转。

考虑到张亮甫身体不是特别结实，不能出远门劳动致富，王战强与扶贫工作组几经调研商榷，因户施策，决定扶持张亮甫从养殖（养鸡）这条路上重新开始，脱贫致富。于是，王战强开始帮其张罗养殖场的基础设施事宜，协调相关矛盾纠纷，宣讲相关政策法规，帮助联系去专业养殖场学习养鸡技术，给予两万元帮其买鸡苗，并请专业技术人员指导，为其脱贫致富献计出力捐资。

张亮甫也没有让审计干部失望，他奋发图强，起早贪黑利用其屋后的自留山围起了鸡栏。

初期因为规模小，张亮甫一家的日子仍然过得紧紧巴巴。那时，他每天都会骑一个多小时的三轮车去县城里推销自家的鸡肉、鸡蛋。

功夫不负有心人，2016 年散养土鸡 700 余只，获利 3 万余元。夫妻俩牢牢抓住审计干部精准扶贫结对帮扶政策机会，不断的向专业技术指导员取经，学习养殖知识，保持环境卫生，管理服务到位，增强技术短板。

2017 年县审计局再次扶持他 1.5 万元，鼓励他大胆干、务实行，当年养殖成品土鸡 1000 余只，才获利 5 万余元。

2018 年，尝到甜头的张亮甫，信心满满地扩大规模，流转了周边附近小山，建好各项基础设施，散养了土鸡 1500 只，可获利 7 万余元。

像一缕阳光划破了阴暗的天空，养鸡开启了张亮甫一家美好的未来。张亮甫夫妇俩通过自己的辛劳与汗水，拥有了自己的小产业，销路畅通，收入稳定，心情舒畅，疾病也轻了，状态也好了，干劲儿也足了，生活也富了。如今，他正在谋划 2019 年把养鸡产业再扩大、再巩固，并计划发展养猪产业，吸纳有劳动能力的村民一起勤做事、做好事、奔小康，用自己勤劳的双手，甩掉贫穷，实现共同富裕。

（原载《咸宁日报》2019 年 2 月 11 日）

轮椅上的不屈人生

——通城残疾农民胡金贵的创业故事

昨日，通城县沙堆镇港背村。蓝天白云下，山上杉树苍翠挺拔，山脚鱼池碧波荡漾，菜地里辣椒、豆角青翠欲滴，生机勃勃。

曾经，这里一片荒芜。如今，羊肥、草绿、鱼跳。这是一级肢残农民胡金贵创造的奇迹。

自学当上大夫

胡金贵今年 52 岁。15 岁读高二那年，患上进行性肌肉萎缩症，原本成绩优秀的他不得不辍学。"身体残疾了，但不影响我学习。与其躺在床上吃嗟来之食，不如学习一技之长安身立命。"胡金贵说。

经过多年学习，1995 年，胡金贵取得成都中医学院函授毕业证，圆了大学梦。同年，他取得执业医师资质，开办村级卫生室。热衷钻研，胡金贵的医术水平快速提升。

1997 年，"不安分"的胡金贵南下广东顺德闯世界，行医 6 年，淘到人生第一桶金。

"有感冒咳嗽的，都找他看。"沙堆镇副镇长陈海兵与胡金贵相交多年，对他的医术很有信心。

"看到乡亲们能够远离病痛，我很有成就感。就连老婆都是我凭着医术找来的呢！"胡金贵说。

胡金贵的妻子叫李玉莹。10 年前，李玉莹突发急性胰腺炎，在当地治疗没有好转，家人丧失信心，准备放弃治疗。"我把她接过来，用 28 天治好了她。因为我有救命之恩，她就嫁给了我。"说到这儿，胡金贵一脸甜蜜。

养羊闯出富路

他乡虽然花似锦，难忘家乡故土情。2003 年，胡金贵带着积蓄返乡，承包山场水塘发展养殖业。从 20 只羊起步，几经风雨，他成了远近闻名的养羊专业户。"从一开始的波尔山羊，到黑山羊，再到现在的南江黄羊，我不断更新养殖品种。现在的南江黄羊，最适应通城环境，繁殖率和产奶量都达到最好水平！"胡金贵自豪地介绍，整个村，就数他的羊长得最好，小羊也产得最多。

到 2010 年，除去借支，胡金贵赢利 8 万多元。他又买来 200 只羊、260 只鸡、5 头牛，利用山场水塘发展立体养殖。

记者采访时，胡金贵听到一只羊在圈里不停地叫，检查时发现这只羊拉稀，这可是要命的病，他赶紧给羊打针。"要养好羊，仔细观察很关键。"

这几年，胡金贵自学掌握了基本的动物诊疗技术。在他的卧室，各类动物养殖技术和诊疗知识手册摆了厚厚一摞，不少书皮已被翻得泛白脱线了。"经常翻看复习，用时才能胸有成竹。"

目前，胡金贵的创业已步入稳定期，除去各种开支，年收入近 10 万元。

倾情扶助乡亲

胡金贵不忘帮助周边贫困乡亲。沙堆镇廖下村残疾人金幼明生活困苦，长期流浪在外。胡金贵请金幼明照看鱼塘，每月工资 800 元，金幼明生活有了着落，也有了一个稳定的家。

借助自身塘堰的示范作用，利用掌握的养殖技术和资讯，胡金贵带动周边 3 位水产养殖户脱贫。

近年，胡金贵病情恶化，走路越来越不方便，但对人们的需求仍有求必应。去年 9 月的一天，胡金贵帮一家养殖户察看鱼苗，回家晚了，本来走路不稳的他摔倒在山沟里，李玉莹打着手电筒把他背回家。

如今，胡金贵只能靠轮椅出行，但作为县里脱贫致富名人，接到请教养殖技术的电话，他依然来者不拒。"昨天还有人打电话请教如何处理羊嘴长疮，我告知是环境高湿高热引起的，要抹上碘伏，另外喂维生素 B_2，很快就会好。"胡金贵介绍，他在本村带了两个徒弟，目前他们的养殖规模有百余只羊，已基本脱贫。

未来，胡金贵想把这里打造成集旅游、生态养殖、休闲垂钓于一体的生态农庄，带动更多人致富。

（原载《湖北日报》2017 年 7 月 20 日）

卢济明：特种种养拓富路

通城县沙堆镇瑶泉村 16 组的杨腊桥畔，湖北省药姑山科技有限公司瑶泉中药材种苗培育基地的 300 亩射干苗长势喜人，20 多位村民正忙着管护。

忙碌的人群里，有位戴着眼镜的年轻人，时而察看药材的生长情况，时而指导人们干活，时而介绍药材的种植技术，他就是该基地牵头人、今年该县劳动模范获得者卢济明。

现年 42 岁的卢济明，是个土生土长的村民。1994 年，家庭贫困的他高中毕业后外出务工。2002 年，他辞去在沿海收入不菲的工作回乡创业，决心干出一番自己的事业。

瑶泉村既没有工业也没有矿产资源，经过考察与思索，卢济明认定养殖业和种植业很有发展前景。于是，他把养猪作为致富的首选项目，说干就干，不懂就学。为了掌握养猪技术，他去富康养猪场务工，边务工边学习养猪技术。一年里，什么脏活累活都干过。等到掌握了全部养猪技术，积累了一定管理经验后，2004 年就筹资 80 万元，建起了一栋 150 模式的养猪场，每年出栏牲猪 400 多头，年收入 80 万元。

瑶泉村养猪专业合作社建成后，不仅吸收 5 户贫困户到场里务工，还对缺少资金的养殖户提供资金支持，免费为养殖户提供技术帮扶、包销生猪等，调动村民参与养猪的积极性，使全村养猪 100 头以上的大户达到 12 户，年出栏生猪 4000 头，年总收入达 800 万元。

今年 5 月，该合作社又投入 20 余万元，在瑶泉村 2 组兴建占地 3000 余平方米的生态养鸡场，解决了 3 户贫困残疾户就近就业问题。

贫困户卢作社怕担风险，卢济明便多次上门做工作，打消他的顾虑，并按月支付 1800 元工资，吸收他到合作社务工。

农村是个广阔的天地，卢济明的探索也从来没有停止。为了扩大再生产，他又在村里流转 800 亩土地，成立瑶泉油茶专业合作社，兴建 500 亩油茶基地，并按照"合作社＋基地＋农户"的模式，吸收没有资金的贫困户通过土地参股分红，带动贫困户精准脱贫。

目前，该合作社采用"公司＋基地＋土地流转入股＋贫困户"的模式，先后与20多户贫困户签订土地入股及劳务用工协议，确保贫困户在基地务工年收入不低于1万元。

"现在，我领办的合作社，事业越做越大，年收入可达360万元。"说起致富的远景，卢济明掩饰不住内心的喜悦。

一枝独秀不是春，万紫千红春满园。从小就期盼父老乡亲能过上富裕幸福生活的卢济明，为了让乡亲们看上电视，一次性拿出5万元积蓄，去镇广播站办理了有线电视手续，帮助全村170户群众家家开通了有线电视。

"今年，我同村里30余户产业扶贫户签订了土地分红和务工合作协议，可带动20余户贫困户、62人精准脱贫，实现户均增收1万余元。"卢济明充满信心地说。

（原载《咸宁日报》2017年7月16日）

太阳能灯点亮创业路

——通城湖北金福阳科技有限公司创业记

金秋十月，记者走进通城县湖北金福阳科技有限公司，屋顶上光伏发电正源源不断输送到3个车间。忙碌其中的公司总经理杨敏杰自豪地说，太阳能路灯、太阳能增氧泵、太阳能诱虫灯……这些都是我个人的专利产品，年产值可达到两个亿，太阳能灯点亮我的创业路。

三次求职　仅为学技术

初见广东五星太阳能公司，"太阳能"三个字像圣光一下子吸引了我。

杨敏杰谈到自己 1991 年来到广东艰辛求职路时，眼里泛着光，至今母亲那盏煤油灯还在眼前晃……

1990 年冬，杨敏杰在县城上高一，放寒了，他骑着自行车回家，天黑了，又下着小雪，当他行至马港镇中段村四伯家门口，不经意间看见一个熟悉的身影提着微亮的煤油灯坐在门槛上。那个人正是他的母亲，为了给他筹备春季 120 元学费，在严寒中求人。回到家，他没做声，心里却有千万根针在扎，他决定不再继续学业，外出打工，赚钱养家。

正月初八，杨敏怀揣 120 元学费钱，偷偷的来到广东东莞找工作，不知道跑了多少公司，吃了多少闭门羹，当他看到"东莞五星太阳能公司"的时候，坚信一定要进这家公司，为的是报答母亲那盏灯。

因为没有学历，又没有工作经验，好不容易进公司做了一年的杂工，杨敏杰想着自己不怕苦、不怕累，要学点儿技术才行。于是，他又准备参加公司其他部门的招聘面试，最后争取进了业务部，出外拓展市场，他每天疲于奔命，两个月下来没有任何业绩，还花光了自己的积蓄。在里面锻炼了一年，不甘心的他，又继续参加公司第二年的招聘。

二次跳槽更换岗位，被细心的公司莫总发现。莫总见他如此执着，便把他叫到办公室，莫总打量他许久才开口道："你为什么非要选择我们公司？"杨敏杰笃定回答："我想好好学点儿'太阳能'技术。"莫总赏识他的执着，便安排他进了生产部，一年之后，他调到工程部，通过不断努力学习和工作，积累经验，两年后调任质检部副经理一职，直到后来公司成立开发部任开发部经理，这是他向往多年的位置，凭着他的聪明好学和公司良好的科研环境和技术平台，只有高中文化水平的杨敏杰一头扎入太阳能系列产品研发，有时为了研发一个产品，他要向同行咨询，向教授请教，反复实验、反复论证，杨敏杰一直秉承着因简单而重复、因容易而开拓的信念执着于太阳能路灯的研发。为了延长乡村公路太阳能路灯的使用寿命，365 天坚持对太阳日照温度进行监测，反复试验，使配置达到精确标准，严格掌控气候变化对太阳能光伏发电的影响，并且成立了光伏发电应用实验室，监测这一项看似简单却核心的工作一干便是 6 年。

一路走来其中的艰辛只有自己明白，所幸付出的一切终有回报。

2003 年，台湾福营企业到东莞五星太阳能公司考察项目，发现开发部的杨敏杰热衷于太阳能光电应用产品的研发，并且卓有成效，遂高薪聘请杨敏杰到他们企业任开发部经理，杨敏杰在台湾福营企业工作期间，研发申请了第一项专利"光控太阳光液晶眼罩"，这项发明被台湾一家专门做变色眼镜的企业看中，开价 15 万买他的专利。

三次邀请　　只为开发新产品

2006 年，在福营企业待了两年的杨敏杰，发现自己在公司任职没有充分的时间去做研究，便辞职回乡专心搞研发。

2007 年春，他婉拒了公司的挽留，在不被亲朋好友看好的情况下回到马港镇中墩村，饭桌和木椅搭起了简陋的"新产品开发实验室"，在乡亲们眼里他成了一个"疯子"，高中没毕业，没有技术、没有资金，简直异想天开。然而他的热情丝毫没有受到半点儿影响，搞太阳能研发的决心反而更加强烈。

回家做研发的几个月里，原公司开发部总经理李总托人两次到通城，希望杨敏杰回公司发展，他对研发很执着，拒绝了李总的邀请。让他没有想到的是国庆长假期间，李总居然亲自来到通城做其思想工作，白天，李总同杨敏杰去田里抓泥鳅，晚上，他们坐在院子里聊人生、聊理想，李总讲述了年轻时创业的艰辛，劝杨敏杰回公司发展，并承诺用个人资金资助他继续研发。杨敏杰想想在家搞研发的这几个月，自己经验不足，技术跟不上，盲目的实验让他五六万的积蓄打了水漂，于是决定回公司，借助公司的力量做研发。

2009 年，对太阳能研发痴迷的杨敏杰着手开发太阳能光热发电系统。可事情并没有他想象中的一帆风顺，产品技术中利用到热胀冷缩的原理在专家们看来顺理成章，却在应用上出现了热胀冷不缩的难题。液体通过受热，吸收热量膨胀产生动能，推动阀门，可冷却液体却达不到阀门收缩的效果，这可着实让杨敏杰伤透脑筋。

一次偶然的机会，杨敏杰拿着产品在蜡烛上加热，产品装置十分敏感，遇热立即膨胀推开阀门，停止加热后进行冷却迟迟不见阀门收缩，杨敏杰用手稍微推了一下阀门，不料阀门灵敏的往里收缩。杨敏杰恍然大悟，原来液体冷却释放能量，外界缺少动能无法使阀门还原，明白了这一点，杨敏杰在产品中加入了一个小弹簧达到给阀门助力的效果，完美地解决了热胀不冷缩的难题。

到 2010 年，杨敏杰在台湾福营企业工作了三年，帮公司开发太阳能光电应用产品 60 多个，申报专利 32 个，其中太阳能路灯、太阳能热水器、太阳能诱虫灯等 15 项专利获得证书。

三择创业地　　唯愿造福乡梓

2010 年 12 月，杨敏杰积攒了足够经验和资金，还是决定圆自己年轻时的创业梦，打算自己办一家太阳能光电公司。起初朋友邀请他在咸宁办厂，岳阳的亲戚也为他征好了地，最终他选择回乡创业，成立了湖北金福阳科技有限公司。

"家乡在太阳能应用开发这一块还是空白，有市场也有需求，哪怕没有大城市赚钱，也要为家乡节约能源带来福利……"杨敏杰如是说。

如今，公司厂房已建好，总投资 5000 多万，15MW 光伏电池组件生产车间、路灯灯杆生产车间、工程型太阳能热水器生产车间、光伏应用产品车间四个标准车间全部建成投产，可安排 1200 多人就业，年产太阳能增氧泵 1 万台、太阳能诱虫灯两万盏、1.2 万根路灯灯杆、2000 吨工程型太阳能热水器，年创产值两亿元，利税 3000 多万。

去年至今，该公司研发的太阳能路灯在咸宁、湖南岳阳两市 10 多个县使用率达 80%，新开发的太阳能增氧泵可以根据气温变化 24 小时智能增氧，实现远程监控，故障自动报警，并且能在气温过低时自动关闭延长并保护系统，这项发明不仅给养鱼农户解决了鱼塘缺氧问题，还大大提高了农户的效益收成。

湖南临湘邹老板家承包了 10 多口鱼塘，总面积 30 多亩，其中一口塘配置了电动增氧泵，后来从金福阳公司购进一台太阳能增氧泵放在另一口鱼塘。由于，夏季用电高峰期，村子里每天中午 1 点多都会停电，电动增氧泵需要用发电机供电才能正常运转，有一次发电机出了故障，电动增氧泵无法供氧，不到半个小时，鱼塘所有鱼苗全部死了。邹老板的妻子站在岸上，眼睁睁看着鱼苗翻白，没有丁点儿办法，急得直掉泪，所幸安装了太阳能增氧泵的鱼塘里鱼苗没事，挽回损失 20 多万。太阳能增氧泵成为渔民救星。

如今，太阳能路灯不仅照亮湘、鄂、赣三省六县、市新农村小康路，还照亮杨敏杰的创业路。他信心满满地告诉记者，7 月底，公司又和武汉理工大学建立了太阳能光伏应用实验室，用于开发新的太阳能光件。在接下来的几年里会以农村市场为基础，开发农村应用型产品，让老百姓体验高科技产品，既节省人力又节约资源。

（原载《湖北日报》、《工人日报》2015 年 10 月 19 日）

吴丽：梦圆生态创业路

2012 年，她中南财经政法大学毕业后，放弃在繁华都市发展的机会，返乡成为远近闻名的新型职业农民，她是全国农业技术推广科技示范户——

乡情点燃创业梦

昨日，骄阳似火。高峰生态农场夏江源有机茶基地，青年农场主吴丽一边采摘茶叶，一边接受我们采访："我选择返乡创业当农民，源自我的故乡情结。"

1991 年，吴丽出生在通城县生态第一村的马港镇高峰村。父亲是一名退伍军人，从事茶叶经销多年。1994 年，他承包了镇办夏江源茶场 300 多亩茶园，种植有机茶。

2012 年 7 月，吴丽中南财经政法大学财会专业毕业后，在上海百度公司实习，由于表现突出公司领导留她在上海发展。正当她在心中描绘未来美好时，父亲打电话要她返乡，接管夏江源有机茶场。

刚刚走出山门，又要返乡当土里刨食的农民。吴丽内心充满了矛盾。她从小与父母亲生活在茶园，亲眼目睹了他们创业的艰辛，虽然夏江源茶场和霞光牌茶叶通过 OTRDC 有机茶、有机产品、QS 食品安全、国家绿色食品 2A 级有机茶生产基地认证，但茶园规模小，购买有机肥，生产成本高，除掉运费和成本，利润所剩无几，父母亲生活过得紧巴巴。父亲之所以要她返乡创业，帮助自己经营茶园，就是看中了她年青、有知识、有思路。

"说实话，我真有点儿壮士断腕的勇气，选择了父母为我提供的创业平台。"2012 年 10 月，吴丽毕业后回家，注册成立通城县高峰生态家庭农场，成为了通城第一位返乡创业的女大学生。

实干打拼创业路

"我的农场我做主。"吴丽提出了发展思路,"扩大有机茶规模,配套发展生猪、养鸡,注册农产品商标,走市场营销路。"

开弓没有回头箭。2013 年 10 月,吴丽以现有夏江源茶场抵押从银行贷款 100 万元,从县农业发展基金借款 40 万元,从亲戚朋友中借款 60 万元,动员部分村民以土地入股 30 万元。第二年春,她与高峰村、易段村 100 多农户签订了 2000 亩荒山荒地流转合同,流转期 50 年,一次性付清 10 年租金。

她争取县国土部门低丘岗改造项目,用两个月时间将荒山、荒地改造成标准化茶园,决定结合高峰村优势资源与通城主导产业发展,从浙江引进茶叶优良品种,因地制宜推广茶叶、油茶"两茶"间作高效模式,发展特色产业。

基地建起来,管理是关键。吴丽聘请当地 9 位村民,长年从事茶园管理。

为解决有机茶园肥料问题,2013 年,她开始改扩建养猪场和养鸡场、豆制品加工厂和沼气池,给茶场供应有机肥。并建起豆油皮加工厂,豆渣等副产品作为猪的饲料,猪粪用来冲入沼气池,沼气渣子作为有机茶肥料。她还在林下养鸡,以豆渣和蚯蚓为饲料,一天产蛋 500 多枚,生态土鸡蛋,要货的人不断。

生态农场产业链越拉越长,促使她走上管理创新发展之路。

2013 年,她在保留霞光商标外,还注册高峰、天岳等商标,在县城大超市设立高峰生态农场产品销售专柜,建立电商平台,产品供不应求。

如今,农场年产有机茶 6 万千克,出栏生猪 1500 头、禽蛋 15 万枚、黄豆制品 6 万千克,形成以豆制品加工,副产品养猪、鸡,畜禽粪便生产沼气和沼液,沼液用来种茶的循环农业链,年产值达 2200 万元以上。霞光牌有机茶被中国武汉农博会评为金奖产品;土鸡蛋认定为省生态饲养禽产品;她创办的生态养殖场被省科协、省财政厅列入了重点扶持的"全省科普示范助力新农村行动计划"项目,她个人成为"全国农业技术推广科技示范户"。

示范带动乡亲致富

高峰生态农场的发展,吸纳了周边村民转移就业。农闲时节,吴丽雇请周边的村民到农场打工,帮忙修剪茶树、除草、施肥、喂猪喂鸡、采茶,转移周边村民就业人数 100 多人,年支付工资 50 万元以上。金山村 50 岁吴中仁,2013 年进入农场从事茶园管理、制茶等工作,先后两次选送他参加咸宁市新型职业农民培训学习，目前成为农场技术工人，年收入 4 万元以上。

一花引来百花开。高峰村一组熊秋保在高峰农场打工两年后，模仿她的循环农业经营之法，流转荒山 300 亩，种植有机茶 200 亩、油茶 100 亩，养殖山羊 50 头，成为她一对一的帮扶对象。

近三年来，在吴丽的辐射带动下，高峰村全村新建沼气池 323 口，安装太阳能热水器 300 台，太阳能路灯 100 盏，发展生态林 1 万亩、生态楠竹基地 5000 亩，新建生态油茶基地 3000 亩，发展生态有机稻 2000 亩，成为了通城县生态文明示范村。

（原载《湖北日报》2015 年 7 月 27 日）

易建曲：方寸豆腐大天地

"易师傅，我店里的'麻辣香干'又没货了，再给我来两箱。"18 日一大早，通城县关刀镇易师傅豆制食品加工厂，上门批发"易师傅"牌干子的超市老板络绎不绝，老板易建曲又开始忙碌起来。

在豆制品行业摸爬滚打 20 多年的易建曲，为人爽快。"镇上的人都叫我易师傅，我就用它注册了商标，希望有朝一日'易师傅'能走向全国！"易建曲踌躇满志。

外出闯荡磨豆腐

1968 年，易建曲出生在关刀镇里港村一个贫困的农村家庭，12 岁那年，只读完小学 6 年级的他不得不辍学，学起了木匠手艺。

1992 年，易建曲跳出农门，独自来到武汉闯荡。

为了生存下来，他在街边开起了一家油饼摊，生意慢慢地有了起色，每天有 20 元左右的收入。后来，易建曲发现武汉豆腐市场走俏，于是他转行经营起豆腐摊。

俗话说，世上有三苦：撑船打铁磨豆腐。虽然家乡有豆腐制作的传统，由于工艺复杂，好几次，几百斤的豆腐半成品只能全部"报废"。

为了把手艺练好，让自己的豆腐适合武汉人的口味，易建曲每天晚上只睡两三个小时起床做十几个品种花样，渐渐打开了市场。

几年漂泊，易建曲心感疲惫。1997年，他带着在武汉练摊积累的一些资本回到老家，首先建起一栋三层的厂房。易建曲并不满足，他心里合计着：这个家要靠产业支撑！于是，他又在县城菜市场租下了一个摊位，在自己家里打豆腐，然后每天凌晨赶20里路，运到县城去卖。

一年365天，任凭酷暑寒冬，风吹雨打，易建曲起早贪黑，往返在县城和关刀之间，从不间断一天；运豆腐的车子开烂了几辆，刚开始是摩托车，没两年变三轮车，最后换成六轮的小货车；他还到处寻找市场，将自己的豆腐送到周边的湖南平江、江西修水等地。

"创业是艰苦的，但追求着就很幸福。"易建曲说。

小小豆腐干子，方块之间有乾坤。艰苦创业的磨炼，为他的豆制品事业打下了坚实的基础。

打工"偷"艺争商标

随着生意规模的逐步扩大，2008年，易师傅豆制品食品厂挂牌成立。问题也接踵而至，由于生产工艺过于传统，又没有保鲜包装技术，易建曲生产的干子、腐乳等产品不到3个月就变质发霉，不时有经销商或消费者找上门，每年因此损失上万元。

怎么办？易建曲茶饭不思，下定决心进行技术攻关。

经多方打听，他得知湖南豆制品制作工艺在全国领先。于是，易建曲背上行囊，独自一人来到湖南邵阳"打工"。

说是打工，其实是偷学手艺。在邵阳的一个星期，他跑了3家工厂，看了10多条生产线，收集了30多个产品。

他找到厂里的技术骨干"软磨硬泡"讨教，说尽好话，最终打动了他们，终于学到高温杀菌消毒、保鲜等最新技术。

易建曲回到家后，继续通过上网，查阅有关资料，通过反复实验，终于解决了产品保鲜问题，还研制出几种新产品。

虽然只有小学文化，但易建曲的法律意识和市场理念非常强。为了让豆制品厂逐步走上正轨，他不惜代价追求"易师傅"商标。

2009年12月，易建曲申报了"易师傅"商标。意想不到的是，就在20多天前，湖南长沙一位老板已经抢注了"易师傅"，并且为豆制品加工行业。按照规定，易建曲注册的"易师傅"不能进行豆制品加工。

易建曲几经周折，联系到长沙老板，上门要求转让商标，他辗转通城、长沙、北京等地，奔波上万里，最后掏几万元买下了"易师傅"的商标使用权。

"值得！现在我可以大大方方、名正言顺地做我的'易师傅'了。"说起那段往事，昨日，易建曲显得十分欣慰。

豆腐干子大文章

走进易师傅豆制品食品加工厂，整洁明亮的厂房里，现代化的机械正开足马力生产……

"原料、加工、发酵、杀菌、卤制、包装共6个车间，实现了传统手艺与现代技术的融合。"为了把"易师傅"做大做强，易建曲先后投入200多万元，厂房不断扩大，年产值过100万元，已成为通城县数一数二的豆制品加工企业。

"我们的小干子如今飞到了香港澳门咧！"易建曲一脸自豪地说。

随着"易师傅"品牌渐渐叫响，去年他们还与香港小贴士食品有限公司等知名企业建立合作关系，按照订单生产产品，减去了市场的中间环节，销售额大幅提升。

"我赚到了一点儿小钱，但我最大的愿望还是带动通城豆制品产业走上规模化、专业化之路。希望党委、政府支持我进一步发展壮大。"

易建曲算了一笔账，目前自己的加工厂6个车间已吸纳周边50多人实现就近就业，每年加工转化黄豆50吨，实现加工转化再利用，拓展增值空间，带动关刀、塘湖、麦市等5个乡镇近万户农户种植黄豆。

目前，易建正筹划着成立"易师傅"豆制品专业合作社，吸纳带动更多的黄豆种植户和豆制品加工从业者，采用订单农业的形式实现共同致富。

"幕阜山的黄豆，七里山的矿泉水，乡里人的手艺，做出的是'易师傅'干子。"易建曲对自己的产品倾注了无限的感情，也必将于方寸之间成就大文章。

（原载《咸宁日报》2014年7月21日）

吴伟军：荒山野岭造"金山"

"玉质国瓷有赖金山品牌闯天下，成功骏业依靠人本方略聚英才。"昨日，记者走进通城县北港镇大界工业园内的玉成陶瓷科技公司，大红对联在烈日下耀眼，上百名工人忙碌在车间，运输长石粉的车辆来往穿梭。

"我这一辈子只想做成一件事，就是让中国陶瓷发扬光大。"刚落座，公司总经理吴伟军边用自己公司产品制成的中国风陶瓷茶具沏茶，边语重心长地说，如今公司的产品从山坳里走向了全国，有的飞越太平洋彼岸。

十年艰辛　　创立金山矿业

1974 年出生的他，投身到长石矿产行业已经二十多年了。

1992 年，他高中毕业后，顺利进入云溪长石粉股份公司，他从车间一线工人做起，后又从事采购、质检、销售等工作岗位，这使他熟悉了矿石从生产到营销的整个过程，由于公司管理经营不善，加上金融危机的影响，公司苦苦支撑几年后倒闭了。年轻的他没有气馁，果断离开家乡，远赴上海，帮助其他厂家从事产品经销。

经过几年的摸爬滚打，他积累了市场销售经验和资本，结识了不少生意上的伙伴，更重要的是他敏锐地嗅到陶瓷产业发展前景。有着国瓷梦想的他放弃了优越的工作环境，毅然回到通城，开拓自己的一片天地。

2004 年初夏，他了解到北港镇境内及交界湖南邻县长石资源丰富，品位较高，说干就干，他只身来到北港镇大界村山上扎根，一扎就是 10 年。

初来乍到，面对一片荒山野岭，无水、无电、无路，条件极其艰苦。

没有劳力，他将家中父老和岳父请来帮忙，一起搭茅棚，找水，修路，在家人的全力支持下，熬过了无数个不眠之夜，5 月 26 日，在荒山中打下了第一根基桩。

3 个月后，他和亲朋好友，建起了第一栋长石粉加工车间，靠着双手和双肩，硬是将几百吨重的机械设备安装到位，实现当年投产，当年受益。

诚信经营　　打造金山品牌

　　靠着自己的脚踏实地，诚信经营，金山矿业在同行业中逐渐有了名声，产品远销湖南、江西、浙江、四川、广东、广西、内蒙古等十多个省市，与客户都保持着稳定长久的产销关系，许多外地客商不远千里来通城，指名道姓要"金山牌"矿石粉，四川一家陶瓷公司就是其中之一。

　　2006 年年底，临近春节，吴总接到广东潮州一陶瓷公司一笔 60 吨优质长石订单和货款，为保证按时完成订单，及时将产品送到对方，厂里连夜加工生产，发货。对方收到货后，发现部分产品与样品不符，对方老总来电说："货已收到，货款也付了，有点儿小问题就算了。""不行，我们一定要亲自上门，将不合格产品淘汰掉。"吴总接到对方电话后，当即表态。有的员工劝说，"这笔生意干脆算了，专程跑去，路程又这么远，一来一回，公司赚不了多少钱。"

　　吴总告诫员工："信誉是企业的根本，做生意一定要讲诚信，答应人家的事，哪怕亏本，也要做。"

　　他丢下公司其他事务，带领 3 名员工经过一天一夜的路途颠簸，终于在第二天傍晚，将产品送到了客户手中，他们顾不上旅途的疲劳，将原不合格产品一一精选，分洗，淘汰掉，对方看到吴总一行对用户十分认真负责，拍着吴总的肩膀承诺："有你这样责任心，以后我们所需的原料，全部用你公司的产品。"

　　一步活，满盘赢。有了那次租车送货的佳话，吴总在业界的名声越来越响亮，生意也越做越红火。

　　吴总深知，质量是企业的生命，企业的竞争就是质量的竞争。

　　对此，他在产品选料、生产、销售的整个过程中，对选矿车间的矿料选择、清洗、分类，洗矿车间的优劣淘汰，干粉车间的破碎、磁选，颗粒车间的颗粒成型，水磨车间甩干分离以及最后产品的出厂，他都一一把关，严格执行质量高标准，有时，半夜他到车间现场进行随机查验，绝不让一袋不合格的产品流入市场。

　　为确保产品质量达标，2007 年，吴总又投资 20 多万元，将公司质量检验设备进行升级改造，同时，引进专业技术人才，对公司员工进行技术培训，对产品有异议的客户，他做到"上门道歉，全部退货"。

正是这种一丝不苟的质量把关和良好的诚信原则，使得金山矿业赢得了广大客户的青睐，金山矿业从一个小作坊式的企业迅速成长为全县规模企业。目前，公司固定资产过千万，生产的钾钠长石、石英等产品年销售量突破5万吨，产值3000万元。

再造玉成　　创办国瓷基地

日用陶瓷、建筑陶瓷、工艺陶瓷及玻璃制品业的迅猛发展，市场对陶瓷原料的需求越来越大，在这样的市场前景下，为适应企业发展，2012年11月，吴伟军将公司更名为湖北玉成陶瓷科技有限公司，并制定公司中远期发展战略，今年，他的目光眺得更远，再次追加投资1000万元，在杭瑞高速公路附近的大界村征地30亩，增加两条生产线，生产附加值更高的日用陶瓷产品，目标是3年产值翻三番，5年做到通城、临湘、平江同行业第一，8年过亿元，决定将北港打造成湘鄂边界陶瓷产业发展的原料供应基地，将玉成陶瓷打造为通城名片，创办成一流国瓷原材料基地。

在这样的宏伟目标下，吴伟军任重而道远，深知仅靠自己一个人是不行的，他要的是培养一个优秀的团队，拥有优秀的管理人员、销售人员、技术人员。去年以来，他不断安排员工前往武汉和沿海城市进行人才交流、深造和技术培训，同时吸纳有着陶瓷梦想的优秀人才加入玉成科技，共圆国瓷梦。他不惜重金，从湖南聘请专家驻厂研发新产品。

在公司取得一些成绩的同时，他也不望回报乡梓。出资支持村级公益事业建设，援助困难群众百人次，支助十名优秀学生完成学业，提供就业岗位百余个，让当地村民在自己家门口找到富路。吴伟军曾多次被县、镇评为优秀党员、先进工作者，县第八届、第九届政协委员，县劳动模范。

（原载《咸宁日报》2013年7月29日）

卢亚甫：把"球"打向国际

他顽强拼搏，硬是把一个名不见经传的球类生产小厂，办成了产品主要销往国际市场，并成为"阿迪达斯"亚洲销售区指定产品的出口创汇企业——

"人生没有一帆风顺的，关键在于放手博一把。"昨日，记者在通城县北港镇大界工业园，见到辉宏体育用品有限公司总经理卢亚甫，这位回归创业"名星"向我们讲述了他的创业故事。他说，把自己生产的"球"打向国际市场，致富乡亲，是他返乡创业立下的誓言。

1983年，他从北海舰队退伍后，回村里当起了民兵连长，因办事能力强又被调到镇里任计生专干，成为村民羡慕的"公家人"。1989年，他却放弃"铁饭碗"，只身南下，在广东东莞一家体育用品公司当起了维修工。一有空，他就泡在车间研究机械，钻研机械维修、设备保养等知识，很快掌握了厂里球类产品的整个生产流程和基本工艺，从一个"门外汉"成为厂里的技术能手。

1994年，卢亚甫积累了生产管理经验后，萌发了自己创业的念头。通过3个多月的市场调查，他决定先从自己比较了解的体育用品机械贸易做起。凭借自己的诚信经营，不仅生意越做越大，而且积累了一定财富和人脉资源。2001年，他果断投资200多万元在东莞办起了球类产品内胆工厂，圆了他的创业梦。

2009年年底，卢亚甫在家乡优惠招商引资政策的吸引下，带资回乡建厂——投资1000余万元，在北港镇大界村征地10余亩，成立了辉宏体育用品有限公司，主要生产篮球、排球、橄榄球等球类内胆。

企业初创，由于规模小、产品科技含量和附加值低，企业经济效益一直上不去，一度陷入困境。在困难面前，卢亚甫没有消沉，为了提高产品质量，只有高中文化的他凭着一股永不服输的"闯劲儿"，不仅根据最先进的球类生产工艺更新了生产设备，而且通过加强管理、引进人才，使产品科技含量和质量有了很大的提高，为产品成功打入国际市场打下了基础。

去年 7 月份，作为生产销售阿迪达斯等品牌的合作商——台湾龙伟集团专程到该公司参观考察，给该公司生产的球类产品打出 80 分的高分，成为阿迪达斯亚洲销售区的指定产品。

一分耕耘，一分收获。经过十几年的不懈努力，卢亚甫创办的企业，不仅产品可与亚洲最大球类生产企业生产的同类产品媲美，产品 95% 以上销往印度尼西亚、泰国等国外市场，年创汇 400 多万美元，而且公司固定资产也从开始时的 1000 万元发展到现在的 3000 多万元，年产值达到 3000 余万元，一跃成为全县规模企业和创汇企业。

"企业是个大家庭，每个员工都是家庭成员，企业效益达到最大化时，也要让员工获得相应的利益。"卢亚甫的企业取得空前成功后，他并没有忘记和他一起奋斗的 80 多位员工：通过实行计件工资制、改革薪酬福利制度，如今，该公司车间员工的月均工资全部达到了 3000 元以上，技术熟练工人一天的收入就达到 200 元。

企业发展了，卢亚甫致富乡邻的誓言也逐一得到兑现：先后出资 3 万多元支持村级修路等公益事业建设，援助困难群众 20 多人，为村里困难群众垫付医药费近 1 万元，提供就业岗位 80 余个，让村民在家门口"挣钱"、种田两不误。

（原载《咸宁日报》2014 年 1 月 13 日）

黎雄早：荒山圆梦

早就听说通城有个奇人，在 20 世纪 90 年代，通过做茶叶生意和药材生意，年赚 100 万后，并没有接着做商海梦，而是把全部积累的资金投入荒山，栽种竹子和种植树林……他，就是通城县永康楠竹专业合作社总经理黎雄早。

今年 38 岁的黎雄早，出生在通城县石南镇花岭村。小时候家境贫困，初中毕业就回乡务农，迫于生计，他当过小商小贩，放过鸭。

当年，祖父为了考验他的志向便问道："将来你是要千人养活你，还是你养活 1 千人？"黎雄早稍加思索后答道："我要养活 1 千人！"祖父露出了满意的笑容。

也正是为了这个梦想，2007 年回乡后，在不影响村民利益的前提下，他没有选择近山、矮山、好山，而是选择远山、高山、荒山——杨石岭。

这座山海拔 500 多米、与湖南交界，漫山遍野都是石头，被人称为寸草不生、鸟不生蛋的 3000 亩荒山，成为他创业的"风水宝地"——针对适合栽种楠竹的特点，毅然把它租赁下来，租期 50 年。

家人和亲戚朋友听到这个消息后，说他脑子进了水，村民笑他拿钱打水漂吗？黎雄早不与他们理论，更不退缩，他坚信自己一定会走向成功！

创业艰难，苦不堪言。杨石岭荒野偏僻、悬崖陡峭、地势险要，首要是修路。他横下一条心，带米带菜，在山上搭草棚，就地"安营扎寨"，带领 30 多位请来的民工，挥舞银锄，开山炸石，仅一个多月，就修通了一条 4 公里长的盘山公路。

紧接着就是带领大家开荒破草、整地挖坑，整个过程他既是指挥员又是战斗员，他身先士卒，不叫一声苦，不喊一声累。坑挖好后，为了节约费用，他和大伙肩挑背驮，将一根根楠竹苗运到山上去，然后按标准一株株栽植好。

然而，天有不测风云。2011 年，基地发展刚有起色时，林地遭遇了两场灾难。当年正月初二，毗邻的湖南村民放礼炮导致山地着火，烧毁了大片楠竹；接下来，又遭遇"6·10"山洪袭击，冲毁了公路和部分基地，冲跑了不少基地里养殖的孔雀、野鸡，造成直接经济损失 80 多万元。

困难吓不倒硬汉黎雄早。在短暂的伤心难过后，他重整旗鼓，又投资了 30 多万元重新修水泥路，扶砌、加固水毁工程和险工险段，很快公路和基地又焕然一新。

一份汗水，一份收获。目前，他投向荒山的资金已接近 1 千万元，已发展楠竹基地 3336 亩，栽植楠竹 6 万多根，成活率达到 85%，且长势喜人，还带动村民发展种植业，硬是把杨石岭变成了"花果山"：通过立体开发，形成种花、种果，养牛、羊，以及养野鸡、孔雀和竹鼠的，安排当地群众 50 多人就近就业，人均增加劳务收入 1 万多元。

（原载《咸宁日报》2013 年 4 月 20 日）

徐忠明：奔走乡间行大善

"有了蓄水，60多亩'望天收'稻田就有救了。"日前，通城县马港镇九岭村荒弃的池塘蓄满了水，村民们再次将敬佩的目光投向该村76岁的老人徐忠明。

原来，这口荒弃多年的池塘，是徐忠明今年出资1万多元，请人修复的。

有着40年党龄的徐忠明老人，当过村干部，也在镇办企业工作过，退休后，他坚持发挥余热，奔走乡间行大善。

镇福利院离徐老家有一公里的路程，也是徐老经常献爱心的地点。

自2003年起，他逢年过节都要买水果、食品到福利院慰问，每年过年都要给福利院60多名孤寡老人，每人送上百元的红包。其中，2009年，他购买一辆价值近5万元的面包车捐献给福利院，以方便老人出行、看病的善举，至今还在当地传为佳话。

当年正月初三，他照例到福利院探望孤寡老人，刚进门，他看到福利院工作人员，正用板车拉着一位孤寡老人上镇医院看病，于是便萌发了为福利院买辆车的念头。由于自己多年省吃俭用的积蓄不够，就动员在广东办企业的女儿捐款。当女儿将购车欠缺资金寄来时，他立即请来同村的一位司机，一同到县城选购了一辆7座的面包车送到了福利院。

杨塘坳村村民徐忠诚一家三口残疾，徐老得知后，不仅连续3年送去2000多元，帮助发展生产，而且还亲自协助村干部，到有关部门为其申请了3份低保。

徐忠明家对面有一所小学校，学校合并后，这所学校便一直闲置着。望着杂草丛生、坑坑洼洼的操场，他想：要是将场地清理一下，把它成变村民健身的地方该多好啊！

去年冬，在征得村委会同意后，徐老请来施工队，投入4万多元，完成硬化面积1000平方米。同时，亲自找文体局申请了篮球架等体育器材，安装在场地上。如今，学校操场成了村民健身休闲的好去处。

"徐老做好事，不是一时头脑发热，行善积德伴着他一生，他走到哪里，好事做到哪里。"同在镇企业共过事的老干部说，爱做善事的徐老，平时主要在家养鸡、养鸭、养鱼、种茶叶，但卖了钱，总是拿去救助别人。据不完全统计，10多年来，徐忠明已累计向福利院捐款、捐物折合人民币近10万元，并先后捐资6万多元，支持村里建桥、修路、挖塘。

熟悉的人都知道，徐忠明的爱不仅留在当地，而且还洒向全国，先后交过3次特殊党费：汶川、玉树大地震，他将2000元党费分别寄到民政部；2011年，通城"6·10"特大洪灾，他将1000元特殊党费送到县委组织部。

徐忠明的义举，感动了扶助对象，也感动了社会。2009年，他被评为全县首届"十佳道德模范"、全市"十佳道德模范"；2010年，被市委授予"优秀共产党员"荣誉称号。

（原载《咸宁日报》2013年4月6日）

文学

我欠父亲一张照片

又到清明节，再也见不到父亲魁梧而又硬朗的身材了。

"上相！"八仙一声喝令，惊醒了泪眼蒙眬的我，我这才意识到走过了72个冬春的父亲，我至今还没有给他照过一张相。

我拍摄了成千上万的新闻照，却没想到过父亲，尤其是父亲病危期间，也是疫情封城之际，我天天忙在外，跟踪拍摄抗疫新闻，也没时间回家照顾父亲，更谈不上给父亲拍照了。

为挂上父亲的相片，母亲找出20年前父亲身份证上的照片，急匆匆在塘湖镇上一小照相馆花了百元翻拍扩成一张遗像，算是心灵上的一种慰藉。

烛光中的父亲是那么慈祥。

他五岁随娘下堂，穿着用细麻线织的补丁加补丁的一条肥大裤子，过继给坪头新屋的。

上小学时，他每天来回钻10多里山路。春天早上，他带着竹篮上学，傍晚放学后扯上一筐猪草；冬天父亲爬上高大的松树，采下一担担松球，烤火。

父亲十岁碰上大炼钢铁，哪怕吃观音土、细糠也长成了结实的身体。初中只念一年书，就辍学在家，务农。

大队干部认为他根正苗红，就叫他当上小队的记分员，百多号劳力的工分本，全凭他一个人记，从没出过差错。

文化大革命那年的一个夏夜，队里社员摇着蒲扇围在油灯下评工分，几名身强力壮的劳力，不满队里给的分太少，不知谁吹熄了油灯，嗵嗵嗵几下，雨点般的大拳落在我赤背的父亲身上，砸得满眼冒金花。以阶级斗争为纲的岁月，这事也不了了之。

几拳下来，砸醒了父亲精忠报国的志向。1969年4月，父亲不顾家人的反对，毅然踏上守卫南疆的红土地。

身高1.8米的父亲在云南野战部队摸爬滚打五年，练就了一身本领，从战士到班长。

父亲部队驻地地震多发，他多次参与抗震救灾，不知营救了多少灾民，留下了累累伤疤，荣立过多次功，不会玩心眼儿的父亲，解甲归田，重操旧业，躬耕田野，服务乡民。

父亲能武能文，会写一手毛笔字，文采也不错。村里红白喜事，乡亲捎上一包香烟，父亲忙乎开了，吟诗作对，挥毫泼墨写对联，还送上门贴好，要是谁家有困难，他写的报告一写一个准，成了乡民代言人，以至于八十年代刘氏修族谱，举力推荐他当主编。当时，父亲在外做水泥工，因大病一场，再也不能出外打工了，就顺着族人在家里修谱，他拖着病体，行走乡间，最远的刘姓寻宗到洪湖、江西，甚至贵州省，他一一不漏，修正、纠正、校对，一编就是10年，编辑撰写族谱上千本。

父亲更热心村里公益事业，乐于操劳。镇里修里塘公路，他带头捐款，四处求援，募捐几万元；村里拓宽硬化公路，翻修祖堂屋，父亲拿出省吃俭用的1万多元凑合着，和全村人出力，将窄车道改成两车道，摇摇欲坠的堂屋翻修一新。

父亲在刘氏族人心中是：新续家乘紊乱成方正丰功于族；桥联两岸天堑变通途硕德惠人。

又闻清明风，再也听不到父亲严肃而又慈祥的声音了。

"建平，我知道你忙，我若病逝了，一切服从疫情期间政令，不给政府和亲人添半点儿麻烦。" 2月初，正是疫情防控紧要关头，我奔波在抗疫一线，转战各地采写拍摄新闻，突然接到父亲的电话，有时采访哪怕离我家只有两里路，哪怕我有通行证，我也没越镇村关卡半步，赶回去看父亲一眼，只好朝老家方向三鞠躬，心中祝愿父亲多活几个月，疫情结束后，再陪陪父亲，聊聊天。

父亲患的是胃癌。

2019年12月，我趁单位派人集体乘大巴到市里学习时，父亲顺便一同坐车到咸宁市中心医院做进一步检查，这是父亲一生中沾了我一回在县政府工作30年的光。

父亲病化验结果出来了，胃癌扩散转移！我瞒着父亲，邀请他平生第一次爬潜山，我有意同父亲拉开距离，望着父亲高大的背影，我的泪只能往肚里吞。

这座本应父亲当作健身的山，却成了他人生最后一程，生命最后一次跋涉，父亲的脚步是多么沉重！

踏过千山万水、走过人生崎岖的父亲此时仿佛又回到云南边防部队，他一生忠于党和毛泽东思想，家书句句尤春雷在耳："今寄回《毛泽东选集》3 本，不要让建姑扯烂了。"七十年代初，我已两岁多，家里缺吃少穿，父亲从部队每次邮回家的是一大包《毛泽东选集》和像章，没半点儿吃的和用的东西。

父亲转业后，捧着毛选读，又抽到石坪大队搞了几年路线教育，准备提拔为塘湖公社副书记。当时提拔要过大队书记这一关，一夜之间各小队屋堂挂上了意见箱。

一个寒冷的冬天下午，我小学放学回来，同父亲用报纸和着米汤糊窗户，挡刺骨的寒风。

当晚，父亲出事了，背上了罪名。原在我家吃喝过的两名路线教育干部，伙同大队干部诬告一些"黑材料"，一夜之间同父亲划清了界线。

那时我还小，在同村同学人的不屑中自立、自强起来，我与祖父趁着天上还挂着月亮，步行 70 里路去县城看望父亲，这是我平生第一次进城，父亲见了我第一句话是：不要难过，要好好念书，总会有出息的。

不到两年，父亲又回到生他养他的土地，又挑起一家 7 口人的生活重担，支撑着我和 3 个妹妹继续上学。

坪头岭是一片薄土地，鸦鹊山是一座荒山，父亲无生计，为了家阔，他学着做了几年砖匠。

为了挣我们的学费，父亲摸黑去百里外的崇阳县金塘挑树卖，一次赚不到 10 元。他还同村年轻人结伴到江西省铜鼓县挑木方，来来回回得七天七夜，遇到巡逻的，连借的本钱也亏了，即使是走运，一个星期下来，脚力钱也不足 50 元。

每每赚了钱，父亲斫几斤肉，一家人吃着香，父亲却吃不下，肩膀上拖出的红包，隐隐作痛，父亲坚强地鼓励我们：多喝点儿汤，正是长身体的时候。

父亲用肩膀扛回一座楼房。2000 年，他用仅有的 7000 元钱将家里的 3 间瓦房翻修了，修建成一栋一层两间楼房。

我们在父亲肩膀上长大，如今该我们孝敬他了，他却没尝到我们半点儿甜味。

这也难怪，父亲患病时，正是疫情肆虐时，大年二十九，我正准备在家同父亲团聚过年，接到单位电话，疫情严重，迅速赶到防控指挥部上班。

病重中的父亲拄着五尺拐棍儿送我到村口，郑重地交待：去吧！关键时候了！！

我一扭头，父亲站在冬天的冷风中，抹着眼泪，久久不肯回去。他还在渴望家人团圆，期盼他的两个在武汉工作的孙女早日归来。

从大年二十九日直到解封，父亲一直念念不忘，操心家事，关心国事。期间，我趁星期天晚上轮休，赶回去看望过父亲一回，父亲自知不多日了，交待了一些家里的事。

喜欢吃水果的父亲，一再叮嘱不要乱花费买吃的了，当时疫情紧，我没给父亲买半只苹果给他吃。

为减轻转移父亲病痛，我带回他平时喜欢看的《水浒传》、公安破案等题材小说给他，又开通有线电视。

过了月半，父亲开始进不了食，吃什么，吐什么，有时一夜起来好几次；父亲坚决拄着拐杖上厕所，一喝水就吐，但一直坚持着喝水，他固执地认为，能够把病毒吐出来，父亲想吐出这怪病。

3月14日，县城解封没几天，我接到母亲的电话，父亲不行了，我匆匆赶回，父亲头倚在大门框上，拄着五尺拐棍儿紧盯着我回家的村路，见面时，他交给我的是一首总结自己一生的墓志铭：

自　勉

西江月

历史检验良莠，

烈火冶炼真金，

人生一世德唯馨，

贪图名利何用？

联宗奔走湘赣，

卫国入伍从军，

行端品洁一身清，

恪守仁义诚信。

最后，他流着泪说，我不行了，要远行了……

果真，第二天，2020年3月15日晚7时40分，父亲安详地闭上了双眼。

又沐清明雨，再也看不到父亲匆忙而又劳碌的身影了。

我端着父亲的遗像，穿过祖堂，跟在八仙的身后，重走父亲生前路，从村前上路了，越过水井，绕过水库，跨过山坳，跃上山包，灵牌闪烁在金灿灿的油菜花丛中，父亲最终与他一手开荒，栽植成林的油茶树为伴。

至今，他没来得及亲口尝一下他亲手榨的茶油，八仙为他点亮了七星灯，照着父亲去天国，也照亮了父亲一生勤劳路。

春种秋收，夏割冬播，四季更替，人生轮回，父亲入伍守边，返乡从政，落魄回乡，与土地结伴为生。

八十年代中期，分田到户，父亲手背，分到七亩薄田，其中六亩干死田。

每年开春，父亲踩着刺骨的水去蓄水，夏天，顶着炙人的烈日忙赶水，几亩望天收的田，与邻村龙背村几大户人家交错在一起，每每为了赶水，父亲一守就是一夜，睡石板，眠坎沟。父亲好不容易赶了一丘水，回家牵牛犁田时，碰上人心坏的，挖了田埂，放干了，好几次为争水发生口角，好在父亲在部队练了几手拳脚，五六个人拢不了身，才保住干旱之年，不歉收。

粮食丰收了，收割、运输成最大的困难，稻田离我家有几里山路，上山下坡路仅足背宽。父亲披星戴月割完稻谷，鸡早叫了，再一个人背着两百多斤的脚踏脱粒机，一整天在田间里踩得欢，打桶，挑谷，束稻草，样样精。

父亲挑一担谷，走段路，歇一段，一担谷半个钟头才能运到晒场，直到去年，父亲身体实在支不住了，才撂荒一年，今年的种子和化肥早准备好了，父亲病重时，攥着床底下的种子不舍，只待清明细雨落，下地播种。

父亲伺弄地里庄稼也不薄，油菜脱粒后，种红苕，播蔬菜，间作套种，样样精，土地不闲着，一生挖坏了近百把锄头。

七十年代，走集体，他开的荒山全交了公；八十年代，又分到父亲手中；九十年代，村里消灭荒山，栽茶叶，种板栗，父亲带头让出最好的地。

2010 年，通城县打造全国油茶产业示范大县，父亲连夜将新开的百多亩荒山流转给黄袍山绿色产品公司种油茶，年近六旬的父亲，不能为生计而外出打拼了，想方设法找村干部当起油茶托管员，管护对门山上 200 多亩油茶，初中没毕业的父亲，60 多岁当上了新型职业农民，培训，取经，忙得连轴转，农药、化肥拖了好几吨，父亲腾空偏房做仓库，生怕丢失公司一粒化肥。

自此，对门山上更多了父亲劳碌的身影，春管苗木，夏除草，秋施肥，冬采果，一把剪刀，一张挖锄，一个药桶；腰挂一把军用水壶，手提一铁碗稀饭，日出而作，日落而息；忙过了头，半夜煮的稀饭挂在树上沾满了蚂蚁。父亲饿了，嘴角吹吹，稀饭和着蚂蚁一骨碌吞下去。

父亲将公司的茶山当自家财产一样管护，喷药、施肥需要水，山上离水源地较远，父亲就地挖个坑，铺上厚薄膜，蓄上天雨；大热天的午后，太阳毒辣，父亲穿着解放鞋和我给的旧衬衣穿梭在油茶林中，不知中了多少次暑，支撑一下又上山了。

父亲精心的打理，油茶不到三年挂果，逐年受益，可惜父亲一年拿到手的管理费，一半被村干部提走，父亲为继续管护，到处托关系续包，茶山在父亲手中伺弄得满山翠绿，硕果累累，公司年年评他为先进，干劲儿一直不减。

2018年冬，父亲照样去施肥，想背起一包百斤化肥，打了个趔趄，父亲感觉胸部咧响，再也无力搬起一包肥料了。加之，前几年，父亲先后动过两次手术，直到去年深秋，油茶采摘，他还顶着霜风在山上守了三天三夜，回家后，总感觉胃胀胃痛，饭量大减，捡了几服中药，当胃溃疡治，拖到12月中旬，才上县中医院，12月底，才搭便车去市医院。

胃癌晚期！结果出来后，我瞒着父亲，在温泉住了一夜，又同他直奔武汉去见他想见的人，他还是不肯上大医院，总说麦市老中医戴医师拿脉问诊很准，我这又是老胃病发了。

父亲在武汉待了3天，见了洪湖刘氏家门旺族，在两个孙女家各住了一晚，在二孙女教书的大学食堂吃上了一碗水饺，是最值得他骄傲的事。

父亲最爱二孙女，上大学时，父亲拿出一千元管护油茶得来的工资当奖励，仅希望有出息的二孙女，日后能让老掉牙能活到八十岁的祖父吃上馍馍和稀饭。

第四天父亲急着从武汉返回家，念念不忘油茶籽还没榨，油茶该施肥了，他拄着拐杖上了茶山，此时茶花灿烂如雪，有的如血，却不知是为他盛开。

我的多难的父亲，生命时钟停留在3月15日（农历2月22日）；我的不屈的父亲，音容笑貌定格在庚子春天；我的勤劳的父亲，永远长眠在他亲手栽种的油茶树下。

严父俨何去，春回椿不回。

我却欠父亲一张照片。

2020年3月29日于坪头岭
2020年4月3日二稿

（原载《美篇》2020年3月30日）

狮子山：向天再啸八百年

狮子山村坐落在塘湖镇境内，鸦雀山脚下，龙印河畔，离通城县城 18 公里，因形似狮子而得名。

季春，记者沿一脉小溪，闻一路花香，来到风景秀丽的塘湖河畔，走进历史悠久、人杰地灵、民风古朴的狮子山村。

狮子山村村前两水相抱，两山对峙，是刘姓发源地之一，居住着两万多刘姓人家，这里曾出了一代名将刘鉴和一代重臣刘绣衣。

据刘氏宗谱记载：宋淳熙元年（1174）天朗公率子来此结茅为舍，数代耕耘，传至第六世刘鉴当上了欧国公部下宣尉使。

元顺帝二十八年（1361），刘鉴南征北战，守表州，攻江西，甲辰年（1364）直捣新涂、邓青山寨，克取层台（今贵州省毕节市层台），丙午年（1368）正月内，饬依编立队伍，设立千户所授"百户"职事，敕封其"招信校尉"。继刘鉴之后，刘氏在层台当了十代世袭官。时隔 750 多年，其后裔来到狮子村认祖归宗，让一代名将魂归故里。

"忠孝名臣刘绣衣，清朝鸣凤真御史。"说的是又一代重臣刘绣衣。

刘绣衣，名仕昌，字时亨，号塘湖，生于明洪武二十七年（1394），于明永乐十八年（1420）庚子科举人，甲辰（1424）科进士，登刑部宽榜，授陕西道监察史，后升任浙江副使，卒于明正统十年（1445）。

刘绣衣出生地狮子山大屋，系刘绣衣上辈所造，屋住刘氏一脉。东有假山花园，西有官厅，四巷八阁，错落有致。门前左侧是旗杆石，右边是寄马桩，雄伟壮观，威严显赫，可见刘绣衣当年的地位。

刘氏后裔为纪念这一代名臣，于 1994 年，在刘绣衣出生地狮子山大屋重修了"塘湖故里"。

瞻仰塘湖故里，高耸的飞檐，如桅似帆的马头墙仍在，故居门庭几经修葺依然屹立，一对威武的石狮分兵守卫着八字大门口，门庭上题有明朝宣德皇帝御赐的"清朝鸣凤"亲笔题名，笔力千钧；"代天巡狩"的匾额闪闪发光，如日月昭示后人奋进。

"清朝鸣凤"是宣德皇帝赞誉刘绣衣为官清正，能够为朝庭清理朝政，保世间太平。其双亲及妻弟均受皇封，后历代均有州官显宦，皇帝并将乐化改为塘湖以示纪念。刘绣衣中进士那年，年底进京赴任，提前一天过年，如今，此风俗在刘氏家族中流传至今。

跨入故里门庭，踩着明清时条石，拾级而上，漫步大堂，仿佛穿越宋、元、明历史，大堂全长42米、宽6米，分上、中、下三厅，九重连贯，上有雕梁画栋，下有石面奇文，大堂两侧一堵堵烧砖墙壁，默然伫立，似乎在缅怀一代名将刘鉴的战功；一扇扇老式木窗，吱吱呀呀，仿佛在诉说一代重臣刘绣衣的清廉。

站在塘湖故里的内堂前，内堂正上方悬挂着刘氏历代祖先图，正中是刘绣衣的画像。内堂的右侧，有着刘氏后人的家谱石刻，石刻上方悬挂着三幅照片，这三幅照片拍的是刘绣衣上朝朝拜用的象简、审案办案时用的仙德炉，以及一幅象骨象棋，这些文物目前已被有关部门收藏。

睹物思人，这三幅遗物照，见证着刘绣衣在位26年，当巡按理朝政的9500多个日日夜夜，也默默诉说着他严诉讼、斥权奸、斩贪官、平冤案，秉公执法的故事；更再现着他察陕西、按交趾、抚江浙、镇南京、保江安，平安天下的显著功勋。

依依惜别狮子山村，几度回首，塘湖故里门庭上"清朝鸣凤"的亲笔题名，虽历经风雨，至今仍熠熠生辉，昭示着刘氏文武名臣的功绩与日月同辉。

狮子山，向天再啸八百年。

（原载《咸宁日报》2014年5月5日）

古屋余韵润心田

润田大屋，一片明清式古民居，呼吸着历史的青砖黛瓦，掩隐在青山翠竹之中……暮春清晨，骤雨初歇，当我们走近时，他仿若一位鹤发童颜的老者，那般慈眉善目。

"五里三进士，一门三尚书。"偏居一隅的塘湖镇，镌刻着鄂南通城辉煌兴盛的人文历史。润田村就在塘湖镇黄袍山脚下，距县城30公里。

润田村以汪姓为主。据载，元末汪氏先人汪应龙由临县崇阳迁入通城。"捷足石下凹，落叶鲤港，复居润田。人丁族起，科甲蝉联。"汪应龙第六代孙汪茂实号润田，村名由此而来。

"左有朝天马，右有出阵旗"，当地村民对这片故土饱含着深情。走进村口，眼前的景致印证了他们的描述：汩汩流淌的润田河两侧山丘起伏、错落有致，东侧两山耸峙，中间的深谷像极了马鞍；西边的山丘形似波浪跌宕，地势由东北向西南渐低，像迎风招展的战旗。

润田大屋背倚"出阵旗"，门前一汪水塘碧波轻荡，游鱼可见。在先人的眼中，它似乎占尽了地利："坐玄武于郭背，望朱雀与师姑，左青龙，右白虎，青山环抱，门前平畈开阔，祠堂气势宏伟，栋宇轩昂"。

正大门上方高悬的"吏部主政"，透着古色古香。屋檐和石墙上，精雕细镂的麒麟等飞鸟走兽栩栩如生。跨门而入，只见五重堂屋纵向相连，巨型石雕、横梁、木柱构造紧致、独具匠心，建筑的节点处看不到一根铁钉。

年近五旬的汪昌龙就在这里长大。记忆中的孩提时代，他总是和小伙伴们在高檐下追逐嬉戏。据汪昌龙介绍，润田大屋面宽20米、径深60米、总面积约500平方米，是通城县目前保存最完好的明代古建筑，已被列为县级重点文物保护单位。

汪昌龙带我们来到第二重堂屋，高大的灰白砖墙散发出亘古的气息。顺着他手指的方向，高七八米的砖块上清晰地记录了大屋的历史："明万历年间十一年正月，汪仁政、仁进兄弟修"。

站在两重堂屋之间，踏着天井石板上的青苔，凝望历经岁月沧桑的"县丞"、"吏部主政"等古物，汪润田、汪宗翰等先人穿越四百年流光跃然而现……

明初，风云激荡，汪润田经数载苦读，于洪武二十三年中举人。六年后，他赴江苏吴江担任吴江教谕，开启了仕途生涯。建文三年，汪润田升迁至南京应天府上元县，并三任知县。因"剖事立明"，最终官至四川按察使司。

光绪庚寅年（1890），润田大屋里另一位载入史册的士人汪宗翰高中进士。他不仅博学好古，还是一位爱民善政、忠孝两全的好官，在千里之外的敦煌留下了彪炳汗青的业绩。因不参与卖官之事而得罪皇族，汪宗翰"调补边缺"。

他携老扶幼,在大西北十几年如一日尽心履职。他精金石、通书画、善诗词,为保护珍贵的敦煌画像、经卷而呕心沥血。当敦煌受天灾歉收、民众作乱时,他变卖自己的书画作品救济灾民,并发动当地富人捐钱捐粮。汪宗瀚不论在哪里任官,都把老母亲孝敬在自己的身边。

土地革命时期,润田大屋又留下一段不可忘却的红色记忆。苏维埃政权在此建立,开国元帅罗荣桓栉风沐雨,与通城苏维埃县委书记汪传品等革命先驱,多次在润田大屋碰头开会,商讨革命大计……

斯人已去,古韵犹存。数百年来,汪氏先人的故事滋养了一方"耕读传家"的动力与自信。虽然润田大屋几经兴废,早已不复原样,但世世代代在这里繁衍生息的人们,传承着家风遗训。如今,每逢村里有红白喜事或重大事情要决定,屋堂里的男女老幼就齐聚一堂,共同商议。"无形中,'明礼又明理'的祖训刻进了心里。"润田村 63 岁的村支书汪信富说。

2013 年,在汪昌龙的号召下,大屋里 60 多户 300 多名村民自发筹资近50 万元,筹劳工数百个,以旧修旧、就地修复,使古老的润田大屋又焕发新颜。

夜幕降临,老人们眼中露出安宁祥和的微光,孩子们无拘无束地穿梭在四通八连的屋堂小巷里,欢笑声犹如璞玉,把润田大屋渐渐点亮……

（原载《咸宁日报》 2017 年 9 月 8 日）

黄龙山：踏访"中三角"之心

以武汉、长沙和南昌为核心的"中三角"跃然于中国政治经济版图;三省相邻的咸宁、岳阳、九江三市"小三角"构建提上日程。

"小三角"中,湖北通城、湖南平江、江西修水三县共拥一座黄龙山;黄龙山将湖北麦市镇天岳村、湖南虹桥镇天岳关村和江西白岭镇焦洞村紧紧相连。

三村交汇处的省界碑,便是"一脚踏三省"之地——"中三角"之心。

3 月 8 日，披着绵延春雨，记者一行从通城县城出发，一路向南，攀上海拔 1528 米的黄龙山，感受鸡鸣三省之地风情，倾听构建"中三角"的激越心动。

亲缘交织   三省人民亲如一家

来到海拔 1000 米左右的麦市镇天岳村，村支书胡兰凤早早在路边迎候。这位从江西修水县嫁过来的外省媳妇儿，在这里担任村支书已有 15 年。

"我们这里三省一家亲。"得知记者来意，她径直带我们到一个叫枫树屋的山村，来到有"三省总督"之称的李应桃家。

堂屋里架起柴火，70 岁的婆婆陈茶花和儿媳熊乐秋正坐火塘旁唠着家常。她们充满温情的叙说，描画出这个由鄂、湘、赣三省人组成的 30 人的大家庭和睦美满的生活。

53 年前，22 岁的李应桃，经湖南平江县东塔乡的姨妈介绍，迎娶了该乡年方 17 岁的陈茶花。两人都出身穷苦人家，结婚时男没上聘礼，女没有嫁妆。

婚后，李应桃种田、挖草药、做篾匠，陈茶花养鸡、养猪、操持家务。男耕女织，拉扯大四女一儿。大女儿嫁到江西、三女儿嫁到湖南、二女儿和小女儿嫁在本地，儿子则娶了个江西媳妇儿。

儿子李二忠与妻子熊乐秋的一见钟情，更是三省地缘相近、人缘相亲的实证。李二忠大姐夫的弟弟是熊乐秋的姐夫。1991 年，李二忠去江西大姐家玩，偶遇去看姐姐的熊乐秋，互相看对了眼，第二年便成就姻缘。

自此，李家便成了一家由湖北、湖南、江西三省人共同组成的家庭。每逢年节或老人寿诞，30 名家庭成员由鄂、湘、赣三省来到李家，婆媳二人烹调三省不同风味的菜肴，四世同堂欢聚，户主李应桃坐上正席，慈爱地招呼着子孙后辈。邻居们看了这情形，便给了李应桃"三省总督"美誉。

支书胡兰凤介绍，天岳村与湖南江西两省山水相连、田地相挨，泼一瓢水就能浇到外省的苗，省际通婚自然也很普遍。现在村里有 50 多个江西媳妇儿、30 多个湖南媳妇儿，天岳女儿嫁到邻省也有几十人。逢年过节，行走在山间的回娘家的"媳妇儿队"，如联结三省的纽带，是一道独特风景。

禁赌石碑   诉说旧时边贸繁华

天岳是一个贫穷山村，旱地多水田少，海拔高气温低，栽种稻谷都很难成熟，村民们的主要收入来源是外出打工、养牛羊、做篾（jiàn）纸挣钱。

而从前,这里曾是繁华集市,以物易物式的省际边贸相当发达,有"小南京"之称。

胡兰凤告诉记者,天岳旧时繁华源自这里出产的垟纸很有名气。垟纸俗称冥纸、火纸,以楠竹为料,手工制造。春上,村民砍下嫩竹,经过 72 道工序制成,纸质偏黄,闻起来有股浓浓的竹叶香味。相传宋代名将岳飞赴洞庭平难,经天岳时曾称:"垟纸,可通黄道。"从此垟纸声名远播,热销鄂、湘、赣三省界地带。特别是 20 世纪初年,湘、鄂、赣三省的人都到这里赶集,把自己的粮食、布匹和农产品拿来交换垟纸,村民开起了许多餐馆、商铺。"青石岭头宾满座,草亭道上马停蹄",山村的一时无比繁华。

旧时集市的中心在一个叫垟楼咀的山村。胡兰凤带我们来到这里,烟雨中,古驿道青石板铺路至今犹在,沿石板路过县级文物保护单位垟楼桥,路旁有两个石条护着的一块石碑,虽经岁月的风雨侵蚀,碑文依稀可辨:"禁止牌赌盗 光绪乙亥年。"胡兰凤说,当时这里商旅会集,来人纷杂,玩牌九、赌钱、偷盗的事有发生,先民为维护良好风气,于光绪乙亥年即 1875 年立了这块碑。

时光流转,天岳村风光不再。随着机械造纸的兴起,会手工造纸的人越来越少,20 世纪初中期开始,当地的垟纸行业开始衰落。繁华一时的"小南京",如今只是个几乎与世隔绝的小山村。

3 月 8 日下午,记者站在村前,但见春雨中的垟楼咀行人稀少,只有禁赌石碑和路边遗存的旧商铺,还在诉说繁华故事。

黄龙美景　　呼唤三省协力开发

烟雨三月,云遮雾绕中,黄龙山犹如披着面纱的女子,风光无限,却少人知。

随行的通城县委宣传部干部介绍,黄龙山旅游资源丰富,三省境内都有天赐景点,由于交通不便,加之景区散在三省,没有进行统筹开发,来此旅游的人并不太多。

黄龙山属幕阜山山脉,山脊有清晰可见的龙鳞状花纹,传说是雷公的居住地,故称"天岳"。山脊湘、鄂交界处,天岳关雄踞其间。北宋诗人黄庭坚在此留下"山行十日雨沾衣,天岳关前对落晖"佳句。

天岳关有一夫当关万夫莫开的险势,历来为兵家必争之地。通城县志载,宋代岳飞领兵剿洞庭杨幺,曾派兵屯于此;清咸丰年间,太平军由此入鄂占领通城;1926 年,北伐军经天岳关进入鄂直抵武汉;1938 年,原国民革命军第 92 师于台儿庄大捷后奉命保卫长沙，在此驻防，并于关口以西建"抗日阵亡将士纪念亭"，蒋介石题写的"气壮山河"四字仍留存亭内。

三省界碑位于天岳关以东，依据"骑龙分水"的划界原则，龙头朝向的东边是江西，发源一条修水河，一直流入鄱阳湖。东西走向的长岭背脊南北分水，水往北边流的地方属湖北，水往南边流的地方属湖南。湖南汨罗江、湖北隽水河也由此发源。

山脊立有三省界碑，碑旁巨石上镌刻着"一脚踏三省"五个遒劲大字。随行朋友说，秋高气爽时节，立于此处，感受脚踏三省的豪迈，东眺鄱阳波光，西望洞庭壮阔，北揽荆楚雄风，三省风光尽收眼底，若有三五好友凌风把酒，该是何等乐事！

然而，天岳关至三省界碑之间无公路相通，多数游客只能望而却步。

黄龙山雄奇壮美，天岳关、黄龙寺、只脚楼、沸沙池、一峰尖等景点无不令人神往。但是，据介绍，由于一山分三省，缺少统一规划、协调开发机制，大家各地为政，景点与景点之间没有公路相连，许多游客失望而归。

交通不便不仅挡住了游客的脚步，也延缓了旅游开发的步伐。通城旅游局人士介绍，台湾统一集团、河北环渤海湾集团都有意开发黄龙山旅游，但是他们看到山上路都不通，便放弃了投资计划。

可喜的是，黄龙山相邻三县都有修通旅游公路规划。湘、鄂界上的天岳关到湖南一方的一峰尖只有 12 公里，但靠山路步行得三个小时，目前天一公路正在修建，不久将会将两个景点相连，到时只需十几分钟就可到达；与此同时，江西修水规划中也有一条旅游公路跟湖北相连；湖北通城旅游开发规划中，也多处涉及与江西、湖南的合作。但合作仅限于三个县，没有更高层次的参与，黄龙山的旅游开发仍是一个美好愿景。

今年 2 月，"中三角"构想成为现实，处于"中三角"之心的黄龙山合作开发可期。

看了三省合力构建"中三角"的新闻，从江西嫁到湖北已 20 年的熊乐秋真的乐坏了。她说，现在回娘家仅 30 里地，因为转车等原因得 3 个小时；将来三省公路修通了，半小时就可以回娘家了！

（原载《湖北日报》2012 年 3 月 21 日）

石南：元宵夜"赛锣赛亮"

10日，省民间文艺协会民俗文化专家组来到通城县石南镇，评审验收石南镇申报"打击乐之乡"和"元宵习俗传统基地"。"赛锣赛亮"，石南镇元宵夜狂欢这一习俗，传承千年而不衰，受到社会关注。

灯火为赛锣开道　赛锣为赛亮助威

正月十五元宵节的夜里，通城县石南镇花仑、赛公、梅港村一带道路两旁高高悬挂着大红灯笼，路边则插有密密麻麻用竹竿制作的油灯，将山山岭岭、村庄照得通亮。

古朴的祠堂里，启程仪式正式开始，童男童女手持灯笼分列两队，祭祀贡品一字排开，在当地有威望的长者点燃圣火后，赛锣赛亮活动正式启锣。大家纷纷点燃篝火、油灯、火把和灯笼，跟随锣鼓队，在两条长龙和火炬的拥簇下，朝山上赛锣赛亮点出发，灯火为赛锣开道，赛锣为赛亮助威，于是，数千村民分布在十几座挂有红灯笼的小山包上，围着熊熊燃烧的篝火敲锣、打鼓，锣鼓不停，灯火不熄，比谁的锣鼓点子打得最好、最响亮；比谁的灯火最多、最旺。赛锣神气，赛亮风光，亮以锣燃，锣以亮衬，相辅相成，不亦乐乎！

站在制高点环顾四周，漫山遍野的星星之火将夜晚的村庄点缀得格外美丽。

四面奏响的锣鼓声，伴着熊熊燃烧的篝火，合奏出一曲又一曲催人向上、激励人心的美妙赞歌。山头上各个赛点，都被从四面八方赶来观赛的群众围得密密麻麻。锣鼓队员里，既有80多岁的长者，也有10来岁的男童。

赛锣赛亮亮家风　渊源久远溯南宋

这项作为省非遗项目的"赛锣赛亮"民俗活动，渊源久远，可追溯到南宋。

据《吴氏族谱》载，宋理宗年间，吴公元四、元七奉诏疗愈皇后乳疾，圣"特赐大名府太守职兼赐仪仗牌坊并命公"，族人奏"八哥"锣鼓迎贺。

公逝后，地方贤达立庙供奉之。每逢其生辰、庙会，地方信众皆敲锣打鼓点灯乞神公惩恶扬善、避邪消灾。据传，明嘉靖年间，吴公石潭率族人将赛锣赛亮定址于石岭山。

同时，据地方长者传，胡、黎二姓在朝为官者，回乡省亲及返朝，族人亦奏"八哥"迎送两位官员，两姓锣鼓不期而遇，形成赛锣。

赛锣赛亮，尊祖训，重族规。非男、非内不传，曲谱铭记于心，不得笔录，其技法，仅限言传身教。时令上亦有讲究，只允大年三十日设年（祭祖）时启锣，即将锣、鼓、钹、马锣、的锣摆放于大堂，以供平日操练，非元宵至，不得擅自登峦。

至元宵夜，设仪式，祭祖先，再将锣鼓一拥敲打上山。如若某姓欲与另一族人比赛，则提前数日邀约对方。

届时，各族各姓、各路人马倾巢而出，参赛者、观赏者、助阵者，成千上万。

古时，赛锣赛亮，以姓氏、屋场结队。近代，形式多样，既以姓氏、屋场结队，也有村、组、家庭结伴。参赛队少则七八个，多则二十有余。夜幕降临时，各路人敲锣打鼓登自家主山岭，点燃篝火、油灯、火把和灯笼，便是赛锣赛亮开始。

赛锣选手就位后，其余男女老少则参与赛亮。古时赛亮，族人皆倾其所攒，菜油、棉线、瓢羹、草纸、竹筒等，尽显慷慨。近代赛亮，有了煤油、柴油，加上自制竹筒灯及购买之花灯、彩灯，火光更大、更亮。

赛锣赛亮有传人　　众手合力留乡愁

以前，赛锣赛亮有炫耀色彩，比魅力、比实力、比势力，赛人气声望。

当今，已融入了新元素，赋予了新内涵。乡村邻里欢聚在一起赛锣赛亮，一乃图热闹、庆丰年；二乃祈福祉、去灾厄；三乃倡先导、彰义举。

为了更好地传承，村里组织孩子一起学打锣，由长者免费培训。村民们在过年之前的半个月就拿出锣鼓开始练习。屋外空地上，5人一组，分别持着锣、马锣、钹、大鼓、大锣5件打击乐器一起合奏，好不热闹。

70岁的吴济明老人是打锣的第十代传人，孩子们课余时间多跟他学习，周六、周日更是练得勤快。

这项技艺通常5年左右才能出师，可如今学得最好的6个孩子，年龄都在十几岁，练习打锣两年后，已经能够独立组队上山参赛了。

吴亚明作为"赛锣赛亮"活动的具体负责人，在当地政府的支持下，建立了赛锣基金会，筹集资金用作活动经费和传承奖励。

近年来，随着当地宣传部门和群众对非遗传承认识的提高，基金会又出资整修了上山的道路，完善了比赛场地，为更好地留住本土文化提供了保障。

上次的赛锣赛亮活动，参与打锣的有 80 多岁的长者，也有十几岁的少年，参与总人数达到 3000 人，观众更是达到两万余人。

据少年锣鼓队队员吴畅介绍，他已是第三次参加赛锣赛亮活动。第一次参加活动的赛公村村民黄炳南说，赛锣赛亮是几百年的老传统，我们要把它传承下去，发扬光大。为此他们组组织了两套锣鼓班子，明年可能还会发展到 3~5 套。

今年的赛锣赛亮活动，梅港村、赛公村共有 16 个屋场参与，参赛总人数近 5000 人。

（原载《湖北日报》2017 年 2 月 12 日）

通城牮楼桥：倚雄关要塞　串三省边贸

通城县黄龙山天岳关，位于湘、鄂、赣交界处的幕阜山脉，素有"一脚踏三省"之称。

沿山北而下即是牮（音同剑）楼咀，涧中溪流飞瀑直下，一座古老的石拱桥飞架山谷，名曰"牮楼桥"。该桥连通的古驿道，是湘、鄂、赣三省百姓贸易往来的通道，曾繁盛一时。

石拱桥串起三省边贸

6 月，骄阳似火，《湖北日报》全媒记者从通城县麦市镇沿旅游公路盘山而上，在半山腰沿着岔路来到天岳村牮楼咀，远方传来"哗哗"的流水声，一座古老石拱桥跃然眼前。拾级上桥，长长的杂草将桥两边栏杆覆盖，桥的中间立有一个石塔，塔下竖着功德碑，据称该塔起着平衡桥梁的作用。

往湖南方向的桥头是一排铺面，昔日的门板和标语还在，只是门前已长满杂草。沿着石板路向前，路边有长条石组成的栏杆，一块石碑上刻有"禁止牌赌，光绪乙亥年"字样。

该桥最早修建于何时？78岁的退休干部刘秀保介绍，传说是宋代刘泉夫妇始建，明代监察御史刘绣衣锦还乡时，路过此地还专门祭拜先贤。通城县博物馆负责人表示，该桥属于清晚期桥梁风格，建于光绪乙亥年。

山上盛产楠竹，村民以此为原料造出一种特殊的纸张——"牮纸"，牮纸色泽淡黄、细腻平滑。传说牮纸还曾受到南宋名将岳飞的称赞而扬名，其造纸技艺留传至今。

"牮楼桥"连通的古驿道，是湘、鄂、赣三省边民贸易往来重地，20世纪30年代因三省边民贸易频繁，远近闻名。老人们说，这里没有什么田地，但沿着小溪，纸坊一个挨着一个，有"小南京"之称。

桥倚千年雄关要塞

穿过牮楼桥，沿着石板街上山，天岳关雄踞山顶，有"一夫当关，万夫莫开"之势。

天岳关相当于湖北的南极，过关便是湖南平江和江西修水。"山行十日雨沾衣，天岳关前对落晖。"宋代诗人黄庭坚在暮年重游天岳关，口占一绝。岳飞领兵清剿洞庭杨云，曾派兵屯此关。元末红巾军领袖徐寿辉据鄂州守此关，并遗下"统军元帅府印"。

天岳关的右侧，立有抗日将士纪念亭。从亭子沿着山脊往山顶方向，一块块石碑立在石板上，上面刻有薛岳等抗日名将的题词。再往上的一块平地，是肃穆的无名英雄墓主墓。主墓两侧各有12颗子弹造型的大理石雕直指苍穹，象征着中华儿女保家卫国的决心和视死如归的精神。

据史志记载，武汉会战失败后，日军沿湘汉公路欲打通南下通道进入长沙，薛岳率中国军队第46军、第58军等进行了顽强抵抗。1938年11月，从台儿庄战役赶来的第46军第92师驻守天岳关，驻地就在牮楼咀。

1939年，师长梁汉民站在天岳关北望，想到从台儿庄大捷到鄂南阵亡的7000多名抗日英烈，潸然泪下，他动用补发的8个月军饷，征集工匠百余人，历时8个半月建成这无名英雄墓以示纪念。"一寸山河一寸血，万家灯火万户春！"站在牮楼桥，通城县尽收眼底。这片曾经洒满先烈鲜血的地方，现在是青山绿水，生机勃勃。

箬纸进入省级"非遗"名录

箬楼桥下面，溪水在山涧中形成一道又一道小瀑布，涧边的水车呈梯队排列。"咚、咚、咚"随着水车吱吱呀呀的转动，推动着木碓冲击着石臼中的竹子，村民介绍，这叫作舂麻，通过泡、蒸等工序后，竹子在这里被舂成为竹麻。

44岁的村民卢书平从上辈人手中传承了箬纸的传统制造手艺，现在村里的人大部分外出务工，他和妻子却一直在坚持。他从旁边桶里取出一瓢葛藤水，用像筛子一样工具在纸浆中一荡，然后迅速捞起，待水滴尽，这中间的便成为纸。

他的妻子邓艳秀坐在堂屋里压纸，用一光滑的竹块将纸压平，而后用指尖轻轻一拨，另一只手轻轻捻起，像揭开鸡蛋皮一样将纸扯起来，按照尺寸叠起来码成堆。纸晒干后，再捆成捆就可出售了，每捆3.5千克可卖150元。

她说，每年从农历二月到十月在家造纸，因有72道工序，过程繁杂并且周期长，村里20多家作坊现在只剩4家。目前，通城黄龙山箬纸被列为省级非物质文化遗产保护名录。

乡村游点燃村民希望

邓艳秀在忙碌中给记者泡了一杯本地茶，热腾腾的瓷杯里放有茶叶、黄豆、花椒，水面漂着一层芝麻，当地称为岳飞茶。据传是岳飞治疗将士水土不服的茶方，村民一看非常有效便学习传了下来。

她给记者算了一笔账，每年做10个月的箬纸，可以挣4万多元，丈夫在闲暇时接点儿散活，日子过得去。现在，天岳村已经成为旅游区，她想攒点钱，将自家的平房改建成小洋楼，一部分做成箬纸工艺展示区，另一部分做成农庄，供游客前来游玩。"未来我们村家家户户都可以接待游客！"指着正在改造的景点，天岳村支书胡兰凤说，天岳村属于通城县黄龙山景区的一部分，有凤凰翅、只角楼、箬楼桥和驿道、天岳关等景点，还有箬纸非物质文化遗产。随着旅游开发的推进，目前全村256户中已有48户农家乐，村民们憧憬：景点建设完成后，会吸引更多能人返乡，届时天岳村将成为三省交界的名村，乡村振兴的愿景也将成为现实。

（原载《湖北日报》2018年6月29日）

千年古刹南台寺

南台寺，又名却尘寺，坐落在鄂赣交界的通城县塘湖镇苦竹岭半山腰上。该寺始建于明朝宣德年间，距今已有六百多年历史，于清光绪辛卯年、民国二十七年（戊寅）两经修葺。

2009年，为保存历史遗迹、弘扬传统文化，塘湖镇党委、政府牵头发动相关单位和群众筹资对南台寺重新修缮。

沿着百余步的台阶拾级而上，可以看到正门前的"南台禅寺"门额，往里走能看到如来佛、观音菩萨等佛像，还有法堂、祖堂、云水堂、斋堂、禅堂和客房等。南台寺历任多代住持，多位高僧在此圆寂后肉身龛葬，部分墓冢保存完好，上面的石刻条石和莲花塔状清晰可见。

该寺不仅传播了佛教文化，也传播了红色文化和革命精神。南台寺饱经战火洗礼，1927年秋收起义，时任中共通城县苏维埃县委书记刘永康同志将该寺定为湘、鄂、赣边区工农红军第九大队与地方武装联络会会址，革命烈士刘石渠同志曾于民国十六年在此设馆教学，传播革命真理……寺庙对面有一座小亭，红瓦红柱，旁边是刘石渠等22位革命烈士的墓碑。站在烈士墓群前，烽火硝烟仿佛还历历在目。

这里香火旺盛。现年62岁的刘红胜，是南台寺第28代住持，管理该寺已有3年。他常年住在寺庙，一袭僧衣、一双布鞋，诵经礼佛，颇有些仙风道骨的味道。据他介绍，该寺的信众达数千余人，方圆百里的善男信女常步行数十里来此朝拜，其中不乏北京、广东、上海等地的客商，每月初一、十五是香客最多的时候。

南台寺左边有一条古道，由青石板铺成，依山势而修，在翠竹中向山顶延伸，通往江西。古道相传修建于清朝初期，石壁上"道光廿二年修整堑"八字至今清晰可见。因道旁苦竹众多，得名苦竹岭。这条宽约一米、绵延数十里的石板路，串起了通城和江西。石板中间磨出的坑坑洼洼，便是茶马古道上，过往商队和行人日复一日踩出来的印迹。

半山腰上有一石砌涵洞，饱经风霜洗礼，中间有一个像天窗一样的大洞，但仍能看出"一夫当关，万夫莫开"的气势，现已成为过往行人纳凉休息之所。

从涵洞往右边山上走一段，离涵洞1里左右，有杨汉域师长手书摩崖石刻，高约一丈，为茅草所绕。1938年，时任国民党27集团军总司令兼20军军长杨森带领部队从四川来到修水、平江抗日，27集团军总部驻平江县长寿街，20军驻扎修水县白岭镇太清一带。1939年10月，日军进犯长沙，20军134师杨汉域率部在苦竹岭一带与敌鏖战，大获全胜。战后，杨汉域手书"大中华民国二十八年九月蜀人杨汉域率精卒五千大破倭寇于此"，命石匠刻于苦竹岭一个面积约5平方米的天然花岗岩上，至今保存完好。

据当地村民介绍，古道原是鄂、赣两省往来的重要商道，战火时期是该县三大重要关口之一，在抗战中发挥了重大作用。

（原载《咸宁日报》2017年8月30日）

神奇灵秀龙潭洞

从通城县城向东驱车10公里，便来到令人神往的四庄乡龙潭洞。

龙潭洞地处湘、鄂、赣交界的幕阜山系的鹿角山下，没有修水库前，这里有一个深潭，水流湍急，几十条罗索打不到底。传说古时潭底潜伏着三条龙，故名龙潭。潭下是一条阴河，直通洞庭湖，有人在龙潭这头倾倒谷糠在出水口，过了数日谷糠从洞庭湖一地流出来了，佐证了龙潭与洞庭湖相隔数百里地下贯通。

龙潭洞是一方绿色的宝地。20世纪60年代建成的龙潭水库，形成了人工湖，湖呈峡谷状，最宽处不足600米，长达3公里，是南鄂幕阜山里最宁静的峡谷湖泊。

由于水库移民，所有山民都迁到山下去了，库区内不留一户人家。山上崎岖狭窄的山路全部荒废了，人迹罕至，如入原始森林，这样更造就了龙潭的迷人风光，也为这里的传说和典故蒙上了神奇而又神秘的色彩。

进入湖区，一片寂静，人烟绝迹，路断山崖，一湖清水静静的沉睡在群山怀抱中，青翠的山坡上偶见几簇刚刚绽放的映山红，盎然春意中频添几许风韵。

船在湖面游走，但见一个个山沟错落有致，各有深浅，形成了数十条溪流，每一条都气势恢宏，各显其特。

左边山体形态各异，峰峦叠嶂，郁郁葱葱，云雾缭绕，如仙境梦乡，布满玄妙，引人遐思；右边是一片梯田，如同螺丝一般盘旋而上，密密麻麻，且层级分明。

船行到水库上游，渐入深山老林，雾气越来越重，有种森森的感觉，让人对大山更怀敬畏。

离船上岸，沿着一条山溪，溯流跋涉，行至不远处，溪流一分为二。周边古木参天，青翠欲滴，地上芳草如茵，曲径通幽，山泉从光溜溜的怪石缝里时隐时现，隐时只闻水声，不见有水；现时落落大方，汩汩而淌。往左边，上杨石尖，是最高峰。右边有一个地方叫九灶沟，离此处两里，古人在这里垒了九个灶，所以叫九灶沟，因为经常闹鬼，无人敢前往。那边还有一处观音坐莲，是一块巨石，其形状仿若观音，下面是一整块巨石坪。传说，有一个戏班子在此避雨，全部压死在石头下，以前天气骤变时，会远远听到阵阵锣鼓声和乐曲声。

杨石尖乃龙潭最高峰，海拔1000多米，相连的还有梅花尖、老鸦尖、五花尖，挺拔于群峰之上。一挂巨大的瀑布自天孔处直泻而下，气势磅礴，落在石板上，落在深涧里，发出巨响，飞珠溅玉，薄雾如纱，凉气袭来，倒也觉得舒爽。山反背的山坡是一个叫五马奔槽的地方。

龙潭山上还有一条通往江西的主要古驿。清道光年间，此驿车水马龙，过往行人络绎不绝，是两省边界交往的活跃之旅。山垭上曾建有一凉亭，一块巨石立于凉亭口，清晰可见几个大字："文官到此下轿，武官到此下马。"

龙潭洞的禅文化底蕴十分丰厚。沿龙潭水库左侧新修的盘山公路前行一公里，便来到原龙潭村民最集中的地方——苏家林。这里曾经有一座大寺，香火很旺，寺里有20多位僧人日日在三昧碑堂论道修行。

据当地石碑记载：唐代著名佛教禅宗高僧崇信法师，湖南人，曾在龙潭寺修行，又称为龙潭崇信。崇信法师因与律宗禅师宣鉴论战，而使其称为禅宗佛门中的一代宗师——曹洞宗也称洞家，是我国佛教禅宗五家七宗之一。

"文革"期间破四旧，寺庙被毁。

3月，当地村民在修公路时发现三昧碑堂、龙虎石刻、莲花石墩等。

离寺庙不远的地方，有三个用石块垒起来的尖尖的坟茔，据说里面是三位僧人打坐方式圆寂的，墓碑上隐约可见刻有"衍曹洞宗"等字样，坟内埋有三只大僧缸，陶土做的，几百年了还锃光瓦亮，缸内有铜钵，至今保存完好。

龙潭洞是一片红色的土地。民国时期，山民世代习武，主要是为了健身自卫，保家卫国。在山腰上有一个由一整块青石铺成的大石坪，是昔日几代人习武的地方，可以同时容纳几十人施展拳脚，依稀可见当年习武的盛况。两战龙潭洞的英雄故事至今流传：1930年，红十六师率兵连同当地的农民赤卫队成功袭击了意欲围困苏区的国民党守军；1932年，湘、鄂边游击大队成功截击了国民党铲共团的进攻。龙潭洞的胜利，大大地鼓舞了士气，为革命战争赢得了战机，成为红色佳话。如今政府在右侧山上修建碑林，以表达对烈士的崇敬之情。

龙潭洞的山山水水孕育着珍宝。海拔千米的龙潭山上，生长着紫薇草、仙鹤草、鱼腥草、灵芝，这些不起眼儿的花草，全都是少见的珍贵野生药材。这里的灵芝每到深夜绽放一次，会发出一种幽光，这个时候采摘的灵芝花蕊会更有灵气，食之长生不老。可惜没人能摘得到，因为，山上有一只白老鼠，守在灵芝旁，每到灵芝盛开发出幽光时，就会抢先叼走花蕊。山上山茶密布，都是先民在这里栖居时栽下的，每到春夏，山茶吐出新芽，满山香气弥漫，这茶才是真正的高山天然云雾茶，没有任何污染，采茶手工揉制，原汁原味，芳香四溢，沁人心脾，让人神清气爽。山上还有一棵最大的茶树，一次可以摘200多年鲜叶。

龙潭洞，还有飞禽走兽，如山鸡、野兔、野猪，还有罕见的一级保护动物金钱豹，山民曾多次亲眼所见。龙潭山泉水水质特别，适合娃娃鱼的繁殖与生长，每到晚上，娃娃鱼的叫声此起彼伏，响彻山谷。

这便是神奇灵秀的龙潭洞！

（原载《咸宁日报》2016年3月13日）

神奇的鸦鹊山

　　远望像一匹骏马驮着寺庙朝那日出东升的大海奔去；近看似一只雄狮猛醒守护着塘湖一方神奇秀美的山水！朝通城县城东行 15 公里便是塘湖镇政府所在地，一溪玉带，如歌似练，从北侧奔流而来。溯溪源而上，或驱车盘山公路，或攀 1800 级绝壁台阶，约半个小时，可见一峰耸立，美不胜收。这便是具有"人间仙境、洞天福地"之称的塘湖鸦鹊山。

　　鸦鹊山是一座神奇的山，源于一个美丽的古老传说。据鹿叫山藏经阁经书记载：三国时期，蒲圻一杜姓青年，饱受赤壁战乱，辞别父老妻儿，外出求仙学道。刚出门时，一群鸦鹊在头顶盘旋引路，一路跋涉，最后来到塘湖镇境内狮子山最高山峰，放眼南望，南虹顿笔，铁坳成墙，九曲狼荷润中央；登顶北顾，见沙堆隽水，云蒸霞蔚，龟鹤昂扬；山南面右侧下方数十米处，有一片壁立千仞的巨型崖石，远望似眉毛横卧，崖内方四丈许，地势平坦，恰似民间厅堂。上有巨石遮风雨，下有石板可卧息。头上甘泉滴滴，脚下芳草萋萋。崖内还有一黄犬摇头摆尾，一股清泉从山脚下千年古枫根部喷涌而出，长年不息，汇成溪流。好一处驻足修行的神仙福地。

　　杜公驻足崖下，每日诵经吟咒，黄犬则颈上吊着一布袋到山下化缘。杜公渴了饮崖上滴水，饿了，用化缘来的粮食煮饭充饥。平常，为地方消灾解难，被世人称之"德道仙师"。尤其是旱灾之年，百姓焚香禀告杜公诵念巫咒，竟能感动天庭，甘霖如注，万物复苏。百姓有求必应，因此又誉为"济世天尊"。晚年，杜公将求雨神咒传授给山下上湾张家人。

　　杜公在此苦度十八载，得道成仙。有年大年三十，杜公堆柴自焚升天，黄犬跃进火海一路陪行到了天堂。

　　后人为了感恩报德，再则为了效法杜公为地方祈福消灾。大清时曾有张少岩带头捐地集资，在鸦鹊山顶修建成了一栋三间的"道德观"，虽云门雅淡，却也馨香勿替，威灵显赫，俎豆常新。

　　世事沧桑，显赫的名胜古刹屡遭浩劫。如今，当地有识之士，乡贤达人，慷慨解囊，鼎力相助，捐资八十余万，新建了盘山公路，1800 级步行台阶，重塑了金神，建成了当地最为华美的殿堂。

鸦鹊山还是当地村庄刘姓发源地之一，居住着两万多刘姓人家，这里曾出了一代名将刘鉴和一代重臣刘绣衣。

据刘氏宗谱记载：宋淳熙元年（1174）天朗公率子来此山下结茅为舍，数代耕种，传至第六世刘鉴当上了欧国公部下宣尉使。刘绣衣，名仕昌，字时亨，号塘湖，生于明洪武二十七年（1394），于明永乐十八年（1420）庚子科举人，甲辰（1424）科进士，登刑部宽榜，授陕西道监察史，后升任浙江副使。刘绣衣在位26年秉公执法，巡狩天下，立下显著功勋。明朝宣德皇帝御赐他"清朝鸣凤"、"代天巡狩"的匾额，其双亲及妻弟均受皇封，后历代均有州官显宦，皇帝并将乐化改为塘湖以示纪念。

鸦鹊山是一座富美的山。当地村民不辜负大自然的赠予，在这片神奇的土地上休养生息，繁衍后代，用勤劳的双手建设美丽家园。20世纪六七十年代，成千上万民工齐聚鸦鹊山北侧开挖隧道，兴建千亩人工湖阁壁湖，润泽万亩良田；数百名师生来到鸦鹊山脚下开荒种地，烧砖建房，成立"五七干校"，学生们半劳半读，种上数百亩桃树、梨树，创办勤工俭学基地；塘湖人民曾将北面荒山全部开垦成千亩桑园，养蚕，支援国家建设；西北坡的坪头村则种植龙须草，增加集体收入。近年，当地创业青年投资近千万在东边山上广种枇杷。

踏着新时代的脚步，鸦鹊山人现如今积极参与乡村旅游大开发。当地村民顺势开发了鸦鹊山寺、桑园、阁壁湖等旅游景点，让客人能够逛园采摘桑葚、枇杷，登山朝拜古寺，垂钓阁壁湖，寄情当地山水。

（原载《咸宁日报》2016年6月6日）

汤管山：百姓心中的圣地

时值初夏，细雨朦胧，我们驱车来到通城县关刀镇鲤港村境内的汤管山。

汤管山不高，此时在江南烟雨中蒙着一层绿色的水雾。我们从徐角塘出发沿新近修的水泥路上汤管山。

在S形路上抬头望汤管山，最先进入视野的是位于最高峰的明王庙，如布达拉宫的一角耸立在孤峰上，亦如一只展翅的苍鹰。

山不高亦不陡，沿S形山路，沿芳草萋萋的石级我们很快来到了明王庙。

同行的当地向导告诉我们明王庙灵得不得了，每月的初一、十五朝庙的善男信女很多，庙下的百姓千百年来一直维护着这座佑一方平安的庙宇，敬仰着庇护天下清平的明王们。即使战乱也不曾全然毁坏。

相传，东汉年间，王莽乱世，泱泱中华大地一片乱象，民不聊生，流民四窜，百姓流离失所。

在汤管山下的鸦雀窝村落24个又冷又饿的稚童，他们小的仅七岁，大的十三岁，在一起玩耍，望见一棵大树上有一个硕大无朋的鸦雀窝，孩童们爬上树，捣下窝，一堆柴火更加激起孩童身上的饥寒，于是他们燃起了火，柴火熊熊燃起，但闻异香扑鼻，香烟袅袅，直冲南天门而去。

孩童们在火光与异香中暂时忘却了战乱，忘却了饥饿，忘却了寒冷，忘却了失去父母的苦痛。

他们喜笑颜开地烤火打闹。突一孩童惊叫：红色云梯。众孩童仰望：火光处一条赤色云梯从天而降，孩童们个个欢呼雀跃，手拉云梯好奇得不得了。他们商量一会儿后便一致决定沿云梯而上，他们梦想：云梯之上一定是个没有战争，没有饥饿，没有压迫的天堂。

于是二十四个孩童沿着云梯爬啊爬，终于爬到了云梯尽头——南天门。

孩童们踏进南天门，个个傻眼了：只见仙雾缭绕，美景如画。

当值的太上老君引孩童们至金銮宝殿下，玉皇大帝正襟危坐，各路神仙当排两边。玉帝望着又惊又喜的二十四个孩童问他们在凡界的情况。

孩童们一一诉说了他们所经历的战乱、饥荒、流离、失所以及失去亲人的苦痛。玉帝及众神仙听到孩童们的诉说个个唏嘘不已。玉帝与众神仙商议要救苦救难于人间。玉帝传旨二十四孩童：朕今封二十四孩童为二十四明王掌管二十四州，今赐仙家道法于你们，希你们学成仙家道法去凡间治理战乱兵荒，了解民间疾苦，治贪惩吏，扬善惩恶，望凡间在尔等治理下，一片清明，朗朗乾坤。

二十四孩童听令得诣，又刻苦习得仙家道法，犹记得亲历的苦难，于是以仙家道法之身再赴凡间治理。他们重返汤管山，重返鸦雀窝除暴安良，除奸惩恶，这方百姓冥冥中似有天神相助，恶人总会得到应有的下场，善人总会得到意想不到的帮助。

于是在汤管山二十四明王成了苦难百姓的保护神，成了清明世界的希望神。当地百姓为纪念朝拜二十四明王，便在汤管山二十四明王升天处建了明王庙。

明王庙虽历经风雨劫难却一直在当地百姓心中伫立。

1940年，日寇攻陷通城，抵达鲤港见汤管山顶明王庙，以为是我军防御工事，大炮轰之未倒。日寇头目上山查看，读明王传说不再轰击，倒头而拜。日军侵华是我泱泱中华之大劫，明王能动日侵略者之心可见神威赫赫。

下了明王庙，我们一行拜谒了方琼墓。方琼墓位于汤管明王庙下的山坳，是民间修造的一座纪念宋代兵部尚书方琼的墓地。方琼与岳飞同朝，是抗金名将，为抗金勤王以60多岁高龄战死疆场。战后皇帝钦定将军尸首归柩于家乡塘湖新庄。鲤港门方氏后人难忘祖宗忠烈刚勇，修墓地而斯以示纪念。

如今墓地牌坊耸立，江南烟雨氤氲，四周荒草凄凄。方氏后人及热爱英雄，热爱清明的有志有识之士，不遗余力地为汤管山修路铺桥，打造10多处景点，以示纪念之心，吸引游客。

登至汤管山与明王庙遥相对峙的陈公祖师殿前极目眺望：八燕渡槽飞驾，肥沃良田葡卜，民居楼房林立，汤管山上景点遍布，山下美景一片。

（原载《咸宁日报》2016年5月16日）

灵护天岳　　气壮黄龙
——记通城天岳关抗战"无名英雄墓"

南大公路通城县麦市段往东南方向行10公里，便是黄龙山——天岳关无名英雄墓园所在地，也是当年武汉、长沙会战的核心战场之一。近日，笔者实地探访抗战遗迹，揭开历史的尘封。

据通城县档案局资料显示，抗日战争时期，通城因重要的地理位置成为阻隔日军南北侵犯的有力屏障，是武汉会战的南面堡垒，也是长沙会战的北部要塞。

1938 年 4 月，刚组建的 92 师被编入第 46 军，92 师师长梁汉明带领部队参加了台儿庄会战，后又来到湖北，参加了武汉保卫战等战役。在台儿庄会战中，92 师的官兵几乎用手搏的方式与装备精良的日军血拼，伤亡达 4000 多人，占全师总人数 2/3 以上。重创了敌人后，92 师于 1938 年 11 月进入通城天岳关休整军队，并在通城补充兵员，通城人民积极参军，仅在县内锦山战役中，92 师有 1000 多通城籍伤亡军人。

从台儿庄一路抗击日军，再到湖北通城，92 师辗转数省，牺牲的将士数目难以细陈，姓名无法逐一核对。梁汉明到天岳关休整时期，为了感念那些牺牲的勇士，表彰他们的军功，动用上面补发的军饷修建了这座墓。

时隔 77 年之后，笔者来到天岳关无名英雄墓园，登上天岳关阳面的山坡，数步石阶之上就是墓园仪门。仪门形似牌楼，全用棱形石条构建，门楣上刻"无名英雄墓道"，两端伸出石雕龙头。门柱下方雕着军人像，身着戎装，手持武器站岗。门柱上方是梁汉明手书对联，"灵护天岳，气壮黄龙"。

据通城文史研究者回忆，纪念墓修建时，蒋介石亲自手书"气壮山河"，由薛岳派专员送来。同时送来的还有薛岳的题词"浩气长存"。此后不久，第九十二军军长李仙洲的题词"人类之光"也送到。这些题词，都被梁汉明安排匠人，拓字勒石在无名英雄墓上。

主墓是一个 203 平方米的方形平台，平台正中是一座 5.16 米高的方尖碑，碑体正面刻着"无名英雄墓"，左侧刻"浩气长存"，右刻"人类之光"，碑首是一个昂首的军人头像，双目圆睁。墓碑两侧，各立一排有 1 米多高的石雕炮弹，一排 12 颗。墓碑的正前方，是一块石照壁，登阶而上，举目就能看见"气壮山河"四字。

无名英雄墓园中，有一个少见的"有名字"的墓——"故夫孙鸿基之墓"。孙鸿基是安徽涡阳人，在通城"九岭阻击"战中牺牲，年仅 27 岁，生前为上尉连长，牺牲后被追认为少校，其英勇事迹被《长沙日报》报道。孙鸿基的妻子当年闻讯赶到通城，在山上为丈夫守灵三年。

通城文史研究者介绍："原有的主墓因历史原因被捣毁，如今看到的这座墓园，是 1987 年重修的。"为了按原貌修复，当地政府在附近的三省三县（通城县、平江县、修水县）的山头上，挨家挨户地找寻当初的被毁石碑石材。

当地政府也找到了曾经参与修建墓园的一个老石匠的儿子，凭着记忆绘制出墓园的图纸。并请来当地曾见过墓地原貌的村民，多方对比审核，竟奇迹般地恢复了原貌。

当年，天岳关无名英雄纪念墓园经修缮后更名为"抗日阵亡将士纪念亭"，于 2002 年被列为湖北省重点文物保护单位。

（原载《咸宁日报》2015 年 8 月 31 日）

鸡笼山：气吞胡羯　勇卫山河
——记通城麦市镇鸡笼山之战

今天的鸡笼山为麦市镇地理性标志，是有名的风景区。山下的千年古镇麦市镇为湖北省名镇、重点口子镇，全国文明乡镇和首批小城镇建设试点"窗口镇"，集镇面貌焕然一新，边贸经济极为活跃，已成为三省交界的商品集散地、边贸中心。

70 多年过去了，遥想到当年国军官兵们在麦市鸡笼山上奋勇杀敌的场景，国恨家仇不能忘！

那些碑刻上的文字，记载的是英雄的光辉人生，给我们留下了宝贵的精神财富。

抗战碑刻的发现

抗战时期，通城是阻击日军进犯湖南的湘北前线，为了争夺这块军事要地，两军集结在这块土地上的军队，最多时达 10 余万人。县东南鸡笼山曾是抗战史上第一次长沙会战的重要战场。

光阴荏苒，历史走过了 76 载。为纪念抗战胜利 70 周年，2 月 16 日，一批通城网友和历史爱好者来到通城县麦市镇井堂村鸡笼山西麓，寻找马家垅"阵亡烈士墓"集体墓地，却意外发现两块抗战碑刻，其一石碑碑面阴刻"气吞胡羯"四个行书体字样，《气吞胡羯》石刻碑因被当地村民抬去当洗衣石，左边题字被磨光，右边可辨几个字，字迹为140师。

根据受访村民回忆，此碑为国民党第九战区司令薛岳所题。国内除长沙天心阁崇烈门居中对联"气吞胡羯，勇卫山河"为蒋介石所题外，没有其他地方发现同样的题词。

另一座石碑碑面中间书有"一一垂丹青"五个字，左侧则写有"八三五团团长陈肃"题九个字，右侧则写有"民国庚辰年四月"七个字，经查陈肃确有其人，贵州镇远人，黄埔军校第5期步科毕业，抗战期间曾历任国民党第37军140师辎重兵营营长、师参谋主任、835团团长、418团团长，曾参加武汉会战、南昌会战、长沙会战。

麦市马家垅"阵亡烈士墓"，现在仅存一个芳草萋萋的大土堆，后来由当地村民补立一块碑，碑上记载人数不一定正确，山上的另外一处集体墓则无法寻找。

这两块抗战碑刻的面世，给网友一个心灵的震撼！今年是中国人民抗战胜利70周年，英烈在天有灵，青色石碑昭示着中华民族神圣不可侵犯！

壮士血战鸡笼山

鸡笼山山势陡峭而突兀，顶峰高约五百米，在山顶往南走向百米处，排石耸立，形似石林，石中有洞，绝壁险峻。它具有独特的军事阻击作用，国民党驻守部队在此修筑战壕工事，视野开阔，可以居高临下守卫伏击。

1939年10月初，日寇首进九岭失利，绕道来到幕阜山脚下的麦市，企图打开麦市通往湖南的通道。国民党第140师835团3营官兵在鸡笼山上打响了保卫长沙，守护天岳关的前哨战，日军在经过鸡笼山时遭到835团张承颜营猛烈阻击。

为摆脱威胁，日寇全力攻击鸡笼山，飞机、坦克、大炮连续攻击轰炸，山上植物全部被烧光，只见一山白白的石头。国民党守军在3营9连连长曾吉林率领下据险阻击，激战3昼夜，曾吉林阵亡，最后只剩8人，仍固守阵地不退。日寇损失了五六辆坦克，抛下几百具尸体。

鸡笼山阻击战役取得了重大胜利！但140师自身兵员损失也很严重。团长陈肃在麦市堑下指挥所曾下命令让曾吉林死守鸡笼山阵地，说你曾吉林守不住就拿头来见我，当知道曾吉林壮烈牺牲，九连只剩8人时，流下了热泪。

在这相当长一段时间，日寇只能退缩通城县城隽水。

日军陆空联合攻山不克，数日进攻皆告失败，绕开鸡笼山，东上苦竹岭过江西修水，但又受到了当时驻守在塘湖石坪、五岭、修水一带的国民党二十集团军杨汉域部的强力阻击。此一役，杨汉域歼敌 5000 多人。

140 师 835 团在麦市战役中与 82 师并肩作战，阻敌 33 师团的进攻，致使日军右路纵队孤军深入，因后援不继，左路又无法支援的情况下全线溃退。

140 师在第一次长沙会战中建立了战功，为此师长李棠、团长牟龙光荣获宝鼎勋章。140 师在是役中阵亡千余人，毙敌亦千余人。

为了纪念鸡笼山之战死难烈士和 1940 年 1 月 1 日通城攻击的胜利，140 师在麦市马家垅建"阵亡烈士墓"，835 团团长陈肃题《一一垂丹青》碑刻于"阵亡烈士墓"旁。其他国军将领也题了碑刻，一共有十几块之多，可惜墓碑遭到破坏，目前只发现两块。

（原载《咸宁日报》 2015 年 5 月 18 日）

古道雄关破倭寇

车子沿通麦公路前行数十公里进入石坪村，再沿盘山公路上行五六里，只见一座寺庙建于山腰平缓之处，这就是塘湖镇石坪村苦竹岭的南台古刹。

寺庙的对面有一亭子，红瓦红柱，亭子旁边是一个烈士墓群。

古刹左边就是苦竹岭古驿道，依山势而修，或是人铺的，或是凿石的，在翠竹芭茅中向山顶延伸。古道修建的年代无从知道，但绝不是一代人所能完成的，道旁石壁上嵌有一石刻，"道光廿二年修整堑"清晰可认。

古道旁多苦竹，因而这山名叫苦竹岭。半山腰有一山坳，有拱形关隘，石砌的，中间已坍塌如天窗，说不上有什么气势，但也有"一夫当关，万夫莫开"的险要。伫立关隘之上，关外江西的全封镇就在眼底，阡陌交通，屋舍俨然。

　　出关沿古驿道往下走不多远，又有一关隘，这是很少见的。同行说，从前，湖北通城的县令和江西修水的县令对弈，棋艺不如人家，江西县令不免有些得意。通城县令不服气，说再对弈一局，谁输了，就将两县的分界线往输家那边移两百米。"老夫年老眼花，屋里光线太暗，得到屋外博弈。"通城县令的师爷是高手，他对县令耳语几句。其时正值暑天炎热，师爷为对弈的两县令撑着伞。他事先在伞上弄了个小孔，亮点在哪儿，通城县令就将棋子放在哪儿。结果，修水县令输了，就将分界的关隘往修水移了，于是就有今天的一山两关口。

　　在古驿道旁有杨汉域师长手书摩崖石刻，高约一丈，为茅草所萦绕。1938年，杨森带领国民党27集团军从四川来到湘赣前线的修水、平江抗日，27集团军总部驻平江县长寿街，20军驻扎修水县白岭镇太清一带。1939年10月，日军进军长沙，国民党27集团军总司令杨森所辖20军杨汉域部134师在修水至通城之间的南楼岭和白沙岭的苦竹岭一带与敌激战，并从击毙的日军军官中搜出驻武汉日军司令官冈村宁次中将作战地图一份，获知日军围攻长沙的动向。杨汉域当即调整作战部署，改变向东阻击为由南向北攻敌，杨汉域亲率五千精兵在苦竹岭与敌鏖战，大获全胜。

　　战后，杨汉域手书"大中华民国二十八年九月蜀人杨汉域率精卒五千大破倭寇于此"。命石匠在苦竹岭刻下摩崖石刻记录这一战事。该石刻刻在一个面积约5平方米的天然花岗岩上，现保存完好。

　　站在石刻前，不由得心生敬意。这古道、这雄关、这石壁，都是历史的见证。有多少英雄的中华儿女，为了保卫自己的家乡抛头颅，洒热血，曾经英勇奋战在这片热土上。但是，这些历史，却慢慢湮没在这荒山野岭之中，不为后人知道。而我们今天此行的意义，就是要让这些历史，以另外一种形式存在于人们的记忆中。

（原载《咸宁日报》2014年9月15日）

神奇美丽的百丈潭

隽水河又称桃溪，是通城人民的母亲河、生命河，发源于湘、鄂、赣三省交界的通城县幕阜山北麓，源头就在通城县马港镇高峰村六组境内，由南向北纵贯通城、崇阳、赤壁，经嘉鱼县陆溪镇注入长江。自高峰村隽水源头至通城县的隽水镇铁柱村，为隽水河通城段。隽水河通城县内长 43 公里。

百丈潭水库是通城县境内的一座水库，位于隽水之源百丈潭东侧，幕阜山支脉大金山下，建于 1971 年。水库正常库容为 1287 万立方米，集雨面积为 21.5 平方公里，海拔为 436 米。冰川时代，地壳运动造成这里的奇山异水怪石，长年山清水秀，鸟语花香，空气清新，一切保持原生态。

畅游百丈潭，在高耸入云的大金山，观洞庭、看长江，一览众山小，古寺钟声传来，凉风习习，人生快意；钓鱼岛，水天一色，渔歌唱晚，绿绿的水，蓝蓝的天，洁白的云；绿色的生态农庄，有千亩有机绿色产品基地，千亩原生态森林，出产数也数不清的绿色农产品。千万年就出名的百丈潭，她的奇、险、壮，还有听不完的神话故事，猜不透的神秘起源，是有名的地域品牌，通城响当当的名片。

隽水河的源头并不局限于百丈潭水库。因为除去枯水期，往常很难下到坝底，只有顺着古老的河床去寻找隽水的真正源头。下了水库堤坝之后，可以看到水库的东向山体上垂泻而下的山泉，听老人说，这里以前是梯田，水库加高后，那些梯田有一部分被淹没了，但百丈潭的传说却流传至今。

百丈潭位于幕阜山北麓，两岸群山怀抱，天然石山夹缝中央夹一 10 米见方的一潭清水，站在潭口上 30 米处平台上俯视，潭水分两叠瀑布，一叠从站人处流入潭中，一叠从潭口飞流直下 30 米，要去夹缝中央潭口去观其景，需胆大者顺陡壁石缝攀岩而下方可到达，潭口处终年不见太阳，两岸陡壁石缝中杂树成荫，相传当地望族熊氏祖先刚搬迁至百丈潭下，造屋成耕后发现此险地，想探索潭水深浅，用 100 根笋绳（每根约一丈）一端绑一磨盘慢慢降落潭中，100 根笋绳全部放完后，磨盘还在下沉，可见潭深足有百丈开外。据县志记载，康熙三十七年六月，天大旱，知县率众来三潭祈雨，连接绳索，头系一斧，沉入潭底，足百丈，因美其名——百丈潭。百丈潭下的地方，取名为潭下。

百丈潭景色美丽，百丈潭水系像大地母亲的乳汁，滋润着通城一方沃土，通城县名与百丈潭水系有着直接的渊源。

通城县取"水道通，地势顺，直注武昌城"之意。在元代，通城、崇阳两县，干脆就呼之为"上隽、下隽"。 虽说是"直注武昌城"，但在地图上，隽水进入赤壁市后，于陆溪镇注入长江，北上武昌城，还有蜿蜒140公里的长江水道。

通城县隽水镇因母亲河——隽水穿镇而过而得名，自唐宪元和二年（公元807）设镇至今，已有1100多年的历史。历代以来，隽水镇是通城县政治、经济、文化中心。

改革开放的春风，吹遍了大江南北，以石匠工艺闻名遐迩的高峰村，从20世纪80年代初，就有一批优秀匠人远赴伊拉克等国，足迹遍布亚洲和非洲。大金山云雾茶、界头山上的油茶果、斗田坑的荞麦、六甲段的生态稻、漫山遍野的黑山羊、百丈潭里的生态鱼，成了高峰人民的致富之本。

（原载《咸宁日报》2014年12月22日）

药姑山：打捞"遗失的九百年"

——在药姑山追寻古瑶民足迹

"踏遍万重山寻找千家峒，渡过千条河梦回千家峒。"

"梦啊回哟千家峒的魂哟，半夜醒来黑漆漆的天啊，泪啊流哟千家峒的心，盼啊望哟雾蒙蒙的山哟！"

凄切的歌谣，诉说着300万瑶族同胞千百年的梦想。

千家峒，是瑶民失落的理想家园。传说瑶族先民在那里定居近千年，过着"一年耕种吃三春"的安定富足生活，后因战乱被迫南迁。几百年来，他们一直梦想着重回千家峒，可是在不断迁徙中，迷失了回家的路。

近年，人们在鄂、湘交界的药姑山发现大量瑶家石屋、石台、石井、石墓葬以及祭祀台、古栈道、盘王大庙等历史文化遗存，结合瑶族歌谣、典籍描述，专家认定，这座"雾蒙蒙的山"，便是瑶胞梦里的千家峒。

药姑山，本名龙窖山，属幕阜山余脉，横跨我省通城、崇阳、赤壁及湖南临湘四县，群峰耸拔，连绵 200 平方公里。明清时期，我省部分因当地李氏三姐妹采药救人传说而改名药姑山，湖南部分至今仍称龙窖山。

1 月 8 日，记者走进药姑山，在寒风细雨山雾蒙蒙中，在传说与真相、历史与现实的交织中，追寻瑶胞的梦。

传说：千家峒的凄美故事

瑶族是我国一个古老的少数民族，其先民最早生活在黄河流域，后在不断的战乱中，过着"吃过一山又他徙"的流离生活，被称为"东方吉普赛人"。现主要分布于广西、湖南、云南等地。

传说远古的时候，一支瑶人跋山涉水来到了洞庭湖畔的一座大山前，只见山头上，云蒸雾绕，翠岭葱茏；山谷间，鸟啼空鸣，走兽飞突；山脊上，溪瀑倒悬，如练飘舞……瑶民们决定在这里建立新家园，这便是"千家峒"。

千家峒只有一个洞口可以进出，洞又窄又长，只能通过一人，极其隐秘。自此，他们远离了战乱纷扰，没有外族欺凌，没有官府管制，日出而作，日落而息，过上了邻里和睦、相敬如宾、丰衣足食的逍遥生活。

瑶民世代传唱的《盘王大歌》这样回忆千家峒里的时光："日头出早照青山，千家峒口雾纷纷。云雾飞散日当照，牯牛犁田早出门"；"人去担禾屋背晒，日落石岭禾回厅"；"日落白石岭背庄，姊妹齐齐过莲塘。莲塘水面白净朵，手捧莲子四行香。"

若干年后，有人偶然走过这个山洞，发现洞的另一边竟是开阔世界：鸟语花香、石屋满山，瑶民们在此过着世外桃源般的生活。官府听说了，立即派出官差到千家峒征粮。热情的瑶民视官差为贵客，家家盛情款待，官差乐不思归。

见派出的人日久不归，官府以为瑶民杀官抗租，便举兵血洗瑶寨。愤怒的瑶民奋起反抗，终因寡不敌众，只好翻山逃离。临分手时，瑶族首领将一只牛角锯成十二截儿，交给十二姓瑶人。"牛角锯成十二节，每姓一节各自飞。香炉牛角合得拢，来日子孙又寻回。"他们相约，500 年后，在洞口拼拢牛角，十二姓瑶人一起吹响号角，重回千家峒团聚。

然而，在不断的迁徙中，瑶族后裔忘记了千家峒的地理位置，找不到回家的路了。

千家峒到底在何处，成为了瑶学专家和广大瑶胞苦苦求解的谜团。

追寻：专家锁定药姑山

"走啊，找啊，又一天；盼啊，梦哟，又一年。"

思念的歌一直传唱，重回的梦仍在延续，寻找的路却异常艰辛。

多少年来，瑶族人民发起一次又一次的寻找千家峒活动。据文献记载：1931 年，广东连山、连南等地的瑶民曾前往广西、湖南等地寻找千家峒；1933 年，湖南省江华县瑶民赵明绿等人发起组织 15 人的"先遣队"，变卖家产，带着行李、粮食住进一处认为是千家峒的地方生活了一年，但所种下的作物毫无收成，最后不得不离开；1940 年，广西、广东、湖南等地瑶民掀起了一次百余人寻找千家峒的行动；1941 年，广西大瑶山周边数县瑶民不堪官府欺凌，发动了"杀回千家峒"的武装迁徙，遭到国民党军队的残酷镇压。

1987 年，广西富川瑶族自治县柳家乡平寨村传出惊人消息：瑶族同胞邓益光家中珍藏有一节祖传牛角！一时引起人们极大兴趣。邓益光说，这节牛角是十二姓瑶民从"千家峒"分离出走时邓姓分得的一节，至今已传了三十多代。这节水牛角高（长）3.1 厘米；下底外直径最宽处为 5.3 厘米，重 47.5 克。一般一只成年水牛角长度为 40 厘米左右，恰好是一只成年水牛角的十二分之一。后文物考古专家从其炭化程度判断，证实这节牛角确有几百年历史，极可能是千家峒十二节牛角中的一节。

这一发现，在一定程度上证实了千峒传说的真实性，更激起人们寻找千家峒的热情。

2000 年 4 月，几位瑶裔学者攀上药姑山，在湖南一侧（即龙窖山）找到了瑶族先民留下的生活痕迹：用条石砌就的梯田；在山脊蜿蜒伸展的寨墙墙基；一排排石屋、山寨、石墓的遗址上散落有石门、石缸、石磨和陶罐等生活用品。

后有人越过省界，来到药姑山主峰南麓，在我省通城县大坪乡内冲村大风磅一带，发现瑶胞们在这里留下了令人叹为观止的石文化遗迹：石古井、石神台、石屋、石梯田、石寨、石洞、石墓、石坝、石柱、石渠、石桥……集中展示了瑶族早期的石文明。

位于箭杆山老屋组对门的半山峰上，在一千多平方米的范围内有三十二个砌得相当整齐的祭祀台，规格形状各不相同，全部是用石块垒砌，四周还有石砌围墙。

在药姑山下的北港镇南港村，通城县文化博物馆曾收集到一批窖藏出土的银佩饰，有脚箍、银牙件、首银佩饰等100多种富有瑶族特色的佩饰文物。

2000年12月22日，湖南省政协原副主席邓有志、云南省政协原副主席赵延光等瑶学专家，来到药姑山实地考察瑶族祖源遗址。

2001年4月9日，广西壮族自治区副主席、国家《瑶族通史》编委会主任奉恒高领队来到药姑山，确认了湖南省临湘市的龙源乡部分村寨、湖北省通城县的大坪乡大风磅属于瑶寨古址，同为千家峒的组成部分。

同年9月24日至27日，中国（广西）瑶学学会召开瑶族研究专题会议，组织与会40多位学者到药姑山实地考察。10月，该学会发表《龙窖山千家峒认定意见书》说："研究人员通过大量的深入调查，科学论证，认定龙窖山（药姑山）无论是从有关史籍记载内容，还是从地理位置、地形特征、地名与遗俗，以及大量的瑶族先民的遗址等方面来看，都与瑶族文献《千家峒歌》和民间传说千家峒相吻合"，确认为瑶族历史上早期的千家峒。

还原：药姑风物的诉说

1月8日，随记者一起踏访药姑山的，还有通城县红十字会秘书长冯金陵。他业余研究药姑山瑶民生活旧址已有8年，两个月前刚刚当选中国药姑山（龙窖山）瑶学学会秘书长。谈起药姑山历史文化遗存，他如数家珍。

《盘王大歌·十二姓瑶人游天下》唱道："瑶人出世武昌府，满目青山四处游，龙头山上耕种好，老少处世乐无忧。"冯金陵说，这几句唱词充分证明药姑山是瑶族重要发祥地。其中的龙头山，就是龙窖山，因"头"的瑶音与"窖"的汉音相近而致记录笔误。

他进一步引述宋人范致明所撰《岳阳风土记》记载："龙窖山在县（临湘）东南，接鄂州崇阳县（当时通城隶属崇阳）雷家洞、石门洞，山极深远。其间居民谓之鸟乡，语言侏离，以耕畲为业，非市盐茶，不入城邑，亦无贡赋，盖山徭人也。"这里提到的雷家洞和石门洞，正是现在大坪乡水口村丫吉山一带。

石门洞，传说就是进入千家峒的洞口。记者一行驱车来到这里，果然山路险峻，远看大山截断了前路，渐近才见有隧洞穿山。洞中顽石裸露，宽约5米、长500米，穿过隧洞，眼前豁然开朗，别是一片与世隔绝的广阔天地。这里山势渐缓，冲地开阔，虽正值寒冬，仍是满眼青翠，流水潺潺。遥想当年，饱受流离之苦的瑶民得此理想家园，是何等惬意！他们的后人之所以世世代代苦苦寻梦，也就不难理解了。"现在看到的洞，是后来在原洞基础上加宽加高的。"大坪乡干部李玉书说："旁边这座山是我家的，我从小在这里生活。"他介绍，这洞以前只能容一人通过，一夫当关，万夫莫开。1974年，为方便山民生活，当时的通城县北港公社抽调百余精干劳力，历时两年才凿成现在这个样子。

在大坪乡内冲村，我们走进81岁老人胡仁保家中，围坐在瑶式火塘边，老人打开了话匣子。"我是这里唯一会唱瑶歌的人。老太公（曾祖父）传下来一百多首，我每首都记得。"说着，老人唱起了《千家峒歌》："千家峒口雾纷纷，十二姓瑶人落峒中……"

走出胡仁保老人的百年老屋，忽见飞檐下还留有狗头砖雕。在我国少数民族中，只有瑶族将犬作为图腾。老人说，早年很多房子都有狗头雕像，"文革"时都砸了，他家这个用泥巴糊起来才幸免。

关于瑶族南迁的原因，冯金陵的考证结果则与千家峒传说大不相同。古瑶民自耕自织，从无税赋徭役。明朝洪武二十四年（1391）制定的"天下郡县赋役黄册成"记载，瑶民精制茶叶被列为贡品，"岁贡芽茶16斤"，此外还要纳粮。重负引发瑶民不满，明廷则"严刑重罚"强化统治，繁征苛敛造成官逼民反。不断反抗换来的是官军残酷镇压，抵抗不过的瑶民被迫南迁。

清代康熙年间的《通城县志》则记载："元代前，通城为汉、瑶杂居地，后因战乱，瑶民渐入湖南。"时间大体吻合。

学者考证认为，瑶民从晋代末开始大规模进入药姑山，南迁时间为明朝初年，期间，千家峒存续了约900年。

开发：一个沉重的话题

900年的千家峒，300万瑶胞苦苦寻找的圣山，大量瑶族先民生活遗迹，赋予药姑山深厚的文化底蕴，也是极为难得的旅游资源。其开发价值和发展潜力都是难以估量的。

去年春天，省内一批文物专家到药姑山考古调研一个月，大坪乡党委书记侯红辉多次进山看望。他在介绍乡情时提到大量年轻人外出打工的事，专家开玩笑说，这是守着金山讨饭吃啊！

这个年轻的书记在此已工作3年，一有空闲就进山调研，对药姑山风物可谓了如指掌，他当然知道这座山蕴藏的巨大价值。

然而，这一山分两省，两省共拥千家峒，对同一事物的价值认知却相差数年。

据冯金陵介绍，2000年和2001年两次专家科考都是由湖南方面发起的，中国（广西）瑶学学会的《龙窖山千家峒认定意见书》也只发到临湘，2002年湖南省已授予临湘市龙窖山遗址为省级文物保护单位。通城方面知道药姑山即是瑶民梦里千家峒，则是在认定书下达4年后的2005年！

这其中可能有许多偶然因素，但是，这迟到的4年至少应该算是一记警钟：在开发利用方面我们再不能落后了。共拥一个品牌，谁先发声，谁就占了先机。

首先，药姑山千家峒开发需要一个整体规划。

通城人聪明，当年十万人外出打工，如今半数成老板。仅大坪乡身家5000万元以上的老板就有上百人，他们既有精明的头脑，又有报效桑梓的热情。其中一位找到侯红辉，提出投入3000万元在山上建旅游设施，并表示愿意先打钱到乡政府的账上，可见情之切切。可是，乡党委政府不敢接这笔钱："没有整体规划就随意开发，会毁了药姑山！"

药姑山开发是一件大事，牵涉多地、多部门利益，需要协调方方面面的关系，只有站在更高层面上才能完成整体布局。

其次，既然两省共一山，这山又正好位于岳九咸小三角的中心，完全可以纳入跨省协调开发战略，两省两市合力打造品牌。

可喜的是，药姑山瑶乡文化引起各级党委、政府的高度重视。2011年，湖北省民宗委认定药姑山为瑶乡发源地，当年9月，内冲瑶族村进入湖北省第二批少数民族村寨保护开发名单，并每年出资开发，目前内冲村已完成20余户瑶族特色民居改造，瑶乡文化馆也已建成开放。今年省里还将给村里拨款用于新农村建设。

2012年，咸宁市《政府工作报告》将通城药姑山旅游开发，列入市一级议题。通城县2012年启动内冲瑶族文化遗址开发，将逐步重建瑶民部落瞭望石塔、瑶民盘王阁、盘王寨、瑶族风情表演园、瑶民情侣山洞等10多处景点，扩建瑶民祭祀台和祭祀广场，对景区内所有瑶民故居、旧址进行修复，通过仿建古道，将所有景点串起来。

在通城民间，一股瑶文化热正在兴起。1987年在石南镇发现的原生态《拍打舞》，具有鲜明的瑶族舞蹈特色，经整理挖掘，多次获全国大奖，成为该县一张亮丽的文化名片，2007年被省政府列入全省非物质文化遗产名录，并定名为《通城瑶族拍打舞》。现在民间学拍打舞、跳拍打舞已渐成风气。在大坪乡，村民学习瑶族历史、了解瑶族习俗、学唱瑶歌、跳瑶舞更是蔚然成风。

药姑山，这个神秘瑶乡，正展现出独特的文化魅力。

（原载《湖北日报》2014 年 2 月 18 日）

通城县塘湖镇刘姓提前一天过年的典故

每年大年三十前一天，通城县塘湖镇上万户刘姓人家就开始过年了，一家老小在这一天吃团年饭。

刘姓人家为什么提前一天过年？

这得从明朝说起，明洪武年间，塘湖镇狮子村一刘姓人家出了一位陕西道监察御史刘绣衣。上任那天，正逢腊月二十九，刘姓人家想留他过了年再走，可皇上召其进京赴任又不敢违令。刘姓人家一商量，提前一天把年过了，第二天一大早送刘绣衣上任。

刘绣衣一生的传奇故事，至今广为流传：刘绣衣出生在狮子山村，狮子山村坐落在塘湖镇境内，因形似狮子而得名。

据刘氏宗谱记载：宋淳熙元年（1174）天朗公率子来此结茅为舍，数代耕耘。明洪武二十七年（1394）刘绣衣出生，名仕昌，字时亨，号塘湖，于明永乐十八年（1420）庚子科举人，甲辰（1424）科进士，登刑部宽榜，授陕西道监察史，后升任浙江副使，卒于明正统十年（1445）。

刘绣衣出生地狮子山大屋，系刘绣衣上辈所造，屋住刘氏一脉。东有假山花园，西有官厅，四巷八阁，错落有致。门前左侧是旗杆石，右边是寄马桩，雄伟壮观，威严显赫。

刘氏后裔为纪念这一代名臣，于 1994 年，在刘绣衣出生地狮子山大屋重修了"塘湖故里"，门庭上题有明朝宣德皇帝御赐的"清朝鸣凤"亲笔题名。

刘绣衣在位 26 年，当巡按理朝政的 9500 多个日日夜夜，他严诉讼、斥权奸、斩贪官、平冤案、秉公执法；他察陕西、按交趾、抚江浙、镇南京、保江安，平安天下的功勋显著。

刘氏后裔原保存着刘绣衣上朝朝拜用的象简、审案办案时用的仙德炉，以及一副象骨象棋，这些文物目前已被有关部门收藏。

刘绣衣中进士那年，年底进京赴任，提前一天过年，如今，此风俗在刘氏家族中流传至今。每年大年二十九（月小二十八）下午，塘湖一带刘姓人家，有的拆下门板，有的搬夹桌子，放到晒谷场中央。门板桌上放着腊鱼、腊猪头肉、水果、糖果、米酒，一来展示各户丰富的食物，二来设年宴祭祖宗——刘绣衣，祭天地神，祈祷风调雨顺。老年人口中念念有词，说些吉利话，年轻人则敲锣打鼓，放鞭炮，热热闹闹迎新年，儿童更是欢乐嬉戏，各家门口的食品都可食。直到上了灯，才各自回家吃团年饭。家中主妇已在厨房操办一桌丰盛的年饭，并将炉子的火烧得很旺，每隔半小时添一块干柴，意谓"添财"，不允许火势减弱，更不允许抽掉干柴，否则，意谓"退财"。这些准备就绪，才开始吃年饭，长辈一律上座，下辈轮流敬长辈的酒，一桌饭一直要吃到晚上十点，有的到十二点。吃完年饭后，一家人轮流洗澡，洗去一年衰病，新年身体健康。

在笔者的印象中，一年吃得最香的要数腊猪头肉。

如今，国富民强。去年至今，狮子村刘姓后人带头自发筹资近两百万元第三次重修了刘绣衣故里，又正在这个后山上修条路和亭子。

（原载《咸宁日报》2017 年 1 月 22 日）

山姑娘晨读

踏着朦胧的山路，碰碎如玉的露滴，你从山村的楼房走出，走向你的处女地。

在那青青的山窝里，你站在山里人认为的文曲星石上，双手捧着一缕缕清晨的香韵。

如蚁的黑字，却被你记忆的储窗关闭。

书中的密码全被你破译。

终于山村的早晨靠近了你，你读懂了世界就在这里，这世代的穷山沟里，世界也读懂了你。

1987 年 4 月 2 日于麦市高中

山 村 炊 烟

见到山村，会看见山村炊烟。

我的童年就在山村炊烟中飘逝，那时山村的灶肚里爆发不出山民的欢笑，只有断断续续的炊烟混杂着山鸡的悲啼。

农家拔节后的烟囱，像一支支抒情的笔，向着蓝天抒写山村香喷的季节。

在山村喜庆的日子里，炊烟总是那么缠缠绵绵，和着山民的笑声，村前水泥路轻骑的烟连成一块，然后挂在树林，有力地证明了山村的觉醒。

1987 年 4 月 7 日

放飞的白鸽

在淡淡的南风中，我荒芜的小木屋，忽地传来一声鸽哨，雪白的信笺载着她的问候，在我心间跳动。

虽然她来迟了。我的泪却早已在晚风中滴落，流成了相思的河。

你说你永远要跟着我，但你却捧着一束紫丁香，站在相思树下，注视着我向你敞开的那扇窗门，你终于没有靠近我。

我的白鸽啊！你为什么不住进我的小木屋呢？我的小木屋决不是一座童话屋子。

我只好让相思的泪，独自在黄昏的窗口寂寞。

我的月亮啊，我的天使，你为什么不住进我的小木屋呢？我的木屋决不是一座虚无的屋子。

1987 年 4 月 6 日

永远的垂柳

沿着一支柠檬的恋歌，踏着飘满垂柳的香馨。我与你来到河边，肩并肩地。垂柳的情丝钩不尽我们的爱恋。手握不住离别的激情。一片忠心让各自脸上挂着的泪水来证明。我们站在那株长得丰韵的垂柳下，互相赠送各自拆下的一支绿色的小曲……

太阳为我们的离别画了一个句号。

那株垂柳永远凝固在小溪边，听小溪的涛声。

带着对垂柳的思念，被我拉长的那个五月，再次让我与那棵处于青春期的垂柳相逢。

垂柳仍然那么年青……

五月又一次走进我的心扉。没等我启程，小溪却涨潮了。山洪卷走了那株与我恋爱过的垂柳，那支小曲也打湿了。

我终于失去了那位姑娘，也失去了那株垂柳。

等我来到小溪边时，只有小草在叹息。心中的爱河也流着水的遗恨。

我只好再次捧着一株垂柳，捧着十八岁的思念，捧着十八岁的芬芳，悄悄地走进你的坟，轻轻地插上你十八岁的灵魂。

年轻的垂柳不再年轻了，但愿这枝垂柳再次长着一位丰韵的少女。

属于我，永远的垂柳。

1987 年 5 月 10 日

祖　母　院

祖母院是祖母一曲余音不绝的箫歌，屋子后面有一个长方形的院子，院子里什么也没有。只有一堵被风雨剥蚀的矮墙缄默在院的四方，永远缄默着。

祖母曾经说过，院子里养育了父亲，父亲曾以院子作主旋，练就了嗓音。在自己的路上奏着雄伟而壮阔的乐章。

我们也是从祖母院里大大方方地走向生活的，我们弹的是吉他，吉他在阳春中鸣响，曲调依然那么明了、洪亮。

屋子后有一个院子。院子里什么都没有。只有祖母的纺车无休无止地纺织着我们的生活，一根根棉线，牵动着我们的思念。

祖母佝偻的脊背，仍然映在墙上。手中的棉线，把我的情感绕得愈加缜密、愈加多彩。生活也是绵长、绵长的……

那辆唱着无字歌谣的纺车，总是与祖母的唤声拉长着乡间的炊烟。

于是乎，我与山风一同回到祖母院，一张竹床，祖母为我支撑着一个凉爽的世界，蒲叶扇，扇动着一个缥缈的梦，流萤编织着我们的经纬线。

祖母的故事，又一次到我的心中旅游："从前……"真的，我不知道为什么从前的故事总是那么善良。

哦！！祖母院！我们从祖母的故事里划着青春的木桨，升起了理想的风帆，启航，信念就在祖母院里开了化。

1987 年 5 月 12 日

啊！鸦鹊岭

传说是遥远的，又并不遥远。一只鸦鹊从祖辈的记忆中悠悠飞来，盘旋在贫瘠的山岭上，最后落下来，宿在山岭上。铁铸般地塑造一座富有诗意的山。用锋利的前爪抓平了一块荒园。于是，从树上爬下一群新的生命，开始在这里创造世界，衍生着一个美丽的传说，也衍生着一座山名。

岁月是遥远的，并不遥远。从父辈尘封的炮火中，这里被轰炸成一堆灰炽，三十八舍，就这样匆匆从鸦鹊岭上抹去，贫瘠的黄土滴满苍天的泪滴。双翅受伤的鸦鹊在嶙峋的山中呻吟，羊肠小道上呈现褴褛的身影，18根讨米棍，支撑着一个瘦饿的灵魂，在狂叫的凶犬中消逝……

鸦鹊在世代人的心中是喜的象征，数百位的山民翘首盼望着喜的归来。生命的泉水用一根很长很长的竹管接来，两只彩蝶在泉边翩翩起岁月的黎明。昏迷的鸦鹊岭开始萌发新的意象，复苏山谷阵痛的伤口骄傲地举起绿色的手掌，医治着鸦鹊岭上创伤。古铜色的脊背又爬上了山岭，荒凉的岭燃起袅袅的炊烟，点播着红色的火种，山民是顽强的，弯曲的腰开始在山冈中复苏。历史的烟云，留下的是淡淡的愁绪。

"有女莫嫁鸦鹊岭。"在世俗人的眼中七十二条光棍儿汉，用自己的生命之爱，倾注在平脊的山岭，将心贴紧生活博大的心灵，在永恒的时间里创造世界。终于用爱的钢钎凿开了历史遗留的顽固，用爱的犁耙耕耘了愚昧的荒芜，开拓者生命的热血浇注的山山岭岭，被人认为这是一个被爱情遗忘的角落，今天却有许多城市姑娘投来了青睐，果子的香馨溢满了山沟，枝条上的蝉声喧闹着一个晶莹的山村城市。龙须草编织着山民绿色的希望，也交织着姑娘的情丝，桑树迎来了蚕花姐。校园的书声喧闹着一个沉睡的山岭，后生从书堆中咀嚼着一个立体感的世界。

啊！鸦鹊岭从我古老民族的精魂里翔舞着新时代的思考，在艰难的处所中放射着光华。

历史是不会遗忘你的，我也不会。我这位现代农民的后裔就是你养大的。

我带着山风的叮嘱，从篱笆上多情的瓜藤上走来，从乡野温馨的田间走来。偶尔遥望着童年的家乡，让我的感情也重温一下家乡的乡音。愿你的爱河时常在我的笔下流着记忆。

祝愿你，家乡的鸦鹊岭。

1987年6月10日

栀 子 花

山村的那块栀子树，又次第绽开了白色花朵，洁白的栀子花像满天的星星，山村也被打扮得很白很白，空气里也混合着栀子花香。

微风吹来，山坡上银眼善睐。山雀叽喳叽喳，第一个向村里传递栀子花开的信息，站在嫩绿的枝条上唱着栀子花开的歌，歌声唱醉了早晨，唱醉了山民的心。翩翩起舞的蝴蝶，扇动着栀子花的一个洁白的梦。牧童们牵着牛牯，让栀子花的微笑开到牛背上……

在这栀子花开摇曳的晚上，山村的姑娘和小伙子，总爱踩着一缕蓝色的情歌，捧着一束栀子花，来到栀子花丛中，亮着一个个洁白的心，他们谈着栀子花香般的情话，他们的心都醉了，话也醉了，他们的谈话，被栀子树听见了，一夜之间又笑开了许多，仿佛一枚金黄色的果成熟了。

呵！山村的栀子花，你是山民心地纯洁的象征，你是山民一个致富的梦。

1987年6月20日

爱河，正泊着舟

想起小镇，
就想起那座桥，
桥下河水流着我的记忆。

远处，一对白天鹅在水面上抒情。
一场梅子雨将我和你相约到桥面。
细雨蒙蒙，情感亦朦胧。
我的话泊在岸边好几个世纪。
你说你想做诗人，你的诗呢？
从你透明的眸子里，
知道你的诗写在河面上，
发表在我的心扉。

细雨绵绵，感情亦绵绵。
爱河，正泊着舟，
专候你和我。
心海，该涨潮了。

1987 年 6 月 30 日

恋　远　方

我说我要踩着六月梅子雨的情丝来，但是好久好久没有下梅子雨。

你家门前一定会有篱笆，请你再编一道篱笆，要编密一点儿。编好了，请你将所有瓜藤都牵来，让它树一堵风景墙。

当夸氏父子驾驶火轮车时，你得拿出你所有的衣晾晒到篱笆上，亮出你红红绿绿青春期。亮出你飘飘潇潇的十八岁。

你家篱笆前一定会有小溪，小溪里一定会有流水浅吟。当嫦娥在月宫里舞袖时，请踏着月亮去采一朵百合花，然后坐到溪边，空一截位子给我，把百合花同月亮一起放进溪里。

我会沿着小溪走向你。

1987 年 7 月 5 日

写给九月十日的诗

九月驾着金色的落叶而来。

校园的枫叶被你的微笑点燃。

所有的种子，在你目光的感召下，都找到阳光，又悄悄开始发芽。

所有的花朵，在你汗水的滋润下，都已开了一方生命的艳丽，又纷纷烈烈地呈献一个金色的收成。

所有的树苗，在你亲手的培植下，都早已思索着闪光的年华。

所有的，所有的歌都展开了翅膀的希望。

那么请你与九月的金风一道出去远游吧！

你天地宽的心底早长满了葱郁的诗意。

所有的年青的歌声都朝你唱着无私。

1987 年 8 月 10 日

教 师 节

从金秋的硕果中走来，

从四尺见方的讲台上走来，

让轻快的脚步在这里汇集，

让所有的热情在这里碰撞，

这里属于春蚕的阵地，

这里属于蜡烛照亮的地方，

也属于人生的拼搏的天地，

更属于驾驭知识奔驰的辽原。

让所有的歌声，

一切美的赞词，

都来这里集合，

九月不单单是个收获的季节。

1987 年 8 月 27 日

渴望走向前方

一场召集的春雨将我们醉倒，
响应的雷声来自十八岁的年龄。
解脱书生的文静，
换上军装，
我的生命，
不再让它坐在教室里呐喊。
将恨渲泄在纸上，
我的生命已铸成，
一半献给友谊，
一半交给战场。

告别校园的篝火，
带上十八岁的火炬，
同陌生的朋友一道去寻找失落的世界。
让我信念的方舟到战火中燃烧，
让带眼的子弹结束非正义的战争。
也许我会倒下，
人生的价值就在战场上衡量，
我的血会幻化成一群和平的信鸽。

1987 年 10 月 1 日

山 乡 月

中秋之夜，山乡的月儿分外明朗，山乡的月儿爱恋着山乡的桂花树。

夜风从梯田里吹来，和着金色的喜悦，从高楼上送来心馨的月饼香，从桂树林里送来男子高亢的歌声，山民们的歌唱圆了月亮，唱红了山乡的日子。

月夜里，母亲坐在窗前一针一线地绣着山乡的日子，眼里噙着圆圆的泪水，直勾勾地望着望不圆的月亮，母亲教我学会掐数月圆日子，我的指头掐大了，也掐不到与父亲团圆的日子，后来，我才知道父亲是踏着山乡圆月走出去的，也在这样的一个月夜里永眠在充满硝烟的红泥土里。

从此，我明白了山乡的月亮为什么这样圆！

让我梦之方舟泊着中秋的月光，驶向属于我父亲的月亮吧！

1987 年 10 月 15 日

酸

一想起故乡，
我就想抓一把酸菜，
塞进嘴里，
咀嚼浓浓的乡情。

故乡冰冻的池塘边，

妈妈提着竹篮，

呵着手……

我的眼泪也酸了。

1987 年 11 月 15 日

眼　　睛

有人说你的眼睛是一枚斑斓的童话。

有人说你的眼睛是一口柔情的水井。

但我却把你的眼睛，当作绝望的港湾。

请你别用你圣洁的目光打量我，我也不想回眸，我怕你的目光捕俘我，更担心我那只正在航海的船遇见风浪。

因为我是年轻的水手，找不到避风的港湾。

姑娘，那么你就忍受一下爱的折磨吧！或者让感情的蛀虫蜕化，因为我们毕竟十七岁的花还没来得及开。

姑娘，你又是去寻找另一双失约的眼吧！

待栽在故乡的红豆已发芽，我一定会来读懂你眼中的激情。

1987 年 11 月 30 日

有　赠

给你，
一句芳香的语言，
一丝斑斓的笑意，
一条流着思念的大河。

给你，
一方眨满星星的蓝天，
一片少女羞红的枫叶，
一棵勿忘我的小草。

1987 年 12 月 2 日

思　念

一只惆怅的小舟，
沿着脉脉的柔情，
划进你的明眸，
驶近渴望的风景岸，
让他静静地泊着吧！
我是迟到的弄潮者。

1987 年 12 月 5 日

相　思　二　题

一颗泪，
就是一颗红豆，
一落地，
就开花。
思念，
见风就长，
长成一株相思树。
风天天，
摇动着他。

1987 年 12 月 10 日

海

人生是海。

童年是海的梦，
甜甜的。

青春膨胀的潮期，
拥抱着长长的海岸线。

落潮了的晚年，
只好枕，
一片，
残破的夕阳。

1987 年 12 月 15 日

我走时，请不要送行

我走时，世界正是一季洁白的童话，外面的风太冷，请你不要送行。

我的脚印会把你的目光拉成遥远的祝愿声。

我命中注定没有一枚太阳，不能晾晒结冰的眼睛。

雪已僵住我一缕孤行的身影，往事总爱低低地哭泣，泪水绽开成一瓣瓣晶莹的花朵，也许风会迷住你单纯的眼睛。

我走时，请不要流泪，泪水会冻成冰港，我再也呼吸不到你脉脉柔情的气息。

我走了，即使风吹灭了我们洁白的梦，雪不正又在抒写我们友谊的纯真嘛！

我已理清了十二月六角形的构思，正准备走向早春的主题。

1987 年 12 月 20 日

山 菊 花

沿着曲折的山路，走进山村收获的季节，闻到菊花的芳香。

我想起了你那首含泪的歌。

在那个饥渴的岁月，我与你一道从城里来，一道在山上抒写春天的生机。

在属于你的那片土上，滋润着我们爱的花朵。

我们一道栽下了山菊花。又在一个如水月夜你邀我一同去观花，你说你永远要留在山里，即使死了也要成一只鸟唱山歌，我没有说什么，我只觉得世界上的花一齐涌向了你。

后来我要走了，走时，你唱了一首歌，你的歌声被泪水一瓣一瓣地漂走了。

走时，你要采一朵山菊花给我，我拒绝了，我害怕掐断了一个少女的思念。

原谅我吧！姑娘，我没有把你邀约带回去，我只带回你的那首流泪的歌，让我们一同种的那片山菊花永远成为我们记忆中的芬芳吧！

1987 年 12 月 23 日

子 夜 钟 声

子夜钟声是一支清新瑰丽的小夜曲，让人回首依恋过去，更令人向往明天。

依恋和向往使人民一次又一次地走向富强和繁荣。

子夜的钟声，拨动着人民的心弦，奏一支生活的交响曲。

农民说：子夜的钟声是收获的乐章，是播种的序曲。

工人说：子夜的钟声是我们生产出新产品的欢呼声，是我们冶炼新生活的强音。

年轻的人已绷紧了青春的弦！

年老的已挽着弥留的时光。

我却举起了酒杯，与钟声撞杯，祝贺你！祖国，愿你酿造出甘甜的美酒，伴着钟的节奏奋进。

1987 年 12 月 30 日

青 春 往 事

——散文诗一束

这是一盒生活的录音带。

喷射的是诗情，写下和录下我含泪的微笑和微笑的伤悲。

也许斑斓的岁月会印成一张张多彩的诗笺。

也许未见过大海的孩子也会捡到最美的贝壳。

那么让我从遥远的清晨，报你以羞怯的微笑。

1988 年 1 月 11 日

不能靠岸的船

——致 H.X

岁月，流放成冰岛。
桅杆已举过冰封的季节，
你仍姗姗而来，
没有夏花流动的日子。
你怕你的碎步，
踩痛我思念的弦。
其实，
你的思念，
早挂上睫毛。
我燃着一枚相思的红豆，
站在没有花朵的岸上，
你却频频向我挥手，
我的花手帕呢？
在爱情的位置上，
只捡到你的一句话，
又错过了一个码头，
我只好站在春天里，
让一次次的期待，
绽开成一朵朵花。

1988 年 1 月 5 日

杏 花 雨

　　一阵湿漉漉的风过后，接着飘起了绿色的杏花雨。

　　杏花雨湿了三月，润湿了鄂南。

　　每当这时我会站到雨中接受杏花雨的馈赠，让杏花雨染绿我的睫毛，我的心之海总会荡起我对故乡那片黄土地的深深眷恋。

　　哦，杏花雨！

　　在你茸茸的情丝下，故乡的田野里，山坡上泊着许多斗笠，农民的欲望在麦地里拔节，开着浅蓝故事的豌豆地里正孕育着故乡的春天。

　　哦，杏花雨！

　　在你密帘帘的情丝里，山妹子赤着脚提着妈妈做的小团篮，走进三月，走进你缠绵绵的思绪。

　　山妹子在春天里寻找多情的兔丝草、黄花菜，小团里盛满了山妹的诚挚，杏花雨飘湿了她们的蝴蝶结，也飘白了她们三月的梦。

　　哦，杏花雨，你的精灵复活在农民的心田，浇灌着时代的春天。

1988 年 3 月 6 日

题　照

记忆中的南岸，
驻几枚绿色的微笑。

年轻的港湾，
有语言在游。

流水远去兮，
却捧不住躁动的日子。
那一束青发，
将浅蓝的心事拴紧。

1988 年 6 月 15 日

失落在远方的灯

A

是放牧在浅浅天河失落的一颗星吗？

是蓝天的一滴泪。在那个风夜，跌落在这野性的村落，被一道蓝色的闪电点燃的吗？

我的遥遥地闪烁在森林的灯啊！

你莫非是对我这位迷失在人生之海的年轻水手，一个鲜红的启示？

B

风风雨雨，月光盈盈的夜啊！你总是燃着这盏守贞的灯将我的心点亮。

C

流萤编织憧憬的夏夜，月光引渡。

耳边轻轻的风，是你的呼唤吗？那从窗口溢出的芬芳，叫我再次重温校园的记忆。两颗年轻的心在这溶溶的灯光下，在这静谧的森林中擦亮……

D

我带着童年的刀锄去开垦荒芜的处女地，愿垦植的歌声变成鸟音飞上心形的叶子，永远歌唱春天绿色的主题。

E

我也成了一盏永不熄灭的灯，在远山任风吹雨打，永远亮在山巅，照亮未来的路。

1988 年 7 月 15 日

山　女

面面山坡，手执镰刀弯腰于茅草中的是你吗？

绵绵细雨，手提小团篮采蘑菇的是你吗？

盈盈月下，斜倚古松吮着指头说悄悄话的是你吗？

哦！山女。

你经历了风风雨雨的脸上绽开着一朵朵含笑的山菊，

你弯弯山溪般脉管里流涌着山野的气息。

层层青石板路，将你颀长的倩影，折叠印成了一张张精美的名片，叮当的高跟鞋扣响沉睡多年的大山。

山风撩起你的丝丝秀发，散发松针的郁香。

纤纤玉指编织山民的骄傲，编织出世界稀奇的手工艺品，那些蓝眼睛也读不懂你。

于是山区又多了一首朦胧诗。

1989 年 2 月 10 日

走向七月的赣西

在流火的日子里，在蝉声激烈演讲赛的日子里。

我举着荷叶状的小伞与山风一同上路，灼热目光翻过幕阜山后，沿着森林记忆的小溪，一橹撑进修水河。

在流火的七月我来到了赣西。

七月的赣西是一把芭蕉扇，没有一丝热气。

袅进绿色的森林水库，触不到鱼虾，捡不到几声凝固的鸟音。

阳光在我的黑发上羞羞答答与枫叶说着情话，偶尔有几滴湿漉漉的相思泪泼进我的衬衣，全身清绿的我多么需要七月的火粒。

我接着一树树阳光，摇哟！摇哟！摇这赣西的风景。

呵！在流火的七月我走进赣西。

一溜儿青石板，将我滑向青砖碧瓦的农舍，全身溶进这溢满水果香味的乡村。

山民收获的日子已把晒场涂得通红，一群光屁股男孩坐在枣树上咀嚼山村的甜蜜。

远处田埂上几辆水轮车咿呀地倾吐着丝丝凉意，一只满身问号的山羊悠悠地走进这幅古朴的图画。

呵！在流火的七月，我走进赣西的小镇。

踏着木窗飘出的旋律，我荡舟在这流红流绿的人海里，身边梭过载满山货的山民，一起走向收购站。

耳里充满殷勤的招徕生意声，我的目光被酒馆的热情牵去。走呵走，我走不出这座小镇。

呵！七月，在流火的七月，我走进一幅多彩的山水画里，走进了山村小镇的立体音箱和万花筒。

1989 年 7 月 31 日

架 竹 排

山洪。

瀑布。

竹浪松涛。

鸣击岁月之钟，擂响大地战鼓。

天旋地转。

峰顶有雄鹰雕塑成惊叹号，绿莹莹之眼俯视山涧；

铜背铁臂，如铸铁塔立于竹排之上，

燃烧的双眼穿透蒸蒸水雾，铁骨铮铮的双手紧抓命运竹竿，穿波击浪。

转战峭壁石滩，驯一群野马，伏一批狂狮，山洪滔滔不绝，竹排沉浮于历史洪流。

长舌妇的瀑布不能战退胸有成竹的架排工。

竹竿扣退群群大山，"嗨哟，嗨哟"的放排号子凝固成历史雕刻在岸石上，没来得及带走。

远山，如歌如画。

1989 年 8 月 30 日

漂泊吧，我的小木筏

——再见我的偶像

小木筏，不要等了。
即使你再次放飞了友谊的鸽子，
也被别人理解为灰暗的谎言，
纯洁的羽毛，
再不要理出圣洁的眼泪。

小木筏，不要久等了，
对于她，我的心中不再翻涌海涛，
即使记忆网获不安的日子，
我也只好坐船尾，
听渔歌声声。

小木筏，真的不要等了，
何必为暂时的搁浅，
而感到远程渺茫，
彼岸不是有缠绵的水草，
在摇曳吗？

1989 年 9 月 10 日

卧　槐

卧着生长不如死去。

卑贱一生，却还蛮横无理霸占鲜花、小草的地方，蚕食它们的阳光、露滴，一世也是弯曲的形象。

站着又怕雷霆击毁，冰川纪的死亡里，你干脆倒下树叶的大旗招降。

谄媚是你的本性，却招不来一只美丽的小鸟为您歌唱。

孤独的夜晚也遭到月亮冷眼，待到黎明醒来只好掉下悲伤的泪水。

贪婪长大，又被牧童骑着脖子游戏。

你何不抬起头用忏悔的圣洁泪，洗去记录在大地浩卷里的污点。

宁可倒下，也不占一寸土地！

1989 年 9 月 12 日

流浪的吉他

纤纤玉指，

也捻不响六弦琴。

空灵的心已积满愤怒和忧伤，

十九档音阶，

阶阶留有浪子的泪痕。

我该走了，

让雨弹芭蕉，

来品尝世间的势利和冷漠。

1989 年 9 月 20 日于鄂州市沼山乡梁子湖畔

邂逅的麻雀

我坐在这间孤独的楼房里，目光射穿与世隔绝的玻璃，一滴鸟粪滑落到我的目光线上，招一下手竟弹响麻雀的叫声。

在这陌生世界的邂逅，亦如我童年丢失的玩具，到了青年时又捡起，我尽力擦亮锈迹斑斑的记忆。

在故乡有花有草的童年里，是你长满灰色羽毛的双翼扇绿我幼小心灵中的一块小草地；你的歌唱曾几何代替了祖母的摇篮曲。

曲音灌进我的耳朵孕育成吭唷、吭唷的诗句。

当我能够用四肢爬行成弯曲的道路时，你扑闪在我的前面，扮演祖父佝偻脊背上的蓑衣，叹息在迷蒙的秋雨里。

为了酬谢你对我的友谊，我抓一大把米粒来款待你。

在那个饥渴的年代，山民无力的双手却能够肆无意惮地侵略你，你生命的弧线不是在空中画成的句号，而是悲壮地点在黄土地上。

你的死，我悄悄地披着白孝为你在屋后向阳的山坡上举行了葬礼。

长大了。我也不曾成一只麻雀栖息到村前那株刻满残言的树上。

在一个疯狂的夏日，我做了一次永不流泪的远行。

在我的征程却邂逅了你。

麻雀，你能跟我一起回去吗？带上和平的歌，点播故乡那块黄土地。

1989 年 9 月 23 日于梁子湖畔

祖父的蓑衣

从伤痕累累的树上刈下来，从祖母的针线中诞生。

为求祈祖父坷坎的一生平安，你做了一次永远的陪嫁。

风风雨雨的日子，你与祖父一起出征，在故乡的田野里，你像一把护身伞，张开双翅为祖父挡风遮雨。

无人剪辑的黄昏，你一闪一闪地呈现在弥满艾叶香味的乡村小道上，与祖父的歌声一同荷锄而归。

白色蝴蝶飞舞的季节，你紧裹在同祖父一样老的黄牛身上，为它积蓄明年春天的童话。

当祖父，在最后一声阵痛的咳嗽声中倒下时，你也同祖父一起倒下，默默地退到屋角充当蜘蛛网的媒介，在你汗迹渍渍的身上，用象形文字记载了无数出征的日期，装订成祖父的历史。

你期待着将有一天能被人读懂。

1989 年 9 月 30 日

故　乡　竹

摇啊摇，摇一缕阳光，
一缕缕阳光洒落在院子里。
悄无声息地抚摩着，
我的曾经贫困的乡土。
我的梦里牵挂的故乡，
和我的乡亲乡情，
还有高山和水，
小狗和牛羊。

摇啊，摇，
摇一片翠绿，
摇来阳光和雨露，
将家乡的贫穷埋到土里，
浇上肥。
一声春雷，
于是家乡富裕的日子，
在房前屋后拔节。
伴着鸡鸣狗叫，
一个劲儿地往上长。

摇啊，摇，
摇绿了家乡的山水，
摇醉了乡民一张张笑脸，
摇碎了一缕缕阳光，

洒满金光大道。

我牵着牛，

后面跟着小狗，

一同去寻找童年的梦想，

于是我的乡愁在梦里花开结果。

摇啊，摇，

摇我坪头岭富裕的日子，

摇我故乡的山高和水长，

和我割舍不了的乡村炊烟与晨雾。

（原载《咸宁日报》2016 年 2 月 24 日）

与时代同步　　与真理同行

（代后记）

与时代同步，与真理同行，是我在新闻道路上前行的力量。

秋阳从窗户照进，送来阵阵桂花的芳香，沐浴着县委机关。此时的我坐在木楼上，习惯望锡山云卷云舒，看隽水潮涨潮落，听秀水涛声依旧。

当翻开我出版的第二部新闻文学作品集时，我已年近半百，已从事新闻工作 30 年了。

回眸 30 年新闻之路，一路奋勇前行，与时代同步。

1988 年，我家贫，高二辍学回家种田，平常喜爱写作的我，为充实自己，自修华中科技大学新闻系，晴天种田，农闲当挑夫，雨天一个黄布包，一把雨伞外出采访，晚上则在邻居借住的瓦房里爬"格子"，两片木门板，一片当睡床，一片当书桌，夏季，蚊子咬人，我头顶草帽，打满一桶水双脚浸在水里写作，在这种环境下，我在省、市报发表新闻稿百多篇。

1990 年秋，我因发表了一些作品，在新闻界、文学界崭露头角，时任县委常委、宣传部部长姜贵佑将我从塘湖鸦鹊山聘请到部里从事新闻报道工作，在宣传部 7 年时间里，我背着米袋子写作，靠稿酬和奖金谋生，每年在中央省、市级党报发表新闻、文学作品百多篇。

1997 年年初，我参与创办《通城报》，兼编辑、记者，负责新闻摄影，我主编的版面、栏目，撰写的稿件多次获省、市级新闻奖，为通城新闻宣传做出了巨大贡献，我正式成为通城新闻界一名新兵。

2003 年秋，县报停办，我调到广电局工作。2006 年，我任通城人民广播电台台长，争取楚天广播电台在通城设立转播站，交通广播、市电台覆盖通城。期间，我借调县委政研室从事宣传工作 3 年，续写了通城新闻辉煌。

2008 年秋，我又调回县委宣传部，负责新闻科和网络舆情信息工作，成为《咸宁日报》特约记者，兼办《咸宁日报·通城新闻》版，我连续 30 年被《湖

· 543 ·

北日报》社评为优秀（模范）通讯员，《咸宁日报》社评为优秀特约记者，市、县先进宣传工作者。

2017年，我兼任县委宣传部工会主席。由于自身努力，成为新华社、《人民日报》、《光明日报》图片签约摄影师，每年拍摄上网图片数千张，每年还向中央、省级党媒发稿三百多篇，进一步扩大了通城知名度、美誉度。

回眸30年新闻之路，一路高歌猛进，与通城同声。

文凭写在版面上，足迹留在群众中。是我新闻生活真实的写照。哪里有新闻，哪里就有我；哪里有突发事，哪里就有我忙碌的身影。

2008年年初的一场大雪，通城山区、库区10多个村用电全部中断，春节临近，村民吃米成了难题。我脚绑防滑草绳，跟随送碾米机的干部三进库区、山区采访，一篇篇抗雪救灾的报道见报后，引起省、市领导重视，他们赴通城，视察灾情，拨款救灾。

为配合全省灾后重建现场会在通城召开，我承担起报道通城典型任务，多次冒着雨雪，辗转麦市、塘湖、马港镇等地，深入重建现场采访，在省、市报分别发表长篇通讯，专题报道通城县灾后重建做法和经验，并在全省推广。

2008年岁末，我正在广东跟随招商引资队伍采访，突然接到祖父病危的电话，返程中，遇到了一场罕见的冰雪，几经周折，我在第二天下午才赶到通城。我刚一下车，就拿起相机直奔雪灾现场。当我晚上回到老家时，再也听不到八旬祖父的声音了，来不及擦干泪水，又投入到防雪抗灾新闻报道工作中。

2011年6月10日凌晨，通城遭受百年一遇的暴雨袭击，我爬到楼顶，按下快门，向新华社发出第一张水灾情图片。后来，我整整半个月没有进家门，自始至终战斗在抗洪抢险一线，接待中央、省、市新闻媒体记者，百多人次，采访发布新闻300多条。2016年7月4日深夜，我冒着泥石流，三进四庄青草岭水库险情地段采访，跟踪报道，直至险情排除。

尤其令我终生难忘，镂骨铭心的是2020年庚子春，我的72岁的父亲身患重病，我一直战斗在抗疫一线，采访拍摄，直到父亲3月15日远行，我没有给父亲照过一张相。

回眸30年新闻之路，一路风雨兼程，与真理同行。

践行新闻使命，为党和人民鼓与呼，是我不忘的初心。

新闻对我来说永远在路上，我从没有节假日，我的工作是白＋黑、5＋2，写累了就躺在办公室一张折叠床上休息一会儿，折叠床伴我多年。

心中有信仰，前行有力量。13岁得肺炎，36岁患肝炎，50岁赶上"脑膜炎"，病魔没有摧垮我对新闻的执着和坚守，不良的环境没有磨灭我骨子里的信仰和担当，我从不计较个人得失，不论个人升迁，在新闻这条道路上，永不言弃，也从不后悔，反而坚定了我的意志，决定了我永远阔步走在新闻道路上。

心中有信仰，前进有力量。30年新闻路，我骑坏了6辆自行车、3辆摩托车，倒贴几万元买照相设备，自掏腰包下乡采访，终于迎来了新闻的春天，在这届县委、县政府风清气正的天空下，我再次展开理想的翅膀，使出浑身解数，亮出新闻十八般武艺，同央媒国社签约，凭三眼观世界，每年拍摄上网数千张照片，向全球展示通城的美，真正让通城走向世界，让世界了解通城。

心中有信仰，前方有力量。我对新闻坚守30多年的毅力也是恩师的鼓励，让我继续前行。在我人生新闻道路上，有一大批中央、省、市扶持我成长的编辑、记者、老师，他们将我的新闻道路和通城新闻推到新的一页。

新闻路上，结伴而行。我一直在新闻科工作30多年，先后培养30多名新闻写作能手，有的调到中央机关从事新闻工作，有的在省委机关展才，有的成为各行各业领头军。

新时代号角已吹响，重走新闻长征路，我整装再出发。

为回眸30年新闻之路，为给读者留一份真情。我再次决定从我在《人民日报》、新华社、《光明日报》、《经济日报》、《农民日报》、《湖北日报》及新媒体等发表的数千篇新闻、文学作品中选出精品，结集出版，算是对我近年新闻工作的检阅，也是对通城近年来发生变化的展示，在编选过程中，文学作品大多数是我上初中、高中写的和发表的作品，新闻作品是我负责新闻科工作以来，见诸全国各类报刊的精品和获奖作品，由于篇幅有限，还有我发表了全县各行各业的好新闻，没有一一收录进来，只好忍痛割爱，深表歉意。

在此，我衷心感激各级领导对我新闻事业的支持，真诚鸣谢各级媒体及与我合作采写、编辑的同人。

本书由通城县委副书记、县长刘明灯题写书名，县委常委、宣传部长刘波策划出版，在此表示感谢！

本书在出版过程中得到湖北平安电工材料有限公司、湖北黄袍山绿色产品有限公司、湖北三赢兴电子科技有限公司等的厚爱和支持，深表谢意！祝好人一生平安！！

本书由通城县宣传文化名家工作室、湖北隽秀文化传播有限公司运营。

刘建平于 2020 年秋一稿

2021 年春二稿